KB164751

그리스인 조르바

Βίος και Πολιτεία του Αλέξη Ζορμπά

Zorba The Greek: The Saint's Life of Alexis Zorba

© Nikos Kazantzakis

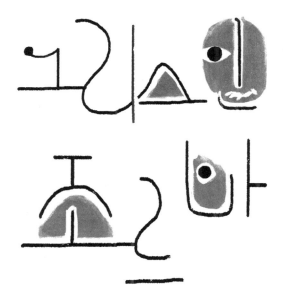

알렉시스 조르바의 성자다운 생애

니코스 카잔차키스 지음 | 이종인 옮김

연암서가

옮긴이 이종인

고려대학교 영어영문학과를 졸업하고 한국 브리태니커 편집국장과 성균관대학교 전문번역가 양성과정 겸임교수를 역임했다. 주로 인문사회과학 분야의 교양서를 번역했고 최근에는 E.M.포스터, 존 파울즈, 폴 오스터, 제임스 존스 등 현대 영미작가들의 소설을 번역하고 있다.

번역서로는 『숨결이 바람될 때』, 『촘스키, 사상의 향연』, 『폴 오스터의 뉴욕 통신』, 『프로이트와 모세』, 『호모 루덴스』, 『폰더 씨의 위대한 하루』, 『중세의 가을』, 『로마사론』 등이 있고, 저서로는 『번역은 글쓰기다』, 『번역은 내 운명』(공저)과 『지하철 헌화가』, 『살면서 마주한 고전』이 있다.

그리스인 조르바

2017년 5월 15일 초판 1쇄 인쇄
2017년 5월 20일 초판 1쇄 발행

지은이 니코스 카잔차키스
옮긴이 이종인
펴낸이 권오상
펴낸곳 연암서가
등록 2007년 10월 8일(제396-2007-00107호)
주소 경기도 고양시 일산서구 호수로 896, 402-1101
전화 031-907-3010
팩스 031-912-3012
이메일 yeonamseoga@naver.com
ISBN 979-11-6087-006-0 03890

값 15,000원

옮긴이의 말

옮긴이가 『그리스인 조르바』(이하 『조르바』)를 처음 읽은 것은 출판사에 다니던 1980년대 중반이었다. 그 전에도 여러 친구들로부터 이 책을 꼭 한번 읽어보라는 권유를 받았지만 시간을 내지 못하다가 어느 주말 퇴근하여 집에 온 길로 다음 주 월요일 출근 때까지 꼬박 읽어서 한자리에서 완독한 기억이 있다. 영역본은 칼 와일드먼의 것이 유일해서 사이먼 앤 슈스터 출판사의 자회사인 터치북스가 펴낸 페이퍼백으로 읽었다. 당시 회사 생활의 어려움에 피곤함을 느끼던 옮긴이는 이 책을 끝내는 순간 예이츠의 시, 「비잔티움 항행(Sailing to Byzantium)」이 생각났다. "오, 하느님의 신성한 불 속에 서 있는 현자여, 내 영혼의 노래하는 스승이 되어 내 심장을 불살라 버리소서." 물론 그 현자 겸 노래하는 스승은 조르바였고, 불살라 버려야 할 것은 피곤에 전 나의 심장이었다. 『조르바』의 부제가 '알렉시스 조르바의 성자다운 생애'임을 감안하면 이것은 더욱 그럴듯한 독후감이었다. 그 야수와 같은 생에 대한 찬미, 악마 짓을 극한까지 밀고 나가면 그게 오히려 신성이 된다고 하는 역설(逆說), 그리고 마지막에 나오는 조르바의 춤! 생에 대한 지혜를 춤에 비유한 그 높은 경지와 은근한 정서는 정말로 압권이었다. "아침에 도를 깨우치면 저녁에 죽어도 좋다."(『논어』)라는 말과 똑같은 메시지였으나 그보다 훨씬 완곡하고 은근하면서도 비언어적이어서 좋았다. 짚신을 머리에 이고 스승 남전 화상 앞에서 덩실덩실 춤을 추던 조주(趙州)의 춤이 이러했을까? 노트르담 대성당 안에서 성모를 기쁘게 하기 위해 구불구불 거지춤을 추던 병든 곡예사의 춤이 이러했을까?

시중에 『조르바』 번역본이 이미 7종이나 나와 있는데 이번에 이렇게 새롭게 번역한 이유는 이 글의 뒷부분에서 상세히 서술했으니 그것을 참고하기 바라며, 먼저 작가의 생애, 작가의 문학 세계, 그리고 『조르바』의 창작 배경 등을 살펴보기로 하자.

카잔차키스의 생애

카잔차키스는 1883년 2월 크레타의 이라클리온에서 태어나 1957년 10월 여행 피로증세로 독일의 프라이부르크 임 브라이스가우(Freiburg im Breisgau)에 있는 한 병원 입원해 있던 중에 그동안 앓아오던 백혈병 후유증으로 사망했다. 1902년 크레타에서 수도 아테네로 유학하여 아테네 대학의 법학과에 들어갔으나 곧 문학에 뜻을 두고 맹렬하게 문학 수업을 했다. 대학을 졸업하기도 전에 처녀작 소설 『뱀과 백합』과 희곡 『동틀 무렵』을 썼다. 대학을 졸업하고 25세 때인 1908년에 프랑스 파리로 유학하여 철학자 앙리 베르그송의 지도를 받아가며 철학을 공부했는데 이때 프리드리히 니체를 즐겨 읽었다. 특히 니체의 『비극의 탄생』은 그에게 디오니소스적(的) 환희와 아폴론적(的) 지성을 가르쳐준 책이었고 이 디오니소스(육체)와 아폴론(지성)의 갈등 주제는 『조르바』에서 조르바와 '보스' 사이에서 적절히 변주된다. 1910년 유학을 마치고 그리스로 돌아와 크레타 출신의 작가 겸 지식인인 갈라테아 알렉시우를 아테네에서 만나 결혼식 없이 동거생활에 들어갔으나 1년 뒤에는 그녀와 정식으로 결혼했다. 이 당시 그는 프랑스어, 독일어, 영어, 고대 그리스어 책들을 현대 그리스어로 번역하면서 생계를 유지했다.

1914~1915년 그리스 시인 앙겔로스 시켈리아노스(Angelos Sikelianos)와 그리스 전역을 여행했다. 이 시절 일기에다 "나의 위대한 세 스승은 호메로스, 단테, 베르그송."이라고 적었다. 그는 또 같은 일기장에다 단테의 『신곡』 중 「지옥편」의 열다섯 번째 칸토(canto)에 나오는 말 "인간은 어떻게 그 자신을 영원하게 만드는가."를 자신의 평생 좌우명으로 삼겠다고 적었다. 이 영원은 '물질(현세)을 넘어 정신(영원)으로'라는 카잔차키스 문학의 핵심을 보여주는 단어이기도 하다. 1915년 10월, 톨스토이의 작품을 읽고서 종교가 문학보다 더 중요하다는 생각을 했다.

1917년은 제1차 세계대전 중이어서 저급 석탄의 필요가 증가했는데 카잔차키스는 요르기스 조르바라는 작업반장을 고용하여 펠레폰네소스 반도에서 갈탄광 사업을 운영했다. 이 사람이 후일 『조르바』의 주인공이 되는 인물이다. 또한 이해 7월에 스위스로 여행하여 취리히 주재 그리스 영사인 야니스 스타브리다키스의 손님으로 한동안 머물렀다. 야니스는 『조르바』의 배경 인물로 등장하여 그리스의 정치적 상황을 암시해 주면서 동시에 조르바와 대립하는 인물로 제시된다.

1919년에 베니젤로스 총리가 카잔차키스를 복지부 장관으로 임명하여 카프카스에 볼셰비키에 의해 억류되어 있는 15만 명의 그리스인을 본국으로 송환하라는 임무를 맡긴다. 베니젤로스 총리는 『조르바』 중 작중인물 조르바의 대사에도 나옴으로써, 이 작품의 행동 시점(時點)이

1919년 부근이라는 것을 알려 준다. 카잔차키스는 이때 조르바와 스타브리다키스를 동행하는데, 이 임무는 『조르바』에서 스타브리다키스의 편지 속에 간접적으로 언급되어 있다. 1920년 7월 31일에 민족주의 운동의 지도자 스테파노스 드라구미스(1842~1923)가 암살되었고 또 베니젤로스 총리가 11월의 총선에서 패배하자 카잔차키스는 장관직을 사임하고 파리로 건너가서 독일 지역을 여행했다. 카잔차키스는 여행과 꿈을 자신이 제일 좋아하는 것이라고 말했는데 1920년대 초반에는 유럽 전역을 여행하면서 견문을 넓혔다. 1924년에 아테네로 돌아와 엘레니 사미우(Eleni Samiou)를 만나 사랑에 빠졌는데 그녀는 나중에 두 번째 부인 겸 작가 사후의 저작권자가 되는 여자이다. 엘레니 부인은 작가 사후에 니키 파로클로스 스타브루라는 양자를 들였는데 현재는 니키가 카잔차키스 저작권자 겸 홍보 사업의 대표로 활약하고 있다.

1926년에 첫 번째 부인 갈라테아와 이혼했고 11월에는 후일 그의 제자, 문학 대리인, 측근, 전기 작가가 되는 판텔리스 프렐라키스를 만났다. 이 당시 그리스 정치에 환멸을 느낀 카잔차키스는 소련으로 건너와 공산주의 사상에 심취했으나 곧 그 사상에 환멸을 느끼고 결별한다. 1931년 그리스로 돌아와 아이기나 섬에 정착하고서 돈벌이를 위해 프랑스어-그리스어 사전을 편찬한다. 이 무렵 장편서사시『오디세이아』의 세 번째 원고를 썼으나 여전히 만족하지 못했고 그 후 이 원고를 여덟 번 다시 고쳐 쓴 후에 1938년에 확정 짓고 출판한다. 1930년대에는 영국, 스페인, 러시아, 일본과 중국, 모레아(그리스의 펠로폰네소스) 등을 널리 여행했으며 이때의 여행 소감과 인상들을 모두 해당 지역의 독립된 여행기로 출간했다.

1940년대 초반에는 그리스가 나치 독일의 지배를 받으면서 카잔차키스로서는 가장 고통스러운 시기였으나, 이때 신체적 배고픔과 심리적 압박을 꿋꿋이 견디면서 대작『조르바』(1943)를 써냈다. 그러나 전시 중이라 출판은 하지 못하고 3년을 기다렸다가 종전 후인 1946년에 출간했다. 이어 1947년에 프랑스어 본이 발간되면서 국제적인 명성을 얻기 시작했다.『조르바』는 키프리오트 미할리스(미카엘) 카코야니스에 의해 1964년에 영화화 되었는데 음악은 미키스 테오도라키스가 맡았으며 조르바 역은 앤서니 퀸이 맡았다. 이 영화는 세 개의 아카데미상을 수상했다. 조르바는 그 후 미국에서 최초의 뮤지컬(1968)로 상연되었고 이후 세 번이나 뮤지컬로 만들어졌으며 이어서 발레 극으로 재편되기도 했다. 조르바 역을 맡은 배우 앤서니 퀸은 멕시코 출신 미국인이나 아카데미상을 수상한 영화〈그리스인 조르바〉(1964) 이후에는 그리스인으로 널리 오인되었다고 한다. 그 앤서니 퀸에게 이런 에피소드가 있었다고 카잔차키스의 양자인 니키 P. 스타브루가 회고했다.

1970년대 후반의 어느 날 밤, 그는 당시 악명 높던 뉴욕 센트럴 파크를 가로질러 걸어가고 있었다. 그런데 뒤에서 급히 따라오는 발걸음 소리가 들리더니 그 낯선 자가 퀸의 등에 총부리를 들이댔다. "꼼짝하지 마!" 노상강도의 성난 목소리가 명령했다. 퀸은 처음에는 온몸이 얼어붙었으나 곧 최초의 충격으로부터 재빨리 회복하면서 천천히 몸을 돌려 그 강도를 대면했다. 그러자 강도는 "조르바 씨! 정말 죄송합니다!"라고 겁먹은 목소리로 중얼거리더니 황급히 도망쳐 버렸다는 것이다. 앤서니 퀸의 에피소드를 들은 사람들은 모두 웃음을 터트렸고 퀸은 그게 자신의 생애에서 최고의 순간이었다고 말했다.

카잔차키스는 생전에 두 번(1951년과 1956년) 노벨상 후보에 올랐으나 수상을 하지는 못했다. 그러나 노벨상이 수여되기 시작한 이래 116년이 지나갔지만 우리가 지금 머릿속에 뚜렷이 기억하는 노벨상 수상 작가는 몇 명이나 될까. 게다가 그 작가들이 만들어낸 등장인물들 중 이름을 댈 수 있는 캐릭터는 과연 몇 명이나 될까. 작가는 노벨상 수상이 중요한 것이 아니라 그가 만들어낸 캐릭터가 더 중요한 것이다. 이제 조르바는『아라비안나이트』의 뱃사람 신드바드(Sindbad), 셰익스피어의『헨리 4세』의 폴스타프(Sir John Falstaff), 세르반테스의『돈키호테』의 산초 판사(Sancho Panza) 등과 어깨를 겨루어도 조금도 손색이 없는 불멸의 문학적 캐릭터가 되었다. 아무리 고통이 깊고 끝이 보이지 않는 절망일지라도 우리 인간은 그것을 즐겁고 유머러스한 이야기로 형상화할 수 있으면 그 고통과 절망을 이겨낼 수 있다. 이러한 문학적 전통은 조르바를 포함한 신드바드, 폴스타프, 산초 판사 등 네 명의 문학적 캐릭터들이 증명하고 있다. 카잔차키스는『조르바』이후에는『수난』(1948),『미할리스 대장』(1950),『최후의 유혹』(1951),『성자 프란체스코』(1953) 등 네 편의 장편소설을 더 썼고 죽기 2년 전 여름부터 자전적인『영혼의 자서전』을 썼으나 이 책은 작가가 최종 수정을 보지 못한 채로 사후에 출간되었다.

카잔차키스의 문학 세계

카잔차키스는 평생에 걸쳐 죽음을 어떻게 이길 것인가, 사물의 본질은 무엇인가, 인간은 왜 지상에 왔는가, 영혼의 자유를 얻기 위해서는 어떻게 해야 하는가, 물질로 태어난 인간이 어떻게 해야 영성을 얻을 수 있는가 등의 명제를 놓고 씨름해 온 사상가요 작가였다. 카잔차키스의 이러한 사상적 편력은 3세기 사람인 마니를 연상시킨다.

마니는 바그다드 근처에서 소규모 유대인 집단에 소속된 가정에서 태어났는데, 유대교에 불만을 품고서 그의 주위에서 발견되는 주요 종교들을 하나로 통합하려 했다. 그는 신이 먼저 페르시아에 예언자 조로아스터의 모습으로 지상에 나타났고, 그 다음에는 인도의 붓다와 이스라엘의 예수로 다시 태어났다가 마침내 마니 자신의 형상으로 태어났다고 믿었다. 마니는 인도, 페르시아, 이스라엘의 요소들을 종합한 것 이외에도, 그리스 철학자들의 가르침도 신으로부터 영감을 받은 것이라고 생각했다. 마니에 의하면 우주는 원래 순수한 빛, 영(靈), 지혜로 이루어져 있었다. 모든 선한 것은 어둠과 악인 물질의 세계로부터 완전히 떨어져 있었다. 그런데 악이 빛을 유혹하여 그 둘이 섞이게 되었다. 정신적인 것은 선량하고 또 빛의 세계의 일부분이다. 인간의 신체를 포함하여 모든 물질적인 것은 사악하고 또 어둠의 세계의 일부분이다. 마니는 사람들의 내부에 있는 밝고 신성한 정신을 물질세계의 어둠으로부터 분리시켜야 한다고 가르쳤다.

물질을 이기고 영혼으로 나아가려 했고, 빛과 어둠의 이분법을 초월하려 했다는 점에서 카잔차키스는 마니와 많이 닮은 사람이었다. 그는 10대 시절 그리스정교회를 믿으며 성장했고 성경에 대해서 상당한 지식을 쌓았다. 그러나 고등학교 시절 찰스 다윈의 진화론을 알게 되면서 스스로 기독교에서 멀어졌다. 어린 시절의 신앙을 잃어버렸으므로 다른 정신적 바탕으로 대체해야 한다고 생각했다. 여기서부터 그의 정신적 편력이 시작되었다. 1908년 파리 유학 시절에 그는 스승인 앙리 베르그송의 생철학을 만나서 바로 이것이 기독교를 대체할 수 있다고 생각했다. 베르그송의 세계관은 진화 이론에 바탕을 둔 과학적인 것이었으나 동시에 육체보다 정신이 더 중요하다고 가르친다. 이 세상이 생명 없는 물질에서 점점 더 정신적인 것으로 진화해 나가서 마침내 인간의 지성으로까지 향상하게 되는 것은 엘랑 비탈(elan vital: 생명의 약동) 때문이라고 가르쳤다. 생철학에서 우리 인간의 목적은 더 이상 기독교에서 말하는 것처럼 내세를 기다리며 지상의 삶이 빨리 지나가기를 기다리는 것이 아니라, 우리가 지상에 머무는 이 짧은 순간에 '하느님'이 보편적 스케일로 성취한 바로 그것, 즉 우리의 육체를 정신으로 변화시키는 성변화(聖變化)를 달성하는 것이다. 우리는 신체적 안락보다는 이상적 원칙을 위해 살아감으로써 물질을 정신으로 변화시킬 수 있다. 이런 베르그송 방식대로 '하느님의 뜻'을 실천하면 우리의 신체가 죽어서 바람이 되어버려도 만족스럽게 죽을 수 있다는 것이다. 물질에서 정신으로 나아가야 한다, 라는 주장은 『조르바』의 도처에서 발견되는 메시지이다.

베르그송 밑에서 배우던 시절 카잔차키스는 기독교의 비판자이며 비합리주의의 옹호자인 니체를 만나 초인사상을 알게 되었다. 니체의 영향은 『조르바』 중에서 디오니소스(조르바)적 감성과 아폴론(보스)적 이성으로 명확하게 드러난다. 니체는 기독교를 배격하면서 그에 맞서는 새로운 신념의 체계를 구축할 수 있다고 했던 것인데, 『조르바』에서 드러난 신에 저항하는 자유는 니체의 영향을 잘 보여준다. 1930년대에는 그리스의 편협한 민족주의에 환멸을 느끼고 러시아의 공산주의에 매료되기도 했으나 곧 그 사상을 내버렸다. 카잔차키스는 그 후 불교를 알게 되면서 선불교의 공(空) 사상을 배우게 되었다. 이렇게 하여 오랜 지적 편력 끝에 카잔차키스가 완성한 세계관은 베르그송의 생철학, 니체의 초인 철학, 그리고 선불교 이렇게 세 가지의 종합이다. 이러한 사상은 1922년 베를린에 머물던 시절에 집필한 장편 에세이 『신을 구하는 자』에 잘 드러나 있다. 그리고 이때 이후 카잔차키스의 문학은 이 사상을 구체적 이야기로 형상화하는 과정으로 전개된다.

카잔차키스는 『조르바』의 〈프롤로그〉에서 이렇게 말했다. "내 영혼에 가장 깊은 흔적을 남긴 개인들을 꼽아보라고 한다면 다음 네 사람을 들어야 할 것이다. 호메로스, 베르그송, 니체, 조르바." 여기서 조르바가 맨 뒤에 있다는 점을 주목해야 한다. 왜냐하면 조르바는 앞의 세 사람을 종합하는 까닭이다. 『조르바』속에서 조르바는 뱃사람 신드바드로 자주 비유되고 있는데, 신드바드는 호메로스의 오디세우스나 다름없는 인물인 것이다. 베르그송과 니체의 사상적 영향은 보스가 조르바와 주고받는 대화 도처에서 드러난다. 그리고 조르바의 선불교적 풍모는 〈작품 해설〉 중 "조르바의 화두"를 참조하기 바란다.

카잔차키스의 문학은 총 4기에 걸쳐 발전해 나왔는데 1기는 1906년까지, 그리고 2기는 1922~1924년 사이이다. 1기에는 처녀작인 『뱀과 백합』이 발표되었고 2기에는 『신을 구하는 자』와 미완의 희곡 『붓다』를 썼다. 작가는 이 창작 1~2기에 독특한 인생철학을 정립하고 창작 3~4기(1936~1954)에는 이 철학을 예술(한 편의 장편 서사시 『오디세이아』와 다섯 편의 장편소설)로 구상화시키는 길로 나아갔다. 창작 3기의 최고 정점은 그동안 여덟 번이나 고쳐 써온 『오디세이아』의 최종 원고를 확정 짓고 발간한 1938년 12월 말이었다. 이때까지 작가는 자기 자신을 시인 혹은 극작가로 생각해 왔으나 1940년대에 들어와 조국 그리스가 나치의 압제에 신음하면서 그 고통에서 벗어나는 방법으로 본격적인 장편소설을 쓰기 시작했는데 그 첫 번째 작품이 여기에 번역한 『조르바』이다. 따라서 카잔차키스의 소설가로서의 명성은 1941년 이후에 써낸 장편소설들로 확립되었다. 카잔차키스의 낭만적 비합리주의는 제2차 세계대전 직후 참담한 황무지가 되어버린 세상에 고뇌하던 많은 사람들에게 생의 앞길을 내다보여주는 인간상을 제시했다.

그 덕분에 1940년대 후반과 1950년대에 들어가면서 그의 인기는 계속 높아졌다. 그 후 1960년대와 1970년대에도 미국의 히피 등, 반문화적인 젊은이들에게 크게 호소하여 이제 조르바는 전 세계적으로 생의 찬미자라는 아이콘으로 확립되었다. 1941년 이전에도 카잔차키스는 두 편의 초기 장편소설인『토다 라바』와『돌의 정원』을 써내기는 했으나 전문가들의 연구 대상일 뿐 일반 독자들의 흥미를 끌 정도의 수준은 되지 못하는 평범한 작품들이었다. 전자는 장편소설로 위장한 정치적 문서에 지나지 않는데, 소련과 공산주의에 대한 작가의 환멸에 대해서 말하고 있다. 후자는 여행기, 로맨스, 철학적 담론 등이 마구 뒤섞인 아직 덜 여문 작품이다.『돌의 정원』의 등장인물들인 요시로, 리테, 슈란 등은 카잔차키스의 사상을 앵무새처럼 따라서 말하는 허수아비 같은 인물들이다, 라는 혹평을 받았다. 이것을 다르게 말하면, 소설은 이야기가 먼저이고 사상과 철학은 그 이야기에서 자연스럽게 배어 나와야 하는데, 그런 성취를 거두지 못했다는 뜻이다. 이것은 시를 쓰던 카잔차키스가 소설로 장르를 전환하여 양식상의 실험을 하면서 적응하던 시기에 나온 작품이기에 아직 완성도를 높이지 못한 탓이었다. 그리하여 카잔차키스 자신도『토다 라바』를 자신의 본격 장편소설로 인정하지 않았고, 또『돌의 정원』에 대해서도 관념이 앞서서 인물들이 그것을 따라가지 못하는 단점을 절감했다. 이러한 실패를 잘 인식하고 리얼리즘과 신비주의를 잘 결합시켜 예술적 수준에 도달한 걸작이『조르바』이다.

카잔차키스가 자신의 대표작으로 꼽아주길 바란 장편 서사시『오디세이아』(1938)는 그의 예술 사상을 잘 구현하고 있다. 그는『신을 구하는 자』를 탈고한 직후부터 대작『오디세이아』를 구상하면서 자신의 철학을 예술화하려고 했다. 그가 1930년대 내내 전 세계를 여행한 것도 이 작품의 영감을 얻기 위해서였다. 그런 만큼 이때 집필된 여행기들, 가령『일본·중국 기행』,『모레아 기행』,『영국 기행』 등에는 작가의 철학을 엿보게 하는 편린들이 도처에 뿌려져 있다. 특히 중국과 일본 여행 후에 집필한『돌의 정원』을 쓸 때에는 예언자적 선언으로 가득한『신을 구하는 자』전편을 이 소설에 분산 배치함으로써 자신이 이 자료를 얼마나 소중하게 생각하는지 보여주었다. 그리고 여행기들의 사실적 묘사와『신을 구하는 자』의 관념적인 얘기는『조르바』에 이르러 추상적 관념과 객관적 사실을 잘 융합시킨 예술적 성취를 이루게 된다.

『오디세이아』는『신을 구하는 자』를 장편 서사시의 형식으로 확대한 것이다. 이 서사시는 그 영감을 호메로스의 동명 서사시에서 얻어 왔고, 주인공으로 오디세우스를 등장시키기 때문에 15년 정도의 시차를 두고 앞서 발간된 제임스 조이스의『율리시스』(1922)와 널리 비교된다. 카잔차키스의 오디세우스는 물질과 정신을 한 배에 태우고 앞으로 나아가는 자이다. 이것은 귀를 틀어막고 몸을 돛대에 부착한 채 세이렌의 노래를 들었던『오디세이아』에피소드를 변주한 것이다. 카잔차키스의 오디세우스는 죽음을 상대로 치열하게 싸우다가 결국 그 죽음을 초월하고 힌두 우화의 무사처럼 노래를 부르며 비장하게 생을 마감한다. 우화 속의 무사는 폭포로 떨어지는 강물 위에서 배를 저어가다가 그 폭포에 떨어지지 않으려고 필사적으로 노를 젓다 뜻을 이룰 수 없자 노를 거두어들이고 노래를 부르는데, "아! 내 인생이 이 노래처럼 되게 하자. 나는 아무것도 바라지 않는다. 나는 아무것도 두려워하지 않는다! 나는 자유다!"라는 내용이다. 카잔차키스는 이 노래를 특히 좋아하여 사후 그의 묘비명에 새기게 했다. 이렇게 볼 때 우리는『오디세이아』의 전반적 내용을 "무사는 노래 부른다."라고 요약해 볼 수 있다. 이 무사의 노래는 현실 속의 욕망과 죽음에 대한 공포를 모두 이긴 자를 칭송한 것인데,『조르바』

에서는 조르바의 춤과 노래로 변주된다.

『조르바』이후로는 위에서 언급한 것처럼 네 장편소설이 있는데, 그 중『최후의 유혹』은 십자가에 매달려 기절한 예수가 꿈꾸는 환상을 자세히 묘사하여 예수의 인간적 측면을 강조하고 있다. 환상 속에서 예수는 마리아 막달라의 애인이 되고, 또 나사로의 누이인 마리아와 마르타와 결혼하여 육체의 즐거움을 만끽한다. 예수가 이런 식으로 나이 들어 늙어 가면서 제자들로부터 예언자답지 못하다는 비난을 받고, 또 이스카리옷 유다로부터 반역자라고 통박 당한다. 그러다가 이런 사람들이 갑자기 사라져버리고 예수는 환상에서 깨어나는데 이것이 십자가에 매달린 예수의 마지막 유혹이라는 것이다. 로마 교황청은 이런 묘사를 신성모독이라고 생각하여 이 소설을 금서 처분했고 그리스정교회는 작가를 파문했다.

다른 소설가들도 그렇듯이 카잔차키스도 비판을 받는 측면이 있다. 비판가들의 주장은 대략 세 가지인데 산만한 문장, 가부장적인 여성관, 에피소드 위주의 사건 전개 등이다.

평론가 스탠리 코프먼은 카잔차키스가『최후의 유혹』에서 "속이 뒤집혔다."라고 쓰면 될 곳에서 "그의 내장은 부드러운 바람에 사로잡힌 포플러나무의 잎사귀처럼 살랑거리며 흔들렸다."라고 쓴다면서 "아주 우스꽝스러운 표현"이라고 지적했다. 또 여관 주인이 "사라져(scram)"라고 말하는 것도 이상하다고 비난했다. 이 "스크램(scram)"이란 표현은『조르바』제16장에서 조르바가 미미토스에게 말할 때, 제22장에서 시파카스가 보스에게 말을 건넬 때에도 사용되고 있다. 카잔차키스는『조르바』제3장에서 훌륭한 산문을 가리켜, "잘 작업되고, 과묵하고, 여분의 췌언으로부터 해방되고, 강력하고, 절제되고, 가장 간단한 수단으로 본질을 형상화하고, 말놀이를 거부하고, 술수나 과장을 피하고, 그러면서도 힘이 넘치는 단순함으로 할 말만 딱 하는 문장."이라고 말했으면서도 정작 그것을 완벽하게 실천하지 못한 것이다. 『조르바』에서도 자연 묘사를 할 때에는 이런 식의 산만한 미문이 등장한다. 가령 "새벽이 왔다."라고 하면 될 것을 "신은 또 다른 새벽을 가져다주었으므로"(제4장)라고 쓰는 식이다. 또한 제22장에서 과수원 과부인 수르멜리나의 피살을 관념적으로 변명하는 문장은 너무 수사적인 느낌을 준다. 제23장에서 "별이 하늘에 나타났다." 하면 될 것을, "최초의 별들이 하늘에 나타나서, 밤새 딩동 하고 소리를 내는 작은 은종처럼 공중에 매달려 반짝거렸다."라고 쓰고 있다. 우리는 이런 문장을 읽을 때 카잔차키스가 이미 1900년 이전에 문학 수업을 한 후기낭만주의 계열의 작가였음을 기억해야 한다. 다시 말해 예전에는 자연풍경이나 심경 묘사를 그런 식으로 길고 화려하고 수사적으로 꾸미는 경향이 있었던 것이다.

많은 독자들이 카잔차키스가 여성을 바라보는 관점이 21세기와는 어울리지 않는다고 불평한다. 그의 작품 속 주인공들은 물질을 정신으로 바꾸려고 노력하는 사람들인데 이들은 언제나 남성이다. 반면에 여성은 위로 상승하는 어려운 여행길에서 만나게 되는, 반드시 극복해야 하는 대상으로 제시되어 있다. 가령 『조르바』의 보스의 경우처럼 여성은 남성의 상승 작용에서 일정한 단계(언제나 낮은 단계)에서는 도움을 주지만 더 앞으로 나아가려면 초월해야 하는 대상으로 인식된다. 그 외에 아나그노스티스 아저씨, 수녀원 앞에서 만난 노인, 춤을 잘 추는 목동 시파카스 등은 모두 여자를 열등한 존재로 폄하한다. 그리고 조르바도 여자를 한없이 아끼는 인물로 나오지만, 실은 여자보다 높은 곳에 위치하여 아래를 내려다보며 한 수 봐주는 듯한 애정 혹은 연민일 뿐, 여자를 동등한 파트너로 인식하는 태도는 아닌 것이다. 이것은 작가가 활동할 당시의 사회적 통념, 혹은 하나의 상징으로 제시된 여성 등으로 설명하려 해도 오늘날의 페미니스트들에게는 합격점이 되지 못한다.

에피소드 위주의 사건 전개는 아리스토텔레스의 『시학』 제9장의 원칙에 위배된다고 비판가들은 지적한다. 시인(작가)은 비극에 반드시 플롯을 도입해야 하는데, 이때 가장 나쁜 플롯은 사건들이 에피소드처럼 산만하게 나열되는 것이다. 즉, 사건들이 서로 연계되는 명확한 인과 관계를 갖추지 못한 경우다. 가장 효과적인 플롯은 예기치 못한 것과 필연적인 것을 촘촘하게 병치해 연민과 공포를 불러일으키는 것이다. 잘 짜인 플롯일수록 사건의 반전을 도입하여 인식과 발견의 충격을 조성하는데, 카잔차키스의 소설들(특히 초기 소설들)은 주제와 관계없는 에피소드들이 많이 등장한다는 것이다. 『조르바』에서는 일부 자연 풍경 묘사를 제외하고는 이런 경향이 거의 극복되었다.

『조르바』의 창작 배경

이 작품은 작가가 1941년에 45일 만에 초고를 썼고(『조르바』 제26장에서 작가는 아이기나 섬에서 몇 주 만에 썼다고 밝혔다), 1942~1943년 사이에 두 번째 원고를 써서 최종 형태로 확정되었으며 제2차 세계대전 종전 후인 1946년에 아테네의 디미트리오스 디미트라코스 출판사에 의해 그리스어 본이 출판되었다. 1947년에 프랑스어 번역본이 나오면서 카잔차키스의 명성이 국제적으로 널리 알려지기 시작했고 이 프랑스어 본에 바탕을 둔 영역본이 1952년 사이먼 앤 슈스터 출판사에서 칼 와일드먼의 번역으로 나왔다.

카잔차키스가 이 작품의 집필에 몰두한 1941년에서 1944년은 그리스가 나치 독일에 점령당하여 현대 그리스의 정치사에서 가장 비극적인 시기였다. 우선 이탈리아의 무솔리니가 1940년 10월 28일에 그리스를 침략했다. 그 해 내내 그리고 1941년 초까지 그리스인들은 침략자들에 맞서 싸웠고 마침내 그들을 알바니아로 격퇴시켰다. 그러나 1941년 4월 6일에 히틀러는 무솔리니의 구원에 나섰고 그 직후 그리스는 곧 패퇴하여 4월 27일에 아테네가 함락되었고 마지막까지 저항을 했던 카잔차키스의 고향 크레타는 5월 말에 항복했다. 1941년 겨울은 엄청난 기근 사태가 발생하여 근 50만 명이 굶어죽었다. 그리고 1944년 11월 독일군이 완전 철수할 때까지 그리스는 나치의 압제 하에서 아주 힘들게 살았다.

이 시기의 카잔차키스의 상황을 이해하기 위해서 우리는 그보다 앞선 30년 동안에 그가 걸어온 정치적 과정을 이해할 필요가 있다. 그는 1910년부터 1920년에 이르는 10년 동안 그의 친구이며 정치가인 이온 드라구미스가 이끄는 민족주의 운동의 열렬한 지지자였다. 드라구미스는 당시 터키 치하에 있던 마케도니아와 다른 지역을 그리스 국가에 통합시켜야 한다고 주장한 애국자였다. 또 드라구미스는 콘스탄티노플의 유지, 아크리타스(전통의 연속성), 영원한 헬레네, 의무, 어머니 그리스 등을 골자로 하는 위대한 이상을 주장했다.

카잔차키스가 민족주의 운동에 봉사한 것으로 가장 획기적인 사건은 1919년의 해외 그리스 동포 구출 사건이었다. 그는 그리스 정부의 공공복지부 장관 자격으로 카프카스로 가서 볼셰비키에 의해 박해 내지 처형될 위기에 있는 15만 명의 그리스인을 본국으로 소환하는 임무를 수행했다. 이때 카잔차키스를 따라간 두 명의 주요 보좌역이 있었는데 한 사람은 열렬한 드라구미스 지지자인 야니스 스타브리다키스(이하 다키스)였다. 다키스는 그 봉사 작업을 하던 중 카프카스에서 사망했고 그 후 카잔차키스의 기억에서 그리스의 민족주의를 위해 목숨을 바친 영웅적 순교자로 남았다. 다른 한 사람은 수완 좋은 작업반장인 요르고스 조르바(소설 속의 알렉시스 조르바)였다. 이 두 사람은『조르바』에서 그리스의 현재 상황에 서로 다르게 반응하는 인물로 제시된다.(〈작품 해설〉 참조)

1920년 8월 13일, 민족주의 운동의 지도자 드라구미스가 반대파에게 암살당하는 비극적 사건이 발생했다. 카잔차키스는 큰 충격을 받는 동시에 그리스의 정치 상황에 환멸을 느끼게 되었다. 그리스 민족주의는 과도한 정치적 주장을 펼치다가 1922년에 소아시아에서 터키와 교전하게 되는데 참패했다. 그럼에도 사분오열되어 서로 싸우는 그리스 정계의 한심한 작태에 환멸을 느낀 카잔차키스는 민족주의를 극복하기 위한 방안의 하나로 국제 공산주의에 시선을 돌렸고 또 불교에도 관심을 표시했다.

그러나 이처럼 그리스에 대하여 환멸과 혐오를 느끼는 20년간에도 카잔차키스는 드라구미스를 잊어버리거나 다키스를 망각한 적이 없었다. 그는 1930년대에 들어와 민족주의의 대안으로 추구했던 공산주의에 환멸을 느끼고 정치적 공백기에 들어섰는데 이 시기에 자신의 그리스적 정체성을 새롭게 혁신하기를 간절히 원했으나 마땅한 돌파구를 마련하지 못했다. 그가 활용할 수 있는 수단은 1910년대에 배웠던 피상적인 민족주의의 화려한 구호와 비현실적인 사상뿐이었다. 그리하여 카잔차키스는 1937년에 집필한『모레아 기행』에서 진정한 체험은 별로 없이 이런 피상적인 구호로 가득한 수사적인 기행문을 썼다. 그리고 1940년 10월 2일에는 근 20년 전에 암살당한 드라구미스를 찬양하는 역시 수사적인 찬양시를 쓰기도 했다. 한마디로 어떤 획기적인 돌파구가 없이 답보하는 상태였다.

이처럼 한물가버린 낡아빠진 상투어로 글을 쓰던 카잔차키스가 어떻게 단 1년 사이에 환골탈태하여『조르바』같은 걸작을 쓸 수 있었을까?

그것은 무솔리니의 그리스 침략으로 비롯된 일련의 정치적 사건들이 그에게 결정적 영향을 미쳤기 때문이다. 1941~1943년 사이에 카잔차키스는 그 자신이 나치 치하에서 받은 신체적, 정신적 고통과, 그 주위의 동포들이 받는 고통을 해소하기 위한 방안으로 『조르바』를 쓰기 시작했다. 일찍이 중국 송나라의 구양수(歐陽脩)는 시인은 곤궁한 이후에야 비로소 아름다운 시를 쓸 수 있다고 했는데(詩窮後工), 말하자면 지극한 고통이 창작의 에너지를 밀어올린 것이다. 이 당시 카잔차키스는 크레타 섬이 아니라 아테네 근처 사로니코스 만(灣)에 떠 있는 아이기나 섬에서 살고 있었는데, 식량이 너무 귀하여 카잔차키스 부부는 아주 힘들게 하루하루를 보내야 했다. 아내 엘레니는 먹을 만한 채소를 얻기 위해 집 주위의 언덕들을 날마다 돌아다녀야 했고 또 죄수들이 남긴 음식 한 접시를 얻기 위해 섬의 형무소에 가보기도 했다. 그녀는 나중에 니코스 카잔차키스의 전기를 집필했는데 거기서 이렇게 썼다. "겨울이 되면서 날이 점점 짧아지고 우리의 식량은 점점 줄어들었다. 우리는 신체적 힘을 보존하기 위해 침대에 가만히 누워 있어야 했다. 그처럼 너무 배고파서 슬프고 절망적인 그 시절에 니코스는 그의 가장 즐거운 소설인 『조르바』를 썼다." 그는 엘레니에게 '배고픔을 다스리기 위해' 이 소설을 쓰고 있다고 미소 지으며 말하기도 했다. 『조르바』에서는 조르바와 보스가 음식을 아주 맛있게 먹는 장면이 여러 번 나오는데, 이러한 창작 배경이 영향을 미친 것으로 보인다.

카잔차키스에게 『조르바』를 집필하는 것은 하나의 구원이었다. 아이기나 해변에 있는 자그마한 석조 가옥에서 파도 소리를 들으며 집필할 때가 많았는데 친구인 판텔리스 프레벨라키스에게 보낸 1941년 8월 22일자의 편지는 이렇게 말하고 있다.

"나는 돈 되는 일거리를 발견할 수가 없네. 아무도 내 희곡을 상연하려고 하지 않아. 나의 재정 상태는 아주 궁핍하다네…… 나는 열심히 일하고 있어. 며칠 전에 조르바의 전설을 쓰기 시작했네. 올해는 풍성한 한 해가 될 것 같아. 이게 절망을 패배시킬 수 있는 유일한 길이야." 그는 불같은 창작욕에 휩싸여 불과 45일 만에 『조르바』 초고를 완성했고 1943년 8월에 최종 원고를 확정했다. 바다를 바라보며 집필한 이유로 『조르바』에서는 바다를 쳐다보는 장면이 많이 나온다. 날씨와 시간에 따라 그 모습을 무궁무진하게 바꾸는 바다는 이 세상의 상징이기도 한데, 『조르바』에서 조르바와 보스가 바다를 쳐다보는 장면은 세상에 대한 어떤 이해가 동반될 때가 많으므로 유심히 읽어야 할 필요가 있다.

작품 속의 사건들이 벌어지는 시기는 1919~1920년 사이의 어느 기간이다. 『영혼의 자서전』에 의하면 카잔차키스는 크레타 해안에서 조르바와 여섯 달을 함께 보냈다고 하지만, 그의 양아들인 니키 P. 스타브루의 증언에 의하면 실제인물 조르바는 크레타에 간 적이 없다. 작품의 시기 추정은 제2장에서 조르바가 두 승객이 국왕파와 베니젤로스파(派)로 갈라져서 언쟁을 벌인다고 한 장면에서 짐작할 수 있다. 베니젤로스는 1890년대 말기에서 1930년대 중반까지 그리스 정계를 주름잡은 인물이었다. 발칸 전쟁(1912~1913)으로 그리스는 남동부 마케도니아 서부 트라케를 얻었다. 전쟁의 주역인 국왕 조지 1세(『조르바』의 제2장에서 조르바가 크레타에 왔다고 말한 조지 왕자가 바로 이 인물이다)는 1913년 암살되어 콘스탄틴 1세가 그 뒤를 이었다. 제1차 세계대전 동안 베니젤로스는 연합국을 지지한 반면 콘스탄틴 1세는 중립을 선호하여 베니젤로스를 총리직에서 해임했다. 『조르바』 속에 나오는 두 승객의 논쟁은 이 당시의 정치적 상황에 관한 것이다. 작품 속에서 보스의 친구인 다키스가 카프카스에 그리스 난민들을 구하러 떠난 시점은 1919년이다.

작품의 무대인 크레타 섬은 오토만 제국에 의하여 1669년에 점령된 후 2백 년 넘게 터키의 통치를 받아왔다. 이 섬에서 1896~1897년에 투르크 족에 저항하는 반란이 벌어져서 1897년 그리스와 오토만 제국 사이에 전쟁이 벌어졌고 유럽의 4대 강국이 개입하면서 터키는 1898년에 크레타에서 철수했다. 그 후 명목상의 투르크 통치 아래 크레타 자치 정부가 들어섰으나, 실제로는 영국, 프랑스, 러시아, 이탈리아의 4대 열강이 통치했다. 1908년, 터키의 영 투르크(Young Turk) 혁명의 여파로 비로소 크레타는 그리스와 통일이 되었고 1909년에 4대 열강은 이 섬으로부터 철수했다. 『조르바』의 시대적 배경은 1919~1920년이므로, 작중인물들은 그 30년 전의 사건들에 대해서 많이 회상하고 있다. 특히 작품 속 인물인 마담 오르탕스가 상대했다는 4대 열강의 제독들은 이 나라들에서 파견한 함대의 지휘관들을 가리킨다. 그러나 작품 속에도 말하고 있듯이 그 제독들은 모두 허구적인 인물 설정이다.

이 작품의 주인공 요르기스 조르바는 실존 인물로 1865년에 올림푸스의 카타피기에서 태어났다. 그는 부유한 목장주 포티 조르바의 아들이었고 이아니와 세노폰타라는 형제와 카타리나라는 여동생이 있었다. 요르기스 조르바와 니코스 카잔차키스는 1914년 아토스 산 근처의 칼키디키에서 처음 만났고 곧 절친한 친구가 되었다. 1916년 가을에서 1917년 8월까지 두 사람은 마니의 프라스토바에서 갈탄광을 운영했다. 그 사업은 완전 실패로 끝났으나 카잔차키스는 그에게서 알렉시스 조르바라는 문학적 캐릭터를 보았고 언젠가 그것을 형상화해야겠다고 생각했다. 그러나 요르기스는 자신이 세계문학 속의 위대한 캐릭터가 되리라는 생각은 전혀 하지 못했다. 요르기스 조르바는 1941년 9월 16일, 그러니까 작가가 아이기나 섬에서 『조르바』를 집필하던 시기에 세상을 떠났다.

오르탕스 부인 또한 실존 인물인데 본명이 아델린 귀타르라는 프랑스 여인이다. 1863년에 프랑스의 튈란(Tulane)에서 태어나서 처음에는 모자 제조공으로 일했으나 만년에 크레타에 정착하여 여관 주인으로 살았다. 그녀의 여관은 이에라페트라에 있었는데 옥호는 '프랑스'였다. 오르탕스는 1938년에 75세의 나이로 사망했다. 비교적 최근인 1982년까지 그곳 성당의 신부로 있었던 마놀리스 초발라키스는 오르탕스가 "생애 마지막 날까지 성인으로 살다가 성인으로 죽었으며, 얼마 안 되는 수입으로 많은 선행을 베풀고 이웃 사람들을 도와주었다."라고 말했다. 이에라페트라 시청에 가면 그 당시 사교계 인사들의 사진이 걸려 있는데 오르탕스 부인도 그들 중 한 사람으로 나온다. 실존 인물 조르바는 크레타에 간 적이 없고, 따라서 그와 오르탕스 부인은 서로 만난 적이 없다. 이러한 증언은 카잔차키스의 미망인 엘레니가 후에 입양한 아들 니키 P. 스타브루의 입에서 나온 것이다.

작품 속에서 조르바는 65세, 보스는 35세로 되어 있고, 보스는 조르바의 언행에 상당히 감명을 받는 것으로 나오는데, 이 35세는 단테가 『신곡』「지옥편」 제1곡에서 "내 생애의 중반에서 잠 깨어 보니 나 자신이 깊은 숲 속에 있는 것을 발견하고 또 올바른 길에서 멀리 벗어나 방황하고 있었네."라고 노래한 바로 그 나이이다. 여기서 우리는 보스가 조르바를 인생의 길잡이로 삼아 어떤 깊은 깨달음으로 나아가게 되는 과정을 미리 예상할 수 있다.

이 번역본에 대하여

시중에는 7종의 『조르바』 번역본이 나와 있다. 이런 상황에서 과연 8

번째 번역본이 필요할까, 그건 종이의 낭비가 아닐까 의문을 가질지도 모르는 독자를 위하여 이 번역본을 펴내게 된 세 가지 이유를 설명해 보고자 한다.

첫째, 이 책은 2015년에 나온 피터 빈(Peter Bien)의 새로운 영역본을 바탕으로 번역했다는 것이다. 지금까지 영미권에서 통용되던 『조르바』 영역본은 칼 와일드먼의 것이 유일했다. 1952년에 나온 이 번역본은 미국의 사이먼 앤 슈스터 출판사에서 펴냈고, 이어 1961년에 영국의 페이버 앤 페이버 출판사도 와일드먼 번역본을 그대로 사용했다. 국내에서 기존에 나온 7종의 번역본은 모두 이 영역본을 바탕으로 한 것이다. 그런데 2015년에 평생을 그리스 현대문학을 연구해 온 미국 학자 피터 빈(다트머스 대학의 영미비교문학 교수로 은퇴)이 새롭게 『조르바』 영역본을 펴내면서 이런 말을 했다. "기존의 영역본은 그리스어를 전혀 모르는 사람이 기존에 이미 번역되어 있던 프랑스어 번역본에서 중역을 한 것이었다. 따라서 그리스어 텍스트에 들어 있던 많은 문장들을 빼버리거나, 문의를 잘못 읽거나, 원문에 있지도 않은 말을 집어넣기도 했는데 이는 아마도 프랑스어 번역본을 바탕으로 작업을 했기 때문에 그렇게 된 것으로 보인다." 이 8번째 국역본은 비록 그리스어 원문에서 번역한 것은 아니지만, 2015년에 나온 피터 빈의 영역본을 충실히 번역한 것이다.

와일드먼의 것과 피터 빈의 것을 서로 비교해 보면 확실히 전자가 원문에서 이탈하는 경우가 많아서 유려하게 잘 읽히는 반면에, 후자는 원문에 충실하다 보니 약간 경직된 영문이라는 느낌을 준다. 그러나 와일드먼은 추상적이고 사변적인 내용이 나올 경우 두루뭉술하게 넘어가는 경우가 많은 반면에, 피터 빈은 특히 그런 부분에서 쉽고 정확하게 번역하여 카잔차키스의 말뜻을 잘 전달하고 있다. 사실 『조르바』의 상당 부분이 조르바의 행동에 대한 철학적인 해설 내지 성찰이므로 이 부분은 와일드먼 번역본에 비하여 한결 진일보했다는 느낌을 준다. 또 피터 빈이 원서의 문장을 단 한 줄도 빼먹지 않고 그대로 번역했다는 것도 두 번역본 사이의 중대한 차이점이다.

피터 빈은 또한 카잔차키스가 순수언어보다 민중언어를 더 중시했기 때문에 젊은 시절에 일부러 그리스 농민들을 찾아가서 그런 어휘들을 수집했다고 말한다. 그래서 그리스어-영어 사전에도 나오지 않는 독특한 단어들이 『조르바』에 많이 등장하는데 와일드먼의 영역본(그리고 대본이 된 프랑스어 본)은 그런 단어들은 모두 어림짐작으로 번역하여 제대로 뜻이 전달되지 않았다고 지적한다. 크레타 출신으로 그리스 언어학 박사인 니코스 마티우다키스가 최근에 작성한 카잔차키스 어휘 관련 박사 논문에서 카잔차키스의 서사시 『오디세이아』에서 발견된, 사전에 안 나오는 5천여 단어들에 대한 뜻풀이를 달아놓았는데, 피터 빈은 『조르바』에서 그런 단어를 발견할 때마다 그 어휘집을 유익하게 활용했다고 말한다. 피터 빈은 그 어휘집에서 나오는 뜻풀이를 실제로 키먼 프라이어의 『오디세이아』 영역본에서 확인했는데 서로 일치했다고 한다. 키먼 프라이어도 피터 빈처럼 그런 사전에도 없는 단어들의 뜻을 알기가 막막했는데 프라이어 시절에는 아직 카잔차키스가 살아있었기 때문에 저자를 직접 만나 뜻풀이를 알아냈다는 것이다. 또한 피터 빈의 아내 크리산티 빈은 마케도니아 출신의 그리스계 미국인으로서 많은 그리스 민중어에 대하여 직접 도움을 주었다고 한다. 따라서 기존의 와일드먼 번역본에서는 애매한 단어의 뜻을 넘겨짚거나 해당 단어를 빼버리거나 엉뚱한 뜻을 추가한 부분들이 상당수 있는데, 이 국역본은 피터 본의 영역본 덕분에 그런 넘겨짚기를 배제함으로써 한결 진일보할 수 있었다. 이것은 이 책을 기존의 국역본과 비교해 보면 자명하게 밝혀질 것이다.

기존의 7종 번역본은 피터 빈이 새로 영역하면서 책의 앞에 붙인 〈프롤로그〉가 들어 있지 않다. 나는 이 〈프롤로그〉가 피터 빈이 『영혼의 자서전』에서 가져와 임의로 붙인 것이 아닐까 짐작하면서, 이 글을 『영혼의 자서전』 중 〈조르바〉 부분과 확인해 보니 앞부분의 절반 정도는 겹치고 나머지 뒷부분의 절반은 다른 얘기가 들어 있는 것을 발견했다. 그리고 『조르바』의 제26장을 보면 "나는 〈프롤로그〉에서 언급한 전보를 받았다."와 "내가 〈프롤로그〉에서 이미 쓴 것처럼,"이라는 문장이 나온다. 이것을 보면 〈프롤로그〉는 작가 자신이 작품의 일부분으로 집필한 게 분명하고, 무슨 이유인지는 알 수 없으나 기존 영역본에서 빠져버린 것이다. 『조르바』가 『영혼의 자서전』보다 먼저 집필되었으니, 작가가 나중에 이 〈프롤로그〉를 참조하며 자서전의 〈조르바〉 부분을 쓴 듯한데, 정말 중요한 것은 〈프롤로그〉 중 뒤의 다른 절반 부분이다. 이 뒷부분에서 작가는 조르바 이외에 스타시나키스(작품 중의 다키스)와 마담 오르탕스를 중요하게 보아야 할 인물로 제시하고 있다. 실제로 조르바와 다키스의 관계, 조르바와 마담 오르탕스의 관계는 작품을 이해하는 데 중요하므로 작가가 이처럼 〈프롤로그〉에서 미리 언급하고 있는 것이다.(책 뒤편에 붙인 〈작품 해설〉 참조)

둘째, 기존의 7종 번역본은 『조르바』가 카잔차키스 문학에서 어떤 위상을 차지하고 있는지, 또 어떤 경로를 거쳐서 나오게 되었는지, 그리고 이 책이 왜 그토록 한국인 독자에게 사랑을 받는지 등에 대해서는 자세한 설명이 없다. 앞의 두 질문(문학적 위상과 창작 배경)에 대해서는 영역자인 피터 빈이 근 20년간 카잔차키스를 연구하며 내놓은 세 권의 역작 연구서, 『니코스 카잔차키스: 장편소설가』(1989), 『카잔차키스: 영혼의 정치학 제1권』(1989), 『카잔차키스: 영혼의 정치학 제2권』(2007)이 관련 정보를 제공하고 있어서 위의 "카잔차키스의 문학 세계"와 "『조르바』의 창작 배경"을 작성하는 데 큰 도움을 받았다. 한국인 독자가 『조르바』를 좋아하는 이유에 대해서는 옮긴이가 이 소설을 여러 번 읽어온 소감을, 텍스트 내의 관련 문장들로 뒷받침하고 또 여러 관련 에피소드와 고사를 인용하면서 설명했는데, 자세한 내용을 파악하려는 독자는 〈작품 해설〉을 참고하기 바란다. 〈작품 해설〉은 독자들이 『조르바』를 깊이 있게 감상하고 또 독자 나름의 판단과 통찰로써 『조르바』를 해석하는 데 도움을 주려는 의도로 작성되었다.

셋째, 출판사 연암서가는 창사 이래 "고전의 새로운 번역"이라는 출판철학 아래 그동안 동양의 고전과 서양의 고전들을 꾸준히 재번역하는 작업을 해왔다. 사실 새로 나온 『조르바』 영역본이 말해 주듯이 서양이든 동양이든 고전은 세대가 지나가면 새롭게 번역되어야 하고 또 실제로 많은 번역들이 시대의 언어감각에 맞게 새로운 옷을 입고 태어나고 있다. 『조르바』는 국내 독자를 상대로 한 앙케트에서 언제나 수위를 달리는 인기 높은 외국 소설인데, 이제 새롭게 번역된 영역본을 저본으로 한 새 번역을 펴내 국내 독자에게 선보여야 할 때가 되었다. 연암서가는 그런 판단 아래 이 국역본을 펴내게 되었고 옮긴이는 그런 뜻에 적극 동참하였다. 이상과 같은 이유로 탄생한 이 국역본이 과연 소기의 목적을 달성하여 종이의 낭비를 모면했는지 여부는 독자 여러분의 판단에 맡긴다.

2017년 4월
이종인

나는 종종 "알렉시스 조르바의 성자다운 생애"를 쓰고 싶어 했는데 그는 나이가 많은 노동자이며 내가 아주 사랑했던 사람이다.

내 인생에서 가장 큰 혜택을 주었던 것은 여행과 꿈이었다. 죽은 사람이든 살아있는 사람이든 나의 투쟁에서 도움을 준 사람은 그리 많지 않았다. 그렇지만 내 영혼에 가장 깊은 흔적을 남긴 개인들을 꼽아보라고 한다면 다음 네 사람을 들어야 할 것이다. 호메로스, 베르그송, 니체, 조르바.

호메로스는 내게는 태양의 원판처럼 화창하고 밝은 눈 같은 사람으로, 이 세상 모든 것을 구원의 밝음으로 비춰주고 있다. 베르그송은 나의 청년 시절에 나를 괴롭혔던 해결 불가능한 철학적 고뇌로부터 해방시켜주었다. 니체는 새로운 고뇌로 나를 풍성하게 해주었으며 불행, 슬픔, 불확실성을 자부심으로 바꾸어 놓은 방법을 가르쳐주었다. 조르바는 내게 삶을 사랑하고 죽음을 두려워하지 말라고 가르쳤다.

만약 오늘날 이 넓고 넓은 세상에서 단 한 명의 영적 지도자—인도에서 말하는 '구루' 혹은 아토스 성산(聖山)에서 수도사들이 말하는 '거룩한 신부'—를 선택하라고 한다면, 내가 주저하지 않고 선택할 사람은 조르바일 것이다. 그는 펜대 굴리는 사람이 구원을 얻기 위해 필요로 하는 바로 그것을 소유했다. 가령 저 높은 곳에서 멋지게 자양분을 얻어내는 원초적 시선. 날마다 동틀 때면 새롭게 거듭나는 창조적인 천진난만함. 모든 것을 마치 처음인 양 바라보면서, 바람, 바다, 불, 여자, 땅 등 아주 일상적인 요소들에 처녀성을 부여해 주는 초발심(初發心), 손의 날렵함, 마음의 신선함, 자신의 영혼이 제 그릇보다 더 큰 힘을 품을 수 있다고 믿는 듯한 영혼에 대하여 농담을 걸 수 있는 용감하고 강건한 사람의 능력, 그리고 마지막으로 사람의 내면 깊은 곳보다 더 깊은 곳에서 터져 나오는 야성적이고도 걸걸한 웃음소리 등이 그런 구원의 요소이다. 그 웃음은 노인 조르바의 가슴으로부터 중요한 순간마다 구원을 주려는 듯이 터져 나오는데 인간이 자기 주위에 쳐놓은 차단막, 가령 도덕, 종교, 민족주의 등을 단숨에 폭발시킬 정도로 강력한 위력을 지녔다(실제로 폭발시켰다). 이에 반하여 불쌍하고 심약한 인간들은 그런 장애물을 주위에 쳐놓으면 그들의 한심한 소인배 생활을 무난히 어기적거리며 영위할 수 있으리라고 잘못 생각하고 있는 것이다.

　　나의 굶주린 영혼이 아주 오랜 세월 동안 책들과 스승들로부터 어떤 자양분을 얻었는지 생각하고, 또 그것을 조르바가 단 몇 달 동안에 내게 안겨준 사자심(獅子心)과 비교해 볼 때, 나는 분노와 슬픔을 억누를 수가 없다. 이 '거룩한 신부'를 너무 늦게 만났기 때문에 내 인생은 말짱 헛것이 되어버릴 수밖에 없는 운명이었다. 그를 만날 당시에 구원을 받을 수 있는 나의 내면적 자아는 아주 자그마한 부분만 남아 있었던 것이다. 위대한 변모―앞면이 결정적으로 바뀌는 표변(豹變), '환골탈태' 혹은 '완전 새로운 소생'―는 발생하지 않았다. 시간이 이미 너무 늦은 것이었다. 그래서 조르바는 내 인생을 고양시키는 권위 있는 모델이 되지 못하고 슬프게도 문학적 주제로 추락하여 나로 하여금 무수한 원고지들 위에 잉크 얼룩을 남기게 하고 있는 것이다!

삶을 예술로 바꾸는 이 슬픈 특권은 살[肉]을 극복하는 많은 영혼들을 재앙으로 인도한다. 왜냐하면 불같은 정열은 이런 식의 출구를 만나면 가슴에서 떠나버리기 때문이다. 이런 경우에 영혼은 안도를 느낀다. 그것은 더 이상 분노로 부글부글하지도 않고 더 이상 가슴과 가슴을 맞대고 싸울 필요를 느끼지 못하며, 삶이나 행동에 직접적으로 개입할 필요를 느끼지 않기 때문이다. 그 대신 그것은 불같은 정열이 미풍 속에서 연기가 되어 공중으로 올라가다가 가뭇없이 사라지는 것을 보면서 그 사라진 정열을 흡족히 여기면서 기뻐하는 것이다. 영혼은 이런 안도에서 즐거움을 느낄 뿐만 아니라 그것을 자랑스럽게 여긴다. 무한한 시간 속에서 살과 피를 소유한 이 대체 불가능한 일시적 순간을 영원한 것으로 고정시킴으로써, 자신이 아주 거창한 일을 해냈다고 믿는 까닭이다. 이것이 살과 뼈로 충만한 조르바가 내 손에서 종이와 잉크로 타락해 버린 경위이다. 몇 해 전부터 조르바 이야기가 내 마음속에서 서서히 수정같이 영롱하게 맺혀지기 시작했지만, 사실을 말해 보자면 나는 그렇게 하기를 원하지 않았고 실은 정반대의 것을 바랐다. 그 신비한 의식(儀式)은 내 마음 깊은 곳에서 시작되었는데 처음에는 음악적 동요였으나, 곧 열렬한 즐거움과 불편함으로 바뀌었다. 마치 어떤 이물질이 혈류를 타고 내 몸에 들어오자 내 몸이 동화(同化)를 통하여 그 이야기를 통제하여 파괴하려고 안간힘을 쓰는 것 같았다. 그러자 말[言]들이 그 핵심(조르바의 삶.─옮긴이)을 중심으로 빠르게 생겨나와 마치 태(胎)처럼 그것을 감싸고 자양분을 제공하기 시작했다. 흐릿한 기억들은 분명해졌고, 수중에 가라앉아 있던 즐거움과 슬픔들은 표면으로 솟구쳤으며, 삶은 좀 더 멋진 분위기로 바뀌어졌다. 그리하여 조르바는 거창한 이야기가 되었다.

나는 아직도 이 거창한 조르바 이야기에 어떤 형식을 부여할 것인지 명확한 생각이 없었다. 시, 소설, 『아라비안나이트』식의 복잡하게 꾸며낸 이야기, 혹은 우리가 함께 살면서 갈탄을 얻기 위해 땅을 굴착했던 크레타 해안에 함께 앉아 나누었던 대화들을 있는 그대로 무미건조하게 재생한 보고서 등 여러 가지 형식들이 있었으나 그것들 중에서 어떤 것을 고를지 막연했다. 우리 두 사람은 그 사업의 실제 목적이 외부 관찰자들의 눈을 속이기 위한 것임을 잘 알았다. 우리는 어서 해가 지고 일꾼들이 현장에서 퇴근하기를 바랐다. 그러면 우리는 해안의 모래밭에 앉아서 맛좋은 현지 음식을 먹고, 단맛이 별로 없는 크레타 술을 마시고, 그리고 대화를 나누기 시작했다.

나는 대부분 아무런 말도 하지 않았다. 지식인이 괴물을 상대로 무슨 말을 할 것인가? 나는 그가 올림푸스 산 근처의 그의 고향 마을, 눈[雪], 늑대, 발칸 전쟁 중에 만났던 테러리스트, 하기아 소피아(Hagia Sophia, 지혜의 대성당), 갈탄, 마그네사이트, 여자, 신, 애국심, 죽음 등에 대해서 말하는 것을 귀 기울여 들었다. 그러다가 그는 갑자기 더 이상 말로는 표현할 길 없는 심경이 되면, 벌떡 일어나 해변의 거친 자갈밭으로 뛰어나가 춤을 추기 시작했다.

그는 허리가 꼿꼿하고 바싹 마른 노인이었는데 고개를 뒤로 젖히고, 새처럼 작은 눈을 동그랗게 뜨고서, 굳은살이 박인 발바닥으로 해안의 모래밭을 쾅쾅 밟으면서 춤을 추고 또 소리를 질러댔다. 그러는 동안 그의 얼굴은 파도의 포말로 얼룩져 번들거렸다.

내가 그의 목소리―목소리라기보다 외침―를 더 귀 기울여 들었더라면 내 인생은 훨씬 더 가치 있는 것이 되었으리라. 나는 피, 살, 뼈를 가지고 삶을 체험할 수 있었으리라. 하지만 지금 나는 해시시(hashish) 흡연자처럼 흐리멍덩한 생각에 빠져들면서 그 목소리를 종이와 잉크로 붙잡으려 하고 있는 것이다.

나는 감히 그의 말을 귀 기울여 듣지 못했다. 한밤중에 말같이 히힝거리는 소리를 내지르고 춤을 추면서 내 익숙한 습관의 안락한 껍질을 부수어버리고 그와 함께 위대한 여행을 떠나자고 노호하던 조르바를 놀라며 쳐다보았다. 하지만 나는 몸을 떨며 가만히 앉아 있을 뿐이었다.

내 영혼이 어리석은 짓―삶의 본질―의 실천에 나서라고 소리쳐 부르는데도 감히 나설 용기가 없어서 우물쭈물하며 부끄러워했던 적이 내 인생에서 그 얼마였던가. 솔직히 말하거니와, 나는 조르바 앞에서 내 영혼에 대하여 엄청난 부끄러움을 느꼈는데, 그것은 일찍이 느껴본 적이 없는 참담한 부끄러움이었다.

어느 아침 우리는 동틀 무렵에 헤어졌다. 나는 학문에 목말라 하는 나의 못 말리는 파우스트적(的) 고질병을 앓으면서 다시 한 번 해외로 나갔다. 그는 북쪽으로 가서 세르비아의 소코피아에 정착했는데 그곳의 한 산속에서 매장량이 풍부한 마그네사이트 광맥을 발견한 듯하다. 그는 몇몇 투자자들을 유치하여 광산 도구들을 구매하고 인부들을 동원하여 다시 한 번 땅속에다 수평갱도를 파기 시작했다. 그는 커다란 바위들을 다이너마이트로 발파하고, 도로를 건설하고, 산업 용수를 끌어오고, 집을 짓고 결혼했다. 저 호색한 늙은이! 그는 민첩하고 잘생긴 과부 류바와 결혼하여 아이를 하나 얻었다.

베를린에 머무르던 어느 날 나는 전보를 받았다. 〈아주 아름다운 녹색 돌을 발견했음. 즉시 오기 바람. 조르바.〉

당시 독일은 엄청난 기근으로 고통 받고 있었다. 마르크화의 가치는 너무 떨어져서 간단한 물건을 사는 데에도 백만 단위의 돈을 자루 가득 가지고 가야 했고 식사를 하기 위해 식당에 가면 음식 값을 내기 위해 지폐가 가득 든 냅킨을 열어서 그 돈을 식탁 위에 쏟아놓아야 했다. 그리하여 우표 한 장 값을 지불하기 위해 1백 억 마르크가 필요한 날이 오고 말았다.

배고픔, 추위, 닳아빠진 윗옷, 너덜너덜한 구두 밑창, 원래 붉었으나 이제는 노랗게 변해 버린 독일인의 뺨. 가을바람이 불어왔고 사람들은 거리에서 낙엽처럼 쓰러졌다. 어린아이들에게는 속임수로 음식 대신 고무 한 조각을 주어 씹게 했는데 배고파 울며 칭얼거리지 못하게 하려는 것이었다. 경찰들은 강을 건너는 다리를 순찰했는데 밤중에 어머니들이 그 다리에서 투신자살하여 익사하는 것을 막기 위해서였다.

당시는 겨울이었고 눈이 오고 있었다. 내 옆방의 독일인 교수는 중국 문학 전공자였는데 추위를 몰아내기 위해 긴 붓을 잡고서 중국 고시(古詩)와 공자의 말씀을 아주 불편한 극동의 서예 방식으로 써 내려갔다. 그것은 붓끝과 학자의 부드럽게 치켜세운 팔꿈치와 그의 가슴이 삼각형을 이루도록 하는 붓 잡기 방식이었다. "이렇게 몇 분 하고 나면." 그는 즐거운 목소리로 내게 말하곤 했다. "겨드랑이에서 땀이 흐르고 그러면 따뜻함을 느낄 수 있어요."

이처럼 추운 겨울날에 나는 조르바의 전보를 받았다. 처음엔 짜증이 났다. 수백만의 사람들이 그들의 심신을 지탱해 줄 빵 한 조각이 없어서 굴욕감 속에서 강제로 무릎을 꿇으며 비참한 삶을 이어가는 시기였다. 그런데 여기에 아름다운 초록색 돌을 구경하기 위해 1천 마일의 거리를 여행해 오라고 요청하는 전보가 도착했다! '제기랄, 아름다움 좋아하시네!' 나는 혼자 중얼거렸다. '인간의 고통에 동감하지 못하는 것은 비정한 일이야.' 그러다가 나는 갑자기 무서워졌다. 나의 짜증은 어느덧 사라져버렸다. 조르바의 비인간적 외침이 내 안의 또 다른 비인간적 외침을 자극하는 것을 알고서 공포를 느꼈던 것이다. 내 안의 야만적 독수리가 날개를 펴고서 어서 떠나자고 채근하고 있었다.

그러나 나는 떠나지 않았다. 다시 한 번 나는 모험을 감행하지 못했다. 기차를 타지 않았고, 신성할 정도로 사나운 내면의 외침에 복종하지 않았으며, 용감하고 비합리적인 행동을 수행하지 않았다. 이성의 합리적이고, 냉담하고, 인간적인 목소리를 따르면서 나는 펜을 들어 조르바에게 편지로 설명을 했다.

그는 내게 회신했다. "보스, 이렇게 말하는 걸 용서하시오. 하지만 당신은 펜대나 굴리는 사람이요. 이 불쌍한 양반, 당신은 아름다운 초록 돌을 볼 수 있는 평생에 한 번 있을까 말까 한 기회를 잡았는데 그걸 놓친 거요. 솔직히 하는 말인데, 내가 할 일이 없을 때면 가끔 걸상에 앉아 이렇게 나 자신에게 물어본답니다. '지옥은 있을까 혹은 없을까?' 하지만 어제 당신의 편지를 받고서 나 자신에게 말했다오. '펜대나 굴리는 자들에게는 틀림없이 지옥이 있어!'"

기억들이 계속 흘러나온다. 그것들은 서로 밀치며 앞다투어 달려 나온다. 이제 사물들에 전후(前後)의 질서를 부여할 때, 처음부터 "알렉시스 조르바의 성자다운 생애"를 시작할 때가 되었다. 지금 이 순간 그와 관련

된 가장 사소한 사건들도 내 마음속에서 아주 영롱하게 반짝거리고 있고, 여름날의 투명한 바다 속을 헤엄치는 다채색 물고기처럼 날렵하게 움직인다. 그에 관련된 얘기라면 나는 다 기억한다. 조르바가 손으로 만진 것은 뭐든지 다 불멸이 된 듯하다. 하지만 요사이 나는 갑자기 걱정이 된다. 내가 그로부터 편지를 받은 것은 2년 전이었다. 그의 나이는 일흔을 넘겼다. 그는 위험한 상태에 있을지도 모른다. 아니, 그는 틀림없이 위험 속에 있을 것이다. 안 그렇다면 그에 관련된 기억과 사건들을 이처럼 황급히 취합하려 드는 이유는 무엇인가. 그것이 아니라면 이런 절실한 필요를 설명할 길이 없다. 나는 그가 내게 말한 것과 행동한 것을 모두 기억하여 그것들을 종이 위에 기록함으로써 허공으로 사라지는 것을 막고 싶다. 마치 죽음, 그의 죽음을 몰아내려는 것처럼. 내가 지금 쓰고 있는 것은 책이 아니라, 기념비이다.

이제 이 책을 바라보니, 이 책은 기념비의 모든 특징을 갖추고 있다. 푹 삶은 밀로 만든 콜리바(kollyva: 콜리바 빵)가 든 쟁반. 그 음식 쟁반 윗부분에는 걸쭉한 설탕으로 "알렉시스 조르바"라는 이름이 적혀 있고 또 계피와 아몬드도 장식되어 있다. 나는 이 이름을 보면서 곧바로 크레타의 남빛 바다가 내 마음속에서 홍수처럼 솟아오르는 것을 본다. 말씀, 웃음, 춤, 장난치기, 근심거리, 황혼녘의 소리 죽인 대화, 은근한 경멸감과 함께 나를 오래 쳐다보던 동그랗게 뜬 작은 눈. 이런 것들은 매 순간 나를 환영하는가 하면 매 순간 작별을 고한다.

우리가 이름이 새겨진 기념 음식 쟁반을 볼 때, 잡다한 기억들이 우리 마음의 동굴로 쳐들어와 마치 무리 지은 박쥐들처럼 다닥다닥 매달린다. 비록 내가 그걸 바라지 않지만 조르바의 유령은 처음서부터 내가 사랑하는 또 다른 유령 스타시나키스와 뒤엉킨다. 그리고 그 두 유령 뒤에는 예기치 않게 또 다른 유령이 도사리고 있는데 그건 타락한 여자 마담 오르탕스로서 1천 번의 키스를 하고 1천 번의 염색을 한 여자이다. 조르바와 나는 리비아 바다를 바라보는 크레타 해변의 모래사장에서 그녀를 만났었다.

인간의 심장은 피로 닫혀지고 또 채워지는 무덤임에 틀림없다. 만약 그 무덤이 열리면, 우리 주위에서 끊임없이 늘어나는 위로받지 못하는 어두운 유령들이, 공중을 어둡게 하면서 그 무덤으로 달려가 그 피를 마셔서 그 갈증을 채우면서 소생한다. 그 유령들은 우리 심장의 피를 마시기 위해 달려온다. 그 외에는 달리 소생할 수 있는 방법이 없음을 알고 있기에.

오늘, 이런 모든 유령들 앞에서, 조르바가 다른 유령들을 옆으로 밀쳐내면서 거인 같은 걸음으로 내게 달려온다. 오늘 건립하는 이 기념비가 그 자신의 것임을 알고 있는 까닭이다.

그러니 그가 소생할 수 있도록 우리의 피를 그에게 주자.

이 놀라운 대식가, 술고래, 부지런한 일꾼, 바람둥이, 날건달이

좀 더 오래 살아있게 해주자. 그는 내가 일찍이 만난 사람들 중에서

가장 넓은 영혼, 가장 단단한 신체, 가장 자유로운 외침을 가진 자였다.

1

나는 피레에프스에서 그를 처음 만났다. 나는 크레타로 가는 배를 타기 위해 항구에 내려와 있었다. 그것은 거의 동틀 무렵이었다. 비가 내리고 있었고 강한 남동풍이 자그마한 카페에 파도의 포말을 날리고 있었다. 카페의 유리문들은 닫혀 있었고 내부 공기는 세이지(sage) 차와 사람의 땀 냄새를 풍겼다. 밖은 추웠다. 사람들이 내뿜는 입김으로 유리창에는 성에가 끼어 있었다. 갈색 염소 털 상의를 입은 뱃사람 대여섯이 밤새 카페에 죽치면서 커피나 세이지 차를 마셨다. 그들은 성에 낀 유리창을 통하여 바다를 내다보았다.

거친 바다의 몸부림에 어지러움을 느낀 물고기들은 평온한 수중 깊은 곳으로 피난을 가서 수면 밖의 세상에 평온이 돌아오기를 기다리고 있었다. 카페를 가득 메운 어부들도 마찬가지로 신의 분노 같은 풍랑이 끝나기를 기다렸다. 그래야 물고기들도 두려움을 거두고 수면으로 떠올라서 입질을 시작할 것이었다. 가자미, 농어, 가오리는 야간 공격을 나갔다

39

가 잠을 자기 위해 돌아오고 있었다. 해는 떠오르는 중이었다.

이중문이 열렸다. 키가 작고 가죽 같은 얼굴 피부를 가진 부두 노동자가 카페 안으로 들어섰는데 그는 모자도 쓰지 않았고 신발도 신지 않았으며 온몸이 진흙투성이였다.

"어이, 코스탄디스." 두꺼운 모직으로 된 푸른색 짧은 상의를 입은 나이 든 뱃사람이 소리쳤다. "그래, 잘돼 가나?"

코스탄디스는 화를 내며 바닥에 침을 뱉었다.

"잘돼 가냐고?" 그가 대답했다. "아침엔 카페, 저녁에 집. 아침엔 카페, 저녁에 집. 그게 내 생활이야. 일은 구역질 나!"

몇 사람이 웃음을 터트렸고 다른 사람들은 머리를 흔들면서 욕설을 했다.

"우리 인생이란 게 종신형이야." 콧수염을 기른 선원이 말했다. 그의 철학은 카라기오지스(Karaghiozis) 인형극의 대사에서 배워온 것이었다. "종신형이라고. 그러니 이 빌어먹을 인생, 지옥에나 가라지!"

부드러운 청록색의 빛이 지저분한 유리창에 번져 나갔다. 카페로 들어온 그 빛은 사람들의 손, 코, 이마를 쓰다듬더니 벽난로로 뛰어올라 그 위의 술병들을 환하게 비췄다. 전깃불은 이제 그 힘을 잃었다. 날밤을 새워 피곤한 카페 주인은 손을 내밀어 전깃불을 껐다.

한순간의 정적. 카페의 모든 눈들은 바깥의 흐린 햇빛을 쳐다보았다. 해변에 와서 부딪치는 파도의 우르렁거리는 소리가 들려왔다. 물담뱃대에서 나는 걸걸거리는 소리가 카페 안에 퍼졌다.

나이 든 뱃사람이 한숨을 내쉬면서 소리쳤다. "제길, 레모니스 선장은 어떻게 된 거야? 하느님께서 도움의 손길을 주셨기를!" 그는 바다를 맹렬하게 노려보며 회색 콧수염을 씹으며 소리쳤다. "바다, 난 네게 침을 뱉는다! 너, 아내와 남편을 생이별시키는 자여!"

나는 추위를 느끼며 한쪽 구석에 앉아 있었다. 잠들고 싶은 생각과 이른 아침의 슬픔을 상대로 싸우면서 나는 또 한 잔의 세이지 차를 주문했다. 나는 성에 낀 창문을 통하여 잠 깨는 항구의 소달구지들과 선원들을 내다보았고 계류 중인 배들에서는 경적이 울려 퍼졌다. 그 광경을 계속 내다보고 있으려니까 내 심장은 하나의 저인망이 되어 바다, 비, 섬으로의 출발 등이 한데 뒤섞이며 팽팽하게 부어올랐다.

나는 반대편의 대형 증기선의 거무튀튀한 뱃머리에 시선을 고정시켰다. 그 배는 아직도 선수(船首) 아래 부분은 한밤의 어둠 속에 잠겨 있었다. 비는 계속 내리고 있었다. 나는 하늘과 땅바닥의 진흙을 연결시키는 빗줄기를 볼 수 있었다. 그 검은 배, 그 그림자, 그리고 빗줄기를 바라다보면서 내 슬픔은 조금씩 구체적 형체를 띠어갔고 내 기억들이 되살아났다. 나의 사랑하는 친구는 내리는 비와 축축한 공기 속의 동경이 합쳐져서 점점 뚜렷한 모습으로 내 앞에 되살아났다. 과거에 나는 이 항구에 내려와 그에게 작별 인사를 한 적이 있었다. 언제? 지난해, 전생, 어제? 그리고 지금 기억하는데 그때에도 비, 추위, 새벽, 풍랑 이는 거친 날씨가 내 심장을 부어오르게 했다.

사랑하는 친구와의 작별을 오래 끄는 것은 못할 일이다. 단칼에 떠나보내는 것이 더 좋다. 그러면 인간의 자연스러운 풍토인 고독으로 되돌아올 수 있으니까. 그러나 과거의 그 비 오는 새벽에 나는 친구로부터 떨어질 수가 없었다(나는 나중에 그 이유를 알았는데, 슬프게도 그때는 너무 늦은 시점이었다). 나는 그와 함께 배를 타고 이 항구까지 왔다. 그의 선실에서, 흩어진 여행 가방들 사이에 앉아 있었는데 그의 정신은 다른 데 팔려 있었다. 나는 그의 뚜렷한 특징들을 정밀하게 재고 조사하듯이 찬찬히 의

도적으로 살펴보았다. 밝은 청록색 눈, 약간 살이 오른 젊은 얼굴, 자부심이 강한 세련된 이목구비, 그리고 무엇보다도 손가락이 긴 그의 귀족적두 손을. 어느 한순간, 그는 내 시선이 그의 온몸을 탐욕스럽게 살피며 훑고 지나간다는 것을 깨달았다. 그는 고개를 돌리고서 감정을 감추고 싶을 때면 항상 그러하듯이 약간 장난스러운 표정을 지으며, 곁눈질로 나를 쳐다보았다. 작별의 슬픈 분위기를 희석시키기 위하여 그는 냉소적인미소를 일부러 지으며 내게 물었다. "얼마나 더 오래?"

"무슨 소린가, 얼마나 더 오래라니?"

"얼마나 더 오래 자네는 종이를 씹어 먹고 잉크로 온몸을 칠갑하려 하는가? 나와 함께 가세. 수천 명에 달하는 우리 동포 그리스인들이 저기카프카스에서 위험에 빠져 있다네. 나와 함께 가서 그들을 구제하세."

그는 자신의 고상한 목표를 짐짓 조롱하려는 듯이 웃음을 터트렸다.

"물론 우리는 그들을 구제하지 못할 수도 있어." 그가 덧붙였다. "하지만 그들을 구제하려고 애쓰면 적어도 우리 자신을 구제할 수는 있는 거야. 그거 멋지지 않아? 친애하는 스승님, 자네는 한때 그런 식으로 설교하지 않았나? '당신 자신을 구제하는 유일한 길은 다른 사람들을 구제하기 위해 싸우는 것이다.' 자 과거에 이렇게 가르쳤던 스승이여, 이제 앞으로 나서시라! 함께 가자고!"

나는 대답하지 않았다. 높은 산들을 가진, 신을 낳는 거룩한 땅을 가진동양. 그 지역의 바위에 묶여 있는 프로메테우스(작가는 제8장에서 해외 그리스인 동포의 구출에 나선 스타브리다키스를 프로메테우스 비슷한 사람으로 비유하고 있음.—옮긴이). 이제 프로메테우스의 외침은 카프카스의 바위들에 묶여 있는 우리 민족의 외침이 되었다. 우리의 동포들이 이제 위험에빠져서 구제해 달라고 소리치고 있었다. 그러나 나는 초연한 심정으로 우리 민족의 고통스러운 소리를 듣고 있었다. 마치 그게 하나의 꿈이고, 인생은 무대 위에서 상연되는 매혹적인 비극인 양, 그래서 그 비극의 행위 속에 개입하기 위해 가장 높은 곳에 있는 가장 값싼 발코니 좌석에서 벌떡 일어나 무대로 향해 달려가는 것은 촌스럽고 순진한 행동이니, 절대 안 된다는 태도를 취하고 있었다!

내 친구는 대답을 기다리지 않고 일어섰다. 증기선은 이미 세 번째로 출발의 공을 울리고 있었다. 그는 손을 내밀었다.

"잘 있게, 종이를 씹어 먹는 친구!" 그는 자신의 감정을 감추기 위해 조롱하는 어조로 말했다.

그는 낙담하는 것이 얼마나 수치스러운 일인지 잘 알았다. 울며불며 부드럽게 말하고 과장된 몸짓을 하는 건 노동자 계급의 우정 표시일 뿐, 그가 볼 때 그런 것들은 진정한 남자라면 취하지 않는 지저분하고 무가치한 행동이었다. 서로 깊이 사랑하는 우리는 단 한 번도 부드러운 말을 주고받지 않았다. 우리는 함께 놀이를 했고 서로를 동물처럼 긁어댔다. 그가 세련되고 냉소적이고 문명인 같다면 나는 야만인에 가까웠다. 그는 절제되어 있었고 그 미소 덕분에 영혼의 모든 측면을 쉽게 표현하는 반면에, 나는 욱하는 기질이 있어서 거칠고 조잡한 웃음을 섣불리 터트리는 경향이 있었다.

내 차례가 되자 나 또한 엄숙한 말을 함으로써 내 혼란스러운 감정을 감추려 했다. 그러나 나는 그렇게 하는 것이 부끄러웠다. 아니, 부끄러운 게 아니라 불가능했다. 나는 그의 손을 잡고 악수하면서 그것을 붙들고 놓지 않았다. 그는 의아한 표정을 지으며 나를 쳐다보았다.

"작별의 감상?" 그가 은은한 미소를 지으며 물었다.

"그렇다네." 내가 조용히 대답했다.

"왜? 우리는 합의했잖아? 우리는 이제 수년 동안 합의해 왔잖아? 자네가 사랑하는 일본인은 그걸 뭐라고 표현하지? 후도신[不動心]. 평온한 마음. 흔들림 없음. 동요하지 않는 얼굴 표정, 미소 짓는 가면. 그 가면 뒤에서 벌어지는 일은 그 사람이 알아서 할 일이지."

"그래, 우린 합의했지." 나는 좀 더 자세히 말함으로써 상황을 모면하려는 짓을 그만두었다. 우선 그런 말을 하면서 내 목소리를 잘 조절하여 떨지 않게 할 수 있겠는지도 의문이었다.

증기선의 공이 울려서 방문자들을 선실에서 쫓아냈다. 비는 천천히 내리고 있었다. 우리 주위의 공기는 작별의 열렬한 말씀, 맹세, 오래 끄는 키스, 헐떡거리는 목소리, 재빨리 말하는 당부의 언어 등으로 가득했다. 마치 영원히 헤어지는 것처럼 어머니는 아들을, 아내는 남편을, 친구는 친구를 부둥켜안았다. 이 사소한 헤어짐이 그들에게 중대한 작별을 연상시키는 것 같았다. 갑자기 아주 부드러운 공 소리가 축축한 공기를 뚫고 선수에서 선미까지 울려 퍼졌다. 그것은 장례식을 알리는 성당의 종소리 같았다.

내 친구는 내게 가볍게 목례하더니 부드럽게 말했다. "이봐, 자네는 무슨 예감 같은 것이 있나?"

"응, 있어." 나는 다시 한 번 적극적으로 대답했다.

"자네는 그런 동화를 믿나?"

"아니." 나는 확신에 찬 어조로 대답했다.

"그런데 뭘?"

나는 믿지 않았기 때문에 "그런데 뭘?"은 원인 무효였다. 하지만 나는 두려웠다.

내 친구는 왼손을 내 무릎에 살짝 얹어놓았다. 우리가 대화를 나눌 때

가슴이 따뜻해지는 순간이 오면 그는 자주 그런 동작을 했다. 내가 그에게 뭔가 결정을 내리라고 채근하고 그가 버티다가 마침내 받아들이기로 하는 순간이 오면, 그는 내 무릎을 살짝 쳤다. 마치 이렇게 말하는 것처럼. "자네 뜻대로 할게. 우정을 보아서."

그의 눈까풀은 두세 번 파들거렸다. 이어 그는 나를 다시 쳐다보았다. 내가 아주 슬퍼하는 모습을 보고서 그는 우리가 가장 즐겨 써먹는 두 가지 무기인 웃음과 조롱을 구사할지 말지 망설였다.

"좋아." 그가 말했다. "자네 손을 이리 내밀게. 만약 우리 둘 중 누가 죽음의 위험에 처하게 된다면ㅡ"

그는 부끄러운 듯 말을 멈추었다. 여러 해 동안 그는 유사 심리학의 변종들을 조롱하면서 채식주의자, 심령술사, 신지학자, 영기술사 따위를 모두 한 덩어리 취급을 하면서 일축했다.

"그러면 뭐?" 나는 그의 말뜻을 알아내려고 채근했다.

"이걸 하나의 게임이라고 생각하세." 그는 장래의 위험을 완화하기 위해 재빨리 말했다. "만약 우리 중 누가 죽을 위험에 처하면 상대방을 아주 열렬하게 생각함으로써, 그 상황이 어디에서 벌어지든 간에 지상의 공기를 통하여 전달하도록 하세. 동의하나?"

"좋아, 동의하네." 내가 말했다.

내 친구는 자신의 고민을 너무 노골적으로 드러낸 게 아닌가 우려하면서 재빨리 덧붙여 말했다. "물론 나는 심령술에 의한 텔레파시 따위는 믿지 않는다네."

"그건 상관없어." 내가 중얼거렸다. "그러니까 우리는ㅡ"

"그래. 우리는 일종의 게임을 하는 거야. 동의하나?"

"그래, 동의하네." 내가 복창했다.

그게 우리가 마지막으로 주고받은 말들이었다. 우리는 손가락을 낀 채 침묵 속에서 악수하다가 갑자기 손을 놓았다. 나는 마치 추격 받는 사람처럼 뒤도 돌아보지 않고 재빨리 자리를 떴다. 나는 친구를 마지막으로 한 번 더 보고 싶어서 막 고개를 돌리려 하다가 그만두었다. '뒤돌아보지 마!' 나는 혼자 중얼거렸다. '작별인사를 했잖아!'

인간의 영혼을 만들어내는 진흙(신체.—옮긴이)은 완벽하게 작업될 수도 없고 또 완벽하게 조각되지도 못한다. 영혼의 느낌은 여전히 조잡하고 촌스러우며 그 어떤 것도 분명하게 혹은 확신을 가지고 짐작하지 못한다. 만약 영혼이 앞날을 짐작할 수 있었더라면 그 작별은 아주 다른 모습이 되었을 것이다.

햇빛이 점점 강해지고 있었다. 과거의 아침과 지금의 아침이 서로 연결되면서 나는 빗속에서 슬픈 모습으로 미동도 하지 않고 서 있던 내 사랑하는 친구의 얼굴을 항구의 풍경 속에서 좀 더 분명하게 떠올릴 수가 있었다.

카페의 이중 유리문이 열리고, 바다가 노호하는 가운데, 한 선원이 안으로 들어왔다. 그의 콧수염은 아래로 흘러내렸고 짧은 다리는 넓게 벌어져 있었다. 그를 반기는 목소리들이 터져 나왔다.

"레모니스 선장님, 환영합니다!"

나는 구석 쪽으로 몸을 더욱 움츠리면서 생각을 다시 한 번 집중해 보려 했으나 친구의 얼굴은 이미 빗속으로 녹아들어 사라져 버렸다.

레모니스 선장은 근심 걱정을 눌러주는 염주 알을 꺼내들고 천천히 알을 돌리고 있었다. 그는 평온하고, 진지하고, 말이 없었다. 나는 사라져 가는 비전을 붙잡으려고 애를 썼으나 아무것도 보거나 듣지 못했다. 과거에 나를 압도했던 그 분노를 다시 한 번 느껴보려고 했으나 허사였다. 그것은 분노라기보다 수치였다. 내 친구는 나를 가리켜 "종이 씹어 먹는 자"라고 했으니까. 그의 말이 맞았다. 인생을 그토록 사랑하는 내가 여러 해 동안 종이와 잉크만을 상대해 왔다니 이것은 어떻게 된 일인가? 헤어지던 그날에 친구는 나의 그런 점을 분명하게 직시하게 했고 그래서 나는 기뻤다. 내 불운의 이름을 마침내 알게 되었으므로 나는 좀 더 쉽게 정복할 수 있을 것이었다. 이제 그 불운은 더 이상 육체도 없고 만져지지도 않는 채 온 사방에 퍼져 있는 그런 게 아니었으니까. 그것은 육체를 획득했고 그래서 나는 이제 그것을 상대로 씨름할 수 있었다.

내 친구의 잔인한 말은 나의 내부에서 은밀하게 퍼져 나갔다. 나의 문장(紋章)에 "씹어 먹는 자"라는 동물을 새긴다는 것은 혐오스러운 일이었고, 또 수치스러운 것이었다. 그가 그렇게 지적한 이래 나는 내 종이 쪼가리들을 모조리 내다버리고 행동의 삶 속으로 뛰어들 구실을 찾아왔다. 나는 한 달 전에 그런 기회를 발견했다. 리비아 바다에 면한 크레타의 해안에 있는 버려진 갈탄광을 임대했으므로, 이제 그곳으로 내려가 종이 씹어 먹는 자들을 멀리하면서 순박한 사람들―노동자, 농부―과 함께 살 생각이었다.

그곳으로 떠날 준비를 하면서 나는 큰 감동을 받고 있었다. 이 여행은 어떤 은밀한 의미를 품고 있는 것처럼 보였기 때문이다. 나는 새로운 길을 따라가기로 내심 결정을 보고 있었다. '지금까지, 오 나의 영혼이여.' 하고 나는 나 자신에게 말했다. '너는 그림자를 보는 것만으로 만족해 왔다. 그러나 이제 나는 너에게 날고기를 들이댈 생각이다.'

나는 준비가 완료되었다. 떠나는 날 직전에 내 문서들을 뒤지다가 절반쯤 완성된 원고를 발견하여 그것을 집어 들고 망설이면서 휙휙 넘겨

보았다. 지난 2년 동안, 갈등의 씨앗 혹은 엄청난 동경이 내 마음 깊숙한 곳에 자리 잡아 왔다. 붓다! 나는 그가 내 몸 안에서 계속하여 먹고, 동화하고, 그리하여 내 몸의 일부가 된 것을 느꼈다. 그는 점점 더 커지더니 발을 탕탕 구르고 밖으로 나오겠다며 내 가슴을 걷어차기 시작했다. 나는 이제 그를 내다버릴 용기가 나지 않았다. 그런 지적 유산(流産)을 감행하기에는 너무 늦은 시점이었다.

내가 결정을 내리지 못한 채 원고를 들고 있는데, 내 친구의 부드러우면서도 냉소적인 미소가 갑자기 공중의 유령이 되어 비아냥거렸다. 종이 씹어 먹는 자! '그래도 나는 이 원고를 가져갈 거야!' 내가 두 발로 버티고 서면서 말했다. '이건 나를 두렵게 하지 않아. 나는 가져갈 거야. 그 냉소적인 미소 그만두지 못해!' 나는 갓난아이를 강보에 싸는 것처럼 잘 포장하여 그 원고를 여행 짐에다 집어넣었다.

레모니스 선장의 묵직하고 쉰 목소리가 들려왔다. 나는 귀를 종긋했다. 그는 폭풍우가 몰아치는 가운데 그의 배의 돛대들을 꽉 붙들고서 혓바닥으로 빨아대던 마귀들에 대하여 얘기하고 있었다.

"그 악마들은 물렁물렁하면서도 미끄러운 놈들이었어. 그놈들을 손으로 잡으면, 아, 손에 곧 불이 붙었다니까. 나는 이어 콧수염을 비볐는데 밤새 그 악마처럼 내 몸이 환히 빛나더라고. 다들 짐작하겠지만 바닷물이 우리 배에 침수하여 석탄 화물을 적셨지. 석탄이 물을 먹자 엄청난 무게로 불어나서 배는 그 무게에 휘청거리며 무릎을 꿇기 시작했지. 하지만 그때 하느님이 도와주셨어. 벼락을 쳐서 화물창을 박살냈단 말이야. 그래서 물먹은 석탄이 밖으로 튀어나오며 바다를 가득 메웠지. 배는 가벼워져서 곧 상태가 좋아졌어. 그래서 살았다고…… 아, 정말 힘들었어!"

나는 여행 다닐 때 가지고 다니는, 단테의 『신곡』 문고판을 꺼내들었다. 내 파이프에 불을 붙이고 벽에 기대면서 편안한 자세를 잡았다. 잠시나는 어느 부분을 선택할까 생각에 잠겼다. 이 불멸의 시편들 중 어느 부분이 좋을까. 지옥의 불타는 타르를 다룬 부분, 연옥의 기분 좋게 서늘한불꽃, 혹은 인간 희망의 가장 상층부인 천국 부분? 그건 내 마음대로 선택할 수 있었다. 단테 문고판을 손에 들고서 나는 순간적으로 그 자유를만끽했다. 게다가 이 첫새벽에 내가 고른 시편들이 그날 하루의 운세를결정할 것이었다.

나는 결정을 내리려고 가장 환상적인 시들의 모음집인 단테 책을 내려다보았다. 하지만 너무 늦었다. 나는 갑자기 불안함을 느끼면서 고개를 쳐들었다. 어떻게 느꼈는지 모르지만 내 뒤통수에 두 개의 눈알이 딱달라붙어 있는 느낌이었다. 나는 갑자기 몸을 돌리면서 이중 유리문 쪽으로 고개를 돌렸다. 내 친구를 다시 만날지도 모른다는 희망이 전광석화처럼 내 마음속을 빠르게 흘러갔다. 나는 그 기적을 받아들일 준비가되어 있었으나 잘못 생각한 것이었다. 어떤 나이 든 남자―예순다섯 살가량에 아주 키고 크고 호리호리하며 툭 튀어나온 눈을 가진 사내―가유리문에 딱 달라붙어서 나를 응시하고 있었다. 그는 겨드랑이에 고기파이처럼 납작한 자그만 보따리를 끼고 있었다.

내게 범상치 않은 인상을 남긴 것은 그의 두 눈이었다. 조롱하는 듯하고, 슬프고, 불안하고, 귀기가 번쩍거리는 눈빛. 뭐, 그런 인상이었다.

우리의 시선이 교차하는 순간 그는 곧바로 나를 접촉해야겠다고 확신하는 듯했다. 옳거니, 내가 찾아다니던 바로 그 사람이야, 하는 표정이었다. 그는 단호한 자세로 손을 내밀어 문을 열었다. 그는 빠르고 통통 튀는발걸음으로 식탁들 사이를 통과하여 내게 다가와서 우뚝 멈춰 섰다.

"여행하십니까?" 그가 물었다. "이렇게 물어도 괜찮다면, 어디로 가시는지요?"

"크레타. 그건 왜 묻죠?"

"혹시 나를 쓰실 생각은 없습니까?"

나는 조심스럽게 그를 살펴보았다. 쑥 꺼진 양 뺨, 튀어나온 턱, 불룩한 광대뼈, 회색의 곱슬머리, 반짝이는 두 눈.

"왜요? 내가 당신을 데려가서 뭘 하게요?"

그는 어깨를 한번 들썩했다.

"왜! 왜!" 그가 경멸하는 어조로 말했다. "젠장, 그 '왜!'를 물어보지 않고서는 아무 일도 못한단 말이오? 그냥 데려갈 수 없나요? 당신의 마음이 내킨다면! 좋아요. 나를 요리사로 데려가십시오. 난 수프를 끝내주게 잘 만들어요."

나는 웃음을 터트렸다. 나는 그의 노골적인 어투와 그 발언 내용이 마음에 들었다. 나 또한 수프를 좋아했다. "별문제가 되지 않겠는데." 하고 나는 생각했다. "이 늙은 친구를 저 먼 한적한 해변으로 함께 데려가도." 수프, 웃음, 대화. 그는 널리 여행을 하고 산전수전을 다 겪은 뱃사람 신드바드 같아 보였다. 나는 그에게 흥미를 느끼기 시작했다.

"뭘 그리 생각하십니까?" 그가 커다란 머리통을 흔들면서 말했다. "나리는 지금 저울로 달고 계시지요? 그램 단위로 재십니까? 자, 어서 결정을 하세요! 저울 따위는 지옥에나 가라 하고!"

그 깡마르고 호리호리한 자는 나를 내려다보며 서 있었고 나는 그와 대화하기 위해 계속 고개를 쳐들고 있어야 하는 게 지겨워졌다. 나는 단테 책을 덮었다.

"우선 앉아요." 내가 그에게 말했다. "세이지 차를 한잔하시겠소?"

그는 들고 있던 보따리를 옆 의자에다 조심스럽게 내려놓으며 앉았다.

"세이지 차?" 그는 경멸하는 어조로 말했다. "웨이터, 여기! 럼주를 한 잔 주게!"

그는 럼주를 한 모금 한 모금 천천히 마셨다. 먼저 럼주를 입안에 한참 물고 있으면서 음미하다가 이어 목구멍으로 천천히 넘기면서 내장을 따뜻하게 덥혔다. '쾌락을 즐기는 자로군.' 나는 속으로 생각했다. '술맛을 아는 자야.'

"그래 무슨 일을 할 줄 압니까?" 내가 물었다.

"발, 손, 머리로 하는 건 뭐든지 다 합니다. 고르기만 하세요. 뭐든지 다 충분히 해드릴 테니까."

"최근에는 어디에서 일했습니까?"

"광산에서요. 당신에게 미리 알려드리는데 나는 솜씨 좋은 광부입니다. 여러 가지 금속에 대해서 알고 있고, 광맥도 찾고 수평갱도 열고, 아무런 두려움 없이 우물 속으로도 들어갑니다. 나는 광산 일을 멋지게 해냈어요. 보직은 작업반장이었고요. 최근까지 아무 불만이 없었습니다. 그런데 바로 그때 악마가 코를 들이민 거예요. 지난 토요일 밤에 나는 아주 화끈한 시간을 보내고 있었는데, 바로 그날 광산 소유주가 우리 작업반을 점검하러 내려왔지 뭡니까. 그래서 재빨리 달려가서 그자의 머리통을 한 대 쥐어박았지요."

"왜요? 그가 당신한테 뭐라고 했는데요?"

"내게? 아무 말도 안 했어요. 다시 말하지만 전혀. 나는 전에 그 친구를 본 적도 없습니다. 그 불쌍한 친구는 우리들에게 담배를 돌리기도 했지요."

"그럼 무엇 때문에?"

"아! 당신은 거기 앉아서 왜, 왜, 하고 질문만 하고 있군요! 난 갑자기 변덕이 난 겁니다, 내 친구여! 당신은 방앗간 마누라의 엉덩이를 보고서 철자법을 배우지는 않지요? 따지기 좋아하는 인간의 이성(理性)이라는 건 그 정도밖에 되지 못해요. 방앗간 마누라의 엉덩이."

나는 인간의 이성을 정의한 문장들을 많이 읽었다. 하지만 그건 많은 정의들 중에서 가장 놀라운 것이었다. 나는 그 정의가 마음에 들었다. 나는 새로 알게 된 그 친구를 한참 쳐다보았다. 그의 얼굴은 윤곽이 뚜렷했으나 피부는 풍찬노숙으로 벌레가 먹었고 주름살이 가득했다. 비바람과 건조한 북동풍에 웬만큼 닦이고 닦인 얼굴이었다. 그를 만난 몇 년 뒤에 나는 그와 비슷한 또 다른 얼굴을 본 적이 있었다. 루마니아 소설가 파나이트 이스트라티(Panaït Istrati)는 너무 일을 많이 해서 아주 목석같은 얼굴로 변해 있었던 것이다.

"저 보따리에는 뭐가 들었습니까? 음식? 옷가지? 작업 도구?"

상대방은 어깨를 한번 들썩하더니 웃음을 터트렸다.

"실례입니다만, 당신은 아주 관찰력이 풍부하군요."

그는 굳은살 박인 기다란 손가락으로 그 보따리를 쓰다듬었다.

"아니오." 그가 말했다. "이건 산투르(santouri)입니다."

"산투르! 산투르를 칠 줄 압니까?"

"가난해서 죽을 지경이 되면 이 산투르를 안고 카페를 돌면서 연주를 합니다. 그에 동시에 게릴라의 노래, 즉 마케도니아 노래도 부릅니다. 그런 다음 이 모자를 쟁반 삼아 돌려서 동전을 걷습니다."

"당신의 이름은 뭡니까?"

"알렉시스 조르바. 피타 빵처럼 납작한 머리에 이런 운두 높은 모자를 쓴다고 해서 사람들은 나를 담쟁이 덩굴이라고 놀리기도 합니다. 하지만 나는 귀찮아서 그냥 내버려둡니다. 아예 신경 쓰지 않는 거죠. 한때 거리에서 우렁찬 목소리로 구운 호박씨를 팔아서 우렁찬 호객꾼이라는 소리도 들었습니다. 또 축축한 곰팡이라는 소리도 들었고요. 어디로 가나 내가 만지는 것들은 모두 먼지와 검은 가루로 변한다고 해서 그런 별명이 붙었어요. 그 외에도 다른 별명들이 있지만 그건 나중에 말씀드리죠."

"산투르 치는 법은 어떻게 배웠습니까?"

"내가 스무 살이었을 때죠. 마을에서 열리는 한 축제에서 난생처음 산투르를 들었습니다. 우리 고향은 여기서 한참 떨어진 올림푸스 산기슭에 있었지요. 그 소리는 내 숨을 멎게 했습니다. 나는 사흘 동안 아무것도 먹지 않았어요. '얘야, 무슨 일이냐?' 선친께서―하느님 그의 영혼을 용서하소서―물었어요. '산투르를 배우고 싶습니다.' '이 무슨 헛소리, 넌 부끄럽지도 않니? 네가 무슨 집시 놈팡이냐 그런 악기를 치겠다니.' '나는 산투르를 배우고 싶습니다!' 나는 당시 결혼에 대비하여 돈을 좀 모아놓고 있었습니다. 당신도 이해하시겠지만, 결혼이라니 소년 같은 생각이었지요. 아니, 미쳤지요, 결혼을 하려 했다니. 그래도 내 피는 끓고 있었습니다. 비록 괴짜였지만 나는 결혼을 하고 싶었어요. 아무튼 그 돈과 빌린 돈을 합쳐서 산투르를 샀습니다. 그게 지금 저 보따리 속에 들어 있는 겁니다. 나는 그걸 가지고 테살로니키로 가서 산투르 스승인 터키인 레트세프-에펜디를 찾아가 그의 발밑에 쓰러졌습니다. '이봐, 젊은 그리스인, 용건이 뭐야?' 그가 물었어요. '산투르를 배우고 싶습니다.' '어, 그래? 하지만 왜 내 발밑에 쓰러진 거지?' '당신에게 지불할 돈이 없기 때문입니다.' '자네는 정말 산투르를 배우고 싶은가?' '그렇습니다.' '그럼 여기 머물도록 해. 돈을 낼 필요는 없어.' 나는 그의 집에 1년을 머무르며 배웠습니다. 신이시여 그분의 유해에 축복을 내려 주시기를. 그는 지금쯤 틀림없이 돌아가셨을 겁니다. 하느님은 개들도 천국에 넣어주신다니, 레트세프-에펜디도 충분히 천국에 넣어줄 겁니다. 나는 산투르를 배운 이후 다른 사람이 되었어요. 걱정이 되거나 돈이 없어서 아주 쪼들릴 때 산투르를 치면 마음의 위로를 얻습니다. 저걸 칠 때 사람들이 말을 걸면 그 소리가 들리지 않아요. 설사 그 말을 듣는다 해도 대답할 수가 없어요. 실제로 나는 말하고 싶었지만 그게 안 되었어요."

"왜 안 되나요, 조르바?"

"아, 사랑의 번뇌 때문이지요."

카페의 이중문이 열렸다. 바다가 고함치는 소리가 다시 카페 안으로 들어왔다. 사람들의 손과 발은 추위로 벌벌 떨었다. 나는 더욱 구석 안쪽으로 틀어박히고 외투 깃을 올리면서 편안한 자세를 잡으려 했다. 나는 그 순간 예상치 못한 즐거움을 느꼈다. '왜 다른 데로 가려고 하는 거지?' 나는 생각했다. '나는 여기서도 충분히 좋다. 이 순간이 여러 해 지속되기를!'

나는 내 앞에 앉아 있는 이 특별한 방문객을 쳐다보았다. 그의 두 눈은 내게 고정되어 있었다. 그 눈은 자그마하고, 둥글고, 칠흑처럼 검었으나, 흰자위에는 가느다란 실핏줄들이 나 있었다. 그가 나를 응시하며 집요하게 추적하고 있다는 것이 느껴졌다.

"그렇군요." 내가 말했다. "그래, 그 다음에는 어떻게 되었나요?"

조르바는 앙상한 어깨를 다시 한 번 들썩였다.

"그 얘기는 천천히 하지요." 그가 말했다. "담배를 한 개비 주시겠습니까?"

나는 그에게 한 개비를 건네주었다. 그는 조끼 주머니에서 부싯돌과 심지를 꺼내 불을 붙였고 한 모금 빨더니 흡족하다는 듯이 두 눈을 절반쯤 감았다.

"당신은 결혼했습니까?"

"나는 인간적인 놈입니다. 인간적이란 건 눈이 잘 먼다는 겁니다. 내 앞의 많은 사람들이 그랬던 것처럼 나도 똑같이 그 깊은 구덩이에 거꾸로 떨어졌습니다. 결혼을 했고 내 인생은 망조 들어 가파른 등성이 길로 곤두박질쳤습니다. 나는 중산층이 되었고 집을 지었고 아이들을 낳았습니다. 결혼생활은 골칫거리의 연속이었습니다. 하지만 산투르가 있으니 하느님에게 감사드립니다."

"그럼 집에서 슬픔을 이기기 위해 산투르를 쳤나요?"

"무슨 말도 안 되는 소리. 당신이 이 악기를 칠 줄 모른다는 게 분명히 드러나는군요! 그런 헛소리를 하는 걸 보면. 집에는 집안만의 고민거리들이 있어요. 아내, 애들, 먹을거리, 입을 옷, 가족들의 장래. 뭐, 이런 것들 때문에 완전 지옥이지요! 산투르를 치려면 깨끗한 마음가짐이 있어야 해요. 내 아내가 바가지 긁는 지겨운 말을 골백번 계속 지껄이고 있는데 어떻게 산투르를 치고 싶은 마음이 생기겠습니까? 애들이 배가 고파 징징거리는데 어떻게 산투르를 집어 들겠어요? 산투르는 오로지 자기 자신만을 생각해 주기 바래요. 무슨 말인지 알아들었습니까?"

내가 "알아들은 것"은 이러했다. 이 조르바는 내가 오랫동안 찾아왔으나 찾지 못한 바로 그 사람이었다. 활기찬 마음, 따뜻한 목소리, 자연으로부터 아직 탯줄을 끊어버리지 않아 아주 투박하면서도 복잡하지 않은 영혼. 아주 쉬운 말로 해보자면, 이 작업반장은 나에게 예술, 사랑, 아름다움, 순수, 열정의 의미를 분명하게 밝혀 주었다.

나는 굳은살이 박이고 금이 가고, 안절부절못하는 기형적인 그의 양

손을 쳐다보았다. 그건 곡괭이와 산투르를 동시에 능숙하게 다루는 사람의 손이었다. 그 두 손은 마치 여인의 옷을 벗기듯이 그 보따리를 조심스러우면서도 부드럽게 펼쳐서, 반들거리는 낡은 산투르를 꺼냈다. 줄이 많이 달리고, 청동과 상아로 장식되고, 가장자리에 붉은색 비단 술이 달린 것이었다. 그 커다란 손은 마치 여인을 애무하듯이 그 악기를 천천히 사랑스러운 손짓으로 쓰다듬었다. 이어 그는 보따리를 다시 쌌는데, 마치 우리가 소중한 신체에 한기가 스며들지 않도록 옷을 잘 여미는 동작과 비슷했다.

"아이고, 귀여운 거." 그가 악기를 의자에 다시 놓으면서 사랑스럽다는 듯이 중얼거렸다.

어부들은 이제 잔을 부딪치더니 왁자지껄한 웃음을 터트렸다. 그들 중 하나가 다정스럽게 레모니스 선장의 등을 살짝 쳤다.

"레모니스 선장님, 당신은 엄청 겁을 집어 먹었지요? 사실대로 말해 봐요! 아마도 아기오스 니콜라스에게 엄청 많은 양초를 바치겠다고 약속했지요?"

선장은 짙은 눈썹을 찡그렸다.

"그 무슨 헛소리. 저 바다를 두고 맹세하지만, 친구들, 내가 죽음과 정면으로 맞섰을 때 파나기아(성모)나 아기오스 니콜라스(성인) 생각은 하지 않았어요. 내 영혼은 내 고향, 살라미스의 쿨루리로 향했지. 내 아내를 생각하면서 이렇게 소리쳤어. '이봐, 카테리나, 내가 이 순간 당신하고 한 침대에 있을 수 있다면!'"

어부들은 다시 왁자지껄 웃음을 터트렸다. 레모니스도 따라서 웃었다.

"그러니 우리 인간이란 이 무슨 짐승이란 말이오!" 그가 말했다. "대

56

천사가 칼을 쳐들어 우리를 내리치려고 하는 그 순간에도 우리의 생각은 정통으로 바로 그곳을 향하다니! 우리처럼 부끄러움을 모르고 뻔뻔한 자들은 지옥에나 가야 해요."

그는 양손으로 박수를 쳤다.

"웨이터." 그가 소리쳤다. "손님들 모두에게 한잔씩 돌려. 내가 낼 테니!"

조르바는 커다란 귀를 쫑긋하면서 그들의 말을 열심히 들었다. 그는 몸을 돌려 선원들을 보더니 다시 나를 쳐다보았다.

"'그곳'은 어딜 말하는 거요?" 그가 물었다. "저 사람은 무슨 소리 하는 거요?"

그러다가 그는 갑자기 놀라면서 그 말뜻을 알아차렸다.

"이봐요, 당신, 브라보!" 그가 감탄하며 소리쳤다. "이 선원들은 밤이나 낮이나 죽음과 씨름하는 사람들이니 인생의 비밀을 잘 알고 있군요."

그는 커다란 손을 공중에 흔들어댔다.

"과연 그래요." 그가 말했다. "웬만한 사람은 잘 아는 오래된 얘기지요. 자, 이제 우리의 협상에 대해서 말해 봅시다. 나를 쓸 거요 말거요? 어서 결정해요!"

"조르바." 나는 그의 손을 잡으려는 충동을 억누르면서 말했다. "당신을 쓰겠어요. 나와 함께 갑시다. 나는 크레타에 갈탄광을 갖고 있어요. 당신이 인부들을 감독해 줘요. 저녁이면 우리 둘이서 해변에 드러누워 함께 시간을 보냅시다. 나는 아내도, 아이도, 개도 없어요. 우리는 함께 먹고 마시고 그런 다음 당신은 산투르를 치도록 해요."

"금방 말했지만, 먼저 그럴 기분이 나야 해요. 기분이 난다면야 얼마든지 쳐드리지요. 당신 밑에서 일하는 한 원하는 만큼 당신의 노예가 될 수 있어요. 하지만 산투르는 다른 문제예요. 이놈은 들짐승이에요. 자유를 필요로 해요. 나는 기분이 내키면 이놈을 칠게요. 심지어 노래도 부르고 춤도 출 수 있어요. 제이비키코, 하사피코, 펜도잘리 같은 게릴라의 춤들을. 하지만 먼저 기분이 내켜야 해요. 이건 변경 불가능한 거래 조건이에요. 처음부터 양해해 주어야 합니다. 만약 당신이 이걸 무시하고 나를 억누른다면 그날로 나는 없는 사람이나 마찬가지가 되어 버려요. 이걸 꼭 알아주길 바랍니다. 바로 이런 일들 덕분에 나는 비로소 인간이 되었습니다."

"인간이 되었다고요? 그건 무슨 뜻이지요?"

"내 말은 자유롭게 된다는 거지요."

"웨이터." 내가 소리쳤다. "럼주 한잔 더!"

"두 잔 더!" 조르바가 더 크게 소리쳤다. "나리도 한잔해야 되지 않겠소? 그래야 잔을 맞부딪칠 수 있으니까. 세이지 차와 럼주는 서로 어울리는 족보가 아니에요. 앞으로 오래가는 가계를 형성하려면 당신도 럼주를 마셔야 해요."

우리는 잔을 부딪쳤다. 해는 이미 중천에 떠올랐다. 증기선은 휘파람을 불고 있었다. 내 여행가방들을 선상에 올려놓은 선원이 내게 고개를 끄덕였다. 나는 조르바의 어깨를 툭 치면서 일어섰다.

"갑시다." 내가 말했다. "신의 이름으로!"

"또 악마의 이름으로!" 조르바가 평온한 목소리로 내 소원을 보충했다.

그는 의자에서 일어나 허리를 약간 숙이면서 산투르를 겨드랑이에 밀어넣었고 이어 이중문을 열면서 먼저 밖으로 나갔다.

2

바다, 가을의 청명한 날씨, 햇빛 속에 멱을 감는 섬들, 그리스의 영원한 남루함을 감싸는 가느다란 빗줄기의 반투명한 베일. '그 사람은 행복한 자이어라.' 하고 나는 생각했다. '죽기 전에 에게 해를 항해할 수 있었던 사람은.'

이 세상은 여자, 과일, 생각 등 많은 즐거움을 제공한다. 그러나 어느 청명한 가을날 이 바다를 항해하면서 점점이 흩어져 있는 섬들의 이름을 부르면서 여행하는 것보다 더 큰 즐거움을 안겨주는 것은 없다. 그것은 사람의 마음을 곧바로 천국으로 들어올린다. 바다 이외의 곳에서는 평온함과 걱정 없음에 힘입어 현실을 몽상으로 바꾸어 놓는 그런 황홀감을 느껴볼 수가 없다. 현실과 몽상의 경계는 사라진다. 아주 남루한 배의 돛대에서조차도 싹이 트고 포도송이가 매달린다. 여기 그리스에서는 남루한 궁핍이 화려한 기적으로 꽃피어 나는 것이다.

정오 무렵 비는 그쳤다. 나는 온 사방의 수평선 가장자리까지 뻗어져

나간 기적에 황홀하게 사로잡혀 있었다. 그 배에는 그리스인들이 타고 있었다. 뭔가 호시탐탐 노리는 눈빛, 쩨쩨한 잡상인의 두뇌, 한심한 정치적 주장 등을 가진 닳고 닳은 유형의 인물들이었다. 조율이 되지 않은 피아노도 한 대 있었고 한 무리의 덕성스러운 주부들은 유해한 소문을 퍼트리고 있었다. 사악하고, 단조롭고, 촌뜨기 같은 비참함! 그 증기선을 양손으로 움켜잡고 바다에 한번 거꾸로 담가서 그 배를 오염시키는 그 모든 살아있는 것들—사람, 쥐, 빈대—을 깡그리 제거하여 완전 텅 비고 청소된 상태로 다시 파도 위로 들어 올리고 싶은 심정이었다.

반면에 나는 때때로 동정심에 사로잡혔다. 그것은 복잡한 형이상학적 삼단논법의 결론을 닮은 냉정하고 불교적인 동정심이었다. 개인들뿐만 아니라 온 세상을 향한 동정심이었다. 이 세상은 갈등하고, 소리치고, 울고 있었고, 모든 것이 무(無)의 마술 환등이라는 걸 모르고 여전히 희망하고 있는 것이다. 나는 그리스인, 증기선, 바다, 나 자신, 갈탄광 사업, 나의『붓다』원고에 대해서도 동정심을 느꼈다. 이 모든 것은 그림자와 빛의 공허한 집적에 지나지 않고 이 세상의 공기를 잠시 흔들어놓거나 오염시킬 뿐이었다.

나는 뱃멀미를 하는 조르바를 계속 쳐다보았다. 그는 뱃전의 굵은 밧줄 위에 우울하게 걸터앉아서 레몬 즙의 냄새를 열심히 들이 맡으면서 커다란 귀를 쫑긋하며 두 승객의 논쟁에 귀 기울였다. 한 사람은 국왕 지지파였고 다른 한 사람은 베니젤로스 지지파였다.

'낡아빠진 체제들이야!' 그가 경멸조로 중얼거렸다. 그가 머리를 흔들고 침을 내뱉으며 경멸조로 말했다. '저들은 부끄러움을 몰라!'

"조르바, '낡아빠진 체제들'이라니 무슨 뜻이지요?"

"저들이 말하는 것 말입니다. 군주제, 민주주의, 의회. 이런 것들은 모두 웃기는 장난질이에요!"

조르바의 머릿속에서 현대의 제도들은 낡아빠진 제도로 타락하고 말았는데 그가 이미 그런 체제들을 초월했기 때문이었다. 전보, 증기선, 철도, 현대의 도덕, 애국주의, 종교 등은 그의 내적 자아에 비추어 보면 틀림없이 낡은 것으로 보였다. 그의 영혼은 다른 사람들의 것보다 훨씬 빨리 전진했다.

돛대의 밧줄은 삐걱거렸고 해안선들은 춤추었다. 여성 승객들은 화장, 머리핀, 빗 등 그들의 무기를 모두 포기해 버렸으므로 마르멜루(quince: marmelo)처럼 노란 색깔이었다. 그들의 입술은 하얗고 손톱은 푸른색이었다. 말이 많은 수다쟁이 까치들은 그들의 빌려온 깃털, 즉 아름다운 리본, 브래지어, 인공 눈썹, 가짜 미용점 등을 다 뜯겨 버렸다. 뭔가 토하려는 듯한 이런 여자들의 모습을 보고 있노라면 혐오감과 함께 엄청난 동정심을 느끼게 된다.

조르바의 얼굴 또한 노란색과 초록색으로 변했다. 그의 밝은 눈은 흐릿해졌다. 그러나 그의 눈빛은 저녁 무렵이 되면서 다시 장난기가 충만했다. 그는 증기선과 나란히 달리는 두 마리 커다란 돌고래를 내게 손으로 가리켜 보였다.

"돌고래들!" 그는 즐거운 목소리로 소리쳤다.

나는 그때 처음으로 그의 왼손 검지가 중간 부분에서 잘려져 나간 것을 발견했다.

"그 손가락은 어떻게 된 거지요, 조르바?" 내가 소리쳤다.

"아무것도 아니에요!" 내가 돌고래를 충분히 감상하지 않는 것에 짜증을 내며 그가 심드렁하게 대답했다.

"어떤 기계에 끼인 건가요?" 내가 고집스레 물었다.

"무슨 기계 말입니까? 내가 스스로 잘랐어요."

"스스로? 무엇 때문에?"

"보스, 당신 같은 사람이 어떻게 이해하겠습니까?" 그가 어깨를 들썩이며 말했다. "내가 온갖 일을 다 했다고 아까 말했지요. 그래서 한때는 옹기장이 노릇을 했어요. 아주 그 일에 완전 미쳤었지요. 흙 한 덩어리를 집어 들고서 그걸로 자기가 원하는 질그릇을 마음대로 만들어낼 수 있다는 게 무슨 뜻인지 아십니까? 녹로와 흙덩어리는 슈웃 소리를 내면서 미친 듯이 돌아갑니다. 그러는 동안 당신은 그걸 쳐다보며 '주전자를 만들어야지.' '쟁반을 만들어야지.' '등유 램프를 만들어야지.' '악마가 아는 걸 만들어야지.' 하고 말하는 겁니다. 그런 순간에 당신은 진짜 인간이 되는 겁니다. 자유!"

그는 바다를 잊어버렸고 레몬을 더 이상 썹지도 않았으며 눈빛이 흐려져 있지도 않았다.

"그런데 그 손가락은?" 내가 물었다.

"그런데 이게 녹로 돌리는 데 자꾸 방해가 되었어요. 중간에 끼어들어 내 설계를 망쳐놓았단 말입니다. 그래서 어느 날 손도끼를 집어 들고—"

"아프지 않았나요?"

"물론 아팠지요. 내가 무슨 목석입니까? 나는 사람이에요. 당연히 아팠지요. 하지만 방금 말했듯이 그게 방해가 되었어요. 그래서 잘라낸 겁니다!"

해는 이미 졌고 바다는 좀 더 평온해졌다. 구름은 산지사방으로 흩어졌다. 저녁별인 금성이 하늘에서 빛났다. 바다와 하늘을 바라보며 나는 생각에 잠겼다. 그처럼 도공 일을 좋아하다니. 손도끼를 집어 들고 잘라버릴 정도로! 하지만 나는 내 감정을 감추었다.

"조르바, 그건 잘못된 처사요." 내가 웃으며 말했다. "『성인들의 전기』라는 책에는 어떤 고행자의 얘기가 나와요. 그도 마찬가지로 어느 날 여자를 보고서는 유혹을 느껴서 도끼를 집어 들고―"

"바보 같은 친구!" 조르바가 내 말을 미리 짐작하고서 말허리를 자르며 소리쳤다. "그걸 잘랐다고요! 아 정말 멍청한 친구로군요! 그런 자는 지옥에나 가야 해요! 그건 축복받은 물건이고 전혀 방해가 되지 않아요."

"무슨 소립니까? 그건 방해가 돼요." 내가 반박했다. "그것도 엄청 많이."

"무엇에 방해가 된다는 거죠?"

"천국에 들어가는데."

조르바는 나를 삐딱하게 쳐다보며 빈정대는 어조로 말했다. "바보 같은 소리! 그건 낙원의 문을 여는 열쇠예요!" 그는 고개를 들어 나를 쳐다보았는데 내가 저승, 천국, 여자, 사제 등에 대해서 어떤 생각을 가지고 있는지 알아내려는 것 같았다. 하지만 별로 알아낼 수가 없었는지 그는 커다란 회색 머리를 조심스럽게 흔들어댔다. "그걸 훼손한 자는 천국에 들어가지 못해요!" 하고 간단히 말했다.

나는 선실에 누워서 책을 집어 들었다. 나의 관심사는 여전히 붓다였다. 나는 요 몇 년 동안 내 마음에 평화와 안정을 주어 온 『붓다와 목동의 대화』를 읽었다.

목동: 나의 음식은 요리되어 있고 나는 양들의 젖을 짰습니다. 내 오두막은 문이 잠겼고 내 난롯불은 켜져 있습니다. 그리고 당신, 나의 하늘이여, 당신 좋으실 대로 많은 비를 내리소서!

붓다: 나는 더 이상 음식이나 젖을 필요로 하지 않는다. 바람이 나의 오두막이고 나의 난롯불은 꺼졌다. 그리고 당신, 나의 하늘이여, 당신 좋으실 대로 많은 비를 내리소서!

목동: 나는 황소도 있고 암소도 있습니다. 나는 조상이 물려준 목초지를 갖고 있고 내 황소는 암소의 등에 올라탑니다. 그리고 당신, 나의 하늘이여, 당신 좋으실 대로 많은 비를 내리소서!

붓다: 나는 황소도 암소도 없다. 나는 목초지도 없다. 나는 아무것도 없다. 아무것도 두려워하지 않는다. 그리고 당신, 나의 하늘이여, 당신 좋으실 대로 많은 비를 내리소서!

목동: 나는 이제 몇 년 동안 충실하고 복종적인 여자 양치기를 내 아내로 삼아왔습니다. 나는 밤이면 그녀와 장난질하는 것을 좋아합니다. 그리고 당신, 나의 하늘이여, 당신 좋으실 대로 많은 비를 내리소서!

붓다: 나는 복종적이고 자유로운 영혼을 가지고 있다. 나는 여러 해 동안 그녀를 훈련시켜 그녀와 나와 함께 노는 방법을 가르쳤다. 그리고 당신, 나의 하늘이여, 당신 좋으실 대로 많은 비를 내리소서!

나는 붓다와 목동의 목소리가 여전히 말을 하고 있는 가운데 잠이 들었다. 바람이 솟구쳤고 파도는 수정처럼 맑은 현창에 부딪쳐 왔다. 나는 꾸벅꾸벅 졸면서 절반은 짙은 연기, 절반은 바람이 되어 비몽사몽 중에 오락가락했다. 파도는 목초지에 범람하고, 황소와 암소를 익사시키는 무서운 바다로 바뀌었다. 바람은 오두막의 이엉지붕을 뜯어 날렸다. 비명을 내지르는 여자는 죽어서 진흙에 파묻혔다. 목동은 슬프게 호소하는 소리를 질러댔다. 나는 단 한마디도 듣지 못했다. 내가 아무 곳에도 매이지 않은 상태에서 바다 속으로 뛰어드는 물고기처럼 점점 더 깊이 잠 속으로 빠져드는 동안 목동은 계속 외쳐댔다.

내가 잠에서 깨어났을 때에는 동틀 무렵이었다. 그 크고 고상한 섬은 우리의 오른쪽에 험준하면서도 자부심 높은 모습을 드러냈고 그 평화로운 산들은 아침 햇빛 속에 잠긴 채 신비하게 웃고 있었다. 짙은 남색인 바다는 우리들 주위에서 부글부글 끓어올랐다.

두꺼운 갈색 담요를 몸에다 두른 조르바는 크레타를 탐욕스러운 시선으로 바라보았다. 그의 시선은 산에서 들판으로 그리고 해안선들을 가로지르며 내달렸다. 이 모든 땅이 그에게는 낯익은 듯했고 그는 그 땅을 밟고 지나다니는 상상을 하는 것이 즐거운 듯했다.

나는 그에게 다가가 어깨를 살짝 쳤다. "이게 크레타에 처음 온 건 아니지요, 조르바." 내가 말했다. "당신은 예전의 여자 친구를 보듯이 섬을 바라보고 있군요."

조르바는 하품을 했다. 그는 불안정했고 얘기를 하려는 마음이 없었다.

나는 웃었다.

"얘기할 생각이 별로 없는가 보죠, 조르바?"

"보스, 그게 아닙니다. 난 지금 얘기하기가 힘들어요."

"힘들다고?"

그는 즉각 대답하지 않았다. 그는 다시 한 번 해안선을 천천히 살펴보았다. 그는 갑판에서 잠을 잔 탓에 회색의 곱슬머리에서 이슬이 뚝뚝 흘러내렸다. 이제 햇빛을 받아서 뺨, 턱, 목의 깊은 주름살이 더욱 선명하게 드러났다. 이윽고 그의 두툼한 입술로부터 뭔가 소리가 나오기는 했지만 꼭 염소의 중얼거림 같았다. "미안합니다." 그가 말했다. "정말 아침에는 입을 열어 말하기가 어려워요." 그는 입을 다물고 다시 한 번 그의 동그란 눈을 크레타에 고정시켰다.

아침 커피를 알리는 종이 울렸다. 헝클어지고 창백한 녹색 얼굴들이 선실에서 빠져나오기 시작했다. 토사물과 화장품 냄새가 나는 여자들은 쪽 찐 머리를 늘어뜨린 채, 허물어지기 일보 직전의 자세로 비틀거리며 식탁과 식탁 사이를 걸어갔고 그 눈빛은 공포와 어리석음으로 심하게 풀어져 있었다.

조르바는 내 맞은편에 앉아서 생기 넘치는 자세로 커피를 홀짝거리며 버터와 꿀을 바른 빵을 먹었다. 그는 이제 사교적인 외관을 갖추었고 입술은 점점 더 온화해졌다. 그가 잠과 침묵으로부터 그 자신을 서서히 빼내는 태도와, 그의 눈빛이 장난기를 띠며 밝아지는 모습이 정말 멋지게 생각되었다.

그는 담배에 불을 붙이고 기다렸다는 듯이 한 모금 깊숙이 빨아들인 다음 푸른 연기를 털 많은 콧구멍으로 토해 냈다. 그는 오른쪽 다리를 접어 그 위에 가부좌를 틀고 앉아서 아주 편안한 자세였다. 이제야 말을 할 수 있는지 아까 내가 했던 질문에 대답하기 시작했다.

"이게 초행길이냐고요? 크레타에 처음 오느냐고요?" 그는 두 눈을 절반쯤 감고서 멀리 떨어진 밝은 점 같은 프실로리티스 산을 현창을 통해 내다보면서 말을 시작했다. "아닙니다. 초행이 아니에요. 1896년에 나는 이미 다 자란 어른이었습니다. 수염과 털은 제대로 색깔을 갖추어서 칠흑같이 검었지요. 이빨이 서른두 개 고스란히 있었고 술에 취하면 먼저 전채 요리를 모조리 먹어치우고, 그 다음에는 전채를 담아내온 접시도 씹어 먹을 정도로 이빨이 단단했지요. 그런데 그 시절 악마가 심술을 부려서 크레타에 새로운 민중 봉기가 터졌습니다. 그 당시 나는 마케도니아에서 이 마을 저 마을을 떠돌면서 온갖 물건을 팔고 돈 대신에 치즈, 양모, 버터, 토끼, 혹은 요리용 사탕옥수수 등을 받는 장돌뱅이였어요. 그 물건들은 되팔면 이문이 갑절이나 되었지요. 밤이 되어 어떤 마을에 들어가면 나는 어디 가서 묵어야 할지 그 집을 정확히 알고 있었습니다. 마을마다 반드시 마음씨 착한 과부(하느님 그녀를 축복하소서)가 있었습니다. 그래서 그녀에게 얼레, 빗, 혹은 손수건(작고한 남편을 추모하게 되도록 이면 검은 것)을 주고서 싼값에 그녀와 함께 자는 겁니다! 보스, 그건 행복한 인생이었어요. 돈도 거의 안 들고 말이에요! 하지만 악마가 심술을 부려서 크레타는 다시 총을 들고 일어섰어요. '쳇, 참으로 운이 없기도 하지.' 나는 말했어요. '저 크레타는 사람을 좀 가만히 내버려두면 안 되나?' 그래서 나는 얼레와 과부를 잠시 젖혀놓고 소총을 집어 들고 다른 파르티잔들에게 합류하여 크레타로 출발했어요."

조르바는 잠시 침묵했다. 우리는 이제 조용하고 모래 많은 해안을 지나가고 있었다. 해안으로 다가오는 파도가 부서지지 않은 채 해안의 중간으로 퍼져 나가, 모래 위에다 자그마한 포말의 덧칠을 입혀놓았다. 구름은 흩어졌고, 해는 밝게 빛났으며, 평화를 회복한 야생의 크레타는 미소 짓고 있었다.

조르바는 몸을 돌리며 약간 조롱하듯 곁눈질로 나를 쳐다보았다.

"보스, 당신이 무슨 생각을 하는지 알아요. 내가 여기 걸터앉아 마치 고치에서 명주실을 자아내듯이, 내가 절단 낸 터키 놈들의 대가리와, 내가 알코올에다 보관한 그놈들의 귀 숫자를 말해 주리라 생각하지요? 크레타 사람들이 통상 그렇게 하듯이. 그런 생각을 했다면 싹 지워버리세요. 나는 그게 따분할 뿐만 아니라 수치스럽다고 생각합니다. 이 빌어먹을 미친 짓은 대체 무엇입니까? 내가 이제 뭔가 좀 알았기에 그런 생각을 계속 갖고 있어요. 자기한테 아무런 해도 입히지 않은 인간에게 대들어서 그를 칼로 찌르고 그의 코를 베고, 그의 귀를 챙기고, 그의 내장을 가르는 이 미친 짓은 대체 무엇입니까? 그런 짓을 하면서도 계속 하느님이 여기 내려와 나를 도와달라고 호소했지요. 그건 하느님 보고 상대방의 귀와 코를 떼어내고 또 그의 내장을 파헤치라고 부탁하는 거나 다름없잖아요? 하지만 그 당시 내 피는 끓고 있었습니다. 사태의 밑바닥을 꿰뚫어볼 정도의 머리가 내게는 없었어요. 정확하고 고상한 생각을 하려면 평정심, 노년, 틀니가 가득한 입을 가지고 있어야 해요. 입에 틀니를 끼고 있으면 '미안하지만, 얘들아, 나는 씹을 수가 없단다!' 하고 말하기가 쉬워요. 그러나 이빨 서른두 개가 생생하게 모두 자기 마음대로 할 수 있는 것이라면…… 젊은 남자는 야생 동물이고, 그것도 다른 사람의 살을 얼마든지 씹어 먹을 수 있는 사나운 짐승이에요!"

그는 고개를 흔들었다.

"그래요. 그는 양, 닭, 새끼 돼지 따위의 고기도 먹지요." 그가 담배를 커피 받침대에다 비벼 끄면서 말했다. "하지만 그것으로는 양이 안 차요. 다른 사람의 살을 먹을 때까지는 여전히 불만인 거예요. 자, 많이 배우신 학자 양반, 나리는 그 점에 대해서 어떻게 생각하십니까?"

그러나 그는 나의 대답을 기다리지 않고 날카로운 두 눈으로 나를 재어보더니 이렇게 물었다. "당신이 뭐라고 말할 수 있겠습니까? 내가 알기로, 나리는 배고픈 적도 없고 남을 죽여 본 일도 없고, 훔치지도 않고 간통을 저지르지도 않았을 겁니다. 그러니 당신이 세상에 대해서 무얼 알겠습니까? 미숙한 정신에 경험 없는 신체라." 그가 분명 조롱조로 중얼거렸다.

나는 노동을 해본 적이 없는 나의 손, 나의 창백한 얼굴, 나의 경험 없는 생활에 대하여 부끄러움을 느꼈다.

"과연 그렇지요!" 그가 한 수 봐준다는 듯이 커다란 손을 식탁으로 한 번 쭉 내뻗었다. 마치 스펀지를 집어서 모든 것을 깨끗이 닦아내는 동작 같았다. "내가 당신에게 물어보고 싶은 것은 딱 한 가지뿐이에요. 당신은 틀림없이 아주 많은 정치 전단지를 읽어보았을 겁니다. 그러니 알고 있을 거예요."

"조르바, 말해 봐요. 무엇을?"

"보스, 여기서 기적이 그것도 아주 괴상한 기적이 발생했어요. 그래서 내 마음은 혼동을 일으켰어요. 우리 파르티잔들이 했던 그 모든 지저분한 술수들, 그 모든 강도와 살인 행위들이 여기 크레타에 조지 왕자를 데려왔어요. 그리고 자유가 온 겁니다!"

그는 멍한 표정을 지으며 툭 튀어나온 눈으로 나를 쳐다보았다.

"그건 신비예요!" 그가 중얼거렸다. "아주 큰 신비라고요! 그렇다면 이 세상에서 사람들이 자유를 얻으려면 그 많은 살인과 지저분한 술수가 반드시 필요하다는 얘기인가요? 만약 내가 여기 앉아서 우리가 저지른 잔악한 행위와 살인을 일일이 다 말해 준다면 당신의 머리카락은 거꾸로 설 겁니다. 그런데 그 결과가 무엇이었지요? 자유! 하느님이 불벼락을 내려 우리 모두를 불태워버리신 게 아니라 자유를 주신 겁니다. 나는 이걸 이해할 수가 없어요."

그는 도움을 청하는 것처럼 나를 쳐다보았다. 그 신비가 그를 괴롭히고 있는 게 분명했다. 그런데 그는 그 수수께끼를 풀 수가 없었다.

"보스, 당신은 압니까?" 그가 고뇌 어린 목소리로 물었다.

아냐고? 내가 그에게 뭐라고 말해 주어야 할까? 우리가 신이라고 부르는 자가 존재하지 않는다고 말해 줄까? 아니면 신이 살인과 악행을 좋아한다고 대답할까? 아니면 사람들의 투쟁과 근심 걱정에는 살인과 악행이 필수불가결이라고 말해 줄까?

그러나 나는 조르바에게 그와는 다른 답변을 하려고 애썼다. "당신도 알다시피, 꽃은 거름과 오물로부터 자라나고 또 그런 것들로부터 자양분을 얻지 않습니까? 조르바, 인간은 거름이고 자유는 꽃이라고 말해 보면 어떨까요?"

"그렇다면 씨앗은 어떻게 되는 겁니까?" 조르바가 커다란 손으로 식탁을 한번 내리치며 물었다. "꽃이 자라나려면 씨앗이 필요해요. 누가 그 씨앗을 우리의 더러운 내장에다 심었습니까? 왜 자비로움과 정직함에서 자양분을 얻은 씨앗은 꽃을 피우지 못합니까? 왜 피와 오물을 필요로 합니까?"

나는 고개를 흔들었다. "모르겠습니다." 내가 말했다.

"누가 알까요?"

"아무도 알지 못할 겁니다."

"그렇다면." 조르바가 절망에 빠져 주위를 사나운 눈빛으로 돌아다보며 말했다. "그럼 증기선, 기계, 하얗고 빳빳한 와이셔츠 등은 어떻게 생겨난 겁니까?"

뱃멀미를 하는 두세 명의 승객이 옆 테이블에 앉아서 커피를 마시고 있었다. 그들은 우리가 논쟁을 하는 기미를 느끼고서 귀를 쫑긋 세우며 집중하기 시작했다.

남들이 엿듣는 것을 싫어하는 조르바는 목소리를 낮췄다.

"그 모든 것은 지옥에나 가라지요." 그가 말했다. "난 이런 것들을 생각할 때마다, 내 앞에 있는 의자나 램프 같은 물건들을 두드려 부수거나 벽에다 내 머리를 쾅쾅 박아버리고 싶습니다. 하지만 그렇게 한다고 해서 뭘 더 알게 되겠습니까? 빌어먹을. 고작해야 대물 손해 배상을 해주거나 내 머리를 치료하기 위해 병원에 달려가야 하겠지요. 그리고 만약 하느님이 존재한다면—야아, 이건 정말 놀라운데!—이 모든 게 다 웃기는 얘기가 되어버리지요. 그분은 머리가 떨어질 듯이 웃어 젖히면서 나를 오랫동안 쳐다볼 겁니다."

그는 짜증나게 하는 파리를 옆으로 제치는 것처럼 갑자기 손바닥을 움직였다.

"아무튼." 그는 피곤한 어조로 말했다. "내가 당신에게 말하고 싶었던 것은 이거였습니다. 깃발들로 장식된 왕자를 태운 증기선이 도착하고 축포가 시작되고 조지 왕자가 크레타 땅을 밟았을 때였어요. 당신은 온 섬사람들이 자유를 얻었다고 해서 미쳐 날뛰는 그런 광경을 본 적이 있습니까? 없다고요? 그렇다면 불쌍한 보스, 당신은 맹인으로 태어나 맹인으로 죽게 될 운명입니다. 나로 말하자면, 설사 내가 1천 년을 살거나 내 살이 한 줌밖에 안 남아 있다고 해도 나는 그날 본 것을 결코 잊지 못할 겁니다. 만약 개인들에게 각자 그의 입맛에 따라 그 자신의 천국을 맛보도록 허용된다면(반드시 이래야 합니다. 이게 천국의 의미입니다), 나는 하느님에게 이렇게 말하겠습니다. '사랑하는 하느님, 나의 천국은 도금양(桃金孃) 꽃과 깃발들로 가득한 크레타가 되게 하소서. 조지 왕자가 크레타 땅을 밟은 순간이 수백 년 동안 지속되게 하소서. 그게 내가 원하는 것의 전부입니다.'"

조르바는 다시 침묵 속으로 빠져들었다. 그는 콧수염을 쓰다듬었고 얼음물로 유리잔을 가득 채운 후 꿀꺽 마셨다.

"조르바, 크레타에서는 무슨 일이 벌어졌나요? 계속 말해요!"

"우리는 말만 계속하고 있을 건가요?" 그가 다시 짜증을 내며 물었다. "이것 보세요, 내가 당신에게 말하고 싶은 것은 이 세상이 하나의 신비요 모든 인간은 지독한 짐승이라는 겁니다. 인간은 지독한 짐승인가 하면 위대한 신이기도 해요. 사악한 파르티잔 이오르가오스는 나와 함께 마케도니아에서 크레타로 내려왔습니다. 그는 상상하기 어려운 짓을 저지른 범죄자요 지저분한 돼지였어요. 그런데 그가 어느 날 울고 있었어요. '이오르가오스, 무슨 일로 엉엉 울고 있나? 왜 눈물을 쥐어짜고 있어, 이 돼지야?' 그렇게 묻는 나의 눈물샘도 터져서 눈물이 나오고 있었어요. 그는 내게 쓰러지더니, 내게 키스를 퍼부었고 양팔에 안긴 아이처럼 마구 흐느꼈어요. 그러더니 이 지독한 구두쇠가 가죽 전대를 풀어서 그 안에 있던 것을 무릎 위에다 털어놓았어요. 그건 그가 죽인 터키인들과 그가 파괴한 가정들로부터 빼앗거나 약탈한 황금 파운드화였지요. 그는 그 돈을 공중에다 한 주먹씩 한 주먹씩 뿌려댔어요. 보스, 아시겠습니까? 그게 자유의 의미예요!"

나는 의자에서 일어서서 선선한 공기가 불어오는 선교(船橋) 쪽으로 올라갔다.

'그래, 그게 자유가 의미하는 것이지.' 나는 생각했다. "열정을 가지고 있고, 황금 파운드화를 긁어모으고, 그랬다가 그 열정을 갑자기 극복하고서 가진 것 모두를 내던지는 것, 공중에다 던져 버리는 것. 혹은 더 높은 열정에 복종하기 위하여 기존의 열정으로부터 자기 자신을 해방시키는 것. 하지만 그것 또한 노예 상태의 또 다른 형태가 아닐까? 어떤 사상, 자신의 국적, 자신의 하느님을 위하여 자기 자신을 희생시킨다면? 아니면 개인의 스승이 고단수여서 그 개인을 노예제에 묶어두는 밧줄이 그 길이에 비례하여 늘어나는 것이 아닐까? 그럴 경우, 훨씬 넓은 영역에서 마음껏 뛰어놀며 장난질을 친다 해도, 우리는 결국 그 울타리를 발견하지 못하고 죽는 게 아닐까? 그게 자유의 의미일까?

우리가 해안에 도착한 것은 이른 오후였다. 채로 잘 거른 듯한 하얀 모래, 아직도 꽃피어 있는 협죽도. 무화과나무와 구주콩나무. 그리고 저 멀리 오른쪽에 있는 나무가 없는 잿빛의 자그마한 산. 그 산은 드러누운 여자의 얼굴을 닮았고, 암갈색 갈탄 광맥이 그녀의 턱과 목 아래로 내달리고 있었다.

비 온 후라서 시원하고 축축한 바람이 불어왔다. 몇몇 새털구름이 머리 위로 재빠르게 지나가면서 대지를 아지랑이로 부드럽게 장식했다. 다른 구름들도 바쁘게 하늘 위로 올라가서 해를 가리거나 노출시키거나 했고 그에 따라 대지의 얼굴은 밝아지거나 어두워졌는데 그 형상은 짙은 안개에 가려진 살아있는 사람의 얼굴과 비슷했다.

나는 모래사장에 잠시 서서 유독하면서도 유혹적인 사막처럼 내 앞에 펼쳐져 있는 신성한 고독을 음미했다. 불교의 유혹하는 노래가 땅으로부터 솟아올라 나의 내장을 감쌌다.

언제 내가 친구도 없이 혼자서 사막으로 물러갈 수 있을까? 이 세상 모든 것이 꿈이라는 거룩한 확신 하나만 가지고.

언제 아무런 욕망도 없이 내 누더기 옷만 걸치고서 행복하게 산속으로 물러갈까?

언제 내 몸이 병이요 번뇌요 늙음이요 죽음이라는 것을 깨닫고서, 나는 자유롭게 두려움 없이 기쁨으로 가득한 채 숲 속으로 물러갈 수 있을까?

조르바가 산투르를 옆구리에 낀 채 다가왔다.

"조르바, 저게 갈탄입니다." 나의 심리 상태를 감추기 위해 누워 있는 여인의 얼굴을 가리키며 내가 말했다.

그러나 조르바는 얼굴을 찌푸렸을 뿐 돌아서지 않았다.

"보스, 그 얘기는 나중에 합시다." 그가 말했다. "먼저 이 땅이 조용히 서 있어야 해요. 이게 저 빌어먹을 증기선의 갑판처럼 여전히 흔들리고 있어요. 먼저 마을로 갑시다." 그는 커다란 걸음걸이로 앞서 걸어갔다.

두 명의 맨발 마을 소년들이 달려와서 우리의 여행 가방을 받아 들었다. 그들은 얼굴이 너무 햇볕에 그을려서 이집트 농부 같았다. 뚱뚱한 몸에 푸른 눈의 세관 관리가 남루한 세관 사무소인 오두막에 앉아서 물 담배를 피우고 있었다. 그는 우리를 의심스러운 눈빛으로 바라보더니 여행용 가방을 천천히 훑어본 다음 잠시 의자에서 일어서려는 척하다가 신경 쓰기 귀찮아하면서 그만두었다. 그는 물 담배 튜브를 천천히 들어 올리더니 나른한 목소리로 말했다. "환영합니다!"

마을 소년들 하나가 내게 다가와 올리브처럼 검은 눈을 깜빡거리며 윙크를 했다.

"그리스 본토에서 온 사람이에요." 그가 비웃듯이 말했다. "그래서 그는 신경도 안 써요."

"그러면 크레타 사람들은 그렇지 않고?" 내가 물었다.

"그들은 그래요, 그래요." 크레타 소년이 대답했다. "하지만 좀 방식이 다를 뿐이에요."

"마을은 여기서 멀어?"

"아니요. 총 한 방 거리예요. 저기 과수원 뒤에 협곡 속에 있어요. 선생님, 아주 멋진 마을입니다. 사람들이 원하는 건 다 있어요. 구주콩, 검은 겨자 씨앗, 올리브유, 그리고 와인. 저기 모래 속의 오이는 크레타에서 제일 먼저 익는 놈이에요. 아프리카에서 불어오는 바람이 저놈들을 부풀어 오르게 만들지요. 만약 밤에 야채 매당에서 잠이 든다면 저놈들이 굵어지는 소리가 뿌지직하고 들려요."

앞서 걸어가는 조르바는 아직도 뱃멀미 후유증으로 계속 비틀거렸다.

"힘내요, 조르바!" 내가 그에게 소리쳤다. "여기까지 잘 왔잖아! 겁먹을 거 없어."

우리는 빠르게 걸었다. 그 땅은 모래와 조개껍질의 뒤범벅이었고 가끔 여기저기에 버들, 갈대, 현삼(玄蔘) 같은 것들이 섞여 있었다. 무더운 날씨에 구름이 내려왔고 바람이 세게 불어왔다.

우리는 두 개의 줄기가 서로 꼬여 있는 커다란 무화과나무를 지나갔는데 나무는 늙어서 속이 크게 비어 있었다. 여행 가방을 든 소년 하나가 그 나무 앞에 멈춰 섰다. 그는 턱을 내밀어 그 늙은 나무를 가리켰다.

"유지 딸의 무화과나무예요!" 그가 말했다.

"유지 딸의 무화과나무? 왜?"

"우리 할아버지 시절에 한 마을 유지의 딸이 한 목동과 사랑에 빠졌대요. 하지만 여자 아버지가 허락을 하지 않았대요. 딸은 울고, 비명을 지르고, 호소하면서 애를 태웠으나 아버지는 꼼짝도 하지 않았대요. 그래서 어느 날 저녁 이 사랑의 번뇌에 빠진 남녀는 사라졌어요. 사람들은 그들을 하루, 이틀, 사흘, 일주일 내내 찾아다녔어요. 아예 수증기처럼 증발해 버린 거예요! 하지만 그때는 여름철이었고 그들은 곧 냄새를 풍기기 시작했어요. 사람들이 그 냄새나는 곳을 추적해 가니 두 남녀가 이 무화과

나무 아래에서 굳게 포옹한 채로 썩어 가고 있는 걸 발견했대요. 무슨 말인지 알죠? 그 고약한 냄새 때문에 발견된 거예요. 풋! 풋! 하 하 하!"

마을의 부산한 움직임 소리가 들려왔다. 개들은 짖기 시작했고 여자들은 빽빽 소리를 질렀고 수탉들은 날씨의 변화를 알리고 있었다. 공기 중에는 술도가에서 익어가는 라키(raki) 술의 냄새가 진하게 퍼졌다.

"여기가 마을이에요!" 두 소년이 빨리 달리며 말했다.

우리가 모래 언덕을 돌아갔을 때 협곡의 측면에 형성된 자그마한 마을이 보였다. 서로 다닥다닥 붙어 있는, 납작한 지붕을 가진 햇빛에 바랜 집들이었다. 사람의 눈처럼 검게 보이는 열린 창문들 때문에 그 집들은 암석 사이에 박힌 표백된 두개골처럼 보였다.

나는 조르바에게 다가갔다.

"조르바, 조심해야 돼요." 내가 부드러운 어조로 지시했다. "이제 우리가 마을로 들어서기 때문에 조신하게 행동해야 됩니다. 그래서 마을 사람들이 우리를 의식하지 않도록 해야 돼요. 그러니 진지한 사업가인 체합시다. 나는 보스이고 당신은 반장인 겁니다. 크레타 사람들은 장난이라는 걸 모른다는 걸 알아야 해요. 그들이 당신을 의식하기 시작하면 곧바로 당신의 결점을 발견하고 별명을 붙여버려요. 그러면 아무리 애써도 그로부터 벗어날 길이 없어요. 그때부터 당신은 꼬랑지에 깡통이 달린 개처럼 돌아다니게 돼요."

조르바는 손으로 콧수염을 잡아당기며 생각에 잠겼다.

"보스, 이거 한 가지는 말씀드리지요." 그가 마침내 말했다. "만약 이 마을에 과부가 있다면 걱정할 필요가 없어요. 하지만 없다면—"

바로 그 순간 남루한 옷을 입은 여자 거지가 마을에 들어서더니 손을 내밀며 우리에게 달려왔다. 그녀는 얼굴이 햇볕에 그을렸고 흙투성이에다 가느다란 조잡한 검은 콧수염이 나 있었다.

"여, 친구." 그녀가 조르바에게 소리쳤다. "당신은 영혼을 가지고 있지요?"

조르바는 잠시 망설이더니 엄숙하게 대답했다. "예, 갖고 있습니다."

"그럼 내게 5드라크마(drachma)만 줘요."

조르바는 가슴 주머니에서 낡은 가죽 지갑을 꺼냈다.

"여기 있습니다!" 아직도 뱃멀미를 느끼는 조르바는 가벼운 웃음을 터트렸다.

그는 내게로 고개를 돌리며 말했다. "여기는 물가가 아주 싸군요. 한 영혼당 5드라크마면 되니."

마을의 개들이 우리에게 달려들었다. 창문에 매달려 있던 여자들은 소리를 질러댔다. 아이들은 우리 뒤에서 따라왔다. 몇몇은 개처럼 짖어대고, 몇몇은 자동차 경적음을 내고, 몇몇은 우리 앞으로 달려가더니 커다란 눈을 동그랗게 뜨고 황홀하게 쳐다보았다.

우리는 마을의 광장에 도착했다. 두 그루의 아주 키 큰 포플러 나무, 조잡하게 베어낸 통나무로 만든 식탁들, 그 주위의 자그마한 벤치들이 있었고 그 맞은편에 카페가 있었는데 커다란 빛바랜 간판에는 모디스티 카페 겸 정육점이라고 씌어 있었다.

"보스, 왜 웃는 겁니까?" 조르바가 물었다.

나는 대답할 시간이 없었다. 대여섯 명의 튼튼하고 정력적인 남자들이 카페/정육점에서 밖으로 나왔다. 그들은 붉은 장식 허리띠를 두르고 통이 넓은 진청색 바지를 입고 있었다.

"잘 오셨습니다, 좋은 친구들!" 그들은 소리쳤다. "어서 안으로 들어와 증류기에서 막 뽑아낸 라키 술을 한잔하세요."

조르바는 입맛을 다시며 돌아서서 내게 윙크를 했다. "보스, 어떻게 생각하십니까? 들어갈까요?"

우리는 라키 술을 마셨고 그러자 내장이 불붙는 듯했다. 집주인/푸주한은 활발하게 움직이는 정력적인 사람이었는데 우리를 위해 의자를 내왔다.

나는 여관에 대해서 물어보았다.

"마담 오르탕스의 집으로 가세요." 누군가 대답했다.

"프랑스 여자인가요?" 내가 놀라서 물었다.

"악마처럼 음흉해요! 한 인물 하는 여자지요! 아주 많이 돌아다녔어요! 온갖 종류의 울타리를 다 뛰어넘었지요! 이제 그녀는 늙었어요. 여기에 정착하여 그게 마지막 울타리가 되었는데 여관을 하고 있답니다."

"그 여자는 사탕도 팔아요." 한 아이가 거들었다.

"그녀는 얼굴에다 분을 바르고 칠을 해요." 다른 사람이 말했다. "목에다가 리본을 감고 있지요. 게다가 앵무새를 키워요."

"그 여자는 과부입니까?" 조르바가 물었다. "과부?"

아무도 대답하지 않았다.

"과부예요?" 그가 초조한 목소리로 다시 물었다.

카페 주인은 그 자신의 더부룩한 회색 턱수염을 잡아당겼다. "친구, 여기에 털이 몇 가닥이나 있습니까? 얼마나 되냐고요? 그 여자는 말하자면 그처럼 많은 남자들의 과부지요. 제 말을 알아듣겠습니까?"

"알겠습니다." 조르바가 입술을 핥으며 말했다.

"그 여자는 당신도 홀아비로 만들지 몰라요. 그러니 조심하쇼, 친구." 사람 좋은 늙은이가 소리쳤고 모두들 왁자지껄 웃음을 터트렸다.

카페 주인이 새로운 음식 쟁반을 들고 다시 나타났다. 보리빵 롤, 미지트라 치즈, 그리고 배였다.

"자 당신들, 이 새로 온 분들을 이제 그만 내버려둬!" 그가 소리쳤다. "마담이니 땡감이니 하는 건 뭔 소리야? 이분들은 내 집에서 잘 거야!"

"내가 이분들을 모실게, 콘도마놀리오스." 그 사람 좋은 늙은이가 말했다. "나는 애들이 없어. 우리 집은 크고 방도 많아."

"실례입니다만, 아나그노스티스 아저씨." 카페 주인이 노인의 귀를 향해 허리를 숙이며 소리쳤다. "내가 먼저 청했습니다."

"그럼 자네가 한 명만 받게." 아나그노스티스 아저씨가 말했다. "나는 저 늙은 사람을 받지."

"늙은 사람이라니 누구 말입니까?" 조르바가 눈알을 부라리며 말했다.

"우린 떨어져 지내지 않습니다." 내가 조르바에게 고개를 끄덕여 화내지 말라고 신호하면서 대답했다. "우리는 떨어지지 않습니다. 우린 마담 오르탕스의 여관으로 갈 거예요."

"환영합니다! 환영합니다!"

포플러 나무 아래에서 양팔을 벌리고 안짱다리로 아장아장 걸으면서 그 땅딸막하고 배 나오고 키 작은 여자가 나타났다. 그녀는 염색한 아마 빛 블론드 머리카락이 지금은 빛이 바랬고 턱에 난 몇 가닥 털을 미용 점으로 감추고 있었다. 그녀는 목에 붉은 벨벳 리본을 둘렀고 쪼그라든 뺨에는 담자색 분을 아주 두텁게 발랐다. 이마에는 몇 가닥 애교머리가 늘어져 있어서 로스탕의 드라마에서 새끼 독수리 역을 맡았던 늙은 사라 베르나르(Sarah Bernhardt)를 연상시켰다.

"만나서 반갑습니다, 오르탕스 부인." 내가 갑작스러운 흥분을 느끼며 그녀의 손에 키스할 자세를 취하며 말했다.

인생이 내 앞에서 하나의 동화처럼 번쩍거렸다. 가령 셰익스피어의 희극『템페스트』와 비슷하다고나 할까. 우리 또한 상상의 난파선에서 하선하여 온몸이 물에 젖은 채로 저 놀라운 해변을 탐사하다가 이제 이 섬의 살아있는 사람들과 정식으로 수인사를 나누게 된 것이었다. 나는 마담 오르탕스를 그 섬의 여왕 혹은 수천 년 전에 이 모래 많은 해변에 좌초하여 하릴없이 썩어 가고 있는, 일종의 콧수염 달린 반짝거리는 물개, 그것도 향수를 친 행복한 물개라고 상상했다. 그녀의 뒤에는 여러 개의 머리를 가진 칼리반—그러니까 이 섬의 온 주민, 번들번들하고 뻣뻣하고 흥분 잘하는 주민—이 경멸과 아첨의 눈빛으로 그녀를 바라보고 있다.

가면 쓴 왕자인 조르바는 이제 그녀에게 존경을 바치고 있다. 불룩 튀어나온 눈을 가진, 저 오래된 시절의 동료인 조르바는 아주 먼 바다에서 저 나름대로 치열한 전투를 벌이고 승리를 거둔 낡은 순양함으로서, 때로는 정복을 당하여 상처를 입고, 승강구는 입을 벌리고, 돛대는 부러지고, 돛은 찢어져, 이제 금 간 곳이 무수하나 그녀가 이제 분으로 그곳을 메워줄 터인데, 그녀는 일찍이 이 해변에 도착하여 4만 군데의 상처를 입은 선장, 조르바를 속절없이 기다리고 또 기다려 왔던 터였다. 나는 이 두 배우가 이처럼 간단하게 준비된 무대, 조잡하게 페인트칠을 한 크레타의 해변가에서 마침내 기쁜 마음으로 상봉하는 것을 보고서 내심 즐거운 마음을 억누르지 못했다.

"마담 오르탕스, 침대 두 개를 부탁합니다." 나는 남녀 양성 간에 벌어지는 드라마를 전문으로 하는 그 나이 든 비극 여배우에게 공손히 절을 하면서 말했다. "빈대가 없는 놈으로."

"빈대라뇨, 무슨 말씀을!" 그녀는 왕년의 여가수답게 도발적이면서도

80

느끼한 시선을 보내며 대답했다.

"아니오, 빈대 있어요, 있어요!" 칼리반의 여러 입들이 하! 하! 하! 하고 웃으면서 소리쳤다.

"없어요, 없다니까요." 우리의 주연 여배우는 두꺼운 푸른 양말을 신은 작고 통통한 발로 바닥의 자갈을 콩콩 밟으면서 고집스럽게 말했다.

그녀는 자그마하고 멋진 실크 나비 매듭이 달린, 오래되어 낡아버린 단화를 신고 있었다.

"당신은 지옥에나 가요, 프리마 돈나!" 칼리반이 다시 한 번 하! 하! 하! 하고 웃었다.

그러나 마담 오르탕스는 이제 위엄 가득한 자세로 앞서 걸어가며 길 안내를 했다. 그녀의 등 뒤로 화장 분과 값싼 향수 비누 냄새가 풍겨왔다.

그 뒤를 따라가던 조르바는 탐욕스러운 눈으로 그녀를 훑어보았다.

"헤이, 저걸 한번 보세요!" 그가 내게 윙크하며 말했다. "저 여자는 걷는 모양이 완전 오리 궁둥인데요! 저걸 좀 보라고요, 살랑, 살랑! 저 여자는 지방 차오른 엉덩이를 흔들어대는 암양 같군요!"

하늘은 이미 어두워져 있었다. 굵은 빗방울이 두세 방울 떨어졌다. 푸른 번개가 산 위를 가로질러 달려갔다. 염소 털 겉옷을 입은 젊은 소녀들은 황급히 집 안의 양과 염소들을 수습하여 목초지로부터 집으로 돌아오고 있었다. 벽난로 앞에 앉아 있던 여자들은 저녁밥 지을 불을 지폈다.

고집스레 콧수염을 씹고 있던 조르바는 마담의 흔들리는 엉덩이로부터 탐욕스러운 시선을 거두지 못했다.

"흐음." 그가 어느 한순간 나직이 한숨을 내쉬었다. "빌어먹을 것! 저 잡것의 엉덩이는 멈출 기색이 없네!"

3

마담 오르탕스의 여관은 앞뒤로 일렬을 이루며 붙어 있는 오래된 수영객용 캐빈(오두막)들로 이루어져 있었다. 첫 번째 캐빈은 가게였는데 사탕, 담배, 아랍산 피넛, 램프 심지, 유아용 습자 책, 유향 등을 팔았다. 연달아 붙어 있는 네 개의 캐빈은 객실로 사용되었다. 그것들 뒤에는 집의 마당이 있었는데 주방, 닭장, 토끼 사육장 등이 있었다. 여관 주위에는 갈대와 뻣뻣한 선인장이 가느다란 모래사장에 촘촘히 심어져 있었다. 여관 전체에서 바다, 동물 똥, 강한 오줌 냄새 등이 났다. 가끔 마담 오르탕스가 지나갈 때에만 공기는 그 냄새를 바꾸었는데, 마치 이발사의 미용 오수가 갑자기 사람들 앞에 버려진 것 같았다.

침대가 준비되자 우리는 곧바로 드러누워서 내내 잤다. 나는 어떤 꿈을 꾸었는지도 기억하지 못한다. 다음 날 아침 나는 막 수영을 끝낸 것처럼 쾌활하고 행복했다.

그날은 일요일이었다. 인부들은 다음 날부터 인근 마을에서 와서 갈탄광에서 일에 투입될 예정이었다. 그래서 산책을 나가서 운명이 나를 부려놓은 해변에 대하여 탐사할 시간이 충분했다. 내가 여관을 나섰을 때에는 아직 새벽이었다. 나는 과수원을 지나 해변을 한 바퀴 빙 돌면서 그 지역의 물, 흙, 공기에 대해서 간단히 현지 조사를 했다. 또 향기로운 야생 약초들도 수집하는 바람에 내 손바닥에서는 꿀풀, 세이지, 박하 등의 냄새가 났다. 나는 어느 언덕에 올라가 철광석, 검은 나무들, 하얀 석회석 등, 엄숙하면서도 척박한 풍경을 살펴보며 저런 암석은 곡괭이로도 굴착하기 힘들겠다고 생각했다. 그러나 이 척박한 땅을 뚫고 나온 노란 백합은 햇빛 속에서 반짝거렸다. 저 멀리 남쪽으로는 자그마하고 모래가 많고 낮게 엎드린 섬이 장밋빛으로 빛나다가 아침의 첫 햇살에 처녀 같은 붉은색으로 바뀌었다. 해안선으로부터 약간 뒤쪽에는 올리브 나무, 구주콩나무, 무화과나무, 그리고 몇몇 포도원이 있었다. 두 낮은 산들 사이에 있어서 바람으로부터 보호를 받는 분지에는 오렌지 나무들과 모과 나무들이 자라고 있었다. 그리고 해안 가까운 곳에는 멜론 밭들이 있었다.

나는 그 낮은 언덕에 오래 머물면서 대지의 은밀한 동요를 즐겁게 감상하고 있었다. 여러 철광석 지대들, 암록색의 구주콩나무들, 은빛 잎사귀의 올리브 나무들은 마치 호랑이의 빗금 쳐진 가죽처럼 내 앞에서 넓게 펼쳐져서 물결치고 있었다. 저 멀리 남쪽으로, 아프리카 대륙의 지중해 해안에 이르기까지 여전히 노호하는 바다가 꿈틀거리고 있었다. 번뜩거리며, 끝이 없고, 외롭게 노호하는 그 바다는 크레타를 마치 집어삼킬 것처럼 달려왔다.

나는 크레타의 풍경이 좋은 산문(散文)을 닮았다고 느꼈다. 잘 작업되고, 과묵하고, 여분의 췌언으로부터 해방되고, 강력하고, 절제되고, 가장 간단한 수단으로 본질을 형상화하고, 말놀이를 거부하고, 술수나 과장을 피하고, 그러면서도 힘이 넘치는 단순함으로 할 말만 딱 하는 문장. 이 크레타 풍경의 근엄한 문장들의 행간에서, 우리는 예기치 못한 감수성과 부드러움을 읽어낼 수 있다. 레몬 나무와 오렌지 나무는 바람으로부터 보호받는 분지에서 그 향기로운 냄새를 뿜어낸다. 저 끝 모를 바다에서는 억누르기 어려운 시정(詩情)이 생겨난다.

'크레타, 크레타.' 나는 펄떡거리는 마음으로 중얼거렸다.

낮은 언덕을 내려와 나는 해안을 따라 걸었다. 마을 쪽에서 깔깔 웃는 소녀들이 나타났다. 눈처럼 하얀 수건을 쓰고 목이 높은 노란 부츠를 신은 그들의 기다란 스커트는 위로 말려 올라가 있었다. 그들은 저 멀리 해변 옆의 수도원에서 거행되는 미사에 참석하기 위해 걸어가고 있는 것이었다.

나는 걸음을 멈추었다. 그들은 나를 보는 순간 웃음을 멈추었다. 낯선 사람을 보고서—그들의 얼굴은 공포로 굳어지고, 몸은 머리끝에서 발끝으로 방어물을 설치하고, 손가락은 단추를 단단히 잠근 윗옷의 가슴 근처를 불안하게 잡는다—그들 내면의 오래된 피는 옛일을 기억하며 겁을 먹는 것이다. 과거에 아프리카의 지중해 해안 쪽을 바라보는 이 크레타의 해변 마을들에서, 해적들이 갑자기 등장하여 양, 여자, 어린아이 등을 강탈하여 붉은 어깨띠로 결박하여 배의 밑창에다 던져 넣고서 알제리, 알렉산드리아, 베이루트 등지로 항해하여 팔아넘기는 일이 많았다. 여러 세기 동안, 여자들의 뜯겨진 리본만이 가득한 이 해안에서는 울음소리가 진동했다. 나는 그 소녀들이 마치 난공불락의 장애물을 구축하려는 듯이 동요하며 서로 바싹 붙는 광경을 쳐다보았다. 그것은 자신을 보호하기 위한 절망적인 방어의 몸짓이었다. 수 세기 전에는 필수적인 그

동작이 저 먼 옛날의 필요에 따라서 심지어 오늘날에조차도 우스꽝스럽게 되풀이되고 있는 것이다.

소녀들이 내 앞을 지나가자 나는 온순하게 옆으로 비켜서며 미소를 지었다. 그들은 갑자기 위험이 몇 세기 전에 이미 사라졌다는 것을 느끼고서 갑자기 깨어나더니 오늘날의 안전한 시대로 되돌아왔다. 그들의 얼굴은 열렸고 단단한 스크럼은 풀어졌고 모두 재잘거리는 목소리로 내게 아침 인사를 건넸고 그 순간 그들의 목은 환히 빛났다. 바로 그 순간 저 먼 수도원의 행복하고 장난스러운 종소리가 즐겁게 공기 중에서 퍼져 나갔다. 마치 이 순간을 기다리고 있었다는 듯이.

해는 이미 중천에 솟아올랐고 하늘은 아주 맑았다. 나는 커다란 돌들 사이를 통과하여 갈매기처럼 약간 움푹 팬 땅에 걸터앉아 즐거운 마음으로 바다를 쳐다보았다. 내 몸은 튼튼하고, 시원하고, 복종적이 되어 있었다. 내 마음은 파도를 따라서 그 나름 파도가 되어 아무런 저항 없이 바다의 춤추는 리듬에 복종했다. 그리고 내 마음은 천천히 달아올랐다. 내 마음속에서 어두운 목소리들이 올라왔고 나는 그렇게 부르는 자가 누구인지 알았다. 내가 이렇게 짬을 내어 혼자 있는 순간이면, 형언할 수 없는 욕망과 엄청나게 과장된 희망으로부터 고통 받는 그자는 나의 내부에서 신음 소리를 내면서 어서 구제해 주기를 바라는 것이다.

그자의 목소리를 듣지 않기 위해서, 그처럼 고문을 당하는 이 무서운 내면의 악마를 퇴치하기 위하여 나는 재빨리 여행의 동반자인 단테 책을 펴들었다. 그 시편을 획획 넘기면서 나는 어떤 시 한 행 혹은 3행시 한 수를 무작위로 읽으면서 그 시행이 나오는 칸토 전편을 생각했다. 그러면 저주받은 자들이 저 불타는 페이지들로부터 비명을 지르며 솟아올랐다. 그보다 더 먼 곳에서는 상처받은 위대한 영혼들이 높이 솟은 연옥 산을 어렵사리 기어 올라가고 있었다. 그리고 그보다 더 높은 곳에서는 축복받은 천국의 영혼들이 반짝거리는 개똥벌레처럼 에메랄드 빛 초원에서 천천히 산책하고 있었다. 나는 이 두려운 운명의 3층 집을 위아래로 여행했다. 지옥, 연옥, 천국을 순회 여행하는 것이 마치 내 집의 전반적 구조를 살펴보는 것처럼 편안했다. 이 놀라운 시편들을 여행하면서 나는 고통 받고, 기대하고, 즐겼다.

단테 책을 덮고서 나는 멀리 바다를 내다보았다. 가슴을 파도에 내려 놓고 쉬는 갈매기 한 마리가 그 몸을 엄청나게 상쾌한 쾌락에 내맡기고 있었다. 햇볕에 그을린 청년이 맨발로 해변에 나타나 사랑에 관한 각운 달린 연구(聯句)를 노래 불렀다. 나는 그의 목소리가 이미 바뀌어 수탉 같은 쉰 목소리를 내는 것을 듣고서 그가 사랑하는 자들의 번뇌를 깨달았다고 생각했다.

단테의 시들은 그의 고향 땅에서 여러 해 동안, 아니 여러 세기 동안 같은 방식으로 노래 불려져 왔다. 사랑의 노래가 청년들에게 섹스에 대비시키듯이, 격정적인 피렌체 사람(단테.—옮긴이)의 시편은 이탈리아 청년들에게 이탈리아의 갈등과 해방을 준비시켰다. 이 청년들은 마치 성찬식을 거행한 것처럼 시인 단테의 영혼을 물려받아서 노예제도를 천천히 자유 국가로 변모시켰던 것이다.

나는 등 뒤에서 들려오는 웃음소리를 들었다. 단테의 까마득한 봉우리에서 속세로 굴러 떨어진 나는 고개를 돌려 내 뒤에 서 있는 조르바를 보았다. 그의 온 얼굴이 웃고 있었다.

"보스, 무슨 일입니까?" 그가 소리쳤다. "벌써 여러 시간 당신을 찾아 헤맸습니다. 여기서 당신을 발견할 줄 어떻게 알았겠습니까?" 내가 입을 다물고 미동도 하지 않자 그가 계속 말했다. "벌써 늦은 오후예요. 암탉

을 삶아 놨습니다. 조금 더 있으면 곤죽이 되어버릴 겁니다. 내 말 알아들
으시지요?"

"알아요. 하지만 난 배고프지 않아요."

"배고프지 않다고요!" 조르바가 자기 무릎을 털썩 치면서 감탄했다.
"하지만 당신은 아침부터 아무것도 먹지 않았잖아요. 신체 또한 영혼을
가지고 있어요. 그 신체를 불쌍하게 여기십시오. 보스, 그에게도 먹을 것
을 좀 주세요. 당신도 알다시피 그게 우리의 당나귀입니다. 만약 당나귀
에게 먹을 걸 안 주면 목적지 절반쯤에서 당신을 내리라고 할 겁니다."

나는 벌써 여러 해 동안 육체의 즐거움을 경멸해 왔다. 마치 수치스러
운 짓이나 하는 것처럼 몰래 음식을 먹었다. 그렇게 하는 것이 가능한 곳
에서는 말이다. 그러나 이제 조르바의 고함을 막아내기 위해서라도 이렇
게 말할 수밖에 없었다. "좋아요. 바로 가리다."

우리는 마을로 향해 갔다. 내가 바위들 사이에서 보낸 여러 시간은 성
적 체험과 마찬가지로 아주 짧은 섬광처럼 지나가 버렸다. 나는 아직도
피렌체 사람의 불같은 숨결을 내 목덜미에 느끼고 있었다.

"갈탄광을 생각하고 있었습니까?" 조르바가 좀 망설이는 목소리로
물었다.

"그 외에 뭘 생각하겠소?" 나는 웃으며 대답했다. "내일 우리는 작업
을 시작합니다. 그러니 몇 가지 미리 생각해 둘 필요가 있었어요."

조르바는 나를 곁눈질로 보았으나 입을 열지는 않았다. 나는 그가 나
라는 사람을 재어보고 있다는 것을 즉각 깨달았다. 그는 아직도 나를 믿
어도 좋을 사람인지 잘 모르고 있었다.

"그래서 어떤 결론에 도달했습니까?" 그가 또다시 조심스러운 목소
리로 물었다.

"3개월 뒤에 우리는 하루 10톤의 갈탄을 채취해야 수지를 맞출 수 있다고 생각했습니다."

조르바는 다시 나를 쳐다보았으나 이번에는 근심하는 기색이 역력했다. 곧 그는 물었다. "그런 계산을 하려고 바닷가에 나왔다는 겁니까? 보스, 실례입니다만 나는 당신을 이해하지 못하겠습니다. 내 얘기를 해보자면 나는 숫자로 바쁠 때는 땅속의 어떤 구덩이에 틀어박힌 맹인처럼 되어 아무것도 보지 못합니다. 만약 내 눈을 쳐들어 바다나 나무나 여자를 본다면—설사 그 여자가 노파라 하더라도—계산은 엉망진창이 되어 버리고 숫자는 날개가 달려 나를 비웃듯이 날아가 버립니다."

"왜 그런 일이 벌어지는 거죠, 조르바?" 내가 그를 놀리려고 물었다. "그건 당신의 잘못입니다. 당신은 정신을 한군데 집중시키는 힘이 부족한 겁니다."

"보스, 내가 어떻게 알겠습니까? 그건 사람에 따라 다릅니다. 심지어 현명한 솔로몬 대왕도 해결하지 못한 어떤 것이—자, 이걸 보세요. 나는 어느 날 한 작은 마을을 지나가고 있었습니다. 그런데 정신이 몽롱한 아흔 살 노인이 아몬드 나무를 심고 있는 거예요. '이보세요, 할아버지.' 내가 그에게 말했습니다. '정말로 그 아몬드 나무 심을 생각이세요?' 그러자 허리가 아주 심하게 굽어버린 그 할아버지가 고개를 돌려 말했습니다. '얘야, 나는 영원히 죽지 않을 것처럼 행동한단다.' 그러자 내가 대답했어요. '나는 지금 이 순간 죽어버릴 것처럼 행동하는데요.' 보스, 이렇게 말하는 두 사람 중 누가 더 옳습니까?

그는 득의양양한 눈빛으로 나를 쳐다보았다. "옳지, 이제야 당신을 정통으로 찔렀군요. 어디 한번 대답해 보세요!"

나는 아무 말도 하지 않았다. 그 두 길은 똑같이 고상하면서도 힘든 길이다. 둘 다 정상으로 인도한다. 죽음이 존재하지 않는 것처럼 행동하는 것과, 아무 때나 죽을 수 있다고 생각하며 행동하는 것. 어쩌면 이 두 길은 같은 길일 것이다. 그러나 조르바가 그렇게 물었을 때 나는 이것을 깨닫지 못하고 있었다.

"자 뭐예요?" 조르바가 놀리듯이 물었다. "보스, 화를 내지 마세요. 아무도 그 문제의 선후를 알지 못해요. 좋아요, 젊은 양반, 우리 이제 화제를 바꿉시다! 지금 이 순간 나는 우리의 식사를 생각하고 있어요. 치킨과 계피를 얹은 필래프(pilaf: 버터를 넣고 볶은 설탕에 고기, 야채, 조미료로 버무린 요리.—옮긴이). 내 온정신은 필래프처럼 김이 무럭무럭 나고 있어요. 먼저 먹어서 우리의 배를 채우는 겁니다. 그런 다음에 생각하는 거죠. 한 번에 한 가지씩 순서에 입각하여. 우리는 지금 우리 앞에 필래프를 놔두고 있습니다. 그러니 우리의 마음을 필래프로 가득 채웁시다. 내일은 우리 앞에 갈탄광이 있고 그래서 우리 마음을 갈탄광으로 가득 채우면 되는 겁니다. 중간 지점이라는 건 없어요. 아시겠습니까?"

우리는 마을로 들어갔다. 여자들은 문턱에 앉아서 수다를 떨고 있었다. 늙은 남자들은 아무 말 없이 지팡이에 기대고 있었다. 주름살투성이 노파가 과일이 주렁주렁 달린 석류나무 밑에서 손자 몸의 이를 잡아주고 있었다. 카페 밖에는 어떤 나이 든 사람이 아주 꼿꼿한 자세로 서 있었다. 그는 축 처지는 눈꺼풀에 매부리코의 소유자였는데 아주 근엄한 모습 혹은 귀족적 자세를 갖고 있었다. 그는 우리에게 갈탄광을 임대한 마을의 이장 마브란도니스였다. 그는 어제 우리를 그의 집으로 데려가기 위해 마담 오르탕스의 여관집에 찾아오기도 했었다.

"이건 참 큰 창피입니다." 그가 말했다. "마치 이 마을에 사람이라고는 없다는 듯이 여관에 들게 했다니." 그는 근엄하고 말수가 적었으며 진정한 귀족이었다. 우리는 그의 친절한 초청을 거절했다. 그는 우리의 반응에 짜증이 났으나 여관에서 나오라고 고집하지는 않았다. "나는 의무를 다했습니다." 그는 그렇게 말하고 자리를 떴다.

그 직후 그는 우리에게 치즈 두 판, 석류 한 바구니, 건포도와 말린 무화과가 든 자그마한 항아리, 라키 술 한 병을 보내왔다. "마브란도니스 이장님의 선물입니다." 하인이 당나귀에서 그 물건들을 내리며 말했다. "별건 아니지만 정성의 표시라고 이장님은 말했습니다." 우리는 풍성한 감사의 말로써 이장의 인사에 답변했다. "두 분은 장수를 누리시길!" 하인은 손바닥을 자기 가슴 위에 올려놓으며 말했다. 그는 더 이상 아무 말도 하지 않았다.

'그의 주인은 별로 말수가 없는 사람이군요.' 조르바가 중얼거렸다. "심술쟁이 같아."

"그보다는 자부심이 강한 사람이지." 내가 말했다. "나는 그를 좋아합니다."

우리는 마침내 여관에 도착했다. 조르바의 콧구멍은 즐거움 때문에 크게 벌어졌다.

오르탕스 부인은 문지방에 서서 우리를 보고 있다가 행복한 비명을 지르며 안으로 들어갔다.

조르바는 안뜰에 식탁을 차렸는데, 잎사귀를 다 떨어트린 포도나무 바로 밑이었다. 그는 빵조각을 크게 베어내고, 와인을 가져오고, 접시와 은제 식기를 준비했다. 그는 고개를 돌려 나에게 교활한 표정을 지어보이면서 고개를 끄덕여 식탁을 가리켰다. 그는 마담을 의식하여 3인용 식탁을 준비한 것이었다.

"보스, 무슨 뜻인지 알지요?" 그가 내 귀에다 속삭였다.

"알아." 내가 대답했다. "알고말고. 이 호색한 노인네."

"늙은 암탉이 제일 맛좋아요." 그가 입술을 다시며 말했다. "난 그런 문제라면 뭔가 좀 알죠."

터키의 사랑 노래를 흥얼거리며 그는 정력적으로 왔다 갔다 했고 두 눈은 반짝거렸다.

"보스, 정말 재미난 인생입니다. 재미난 인생에다 치킨이라! 나는 지금 이 순간 죽어버릴 것처럼 행동하고 있어요. 그러니 버킷(bucket)을 걸어차기 전에 서둘러 치킨을 먹어야겠어요."(버킷은 새로 죽인 돼지를 매다는 커다란 나무틀을 가리키는 말로 여기서는 죽는다, 라는 뜻임. 혹은 목매달아 자살하려는 사람이 서 있던 버킷을 발로 걷어차서 죽는 것을 말한다. 여기에서 버킷 리스트라는 말이 나왔는데 죽기 전에 해야 할 일이라는 뜻.―옮긴이)

"앉으세요." 마담 오르탕스가 명령했다. "저녁 식사를 하게요."

그녀는 냄비 뚜껑을 열어서 그것을 우리 앞에다 놓았다. 그러나 그녀는 입을 딱 벌린 채 거기 서 있기만 했다. 3인용 식사가 준비되어 있는 것을 보았던 것이다. 그녀는 흡족해서 얼굴이 붉게 달아오른 채로 조르바를 쳐다보았고 그녀의 자그마한 열정적인 눈은 번들거렸다.

"이 여자는 정신이 몽롱해지면서 꼴리는가 본데요." 조르바가 내게 속삭였다.

그는 이어 아주 정중한 자세로 마담에게 돌아섰다. "바닷가의 아주 아름다운 님프여." 그가 말했다. "우리는 바다에서 난파당했고 바다는 우리를 당신의 왕국에다 부려 놓았습니다. 최고로 아름다운 인어여, 부디 우리와 함께 식사를 해주시기를."

늙은 여가수는 양팔을 활짝 벌렸다가 다시 오므렸는데 우리 두 사람을 그 넉넉한 품속에다 가두어두고 싶은 모양이었다. 그녀는 먼저 조르바의 등을 다정하게 두드리고 이어 나에게 인사를 한 뒤 엉덩이를 흔들어대고 묘한 소리를 내면서 그녀의 방으로 달려갔다. 곧 다시 나타난 그녀의 모습이라니! 그녀는 최고로 좋은 옷을 떨쳐입고 요란하게 엉덩이를 흔들며 다시 나타났다. 그 오래된 녹색 벨벳 드레스는 여기저기 사방이 해어져 있었고 노란 가두리 장식 또한 그에 질세라 올이 잘 보이지 않을 지경이었다. 그녀는 조끼를 넉넉히 열어놓아 꽃피는 장미 조화가 두 유방의 틈새에 꽂혀 있었다. 손에는 앵무새 조롱(鳥籠)을 들고 있었는데 맞은편의 포도나무에다 걸어놓았다.

우리는 그녀를 가운데다 앉혔다. 그녀의 오른쪽에 조르바, 그리고 왼쪽에 내가 앉았다. 우리 세 사람은 한동안 아무 말도 하지 않고 오로지 식사에만 전념했다. 우리는 황급히 우리의 당나귀에게 여물을 주고 그 위에 와인을 주어 목을 축였다. 여물은 재빨리 피로 바뀌었고 우리의 내장은 꿈틀거리는 동작을 그만두었으며, 세상은 좀 더 아름다워졌다. 우리의 사이에 앉아 있는 여자는 점점 더 젊어졌고 그녀의 주름살은 사라졌다. 맞은편 나무에 걸려 있는, 온몸은 초록에 가슴은 노란색인 앵무새는 고개를 죽 빼고서 우리를 쳐다보았다. 그 앵무새는 때때로 마법에 홀린 아주 작은 난쟁이같이 보이는가 하면, 똑같은 초록-노란색 옷을 입은 늙은 여가수의 영혼처럼 보이기도 했다. 그리고 우리들의 머리 위에서 잎사귀 없는 포도나무가 갑자기 커다란 검은 포도송이들을 불쑥 내밀었다.

조르바는 마치 우주를 껴안으려는 것처럼 양손을 꼭 모아 쥐고 있었다.

"야아! 이게 어떻게 된 거지요?" 그가 놀라면서 소리쳤다. "와인 반 잔을 마셨을 뿐인데 온 세상이 빙빙 도는군요. 이것 참, 보스, 인생이란 무엇입니까? 하늘에 맹세하지만 저기 우리 머리 위에 매달린 것이 포도송이입니까 아니면 천사들입니까? 난 그 차이를 모르겠어요. 아니면 저건 아무것도 아닌 겁니까? 치킨도 인어도 크레타도 그 어떤 것도 존재하지 않는 것입니까? 보스, 뭔가 말을 좀 해보세요. 안 그러면 난 정말 돌아버릴 것 같아요!"

조르바는 이미 취한 상태였다. 이미 치킨을 다 해치웠으므로 그는 탐욕스럽게 마담 오르탕스를 바라보고 있었다. 그의 시선은 위로 아래로, 다시 그녀의 크게 부풀어 오른 유방 사이로 마치 손이라도 집어넣을 듯이 온몸을 훑고 있었다. 우리 마담의 작은 눈도 따라서 반짝거렸다. 그녀는 와인을 좋아했고 상당히 취했다. 포도원의 장난기 많은 악마가 그녀를 왕년의 카바레 여가수로 회춘시켰다. 그녀는 이미 부드러워져서 마음을 열어 놓았고 따라서 유방도 열어 놓았다. 의자에서 일어서더니 마을 사람들—그녀는 그들을 레 소바주(les sauvages: 야만인들)라고 불렀다—이 그녀를 쳐다보는 것을 막기 위해 겉문을 잠갔다. 그녀는 담배에 불을 붙이고 자그마한 프랑스풍 들창코로부터 담배 연기를 뿜어냈다.

분위기가 이쯤 되면 여자의 대문은 활짝 열려진 것이고 그 대문의 보초들은 잠들어버렸으며 친절한 한마디는 황금이나 섹스 못지않게 막강한 위력을 발휘하는 것이다. 그래서 나는 파이프에 불을 붙이고서 친절한 한마디를 건넸다. "사랑스런 마담 오르탕스, 정말이지 당신은 젊은 시절의 사라 베르나르를 연상시키는군요. 이런 야만적인 곳에서 당신처럼 우아하고, 상냥하고, 예의 바르고, 아름다운 여인을 만나리라고는 상상조차 하지 못했습니다. 도대체 어떤 셰익스피어가 당신을 이런 식인종들 사이에다 부려놓았단 말입니까?"

"셰익스베르?" 그녀가 상당히 풀어진 자그마한 눈을 치켜뜨며 물었다. "셰익스베르가 모예요?"

그녀의 마음은 왕년에 그녀가 보았던 연극들로 옮겨갔다. 그녀는 여기저기 돌아다니다가 노래 부르는 카페로 여행했고, 파리에서 베이루트로 갔다가 거기서 다시 아나톨리아 해안을 헤매더니 갑자기 뭔가를 기억해 냈다. 알렉산드리아, 거대한 홀, 샹들리에, 벨벳이 씌워진 의자, 많은 남자와 여자들, 등을 훤히 드러낸 야회복, 향수, 꽃, 그리고 갑자기 커튼이 올라가면서 무서운 흑인 남자가 등장했다—

"셰익스베르가 모예요?" 그녀는 마침내 기억해 냈다는 듯이 즐거워하며 물었다. "오텔로라는 남자 말이에요?"

"맞습니다! 사랑스러운 마담, 그 어떤 셰익스피어가 당신을 이 야만족의 해변에다 부려 놓은 것입니까?"

그녀는 주위를 돌아다보았다. 문들은 단단히 닫혀져 있었다. 앵무새는 잠이 들었고 토끼장의 토끼들은 열심히 짝짓기를 하고 있었다. 거기엔 우리들뿐이었다. 그녀는 우리를 위해 가슴을 열어보였는데, 마치, 향료, 빛바래서 노래진 연애편지, 낡은 가운 등이 들어 있는 오래된 트렁크를 펼치는 것 같았다.

그녀는 음절을 씹어 먹으면서 그녀 나름의 프랑스식으로 그리스어를 말했다. 가령 나브라호스("제독")라고 말해야 할 곳에서 나브라코스라 했고, 에파나스타시("혁명")는 아나스타시("부활")라고 말했다. 그렇지만 와인 덕분에 우리는 그녀의 말을 완벽하게 알아들었다. 때때로 우리는 간신히 웃음을 억눌렀고 또 어떤 때에는(우리는 이미 취해 있었으므로) 눈물을 흘리기도 했다.

"그런데 말이에요—"(이어지는 얘기는 그 늙은 세이렌이 그녀의 향기 나는 안뜰에서 우리에게 들려준 아름답게 꾸민 헛소리였다) "—그런데 말이에요, 당신들이 앞에 두고 있는 이 몸으로 말하자면 ― 아 정말이지! ― 위대한 거물이었어요. 난 말예요, 농민들을 상대로 노래나 불러주는 그저 그런 카페에서 일하는 시시한 부류가 아니었어요. 나는 유명한 여자 아티스트였고 진짜 레이스가 달린 비단 네글리제를 입었단 말이에요. 그러나 사랑은 ―"

그녀는 땅이 꺼질 듯이 한숨을 내쉬더니 또다시 담배 한 개비를 꺼내어 조르바의 불로 불을 붙였다.

"나는 나브라코스를 사랑했어요. 크레타는 당시 또 다른 아나스타시가 벌어져서 여러 나라의 함대들이 수다(Souda)에 정박했어요. 며칠 뒤 나도 닻을 내렸지요. 아아, 그 장엄함이라니! 당신은 그 네 나라 ― 영국, 이탈리아, 프랑스, 러시아 ― 의 나브라코스를 보았어야 해요! 어디에서나 황금이 번쩍거렸고 최고급 가죽 구두를 신었고 머리에는 화려한 깃털을 꽂았지요. 마치 수탉들처럼. 덩치 큰 거대한 수탉들이었어요, 두당 170파운드 혹은 195파운드가 나갔으니까. 그들이 나를 망쳐놓았어요. 아 그 턱수염! 곱슬곱슬하고 비단처럼 부드러웠지요. 검은색, 블론드, 회색, 갈색. 그리고 그 냄새! 각자 저마다 냄새가 달랐어요. 나는 그들 각자에게 밤마다 그걸 얘기해 주었지요. 영국 제독은 오드콜로뉴의 냄새, 프랑스 제독은 바이올렛, 러시아 제독은 사향, 그리고 이탈리아 제독은 파촐리 향유를 미친 듯이 좋아했지요. 하느님 맙소사, 정말 대단한 턱수염이었지요! 우리 다섯 명은 종종 나브라키다(기함: 제독의 배)에 함께 앉아서 아나스타시에 대해서 얘기했지요. 우리는 모두 야회복을 입고 있었어요. 나는 자그마한 실크 블라우스를 입었는데 제독들이 그 옷과 나를 샴페인으로 적셔버리는 바람에 내 몸에 딱 달라붙었지요(때는 여름이었어요). 그래서 우리는 아나스타시를 논했고 심각한 얘기를 했으며 나는 저들의 턱수염을 잡아당기며 저 불쌍한 크레타 청년들을 상대로 함포 사격을 하지 말라고 애원했어요. 우리는 망원경으로 그들을 볼 수 있었어요. 그들은 하니아 근처의 커다란 바위 위에 집결해 있었는데 자그마한 개미들 같았어요. 노란 신발을 신고 기저귀 같은 푸른 옷을 입고 있었어요. 그들은 대가리가 떨어져 나갈 듯이 소리를 질러댔어요. '자유 만세! 자유 만세!'—그리고 그들은 깃발을 가지고 있었어요."

안뜰의 울타리를 형성하는 갈대들이 움직였다. 왕년에 제독들만 상대하던 여가수는 겁을 집어먹으며 말허리를 끊었다. 갈대들 사이에서 자그마한 교활한 눈동자들이 반짝거리고 있었다. 마을 아이들이 우리의 소규모 파티 소문을 듣고서 몰래 구경하고 있는 것이었다.

여가수는 의자에서 일어서려 했으나 너무 많이 먹고 마신 바람에 여의치 못했다. 그녀는 땀을 흘리며 도로 의자에 주저앉았다. 조르바는 땅에서 조약돌을 하나 집어 들었다. 아이들은 깜짝 놀라 비명을 내지르며 달아났다.

"계속 얘기해요, 사랑하는 인어 부인. 계속 말하세요, 내 사랑!" 조르바가 그녀 가까운 쪽으로 의자를 바싹 당기면서 말했다.

"그래서 나는 이탈리아 제독에게 말했어요. 나는 그 사람과 가장 가까웠지요. 그의 턱수염을 잡으면서. '사랑하는 카나바로(이게 그의 이름이었어요), 내가 가장 사랑하는 카나부라키, 붐붐(쾅쾅) 소리를 내는 포격을 하지 말아요. 붐붐은 싫어요!'"

"크레타 사람들은 나 때문에 수도 없이 죽음을 모면했어요. 여기서 당신이 보고 있는 저 사람들 말이에요! 그들은 여러 번 함포에다 장전을 했지만 나는 그때마다 나브라코스의 턱수염을 잡으면서 붐붐을 만류했어요! 그렇지만 오늘날 나한테 고맙다고 하는 사람이 있는 줄 아세요? 어쩌면 당신들 중 한 사람은 훈장 같은 거 구경했을지도 몰라요. 하지만 나한테는—"

마담 오르탕스는 인간의 배은망덕에 분노를 느끼면서 작고 처지고 주름진 손으로 식탁을 한번 쾅 내리쳤다. 조르바는 그녀의 벌어진 채 떨리는 무릎에 살며시 손을 내려놓으면서 짐짓 화가 난다는 자세를 취하며 소리쳤다. "나의 사랑하는 부불리나, 나를 봐서라도 식탁에다 붐붐을 하지는 말아주세요."

"이 악당 같은 손 치워요!" 우리의 착한 마담이 호호호 하고 웃으면서 말했다. "당신! 날 뭘로 보는 거예요?" 입으로는 그렇게 말하면서도 그에게 어서 더 쓰다듬어 달라는 듯이 은은한 추파를 보냈다.

"신은 존재해요." 악당 소리를 들은 늙은 사내가 말했다. "화내지 말아요, 사랑하는 부불리나. 신은 존재해요. 그리고 우리도 존재해요. 그러니 한숨 쉴 필요 없어요."

나이 든 프랑스 마담은 술 취해 흐려진 자그마한 푸른 눈을 들어 하늘을 쳐다보았으나, 그녀에게 보이는 거라고는 조롱에서 잠들어 있는 아주 진한 초록색의 앵무새뿐.

"사랑하는 카나바로, 사랑하는 카나부라키." 그녀가 코 먹은 소리로 흥얼거렸다.

앵무새는 그 목소리를 알아듣고 눈을 뜨더니 조롱의 홰에 올라앉아 곧 목 졸려 죽을 듯한 남자의 쉰 목소리로 외쳐대기 시작했다. "카나바로! 카나바로!"

"여기 있습니다!" 조르바가 다시 그녀의 떨리는 무릎을 쓰다듬으며 마치 그녀를 접수하고 싶다는 목소리로 말했다.

늙은 여가수는 의자에 앉은 채 몸을 비틀면서 주름진 조그마한 입을 다시 벌렸다. "나 또한 전투를 했어요. 가슴에 가슴을 맞대고 팔리카리 (그리스 영웅)처럼 용감하게. 하지만 나쁜 시절이 닥쳐왔어요. 크레타는 자유롭게 되었고 외국 함대들은 떠나가야 했어요. '나는 어떻게 되는 거예요?' 나는 네 제독의 턱수염을 거머쥐면서 소리쳤어요. '나를 두고 어디로 간다는 거예요?' 나는 화려함, 샴페인, 튀긴 치킨 등에 익숙해 있었어요. 젊은 선원들이 내게 경례를 붙였고, 나를 쳐다보는 듯한 일급의 중무장 대포들도 익숙한 풍경이었지요. 그 대포들은 누군가와 침대에 비스듬히 누워 있는 듯한 모습이 마치 남자들 같았어요! '오, 나의 나브라코스, 난 어떻게 되는 거예요? 네 번이나 과부가 되다니.' 그들이 어떤 식으로 나왔느냐고요? 그들은 웃었지요. 아, 남자들이란! 그들은 내게 영국 파운드, 리라, 루블, 프랑화를 가득 안겨주었어요. 그걸 내 스타킹, 조끼, 구두 안에다 마구 처박았지요. 마지막 날 저녁 나는 울면서 소리 질렀어요. 나브라코스들은 내가 안됐나 봐요. 그들은 욕조에다 샴페인을 가득 채우고 나를 거기다 빠트렸어요. 나는 그들이 보는 데서 목욕을 했어요. 당시에 난 수줍음 같은 건 없었어요. 그런 다음 그들은 유리잔으로 그 샴페인을 퍼서 다 마셔버렸지요. 나는 계속 그들이 잘되기를 빌었고요. 그렇게 해서 그들은 술에 취했고 이어 불을 껐어요. 아침이 되어서 나는 4층집을 이루며 잠자고 있는 그들에게서 바이올렛, 오드콜로뉴, 사향, 파촐리의 냄새를 동시에 맡았어요. 나는 4대 열강—영국, 러시아, 프랑스, 이탈리아—을 여기, 여기 내 가슴에다 품고서 그들을 놀렸어요. 봐요, 이렇게!"

마담 오르탕스는 짧고 살찐 팔뚝을 펴서 올렸다 내렸다 하면서 어린아이를 무릎 위에서 놀리는 동작을 해보였다.

"봐요, 이렇게, 이렇게! 해가 뜨자마자 예포가 발사되었는데, 정말이지 그건 나의 영예를 한껏 드높이기 위한 거였어요. 그런 다음 열두 개의 노가 달린 하얀 노 젓는 배가 다가와서 나를 하니아로 데려갔지요."

그녀는 작은 손수건을 손에 쥐었고 복받치는 감정을 억제하지 못해 흐느껴 울기 시작했다.

"오, 나의 사랑하는 부불리나." 조르바가 감정을 담뿍 넣은 목소리로 말했다. "당신의 어여쁜 작은 눈을 감아요. 제발, 사랑하는 이여. 내가 카나바로요!"

"악당 같은 손 치우지 못해요. 이미 말했잖아요." 우리의 마담은 다시 한 번 시시덕거리는 어조로 대꾸했다. "다음에 또 무슨 짓을? 저 뻔뻔함! 황금 견장, 제독의 삼각모, 향기로운 턱수염은 어디에? 오, 하느님, 오 하느님!"

그녀는 조르바의 손을 부드럽게 꼬집으며 다시 울기 시작했다.

날씨는 점점 서늘해지고 있었다. 우리는 대화를 멈추었다. 갈대 울타리 너머의 바다는 이제 평화롭고 부드럽게 한숨을 쉬었다. 바람은 잦아들었고 해는 졌다. 살찐 두 마리의 까마귀가 우리 머리 위에서 날아가면서 날개를 파닥거렸는데 마치 한 장의 비단 천—가령 여가수의 실크 블라우스—이 찢어지는 듯한 소리 같았다.

석양이 황금 가루처럼 내려와 안뜰을 덮었다. 마담 오르탕스의 이마에 내려온 애교머리는 불이 붙었고 저녁 미풍에 멋대로 흔들렸는데 그 뜨거운 신열을 옆에 앉은 남자들의 머리에 퍼 나르려 하는 것 같았다. 그녀의 절반쯤 노출된 유방, 나이 든 허벅지를 드러낸 벌어진 무릎, 목덜미의 주름살, 닳아빠진 단화도 황금 가루로 뒤덮였다.

우리의 나이 든 세이렌은 몸을 떨었다. 눈물과 와인으로 불붙은 자그마한 두 눈을 절반쯤 감으면서 그녀는 나와 조르바를 번갈아 쳐다보았다. 조르바의 염소 같은 입술은 건조하고 아무런 감정도 없었으나, 그래도 그는 마담의 유방 위에 자신의 희망을 매달아두고 있었다. 이제 완전히 어두워진 안뜰에서 그녀는 그 어둠을 뚫고 우리 두 사람을 의아한 듯이 번갈아 쳐다보았다. 누가 진짜 카나바로인지 결정하기 위해 우리 둘을 면접 보는 것 같았다.

"사랑하는 부불리나." 조르바가 열정적으로 그녀에게 구애를 계속했다. 그의 무릎은 이제 그녀의 무릎 위에 걸쳐져 있었다. "신은 존재하지 않아. 악마도 존재하지 않아. 그러니 화를 내지 마. 당신의 예쁜 머리를 쳐들고, 당신의 예쁜 손으로 당신의 예쁜 뺨을 쓰다듬으며 천천히 사랑의 노래를 불러요. 죽음을 죽여 버리게!"

조르바도 이미 온몸에 불이 붙어 있었다. 그는 오른손으로는 콧수염을 비틀면서 왼손으로는 술 취한 여가수의 몸을 더듬고 있었다. 그는 짧은 호흡으로 말했다. 그의 두 눈은 졸음을 느끼는 것처럼 게슴츠레해졌다. 물론 그가 지금 쳐다보고 있는 사람은 얼굴에 분칠을 가득한 늙은 여자가 아니라, 그가 여자들을 가리킬 때면 늘 쓰는 말인 '암컷' 전체를 대표하는 것이었다. 여자의 개성은 사라지고 얼굴 윤곽도 사라졌다. 노소(老少)와 미추(美醜), 이 모든 것은 사소한 세부사항으로 환원되었다. 개개 여성의 뒤에는 신성하고 신비 가득한 아프로디테 여신의 용모가 아주 근엄하게 떠오르는 것이다.

조르바가 바라보면서 상상하고 동경하는 용모는 바로 아프로디테의 것이며, 마담 오르탕스는 조르바가 영원한 여신의 입술에 키스하기 위하여 뜯어내 버려야 하는 일시적인 반투명의 가면에 지나지 않는 것이다.

"내 사랑, 백설 같은 목덜미를 들어 올려요." 그의 목소리는 호소하고 동경하는 어조가 되어 있었다. "백설 같은 목을 들어 우리에게 '내 님이

여 내 님이여, 나는 슬프구나.'라는 사랑의 노래를 들려주어요."

늙은 여가수는 이제 하도 빨래를 해서 갈라지고 터진 풍상(風霜) 어린 노련한 손을 들어 자신의 양 뺨에 올려놓았다. 그녀의 두 눈은 아스라한 동경으로 흐릿해졌다. 그녀는 아주 야만적인 고함 소리를 먼저 내뱉더니 그녀가 가장 좋아하는 진부한 노래를 부르며 나른한 눈으로 조르바에게 노골적 추파를 던졌다(그녀는 이미 상대를 선택했다).

내 세월의 흐름 속에서,
왜 나는 당신을 만났던가?

조르바는 벌떡 일어나서 방에서 산투르를 가져오더니 땅바닥에 다리를 포개 앉아서 악기 보따리를 풀어헤친 다음 그것을 무릎 위에 올려놓고 커다란 손을 내뻗어 퉁기기 시작했다.

"제발, 사랑하는 부불리나." 그가 신음 소리를 냈다. "칼을 들어 나를 죽여주오."

밤이 깊어서 금성은 하늘 낮은 곳에 내려와 있었고 범죄의 조연인 산투르의 유혹적인 소리가 은은히 들려오자, 치킨, 쌀, 구운 아몬드, 와인 등으로 잔뜩 배가 부른 마담 오르탕스는 조르바의 어깨에 쓰러질 듯이 기대면서 한숨을 내쉬었다. 그녀는 그의 뼈뿐인 어깨에 가볍게 몸을 비벼대더니 하품을 하고 다시 한숨을 내쉬었다.

조르바는 내게 고개를 끄덕이며 낮은 목소리로 말했다.

"보스, 이 여자가 꼴리는가 봐요. 그러니 좀 자리를 비켜 주쇼!"

4

신은 또 다른 새벽을 가져다주었으므로 나는 눈을 뜨고서 내 맞은편의 조르바가 침대 가장자리에 책상다리로 앉아서 담배를 피우며 깊은 명상에 잠겨 있는 것을 보았다. 그는 조그마한 둥근 눈을 자기 앞의 천창(天窓)에 고정시켰다. 천창은 새벽의 빛 덕분에 천천히 우윳빛으로 변하고 있었다. 그의 두 눈은 부어올라 있었다. 뼈만 앙상하고 기다랗고 팽팽한 그의 목은 마치 학의 그것처럼 기이할 정도로 비죽 나와 있었다.

지난밤 나는 축제의 자리에서 일찍 떠나와, 그를 나이 든 인어와 혼자 있을 수 있도록 배려했다.

"난 갑니다." 내가 말했다. "조르바, 재미있게 보내고 힘차게 나가시오!"

"보스, 감사합니다." 조르바가 대답했다. "질탕하게 놀도록 자리를 비켜 주어서."

실제로 그들은 한바탕 크게 노는 것 같았다. 나는 잠을 자면서 숨죽인 구애 소리를 들었고 어느 순간 옆방이 크게 흔들린다고 느꼈다. 이어 나는 다시 잠에 떨어졌다. 한밤중이 지나서야 조르바는 맨발로 방 안에 들어와서 나를 깨우지 않으려고 애쓰면서 그의 매트리스 위에 아주 조심스럽게 드러누웠다.

이제 새벽에, 나는 그가 아직도 불이 켜지지 않은 눈빛으로 천창 너머의 저 먼 빛을 쳐다보는 것을 보았는데, 잠의 날개가 그의 관자놀이로부터 아직 떨어지지 않은 것 같았다. 그는 꿀처럼 천천히 움직이는 절반쯤 어두운 강물에 조용히 수동적으로 몸을 담근 이후라, 끈적끈적한 기분 좋음에 빠져 있는 것 같았다. 온 세상—땅, 물, 생각, 사람—이 먼 바다를 향해 흐르고 있었다. 조르바는 아무런 질문도 저항도 하지 않고 그 흐름을 따라 행복하게 흘러갔다.

수탉, 돼지, 당나귀, 사람 등의 잡다한 소리들이 들려왔고 마을은 잠깨어나고 있었다. 침대에서 튀어나가 "이봐, 조르바, 우린 오늘 할 일이 많아!"라고 소리치고 싶었지만, 나는 미동도 하지 않고 침묵을 지키면서 그의 온전한 행복에 합류했고 새벽의 불확실한 장밋빛 암시에다 나 자신을 내맡겼다. 이 마법적 순간 속에서 모든 존재는 깃털처럼 가벼웠고, 대지는 불어오는 바람에 따라 그 모습을 지속적으로 바꾸는 구름처럼 자유롭고 새털 같았다.

나는 조르바의 담배 피는 모습을 쳐다보며 그를 부러워했다. 나는 손을 내뻗어 내 파이프를 가져왔다. 그것을 바라보며 나는 문득 마음이 움직이는 것을 느꼈다. 그것은 오래전의 어느 날 오후에 서유럽에서 내 친구가 건네준 것이었다. 그는 회녹색 눈빛에 손가락이 가느다란 귀족 같은 친구였다. 그는 공부를 마치고 그날 저녁 그리스로 출발할 예정이었다. "궐련 피우는 걸 끊게." 그가 내게 말했다. "그것에 불을 붙이고 절반쯤 피우다가 내버리는 것이 마치 거리의 여자에게 하는 짓 같지 않은가. 부끄러운 짓이야! 정숙한 여자인 파이프와 결혼을 하게. 아주 안정적이지. 자네가 집으로 돌아오면 그녀는 자네를 기다리고 있을 거야. 나를 기억하는 한 가지 방식으로 자네는 공중에 그려지는 파이프 담배의 동그란 연기를 쳐다봐 주게!" 그것은 이른 오후였다. 우리는 베를린의 한 박물관을 나서는 중이었다. 친구는 그곳에 걸려 있는, 평소 애호하는 렘브란트 작품 「황금 투구를 쓴 남자」에 마지막 인사를 하기 위해 들렀었다. 그 키 큰 청동 투구, 창백하고 수척한 양 뺨, 슬프면서도 단호한 시선. "내가 한평생 동안 뭔가 용감한 행위를 한다면." 그가 고개를 숙이지 않는 용감한 전사를 쳐다보며 중얼거렸다. "그건 이 남자 덕분일 거야." 우리는 전시실에서 나와 박물관 안뜰의 기둥에 기대어 섰다. 우리 맞은편에는 먼지를 뒤집어쓴 알몸 아마존 여전사의 청동 조각상이 있었는데 안장 없는 말에 올라탄 그녀는 아주 우아하고 자신에 넘치는 자세였다. 자그마한 노랑할미새가 잠시 아마존의 머리 위에 내려앉아서 꼬리를 힘차게 흔들고 조롱하듯이 두세 번 찍찍거리더니 공중으로 날아갔다. 나는 몸을 부르르 떨면서 내 친구를 보며 물었다. "저 새소리 들었나? 저 새가 날아가기 전에 우리에게 뭔가 말을 해준 것 같아." "저들은 새야, 새들은 노래하게 내버려둬. 저들은 새야, 새들은 노래하게 내버려둬." 내 친구가 민중의 속요를 인용하여 미소 지으며 대답했다. 오늘 이 크레타 해안의 새벽에 저 먼 과거의 순간이 갑자기 생각나서 내 마음을 슬픔으로 가득 채우는 것은 어떻게 된 일인가?

나는 파이프에 담배를 천천히 채워 넣고 불을 붙였다.

이 세상의 모든 사물은 감추어진 의미를 갖고 있다. 그들 그러니까 사람, 동물, 나무, 별들 모두가 상형문자라고 나는 생각했다. 그 사물들이 말하는 것을 짐작하고 거기에 발언권을 부여하는 사람은 용감하면서도 슬픈 사람이다. 당신은 이 사물들을 보는 그 순간에는 그것들의 진정한 의미를 이해하지 못한다. 그냥 사람, 동물, 나무, 별 이렇게 이미 붙여진 이름만 생각하는 것이다. 그리고 여러 해가 흘러서 너무 늦은 시점에야 비로소 그 숨겨진 의미에 접근할 수 있는 것이다.

청동 투구를 쓴 전사, 안개 낀 오후에 박물관 기둥에 기대어선 내 친구, 노랑할미새와 그 지저귐, 심지어 내 친구가 인용한 장송곡인 〈죽은 형제의 노래〉 중 한 소절. 나는 이 모든 것이 숨겨진 의미를 갖고 있다고 오늘 아침 생각하는 것이다. 그런데 어떤 의미가 있다는 것인가?

나는 반광(半光) 속에서 파이프 연기가 모였다가 풀어지는 것을 지켜보았다. 연기는 어느 한순간에 복잡한 청색으로 장난스럽게 변신하더니 이윽고 천천히 공기 중에 풀어져 버렸다. 내 영혼도 그 연기를 따라서 복잡해졌다. 그것을 따라 놀이를 하다가 사라지고 다시 연기의 새로운 형체를 따라서 일어났다가 다시 새롭게 사라졌다. 이것은 한참 지속되었고 그동안 나는 세상의 시작, 정점, 파괴를 체험했고, 그것이 마치 내 피부 옆에서 벌어지는 일인 양 형언하기 어려운 확신 속에서, 이성의 개입은 전혀 없이 그런 체험을 할 수 있었다. 나는 다시 한 번 붓다에게 빠져 있었으나, 이번에는 지성의 오도(誤導)하는 말씀이나 무모한 외줄타기 없이 그렇게 했다. 파이프 연기는 붓다의 가르침의 본질이었다. 언제나 모습을 바꾸는 이 덧없는 형상이 인생인데 그것은 푸른 니르바나 속에서 조용히 평온하고 행복하게 끝나는 것이다. 나는 그 어떤 생각도 하려 하지 않았고 그 어떤 것도 발견하려 하지 않았다. 그러나 한 치의 의심도 없이 내가 확신을 체험했다는 것을 알았다.

나는 부드럽게 한숨을 내쉬었다. 그 한숨이 나를 현재 순간의 흐름에 내맡긴 것처럼, 나는 내 주위의 초라한 나무 캐빈(객실)을 살펴보았다. 내 옆의 벽에 걸린 거울은 그 위에 덜어진 최초의 햇빛을 반사하며 반짝거렸다. 내 맞은편에는 내게 등을 돌린 채 매트리스 위에 앉아서 담배를 피우는 조르바가 있었다.

지난밤의 일이 갑자기 내 마음속에서 상기되면서 그 모든 희비극적 면면을 드러냈다. 시들어버린 바이올렛의 향기, 바이올렛, 오드콜로뉴, 사향 파촐리 향유의 향기, 인간의 영혼인 양 쇠 조롱(鳥籠)에 갇힌 채 이름을 부르면서 나래를 파닥거리던 앵무새, 그리고 함대 속에서 살아남아 저 오래된 해군의 전투를 말해 주는 낡고 추레한 거룻배.

조르바는 내 한숨 소리를 듣고 깜짝 놀라더니 고개를 돌렸다. '보스, 우리는 잘못 행동했습니다.' 그가 중얼거렸다. "당신은 웃었고 나도 웃었고, 저 불쌍한 것은 우리의 웃음을 들었습니다. 아무 인사도 없이 자리를 뜬 것은 부끄러운 일이었습니다. 마치 그녀가 1천 살 먹은 할망구 같은 대접을 했잖아요. 보스, 그건 예의가 없는 일이었습니다. 천생 그녀는 여자이고 약한 존재이며 징징거리는 자입니다. 내가 뒤에 머물러 그녀를 위로해 준 것은 잘한 일입니다."

"조르바, 그게 무슨 소리지요?" 나는 웃으며 물었다. "모든 여자가 오로지 그거 하나만 생각한다니 진심으로 하는 말입니까?"

"그렇습니다. 여자는 오로지 그거 하나만 생각해요, 보스. 내 말을 잘 들어요. 나는 많은 것을 보았고 많은 고통을 당했고 또 많은 것을 실천했습니다. 그래서 이 방면으로는 한두 가지 아는 게 있어요. 여자는 오로지 한 가지만 생각합니다. 이미 말했듯이, 여자는 약한 존재이고 징징거리는 자입니다. 만약 그녀를 사랑하고 또 욕망한다고 말해 주지 않으면 금방 두 눈에서는 눈물이 흘러내립니다. 그녀는 당신을 원하지도 않고 실제로는 싫어하여 안 돼, 라고 말할 수도 있습니다. 하지만 그건 다른 문제이고 또 언제나 벌어질 수 있는 일이지요. 아무튼 그녀는 자기를 바라보는 모든 사람이 자기를 욕망해 주기를 원해요. 언제나. 그게 저 불쌍한 것이 원하는 거고 당신은 그 뜻을 따라 주어야 해요. 내게는 여든 살 가까이 된 할머니가 있었어요. 우리 할머니가 하는 얘기는 언제나 아름다운 허구였어요. 늘 되풀이되는 같은 얘기들 중 하나였지요. 그런데 할머니가 여든 살쯤 되었을 때 우리 집 맞은편에 아름다운 젊은 소녀가 살고 있었어요. 그녀는 시원한 샘물 같았고 이름은 크리스털이었어요. 토요일밤마다 우리 마을의 청년들은 술을 마시고 거나하게 취하면 귀 뒤에다나륵풀 한 가지를 꽂았지요. 내 사촌이 삼현 류트를 가져와서 우리는 크리스털에게 소야곡을 부르러 갔어요. 뜨거운 열정! 성적인 동경! 우리는 들소처럼 고함을 질러댔어요. 우리 청년들은 누구나 다 그녀를 원했고 우리는 토요일 밤마다 떼 지어 그녀에게 몰려갔어요. 우리들 중에서 한 명을 고르라고 말이에요. 그런데 보스, 내가 하는 말을 믿어 주시겠어요? 여자는 엄청난 신비입니다. 그녀는 결코 낫지 않는 상처를 가지고 있어요. 모든 상처는 아물어도 그 상처만은 안 아물어요. 누가 뭐라고 하더라도 말이에요. 그럼 이 세상에서 여든 해를 산 여자는 어떨까요? 그 상처는 여전히 안 아물고 있는 거예요. 그래서 우리 할머니는 창가에 긴 의자를 갖다 놓고 앉아서 몰래 자그마한 거울을 꺼내서 몇 올 남아 있지도 않은 머리카락을 빗고 가르마를 타는 거예요. 혹시 우리가 그녀를 쳐다보지 않나 주위를 은근히 살피면서 말이에요. 우리들 중 한 애가 창가에 다가가면 그녀는 짐짓 예의를 갖추면서 뒤로 물러나서 잠든 척했어요. 여든 살 노파가 말이에요! 보스, 이걸 이해하시겠습니까, 여자가 얼마나 신비한 존재인지? 지금 나는 할머니 생각을 하면 울고 싶어져요. 하지만 그

107

당시에 나는 멍청한 바보였습니다. 물색 모르고 비웃기만 했지요. 어느 날 할머니가 내가 여자애들 엉덩이만 쫓아다닌다고 뭐라고 하기에 버럭 화를 냈지요. 그래서 내 본심을 그만 말해 버렸어요. 그건 할머니 얼굴을 한 대 후려친 거나 다름없었지요. '왜 토요일마다 입술에다 호두 잎사귀를 문지르고 머리에 가르마를 내는 거예요? 우리가 할머니를 위해 소야곡을 부르는 줄 아세요? 우리가 원하는 건 크리스틸이고 할머니는 골로 갈 날이 얼마 안 남았잖아요.' 보스, 이 말을 믿어주시겠습니까? 바로 그 때 난생처음으로 여자의 의미를 깨달았습니다. 할머니는 두 눈에서 뜨거운 눈물을 쏟아냈어요. 아래턱을 벌벌 떨면서 암캐처럼 몸을 꼬았어요. '크리스틸!' 나는 소리쳤어요. 그녀가 더 잘 들으라고 바싹 붙으면서 말이에요. 할머니는 관절염으로 고생하는 양팔을 하늘로 들어 올렸어요. '난 네놈을 마음속 깊은 곳으로부터 저주한다!' 그녀는 비명을 질렀어요. 그날 이후 운 나쁜 나의 할머니는 내리막길을 걸었어요. 그녀는 시들시들 앓더니 두 달 뒤에 쓰러져서 오늘만 내일만 했어요. 마지막 숨이 넘어가려던 순간, 할머니는 나를 보았어요. 거북이처럼 깊은 숨을 내쉬더니 쪼그라든 손을 뻗어 나를 잡았어요. '네놈이 나를 이렇게 망쳐놨어!' 그녀는 식식거렸어요. '이 빌어먹을 알렉시스 놈! 네놈에게 저주를 내린다. 네놈도 내가 당한 것을 당해 보기를!'"

조르바는 웃음을 터트렸다.

"할머니의 저주는 지금도 안 풀렸어요." 그가 콧수염을 쓰다듬으며 말했다. "나는 이제 예순다섯이 되었어요. 하지만 설혹 내가 백 살까지 산다고 하더라도 똑똑해지기는 틀렸어요. 나는 지금도 호주머니에 작은 거울을 갖고 있고 또 여자 궁둥이를 쫓아다니고 있어요."

그는 다시 웃었다. 담배를 천창 밖으로 내던진 다음 기지개를 켰다.

"나는 단점이 많아요." 그가 말했다. "결국 이것 때문에 망해버릴 거예요."

그는 매트리스에서 내려왔다.

"이 얘기는 그 정도로 해둡시다. 우리는 이미 많은 말을 했어요. 오늘은 일을 해야 돼요!"

그는 재빨리 옷을 입고 크고 볼품없는 신발을 신더니 안뜰로 뛰어나갔다.

나는 조르바의 말을 생각하면서 고개를 숙였다. 갑자기 저 멀리 있는 눈 덮인 도시가 생각났다. 나는 그 도시에서 개최된 로댕 전시회에 가서 거대한 청동의 손 앞에 서 있었다. 그 조각의 제목은 「신의 손」이었다. 그 손바닥은 절반쯤 오므리고 있었는데 거기에 두 명의 황홀경에 빠진 남녀가 부둥켜안은 채 빠져나오려고 버둥거렸다. 그때 한 젊은 여자가 내 옆에 다가와 섰다. 그녀 또한 심란한 표정으로 이 괴기스러운 영원한 포옹을 쳐다보았다. 그녀는 날씬한 데다 옷을 잘 입었고 짙은 블론드 머리카락에 강인한 턱, 그리고 칼날 같은 예리한 입술의 소유자였다. 그녀에게서는 뭔가 단호하고 남성적인 분위기가 풍겨 나왔다. 평소 느닷없는 대화를 싫어하는 나는 뭔가 알 수 없는 힘에 이끌려 그녀에게 고개를 돌리고서 말을 걸었다.

"당신은 저 작품을 어떻게 생각하시나요?" 내가 물었다.

"누군가가 저기서 도망칠 수 있다면!" 그녀는 적개심을 드러내며 중얼거렸다.

"어디로 가려고요? 신의 손은 어디에나 있습니다. 구원은 존재하지 않아요. 그게 당신을 심란하게 만듭니까?"

"아니요. 어쩌면 사랑은 이 지구상에서 가장 강렬한 쾌락일 거예요. 그렇지만 지금 이 청동 손을 보니까 도망치고 싶네요."

"당신은 자유를 더 좋아하는군요."

"그럼요."

"우리가 저 청동의 손에 복종할 때에만 자유롭다면 어떻게 할 겁니까? '신'이라는 단어가 일반 대중이 알고 있는 상식적인 의미를 포함하지 않는다면 어떻게 할 겁니까?"

그녀는 근심스런 표정으로 나를 쳐다보았다. 그녀의 두 눈은 짙은 회색이었고 건조한 입술은 적개심이 어려 있었다.

"모르겠어요." 그녀는 겁을 집어먹으며 자리를 떴다.

그녀는 사라졌다. 그때 이후 나는 그녀를 생각해 본 적이 없었다. 그러나 그녀는 내 안에서 죽 살아온 듯하고 내 가슴의 입구 바로 밑에서 자양분을 빨아먹고 있는 것 같았다. 이 적막한 해변에 살고 있는 내게 그녀가 햇빛도 들지 않는 내 깊은 곳에서 창백하면서도 불평투성이의 표정으로 갑자기 솟구쳐 오르는 것은 도대체 어떻게 된 일인가?

조르바의 말이 맞았다. 나는 과거에 잘못 행동한 것이었다. 청동의 손은 멋진 기회를 제공했다. 최초의 접촉은 잘되어 나갔다. 첫 번째 말들도 합당했고 우리는 조금씩 조금씩—우리가 그것을 의식하지도 못한 채, 혹은 의식을 했더라도 아무 부끄러움 없이—서로를 포옹하여 "신의 손 안에서" 평화롭게 결합될 수 있었을 것이다. 그러나 나는 지상에서 하늘을 갑자기 뛰어올랐고 그것이 젊은 여인을 놀라게 하여 그녀는 겁먹으며 떠나갔던 것이다.

마담 오르탕스의 안뜰에서 늙은 수탉이 울음을 울었다. 햇빛이 마침내 작은 창문을 통하여 하얀 백묵 색깔로 스며들어 왔다. 나는 침대에서 일어났다. 인부들이 도착하여 큰 곡괭이, 쇠지레, 곡괭이 등을 덜거덕거렸다. 나는 조르바가 그들에게 지시하는 소리를 들었다. 그는 이미 작업을 시작했다. 그가 지시를 내릴 줄 알고 책임을 사랑하는 남자라는 걸 금방 알아볼 수 있었다. 나는 천창을 통하여 조르바가 거무튀튀하고 허리가 잘록하고 볼품없는 서른 명 정도의 남자들 사이에서 우뚝 키가 큰 거인처럼 서 있는 것을 보았다. 인부들은 통이 크고 가벼운 전통복 바지를 입고 있었다. 조르바는 지시를 할 때마다 팔을 내뻗었으나 그의 말은 간단하고 직설적이었다. 어느 한순간, 어떤 젊은 친구가 뭐라고 중얼거리며 뒤로 물러서자, 조르바는 그의 목덜미를 움켜쥐고서 소리쳤다. "할 말이 있으면 크게 말해. 난 입안에서 중얼거리는 건 좋아하지 않아. 일을 하려면 적극적인 마음가짐이 있어야 해. 그런 마음이 없다면 지금 즉시 카페로 꺼지는 게 좋을 거야!"

그 순간 마담 오르탕스가 부스스한 머리, 푸석한 뺨, 그리고 화장기 없는 얼굴로 나타났다. 그녀는 통이 넉넉하게 큰 지저분한 블라우스를 입고서 길쭉하고 낡아빠진 신발을 신고 있었다. 그녀는 늙은 여가수답게 목쉰 당나귀 기침을 했다. 그녀는 걸음을 멈추고서 존경하는 은근한 눈빛을 조르바에게 보냈다. 그녀는 몽롱한 눈빛이 되더니 조르바가 들으라는 듯이 다시 헛기침을 했고 엉덩이를 요란하게 흔드는 퇴기의 걸음걸이로 그에게 바싹 다가왔다. 얼마나 가깝던지 그녀의 넓은 소매 달린 블라우스가 머리카락 한 올 차이로 그의 몸에 닿는 것을 간신히 피할 정도였다. 그러나 그는 그녀에게 고개를 돌리지도 않았다. 그는 인부 한 명에게서 보리 롤빵과 올리브를 한 움큼 넘겨받으며 소리쳤다. "자, 너희들, 일하러 가! 신의 이름으로 성호를 긋도록 해!" 이어 그는 보폭이 넓은 발걸음으로 인부들을 이끌고 산속으로 곧장 걸어갔다.

나는 여기서 갈탄을 채취해 내는 과정을 길게 설명하지 않겠다. 그러자면 인내심이 필요한데 나는 그게 부족하다. 바다 근처에 우리는 갈대, 버드나무 가지, 석유 깡통에서 나온 양철 등을 가지고 임시 오두막을 지었다. 조르바는 새벽에 일어나 곡괭이를 잡고서 인부들보다 먼저 출근하여 수평갱도를 개설했다가 그것을 포기하고, 무연탄처럼 빛나는 갈탄 광맥을 발견하고서 기뻐서 춤을 추었다. 그러나 며칠 뒤 그 광맥이 소진되고 말자 조르바는 땅바닥에 덜퍼덕 쓰러지면서 두 손 두 발을 다 움직이며 하늘에다 대고 "씨발!"이라는 욕설을 한 바가지 퍼부어댔다.

그는 갈탄 작업을 자기 일처럼 소중하게 여겼다. 심지어 더 이상 내게 상의를 하지도 않았다. 첫날부터 전반적인 관리와 책임은 나의 손에서 그의 손으로 넘어가버렸다. 그가 결정을 내리고 집행하는 자였다. 나는 단지 필요한 경비가 있다고 하면 돈을 댈 뿐이었다. 경비 지불은 별 어려움을 느끼지 않고 대주었다. 이 몇 달 동안이 내 생애의 가장 행복한 때가 되리라는 것을 알고 있었기 때문이다. 손익 계산을 따져볼 때 나는 그 행복을 아주 싼값에 사들이고 있다고 느꼈다.

나의 외할아버지는 크레타에 살았다. 그는 저녁이면 제등을 들고서 마을을 한 바퀴 돌면서 어디 낯선 사람이 오지 않았는지 탐문했다. 외할아버지는 그 낯선 사람을 집으로 데려와 마실 것과 먹을 것을 많이 준 다음, 긴 의자에 앉아서 줄기가 긴 터키 파이프(chibouk: 치부크)에 불을 붙이고서 방문객에게 고개를 돌리면서(밥값을 내놓아야 할 때가 왔으므로) 명령하는 목소리로 말했다. "말해요!" "무엇을 말하라는 겁니까, 무스토이 오르기스 어르신?" "당신이 무엇을 하고 누구이며 어디 출신이고 당신 눈으로 어떤 나라와 마을들을 보았는지. 그걸 모두 말해 줘요. 모두. 자,

준비되었으면 어서 말해요!" 방문객은 진실과 허구를 마구 뒤섞어서 얘기하기 시작했고 할아버지는 긴 의자에 평화롭게 앉아서 치부크를 피우면서 그 얘기를 경청하며 그 낯선 사람의 여행에 동행하는 것이었다. 만약 그 방문객의 얘기가 마음에 들면, 이렇게 말했다. "내일까지 묵어가시오. 떠나지 말아요. 당신은 아직도 얘기해 줄 것이 많이 있잖소."

외할아버지는 고향 마을을 떠난 적이 없었고 심지어 이라클리온이나 레팀논에도 가본 적이 없었다. "왜 내가 가야 하나?" 할아버지는 묻곤 했다. "레팀논과 이라클리온에 사는 사람들이 여길 지나가는데. 레팀논과 이라클리온이 내 집으로 오면 충분해. 왜 내가 거길 굳이 가야 해?"

내가 지금 이 크레타 해안에서 하고 있는 것은 할아버지 취미의 연속이었다. 할아버지가 제등을 들고 낯선 사람을 찾아냈던 것처럼 나도 이제 방문객을 발견했다. 나는 그를 떠나보내지 않을 것이다. 물론 그는 저녁 식사비 이상의 돈이 들지만 그만큼의 값어치가 있다. 매일 저녁 나는 그가 일을 끝내고 퇴근해 오기를 기다렸다. 그러면 나는 그를 내 맞은편에 앉혔다. 식사를 하고 그러면 밥값을 내야 할 때가 오는 것이다. 나는 그에게 명령했다. "말해요!" 나는 파이프 담배를 피우며 들었다. 나는 그의 얘기를 아무리 들어도 물리지가 않았다. 그는 온 세상을 돌아다니고 폭넓게 인간의 영혼을 접해 본 방문객이었다. "말해요, 조르바, 말해요!"

그리하여 조르바와 나 사이의 비좁은 공간에 마케도니아 전역이 펼쳐졌다. 그 산맥, 숲, 호수, 게릴라 반군들, 열심히 일하는 남성화된 여성들, 거칠게 말하는 외향적인 남자들. 때때로 스무 개의 수도원들, 조선소들, 엉덩이가 넓은 기생충 같은 수도사들이 사는 아토스 성산 얘기도 나왔다. 아토스 산 얘기를 끝낼 때면 조르바는 언제나 그 좀비들로부터 내빼는 시늉을 했고, 이렇게 말하면서 웃음을 터트렸다. "보스, 하느님이 당신을 노새의 엉덩이와 수도사의 앞이마로부터 보호해 주시기를!"

매일 저녁 조르바는 나를 데리고 그리스, 불가리아, 콘스탄티노플로 산책을 나갔다. 나는 눈을 감고서 그 광경을 보았다. 그는 분쟁이 터져서 엄청난 고통을 당한 발칸 지역을 거의 다 훑었고 그의 매 같은 작은 눈으로 그곳에서 벌어지는 일들을 모두 내려다보았다. 때때로 그의 툭 튀어나온 눈은 우리들이 평소에 당연한 것으로 여겨 무심히 지나치는 것들을 날카롭게 관찰하며 끄집어냈다. 그런 것들은 조르바의 앞에 무서운 수수께끼로 등장했다. 그는 눈앞에 있는 어떤 여자를 보면서 겁먹은 듯 말을 멈추었다. "이 신비는 무엇입니까?" 그는 물었다. "이 '여자들'이라는 건 무슨 의미입니까? 왜 그들은 나를 이렇게 만들어버립니까? 머리의 나사가 풀어지게 하고 나를 돌아버리게 만드는 겁니까? 그게 도대체 무슨 의미인지 내게 말해 줄 수 있습니까?" 그는 마찬가지로 그 툭 튀어나온 눈으로 어떤 남자의 모습, 꽃 피는 나무, 신선한 한 잔의 물 등을 응시하면서 놀라는 목소리로 똑같은 질문을 던졌다. 매일 조르바는 모든 사물을 마치 지금 처음 보는 것처럼 쳐다보았다.

어제 우리가 오두막 밖에 앉아 있을 때 조르바는 한 잔의 와인을 마시더니 내게 고개를 돌려 빤히 쳐다보면서 겁먹은 표정으로 말했다. "보스, 이 붉은 물은 무엇입니까? 내게 말해 줄 수 있습니까? 오래된 나뭇등걸에서 싹이 나고 어떤 시큼한 물건이 거기 매달리고 그리고 시간이 지나면 태양이 그것을 작열시켜 그건 꿀같이 달콤한 물건이 되는데 우리는 포도라고 부르죠. 우리는 그걸 밟아서 즙액을 짜내어 통 속에다 저장합니다. 그러면 즙액은 저절로 끓고 우리는 술꾼 성인인 성(聖) 조지 축일인 11월 3일에 그 통을 개봉하지요. 그러면 와인이 나오는 겁니다! 하지만 이 기적은 무엇입니까? 이 붉은 즙액을 마시면 우리의 영혼은 팽창하

114

여 더 이상 냄새나는 가죽 안에 머무르려 하지 않습니다. 그 과감한 투쟁 정신을 과시하기 위하여 하느님을 상대로 맞짱뜨자고 도전하고 나서지요. 보스, 이 모든 것은 무엇입니까? 그걸 내게 말해 줄 수 있습니까?"

나는 잠자코 있었다. 조르바의 말을 들으면서 나는 세상이 처녀성을 갱신하고 있다고 느꼈다. 매일, 과거에 그 광휘를 잃었던 사물들이 신의 손에서 막 빚어져 나오던 순간에 지녔던 그 원초적 밝음을 회복했다. 물, 여자, 별, 빵이 그것들의 원초적이면서도 신비한 근원으로 되돌아갔다. 신성한 바퀴는 천상으로 올라가 그 회전하는 힘을 회복했다.

바로 이것 때문에 나는 해변의 자갈밭 위에 누워서 조르바의 퇴근을 기다렸다. 나는 그가 어떤 거대한 생쥐처럼 대지의 내장에서 빠져나와, 온몸에 흙과 석탄 가루가 묻은 채로 활달하지만 피곤한 걸음걸이로 집으로 돌아오는 소리를 들었다. 나는 멀리에서도 그의 몸가짐, 그의 머리의 높낮이, 그리고 긴 팔을 흔드는 자세 등으로 그의 하루 일과를 짐작할 수 있었다.

처음에 나는 그와 함께 출근하여 인부들을 살펴보고 내가 잘할 수 있는 일이 무엇인지 알아내려 했다. 실무 작업에 관심을 보이고, 내가 맡은 사람들에 대해서 좀 더 자세히 알고 또 사랑해 주며, 종이 위의 글자가 아니라 살아있는 사람들을 상대로 할 때 얻어지는 오래 소망해 온 대인 접촉의 즐거움을 맛보고자 했다. 거기에 더하여 나는 낭만적인 계획까지 세워놓았다. 갈탄광 사업이 성공하고 모든 사람이 함께 일할 수 있는 일종의 노동 공동체를 조직하기 위해서, 모든 사항을 공유하고, 형제지간처럼 누구나 함께 같은 음식을 먹으며 같은 옷을 입어야 한다고 보았다. 나는 새로운 인간적 공생관계의 누룩이 될 수 있는 새로운 노동 공동체를 내 마음속에서 꿈꾸고 있었다.

그러나 나는 아직 이 거창한 계획을 조르바에게 말해야 할지 결정을 내리지 못했다. 내가 노동자들 사이를 돌아다니면서 질문을 하고, 간섭을 하고, 문제가 생기면 언제나 노동자 편을 드는 것을 보면서 그는 아주 난처한 표정을 지었다. 조르바는 입술을 꽉 오므리면서 내게 말했다. "보스, 왜 어디론가 산책을 나가지 않습니까? 태양은 빛나고 아주 좋은 날입니다. 어디론가 가세요!"

그러나 나는 작업 초창기에는 현장에 계속 남아 있겠다고 고집했다. 나는 노동자들과 계속 대화를 나누었고 그들에게 질문을 던졌다. 나는 각 노동자의 개인사정을 알았다. 아이는 몇 명인지, 시집보내야 할 여동생은 몇 명인지, 걱정거리는 없는지, 아프지는 않는지, 힘든 일은 없는지, 연로하고 병든 부모님을 봉양하고 있지는 않은지 등.

"보스, 저들의 개인사를 들추지 마세요." 조르바는 인상을 쓰며 내게 계속 말했다. "그러다가 속만 상할 뿐입니다. 당신은 필요 이상으로 또 일에 좋은 만큼 이상으로 그들을 사랑하고 있어요. 그들이 무슨 짓을 해도 당신은 양해해 줄 겁니다. 그렇게 되면, 이걸 아셔야 하는데, 일은 엉망진창이 되어버릴 겁니다. 노동자들은 냉정한 보스를 무서워하고 존경하면서 그를 위해 일을 잘해 줍니다. 마음씨 착한 보스는 가지고 놀려 해요. 안장을 얹어서 멋대로 타고 싶은 말처럼 말입니다. 그러면 저들은 빈둥거리며 놀기 시작해요. 내 말을 아시겠어요?"

또 다른 날 밤에 퇴근해 온 그는 화를 벌컥 내며 곡괭이를 오두막 밖으로 내던졌다.

"보스, 내 말을 들으세요. 제발 간청합니다." 그는 소리쳤다. "간섭하지 마세요! 내가 지어놓으면 보스가 와서 다 부셔버립니다. 오늘 당신이 저들에게 해준 헛소리는 다 뭡니까? 사회주의이고 뭐고 다 뜬구름 잡는 얘기 아닙니까? 도대체 당신의 정체는 뭡니까, 설교자입니까 자본가입니까? 당신은 선택해야 돼요."

하지만 내가 어떻게 선택할 수 있을 것인가? 나는 그 둘을 종합해 보려는 순진한 동경을 품고 있었다. 그 철천지 적수들을 형제로 만드는 공생 관계를 발견할 수 있고, 그리하여 내가 이 지상의 생활과 천국으로부터 동시에 혜택을 얻을 수 있으리라 생각했다. 나는 어린 시절부터 시작하여 이러한 동경을 벌써 여러 해 동안 내 마음속에 간직해 오고 있었다. 나는 학창시절에 내 친한 친구들과 비밀 우애회(友愛會)를 결성했다. 우리는 1821년에 그리스 혁명을 주도한 저 유명한 우애회의 이름을 따서 모임에 그런 이름을 붙였다. 내 방에 모인 친구들은 한평생 불의에 저항하며 싸울 것을 맹세했다. 우리가 그런 맹세를 하면서 양손으로 가슴을 누르던 순간, 굵은 눈물이 우리의 눈에서 흘러내렸다.

어린아이 같은 이상. 하지만 그런 이상을 듣고서 웃음을 터트리는 자에게 슬픔이 내리기를! 이 우애회의 친구들이 불쌍할 정도로 타락한 모습을 보면 내 가슴은 정말로 아팠다. 그들은 이제 무명 의사, 변호사, 상인, 정치가, 신문 기자 등을 하면서 시간을 보내고 있다. 이 세상의 풍토는 가혹하고 또 아주 냉정하다. 가장 귀중한 씨앗도 싹을 틔우지 못하고, 설혹 틔운다고 하더라도 카밀러(chamomile, kamille)와 쐐기풀 따위에게 밀려난다. 그러나 나에 대해서 말해 보자면, 나는 여전히 학창시절보다 더 똑똑해졌다고 생각되지 않는다. 나는 지금도, 하느님 찬미 받으소서, 돈키호테 같은 모험을 감행해 볼 준비가 되어 있다.

일요일에 우리는 둘 다 신랑처럼 차려 입었다. 우리는 면도를 하고 깨끗한 하얀 셔츠를 입고 저녁에 마담 오르탕스를 만나러 갔다. 일요일마다 그녀는 우리를 위해 닭을 잡았다. 우리 셋이 함께 앉아 먹고 마실 때면 조르바의 긴 팔은 마담의 가슴에서 안전한 항구를 찾고서 그 가슴을 차지했다. 우리가 밤중에 해변에 돌아오면 우리의 삶은 마음씨 좋은 게으른 노부인처럼 느긋해졌고, 그것도 마담 오르탕스처럼 아주 비위에 맞고 상냥한 부인의 마음씨가 되었다.

우리가 그런 일요일의 호사스러운 만찬을 끝내고 오두막으로 돌아오던 어느 날 밤, 나는 입을 열어 내 계획을 조르바에게 발설하기로 결심했다. 그는 놀라서 입을 떡 벌리면서도 끝까지 내 말을 들었으나 간간이 화가 난다는 듯이 고개를 흔들어댔다. 그는 내 첫 말을 듣더니 술이 확 깨고 머릿속이 갑자기 맑아지는 듯했다. 내가 설명을 끝냈더니 그는 신경질적으로 콧수염에서 두 가닥 털을 잡아 뽑았다.

"보스, 실례의 말입니다만." 그가 말했다. "나는 당신의 머리가 여물지 못한 곤죽 덩어리라고 생각합니다. 당신은 올해 나이가 몇입니까?"

"서른다섯."

"그렇다면 머릿속 곤죽은 절대로 단단해지지 않을 것 같군요." 그가 웃음을 터트렸다.

나는 화를 내며 버티고 섰다. "그럼 당신은 인간의 본성을 전혀 믿지 않는다는 겁니까?"

"보스, 화를 내지 마시오. 난 그 어떤 것도 믿지 않아요. 만약 인간성을 믿어야 한다면, 하느님도 믿어야 할 거고 또 악마도 인정해 줘야 할 겁니다. 그건 큰 문제예요. 보스, 그렇게 되면 일이 뒤죽박죽되어 내게 큰 고통을 안길 겁니다."

그는 입을 다물더니 모자를 벗고서 머리를 신경질적으로 긁더니 마치 다 뽑아버릴 것처럼 콧수염을 잡아당겼다. 그는 뭔가 말을 하려 했으나 자제했다. 그는 곁눈질로 나를 쳐다보더니 다시 빤히 쳐다보면서 결론을 내렸다. "인간은 짐승이에요!" 그는 지팡이로 자갈들을 내리치면서 화난 목소리로 소리쳤다. "아주 지독한 짐승이라고요. 당신 같은 사람들은 그걸 몰라요. 당신은 모든 것을 손쉽게 얻었으니까. 하지만 인간에 대해서라면 내게 물어봐요. 짐승이에요. 정말이라니까요. 아주 심하게 대하면 그들은 당신을 존경하고 무서워합니다. 반대로 잘 대해 주잖아요, 그러면 그들은 금방 기어오르면서 당신을 망하게 합니다. 보스, 그들과 일정한 거리를 지키세요. 그들의 간덩이가 붓게 하는 얘기는 하지 마세요. 우리가 모두 같은 공동체라느니, 똑같은 권리를 갖고 있다느니 하고 말하지 마세요. 그러면 그 즉시 그들은 당신의 권리를 짓밟고, 당신의 빵을 빼앗아가고, 당신을 배고파 죽게 만듭니다. 보스, 일정한 거리를 유지하세요. 그게 당신을 위해서도 좋아요!"

"그럼 당신은 그 어떤 것도 믿지 않는다는 말입니까?" 내가 화를 내며 물었다.

"안 믿습니다. 그 어떤 것도 믿지 않아요. 얼마나 여러 번 당신에게 말해 주어야 합니까? 나는 그 어떤 것, 그 어떤 사람도 안 믿고 오로지 이 조르바만 믿습니다. 조르바가 남들보다 나은 놈이라는 얘기는 아니에요. 아니 그건, 전혀 아니에요. 그 또한 짐승이니까. 하지만 그가 내 마음대로 할 수 있는 유일한 물건이고 내가 잘 아는 사람이기 때문에 조르바를 믿는 겁니다. 그 외에 모든 것은 유령들이에요. 나는 그를 내 눈으로 보고, 내 귀로 듣고, 내 창자로 그를 소화합니다. 또다시 말하지만 그 외의 것들은 다 허깨비예요. 내가 죽으면 모든 것이 죽습니다. 조르바의 세계 전체가 골로 가는 겁니다."

"저런, 저 엄청난 자기중심주의!" 내가 냉소적으로 말했다.

"보스, 그러면 내가 어떻게 해야겠습니까? 그게 사태의 실상이에요.

입은 비뚤어져도 피리는 제대로 불어야 하잖아요. 난 사실을 사실대로 말하는 걸 두려워하지 않아요. 나는 조르바이고 그래서 조르바처럼 말합니다."

나는 아무 말도 하지 않았다. 조르바의 말은 채찍처럼 내 몸 위로 떨어졌다. 나는 그가 그처럼 강인한 것을 존경했다. 인간을 경멸하면서도 동시에 인간과 부딪치면서 그처럼 열심히 살 수 있는 능력이 부러웠다. 나로 말하자면, 인간들을 견디기 위해서는 고행자가 되거나 헛된 깃털로 그들을 장식하거나 둘 중 하나였다.

조르바는 고개를 돌려 나를 쳐다보았다. 나는 별빛 속에서 그가 활짝 미소 짓고 있는 것을 보았다. 입이 두 귀에 걸려 있었다. "보스, 내가 당신을 짜증나게 했습니까?" 그는 걸음을 완전히 멈추며 물었다.

그러나 우리는 이미 오두막에 도착했다.

나는 그에게 대답하지 않았다. 내 머리는 조르바에게 동의했으나 내 가슴은 저항했다. 그것은 속도를 높여서 새로운 길을 만들어서 짐승을 피하고자 했다.

"조르바, 나는 피곤하지 않아요." 내가 말했다. "당신은 먼저 자요."

별들이 반짝거렸고, 바닷물은 조약돌을 핥으면서 부드럽게 한숨을 쉬었다. 개똥벌레가 그 배 아래에 보유한 자그마한 녹황색 성등(性燈)[반딧불이의 빛을 내는 발광기(發光器, light-emitting organ)를 지칭하는 표현. "반딧불이는 암수가 서로 깜빡깜빡 빛으로 알리고 알아낸다."라고 한 백과사전의 설명에 따르면, 이 반딧불이 발정기관 역할도 한 것으로 보아 "성등(性燈, sex lantern)"이라고 했다.—옮긴이]에다 불을 밝혔다. 밤의 머리카락에서 이슬이 흘러내렸다.

나는 아무것도 생각하지 않고 침묵에 잠긴 채 해변에 누웠다. 나는 밤과 바다와 하나가 되었다. 내 영혼은 성등을 막 켠 개똥벌레로 변신하여 축축한 검은 땅 위에 내려앉아서 기다렸다. 별들은 위치를 바꾸었고 시간은 흘러갔다. 내가 해변에서 일어섰을 때 어떻게 그리 되었는지는 알 수 없지만 나의 내면에는 이 해변에서 성취해야 할 두 가지 의무사항이 뚜렷하게 새겨져 있었다. 첫째, 붓다에서 벗어나라. 나의 글쓰기에서 모든 형이상학적 관심을 제거하여 위안을 얻도록 하라. 둘째, 지금부터 인간들과 따뜻하면서도 합리적인 접촉을 하도록 하라.

어쩌면 아직도 이렇게 할 시간이 있을 거야, 하고 나는 혼자서 중얼거렸다.

5

"만약 괜찮으시다면 마을 유지인 아나그노스티스의 집에 오셔서 간단한 식사를 드시기 바랍니다. 오늘 '거세사'가 마을을 방문하여 돼지들을 거세시킬 예정입니다. 아나그노스티스 부인은 돼지의 거시기를 튀김 요리로 만들어줄 것을 약속했고 또 당신이 이 부부의 손자 미나스에게 '장수'를 빌어주기를 바랍니다. 미나스는 오늘 그의 명명일을 기념합니다."

크레타 마을의 가정집에 들어가는 것은 엄청난 즐거움이다. 그 방문자는 영원히 지속되는 유산(遺産)으로부터 나온 듯한 물품들에 둘러싸이게 된다. 등유 램프가 그 옆에 걸려 있는 벽난로, 올리브기름과 밀이 들어있는 토기들, 그리고 방문자가 집 안으로 들어설 때 왼쪽 벽의 특별 공간에 놓인 것을 볼 수 있는, 엉겅퀴로 코르크를 대신한 신선한 물 주전자 등이 그것이다. 천장 들보에는 마르멜루, 석류, 그리고 세이지, 박하, 로즈메리, 꿀풀 등의 방향 약초들이 매달려 있다. 방의 저쪽 끝에서 계단을 서너 칸 올라가면 삼발이 접는 침대가 나오고, 그 침대 위에는 불 켜진 등유 램프가 밝히는 성상(聖像)들이 있다. 그 집은 당신에게 비어 있는 것처럼 보이겠지만 실은 모든 것을 갖추고 있다. 진정한 인간은 몇 가지 물건들만 필요한 것이다.

아주 아름다운 날이었고 부드러운 가을 햇살은 무한한 정감을 안겨주었다. 우리는 집 밖에 바로 붙어 있는, 울타리가 쳐진 자그마한 마당에서 과일이 매달린 올리브 나무 밑에 앉아 있었다. 그 나무의 은빛 잎사귀들 사이로 평온하고 끈끈한 바다가 저 멀리에서 반짝거리고 있는 것이 보였다. 구름이 머리 위로 지나가면서 해를 가렸다 말았다 했고 그에 따라 대지는 숨을 들이쉬고 내쉬면서 처음에 기뻐하다가 그 다음에 슬퍼했다.

마당의 다른 한쪽 끝의 자그마한 돼지우리에서 거세당한 돼지의 먹따는 듯한 소리가 들려와 우리의 귀를 먹먹하게 했다. 집 안에서는 벽난로의 잽싼 불에다 돼지 거시기를 굽는 냄새가 흘러나왔다.

우리는 곡식, 포도원, 비 등 일상적 주제에 대해서 얘기를 나누었다. 늙은 마을 유지는 귀가 잘 안 들렸기 때문에(그는 자신이 "아주 오만한 귀"를 가지고 있다고 말했다), 우리는 소리를 질러댔다. 아나그노스티스 아저씨와의 대화는 유쾌했고 그의 평화로운 모습은 바람을 막아주는 분지에 편안히 서 있는 나무와 비슷했다. 그는 태어나서, 성장하고, 결혼을 하고, 아이들을 낳고, 손자를 보았다. 손자 몇몇은 죽기도 했지만 다른 애들은 죽지 않아서 가문을 계속 이어가고 있다.

이 나이 든 크레타 사람은 터키인들이 지배하던 과거를 기억했다. 그는 아버지의 말씀과 과거에 발생했던 기적들을 기억했다. 그 당시 사람들은 하느님을 두려워하는 경건한 신자였던 것이다.

"한번 생각해 보세요." 그가 말했다. "당신이 지금 쳐다보고 있는 나, 아나그노스티스 아저씨는 기적적으로 탄생했습니다. 그래요, 기적의 힘으로 태어났다니까요! 만약 내가 그 얘기를 해주면 당신은 경이감에 가득 차서 '주님, 제 영혼을 축복하소서!' 하고 말하고서 신(神)을 낳은 성모 수도원으로 가서 성모를 위해 초를 밝힐 겁니다."

그는 성호를 긋고서 유쾌한 목소리로 아주 차분하게 말했다.

"그 당시 우리 마을에는 어떤 부유한 터키 부인이 살고 있었어요. 그여자의 유해가 타르에 묻히기를! 그 빌어먹을 여자는 임신을 했고 해산해야 할 날이 다가왔어요. 사람들은 그녀를 산파가 가져온 출산용 돌의자에 앉혀 놓았는데 그 여자는 사흘 밤 사흘 낮을 송아지처럼 고함을 질러댔어요. 그러나 애는 나오지 않았어요. 산모의 친구—이 여자의 유해도 타르에 파묻히기를!—그녀에게 말했어요. '마리아-어머니의 이름을 한번 불러 보는 게 어때, 차페르-하눔?' 터키인들은 신을 낳은 분을 마리아-어머니라고 불렀어요. 성모님의 은총과 자비는 대단하시다! '그 여자를 부르라고? 난 차라리 죽고 말겠어.' 차페른가 뭔가 하는 년이 말했어요. 하지만 그 여자는 진통이 너무나 심했어요. 고함 소리 요란한 또 다른 하루 낮과 밤이 지나갔고 애는 나오지 않았어요. 그러니 어떻게 하겠어요? 그녀는 고통을 더 이상 참을 수 없어서, 이렇게 소리를 냅다 질렀어요. '마리아-어머니! 마리아-어머니!' 여자는 계속 꽥꽥 고함을 질러댔고 진통은 멈추지 않았고 애는 여전히 안 나왔어요. '그러면 못 알아듣는다니까.' 그 친구가 말했어요. '터키 말은 못 알아들어요. 그러니 그리스 이름으로 불러야 해.' 그래서 그년은 소리를 질러댔어요. '그리스인들의 파나기아! 그리스인들의 파나기아!' 하지만 허사였어요. 진통은 더욱 심해졌어요. '넌 이름을 정확하게 부르지 않고 있어, 차페르-하눔.' 친구가 다시 말했어요. '그래서 그녀가 안 오는 거야.' 그러자 마침내 기독교인과 싸우던 그 잡년이 위험을 느끼고서 크게 소리쳤어요. '내가 사랑하는 자비로우신 파나기아!' 그러자 바로 그 순간에 아기는 뱀장어처럼 미끈거리면서 그 여자의 자궁에서 빠져나왔어요. 그게 토요일에 벌어진 일이었어요. 그 여잔 참 운이 좋았지요. 그런데 그 다음 날 일요일에 우리 어머니가 진통을 시작하신 거예요. 불쌍하신 어머니도 엄청 고통을 당했어요. 그래서 어머니는 고함을 쳐댔지요. 어머니도 소리쳤어요. '내가 사랑하는 자비로우신 파나기아!' 하지만 별 효과가 없었어요. 우리 아버지는 마당 한가운데 앉아 있었는데 너무 걱정이 되어서 먹을 수도 마실 수도 없었어요. 아버지는 성모님이 못마땅했어요. 바로 어제 차페른가 뭔가 하는 잡년이 숨넘어가는 목소리로 부르는 바람에 목을 부러트릴 속도로 달려와서 해산시켜 주었잖아요. 그런데 이제 피곤해서 또 그렇게 달려올 수 있을까 하는 생각이 들었던 거예요. 나흘째 되던 날 아버지는 더 이상 참을 수가 없었어요. 그래서 쇠스랑을 들고서 곧장 순교하신 신의 어머니 수도원으로 달려갔어요. 성모가 우리를 도와주어야 한다고 말이에요! 아버지는 성당 앞에 당도하여 너무 화가 나서 성호도 긋지 않고 그 안으로 달려 들어갔어요. 성당 문을 탕 닫고 성모의 성상 앞에 우뚝 섰어요. '이봐요, 파나기아.' 그가 성모에게 소리쳤어요. '내 마누라 마룰리아를 당신도 잘 알 겁니다. 마누라는 매주 일요일 저녁에 기름을 가져와서 당신의 램프를 밝혔으니까. 그 마누라가 진통에 들어가서 사흘 낮 사흘 밤을 당신만 불러댔어요. 마누라의 외침이 안 들리십니까? 귀가 먹었어요, 듣지도 못하게? 차페른가 뭔가 하는 터키 년이 해산할 때에는 목을 부러트릴 정도로 달려와서 그 빌어먹을 터키 년의 애를 꺼내주었잖아요? 그런데 정작 기독교 신자인 우리 마누라가 당신을 부를 때는 갑자

125

기 귀가 먹어서 들은 척도 안 한다 이겁니까? 당신이 신의 어머니가 아니었더라면 이 쇠스랑으로 한 방 먹였을 텐데!' 아버지는 무릎도 꿇지 않고 고개를 숙이지도 않고 그런 말을 촬촬 늘어놓은 다음, 성모에게 등을 돌리고 성당에서 나오려 했어요. 그런데 그때—오 주님, 당신은 위대하십니다!—성상이 둘로 갈라지는 것처럼 크게 쪼개지는 소리를 내더래요. 혹시 그런 소리를 들었는지 모르겠는데, 성상은 기적을 행할 때면 그런 쪼개지는 소리를 내요. 아버지는 곧장 이해하고 몸을 돌려서 무릎을 꿇고 경배를 바친 다음 성호를 그었어요. '내가 사랑하는 자비로우신 파나기아!' 그가 소리쳤어요. '제가 금방 말한 것을 물에 넣은 소금처럼 다 녹아버리게 해주세요.' 아버지가 마을에 다시 돌아오기도 전에 친구들이 동구 밖까지 나와서 좋은 소식을 전했어요. '축하하고 만사형통하기를 빌겠네, 콘스탄티스! 자네 마누라가 해산을 했어. 아들이야!' 그게 지금 당신이 바라보고 있는 나, 즉 아나그노스티스 올시다. 하지만 나는 약간 오만한 귀를 가지고 태어났어요. 아버지가 신을 낳은 분에게 귀먹었다고 욕을 했잖아요. '지금 뭐라고 했지?' 신을 낳은 분은 아마도 그렇게 말했을 거예요. '좋아. 그럼 자네 아들을 귀 멀게 해주지. 자네에게 불경한 욕을 해서는 안 된다는 가르쳐주기 위해서라도.'"

아나그노스티스 아저씨는 성호를 그었다.

"그건 상관없어요." 그가 말했다. "하느님 찬양 받으소서! 그분은 나를 맹인, 병자, 꼽추, 이건 정말 곤란하지만 여자로 만드실 수도 있었을 거예요! 그러니 상관없어요. 나는 신을 낳으신 분의 은총을 경배합니다."

그는 사람들의 술잔을 가득 따랐다.

"성모님의 은총이 우리를 도와주시기를!" 그가 가득 찬 잔을 쳐들며 말했다.

"아나그노스티스 아저씨, 만수무강하시기를 빕니다." 내가 말했다. "앞으로 백 살까지 사셔서 증손자를 보시기를."

노인은 한 번에 와인을 다 마시더니 콧수염에 묻은 와인 방울을 털어 냈다.

"아니오, 젊은 양반! 지금 이대로도 충분해요! 나는 이미 손자를 보았소. 그거면 돼요. 우리는 이 세상을 다 먹어치울 생각을 해서는 안 돼요. 나의 때가 왔어요. 당신도 알다시피 나는 늙었어요. 내 허리는 텅 비었어요. 나는 이제 더 이상 그걸 못해요. 애를 낳으려 해도 낳을 수가 없어. 그러니 내게 무슨 인생의 낙이 있겠소?"

술잔을 다시 채워주면서 그는 월계수 잎사귀에 싼 호두와 말린 무화과를 내놓았다. 그것들은 아저씨의 허리띠에서 꺼낸 것이었다.

"내가 가진 것을 자식들에게 다 나눠줘서 이제 가진 게 없어요. 그래서 아주 가난해요. 하지만 신경 쓰지 않아요. 하느님은 부자니까."

"아나그노스티스 아저씨, 하느님은 부자예요." 조르바가 노인의 귀에다 대고 소리쳤다. "부자라고요. 하지만 우리는 아무것도 가진 게 없고 저 구두쇠는 우리에게 땡전 한 푼 내려 주지 않아요."

마을 유지는 눈썹을 찌푸렸다.

"이봐요, 친구, 하느님을 상대로 막말을 해서는 안 되는 거요." 그가 엄중한 어조로 말했다. "그분에게 막말을 해서는 안 돼요. 우리는 그분을 믿고 살아요. 하지만 저 불쌍한 분도 우리를 믿고 산답니다."

그러는 동안 아나그노스티스 부인은 공손한 자세로 아무 말도 하지 않고 토기 쟁반에 든 구운 돼지 거시기와 와인이 가득 든 커다란 놋쇠 주전자를 들고 왔다. 그녀는 그것을 식탁에 놓고 나서 양손을 모으고 눈을 내리깔고서 다소곳이 서 있었다.

나는 그 특별한 음식을 먹기가 주저되었으나 다른 한편으로는 거절을 한다는 건 민망한 일이었다. 조르바는 미소를 지으며 나를 삐딱하게 쳐다보았다.

"보스, 이건 음식 중에 최고로 맛있는 놈입니다." 그는 나를 안심시키려 했다. "거절하면 안 돼요."

아나그노스티스 노인은 허리가 끊어질 정도로 커다란 웃음을 터트리고 있었다.

"저 친구가 말한 게 사실입니다. 정말이에요! 한번 맛보면 금방 알아요. 아주 귀한 맛이지요! 조지 왕자—신이여 그를 축복하소서!—가 우리 수도원에 들렀을 때, 수도사들이 왕자를 위한 잔치를 벌였을 때예요. 다른 손님들에게는 고기를 주었는데 왕자에게는 운두 높은 접시에 담긴 수프를 내놓았지요. 왕자는 스푼을 들고서 그놈을 저었어요. '콩입니까?' 그가 놀라면서 물었어요. '들어보세요, 왕자님.' 늙은 수도원장이 말했어요. 왕자는 한두 숟갈 먼저 떠먹더니 그 수프를 결국 다 먹고 입술을 핥았어요. '이 기적 같은 음식은 뭐죠?' 그가 물었어요. '아주 맛이 좋은 콩이군요! 진미예요!' '왕자님, 그건 콩이 아닙니다.' 수도원장이 웃으며 말했어요. 우리는 동네의 수탉들을 모두 거세했답니다.'"

노인은 웃으면서 돼지 거시기 하나에 포크를 찔러 넣었다.

"왕자나 먹는 진미라오!" 그가 말했다. "어서 입을 벌리세요."

나는 입을 벌렸고 그가 거시기를 집어넣어 주었다. 그는 술잔을 다시 가득 채웠다. 우리는 손자의 건강을 위해 건배를 했다. 할아버지의 두 눈은 밝게 빛났다.

"손자가 앞으로 무엇이 되기를 바라세요, 아나그노스티스 아저씨?"

내가 그에게 물었다. "우리에게 말해 주세요. 그러면 그렇게 되기를 빌게요."

"내가 뭘 원하냐고? 무엇보다도 그놈이 올바른 길을 걸어가기를 바라지. 좋은 사람, 재산을 가진 좋은 사람이 되기를 바라지. 결혼해서 그놈도 아이를 두고 또 손자도 두고 그래서 그 아이들 중 하나가 나를 닮기를 바라지. 그래서 나이 든 사람들이 그 손자를 보고서는 '하, 하! 아나그노스티스 아저씨를 빼다 박았네. 하느님께서 그분의 영화를 성스럽게 해주시기를! 그분은 좋은 분이었지.' 하고 말해 주기를 바라지."

"아네지니오." 그가 아내를 쳐다보지도 않고 말했다. "주전자에다 인을 다시 가득 채워 가지고 와요."

그 순간 강력한 부딪침 때문에 작은 돼지우리의 문이 열렸고, 돼지가 비명을 내지르며 고통 때문에 거의 죽을 지경이 되어 마당으로 뛰쳐나왔다. 돼지는 앉아서 즐겁게 대화를 나누며 돼지 거시기를 먹는 세 남자 앞에서 미친 듯이 왔다 갔다 했다.

"저 불쌍한 것이 아픈가 보군." 조르바가 동정 어린 목소리로 말했다.

"아플 거라고!" 늙은 크레타인이 웃으며 말했다. "만약 사람들이 당신에게 똑같은 짓을 한다면 당신 또한 아프지 않겠소?"

조르바는 자리에서 불안하게 뒤척이며 질겁을 했다.

'저놈의 혀뿌리를 확 잘라놓을까 보다, 저 빌어먹을 개새끼!' 그가 아주 나지막하게 중얼거렸다.

돼지는 우리를 화난 얼굴로 쳐다보며 우리 앞에서 계속 앞뒤로 왔다 갔다 했다.

"내가 보기에 저놈은 우리가 자기 거시기를 먹고 있다는 걸 아는 것 같은데!" 제법 마신 와인 때문에 상당히 취한 늙은 아나그노스티스가 말했다.

그러나 우리는 야만인들처럼 맛좋은 특식을 즐겁게 계속 먹었고 레드 와인을 마셨으며 간간이 은빛 올리브 잎사귀들 사이로 바다를 내다보았다. 바다는 이제 지는 태양 아래서 장밋빛 핑크로 변해 있었다.

우리가 마침내 그날 저녁 마을 유지의 집에서 나섰을 때 상당히 얼근하게 된 조르바는 얘기를 하고 싶은지 입을 열었다.

"보스, 지난번에 우리가 말하던 거 기억납니까? 당신은 대중을 계몽하여 그들의 눈을 열어 주려고 했지요. 좋아요. 가서 아나그노스티스 아저씨의 눈을 한번 열어 주세요. 그 사람의 마누라가 완전 얼어서 남편의 하회를 기다리며 서 있는 것을 보았지요? 이봐요, 나리, 지금 당장 그 부부에게 가서 여자에 대해서 설파해 주면 어떨까요? 여자도 남자와 똑같은 권리를 갖고 있고, 돼지가 살아서 당신 앞에서 아파 죽겠다는 듯이 날뛰고 있는데도 태연히 그 돼지의 거시기를 먹는 것은 야비한 짓이라고 말해 주세요. 또 당신은 굶어죽고 있는데 신은 모든 것을 가지고 있다고 헛소리를 지껄이는 것은 정말 똥 대가리 같은 생각이라고 말해 줘요. 그러면 그 혐오스러운 불쌍한 친구인 아나그노스티스 아저씨가 당신의 그 고명한 헛소리로부터 아연 눈을 뜰 것 같습니까? 당신은 그자에게 골칫거리만 가득 안겨 줄 겁니다. 그 마누라도 무슨 득을 볼 것 같습니까? 부부 사이에 싸움이 벌어질 겁니다. 암탉은 수탉이 되고 싶어 할 거고 부부는 만날 싸우면서 상대방의 피를 다 빨아먹을 겁니다. 만약 그 부부의 눈을 열어준다면 그들은 무엇을 보게 될까요? 그들이 서로에게 가진 악의와 냉담한 비사교성만 볼 거예요. 그러니 그들의 눈은 계속 감겨 있는 게 좋아요. 그러면 차라리 꿈이라도 꿀 수 있잖아요!"

그는 잠시 머리를 긁고 생각에 잠기며 아무 말도 하지 않았다.

"그러나 예외가." 그가 마침내 말했다. "한 가지—"

"예외? 무슨 예외?"

"그러나 그들이 눈을 떴을 때, 당신이 더 좋은 세상을 그들에게 보여줄 수 있다면 얘기는 달라져요. 당신은 보여줄 수 있습니까?"

나는 대답하지 못했다. 나는 무엇을 파괴해야 하는지는 잘 알았지만 그 허물어진 자리에 무엇을 지어야 하는지는 알지 못했다. '아무도 그걸 확실하게 알지는 못하지.' 하고 나는 생각했다. 과거는 단단하고 또 만져볼 수 있다. 그것은 존재한다. 우리는 그것을 체험하고 매 순간 그것에 저항한다. 하지만 미래는 태어나지 않았고 불확실하고 유동적이며 꿈같은 물질로 가득 차 있다. 그것은 사랑, 상상력, 행운, 신 등의 강한 바람에 흔들리는 구름이다. 바람은 그것을 두텁게 하는가 하면 가늘게 하고 그래서 언제나 변화한다. 가장 위대한 예언자도 인류에게 구호 이상의 것을 제공하지 못하며, 구호가 애매모호할수록 그것은 더 예언적인 특징을 띤다.

조르바는 미소를 지으며 조롱하는 자세로 나를 쳐다보았다. 그것은 나를 화나게 했다. "내가 그들에게 더 좋은 세상을 보여줄 수 있느냐고? 물론 보여줄 수 있소."

"보여줄 수 있다고? 그럼 어디 한번 들어봅시다."

"나는 당신에게 말해 줄 수 없어. 당신은 이해하지 못할 거요."

"말 못한다는 건 보여줄 게 없다는 얘깁니다." 조르바가 고개를 흔들며 말했다.

"나를 어제 태어난 하룻강아지 취급하지 마세요. 만약 나에 대해서 그렇게 말하는 자가 있다면 그놈은 당신을 샛길로 빠지게 만드는 놈이에요. 나도 교육받지 못한 건 아나그노스티스 아저씨와 피차 마찬가지이지만 그렇게 어리석은 놈은 아니에요. 절대 아니에요! 이런 나에게도 이해를 시키지 못하는데, 어떻게 저 무지렁이 같은 농투성이를 이해시키겠다는 거예요? 하물며 그 암소 같은 마누라쟁이를? 그리고 어떻게 세상에 있는 모든 다른 아나그노스티스와 아네지니오들을? 그들이 새로운 형태의 어둠 속을 꿰뚫어 보려 할까요? 그들을 그냥 현재의 자리에 내버려두고 평소 습관대로 살아가게 하세요. 그런 습관대로 해도 지금껏 그런대로 잘 살아온 것을 당신은 보지 못했습니까? 아니, 그들은 아주 멋지게 해왔어요. 아이들도 낳고 또 손자들까지 보았어요. 하느님이 그들을 귀멀고 눈먼 자들로 만들었는데도 '주님, 영광 받으소서!' 하잖아요. 그들은 불행한 일에 아주 익숙해요. 그러니 그들을 그냥 내버려두고 당신의 여물통이나 닥치세요."

나는 내 여물통을 닥쳤다. 우리는 과부의 과수원을 지나가고 있었다. 조르바는 걸음을 멈추고 한숨을 내쉬었으나 아무 말도 하지 않았다. 어디에선가 비가 온 것 같았다. 공기는 축축한 흙냄새가 났다. 첫 번째 별들이 하늘에 나타났다. 초승달은 부드럽지만 세련되지 않은 초록색으로 빛났다. 하늘은 비 갠 뒤의 맑은 얼굴이었다.

나는 혼자서 생각했다. '이 사람은 학교에 다니지도 않았는데 그 정신 하나만은 아주 단단해. 그가 많은 것을 보고, 행하고, 또 고통을 당했어. 그의 머리는 활짝 열렸고 가슴은 그 원초적 강건함을 잃지 않은 상태로 더 커졌어. 우리가 복잡해서 해결하지 못할 것 같은 모든 문제를 이 사람은 단칼에 해결해 버려. 그의 동포 알렉산더 대왕이 고르디우스의 매듭(Gordian Knot)을 단칼에 잘라버린 것처럼. 그가 오류에 빠지기는 어려워. 머리끝부터 발끝까지 온몸이 땅속에 단단히 뿌리를 내리고 있으니까. 아프리카 야만인들은 뱀들을 숭배한다고 하지. 뱀은 온몸을 땅에다 부착하고 있기 때문에 그 배, 꼬리, 고환, 머리를 통하여 땅의 비밀을 다 파악하기 때문이래. 뱀들은 어머니 대지를 만지고, 그녀에게 합류하고, 그녀와 하나가 되었지. 조르바도 그와 비슷한 원지성(原地性) 인간이야. 우리 교육받은 자들은 허공을 날아다니는 멍청한 새들이야.'

하늘의 별들―인간에게 야만적이고, 오만하고, 잔인하고, 인정사정 없는―은 점점 숫자가 늘어났다. 우리는 대화를 중지했다. 우리는 두려운 얼굴로 하늘을 올려다보았다. 천공에는 마치 커다란 불을 지르기라도 할 듯이 점점 더 많이 별들이 집결하고 있었다. 우리는 오두막에 도착했다. 나는 밥 생각이 없었으므로 바다 옆의 커다란 바위에 걸터앉았다. 조르바는 불을 피우고 식사를 하더니 나를 찾기 위해 밖으로 나오려 했다. 그러다가 마음을 바꾸어서 매트리스 위에 드러누워 잠이 들었다.

바다는 젤리처럼 굳어져서 미동도 하지 않았다. 땅도 별빛이 점점 강해지는 것을 보고 겁먹은 듯이 따라서 잠잠해졌다. 단 한 마리의 개도 짖지 않았고 단 한 마리의 밤새도 우짖지 않았다. 깊은 정적이었다. 그것은 저 멀리 떨어져 있는 곳의 무수한 외침 소리들로 이루어진 변덕스럽고 위험한 정적이었다. 혹은 그 외침 소리는 우리의 내부 깊숙한 곳에 감추어져 있어서 들리지 않는 것이었다. 내가 듣는 유일한 소리는 내 관자놀이와 경동맥을 때리는 내 피 소리뿐.

'호랑이의 노래로구나!' 나는 몸을 부르르 떨며 생각했다.

인도에서 밤이 되면 사람들은 슬프고 단조로운 노래를 아주 부드럽게 부른다. 그것은 천천히 흘러가는 야만적 노래인데 먼 곳에 있는 들짐승의 하품 소리와 비슷했다. 호랑이의 노래는 인간의 가슴에 형언하기 어려운 공포가 가득 차오르게 한다. 이 무서운 노래를 생각하는 동안, 내 가슴은 천천히 차오르기 시작했고, 내 귀는 깨어났으며, 정적은 외침 소리로 바뀌었다. 그것과 똑같은 노래로 이루어진 내 영혼은 긴장으로 팽팽해졌다. 그 영혼은 불안해하면서 몸 밖으로 나가서 그 노래를 듣고자 했다.

허리를 숙여 양손을 오므려 바닷물을 뜬 나는 그 물을 이마와 관자놀이에 끼얹어 식히려 했다. 호랑이는 내 안에서 초조하게 부르고, 소리치고, 아주 단호한 자세로 위협했고 마침내 나는 단 하나의 목소리만 명확하게 들을 수 있었다. '붓다! 붓다!'

나는 바위에서 벌떡 일어나 그 소리로부터 달아나려는 듯이 바닷가로 빠르게 걸어갔다. 이제 밤바다에 나 혼자 있고 또 주위는 온전한 정적이었으므로 나는 그의 목소리를 한참 들었다. 처음에는 탄원처럼 슬프고 호소하는 목소리였다. 그러다가 조금씩 조금씩 화를 내더니 나를 비난하고 명령하더니 마침내 자궁에서 나올 때가 된 태아처럼 내 가슴을 걸어찼다.

아마도 자정이었을 것이다. 검은 구름들이 하늘에 모여들고 굵은 빗방울이 내 손에 떨어졌다. 그러나 내 정신은 다른 데 가 있었고 나의 양쪽 관자놀이에 불의 화관을 만들어내는 듯한 백열하는 분위기에 휩싸여 있었다. '시간이 되었구나.' 하고 나는 몸을 부르르 떨며 생각했다. '붓다의 법륜(法輪)이 나를 휩쓸어 가고 있구나. 내 안에 있는 이 성스러운 짓눌림으로부터 해방되어야 할 때가 되었구나.'

나는 황급히 오두막으로 돌아와서 램프를 켰다. 불이 켜지자 조르바는 눈까풀을 파닥거리더니 눈을 떴고 종이를 앞에 두고 열심히 쓰고 있는 나를 쳐다보더니 뭔가 알 수 없는 말을 중얼거리고서 벽 쪽으로 돌아눕더니 다시 잠이 들었다.

나는 정신이 산만해지지 않은 상태로 재빨리 써내려갔다. 나는 바빴다. 『붓다』라는 희곡의 모든 구상이 이미 내 안에 들어 있었다. 나는 그것이 나의 내장으로부터 마치 알파벳 글자들로 뒤덮인 푸른 리본처럼 계속 풀려나오는 것을 보았다. 그것은 아주 빠르게 풀렸고 나는 속도를 맞추기 위해 번개처럼 손을 놀려야 했다. 나는 쓰고 또 썼다. 모든 것이 쉬워졌고 또 아주 간단했다. 나는 생각하며 글을 쓰는 것이 아니라 이미 있는 것을 베껴 쓰고 있었다. 동정, 거부, 호의 등으로 구성된 모든 것이 내 앞에 펼쳐져 있었다. 붓다의 궁성, 그의 하렘에 있는 여자들, 황금의 마차, 노인, 병자, 망자와의 우연한 세 번의 만남, 궁성으로부터의 달아남, 고행의 실천, 구원, 구원의 선언. 대지는 노란 꽃들과 함께 꽃피어났다. 거지들과 왕들은 노란 옷을 입었다. 돌, 나무, 살[肉]은 더 가벼워졌다. 영혼들은 바람[風]이 되었다. 바람은 정신이 되고 다시 정신은 사라졌다. 손가락이 아파왔으나 나는 멈추고 싶지 않았고 그렇게 할 수도 없었다. 환상은 재빠르게 지나가며 달아났다. 나는 그 환상에 보조를 맞추며 달려야 했다.

아침에 조르바는 원고에 머리를 처박은 채 잠들어 있는 나를 발견했다.

6

내가 잠깨었을 때 해는 이미 두 장창(長槍)의 높이로 하늘에 떠올라 있었다. 내 오른손은 글을 너무 써서 뻣뻣해져 있었고 손가락을 오므릴 수가 없었다. 나를 휩쓸고 지나간 붓다의 폭풍우는 나를 탈진하여 텅 빈 상태로 만들었다.

나는 허리를 숙여서 방바닥에 흩어진 원고 페이지들을 수습했다. 나는 원고를 쳐다볼 의욕도 기력도 없었다. 그 신성하고 열광적인 영감은 하나의 꿈만 같았고 그 꿈이 단어들 속에 갇히어 타락한 모습을 하고 있는 것을 보고 싶지 않았다.

오늘은 비가 부드럽고 아늑하게 내리고 있었다. 조르바는 출근하기 전에 내 앞에 있는 화로에다 불타는 석탄 덩어리를 넣어 두고 갔다. 나는 식사를 할 생각도 없이 하루 종일 미동도 하지 않고 책상다리로 앉아서 화로의 온기에 손을 뻗으며 그 계절의 첫 빗소리에 귀를 기울였다.

나는 그 어떤 것도 생각하지 않았다. 내 마음은 축축한 흙 속의 두더지처럼 똬리를 튼 채 휴식을 취했다. 나는 땅이 희미하게 동요하고, 주절거리고, 뭔가 긁는 듯한 소리를 들었다. 비가 내리고 씨앗이 자라는 소리를 들었다. 나는 하늘과 땅이 저 먼 원시 시대처럼 서로 결합하고 있다고 느꼈다. 마치 아이를 낳기 위해 서로 포옹하는 남자와 여자처럼. 나는 희미하게 속삭이는 바다가 그 입술로 해안선을 부드럽게 핥는 소리에 귀 기울였다. 바다는 혀를 내밀어 물을 마시는 들짐승 같았다.

나는 행복했다. 내가 행복하다는 것을 알았다. 우리는 행복을 기대하고 있으면 그것을 잘 느끼지 못한다. 그러나 그것이 지나가고 뒤돌아보면 갑자기 혹은 놀라면서 우리가 얼마나 행복했던가, 하고 뒤늦게 깨닫는 것이다. 이 크레타 해안에 건너온 나는 행복을 체험하면서 동시에 그것을 의식하고 있는 것이다.

거대한 바다는 아프리카 해안을 향해 내달리고 있었다. 때때로 따뜻한 남서풍이 저 먼 뜨거운 사막에서 불어왔다. 아침에 바다는 수박 같은 냄새가 났다. 정오에 아지랑이를 피워 올리며 솟아오르는 바다의 모습은 덜 부푼 자그마한 유방을 들어 올리며 배영(背泳)하는 여자와 같았다. 저녁이면 장미 같은 분홍색, 와인 같은 붉은색, 가지 같은 보라색, 잉크 같은 암청색으로 바뀌면서 계속 한숨을 내쉬었다.

해 지기 직전에 결 고운 꿀 색깔의 모래를 내 손바닥에 장난스럽게 가득 담은 다음, 부드러운 모래가 내 손가락 사이로 빠져 흘러내리게 했다. 내 손바닥은 목숨이 아래로 하강하며 사라지는 모래시계가 되었다. 내가 바다를 쳐다보고 생명이 계속 아래로 내려가 없어지는 동안에, 나는 조르바의 퇴근해 오는 발걸음 소리를 들었고 내 관자놀이는 기뻐서 비명을 내지를 지경이었다.

나는 네 살짜리 어린 조카 알카를 생각했다. 우리는 그믐날에 시간을 보내기 위해 윈도쇼핑을 하다가 어떤 장난감 가게의 진열용 유리 케이스를 쳐다보았다. 조카는 내게 고개를 돌리며 말했다. "용 아저씨."(조카는 나를 그렇게 불렀다) "나는 너무 행복해서 머리에 두 뿔이 났어요!" 나는 깜짝 놀랐다. 인생은 얼마나 놀라운 기적인가! 모든 영혼들이 그 뿌리로 돌아가면 결국은 서로 합류하고 연결되는 것이다. 나는 그 순간 저 먼 곳의 박물관에 보관된 반짝거리는 흑단 나무로 조각된 붓다의 얼굴을 기억했다. 붓다는 7년의 고행 끝에 구원을 얻었고 그래서 엄청난 기쁨에 휩싸이게 되었다. 이마의 오른쪽과 왼쪽을 지나가는 불룩 튀어나온 정맥은 그 기쁨 때문에 크게 부어올라 가죽을 뚫고 나와 단단한 쇠 스프링 같은 두 개의 꼬부라진 뿔이 되었다.

가는 비는 해 지기 전에 멈추었고 하늘은 맑아졌다. 나는 배가 고팠고 그 배고픈 사실이 또 기뻤다. 이제 조르바가 퇴근해 와 화덕에 불을 붙이고 취사와 대화의 일상적 의식을 시작할 터였기 때문이다.

그는 요리 냄비를 불 위에 얹어놓으며 종종 말했다. "이건 또 하나의 끝나지 않는 이야기예요. 여자—하느님 그들을 축복하소서—만 유일한 이야기인 건 아니에요. 음식도 그렇지요."

나는 이 해변에서 식사의 즐거움을 난생처음 알았다. 조르바가 매일 저녁 실외 화덕의 가장자리에다 돌을 두 개 올려놓고 그 사이에 불을 피워서 요리를 해서 식사와 반주를 하게 되면, 우리의 대화는 풍성하게 솟아올랐다. 나는 식사 또한 정신에 바치는 예배 행동이라는 것을 알았고, 고기, 빵, 와인이 정신을 만들어내는 원재료라는 것도 깨달았다.

하루 일과를 끝내고 퇴근해 온 저녁이면 조르바는 먹고 마시기 전까지는 말을 할 기분이 나지 않았다. 배고플 때 그가 하는 말은 고기 갈고리에 질질 끌려가는 것처럼 불안정했고, 그의 동작은 어색하고 피곤한 것이었다. 그러나 엔진(이것은 그가 한 말인데)에 석탄을 집어넣는 즉시, 마비되어 저속으로 달리던 그의 신체 발전소는 아연 활기를 되찾으며 속도를 높였고 원활히 가동되기 시작했다. 그의 두 눈은 불을 뿜었고 기억은 흘러넘쳤으며 두 발은 날개가 달려서 춤을 췄다.

"당신이 어떤 음식을 먹는지 내게 말해 줘요." 그가 한번은 내게 말했다. "그러면 내가 당신이 어떤 사람인지 말해 줄게요. 어떤 사람은 그것을 지방이나 똥으로, 어떤 사람은 훌륭한 일이나 정신으로, 또 어떤 사람은 내가 듣기로 신으로 변화시킨다고 해요. 그래서 사람은 세 가지 유형이 있어요. 나는 최악도 최선도 아니에요. 보스, 나는 중간에 서 있어요. 내가 먹는 음식을 훌륭한 일과 정신으로 바꿔 놓아요. 그리 나쁘지 않죠?"

그는 내게 교활한 표정을 지어 보이더니 웃음을 터트렸다.

"나리, 당신에 대해서 말해 보자면, 그 음식을 신으로 만들려고 애쓰고 있어요. 그렇지 않나요, 보스? 하지만 당신은 그렇게 하지 못하고 그래서 고통을 당하는 거예요. 당신이 하려는 건 까마귀가 하려는 것과 비슷해요."

"조르바, 까마귀?"

"문제의 까마귀는 처음엔 까마귀답게 올바르고 정확하게 걸어 다녔어요. 그런데 어느 날 자고새처럼 멋들어지게 걸어 다니고 싶다는 생각이 까마귀 머릿속에 들어가 박힌 거예요. 그때부터 그 불쌍한 놈은 자기가 걷는 방식을 잊어버리고 아니 내다버리고 그래서 이제는 어떻게 된 줄 아세요? 한 발로 깡충깡충 뛰면서 이동하는 거예요."

나는 고개를 쳐들어 갈탄광에서 퇴근해 오는 조르바의 발걸음 소리에 귀 기울였다. 나는 곧 그가 의기소침하여 찌푸린 얼굴로 다가오는 것을 보았다. 그의 커다란 두 손은 마치 조율이 안 된 종탑을 울리느라고 애를 먹는 듯한 형상이었다.

"갔다 왔습니다, 보스." 그가 마지못해 말했다.

"왔군요. 오늘 일은 어땠습니까, 조르바?"

아무 대답이 없다.

"불을 피우고 식사를 준비하지요." 그가 말했다.

그는 구석에서 나무를 한 아름 가져다가 밖으로 나가서 두 돌 사이에 솜씨 좋게 집어넣고 불을 피웠다. 그는 토기 요리 냄비를 쇠 격자 위에 올려놓고 물, 양파, 토마토, 쌀 등을 집어넣고 요리를 시작했다. 한편 나는 키 작은 둥그런 식탁을 내놓고 식탁 깔개를 얹고서 통밀 빵을 얇게 썰어서 올려놓았다. 또 커다란 와인 유리병을 기울여서 커다란 장식 유리 물병의 가장자리까지 찰랑찰랑 차오르게 와인을 채웠다. 그 물병은 우리가 마을에 정착한 지 얼마 안 되었을 때 아나그노스티스 아저씨가 준 것이었다.

조르바는 요리 냄비 앞에서 무릎을 꿇고 앉아서 불길을 멍한 눈빛으로 바라보면서 아무 말도 하지 않았다.

"조르바, 당신은 아이들이 있나요?" 나는 갑자기 그에게 물었다.

그는 고개를 돌렸다. "그건 왜 묻지요. 딸이 하나 있습니다."

"딸은 결혼했나요?"

조르바가 웃음을 터트렸다.

"왜 웃지요, 조르바?"

"그런 걸 물어볼 필요가 있을까요, 보스? 딸애가 아무리 멍청해도 결혼을 안 했을 것 같습니까? 나는 당시 할키디키의 파비트라에 있는 구리 광에서 일하고 있었습니다. 어느 날 내 동생 야니스로부터 편지를 받았

어요. 아 참, 내게 남동생이 있다는 얘기를 안 했군요. 동생은 신중한 중
산층 타입이고, 성당에 다니고, 고리대금업자이고, 위선자이며, 규칙적
이고 단정한 사회의 기둥입니다. 그는 테살로니키에서 야채상을 하고 있
어요. '알렉시스 형님.' 하고 내게 써 보냈어요. '형님의 딸 프로소가 잘
못된 길로 빠져서 우리 집안의 명성에 먹칠을 했습니다. 남자 애인이 있
나 본데 임신을 했어요. 우리 가문의 명예는 땅바닥에 떨어졌습니다. 나
는 마을로 황급히 달려가서 그 애를 죽여 버릴 거예요!'"

"그래서 당신은 어떻게 했나요, 조르바?"

조르바는 어깨를 한번 들썩했다. "'쳇, 여자들이라니!' 하고 나는 말
했어요. 그리고 편지를 찢어버렸습니다." 그는 끓이던 음식을 한번 휘젓
더니 소금을 치고서 웃음을 터트렸다. "그런데 그 다음이 더 재미있어요.
한 달 정도 흘렀는데 내 멍청이 동생이 두 번째 편지를 보내왔어요. '알
렉시스 형님, 건강하시기를 빌며 문안 인사를 드립니다.' 그 멍청이가 썼
어요. '우리 가문의 명예는 원래 자리로 회복되었습니다. 이제 형님은 이
마를 높이 쳐들 수 있습니다. 문제의 남자가 프로소와 결혼했어요.'" 조
르바는 고개를 돌려 나를 쳐다보았다. 그의 담뱃불 덕분에 반짝거리는
그의 두 눈을 볼 수 있었다. 그는 다시 어깨를 들썩했다. "쳇! 남자들이라
니!" 그는 정말 경멸스럽다는 듯한 어조로 말했다.

잠시 뒤.

"여자들에게 무엇을 바라겠습니까? 누군지 모르지만 작자가 나서면
그자의 애를 갖자는 거지요. 남자들이란 뭐겠습니까? 그 함정에 빠지는
자이지요. 보스, 그런 시시한 얘기를 할 시간이 없습니다."

그는 냄비를 식탁으로 옮겼다. 우리는 바닥에 책상다리를 하고 앉아
서 식사를 했다.

우리는 방 안으로 들어갔다. 조르바는 깊은 명상에 잠겼다. 뭔가 그를 괴롭히는 것 같았다. 그는 나를 쳐다보더니 입을 열었다가 다시 다물었다. 등잔불 아래서 나는 그의 두 눈에 근심이 어린 것을 분명히 볼 수 있었다. 나는 불안한 마음이 되어서 참고 있을 수가 없었다. "조르바, 당신은 내게 뭔가 말하려고 해요. 그걸 말해요! 방귀를 뀌고 싶으면 지금 뀌어 버려요."

조르바는 말하지 않았다. 흙바닥에서 조약돌을 하나 집어 들더니 열린 문 사이로 힘차게 내던졌다.

"애꿎은 조약돌만 던지지 말고 어서 말해요!"

조르바는 주름진 목을 앞으로 쭉 내밀었다. "보스, 당신은 나를 신임합니까?" 그가 내 눈을 똑바로 쳐다보며 간절하게 물었다.

"그럼요, 조르바." 나는 대답했다. "당신은 뭘 하든지 잘못할 수가 없어요. 설혹 그렇게 하려고 해도 안 될 거예요. 당신은 사자 혹은 늑대 같은 사람이에요. 이런 동물들은 양이나 당나귀같이 행동하지 않아요. 자신들의 본성에서 벗어나지도 않아요. 당신도 마찬가지예요. 두피에서 발톱까지 온전한 조르바예요."

조르바는 고개를 흔들어댔다. "하지만 나는 우리가 도대체 어디로 향해 가고 있는지 모르겠어요."

"나는 알고 있어요. 그러니 당신은 걱정할 필요 없어요. 앞으로 계속 전진하기만 하면 돼요!"

"보스, 그 말 다시 한 번 해주세요. 제가 힘을 얻을 수 있게!" 조르바가 소리쳤다.

"앞으로 계속 전진하기만 하면 돼요!"

조르바의 두 눈은 반짝거렸다. "이제 당신에게 내 속을 털어놓을 수 있겠군요. 그건 이래요. 나는 며칠 동안 아주 거창한 계획을 세워왔어요. 내가 봐도 좀 미친 듯한 아이디어예요. 우리가 그것을 실천에 옮길 수 있을까요?"

"그건 왜 묻습니까? 우린 그것 때문에 여기 왔어요. 아이디어를 실천에 옮기는 것."

조르바는 목을 죽 내밀면서 환희와 공포가 뒤섞인 눈빛으로 나를 쳐다보았다. "보스, 좀 더 쉽게 말해 주세요." 그가 소리쳤다. "나는 우리가 여기 석탄을 캐러 왔다고 생각했습니다."

"석탄은 여기 사람들이 우리를 수상하게 여기지 않도록 하려는 구실입니다. 우리가 진지한 사업가라는 인상을 주기 위한 것이지요. 그래야 그들이 우리에게 야유의 레몬 껍질을 던지지 않을 거 아닙니까? 알겠어요, 조르바?"

조르바는 잘 이해가 되지 않는다는 듯이 입을 떡 벌리며 일어서니, 이런 좋은 행운을 어찌 감히 접수하랴, 하는 표정이었다. 그는 홀연 내 말뜻을 깨달았다. 그는 내게 달려오더니 내 어깨를 꽉 잡았다. "춤출 줄 아십니까?" 그가 열띤 목소리로 물었다.

"모릅니다."

"모른다고요!" 그가 놀라면서 두 손을 내렸다. "좋아요." 그는 잠시 뒤에 말했다. "그럼 내가 춤을 추어 보이겠어요. 뒤로 좀 물러서요. 내가 당신을 치지 않도록. 하아이이이이! 하아이이이이! 그는 펄쩍 뛰어오르더니 오두막 밖으로 나가서 구두, 겉옷, 조끼를 집어던지고 바짓단을 무릎까지 걷어 올리더니 춤을 추기 시작했다. 아직도 석탄이 묻어 있는 그의 얼굴은 검었고 두 눈은 순백의 눈[雪]처럼 빛났다.

그는 양손을 모아 쥐더니 공중으로 뛰어올랐고 반공(半空)에서 몸을 회전시키더니 무릎을 구부린 채 땅에 떨어졌다가 여전히 무릎을 오므린 채 공중으로 다시 뛰어올랐는데, 마치 늘어난 고무줄 같은 형상이었다. 갑자기 그는 하늘 높이 도약했는데, 그 모습이 고집스럽게 중력의 법칙을 무시하면서 날개를 펴고 저 멀리 반공으로 날아가고 싶은 자세였다. 뭐라고 할까, 이 벌레 먹은 가죽(신체) 안에 있는 영혼이 살을 옆으로 밀어내고 그 살에서 빠져나와 어둠 속의 별빛이 되려고 몸부림치는 것 같았다. 영혼은 육체를 공중으로 내던졌으나 육체는 공중에 오래 머물지 못해 다시 땅으로 떨어졌다. 영혼은 다시 무자비하게 육체를 허공에 내던져서 이번에는 약간 더 높이 올라갔으나, 고집 센 육체는 숨을 헐떡이고 괴로워하면서 다시 땅에 떨어졌다.

조르바는 얼굴을 찌푸렸다. 그의 얼굴은 놀라운 중력을 획득했다. 그는 더 이상 소리 지르지 않았다. 그는 이빨을 꽉 깨물며 불가능한 것에 도달하려고 투쟁하고 있었다.

"조르바, 조르바." 내가 소리쳤다. "그걸로 충분해요."

나는 노인의 몸이 갑작스러운 충격을 받아 무너지면서 공중에서 산산조각이 날까 봐 두려웠다.

나는 소리를 질렀지만, 조르바가 어떻게 이런 지상의 목소리를 들을 수 있었을까? 그의 내적 본성은 새의 그것이 되었다.

나는 황당무계한 공포를 느끼며 그 거칠고 절망적인 춤을 지켜보았다. 나는 어린아이였을 때 상상력을 내 멋대로 발휘하면서 친구들에게 아주 황당하게 과장된 얘기를 해주면서 나 자신이 그걸 믿어버렸다. 우리가 초등학교 1학년이었을 때 내 급우가 물었다. "너희 할아버지는 어떻게 돌아가셨니?" 나는 즉시 얘기를 지어냈고 말해 주면서 그것을 꾸며냈다. 나는 그것을 믿기 시작했다. "우리 할아버지는 고무신을 신으셨어. 그런데 어느 날 그분의 수염이 회색으로 변하더니 우리 집의 지붕에서 위로 뛰어오르셨어. 그리고 그분이 다시 땅에 떨어졌을 때 공처럼 하늘로 치솟더니 우리 집 높이보다 더 많이 올라가는 거야. 그렇게 해서 계속 점점 더 높이 올라갔는데 결국에는 구름 속으로 사라지셨어. 우리 할아버지는 그렇게 돌아가셨어."

그 얘기를 지어낸 후, 자그마한 세인트 미나스 성당에 여러 번 갈 때마다, 성당의 강단 칸막이 밑 부분에서 「우리 주의 승천(The Ascension of Our Lord)」을 보면 그걸 가리키며 급우들에게 말했다. "봐, 저게 고무신을 신은 우리 할아버지야."

그로부터 여러 해가 흘러간 오늘 밤, 나는 공중으로 뛰어오르는 조르바를 보면서 어릴 적의 지어낸 이야기를 다시 체험했다. 나는 조르바 또한 구름 속으로 사라져 버리는 게 아닐까 두려웠던 것이다.

"조르바, 조르바." 내가 소리쳤다. "그걸로 충분해요."

조르바는 숨을 헐떡거리며 땅에 내려왔다. 그의 얼굴은 행복한 표정으로 빛났다. 회색 머리카락은 이마에 딱 달라붙었고 석탄 가루와 뒤섞인 땀은 뺨에서 턱까지 흘러내렸다.

나는 걱정하면서 그에게 다가섰다.

"어떤 사람이 내 몸에서 피를 빼준 것처럼 온몸이 거뜬합니다." 잠시 뒤 그가 말했다. "이제 나는 말을 할 수 있어요."

우리는 오두막으로 들어가서 화로 앞의 바닥에 책상다리를 하고 앉았다. 그의 얼굴은 환히 빛났다.

"보스, 내가 무엇을 하기를 바랐습니까? 난 너무 즐거워서 숨이 막힐 지경이었고 그래서 김을 좀 빼야 했습니다. 김을 빼려면 어떻게 해야 하죠? 말로 될까요? 쳇!"

"무엇 때문에 그런 엄청난 즐거움을 느꼈습니까?"

그는 불안해하면서 입술을 떨며 나를 쳐다보았다. "무엇 때문에 그런 엄청난 즐거움을 느꼈냐고요? 당신이 아까 뜬금없이 한 말 때문이지요. 당신 자신도 잘 알지 못하는 그 말을. 우린 여기 석탄을 캐러 온 게 아니라는 말. 우리는 위안을 발견하고, 시간을 보내고, 또 바보 취급을 당하거나 레몬 껍질 세례를 당하지 않으려고 마음 사람들의 눈에다 먼지를 뿌려 현혹시키기 위해 이곳에 왔다는 말. 그 말이 난 너무 즐거웠어요. 아무도 안 보는 데서 우리 둘만 있을 때 우리는 배꼽이 찢어져라 웃을 수 있습니다! 맹세코 하는 말이지만, 그게 바로 내가 바라는 것이었어요. 하지만 그것을 잘 깨닫지 못하고 있었던 거죠. 나는 때로는 석탄을 생각하고, 때로는 마담 부불리나를 생각하고, 때로는 대책 없는 주책바가지인 당신을 생각했습니다. 수평갱도를 개설할 때마다 나는 혼자 중얼거렸어요. '나는 석탄을 원한다. 나는 석탄을 원한다. 나는 석탄을 원한다.' 나는 머리끝에서 발끝까지 석탄이 되었어요. 반면에 일을 끝내고 저 빌어먹을 수다쟁이 물개—그녀를 축복하소서!—와 노닥거릴 때에는 갈탄이나 보스 따위는 그 여자 목의 자그마한 리본에다 매달아놓고 싹 잊어버립니다. 아니, 조르바도 거기에 매달아 놓는걸요. 그래도 나는 멍할 때가 있어요. 가령 일을 하지 않고 혼자 있을 때에는, 보스, 당신을 생각하고 풀이 죽었습니다. 내 영혼은 심한 부담감을 느꼈어요. '조르바, 부끄러운 줄 알아야지.' 나는 소리쳤어요. '저 착한 사람한테 사기를 치고 그의 돈을 마구 먹어 치우다니 부끄럽지도 않아? 언제까지 그렇게 냄새나는 후레자식으로 살 거야, 조르바? 이제 그만 됐잖아!' 보스, 그래서 나는 멍했어요. 악마가 한쪽 방향으로 나를 잡아당기면, 하느님은 나를 반대쪽으로 잡아당기고 그래서 그 둘은 내 몸을 두 동강 낼 판이었어요. 그런데, 이제 당신은 — 보스여, 축복받으소서 — 아주 중요한 것을 말해 주어 나의 멍한 상태를 말끔히 씻어주었어요. 나는 보았어요! 나는 이해했어요! 우리는 상호 이해에 도달했어요. 이제 모든 대포의 도화선에다 불을 붙이자고요. 당신은 이제 돈이 얼마나 남았습니까? 솔직히 말해 보세요! 그 돈을 깡그리 썼는데도 일이 실패하면 뭐, 할 수 없는 일 아니겠어요?"

조르바는 얼굴의 땀을 닦아내고 여기저기 쳐다보았다. 저녁 식사 남은 것이 낮고 둥그런 식탁 위에 흐트러져 있었다. 그는 남은 음식에다 커다란 손을 내밀었다. "보스, 괜찮으시다면." 그가 말했다. "다시 배가 고파졌어요." 그는 빵 한 조각, 양파, 한 줌의 올리브를 집어 들더니 게걸스럽게 먹어댔다. 그는 유리 술병을 집어 들고 입에 대지 않은 채 목구멍 속으로 와인을 들이부었다. 와인이 목구멍을 따라 꿀꺽꿀꺽 흘러들어 갔다. 조르바는 맛있다는 듯이 혀를 끌끌 차며 입맛을 다셨다.

"내 마음은 이제 가벼워졌습니다." 그가 말했다. 그는 나를 쳐다보더니 윙크를 했다. "당신은 왜 웃지 않습니까?" 그가 물었다. "왜 나를 그렇게 쳐다봅니까? 당신은 나라는 놈의 본모습을 보았지 않았습니까? 나는 내 안에 악마를 모시고 있어요. 그놈이 소리를 치면서 요구하면 그놈이 하라고 하는 건 뭐든지 다 해요. 내가 숨 막혀 죽을 것 같으면, 그놈은 소리쳐요 '춤 춰!' 그러면 나는 춤을 춥니다. 그런 식으로 숨 막혀 죽을 것 같은 증세를 치료합니다. 한번은 내 아들 디미트라키스(Dimitrakis)가 할키디키에서 죽었을 때, 나는 지금처럼 일어서서 춤을 추었어요. 내 친척과 친구들은 아들 시체 앞에서 춤추는 나를 보고서 달려와 나를 붙잡았어요. '조르바는 미쳤다!' 그들은 소리쳤어요. 하지만 그 순간 춤을 추지 않았다면 나는 고통 때문에 정말 미쳐버렸을 거예요. 그 애는 내 첫아들인 데다 세 살밖에 안 되어서 그 죽음을 정말 견디기 어려웠거든요. 보

147

스, 지금 내가 하는 말을 이해하십니까? 아니면 이게 모두 다 우스꽝스러운 헛소리입니까?"

"조르바, 당신 말을 이해합니다. 당신이 지금 하는 말은 우스꽝스럽지 않습니다."

"또 한 번은 러시아에서 있었던 일입니다. 당시 나는 그 나라에 자주 갔어요. 다시 광산 건이었는데 노보로시스크 근처의 구리광에서 일했어요. 일에 필요해서 러시아 말 대여섯 개를 외웠지요. 그래, 아니야, 빵, 물, 사랑해, 와라, 얼마냐 등. 그런데 나는 한 러시아 친구와 아주 친하게 되었어요. 그는 멋진 볼셰비키였지요. 우리는 매일 저녁 항구 근처의 술집으로 가서 보드카를 여러 병 축내면서 얼근히 취했지요. 그렇게 취하면서 우리는 서로 마음을 열었어요. 그는 자기가 러시아 혁명 때 보고 겪었던 모든 일을 세세히 내게 말해 주고 싶어 했어요. 나 또한 나의 인생과 시대에 대하여 그에게 말해 주고 싶었지요. 그래서 우리는 그런 식을 취하면서 형제가 되었어요. 우리는 어느 순간까지는 동작으로 의사소통이 되었어요. 그러다가 그가 먼저 말을 하려고 했어요. 나는 그 말을 알아듣지 못하는 순간 그에게 소리쳤어요. '중지!' 그러면 그는 일어서서 내게 말해 주고 싶은 내용을 춤으로 보여주었어요. 나도 그렇게 했고요. 우리가 입으로 말하지 못하는 것을 발, 손, 배, 하아이이, 하아이이, 후플라아, 히이브 같은 거친 비명 소리로 표현했어요. 그 러시아 친구가 말하려던 건 이런 것이었어요. 그들이 어떻게 총을 잡았고, 어떻게 전쟁이 불붙었고, 또 어떻게 노보로시스크에 도착했는가 등이었지요. 나는 그가 하는 말을 알아듣지 못하면 손을 들고서 소리쳤어요. '중지!' 그러면 그가 벌떡 일어나 아까 말씀드린 것처럼 춤을 추었어요. 귀신 들린 사람처럼. 나는 그의 손, 발, 가슴, 두 눈을 쳐다보면서 모든 것을 이해했어요. 그들이 어떻게 노보로시스크에 들어와서, 관리자들을 죽이고, 가게들을 약탈하고, 가정에 들어가서 여자들을 붙잡았는지 따위를. 여자들은 처음에는 울고, 먼저 자기 얼굴을 긁고 이어 남자들의 얼굴을 긁어댔으나 곧 온순해져서, 그 빌어먹을 년들이 눈을 감고 즐거움의 신음 소리를 내지르더라는 겁니다. 결국 여자들이란 뭐 그런 거니까. 이어 내가 말을 시작했어요. 몇 마디 하니까 그 러시아 친구가 '중지!' 하고 소리쳤어요. 그 친구는 농투성이라서 머리가 잘 안 돌아갔어요. 그건 내가 바라는 바 아니겠어요? 나는 벌떡 일어서서 의자와 식탁을 뒤로 밀고 춤추기 시작했어요. 쳇! 요새 사람들은 정말 타락했어요. 빌어먹을 인간들! 그들은 육체를 포기했어요. 그래서 멍해져 가지고는 오로지 주둥아리로만 말해요. 하지만 주둥아리로 뭘 말할 수 있겠어요? 이 러시아 친구로 말하자면, 그는 두 눈으로 내 머리끝에서 발끝까지 다 알아먹었어요. 아, 정말 다 알아듣더라니까요! 나는 춤을 추면서 나의 강박증, 여행, 결혼 횟수, 나의 직업, 가령 석산(石山: 채석장)의 석수(石手), 광부, 장돌뱅이, 도공, 게릴라, 산투르 연주가, 구운 콩 판매상, 구리 세공사, 밀수업자 등을 말해 주었어요. 밀수하다 걸려서 감옥에 들어갔으나 도망친 거, 러시아에 오게 된 경위 등도 춤으로 표현했지요. 그는 머리가 둔한 농투성이였지만 다 알아들었어요. 나의 발이 말하고, 나의 손이 말하고, 나의 머리카락, 옷, 내 허리띠에 매달린 접는 칼이 다 말을 했어요. 내가 이윽고 춤을 끝내자 그 무식한 농투성이는 나를 껴안고 나에게 키스했어요. 우리는 술잔에 보드카를 가득 채웠고 울다가 웃다가 서로의 팔을 껴안았지요. 새벽이 되어서야 헤어졌고 그 다음 날 저녁에 우리는 또 만났지요.

보스, 당신은 웃고 있습니까? 내 말을 안 믿나요? 혼자서 이렇게 생각하고 있지요. '이런 젠장, 이 항해사 신드바드가 지껄이는 건 죄다 헛소리잖아. 춤이 대화가 될 수 있을까?' 하지만 신들과 악마들도 이런 식으로 대화해요. 나는 이걸 보증하기 위해 내 목숨도 내놓을 수 있어요. 보스, 척 보니 이제 졸리는군요. 당신은 몸이 약해서 뚝심이 별로 없어요. 자, 그럼 이만. 얘기는 내일 아침에 또 하기로 해요. 나는 아주 중요한 계획을 갖고 있어요. 내일 아침에 말씀드리지요. 난 우선 담배 한 대 피우고 머리를 저 바닷물에 처박아야겠어요. 온몸이 불붙었으니까 좀 식혀야 해요. 안녕히 주무세요."

내가 두 눈을 감기까지는 오랜 시간이 걸렸다. '내 인생은 말짱 헛것이었어.' 나는 그런 생각을 계속했다. '스펀지를 들고서 내가 지금껏 읽은 것, 본 것, 들은 것을 모두 닦아낼 수 있다면 얼마나 좋을까. 그러면 조르바 학교에 들어가 진정으로 위대한 알파벳을 다시 배울 수 있으련만! 그러면 나는 지금과는 아주 다른 길을 걸어갈 수 있을 텐데! 마침내 나의 오관을 완벽하게 구사하면서—내 모든 피부를 동원하면서—삶을 즐기고 이해할 수 있을 텐데. 나는 달리고, 씨름하고, 헤엄치고, 말 타고 달리고, 배의 노를 젓고, 차를 몰고, 총을 쏘는 법을 배울 수 있을 텐데. 내 영혼을 살로 채우고, 다시 살을 영혼으로 채워서 마침내 나의 내부에서 저 두 철천지 원수들을 화해시킬 수 있을 텐데.' 매트리스에 앉아서 나는 쓰레기 같은 내 인생을 계속 생각했다. 나는 열려진 문을 통하여 별빛 아래에 있는 조르바를 희미하게 볼 수 있었다. 그는 둥지에 돌아온 밤 올빼미처럼 바위에 걸터앉아 바다를 응시하고 있었다. 나는 그가 부러웠다. '그는 진리를 발견했어.' 나는 계속 생각했다. '그는 앞으로 나아가야 할 길이야.' 다른 시대, 가령 원시적이고 창조적인 시대였다면, 조르바는 족장이 되어 맨 앞에서 사람들을 이끌어 나가며 벌채 칼로 나무를 쳐내며 새로운 길을 만들었을 것이다. 아니면 귀족들의 성을 방랑하면서 노래 부르는 저명한 음유시인이 되었을 것이다. 그러면 그 성의 모든 사람들— 귀족, 하인, 귀부인 등—은 그의 걸쭉한 입술에서 나오는 말에 매달리듯 귀를 기울였을 것이다. 그러나 우리의 한심한 시대에 태어난 바람에, 그는 양들 사이에 떨어진 배고픈 늑대 신세 혹은 펜대 굴리는 자의 광대가 되어 그 자신을 타락시킨 처지에 지나지 않는다.

갑자기 나는 조르바가 일어서는 것을 보았다. 그는 옷을 벗어서 조약돌 위에 내던지더니 바다 속으로 달려들었다. 희미한 달빛 아래에서 나는 그의 머리가 가끔씩 물 위로 솟았다가 다시 사라지는 것을 보았다. 때때로 그는 고함을 질러댔다. 개가 컹컹 짖는 소리, 말이 히힝 우는 소리, 수탉이 꼬꼬댁하는 소리 같았다. 그는 이 한적한 밤에 혼자서 바다에서 수영을 했고 그의 영혼은 야수의 본성으로 되돌아가고 있었다.

내가 의식하지 못하는 가운데 잠이 서서히 내 몸을 덮쳐왔다. 그 다음날 새벽에, 충분히 휴식을 취하여 쾌활해진 조르바가 내게 다가와 내 발을 잡아당겼다.

"보스, 일어나세요. 당신에게 말해 줄 계획이 있어요." 그가 말했다. "내 말 듣고 있어요?"

"예."

그는 방바닥에 책상다리를 하고 앉아서 산꼭대기에서 바닷가까지 공중 삭도를 가설하는 방법을 내게 설명했다. 우리가 수평갱도에 쓸 갱목을 그런 식으로 조달하고 또 쓰다 남은 목재는 남들에게 팔 수도 있다는 것이었다. 우리는 이미 수도원 소속의 소나무 숲을 임대하기로 결정한 바 있었다. 그러나 목재 수송은 돈이 많이 들어갔고 또 노새를 발견할 수도 없었다. 그래서 조르바는 굵은 케이블, 기둥, 도르래를 가지고 공중 삭도를 건설할 계획을 세웠다. 산꼭대기에서 나무를 케이블에 매달아 해안까지 도르래로 잡아당기면 양이 엉덩이를 두 번 흔드는 사이에 수송이 완료된다는 것이었다.

"동의하십니까?" 설명을 마치자 그가 물었다. "서명하시겠어요?"

"좋아요, 조르바, 서명하겠습니다. 어디 한번 해봅시다!"

그는 좋아하면서 나를 위해 화로에다 석탄을 집어넣고 그 위에 브리키(주전자)를 얹어 나의 커피를 준비해 주었다. 그리고 내가 감기에 걸리지 않도록 내 발치에 담요를 던져주고는 출근했다.

"오늘은 새로운 갱도를 공격할 예정입니다. 새 광맥을 발견했어요. 검은 다이아몬드지요!"

나는 『붓다』 원고를 펼치고서 나 자신의 갱도에 뛰어들었다. 나는 하루 종일 일했고 점점 부담이 덜어지면서 구제되는 느낌이 들었다. 위로, 자부심, 혐오감 등 내가 느끼는 감정은 복잡한 것이었으나 좀 힘이 들어도 열심히 일을 했다. 내가 이 원고를 마치고 한데 묶어서 밀봉을 한다면 자유롭게 되리라는 느낌이 있어서였다.

나는 시장기를 느껴서 약간의 건포도, 아몬드, 그리고 빵 한 조각을 먹었다. 나는 조르바가 어서 퇴근해 와 사람을 즐겁게 해주는 좋은 것들을 내놓기를 기다렸다. 즐거운 웃음, 멋진 대화, 맛좋은 식사.

그는 저녁 무렵에 돌아왔다. 그가 요리하여 식사를 했으나 그의 정신은 딴 데 팔려 있었다. 그는 무릎을 꿇더니 몇 개의 짧은 막대기를 땅에다 꽂고서 그것들 위로 줄을 매달았다. 그리고 아주 작은 갈고리에다 성냥개비를 얹고서 케이블의 경사가 적합한지를 살폈다. 기울기가 알맞지 않으면 모든 게 산산조각 나버릴 우려가 있었다.

"만약 기울기가 적정 수준보다 가파르면." 그가 내게 설명했다. "우리는 악마한테 팔려가는 거예요. 또 적정 수준보다 완만하면, 그래도 악마 밥이 되는 거예요. 완전무결한 기울기를 찾아야 해요. 그러자면, 보스, 머리와 와인이 필요해요."

"와인은 충분히 있지요." 내가 웃으며 말했다. "하지만 머리는?"

조르바가 크게 웃었다. "고상하신 나리도 때로는 뭔가를 좀 아는군요." 그가 나를 부드럽게 쳐다보며 말했다. 그는 담배에 불을 붙이더니 다시 앉아서 휴식을 취했다. 우리는 약간 술에 취했고 그게 그의 혀를 좀 돌아가게 만들었다. "만약 공중 삭도가 성공을 거둔다면." 그가 말했다. "저 숲의 나무들을 싹 다 끌어내려서 제재소를 만듭시다. 그러면 널빤지, 기둥, 들보 등의 목재를 만들어 큰돈을 벌 수 있고, 세 돛 스쿠너 배도 건조할 수 있고, 내친김에, 우리 발의 먼지를 털어내고 세계 일주 여행에 나설 수도 있습니다!" 조르바의 두 눈은 빛났다. 그 눈에는 먼 곳에 있는 여자들, 도시들, 기계, 증기선, 투광조명이 비춰진 광경들, 당당한 건물들에 대한 환상으로 빛났다. "보스, 나는 머리가 반백이 되었고 이빨도 시원찮아요. 그리고 시간도 별로 많이 남아 있지 않아요. 하지만 당신은 젊으니까 침착하게 기다릴 수 있어요. 하지만 나는 안 돼요. 나는 늙어가면서 점점 더 거칠어져요. 왜 사람들은 다들 죽치고 앉아서 늙으면 순해진다는 얘기를 내게 자꾸만 늘어놓지요? 나이 들면 열성이 없어지고 그저 목이나 쭉 내밀면서 죽음을 기다리다가 저승사자를 보면 이렇게 말한다는 거예요. '나를 잡아 잡수, 저승사자님, 죽어야 성인이 되는 거 아닙니까?' 나는 아니에요. 나는 늙어갈수록 더 거칠어져요. 나는 포기하지 않습니다. 나는 온 세상을 다 잡아먹고 말 거예요."

그는 일어서더니 벽의 갈고리에 걸려 있던 산투르를 내렸다. "이리 와봐, 이 악마야." 그가 악기에게 말했다. "왜 아무 말도 안 하고 거기 벽에 매달려 있어? 네 목소리나 좀 듣자구나!"

조르바가 산투르를 싼 천을 아주 조심스럽고 다정하게 벗기는 광경은 아무리 오래 쳐다보고 있어도 지루하지가 않았다. 마치 무화과를 닦는 듯, 혹은 여자의 옷을 벗기는 듯 그런 동작이었다.

그는 악기를 무릎 위에 올려놓고 허리를 숙이면서 아주 부드럽게 줄을 매만졌다. 어떤 곡을 연주할지, 잠깨어 일어날 수 있는지, 어서 일어나 그의 영혼에 동무를 해줄 수 있는지, 산투르와 상의하는 듯한 모습이었다. 지금 그의 영혼은 혼란을 느껴서 고독을 감당할 수 없는 상태였던 것이다. 그는 산투르의 노래를 시작했으나 곡조가 제대로 나오지 않았다. 그는 그 노래를 포기하고 다른 노래를 시작했다. 줄은 노래 부르기 싫다는 듯이 혹은 고통을 느낀다는 듯이 삐걱거렸다. 조르바는 벽에 기대어 갑자기 그의 이마에 돋아나는 땀을 닦아냈다. "이게 싫다고 하는데요." 그가 두려운 눈으로 산투르를 바라보며 중얼거렸다. 그는 그 악기가 야생 동물이어서 물리는 것을 두려워하는 사람처럼 조심스럽게 천으로 다시 쌌다. 그는 천천히 일어나 악기를 벽에다 걸었다.

'저놈이 싫다고 하는데요.' 그가 다시 중얼거렸다. "강요하면 안 돼요."

그는 다시 방바닥에 앉아서 화로의 불 속에다 밤 몇 톨을 심었고 우리의 잔에다 와인을 채웠다. 그는 마시고 또 마셨으며 밤의 껍질을 까서 내게 내밀었다. "보스, 내 심정을 이해하시겠습니까?" 그가 내게 물었다. "나는 당황하고 있어요. 모든 사물이 영혼을 가지고 있어요. 심지어 나무, 돌, 그리고 우리가 마시는 와인, 우리가 밟는 땅도. 이 모든 게 영혼이 있다고요, 보스."

154

그는 술잔을 들었다.

"건배!"

그는 술잔을 비우고 다시 채웠다.

'인생이란 참 지랄 같아요.' 그가 중얼거렸다. "그 지랄 맞은 점이 꼭 마담 부불리나 같다니까요."

나는 웃었다.

"보스, 내 말을 좀 들어봐요. 웃지만 말고! 그래요 인생은 마담 부불리나예요. 그녀는 늙은 여자예요. 저 지랄 같은 두 탕 뛰는 여자도 나름대로 매력이 있어요. 사람을 놀라자빠지게 하는 술수를 부릴 줄 안다고요. 두 눈을 감고 지금 스무 살짜리 여자를 가슴에 안고 있다고 상상해 보세요. 아하, 그러면 저 여자가 스무 살짜리가 되는 거예요. 술 취해서 방 안의 불을 다 끄면 말이에요. 물론 당신은 저 여자가 이미 절반쯤 부패했고, 형 언할 수 없는 짓들을 많이 했고, 제독, 수병, 육군 사병, 농투성이, 장돌뱅이, 사제, 어부, 경찰, 교사, 설교자, 관리 등 일개 사단 병력이 거쳐 갔다고 말하겠지요. 하지만 그게 무슨 소용이겠습니까? 그녀는 재빨리 잊어 버려요. 저 지저분한 논다니는 그 어떤 애인도 기억하지 않아요. 이건 정말이에요. 그래서 그녀는 순진무구한 비둘기, 발그레 뺨을 붉히는 순박한 완전 초짜가 되는 겁니다. 이건 정말이에요. 마치 처음 남자를 대하는 숫처녀처럼 얼굴을 붉히며 몸을 떠는 거예요. 보스, 여자들은 신비스러운 존재입니다. 그들은 1천 번 타락했다가 1천 번 다시 숫처녀로 일어섭니다. 왜? 라고 당신은 묻겠지요. 왜냐하면 그들은 기억하지 않기 때문이에요."

"하지만 앵무새는 기억하잖아요." 내가 그를 놀리기 위해 말했다. "그건 언제나 당신의 것이 아닌 이름을 주절거리잖아요. 그게 당신을 돌아버리게 하지 않아요? 당신이 그녀와 함께 제7천국에서 노닐고 있는데 앵무새가 갑자기 '카나바로, 카나바로!' 하고 외치면 김이 확 새서 그 목을 비틀어버리고 싶지 않나요? 이제 앵무새에게 '조르바! 조르바!'라고 외치도록 가르칠 때가 되지 않았나요?"

"쯧쯧! 한심한 생각, 낡아빠진 헛소리!" 조르바가 두 손으로 귀를 틀어막으며 말했다. "앵무새의 목을 비틀라고요? 그렇게 말씀하셨나요? 그놈의 새가 그 빌어먹을 이름을 부르면 김새는 것은 사실이에요. 마담이 그 새 조롱을 밤중에 자기 침대 위에다 걸어놔요. 그 빌어먹을 잡것이 말이에요. 그리고 저 악당 같은 새는 어둠 속에 구멍을 뚫는 눈알을 가지고 있어요. 그놈은 우리가 열심히 그 짓을 하고 있는 걸 보는 순간 '카나바로, 카나바로!' 하고 소리 질러요. 보스, 나는 당신께 맹세코 말합니다. 물론 저 빌어먹을 책들에게 잡아 먹혀서 신세 조진 당신 같은 분이 어떻게 내 말을 이해하겠습니까만, 그 앵무새 소리를 듣는 순간, 어떻게 되느냐 하면 말이에요, 곧바로 내 두 발에 최고급 가죽 구두가 신겨져 있는 것을 느낍니다. 내 머리에는 깃털이 펄럭이고 내 수염은 파촐리 향수가 가득한 비단 같은 턱수염으로 바뀝니다. 본 조르노! 보나 세라! 망기아테 마카로니?(Buongiorno! Buona sera! Mangiate macaroni?: '굿모닝, 굿 이브닝, 마카로니를 드셨나요?'를 뜻하는 이탈리아어.—옮긴이) 그래서 나는 실물 그대로의 카나바로가 되는 겁니다. 나는 총탄 자국이 1천 군데나 나 있는 나의 기함으로 올라갑니다. 그리고 보일러실에 연료를 가득 집어넣고 속도를 높입니다. 이어 축하의 예포가 시작되는 거지요!"

커다란 웃음이 조르바를 사로잡았다.

"보스, 저를 용서하십시오." 그가 말했다. "나는 우리 할아버지, 알렉시스 대장과 비슷합니다. 하느님, 그분의 유골을 축복하소서! 할아버지는 백 살이 되었을 때 저녁이면 자기 집 문 앞의 계단에 앉아 샘에 물을 뜨러 가는 젊은 여자들을 찬양하는 것이 취미였어요. 하지만 그분은 눈이 잘 안 보여서 여자들을 잘 구분하지 못했어요. 그래서 여자 애들에게 이렇게 말했어요. '아가야, 너는 누구니?' '마스트란도니스의 딸 레니오예요.' '아가야, 이리 오렴. 네 얼굴을 한 번만 만져보게 해주렴. 두려워하지 말고.' 그 여자 애는 웃음을 참으며 다가왔어요. 할아버지는 쭈글쭈글한 손바닥을 처녀의 얼굴 앞에 펼쳐들고 손가락 끝으로 천천히, 아주 천천히 처녀의 이마, 눈, 코, 입술, 턱을 쓰다듬었는데 얼굴에 눈물이 줄줄 흘러내렸어요. '할아버지, 왜 우세요?' 어느 날 내가 할아버지에게 물었어요. '손자야, 내가 어떻게 울지 않을 수 있겠니? 젊고 아름다운 처녀들이 많은 이 세상을 이제 떠나려고 하는데!'"

조르바는 한숨을 내쉬었다. "'아, 할아버지, 이 불쌍한 분.' 나는 할아버지에게 말했어요. '난 그 말씀을 잘 이해할 것 같습니다.' 나는 종종 혼자 앉아서 이렇게 중얼거리곤 했어요. '아, 모든 젊고 아름다운 처녀들이 나와 함께 죽을 수만 있다면!' 그러나 그 처녀들은 나 따위가 죽는 것은 아랑곳하지 않고 살아있을 테고, 그리고 포옹하고 키스하면서 잘 살 테지요. 이 조르바는 흙이 되어버릴 테고 그년들은 그 흙을 마구 밟고 지나다니겠지요."

그는 화롯불에서 밤을 몇 알 꺼내서 껍질을 깠다. 우리는 두 마리의 너무 자란 토끼처럼 계속 밤을 씹어 먹었고, 또 한참 동안 평화롭게 술을 마시며 오두막 바깥에서 바다가 으르렁거리는 소리를 들었다.

7

우리 두 사람은 아무 말도 하지 않고 화로 주변에 앉아 상당한 시간을 보냈다. 다시 한 번 나는 행복은 단순한 것이고 자기 절제를 통해서 얻는 것이라고 확신했다. 한잔의 와인, 한 알의 밤, 자그마한 화로, 바다의 한숨, 이런 것들만 있으면 충분한 것이다. 이것을 행복이라고 느낄 수 있는 유일한 전제 조건은 단순하면서도 자기 절제적인 마음을 갖는 것이다.

"조르바, 결혼은 몇 번이나 했어요?" 내가 한참 있다가 물었다.

우리 두 사람은 취해 있었는데, 많이 마신 와인 때문이 아니라 형언하기 어려운 아주 충만한 행복에 도취한 때문이었다. 우리는 각자 자기 나름의 방식으로 우리가 지표면에 붙어 있는 두 마리 별 볼 일 없는 단명한 벌레라는 것을 깨달았다. 두 벌레는 해안가 바로 옆, 갈대 울타리, 널빤지, 그리고 기름 깡통 등의 바로 뒤에서 아늑한 구석을 발견했다. 우리는 서로 납작 엎드려 있었고 우리 앞에는 맛좋은 먹을 것들이 있었고 우리 내부에는 평온, 사랑, 편안함이 있었다.

조르바는 내 질문을 귀 기울여 듣지 않았다. 그의 정신은 저 먼 바다를 항해하고 있어서 내 목소리가 그에게는 들리지 않았다. 나는 손을 내밀어 그를 가볍게 흔들었다.

"조르바, 결혼은 몇 번이나 했어요?" 내가 다시 물었다.

"이런 참! 아, 왜 당신은 거기 그렇게 앉아서 그런 쓸데없는 질문이나 하고 그래요?" 그가 대답했다. "나는 인간이 아닌가요? 나 또한 아주 멍청한 짓을 저질렀습니다. 유부남들은 내 말을 듣고서 양해해 주시기를. 결혼이야말로 바로 그거예요. 그래요, 나는 아주 멍청한 짓을 저질렀습니다. 결혼을 했단 말이지요."

"잘했어요. 몇 번이나?"

조르바는 멋쩍은 듯이 목을 잠시 긁으며 생각에 잠겼다.

"몇 번이나?" 그가 마침내 따라서 말했다. "정직하게 말하면 한 번이지요(그는 마른침을 한번 꿀꺽 삼켰다). 절반만 정직하게 말하면 두 번, 그리고 부정직하게 말하자면 1천 번, 2천 번, 3천 번…… 나는 장부를 기록하지 않았습니다."

"조르바, 내게 말해요! 내일은 일요일이에요. 우리는 면도를 하고 옷을 잘 차려 입고 마담 부불리나 집에 가서 호사스럽게 지내다 옵시다. 내일은 일이 없어요. 그러니 오늘 밤에는 대화를 많이 나눕시다. 자 어서 말해요."

"하지만 무슨 얘기를? 사람들이 어디 이런 얘기를 합니까, 보스? 정직한 짝짓기는 후춧가루를 넣지 않은 음식처럼 무미건조하죠. 내가 뭘 말할 수 있을까요? 그건 성인들이 성상단(聖像壇)에서 당신을 바라보며 축복을 내려 주는 키스 같은 겁니까? 우리 마을에서는 이런 말을 했죠. '맛좋은 고기는 훔친 고기뿐이다.' 그런데 정식 마누라는 훔쳐온 고기가 아닌 거죠. 그런데 부정직한 짝짓기는 얘기가 달라요. 어떻게 그 건수를 다 기억하겠습니까? 수탉이 장부를 기록하나요? 신경도 안 쓰지. 그런 기록을 남길 필요가 뭡니까? 옛날에 아주 젊은 시절의 일인데 나는 동침한 여자들의 거웃을 챙기는 버릇이 있었어요. 그러자니 늘 호주머니에 가위를 넣어 가지고 다녔어요. 심지어 성당에 갈 때에도. 우리는 변덕이 지랄 같은 인간이고 언제 어디서 무슨 일이 벌어질지 모르잖아요. 그래서 검은색, 블론드, 갈색, 심지어 회색 등의 거웃들을 모았어요. 모으고 모으니 꽤 양이 되더라고요. 그래서 그걸로 내 베개의 속을 채웠고 침대에서 잘 때에는 그걸 베고 잤지요. 하지만 겨울에만 그 베개를 썼어요. 여름에는 내 몸 안에 욕정의 불길을 활활 부채질해서 곤란했어요. 하지만 얼마 안 가서 그 베개를 싫어하게 되었어요. 그게 고약한 냄새가 나더라고요. 그래서 불태워 버렸습니다."

조르바는 웃었다.

"그 털들이 나의 장부입니다, 보스." 그가 말했다. "그 털들은 다 타버렸어요. 나는 그게 지겨웠지요. 몇 올 안 될 줄 알았는데, 그걸 수집하다 보면 끝이 없겠다는 생각이 들더라고요. 그래서 가위도 내던졌습니다."

"그럼 절반쯤 정직한 짝짓기는 어땠습니까, 조르바?"

"아, 그건 재미가 있었어요." 그가 하하하 웃으며 대답했다. "나의 슬라브 아내여, 앞으로 1천 년을 살지어다. 그건 자유였어요. '어디 갔었냐?' '왜 이리 늦었냐?' '어디서 잤느냐?' 따위의 질문을 하지 않았어요. 그녀도 묻지 않고 나도 안 물었어요. 서로 자유였어요!"

그는 술잔을 들어서 쭉 비우고서 밤을 깠다. 그는 밤을 우물우물 씹으면서 계속 말했다.

"한 여자는 소핑카고 다른 여자는 누사였어요. 소핑카는 노보로시스크 근처의 큰 마을에서 만났어요. 겨울인데 눈이 왔지요. 나는 광산으로 가는 길이었어요. 이 마을을 지나가다가 걸음을 멈춘 거지요. 마침 그날이 장이 서는 날이었어요. 주위 마을들의 온갖 남녀들이 바자에 몰려들어 물건을 사고팔았지요. 다들 배가 고픈 데다 날씨는 엄청 추웠어요. 사람들은 이것저것 가릴 것 없이 몽땅 내다 팔려고 했어요. 심지어 성상도요. 빵을 사려고 그런 거지요. 나는 평소처럼 그 시장을 어슬렁거렸는데 키가 6피트는 되는 인근 마을의 멋진 처녀가 마차에서 내리는 걸 봤어요. 눈은 진청색이었고 엉덩이는 암말처럼 팽팽했어요. 나는 깜짝 놀랐지요. '오, 불쌍한 조르바.' 나는 혼자 중얼거렸어요. '너 이제 임자 만났다.' 나는 두 눈으로 그녀의 엉덩이를 훑으며 뒤쫓았어요. 그런데 부활절 성당 종들처럼 흔들거리는 그녀의 엉덩이는 아무리 쳐다봐도 싫증이 나지 않더군요. '이 멍청아, 저걸 놔두고 무슨 광산이야?' 내 추리는 그렇게 돌아가는 거였어요. '이봐, 산속에 들어가서 길 잃을 일 있어? 넌 팔랑개비처럼 변덕스러운 놈이야? 임마, 바로 저기 네 앞에 있는 게 진짜 광산이야. 있는 힘을 다 해서 깊게 파고들어 갱도를 뚫으라고!' 그 여자는 뭔가 흥정을 하려고 걸음을 멈췄어요. 그녀는 장작을 좀 사고 그걸 들어서— 아, 그 단단한 팔뚝이라니!—수레에다 집어던졌어요. 그녀는 약간의 빵을 사고 대여섯 마리의 훈제 생선도 샀어요. '이거 다 얼마예요?' 그녀가 물었어요. '암만입니다.' 그녀는 지불을 하기 위해 한쪽 귀에 매달려 있던 귀고리를 풀었어요. 돈이 없어서 보석을 대신 주려는 것이었지요. 그 순간 내 분노는 천장을 찔렀어요. 여자가 자신의 귀고리, 장신구, 향수 비누, 라벤더 기름 작은 병을 내놓으려 하는데 가만있는다? 만약 그녀가 그런 물건들을 포기한다면 그건 세상의 종말이나 다름없었어요. 그건 공작이 깃털을 다 뽑힌 형상일 거예요. 절대로 안 되는 일이었어요. '안 돼, 안

돼, 안 돼.' 나는 혼자 중얼거렸어요. '조르바가 살아있는 한 절대 안 돼.' 나는 지갑을 열어서 지불을 했어요. 당시 루블 화는 휴지 조각이나 다름 없게 되어 있었어요. 하지만 1백 드라크마면 노새 한 마리를 사고, 여자 는 10드라크마면 살 수 있었어요. 아무튼 나는 지불을 했지요. 그 매력적 인 여자는 고개를 돌리더니 나를 쳐다보았어요. 그녀는 내 손을 잡고 키 스를 하려고 했으나 나는 얼른 손을 뒤로 뺐어요. 그녀가 나를 할아버지 로 보는 게 싫었기 때문이죠. 그녀는 '스파시바! 스파시바!(감사합니다! 감사합니다!)' 하고 말했어요. 그러더니 수레에 올라타서 고삐를 잡고 채 찍을 치켜들었어요. 그때 나는 생각했지요. '조르바, 정신 똑바로 차려, 이 친구야. 안 그러면 저 여자를 놓쳐버려.' 나는 단숨에 수레에 올라 그 녀 옆에 앉았어요. 그녀는 아무 말도 하지 않았고 고개를 돌려서 나를 쳐 다보지도 않았어요. 그녀는 말에게 채찍을 휘둘렀고 우리는 출발했습니 다. 가는 길에 나는 그녀를 내 아내로 삼고 싶다는 뜻을 알렸습니다. 우리 는 두 눈, 두 손, 두 무릎으로 말했지요. 각설하면, 우리는 그녀의 마을에 도착하여 한 이즈바(izba: 러시아의 전통 가옥으로 통나무나 목조로 지은 시골 농가.—옮긴이) 옆에 멈춰 섰고 마차에서 내렸습니다. 여자는 밀어서 문 을 열었어요. 우리는 마당으로 들어갔습니다. 우리는 장작을 거기다 부 려놓고 이어 물고기와 빵을 가지고 방 안으로 들어갔습니다. 키 작은 노 파가 불 꺼진 화로 옆에 앉아서 떨고 있더군요. 노파는 헐렁한 드레스, 남 루한 겉옷, 그리고 양가죽을 뒤집어쓰고 있었는데도 떨고 있었어요. 정 말이지, 너무 추워서 손톱이 다 빠질 지경이었습니다. 나는 허리를 숙여 난로에다 장작을 집어넣고 불을 피웠습니다. 키 작은 노파는 나를 쳐다 보면서 미소를 짓더군요. 딸은 노파에게 뭐라고 말했으나 나는 알아듣지 못했습니다. 나는 계속 풀무질을 했고 노파는 몸이 따뜻해지자 화색이 돌아왔습니다. 그동안 여자는 식탁을 준비했고 작은 보드카 병도 가져와 우리는 함께 마셨습니다. 그녀는 사모바르(samovar: 러시아, 터키, 이란 등지의 가정에서 물을 끓이거나 차를 우려내는 데 사용하는 주전자.—옮긴이)에다 타다 남은 장작을 집어넣고 차를 끓였고 우리는 함께 앉아 식사를 하면서 노파에게도 먹을 것을 주었습니다. 그 후에 여자는 깨끗한 시트로 침대를 준비하고 성모 아이콘 앞의 작은 램프에다 불을 켜고서 성호를 그었습니다. 이어 그녀는 내게 신호를 보냈어요. 우리 둘은 노파 앞에서 무릎을 꿇고 노파의 손에다 키스를 했습니다. 노파는 앙상한 손을 우리의 머리에 얹더니 뭐라고 중얼거리더군요. 아마도 축복을 내리는 것 같았습니다. '스파시바! 스파시바!' 나는 그렇게 소리치고 그 매력적인 여자와 함께 단숨에 침대에 들었습니다."

조르바는 말을 끊었다. 그는 머리를 들어 멀리 바다 쪽을 내다보았다.

"그 여자의 이름은 소핑카였어요." 그는 짧게 말하더니 다시 침묵 속으로 빠져들었다.

"계속 말해요." 내가 궁금해하며 재촉했다.

"'계속'은 없어요. 보스, 당신은 참 편집증이에요. '계속'과 '왜'만 말하는 걸 보면. 정말이지 누가 이런 얘기를 한답니까? 여자는 원기를 북돋아 주는 신선한 샘물이에요. 그 샘물에 허리를 숙이고 그 물에 비친 자신의 얼굴을 보고 그런 다음에는 마시는 거지요. 그 물을 마시면 뼈들이 우두둑 소리를 내요. 그런 다음에 목마른 누군가가 또 나타나지요. 그러면 이번에는 그가 허리를 숙이고 수면에 비친 자기 얼굴을 보고 그런 다음에 마셔요. 그 다음에 또 다른 사람이 오고. 그게 샘물의 의미이면서 동시에 여자의 의미지요."

"그럼 그 다음에 당신은 떠났다는 얘긴가요?"

"그럼 뭘 하겠습니까? 이미 말씀드렸듯이 그건 샘물이었어요. 나는 과객이었으니 일어나서 떠나온 거지요. 나는 그녀의 집에서 3개월을 묵었습니다. 하느님 그녀를 축복하소서. 석 달이 지나가니까 원래 광산으로 가던 길이라는 게 생각났어요. '소핑카.' 나는 어느 날 아침 그녀에게 말했어요. '난 할 일이 있어. 그래서 떠나야 해.' '좋아요.' 소핑카가 말했어요. '가세요. 나는 당신을 한 달 간 기다리겠어요. 만약 그 안에 안 돌아오면 나는 자유예요. 물론 당신도 자유예요. 신의 축복을 빌어요.' 그래서 나는 떠났어요."

"한 달 뒤에 돌아갔습니까?"

"보스, 이런 말 하기가 좀 그렇습니다만, 당신은 어떻게 그리도 머리가 안 돌아갑니까?" 조르바가 소리쳤다. "돌아가다니요? 그런 순진한 말씀 하지 마세요. 세상에 파묻당한 여자들이 한둘이 아닌데 그 여자들이 남자를 조용히 내버려둔답니까? 한 달 뒤 쿠반(Kuban)에서 나는 누사를 만났어요."

"계속 말해요! 계속!"

"다음에 합시다, 보스. 불쌍한 것들. 두 여자를 한데 뒤섞으면 안 돼요. 자, 소핑카의 건강을 위하여."

그는 단숨에 와인 잔을 비워냈다. ·

"좋아요." 그가 벽에 기대며 말했다. "누사 얘기도 해드리지요. 오늘 밤 내 대가리는 러시아로 가득해요. 배의 돛을 내려, 선창의 짐을 풀어라!"

그는 콧수염을 닦아내면서 화로의 불타오르는 장작을 쑤석거렸다.

"지금 얘기하려는 누사라는 여자는 쿠반 지방의 한 마을에서 만났어요. 거긴 여름철이었지요. 수박과 멜론이 지천이었어요. 내가 허리를 숙여 한 알을 집어 든다 해도 누가 '이봐요, 지금 뭐하는 수작이요?'라고 말하는 사람이 없었어요. 그놈을 절반으로 잘라서 내 머리를 처박고 시원하게 먹었지요. 보스, 그곳 카프카스 근처는 모든 게 풍성해요. 모든 게 느슨하고 또 무더기도 커요. 그냥 골라서 잡기만 하면 되는 거예요. 멜론이나 수박뿐만 아니라 물고기, 버터, 여자들도 아주 물이 좋았어요. 그 지역에 들어갔는데 수박을 보았다. 그러면 집어 들고 먹으면 돼요. 여자를 보았다, 그러면 어떻게 해야겠어요? 접수하면 되는 거지요. 여기 이 비참한 그리스하고는 영 딴판이에요. 여기선 수박의 잎사귀만 건드려도 주인이 법원에 고소를 해버리고, 여자를 건드렸다면 오빠란 사람이 푸주칼을 들고 나와서 작살을 내버릴 거예요. 사람들이 야비하고, 돈을 밝히고, 내 것과 네 것을 칼같이 따져요. 빌어먹을, 이 비루먹은 개 같은 자들은 다 사라졌으면 좋겠어요! 고상함이 뭔지 알고 싶은 사람이 있다면, 그 사람은 러시아로 가야 해요! 각설하고, 내가 쿠반 지역에 들어갔을 때 나는 멜론 밭에서 한 여자를 보았어요. 보스, 잘 알겠지만, 슬라브 여자는 이곳의 천박하고, 이기적이고, 이익만 밝히는 그리스 여자들하고는 달라요. 그리스 여자들은 섹스도 그램 단위로 팔아먹고 그나마 함량을 줄이려고 온갖 술수를 다 부리고 또 저울에 달자고 하면 뒤통수를 치면서 속인단 말이에요. 보스, 슬라브 여자는 함량 초과를 측정하는 저울만 갖고 있어요. 잠, 섹스, 식사 등에서 뭐든지 푸짐하게 얹어서 준다고요. 슬라브 여자는 대지와 밀접하게 관계를 맺고 있는 동물과 비슷해요. 그녀는 줘도 아주 풍성하게 주고 이 장신구나 팔아먹는 그리스 여자들과는 달리 절대 자린고비가 아니에요. '당신 이름이 뭐요?' 내가 그녀에게 물었어요. 그때에는 여러 여자들을 접하다 보니 러시아어를 조금 배웠어요. '누사예요. 당신 이름은요?' '알렉시스. 당신이 무척 다음에 드오, 누사.'

그녀는 나를 찬찬히 쳐다보았어요. 마치 사들일 의사가 있는 말을 점검하는 것처럼. '당신은 굼벵이는 아니군요.' 그녀가 내게 말했어요. '이빨도 다 있고, 콧수염도 멋지고, 어깨도 넓고, 팔뚝도 단단하군요. 나는 당신을 좋아해요.' 우리는 별로 말을 하지 않았고 그럴 필요도 없었습니다. 우리는 곧장 합의에 도달했어요. 나는 그날 밤 가장 좋은 옷을 입고 그녀의 집에 가려 했어요. '당신은 털외투가 있습니까?' 누사가 내게 물었어요. '있소. 하지만 이런 더운 날에?' '상관없어요. 멋지게 보이려면 그걸 입어요.' 그래서 그날 저녁 신랑처럼 떨쳐입고 팔에 털외투를 걸치고 갔습니다. 은제 손잡이가 달린 단장도 쥐고 갔지요. 그건 마을 하나가 들어설 만한 규모의 대저택이었는데 안마당을 네 벽이 둘러싸고 있었어요. 암소들과 여러 대의 와인 압착기가 있었고 커다란 가마솥 밑에서는 불이 맹렬하게 타오르고 있었지요. '저기 끓이고 있는 건 뭐지?' 내가 물었어요. '수박 시럽.' '그럼 이것은?' '멜론 시럽.' '야, 여기선 도대체 무슨 일이 벌어지고 있는 거지?' 내가 스스로 물었어요. '여기에선 멜론 시럽을 만들고, 저기에선 수박 시럽을 만들다니, 이런 건 미처 상상도 하지 못했군. 약속의 땅이야! 가난이라고는 찾아볼 수 없네! 잘했어, 조르바! 자네는 이제야 제대로 된 곳에 흘러들었군. 치즈가 가득한 염소 가죽 부대에 떨어진 생쥐라고나 할까.' 나는 계단을 올라갔어요. 커다란 나무 계단인데 삐걱거리는 소리가 났어요. 계단 맨 위의 칸에 누사의 아버지와 어머니가 붉은색 허리띠와 두터운 장식 술을 두른 초록색 바지를 멋들어지게 떨쳐입고 있었어요. 마을 유지들이었지요. 그들은 양팔을 활짝 벌렸어요. 그러곤 으음, 쪼옥, 슥슥 하는 소리와 함께 포옹과 키스. 나는 침에 빠져 익사할 지경이었지요. 그들은 내게 목이 부러지는 속도로 말했어요. 나는 단 한마디도 알아듣지 못했어요. 하지만 그게 무슨 문제가 되겠어요? 나는 그들의 표정에서 내게 아무런 유감도 없다는 걸 알아차렸어요. 나는 방 안으로 들어가서 엄청난 광경을 보았어요. 음식이 잘 차려진 엄청나게 큰 식탁들이 마치 세 돛 스쿠너(schooner: 두 개 이상의 돛대에 세로돛을 단 서양식 범선.—옮긴이)처럼 펼쳐져 있었어요. 남녀 가리지 않고 모든 친척들이 거기 와 있었어요. 누사는 짙은 화장을 하고 온몸을 장신구로 치장하고 네크라인이 깊숙이 파여서 유방의 갈라진 틈을 훤하게 노출시킨 채 맨 앞에 서 있었어요. 말하자면 세 돛 스쿠너의 선수상(船首像)이었어요. 그녀는 아름다움과 젊음으로 번쩍거렸어요. 그녀는 머리에 붉은 스카프를 썼고 가슴에는 망치와 낫이 장식으로 새겨져 있었어요. '이런, 조르바, 이 악당아.' 내가 혼자서 중얼거렸어요. '저 고기가 다 네 거야? 저것이 네가 오늘 밤에 껴안을 몸뚱어리야? 너를 낳아주신 부모님에게 고맙다고 기도 올려!' 남녀 할 것 없이 거기에 참석한 모든 사람들이 음식에 곧장 달려들어 먹고 마시기 시작했어요. 우리는 돼지처럼 먹고 들소처럼 마셨어요. '그런데 신부는? 우리를 축복해 줄 신부는 어디에 있습니까?' 나는 바로 옆에 앉아 있는 누사의 아버지에게 물었어요. 그의 몸에서는 음식을 너무 많이 먹어서 김이 올라오더군요. '신부는 없소.' 그가 내 얼굴에 침을 튀기며 대답했어요. '신부는 없소. 종교는 대중의 아편이오.' 그렇게 말하고 그는 약간 뻐기는 듯한 자세로 일어서더니 붉은 허리띠를 풀어놓으면서 조용히 하라는 듯 손을 쳐들었어요. 그는 와인을 가득 채운 잔을 들고서 내 두 눈을 똑바로 쳐다보았어요. 그리고 내게 연설을 했는데 말을 하고, 하고, 또 했어요. 그는 무슨 말을 했을까? 아마도 하느님과 그의 영혼만이 알 겁니다. 나는 서 있는 게 피곤했어요. 어지럼증을 느끼기 시작했고 그래서 의자에 다시 앉아 내 무릎을 오른쪽에 앉은 누사의 무릎에 맞대었습니다. 노인은 땀을 흘리며 말하고 또 말했어요. 그의 말을 멈추기 위해 모두들 앞으로 달려 나와 그를 포옹했습니다. 그는 드디어 말을 멈추었어요. 누사는 내게 신호를 보냈어요. '자, 새 신랑, 이제 당신 차례예요. 연설을 해요!' 그래서 나는 일어서서 절반은 러시아어, 절반은 그리스어로 연설을 했어요. 뭐라고 말했느냐고요? 내가 알게 뭐예요. 기억나는 거라곤 끝에 가서 내가 게릴라의 발라드를 불렀다는 거예요. 나는 앞뒤 두서도 없이 크게 소리를 질러댔어요.

게릴라가 산으로 갔다네.
마음껏 말들을 훔치기 위해.
적당한 크기의 말은 없고
누사가 그들의 최고 선물이라네.

보스, 난 그 상황에 알맞게 노래를 약간 변형했어요.

그들은 간다, 간다, 간다.
(어머니 오세요, 그들이 갑니다).
아, 귀엽고 사랑스러운 누사키.
아, 귀엽고 사랑스러운 누사키.
가아아아자!

나는 가아아아자! 하고 소리치는 순간 누사에게 달려들어 키스를 했습니다. 그걸로 식은 끝이었어요! 마치 내가 그들이 기다리는 신호를 준 것처럼—그게 그들이 실제로 원하는 거였어요—여러 명의 키 크고 날씬한 붉은 수염들이 촛불로 달려가 그걸 다 꺼버렸어요. 여자들은 비명을 질러댔어요. 저 여우 같은 년들은 무서운 척한 거예요. 하지만 곧 어둠 속에서 웃음소리가 시작되었어요. 호호, 하하, 푸아하, 낄낄, 냠냠. 거기서 무슨 일이 벌어졌는지 오로지 신만이 알 거예요, 보스. 하지만 신도 몰랐을 거예요. 만약 알았더라면 천둥을 보내어 방바닥에서 엉켜서 뒹굴고 있는 이 가망 없는 남녀들을 모두 불태워 죽이려 했을 거예요. 나는 누사를 계속 찾았지만 그런 판에 어떻게 찾을 수 있겠어요? 나는 누군가를 찾아냈고 그 여자와 배를 맞대고 최선을 다했어요. 나는 아침이 되자 '아내'를 찾아내 그 자리를 뜨려고 했어요. 아직도 어두웠고 잘 보이지가 않았어요. 나는 누군가의 발을 잡고 잡아당겼어요. 그건 누사가 아니었어요. 다른 발을 잡아당겨 보니 역사 허탕. 그런 식으로 몇 개나 잡아당겼는지 몰라요. 정말 힘든 일이었는데 마침내 누사의 발을 찾아내어 잡아당겼어요. 두세 명의 덩치 큰 멍청이들이 그녀를 덮치고 있어서 불쌍한 누사는 완전히 빈대떡이 되어 있더라니까요. 나는 그녀를 깨웠어요. '누사.' 내가 말했어요. '자 일어나. 어서 가자고.' '당신의 털외투 잊지 말아요.' 그녀가 대답했어요. '자 어서 가.' 그래서 우리는 그 자리를 떴어요."

"계속 말해요." 나는 조르바가 입을 다무는 것을 보고서 말했다.

"또 그 '계속'이라는 말!" 조르바가 짜증을 내며 말했다.

그는 한숨을 쉬었다. "나는 그녀와 6개월을 살았습니다. 그때 이후 나는 그 어떤 것도 두려워하지 않았어요. 그 어떤 것도. 그러나 한 가지는 두려웠습니다. 악마 혹은 신이 그 6개월을 내 기억에서 지워버리는 것 말입니다. 이해하시겠습니까? 이해한다고 말해 줘요."

조르바는 두 눈을 감았다. 그는 감정이 북받치는 모양이었다. 그가 과거의 어떤 한순간을 떠올리고 그처럼 난감해하는 것을 본 건 그때가 처음이었다.

"그 여자를 아주 많이 사랑했나요?" 내가 잠시 뒤에 물었다.

조르바는 두 눈을 떴다.

"보스, 당신은 젊습니다. 당신이 이 문제를 어떻게 이해하겠습니까? 당신의 머리가 반백이 될 즈음에 다시 만나서 이 끝이 없는 주제를 또 논해 봅시다."

"어떤 끝이 없는 주제?"

"여자! 내가 얼마나 말해 주어야 알아듣겠습니까? 여자는 끝나는 법이 없는 사업이에요. 오늘 당신의 멋진 자아는 꼭 수탉 같습니다. 순간적으로 암탉의 등에 올라탔다가 그 다음에는 목에 힘을 주면서 똥 더미 위에 올라앉아 거들먹거리며 꼬꼬댁하는 수탉. 그놈은 암탉 전체를 쳐다보는 게 아니라 암탉의 육수(肉垂: 닭, 칠면조 따위 조류의 머리 쪽에 아래로 늘어져 있는 깃털이 없는 육질 부위.—옮긴이)만 쳐다보는 겁니다. 그러니 이 빌어먹을 수탉이 어떻게 사랑에 대해서 알겠습니까?"

그는 경멸스럽다는 듯이 땅바닥에 침을 뱉고 고개를 돌리더니 나를 쳐다보려 하지 않았다.

"조르바, 계속 말해요." 내가 다시 재촉했다. "누사는 어떻게 되었습니까?"

멀리 바다를 쳐다보던 조르바가 말을 이었다.

"어느 날 밤." 그가 말했다. "내가 집에 돌아왔는데 그녀가 없었어요. 떠나가 버린 거예요. 아주 덩치가 큰 젊은 군인 놈이 며칠 전 마을에 나타났는데 그놈과 내뺀 거예요. 사라졌다고요! 내 가슴은 두 쪽으로 찢어졌지요. 하지만 그 빌어먹을 가슴이라는 건 곧 다시 들러붙더군요. 1천 군데의 찢어진 곳을 빨갛고, 노랗고, 검은 조각 천을 써서 단단한 줄로 기워놓은 그런 돛을 본 적이 있나요? 그런 돛은 아무리 강풍이 불어와도 찢어지지 않아요. 내 가슴이라는 게 딱 그렇게 생겼어요. 1천 번 찢어지고 1천 번 기웠어요. 그래서 아주 단단해요."

"누사에게 화가 나지는 않았나요, 조르바?"

"왜 화가 나요? 당신으로서는 그렇게 말할 수도 있겠지요. 하지만 보스, 여자는 뭔가 달라요. 여자는 사람이 아니라고요. 그러니 왜 화를 내겠습니까? 여자는 설명할 수 없는 존재예요. 모든 종교법과 세속법은 틀려먹었어요. 여자를 그런 식으로 취급해서는 안 되는 거예요. 절대 안 돼요! 보스, 그 법들은 여자들에게 너무 잔인하고 또 부당해요. 만약 내가 법을 제정하는 사람이라면 남녀를 구분하여 서로 다른 법을 만들겠어요. 남자들에겐 열 가지, 백 가지, 천 가지의 법령을 만들어도 좋아요. 결국 그들은 남자니까 얼마든지 견딜 수 있어요. 하지만 여자들에게는 단 하나의 법령도 만들어서는 안 돼요. 왜냐하면(보스, 이 얘기를 얼마나 더 당신에게 해야 합니까?) 여자는 미약한 존재이기 때문이에요. 보스, 누사의 건강을 위하여 한잔합시다! 또 모든 여자의 건강을 위하여 한잔합시다! 그리고 좋으신 하느님이 우리 남자들을 좀 더 현명한 존재로 만들어주시기를!"

그는 와인을 쭉 들이켰고 이어 손을 들어 마치 손에 도끼를 쥔 것처럼 급히 내리찍는 자세를 취했다.

"하느님은 우리 남자가 좀 더 현명해지게 해주시거나 아니면 우리에게 절단 수술을 해주어야 합니다. 안 그러면 보스, 내 말을 잘 들으세요, 우리는 다 파멸해 버릴 겁니다!"

8

오늘은 비가 천천히 부드럽게 내린다. 땅과 하늘은 무한한 부드러움 속에서 서로 결합되었다. 나는 진회색 돌에 새겨진 인도(印度)의 부조(浮彫)를 생각했다. 한 남자가 여자의 몸에 팔을 두르고 기막힌 은근함과 끈덕진 체념을 내보이며 사랑을 하고 있다. 시간이 그들의 몸을 핥아서 사실상 그 몸을 먹어버린 점을 감안할 때 우리는 교미하고 있는 두 마리 벌레를 보는 느낌이 든다. 가느다란 비가 내려 두 벌레의 날개를 적신다. 그리고 대지는 아직도 서로를 바싹 포옹하고 있는 이 두 자그마한 조각을 천천히 삼키고 있다.

나는 오두막에 앉아서 세상이 뿌연 빗속에 잠기는 광경과, 바다가 회녹색으로 반짝거리는 것을 지켜보았다. 해변에는 이쪽 끝에서 저쪽 끝까지 단 한 명의 사람도 보이지 않았다. 심지어 낚싯배의 돛도 새도 보이지 않았다. 열려진 작은 창문으로는 흙의 향기만 흘러들어 왔다.

나는 일어서서 거지처럼 팔을 내밀어 내리는 비를 내 손바닥에 느껴보았다. 갑자기 나는 울고 싶은 느낌이 들었다. 젖은 대지로부터 나오는 슬픔이 내 존재의 깊은 곳에서 솟아올랐다. 그것은 나 자신을 위한 것은 아니었고 그보다 더 깊고 어두운 어떤 것을 위한 것이었다. 그것은 공포였다. 근심이라고는 전혀 없이 풀을 뜯던 동물이 갑자기 풍경을 내다보다가, 아무것도 본 게 없는데 그 풍경이 완전 막혀 있어서 도망칠 수가 없다고 직관할 때 생기는 공포.

나는 위안을 얻기 위해 소리를 내지르려 했으나 그렇게 하기가 부끄러웠다.

구름은 계속 아래로 깔려 왔다. 창문을 내다보니 구름이 갈탄광이 있는 산 위를 가득 뒤덮었다. 누워 있는 여자의 얼굴은 빗속에 잠겼다.

가느다란 비가 내리는 이 슬픈 시간은 감각적인 것이었고, 나비인 사람의 영혼이 비에 잠겨 땅속으로 가라앉는 듯한 느낌이 들었다. 그리고 이런 때 그동안 마음속에 담아 두었던 모든 쓸쓸한 기억이 사람의 머릿속을 가득 채우는 것이다. 친구들과의 이별, 이제는 지워져 버린 여인들의 미소, 날개를 잃어버린 희망들. 이제 그런 기억들은 벌레로 전락하여 사람의 마음 위를 기어가며 그 마음을 잡아먹는 날개 없는 나비를 닮았다.

내리는 비와 축축이 젖은 대지를 뚫고서 멀리 카프카스에 나가 있는 내 친구의 기억이 다시 한 번 내 가슴속에 들어왔다. 나는 펜을 집어 들고서 종이 위에다 글을 쓰기 시작했다. 내 친구와 지상(紙上)의 대화를 나눔으로써 비의 어망(漁網)을 찢어버리려는 것이었다.

사랑하는 친구, 나는 운명과 나 자신이 다음과 같이 합의한 한적한 크레타 해변에서 자네에게 편지를 쓰네. (1) 나는 몇 달 간 게임을 하면서 살아야 한다. 그 게임은 자본을 대는 사업가, 갈탄광 회사의 사장 노릇이다. (2) 그 게임이 성공한다면 나는 그 게임에 열심히 몰두하지는 않았고 단지 내 인생을 바꾸어 놓은 획기적인 결정을 했을 뿐이다, 라고 말한다.

우리가 헤어질 때 자네가 나를 종이 씹어 먹는 자라고 말한 걸 기억할 거야. 나는 완강하게 저항하면서 한동안(혹은 영원히?) 종이와 잉크를 내버리겠다고 결심했네. 나는 갈탄광이 있는 자그마한 산을 임차했고, 인부, 곡괭이, 삽, 아세틸렌 램프, 바구니, 손수레 등을 구입했고 갱도를 설치하여 안으로 파들어 가고 있네. 이 모든 것이 자네를 골려주기 위해서지. 땅을 굴착하고 지하 터널을 만듦으로써 자네의 종이 씹어 먹는 자는 두더지가 되었다네.

나는 자네가 이런 변화를 승인해 주기 바라네. 자네는 나를 비웃으며 종종 자네가 나의 제자라고 했지. 나는 그것으로부터 덕을 보고 있어. 진정한 스승의 손익이 무엇인지 잘 의식하면서 말이야. 스승은 제자들로부터 배우려고 노력하면서 젊은이들이 나아가는 방향을 미리 냄새 맡고 그 자신의 영혼의 선수(船首)를 그 방향에다 맞추지. 그렇게 하여 나는 크레타로 내려오게 되었네. 내 제자의 가르침을 따르려고 말이야.

나는 이곳에서 참 커다란 즐거움을 느끼고 있네. 그 즐거움의 성분이란 늘 영원한 요소를 갖춘 것이지만 그래도 아주 단순해. 야외 생활, 바다, 통밀 빵, 뱃사람 신드바드와의 저녁 대화 등. 그가 내 앞에서 책상다리를 하고 앉아서 입을 열어 말을 하면 이 세상이 아주 넓어진다네. 그는 때때로 말로 표현하지 못하면 벌떡 일어나서 춤을 춰. 그의 산투르를 무릎에 올려놓고 연주를 하지. 때때로 그 곡조가 너무나 야성적이어서 숨 막히는 기분이 든다네. 나의 인생이 무미건조하고 천박하여 도저히 인간의 지위에 걸맞지 않은 느낌이 들기 때문이지. 때로는 그 곡조가 너무 슬퍼서, 나의 세월이 손가락 사이로 흘러내리는 모래알처럼 지나가는데 구원을 얻지 못하겠구나 하는 느낌마저 든다네. 내 영혼은 베 짜는 사람의 북[梭]처럼 내 가슴의 한쪽 끝에서 다른 쪽 끝까지 왔다 갔다 한다네. 현재 그 북은 내가 앞으로 크레타에서 보내려 하는 몇 달을 직조(織造)할 거야. 하느님 저를 용서하소서. 그러나 저 자신을 행복하다고 생각합니다.

공자는 말했어. "많은 사람들이 인간의 키보다 높은 행복을 추구한다. 어떤 자는 그보다 낮은 것을 추구한다. 그러나 행복은 인간과 똑같은 높이이다." 이건 진실이야. 그래서 인간의 높이가 각자 다르듯이, 행복에는 여러 형태가 있는 거야. 나의 친애하는 제자 겸 스승이여, 그게 내가 현재 누리는 행복이야. 나는 내 현재 높이를 측정하기 위하여 불안한 마음으로 그것을 재고 또 재지. 그런데 그게 자꾸만 바뀌어! 사람의 영혼은 날씨, 정적, 고독 대 우애 등에 따라 달라져. 여기 이곳의 고독이라는 관점에서 사람들을 살펴보면서, 나는 그들이 개미 같다고는 생각하지. 이건 자네도 마찬가지일 거야. 나는 그들이 그와는 정반대라고 생각해. 탄산과 우주적 부패로 가득 찬 세상 속에서 살아가는 거대한 짐승, 공룡, 프테로닥틸루스[翼手龍]라고 생각해. 그 세상은 설명할 수 없고, 비합리적이고, 서글픈 정글이지. 자네가 경배하는 '조국'이나 '민족' 같은 개념, 내가 너무나 매혹적이라고 생각하는 '대지' 혹은 '인간' 같은 개념들은 이 전능하고 부패한 공룡의 세상에서는 결국 똑같은 가치를 획득해. 우리는 몇 마디 음절을 외치다가 끝나버릴 시계 같은 느낌이 들어. 때로는 몇 음절 외치지도 못하고 '아!' 혹은 '오!' 같은 뜻 안 통하는 외침을 내지르다가 부서지는 시계. 자네가 소위 위대한 사상의 배 속을 뜯어보면 말이야, 조잡한 재료로 속을 채운 인형들을 발견할걸세. 그 조잡한 재료에는 다시 양철로 만든 스프링이 교묘하게 삽입되어 있는 거지.

자네도 알다시피, 이런 잔인한 사상들은 나에게 충격을 주지 못해. 오히려 나의 내면에다 불을 피워줄 필수불가결한 불쏘시개이지. 왜냐하면 나의 스승 붓다가 주장했듯이 "나는 꿰뚫어 보았기" 때문이야. 나는 두 눈을 감고서도 연극을 배후 조종하는 숨은 연출자를 보았고 또 이해했지. 그 연출자는 즐거움과 상상력으로 가득 찬 분이지. 그래서 나는 이 지상에서 내 역할을 연기할 수 있고 그것도 아주 완벽하게 놀아줄 수 있어. 그러니까 일관성 있게 용기를 잃지 않고 해낼 수 있단 말이지. 왜냐하면 그 역할은 나를 시계처럼 감아놓은 그분이 부여해 준 것이 아니라, 나의 자유 의지, 나 자신의 태엽 감아

놓음이 빚어낸 결과이기 때문이지. 왜? 내가 꿰뚫어보고 또 창조주 카라기오지스가 조종하는 이 인형극 무대에서 배우로 뛰면서 일정한 역할에 협력하기로 했기 때문이지.

따라서 이 세상이라는 무대에 시선을 돌리면서 나는 자네가 카프카스라는 전설적인 지방에 나가 있는 것을 보네. 그곳에서 위기에 처한 수십만의 우리 동포를 구출하기 위해 필사적인 노력을 하고 있는 중이지. 자네는 인류를 구원하려 했던 프로메테우스 비슷한 사람, 어둠의 힘이 부과한 진정한 시련을 겪게 될 거야. 동포들의 기아, 추위, 질병, 죽음에 맞서면서 자네 또한 그 힘의 압박을 당하고 있지. 자네는 이런 어둠의 힘이 많고 강성한 것을 오히려 기쁘게 생각할 걸세. 맞서는 힘이 강할수록 자네의 목적은 더욱 영웅적이 되고 영혼의 투쟁은 비극적 장엄함을 획득하게 되지. 그런 투쟁이 전혀 성공할 희망이 없다는 것을 알기 때문에.

자네는 이런 인생을 행복한 인생이라고 생각하겠지. 자네가 그렇다고 생각하면 실제로 그런 거지. 자네 또한 자네의 높이에 맞추어 행복을 축소했지. 현재 자네의 높이는 내 것보다 높으니 하느님에게 영광을 바칠 일이지. 훌륭한 교사는 이것 이상의 보상을 바라지 않는다네. 그건 제자가 청출어람(青出於藍)하는 것이지.

나에 대해 말해 보자면 나는 종종 잊어버리고, 코웃음 치고, 길을 벗어난다네. 내 신념은 신념이 아닌 것들의 종합판이야. 때때로 나는 어떤 한순간을 얻고서 내 인생 전체를 잃어버리는 느낌이 든다네. 그러나 자네는 배의 키를 아주 안정적으로 가져가고 있군. 가장 달콤한 운명의 순간에도 자네는 당초 뱃머리를 겨냥했던 방향을 결코 잊지 않으니까.

자네는 우리가 그리스로 돌아오는 길에 이탈리아를 통과하여 여행하던 일을 기억하고 있나? 당시 우리가 위험에 처한 폰투스 지방(Pontus: 북해에 면해 있는 터키 아나톨리아의 북동부 지방. 이 지역과 카프카스 남쪽의 러시아 남부 지역에 그리스 동포들이 많이 살았음. 제12장에서 다키스가 보스에게 보낸 편지와, 〈작가연보〉 "1919(36세)" 항목을 참조.—옮긴이)에 대해서 이미 내렸던 결정을 기억할 걸세. 우리는 이 결정을 수행하기 위해 그리로 가는 길이었지. 우리는 도중에 한 조그만 도시에서 기차를 내렸어. 거기서 갈아타야 할 기차를 기다렸는데 시간은 한 시간밖에 없었지. 우리는 역사 근처의 잎사귀가 무성한 짙은 녹색의 공원으로 들어갔어. 거기에는 잎사귀가 넓은 나무들, 바나나, 짙은 금속성 색깔의 갈대 등이 있었고 벌들이 꽃피는 가지들 위를 윙윙 날아다녔는데 가지들은 벌에게 꿀을 빨리는 기쁨으로 온몸을 떨고 있었지. 우리는 마치 꿈속에 있는 듯 황홀한 상태로 아무 말 없이 걸었지. 그런데 보라! 저기 꽃피어 있는 길의 굽어진 곳에서 두 젊은 처녀가 책을 읽으며 걸어오고 있었어. 그들이 미녀였는지 평범했는지는 기억이 나지 않아. 꿈속에서나 발휘할 법한 용기를 내면서 우리는 그들에게 다가갔고 자네는 웃으며 말을 걸었지. "무슨 책을 읽고 있는지 모르지만 우리는 당신들과 그 책을 의논하고 싶습니다." 그들은 고르키의 책을 읽고 있었어. 우리는 별로 시간이 없었기 때문에 아주 빠른 속도로 대화를 나누었지. 우리는 인생, 가난, 영혼의 저항, 사랑 등에 대해서 얘기했어. 나는 우리가 그때 느꼈던 기쁨과 고통을 결코 잊어버릴 수 없을 걸세. 우리 두 사람은 그 미지의 두 처녀가 마치 오랜 친구, 예전의 애인들 같았고 그들의 영혼과 신체에 대해서 책임이 있는 것처럼 느껴졌어. 하지만 우리는 잠시 뒤에 곧 떠나야 하기 때문에 아주 황급한 상태였지. 당시 그곳은 폭풍우 같은 약탈과 죽음의 냄새가 공기 중에 떠돌고 있었어. 우리의 기차는 도착하여 경적을 울리면서 마치 잠에서 깨우듯이 우리를 깨워놓았지. 우리는 악수를 했어. 손을 마주 잡던 그 단단한 열 손가락, 헤어지지 않으려 하던 그 손을 어떻게 잊어버리겠나? 한 처녀는 죽을 듯이 창백했고 다른 소녀는 웃으며 온몸을 떨었지.

그때 자네에게 이런 말을 했던 게 기억나네. "그리스와 의무의 의미는 무엇인가? 진리는 여기에 있지 않은가!" 그리고 자네는 대답했지. "그리스와 의무는 아무런 의미도 아니야. 그렇지만 우리는 기꺼이 그 무의미를 위해 죽어야 하는 거야."

그런데 왜 내가 이 모든 것을 자네에게 쓰는지 아나? 우리가 함께 경험했던 것을 그 어떤 것도 잊어버리지 않고 있다고 자네에게 확인시키기 위해서지. 또 이렇게 편지를 통해서나마 우리가 함께 있을 때 우리의 자제하는 좋은 습관 혹은 나쁜 습관 때문에 발설하지 못했던 것을 시원히 털어놓을 수 있기 때문이지. 이제 자네가 내 앞에 있지 않고 내 얼굴 표정을 보지 못하고 또 내가 자네에게 마음이 허약하거나 우스꽝스럽게 보일 염려가 없기 때문에 내가 자네를 아주 사랑한다는 말을 하고 싶네.

그렇게 편지를 통하여 내 친구와 대화를 나누었으므로 나는 안도감을 느꼈다. 나는 조르바를 불렀다. 그는 큰 바위 밑에 쪼그리고 앉아 비를 피하면서 공중 삭도의 서로 다른 기울기를 시험하고 있었다.

"자, 조르바." 내가 그를 불렀다. "일어나요. 마을로 산책을 나갑시다."

"보스, 당신은 기분이 좋군요. 지금 비가 오고 있어요. 혼자 가지 그러세요?"

"정말로 좋은 기분인데 그것을 놓치고 싶지 않아요. 우리가 함께 있으면 그럴 염려는 없다고 생각해요. 자 갑시다."

그가 웃음을 터트렸다.

"나를 필요로 한다니 기쁘군요. 갑시다!" 그는 선물로 받은, 뾰족한 두건이 달린 크레타 스타일의 모직 겉옷을 입었다. 우리는 비가 와서 진창이 된 길을 철벅거리며 출발했다.

비는 계속 왔고 산꼭대기는 빗줄기에 가려져 보이지 않았다. 바람은 불지 않았고 돌들은 비를 맞아 번들거렸다. 갈탄광이 있는 낮은 산은 안개에 휩싸였다. 그 산의 여자 같은 얼굴은 빗줄기에 얻어맞아 의식을 잃고서 인간적 슬픔에 휩싸여 있었다.

"비 오면 마음이 심란해져요." 조르바가 말했다. "그러니 이런 날씨에는 일을 벌이지 않는 게 좋아요." 그는 산울타리의 밑동까지 허리를 숙여서 야생 수선화 하나를 꺾어 들고서 마치 수선화를 처음 보는 것처럼 오랫동안 강렬하게 쳐다보았다. 두 눈을 감고 그 꽃의 냄새를 맡은 뒤 한숨을 내쉬며 내게 그것을 건네주었다. "보스, 우리가 돌들이, 꽃들이, 저 비가 해주는 말을 알아들을 수 있다면 얼마나 좋겠습니까!" 그가 말했다. "저들은 우리를 부르고 또 부르건만 우리가 듣지를 못하는 거지요. 우리가 저들을 부르면 못 알아듣는 것처럼. 보스, 언제 사람들의 귀가 열리겠습니까? 언제 우리가 눈을 떠서 볼 수 있고, 언제 팔을 벌려 우리 모두— 그러니까 돌, 꽃, 비, 그리고 인간—를 다 같이 포옹할 수 있겠습니까? 보스, 무슨 생각 없으세요? 당신의 종이 쪼가리, 그러니까 책들은 뭐라고 말해 주고 있나요?"

"그런 것들은 지옥에나 가라고 하세요!" 나는 조르바가 잘 쓰는 '지옥'이라는 말을 쓰며 대답했다. "지옥에나 가야 해요. 그게 그 책들에 대해서 말할 수 있는 거예요. 다른 건 없어요."

조르바는 내 팔을 잡았다. "보스, 나의 아이디어를 하나 당신께 말씀드릴 테니 화내지 마십시오. 그 책들을 산처럼 쌓아놓고 확 불을 질러 버려요. 그렇게 하면 당신은 현명하고 착한 사람이니 뭔가 이룰지도 몰라요."

"맞아요, 맞아요!" 내가 나 자신을 향해 소리쳤다. "맞아요. 하지만 난 그렇게 할 수가 없어요."

조르바는 생각을 하며 잠시 망설였다. "나는 뭔가 알 것 같아요."

"뭐가요? 조르바, 어서 말해 봐요!"

"내가 어떻게 알았는지 모르지만, 뭔가 알고 있는 느낌이 들어요. 하지만 그걸 겉으로 드러내려고 하면 다 망쳐버리게 될 거예요. 언제 기분이 내키면 그걸 당신에게 춤으로 보여 드리지요."

이제 비가 더 거세게 오기 시작했다. 우리는 마을로 들어가고 있었다.

젊은 처녀들은 목초지에서 양 떼를 몰아 마을로 돌아오고 있었다. 농부는 황소의 멍에를 풀고서 절반쯤 경작한 밭을 그대로 내버려두고 일과를 종료했다. 엄마들은 아이들을 동네 골목길에서 집으로 데려오고 있었다. 마을은 갑작스러운 빗줄기로 인해 즐거운 비명을 내질렀다. 여자들의 눈에서는 기쁨의 빛이 반짝거렸다. 굵은 빗방울이 남자들의 쐐기 같은 턱수염과 굴곡진 턱수염에서 흘러내렸다. 땅, 돌, 풀은 강렬한 냄새를 풍겼다.

우리는 흠뻑 젖은 채 모디스티 카페(Modesty Café) 겸 정육점으로 들어섰다. 만원사례였다. 3인 1조로 된 여러 그룹이 러시아 프레퍼런스(Russian Preference)라는 카드놀이를 하고 있었다. 몇몇 짝들은 커다란 목소리로 대화를 하고 있었는데, 대화의 두 당사자들은 서로 저만치 떨어져 있는 두 봉우리 위에 서서 소리치는 것 같았다. 아나그노스티스 아저씨는 넓은 소매의 하얀 셔츠를 입고서 거기 나와 있었고, 말이 없고 엄숙한 마브란도니스는 바닥에 시선을 고정시킨 채 물 담배를 피우고 있었다. 또 호리호리한 중년의 학교 선생은 두꺼운 지팡이에 몸을 기댄 채 겸손한 척하는 미소를 지으며 털투성이 거한의 말을 듣고 있었다. 그 거한은 이라클리온에서 금방 돌아왔는데 그 대도시의 경이로운 점들을 말해 주는 중이었다. 카페 주인은 카운터에 상체를 기댄 채 그 얘기를 들으며 웃음을 터트렸고 그러면서도 화로의 잉걸불에다 올려놓은 여러 요리 냄비들을 살펴보는 걸 잊지 않았다. 우리가 들어서자마자 아나그노스티스 아저씨는 자리에서 일어나 경의를 표시하며 환영했다.

"어서 오세요, 친구들." 그가 말했다. "스파키아노니콜리스가 이라클리온에 있던 동안에 보았던 것과, 그 자신에 벌어진 모든 일들에 대하여 말해 주는 중이었소. 그의 말은 참 재미있어요. 와서 들어보시오."

그는 카페 주인에게 고개를 돌렸다.

"라키 술 두 잔 주시오, 마놀라카스." 그가 말했다.

우리는 의자에 앉았다. 낯선 사람들과의 사교가 익숙하지 못한 목축꾼은 우리를 보자 위축되면서 입을 다물었다.

"그래, 극장에 갔었다고요? 니콜리스 대장?" 학교 선생이 그에게 말을 시키기 위해 물었다. "거긴 어땠나요?"

스파키아노니콜리스는 커다란 손을 뻗어 와인 잔을 움켜쥐더니 용기를 얻기 위해 단숨에 벌컥벌컥 마셨다.

"그럼요. 극장에 갔냐고 물으셨지요?" 그가 소리쳤다. "난 정말로 갔습니다. 나는 별명이 치킨인 코토풀리(Kotopouli: Marika Kotopouli, 1887~1954, 그리스 연극배우. ─옮긴이)에 대해서 얘기를 많이 들었어요. 그래서 어느 날 밤 몸에 성호를 긋고서 중얼거렸어요. '좋아. 나는 가서 한번 볼 테야. 그 여자 배우를 직접 보고 말겠어. 근데 왜 사람들은 그 여자를 치킨이라고 부르지?'"

"그래, 니콜리스, 자네는 거기서 무엇을 보았나?" 아나그노스티스 아저씨가 물었다. "무얼 보았냐고?"

"내가 뭘 봤냐고요? 쓰레기, 정말 쓰레기였어요. 정말 부끄럽더라고요, 그 많은 돈을 주고서 고작 쓰레기를 보았다니. 그건 마치 타작마당처럼 둥그렇고 넓은 커피하우스였어요. 의자와 촛대와 사람들이 가득했지요. 나는 당황하고 멍해서 잘 보지를 못하겠더라고요. '젠장, 이곳은 왠지 기분 나쁜데. 난 나가야겠어.' 이렇게 중얼거리는데 웬 논다니 하나가 내 손을 잡았어요. '이봐, 날 어디로 데려가는 거야?' 내가 그 여자에게 말했는데 계속 나를 안쪽으로 끌고 가더니 고개를 돌려 말했어요. '여기 앉아요!' 나는 앉았어요. 내 앞에도 사람, 내 뒤에도 사람, 내 양 옆에도 사람이 가득 했어요. '젠장, 이거 숨이 막히는데.' 내가 혼자서 중얼거렸어요. '숨이 막혀. 여긴 공기가 없는가 봐.' 난 옆에 앉아 있는 남자에게 고개를 돌렸지요. '이봐요, 친구, 플러스 마돈나(프리마돈나의 잘못된 발음.—옮긴이)는 어디서 나오는 거요?' 나는 그에게 물었어요. '저 안에서 나옵니다.' 그가 내게 커튼을 가리키며 말했어요. 그래서 다른 사람들과 마찬가지로 나도 커튼을 뚫어져라 쳐다보았어요. 그리고 그건 진짜였어요. 종이 울리고 커튼이 올라가더니 치킨이라고 하는 여자가 나왔어요. 그런데 그건 암탉이 아니었어요. 진짜 여자였어요. 갖출 건 다 갖춘. 그녀는 엉덩이를 좌우로 흔들다가 다시 앞뒤로 흔들어댔는데 사람들이 그걸 실컷 쳐다보고 나서는 박수를 쳤고 그녀는 다시 안으로 들어갔어요."

마을 사람들은 하-하-하 하고 웃어댔다. 스파키아노니콜리스는 화를 내고 부끄러워하면서 문 쪽으로 고개를 돌렸다.

"비가 오는데요." 그가 화제를 돌리기 위해 말했다.

다른 사람들도 다들 문 쪽으로 고개를 돌렸다. 바로 그때—아마도 악마의 소행이었을 테지만—한 여인이 달려서 지나갔다. 그녀의 검은 스커트는 무릎까지 올라왔고 머리카락은 어깨 위로 헐렁하게 퍼져 있었다. 온몸에 적당히 살이 오른 그녀는 엉덩이를 흔들어대는 종종 걸음으로 달려갔는데, 옷이 몸에 찰싹 달라붙어 신선하면서도 도발적인 몸매를 드러냈다. 그것은 신선한 생선을 연상시켰다.

나는 깜짝 놀랐다. 저 야생 동물은 무엇인가? 그녀는 내게 남자를 잡아먹는 암호랑이처럼 보였다.

그녀는 잠시 고개를 돌려서 카페 안으로 표독한 시선을 던졌다. 상기한 얼굴은 발갛게 달아올랐고 두 눈은 반짝거리면서 빠르게 돌아갔다.

"파나기아!" 창문 가까운 곳에 앉아 있던 솜털이 보송한 청년이 속삭였다.

"저 빌어먹을 야생마, 지옥에나 가라 이년아!" 향토 경찰관인 마놀라 카스가 소리쳤다. "네년은 우리 바짓가랑이에다 불을 붙여놓고 꺼주지도 않는구나."

창가의 청년은 처음에는 망설이는 듯이 부드러운 목소리로 노래를 부르다가 점점 더 목소리가 커지면서 쉰 목소리를 내더니 마침내 빽빽거렸다.

과부의 베개에서는 향기로운 마르멜루 냄새가 나요.
나도 그걸 냄새 맡았어요. 내 마음은 그때 이후 싱숭생숭.

"닥쳐!" 마브란도니스가 물 담배 파이프를 치켜들며 소리쳤다.

청년은 갑자기 위축되었다. 긴 머리카락이 수건 밖으로 비죽 나온 노인이 향토 경찰관인 마놀라카스에게 몸을 기울였다.

"자네 아저씨가 또 화를 내네." 그가 부드럽게 말했다. "만약 저 여자가 저분의 손에 걸리면 아마도 산산조각을 내버릴 거야. 불쌍한 년! 저 여자 오래 살기 힘들 것 같은데. 하느님, 저 여자에게 장수를 내리시길!"

"하지만, 안드룰리오스 노인." 마놀라카스가 말했다. "당신도 저 과부의 치마폭에 사로잡히지 않았나요? 부끄러운 일입니다, 성당의 램프에 불을 붙이는 양반이."

"난 단지 할 말을 했을 뿐이야. 하느님이 그 여자를 돌봐달라고 말이야. 이 마을에서 요사이 태어나는 아이들을 보았나? 그들은 인간의 아이가 아니라 천사야. 왜 그렇다고 생각해? 바로 저 과부 때문이지! 온 마을 사람들이 그녀를 매혹적인 암말이라고 생각하여 애인 삼고 싶어 하지.

그래서 밤중에 램프의 불을 끄면 자기 마누라를 껴안는 게 아니라 저 여자를 껴안는단 말이야. 그 때문에 이 마을은 아주 튼실한 아이를 계속 만들어내고 있다네."

안드롤리오스 노인은 잠시 망설이다가 말했다. "저 여자를 눌러주는 허벅다리는 아주 힘이 세야 할 거야." 그가 속삭였다. "이봐, 젊은 친구, 나도 마브란도니스의 아들 파블리스처럼 스무 살이었으면 좋겠군."

"이제 곧 해가 날 것 같은데요." 누군가가 웃으며 말했다.

모두들 문 쪽을 내다보았다. 아직도 억수같이 비가 퍼붓고 있었고 빗줄기는 땅바닥의 포석을 때리면서 요란한 소리를 냈고 번개가 가끔씩 하늘을 가로질렀다. 아직도 방금 지나간 과부 때문에 혼란을 느끼던 조르바가 내게 고개를 돌리며 끄덕였다.

"보스, 비가 그쳤습니다. 이제 그만 가죠."

문턱에는 젊고 맨발에다 머리가 텁수룩한 청년이 서 있었다. 그의 커다란 두 눈은 성화 작가들이 그려놓은 세례자 요한의 두 눈—배고픔과 계속되는 기도로 흐릿해진 두 눈—을 닮았다.

"어서 오너라, 미미토스!" 여러 사람들이 웃음을 터트리며 소리쳤다.

모든 마을에는 백치가 있는데, 만약 그런 사람이 없다면 일부러 만들어내서라도 심심풀이로 활용할 것이었다. 미미토스는 이 마을의 백치였다.

"마을 사람들." 미미토스가 더듬거리는 여성적인 목소리로 소리쳤다. "여러분, 수르멜리나 과부가 암양 한 마리를 잃어버렸대요. 그걸 찾아주는 사람은 상품으로 와인 6킬로를 준대요."

"여기서 꺼져, 이 도깨비야." 마브란도니스의 목소리가 다시 터져 나왔다. "여기서 꺼지라고!"

미미토스는 겁을 집어먹고서 문 옆의 구석진 곳으로 가서 몸을 공처럼 말고서 앉았다.

"이봐, 미미토스 친구, 라키 술을 한잔해. 그래야 감기에 걸리지 않지." 노(老) 아나그노스티스가 백치를 불쌍하게 여기며 말했다. "우리가 저런 백치를 갖고 있지 않다면 우리 마을은 어떻게 되겠나?"

그때 한 청년이 숨이 턱에 걸린 채 문턱에 나타났다. 그의 뺨에는 색깔 없는 솜털이 가득했고 푸른 두 눈은 좀 피곤해 보이는 기색이었다. 물이 뚝뚝 떨어지는 그의 머리카락은 이마에 찰싹 달라붙어 있었다.

"잘 왔네, 파블리스!" 마놀라카스가 소리쳤다. "잘 왔어, 사촌! 들어와 여기 친구들과 어울리게."

마브란도니스는 고개를 돌려서 아들을 보더니 얼굴을 찌푸렸다. "저런 놈이 내 아들인가?" 그는 그런 생각을 하는 것 같았다. "저 줏대 없는 놈이? 도대체 저놈은 누굴 닮은 거야? 저놈의 목덜미를 콱 움켜잡고서 바위 위에다 낙지처럼 내팽개치고 싶어."

조르바는 뜨거운 방석 위에 앉은 것처럼 안절부절못했다. 과부가 그의 마음에 불을 질러 놓은 것이었다. 그는 더 이상 카페의 네 벽을 견딜 수가 없었다.

"보스, 갑시다. 가자고요." 그가 내게 계속 말했다. "우린 여기 있다가는 터져버릴 거예요."

그에게는 구름이 흩어지고 해가 난 것처럼 보이는 모양이었다.

그는 카페 주인에게 고개를 돌렸다.

"저 과부는 도대체 누구입니까?" 그가 모른 척하면서 물었다.

"암말이지요." 콘도마놀리오스가 대답했다.

그는 입술에다 손가락을 얹고 눈짓을 하면서 시선을 바닥에 고정시킨

185

마브란도니스를 가리켰다.

"암말입니다." 그가 다시 말했다. "죄악의 원인이 될지 모르니 그 여자 얘기는 안 하는 게 좋을 겁니다."

마브란도니스는 담배 파이프를 물 담배의 목 부분에다 감으면서 일어섰다.

"실례합니다." 그가 말했다. "나는 집으로 가겠소. 이리 와, 파블리스. 나를 따라와!"

그는 아들을 데리고 앞장을 섰고 부자는 빗줄기 속으로 사라졌다.

콘도마놀리오스는 마브란도니스가 비운 상석에 곧바로 앉았다.

"저 불쌍한 마브란도니스는 이 문제 때문에 결국 가슴이 터지고 말 겁니다." 그가 옆 테이블의 사람들이 듣지 못하게 낮은 목소리로 말했다. "엄청나게 큰 불이 그의 집을 덮쳤어요. 나의 두 귀로 파블리스가 아버지에게 하는 말을 엿들었습니다. '저 여자를 내 아내로 삼지 못한다면 나는 죽어버리겠어요.' 하지만 저 부끄러움을 모르는 야생마 같은 년은 그를 원하지 않아요. 그녀는 그에게 말했어요. '꺼져, 건방진 놈!'"

"보스, 어서 갑시다." 조르바가 다시 말했다. 그는 과부 얘기를 들을수록 온몸이 불붙는 것 같았다.

수탉들이 울기 시작했다. 빗줄기는 약간 가늘어졌다.

"좋아요, 갑시다." 내가 일어서며 말했다.

구석에 앉아 있던 미미토스는 갑자기 일어나더니 우리의 뒤에서 달려왔다.

조약돌들은 반짝거렸고 비에 젖은 문들은 석탄처럼 검게 되었고 늙은 여자들을 달팽이를 건지기 위해 바구니를 들고 밖으로 나왔다.

미미토스는 나에게 다가와 내 팔을 살짝 건드렸다. "보스, 제게 담배

한 개비만 주세요." 그가 말했다. "그러면 당신은 언제나 사랑에서 운수가 좋으실 겁니다."

나는 그에게 한 개비를 주었다. 그는 햇볕에 그을린 바싹 마른 손을 내밀었다. "그리고 불도 좀 주세요."

나는 그를 위해 담배에 불을 붙여 주었다. 그는 내장 깊숙이 담배를 빨아들이더니 콧구멍을 통해 연기를 내뿜었고 두 눈을 절반쯤 감았다. "파샤!" 그가 만족스럽다는 듯이 중얼거렸다.

"너는 어디로 가니?"

"과부의 과수원에요. 그녀는 내가 잃어버린 암양을 찾아달라고 동네에다 소리를 지르고 다니면 먹을 것을 준다고 했어요."

우리는 빠르게 걸어갔다. 구름이 약간 열렸고 해가 다시 나왔다. 온 마을이 깨끗하게 세수를 하고 웃고 있었다.

"넌 그 과부를 좋아하니, 미미토스?" 조르바가 아래턱을 벌리며 물었다.

미미토스는 히-히-히 웃음소리를 냈다. "친구, 내가 그녀를 좋아하지 않을 이유가 뭡니까? 나 또한 하수구에서 나오지 않았습니까?"

"하수구라니?" 내가 당황하며 물었다. "미미토스, 그게 무슨 소리야?"

"엄마의 배 말입니다."

나는 깜짝 놀랐다. 오로지 셰익스피어만이 아주 창조력이 활발한 순간에 그런 생생하면서도 사실적인 표현을 하여 저 어둡고 지저분한 탄생의 신비를 드러낼 수 있을 것이었다.

나는 미미토스를 쳐다보았다. 그의 두 눈은 크고 약간 팽창되어 있었고 약간 사팔뜨기였다. "미미토스, 하루를 어떻게 보내니?"

"하루를 어떻게 보내느냐고요? 파샤(pasha: 터키의 고관.—옮긴이)처럼 보내지요. 아침에 일어나 빵을 먹어요. 그런 다음 생기는 대로 아무 데서나 잡일을 하지요. 심부름도 하고, 똥도 치우고, 말똥도 수집해요. 또 낚싯대가 있어서 낚시도 가요. 나는 상가(喪家)에서 호곡을 대신해 주는 대곡(代哭)꾼인 레니오 이모님 집에서 살아요. 보스도 우리 이모를 알아두는 게 좋을 거예요. 다들 알고 있으니까. 이모는 심지어 사진에 나오기도 했어요. 밤이 되면 집으로 돌아가서 한 공기의 밥을 먹고 혹시 남은 것이 있으면 와인을 마시고, 없으면 하느님의 물을 마시지요. 그러면 배가 불러요. 그 다음에는 잠자리에 드는 거예요."

"미미토스, 다른 사람들처럼 장가들고 싶지 않니?"

"내가, 장가를요? 내가 미쳤어요? 친구, 무슨 말씀을 하시는 겁니까? 내 머리에다 온갖 근심 걱정을 떠안으라고요? 아내는 신발을 원해요. 내가 무슨 수로 신발을 마련해요. 보세요. 나는 맨발로 걷습니다."

"신발이 없다고?"

"한 켤레 있기는 해요. 누군가 작년에 죽었는데 레니오 이모가 그의 발에서 벗겨다가 줬어요. 나는 부활절 때마다 그 신발을 신고 성당에 가서 신부들의 엉뚱한 행동을 보면서 시간을 보낼 뿐 별로 그 행사에 신경 쓰지 않아요. 그 다음에는 신발을 벗어서 내 목에 걸고 집으로 돌아가는 거예요."

"미미토스, 이 세상에서 어떤 것이 제일 좋아?"

"첫째, 빵. 나는 그걸 사랑해요! 따뜻하고 맛있는 통밀 빵. 그게 보리 빵이라면 더 좋지요. 두 번째, 와인. 세 번째, 잠."

"그럼 여자는?"

"쳇! 먹고 마시고 그러곤 자버리는 거예요. 그 나머지는 모두 골칫거리예요."

"그럼 저 과부는?"

"아 그 여자는 지옥에나 가라고 해요. 그게 보스를 위해서도 좋아요."
그는 침을 세 번 뱉더니 성호를 그었다.

"너는 읽고 쓸 줄 아니?"

"아니요. 내가 아주 어릴 때 사람들이 나보고 학교에 가라고 했어요.
하지만 나는 곧 장티푸스에 걸렸고 그래서 바보가 되었어요. 그 덕분에
학교는 가지 않아도 되었지요."

조르바는 내 질문이 피곤해졌다. 그의 정신은 과부에 집중되어 있었
다. "보스." 그가 내 팔을 잡으며 말했다. "난 당신이 남성에게 수치스러
운 일은 하지 않으리라 봅니다. 신-악마는 당신에게 이 맛좋은 애피타이
저를 보냈습니다. 당신은 이빨이 좋아요. 그러니 이런 기회를 놓치지 말
아요. 손을 내뻗어 잡으라고요. 창조주가 왜 우리에게 두 손을 주었겠습
니까? 잡으라고 준 거예요! 그러니 잡아요! 나는 평생 동안 많은 여자들
을 보아 왔어요. 하지만 이 과부는 온 도시의 여자들을 물리칠 정도로 매
력적이에요. 젠장!"

"난 골칫거리를 원하지 않아요." 내가 시무룩하고 화난 목소리로 대
답했다. 나 또한 사향 냄새를 풍기는 발정기의 야생 동물처럼 내 앞을 스
치고 지나갔던 그 통제 불가능하게 치명적인 몸뚱어리에 대하여 동경을
느끼고 있었기 때문이다.

"골칫거리를 원하지 않는다고요!" 조르바가 멍한 표정을 지으며 말했
다. "그럼 보스, 당신은 무엇을 원합니까?"

나는 대답하지 않았다.

"인생은 골칫거리지만 죽음은 그렇지 않아요." 조르바가 계속 말했다.
"당신은 살아있다는 게 뭔지 압니까? 허리띠를 풀어 놓은 것처럼 방탕한

생활을 하면서 골칫거리를 찾아다니는 거예요."

나는 아무 말도 하지 않았다. 조르바 말이 옳다는 것을 알았다. 그걸 알았지만 감히 그렇게 하지 못했다. 내 인생은 잘못된 길을 걸어왔다. 동료 인간들과의 접촉은 내적 독백으로 끝나고 말았다. 나의 타락상은 너무나 심각하여 여자를 사랑하는 것과, 사랑을 다룬 좋은 책을 읽는 것 중에서 선택하라면 책을 선택할 것이었다.

"보스, 주판알 튕기는 건 그만두어요." 조르바가 계속 말했다. "숫자는 잊어버리고, 그 지겨운 저울은 부숴버리고 좁쌀 같은 야채상 가게는 문 닫아 버려요. 이제는 당신이 영혼을 구제하거나 파괴하거나 둘 중 하나를 선택해야 할 때예요. 잘 들어요, 보스. 손수건에다 영국 파운드 동전 두세 개를 집어넣고 싸세요. 지폐는 안 되고 황금 동전이어야 해요. 그래야 상대방의 눈을 부시게 하니까. 그런 다음 그걸 미미토스 편에 과부에게 보내고서 이렇게 말하라고 해요. '갈탄광 사업의 사장이 인사드립니다. 이 손수건을 받아주세요. 별것은 아니지만 많은 사랑을 담아 보내는 것입니다. 잃어버린 암양은 걱정하지 마세요. 설사 없어졌다고 하더라도 개의치 마세요. 우리가 여기 있으니 두려워하지 마시고요. 당신이 카페 앞을 뛰어가는 것을 보았는데 퍽 놀랐고 또 걱정이 되었습니다.' 뭐, 이런 식으로 말이에요. 그리고 그 직후, 가령 내일 저녁쯤에—쇠뿔도 단김에 빼야 하는 거예요!—그녀의 집 대문을 노크하는 겁니다. 아, 길을 잃었는데 어두워지고 있군요, 라고 말하세요. 혹시 등불을 좀 빌려주실 수 있나요? 혹은 갑자기 현기증이 나서 그러는데 물 한잔 줄 수 있느냐고 물어보세요. 혹은 이게 더 좋은데, 아예 암양 한 마리를 사서 그녀에게 가지고 가는 거예요. '이거, 당신이 잃어버린 암양입니다. 내가 찾았어요.' 하고 말하는 겁니다. 그러면 과부는—보스, 이제 내 말을 잘 들으세요—당신에게 암양을 찾아주었다고 사례를 할 겁니다. 그러면 당신은 암말에 올라타고서 천국에 들어가는 겁니다(오, 하느님! 내가 그 말의 엉덩이에 걸터앉는다면 얼마나 좋겠습니까!) 나의 선량한 친구, 이 세상에는 그것 말고 다른 천국이 없어요. 사제들이 하는 말을 믿지 마세요. 그 외의 다른 천국은 존재하지 않습니다!"

우리는 과부의 과수원 가까이 다가가고 있었다. 미미토스가 한숨을 내쉬며 여성적인 목소리로 그의 고통을 노래하는 게 들려왔던 까닭이다.

> 남자는 와인을 필요로 하고 아이는 장난감을.
>
> 남자는 여자를, 여자는 남자를.

조르바는 더욱 씩씩하게 걸어갔다. 그의 콧구멍은 벌름거렸다. 그러더니 그는 발걸음을 멈추고 깊은 숨을 들이쉰 뒤에 나를 쳐다보았다. "자, 어떻게 하실 건지?" 그가 묻고서 초조하게 기다렸다.

"계속 가요!" 나는 더 빨리 걸으면서 퉁명스럽게 대답했다.

조르바는 고개를 흔들어대더니 비 맞은 중처럼 뭔가를 중얼거렸다.

우리가 오두막에 도착했을 때 그는 책상다리로 앉아서 무릎 위에 산투르를 올려놓고 고개를 쳐들더니 깊은 생각에 잠겼다. 그는 어떤 노래를 연주할지 고르고 있는 것 같았다. 그는 아주 씁쓸하고 호소하는 곡조를 치기 시작했다. 가끔 그는 곁눈질로 나를 보면서 응시했다. 그는 말로써 할 수 없는 것(혹은 말로 해주지 않기로 한 것)을 산투르로 말해 주려는 듯했다. 즉, 내 인생은 말짱 헛것이 될 것이고, 그 과부와 나는 햇빛 속에서 잠깐을 사는 두 마리 벌레에 지나지 않고 곧 죽어서 영원 속으로 들어가 버리게 되리라는 것이었다. 마지막 기회! 마지막 기회!

조르바는 공연한 시간 낭비라는 걸 깨달았는지 갑자기 일어섰다. 그는 벽에 기대면서 담배에 불을 붙였다. 잠시 뒤 그가 말했다.

"보스, 나는 당신에게 과거에 테살로니키에서 한 호자(hodja: 무슬림의 부유한 상인 계급의 사람에 대한 경칭.―옮긴이)가 해준 말을 당신에게 들려드리겠습니다. 비록 그게 말짱 헛것이 되어버린다고 해도 당신에게 꼭 들려주고 싶어요. 당시 나는 테살로니키에서 장돌뱅이 노릇을 하고 있었습니다. 여러 동네를 돌아다니면서 얼레, 바늘, 성인전(聖人傳), 유향(乳香), 후추 같은 것을 팔았지요. 나는 나이팅게일 같은 목소리를 갖고 있었어요. 여자들은 말이에요, 그 목소리가 누구의 것이든 아름다운 소리를 들으면 얼이 확 빠져버려요. 여자들의 내장 속에서 무슨 일이 벌어지고 있는지는 오로지 악마만이 알지요. 설사 당신이 못생기고 발을 절고 꼽추라고 해도 아름다운 목소리로 노래를 부를 수 있으면 여자는 그만 미쳐버리고 말아요. 그래서 나는 심지어 터키인 거주 지역에도 돌아다니면서 물건을 팔았습니다. 그런데 어떤 부유한 터키 여자가 내 목소리에 매혹되었나 봐요. 아니, 얼이 빠졌어요. 그녀는 나이 든 호자를 불러서 터키 금화를 그의 손바닥에 한 줌 쥐어주며 말했습니다. '아만(상대를 높이는 경칭.―옮긴이), 저 이교도 장돌뱅이를 좀 불러다줘요. 난 그를 보고 싶어요. 난 더 이상 참지를 못하겠어요, 아만.' 그 호자는 나를 찾아왔습니다. '자네, 젊은 그리스인.' 그가 말했어요. '나와 함께 가세.' '난 안 가요. 날 어디로 데려가려고요?' '자네 젊은 그리스인, 한 터키 여인이, 샘물 같은 여인이 그녀의 침실에서 자네를 기다리고 있어. 그러니 오라고!' 하지만 나는 터키 구역에서는 저들이 밤중에 기독교인을 살해했다는 걸 알고 있었어요. '아니요, 나는 가지 않습니다.' 내가 그에게 말했어요. '자네 이교도, 신이 두렵지도 않나?' '왜 내가 신을 두려워해야 돼요?' '왜냐하

192

면, 자네 젊은 그리스인, 여자와 동침할 기회가 있었는데 그렇게 하지 않은 사람은 누구든 간에 커다란 죄를 짓는 것이기 때문이야. 여자가 침실로 오라고 하는데 가지 않는다면 자네의 영혼은 파괴되어 버리는 거야! 그 여자는 신의 마지막 심판 순간에 한숨을 지을 것이고 그 한숨 소리는 자네를 지옥으로 떨어트릴 거야. 자네가 누구이든 또 자네가 무슨 선행을 했든 그건 소용이 없어.'"

조르바는 신음을 했다. "만약 지옥이 있다면, 그것 때문에 난 지옥에 갈 거예요. 내가 훔치고, 살인하고, 간통한 때문이 아니에요. 결코! 결코! 이런 죄들은 따지고 보면 하찮은 거예요. 신은 그런 것들은 용서해 줘요. 하지만 그날 밤 어떤 여자가 침실에서 나를 기다리고 있었는데 내가 가지 않았기 때문에 나는 지옥에 떨어질 거예요."

그는 일어서더니 화덕의 불을 붙이고 식사를 준비했다. 나를 곁눈질로 쳐다보면서 그는 경멸하는 미소를 지었다. "듣지 않으려고 고집 쓰는 사람처럼 귀머거리는 없어요!" 그는 화덕에 허리를 숙이면서 짜증나는 자세로 축축한 장작에 풀무질을 했다.

9

날이 점점 짧아져서 금방 어두워졌다. 늦은 오후가 되면 사람들은 가슴에 고통을 느꼈다. 겨울의 여러 달 동안 해가 점점 더 일찍 사라지는 것을 바라보는 원시인들의 원시적 공포가 되돌아왔다. "내일의 석양이 끝일지도 몰라." 그들은 절망에 빠져 그런 결론을 내렸고 어떤 산에서 밤새 떨며 잠깨어서 과연 태양이 내일 다시 돌아올 것인지를 고뇌 속에 기다렸다.

조르바는 이러한 고뇌를 나보다 더 깊숙이 또 원초적으로 느꼈다. 그로부터 벗어나기 위해, 그는 하늘에서 별들이 나와 반짝 빛날 때까지 그가 개설한 지하 갱도로부터 빠져나오려 하지 않았다.

다행히도 그는 좋은 갈탄 광맥을 발견했다. 그 갈탄은 재가 별로 없고 별로 축축하지도 않으며 열량 단위가 높은 것이었다. 그는 크게 흡족해했다. 그 광맥은 순식간에 그의 마음속에서 여행, 이익, 새로운 모험을 가져오는 수익으로 전환되었기 때문이다. 그는 잠깨어 누운 채로 언제 큰 돈을 벌 것인지, 언제 많은 날개를 달고 날아갈 것인지 생각했다. '날개'는 그가 돈을 가리키는 말이었다. 그래서 그는 모형 공중 삭도를 만지작거리며 여러 기울기를 시험하느라고 날밤을 새우곤 했다. 통나무들이 마치 천사의 손바닥에 얹힌 것처럼 "부드럽고 원만하게"(그의 말) 내려오는 정확한 각도를 찾아내기 위해서였다.

어느 한순간 그는 색연필과 커다란 전지를 꺼내 와서 거기다 산, 숲, 삭도, 케이블에 매달려서 내려오는 통나무들을 그렸다. 각 통나무에는 좌우로 한 쌍의 커다란 푸른 날개가 그려져 있었다. 자그마한 둥근 항구에다 그는 작은 앵무새를 닮은 초록색 선원들이 탄 검은 배들을 그렸고 부두에는 노란 통나무들이 적재된 광경을 묘사했다. 그림의 네 귀퉁이에는 입에서 붉은 리본이 흘러나오는 네 명의 수도사가 서 있었다. 그들의 입에서 나오는 말은 이렇게 대문자로 적혀 있었다. "하느님, 당신은 위대하시고, 당신의 역사(役事)는 경이로우십니다!"

이 며칠 동안 조르바는 황급히 화로에 불을 켜고 취사를 해서 식사를 했다. 그러곤 그는 소로를 따라서 마을로 잠입했다가 아주 우울한 표정을 지으며 한참 뒤에 돌아왔다.

"조르바, 이번에는 어디에 갔다 왔나요?" 내가 그에게 묻곤 했다.

"보스, 당신이 알 바가 아닙니다." 그는 급히 대답하면서 화제를 바꾸었다.

어느 날 밤 그는 마을에서 돌아오더니 고민스러운 목소리로 내게 물었다.

"신은 존재하는 겁니까, 아니면 존재하지 않습니까? 나리는 뭐라고 대답하시겠소? 만약 신이 존재한다면(모든 것이 가능하니까), 당신은 그가 어떤 모습일 거라고 생각합니까?"

나는 어깨를 한번 들썩하고 대답을 하지 않았다.

"보스, 웃지 마시오, 나는 신이 나와 똑같은 존재일 거라고 상상합니다. 단지 좀 더 키가 크고, 힘이 세고, 괴상하고, 또 불멸일뿐이라고 봅니다. 그는 부드러운 양가죽 위에 앉아서 빈둥거리고, 그의 오두막은 하늘인데, 우리의 것처럼 기름 깡통으로 된 게 아니라 구름으로 만들어져 있어요. 그분의 오른손에는 살인자나 야채상의 도구인 칼이나 저울이 들려 있는 것이 아니라, 비구름같이 물을 흠뻑 적신 스펀지가 들려 있어요. 천국은 그분의 오른쪽에, 지옥은 왼쪽에 있어요. 그런데 육체를 버린 한 불쌍한 영혼이 몸을 떨며 그분에게 다가와요. 하느님은 그걸 보고 무서운 존재인 척하지만 실은 콧수염 아래에서 은밀히 웃고 있습니다. '이봐, 자네 이리 와봐.' 그가 목소리에 힘을 주며 그 영혼에게 말합니다. '이 저주받은 것, 이리 와봐.' 그가 심문을 시작합니다. 영혼은 하느님의 발치에 엎드려 소리칩니다. '아만, 아만! 저는 죄를 지었습니다.' 그런 다음 영혼은 그가 지은 죄를 점점 더 열을 내며 주워섬기는데 끝나지 않을 기세입니다. 하느님은 따분해져서 하품을 합니다. '그만, 그만둬!' 그가 불쌍한 영혼에게 소리칩니다. '진작 그만두어야지. 자네는 그 고함 소리로 나를 미치게 만들어.' 그리고 슥 하고 그분은 스펀지로 그 영혼의 죄악을 모두 닦아냅니다. '여기서 나가서 천국으로 직행하도록 해.' 그가 영혼에게 말합니다. '이봐, 베드로, 이 불쌍한 친구를 다른 사람들과 함께 넣어줘.' 보스, 당신이 알아야 할 것이 있는데 하느님은 위대하면서도 고상한 분이라는 겁니다. 그게 고상함의 의미예요. 용서하는 거."

그날 저녁 조르바가 이 모든 것을 내게 말해 줄 때 코웃음 쳤던 게 지금 기억난다. 하지만 그때 이후 이 부드럽고, 관대하고, 전능한 '고상함'이 나의 내면에서 점점 더 육체적 견고함을 획득하게 되었다.

비가 오던 어느 날 밤, 우리는 오두막에서 밤을 구우며 화로 곁에 앉아 있었다. 조르바는 고개를 돌려 뭔가 할 말이 있다는 듯이 나를 한동안 쳐다보았는데, 더 이상 참지를 못하고 내뱉었다. "보스, 당신이 내게서 무엇을 보았는지 모르지만 왜 나의 귀를 잡고서 나를 밖에다 홱 내팽개치고 해고해 버리지 않는지 의아합니다. 전에도 말했지만 내 별명은 축축한 곰팡이였어요. 내가 어디로 가나 내가 만지는 것들은 모두 미디안 [Midian: 아라비아 반도의 북서쪽, 아카바 만(灣)의 동쪽에 있는 고대의 지방 이름.—옮긴이] 땅의 먼지와 검은 가루로 변한다고 해서 그런 별명이 붙었어요. 당신의 사업은 망해버릴 겁니다. 골로 갈 거라고요. 그러니 나를 해고해 버리세요, 진심입니다!"

"나는 당신을 좋아합니다." 내가 대답했다. "더 이상 묻지 마세요."

"하지만 보스, 내 머리가 제대로 조여지지 않았다는 건 알고 계시지요? 너무 빡빡하게 조여지거나, 너무 헐겁게 조여지거나 아무튼 그런 상태예요. 어느 쪽이든 올바른 상태는 아니란 게 분명해요. 가령 내가 저 과부 얘기를 하면 금방 이해할 겁니다. 여러 날 여러 밤 동안 저 과부는 나를 편안하게 내버려두지 않았어요. 결코 나 때문에 그런 건 아니에요. 그건 맹세할 수 있어요. 내가 어떻게 그녀를 손에 넣을 수 있겠어요? 내가 그녀에게 손대지 않으리라는 걸 확신합니다. 그녀는 내가 씹어 먹기에는 너무 무더기가 커요. 그렇지만 그녀가 말짱 헛것이 되어버리는 건 정말 싫습니다. 그녀가 혼자 자는 것을 바라지 않아요. 보스, 그건 정말 부당한 일이에요. 내 마음은 그걸 견딜 수가 없어요. 그래서 밤중에 마을로 가서 그녀의 과수원 근처를 어슬렁거리는 겁니다. 그래서 당신이 며칠 밤 나를 보지 못하고 어디 갔다 왔느냐고 묻게 된 거죠. 왜 그런지 아십니까? 혹시 누가 그녀의 집으로 들어가서 동침하는지 살피기 위해서였습니다.

그러면 내 마음이 편안해지니까."

나는 웃음을 터트렸다.

"보스, 웃지 마세요. 만약 여자가 혼자 잔다면 그 책임은 몽땅 우리 남자에게 있는 겁니다. 그 다음 날 아침 우리 모두는 하느님의 심판석에서 해명해야 할 겁니다. 내가 말한 것처럼 하느님은 커다란 스펀지를 가지고 모든 죄악을 용서해 주시지만 이건 예외예요. 용서가 없다고요. 보스, 여자와 잘 수 있었는데 그렇게 하지 않는 남자는 저주를 받아요. 남자와 잘 수 있었는데 그렇게 하지 않는 여자 또한 저주받아요. 나이 든 호자가 내게 해준 말을 잊지 마세요."

그는 잠시 말이 없더니 갑자기 물었다. "사람이 죽으면 그는 다시 태어나나요?"

"조르바, 난 그걸 믿지 않습니다."

"나도 안 믿어요. 그러나 만약 환생한다면 우리가 방금 말한 저주받은 남자는 이 지구상에 무엇으로 다시 돌아올 것 같아요? 보통은 생식력 없는 노새로 돌아올 겁니다."

그는 다시 생각에 잠기며 말이 없었다. 갑자기 그의 두 눈이 반짝거렸다. "누가 압니까?" 그가 즐겁게 시작했다. "우리가 오늘날 세상에서 보는 모든 노새들이 전생에 저 멍청한 사람들이었을지. 살아있을 적에 남자구실을 못한 남자, 혹은 여자구실을 못한 여자 말입니다. 그래서 저 노새란 놈은 저처럼 고집이 세고 또 발길질을 자주 하는 걸 겁니다. 나리는 어떻게 생각하시오?"

"당신의 머리가 올바르게 조여지지 않았다고 생각합니다, 조르바." 내가 웃으며 대답했다. "가서 산투르나 꺼내 와요."

"보스, 죄송합니다만 오늘 밤엔 산투르를 칠 수 없습니다. 나는 말을 하고 또 하면서 산처럼 커다란 헛소리를 지껄였습니다. 왜 그런지 아십니까? 내가 근심과 걱정이 너무 많기 때문이에요. 저 빌어먹을 새로운 갱도 때문에 새로운 일거리들이 많이 생겨날 것 같아요. 그런데 나보고 산투르를 치라고요?"

그는 은은히 타오르는 숯 더미 사이에서 밤들을 꺼내어 몇 알을 내게 건네주고 라키 술로 술잔을 가득 채웠다.

"하느님께서 저울 오른쪽을 눌러주시기를." 내가 잔을 부딪치며 말했다.

"하느님께서 저울 왼쪽을 눌러주시기를." 조르바가 수정했다. "지금까지 우리는 오른쪽에서 별 진전을 보지 못했습니다."

그는 액체 상태의 불을 단숨에 들이마시고 매트리스 위에 누웠다.

"내일." 그가 말했다. "나는 엄청 힘을 써야 해요. 수천 마리의 악마들과 상대해야 돼요. 잘 자세요!"

그 다음 날은 화창했는데 조르바는 일찍 출근하여 갈탄광 작업에 몰두했다. 인부들도 좋은 광맥 안에서 새 갱도 작업을 계속 진척시켰다. 그러나 천장에서 물이 떨어졌고 인부들은 진창에서 발을 제대로 딛지 못해 비틀거렸다.

조르바는 며칠 전에 갱도 안으로 통나무를 몇 개 들여와서 삼각 지지대로 삼았으나 걱정이 많았다. 통나무들이 충분히 굵지 못했기 때문이다. 그는 지하 갱도에 대해서 완벽한 감각을 갖고 있어서 아주 정확하게 지하 미로의 구석구석을 파악하고 있었다. 그는 삼각 지지대가 안전하지 못하다고 판단했다. 다른 사람들은 미처 듣지 못했으나 그는 천장에서 삐걱거리는 미세한 소리를 잡아냈다. 천장이 위쪽의 무게를 견디지 못하고 한숨을 내쉬는 것이었다. 게다가 오늘은 다른 건까지 조르바를 심란하게 만들었다. 그가 갱도 안으로 들어가려고 하는 순간, 마을의 사제인 스테파노스 신부가 어떤 죽어가는 자매에게 병자성사(病者聖事)를 주기 위해 노새에 걸터앉아 이웃 수녀원으로 가다가 갈탄광 앞을 지나가게 된 것이었다. 조르바는 신부를 보자마자 그에게 말을 걸기 전에 운 좋게도 셔츠에다 세 번 침을 뱉을 기회가 있었다. "안녕하십니까, 신부님." 그가 사제의 인사에 심드렁하게 대답했다. 그리고 잠시 뒤 이렇게 중얼거렸다. "내 뒤로 꺼져, 이 사탄아. 거기 계속 있어!" 그러나 이런 구마(驅魔) 의식이 잠재적 재앙을 물리치기에 충분하지 못하다고 생각했는지, 여전히 심란한 상태로 새 갱도 안으로 들어갔다. 갱도는 갈탄과 아세틸렌의 강렬한 냄새가 축축하게 퍼져 있었다. 인부들은 이미 며칠 전에 지지 통나무로 갱도를 떠받치는 작업을 시작했다. 조르바는 그들에게 심술궂은 얼굴로 거칠게 아침 인사를 했다. 그는 소매를 걷어붙이고 작업을 시작했다.

여남은 명의 인부들이 곡괭이로 광맥을 찍어서 수북한 석탄을 그들의 발 앞에 쌓아놓았다. 다른 인부들은 그 석탄을 삽으로 퍼서 자그마한 손수레에다 옮겨 담았다. 조르바는 잠시 작업을 멈추고 그들에게 손짓을 했다. 그는 귀를 기울이며 세심하게 엿들었다. 기수가 말과 하나 되고 선장이 배와 하나 되듯이, 조르바는 광산과 하나가 되어서 갱도들이 그의 내부에서 혈관처럼 퍼져 나가는 것을 느꼈다. 광산의 어두운 물질이 그에게 미리 예측하는 것을 가로막았지만, 그는 인간적 명료함을 발휘하면서 문제의 맥을 짚었다. 그래서 그는 커다란 귀를 세우면서 아주 조심스럽게 들었다.

나는 바로 그 순간 현장에 도착했다. 나는 어떤 불길한 예감이 들어서 어떤 미지의 손에 이끌려 그곳에 간 것만 같았다. 나는 자다가 벌떡 일어나 황급히 옷을 입고서 이유도 모르고 어디로 가는지도 모르는 채 밖으로 나왔다. 그러나 내 몸은 망설이지 않고 갈탄광으로 가는 소로에 접어들었다. 나는 조르바가 걱정스럽게 귀를 기울이며 소리를 파악하려 하던 바로 그 순간에 현장에 도착했다.

"아무것도 아니에요." 그가 잠시 뒤에 말했다. "내 생각에 —. 자, 다들 일을 해!"

그는 고개를 돌려 나를 쳐다보면서 입술을 오므렸다. "보스, 아침 일찍 여기는 웬일입니까?" 그는 내게 가까이 다가오더니 식식거렸다. "왜 저기 지상으로 올라가서 신선한 공기를 좀 마시지 않습니까? 여기 현장 순찰은 다른 날 와서 하세요."

"조르바, 무슨 일이 있어요?"

"아니요. 일은 무슨 일. 난 오늘 아침 일찍 신부와 마주쳤어요. 자 이제 그만 가세요!"

"만약 뭔가 위험이 있다면 내가 자리를 뜨는 게 수치스러운 일이 아닐까요?"

"그렇지요." 조르바가 대답했다.

"당신이라면 떠나겠습니까?"

"아니요."

"그런데 왜 나한테는?"

"나는 다른 사람들 보는 기준과 나 자신을 바라보는 기준이 다릅니다." 그가 짜증나는 목소리로 말했다. "하지만 자리를 뜨는 것이 수치스럽다고 말씀하시니 그럼 떠나지 말고 여기 계세요."

그는 망치를 들고서 발끝으로 서더니 천장의 나무틀에다 굵은 못을 박아 넣기 시작했다. 나는 지지대에서 아세틸렌 램프를 벗겨내어 그것을 들고서 진창 속에서 이리저리 움직이면서 광맥을 살펴보았다. 그것은 어두우면서도 번들거리는 갈색이었다. 무수하게 많은 나무들이 땅속으로 가라앉은 채 수백만 년이 흘러갔다. 대지는 그 자녀를 씹어 먹고, 소화하여 다른 어떤 것으로 변화시켰다. 그리하여 나무가 석탄이 되었고 조르바는 그 석탄을 캐러 온 것이었다.

나는 램프를 제자리에 다시 걸면서 작업 중인 조르바를 쳐다보았다. 그는 다른 것은 전혀 생각하지 않고 백 퍼센트 작업에만 몰두하여, 대지, 곡괭이, 석탄과 하나가 되었다. 망치와 못은 그의 몸의 일부가 되어 나무와 갱도의 툭 비어져 나온 천장과 싸우는 것 같았다. 그는 석탄을 캐내기 위해 그 산 전체를 상대로 싸우고 있었다. 조르바는 물질의 상태를 아주 정확하게 파악했다. 그래서 광맥의 가장 약한 부분을 곡괭이로 치면 그 부분이 어김없이 흘러내렸다. 온몸이 석탄투성이였고 눈의 흰자위만 희미하게 번들거리는 그를 쳐다보면서 나는 그가 석탄 그 자체가 되었다고 중얼거렸다. 그렇게 해야 적에게 더 잘 접근하여 그의 성채를 점령할 수 있는 것이었다.

"브라보, 조르바!" 나는 자연스럽게 소리치게 되었다.

하지만 그는 고개조차 돌리지 않았다. 왜 그가 '경험 없는 육체'와 대화를 하면서 시간을 낭비하겠는가? 그자는 곡괭이가 아니라 가느다란 연필을 손에 들고 있는데 말이다. 그는 해야 할 일이 있으므로 대화를 할 수가 없었다. "내가 일할 때에는 말을 걸지 말아요." 어느 날 저녁에 그가 내게 말했다. "난 둘로 쪼개질 것 같아요." "둘로 쪼개진다고, 조르바? 왜?" 내가 물었다. "당신은 또 어린아이처럼 '왜?' 하고 묻고 있군요. 내가 이걸 당신에게 어떻게 설명할 수 있겠어요? 나는 내 자신을 일에다

202

온전히 바칩니다. 머리끝에서 발끝까지 쭉 뻗고서 내가 씨름해야 하는 암석 혹은 석탄 혹은 산투르를 극복하려고 노력합니다. 만약 당신이 갑자기 나를 건드리면서 말을 걸고 또 고개를 돌리게 만든다면 나는 둘로 쪼개질지도 몰라요. 하지만 당신이 이런 말을 어떻게 이해하겠습니까!"

나는 손목시계를 내려다보았다. 거의 10시였다. "간식을 먹을 시간이요." 내가 말했다. "시간이 지났어."

인부들은 내 말에 기뻐하면서 도구를 한쪽 구석에 내던지고 땀을 닦으며 갱도에서 나갈 준비를 했다. 일에 몰두하던 조르바는 내 말을 듣지 못했다. 설사 들었다고 하더라도 하던 일을 멈추려 하지 않았을 것이다.

"기다려!" 내가 인부들에게 말했다. "자네들에게 담배를 한 개비씩 나눠 주지."

나는 호주머니를 뒤지며 담배를 꺼내려 했고 인부들은 내 주위에 몰려들어 기다렸다. 그때 조르바가 갑자기 놀라면서 갱도의 내벽에다 귀를 갖다 붙였다. 아세틸렌 램프의 불빛으로 나는 그의 입이 경련하면서 열렸다 닫혔다 하는 것을 보았다.

"조르바, 뭐가 잘못되었어요?" 내가 소리쳤다.

바로 그 순간 갱도 전체가 우리의 머리 위에서 요동쳤다.

"모두 밖으로 나가!" 조르바가 쉰 목소리로 소리쳤다. "밖으로!"

우리는 출구 쪽으로 달려갔다. 그러나 우리가 첫 번째 나무틀에 도착하기 전에 두 번째 삐걱 소리가 우리 머리 위에서 울렸는데 전보다 더 큰 소리였다. 그 순간 조르바는 커다란 통나무를 들어 올려 무너지려는 다른 나무틀을 지탱하는 쐐기로 박아 넣으려 했다. 만약 그가 재빨리 대응했더라면 천장이 몇 초 더 버티면서 우리에게 천천히 도망칠 시간을 벌어주었을 것이다.

"다들 나가!" 조르바의 목소리가 다시 들려왔다. 그것은 대지의 내장에서 흘러나오는 것처럼 둔중한 소리였다.

위태로운 순간에 우리를 사로잡는 비겁함 때문에 조르바를 생각해 줄 겨를 없이 밖으로 튀어나왔다.

그러나 몇 초 뒤에 나는 정신을 차릴 수 있었다. "조르바!" 나는 되돌아가며 소리쳤다. "조르바!" 나는 소리치고 있다고 생각했다. 그러나 잠시 뒤 내 목구멍에서는 아무런 소리도 터져 나오지 않았다는 것을 알았다. 공포가 내 목소리를 죽여 버렸다. 나는 부끄러움을 느꼈다. 나는 양팔을 내뻗으며 광산 안으로 한 발 더 들어갔다. 그 순간 조르바는 마침내 무거운 지지대 나무를 제자리에 고정시키고서 아주 빠른 속도로 갱도에서 빠져나와 탈출할 수 있었다. 절반쯤 어두운 상태에서 그는 달려오는 속도 때문에 나와 부딪쳤다. 우리는 자기도 모르게 얼싸안았다.

"계속 나가요!" 그가 절반쯤 죽어버린 목소리로 소리쳤다. "계속 나가요!"

우리는 계속 달려서 햇빛이 있는 곳에 도착했다. 인부들은 입구에 모여서서 아무 말도 하지 않고 광산 안쪽에 귀를 기울이고 있었다. 그들의 얼굴은 샛노랬다.

세 번째 삐걱거리는 소리가 전보다 더 크게 울렸다. 통나무들의 중간 부분이 부러지는 소리였다. 그리고 갑자기 커다란 신음 소리가 들리고 한번 부르르 떨더니 온 산이 동요하면서 갱도는 붕괴되었다.

'하느님 맙소사!' 인부들은 성호를 그으며 중얼거렸다.

"자네들 곡괭이를 저 안에다 놔두고 왔나?" 조르바가 화난 목소리로 소리쳤다.

인부들은 아무 말도 하지 않았다.

"왜 안 가지고 나왔지?" 그가 다시 화를 내며 소리쳤다. "이 잘난 놈들, 바지에다 오줌이나 싸갈겼겠지. 저기에다 도구를 놔두고 오다니!"

"조르바, 지금이 곡괭이 찾는 문제로 걱정할 때요?" 내가 끼어들며 말했다. "단 한 사람도 다치지 않았다는 걸 위안으로 삼읍시다. 우리 모두 당신 때문에 목숨을 건졌어요."

"나는 배가 고픕니다." 조르바가 말했다. "이 일이 내 식욕을 더 돋우는군요."

그는 바위에 놔두었던 수건을 집어 들었다. 그 안에는 그의 간식이 들어 있었다. 그것을 열어서 빵, 올리브, 양파, 삶은 감자, 작은 와인 한 병을 꺼냈다.

"자, 너희들, 와서 함께 먹자고." 그가 음식을 입에 가득 넣은 채 말했다.

그는 재빨리 먹었다. 갑자기 엄청난 힘을 잃어서 자신의 심장에 혈액을 보충해야 하는 사람 같았다. 그는 허리를 숙인 채 식사를 했고 아무 말이 없었다. 그는 술병을 집어 들고 고개를 뒤로 젖혀서 건조한 그의 목구멍 아래로 와인이 콸콸 흘러내려가게 했다.

인부들 또한 기운을 냈다. 그들은 가지고 온, 무늬가 장식된 양모 보자기를 열어서 음식을 꺼내어 먹기 시작했다. 그들은 모두 조르바 주위에 책상다리하고 앉아서 음식을 우물우물 씹으며 그를 쳐다보았다. 그들은 그의 발에 쓰러져 그의 손에 키스하고 싶은 심정이었으나 동시에 그가 괴상한 사람이라는 것을 알았다. 그래서 아무도 먼저 움직일 용기가 없었다.

마침내 인부들 중에서 가장 나이 많고 회색 콧수염이 풍성한 미첼리스가 용기를 냈다. "알렉시스 씨, 당신이 거기에 없었더라면." 그가 말했다. "우리 아이들은 모두 고아가 되었을 것입니다."

'젠장, 입 닥쳐.' 조르바가 입에 음식이 가득 든 채로 중얼거렸다. 그 후에는 아무도 감히 입을 열려 하지 않았다.

10

아, 여자! 누가 이 불확실성의 미로, 오만함의 사원, 죄악으로 가득한 냄비, 수치스런 식물의 씨앗이 뿌려진 들판, 이 지옥의 아가리, 교활함으로 넘쳐나는 바구니, 꿀인 것 같지만 실은 독, 남자를 이 세상에 묶어두는 사슬을 창조했는가?

나는 불 피운 화로 곁의 방바닥에 책상다리하고 앉아서 이 불교의 노래를 베껴 쓰고 또 베껴 썼다. 이 구마(驅魔) 의식을 되풀이해서 거행하면서 나는 저 비에 젖은 채 엉덩이를 흔들며 카페 앞을 달려가던 몸뚱어리를 내 마음으로부터 제거하려고 애썼다. 그런 식으로 이 겨울밤들을 날마다 괴로워하며 보냈다. 나는 어떻게 그런 일이 벌어졌는지 잘 모른다. 그러나 내 인생이 갑자기 절단 날 위기에 처했던 갱도의 붕괴 사고 직후에, 그 과부는 내 혈관 속으로 뛰어들어 발정기의 동물처럼 구슬픈 목소리로 애타게 나를 부르는 것이었다.

"오세요, 오세요." 그녀는 계속 불렀다. "인생은 번갯불 지나가는 한순간이에요. 빨리 오세요. 너무 늦기 전에 어서, 어서 오세요!"

나는 그것이 마라[魔鬼], 여자의 굴곡진 육체에 깃들어 있는 교활한 악령의 목소리라는 것을 잘 알았다. 원시 시대에 혈거인들이 동굴 벽에다 뾰족한 돌이나 물감으로 그들 주위에 몰려드는 배고픈 야생 동물들을 그려놓은 것처럼, 나는 오두막에 들어앉아 나의 희곡 『붓다』를 집필했다. 혈거인들은 그 동물들을 그렇게 바위벽에다 그려놓아 고정시키면 그들 짐승들이 더 이상 인간을 공격하여 잡아먹지 못할 것이라고 생각했다.

내가 혼자 있을 때 허리를 흔들어대며 나를 부르던 과부는 탄광 사고로 내가 죽을 뻔했던 그날 이후 내 머리 위의 공기 중에서 계속 어른거리며 지나갔다. 그러나 낮 동안에 나의 의지는 단단했다. 내 마음은 민첩하게 돌아갔고 그래서 그녀를 물리칠 수 있었다. 나는 붓다를 유혹했던 마라를 여러 가지 형태로 묘사했다. 가령 마라는 여자의 몸뚱어리로 둔갑하여 위로 치켜 올라간 팽팽한 유방을 그의 엉덩이에 계속 비벼대는 것이다. 붓다는 위험을 감지하고 내면에 총동원령을 내려서 그 유혹을 패배시킨다. 나도 그의 방식을 써서 유혹을 물리쳤다.

나는 계속 글을 썼고 문장 하나하나에서 위안과 힘을 얻으면서 말씀의 강력한 구마 능력에 쫓긴 유혹이 사라지는 것을 느꼈다. 낮 동안에 나는 가능한 한 용감하게 씨름을 했다. 그러나 밤이 되면 내 마음은 스스로 무장해제하고 내면의 출입문을 열어놓는 바람에 그리로 과부가 들어왔다.

아침에 피곤하고 정복된 채로 깨어난 나는 여체와의 전쟁을 계속했다. 때때로 내가 고개를 쳐들면 시간은 이미 늦은 오후여서 햇빛은 금방 사라져버리고 어둠이 빠르게 나를 짓누르며 내려왔다. 날은 점점 짧아졌고 크리스마스가 다가왔다. 나는 내 주위에서 벌어지는 이 영원한 레슬링 시합을 뒤쫓으며 이렇게 중얼거렸다. '나는 혼자가 아니다. 위대한 힘인 빛 또한 레슬링을 하면서 한번 패배하면 그 다음에는 승리를 거둔다. 결코 절망하는 법이 없다. 이 빛처럼 나 또한 승리를 거둘 것이다!'

내게 엄청난 용기를 준 것은 이런 생각이었다. 과부의 허깨비와 레슬링 시합을 벌이면서 나 또한 나름대로 위대한 보편적 현현(顯現)에 참여하고 있는 것이다. 교활한 물질이 나의 자유로운 불길을 부드럽게 억누르고 결국에는 소멸시킬 목적으로 과부의 몸뚱어리로 변신하여 공격해 오고 있다. '신은.' 나는 나 자신에게 말했다. '물질을 정신으로 바꾸는 불멸의 힘이다. 우리는 모두 내부에 이런 신성한 소용돌이를 부분적으로 갖고 있다. 그 덕분에 우리는 방, 물, 고기를 생각과 행동으로 바꿀 수 있는 것이다. 조르바의 말이 맞았다. 「당신이 어떤 음식을 먹는지 내게 말해 줘요. 그러면 내가 당신이 어떤 사람인지 말해 줄게요.」 나에 대해서 말해 보자면 나는 지금 육체의 이 열렬한 동경을 내 희곡 『붓다』로 바꾸어 놓기 위해 투쟁하고 있다.'

"보스, 무슨 생각을 하세요? 근심이 있는 것 같은데." 조르바는 내가 맞서 싸우는 악마가 누구인지 파악했으므로, 어느 날(크리스마스이브) 저녁 내게 물었다.

나는 못 들은 척했다. 그러나 조르바는 쉽사리 나를 놓아주려 하지 않았다.

"보스, 당신은 젊은 사람이에요." 그의 목소리는 갑자기 비통함과 분노의 어조로 바뀌었다. "당신은 젊고 건강하고 잘 먹고 마시며 신선한 공기를 호흡하여 점점 더 강력한 힘을 얻고 있어요. 그 힘을 어디다 쓸 건가요? 당신은 혼자 자요. 그 힘을 생각할 때 정말로 안타까운 일이 아닐 수 없어요. 그러니 바로 오늘 밤, 일어나세요. 시간을 낭비하지 말아요.

보스, 세상은 간단한 거예요. 내가 이 뻔한 걸 몇 번이나 말해 주어야 해요? 세상을 일부러 복잡하게 만들지 말아요."

나는 『붓다』 원고를 내 앞에 펴놓고서 그것을 뒤적이며 조르바의 말을 들었다. 그 말은 넓고 안전한 길을 열어주었으나 실은 정신적 마라, 저 교활한 뚜쟁이의 말인 것이다. 나는 묵묵히 들으면서 저항을 결심했다. 원고를 천천히 뒤적이면서 나는 갈등하는 마음을 감추려고 휘파람을 불었다. 그러나 조르바는 내가 침묵을 지키는 것을 보고서 불같이 화를 냈다.

"오늘 밤은 크리스마스이브예요. 빨리 가서 그녀가 성당으로 떠나기 전에 만나 보아요. 보스, 그리스도가 오늘 밤에 탄생하세요. 가서 당신 자신의 기적을 행해 보세요!"

나는 짜증을 내며 일어섰다.

"조르바, 이제 그만 좀 해요." 내가 말했다. "모든 나무가 그러하듯이, 모든 사람은 저마다의 나아갈 길이 있어요. 무화과나무가 체리 나무가 되지 못한다고 해서 비난을 하나요? 그러니 좀 조용히 해요. 이제 거의 자정이에요. 성당에 가서 그리스도가 탄생하는 것을 지켜봅시다."

조르바는 방한용 모자를 이마 아래쪽으로 깊숙이 내려 썼다.

"좋아요." 그가 맥없는 어조로 말했다. "갑시다. 하지만 이거 하나는 말씀드릴게요. 당신이 오늘 밤 대천사 가브리엘처럼 과부의 집으로 가면, 신은 훨씬 더 행복할 겁니다. 보스, 만약 신이 당신의 그 길로 걸어갔다면 그는 마리아에게 가지 않았을 것이고 그리스도는 태어나지 못했을 겁니다. 만약 내게 어떤 게 신의 길이냐고 묻는다면 나는 이렇게 말하겠습니다. 그건 마리아에게로 가는 길이다. 그 과부는 마리아이다."

그는 말을 멈추고 헛되이 대답을 기다렸다. 그는 오두막 대문을 밀어서 열었다. 우리는 밖으로 나갔다. 그는 단장으로 자갈밭을 세게 때렸다.

"그래요, 그래요." 그는 고집스럽게 되풀이했다. "과부가 마리아예요."

"자 갑시다." 내가 말했다. "그만 주장하고."

우리는 겨울밤을 재빨리 걸어갔다. 하늘은 아주 청명했고 크고 낮게 빛나는 별들은 불의 마술사가 입으로 불어 한 입씩 흩어놓은 불꽃같았다. 우리는 해안을 따라 걸어갔고 밤은 바다의 가장자리 옆에 누워 있는 도축된 짐승을 닮았다. '오늘 밤부터 시작하여.' 나는 혼자 생각했다. '겨울이 짓눌러버린 빛은 그 자신에 대하여 자부심을 느낄 것이다. 마치 그 빛이 오늘 밤 매력적인 거룩한 아이와 함께 태어나는 것처럼.'

모든 마을 사람들이 성당의 따뜻하고 향기 나는 벌집 속으로 몰려들었다. 남자는 앞쪽에, 여자는 뒤쪽에 팔짱을 끼고 있었다. 스테파노스 신부―키가 크고, 호리호리하고, 40일째 단식(斷食)으로 짜증을 느끼고 황금 제복을 입은―는 향로를 흔들어대면서 긴 발걸음으로 앞뒤로 걸어 다니면서 목청껏 성가를 불러댔다. 그는 황급히 그리스도의 탄생을 영접한 다음에는 집으로 돌아가 기름진 고기 수프, 소시지, 훈제 돼지고기를 마음껏 먹을 생각이었다.

만약 저들이 "오늘 빛이 탄생했다."라고 말한다면 인간의 마음은 그리 동경을 느끼지 못했을 것이다. 그 아이디어는 전 세계를 정복한 아름다운 얘기가 되지 못했을 것이다. 그것은 평범한 자연 현상으로 남아서 상상력 곧 우리의 영혼을 일깨우지 못했을 것이다. 그러나 한겨울에 태어난 빛은 어린아이가 되었고, 그 신-어린아이는 지난 2천 년 동안 영혼의 가슴에 안겨서 젖을 빨고 있는 것이다.

그 신비한 의식은 자정 직후에 곧 끝났다. 그리스도가 태어났다. 배고프고 행복한 마을 사람들은 집으로 돌아가 식사를 하면서 그들의 위장 깊숙한 곳까지 성육신(成肉身)의 신비를 느낄 것이었다. 위장은 우리 인간의 단단한 기반이다. 먼저 빵, 와인, 고기가 있어야 한다. 그것이 없으면 신도 탄생하지 못한다.

크고 천사 같은 별들은 이제 반짝거리고 있었다. 요르단 강은 하늘의 한쪽 구석에서 다른 쪽 구석으로 흘러갔다. 에메랄드 같은 초록색 별이 우리의 머리 위에서 균형을 잡았다.

나는 한숨을 쉬었다. 조르바는 내게 고개를 돌렸다. "보스, 당신은 신이 인간이 되어 마구간에서 태어났다는 얘기를 믿습니까? 그걸 믿는 겁니까, 아니면 그건 사람들을 속이고 있는 겁니까?"

"조르바, 대답하기 어려워요. 나는 믿지도 안 믿지도 않아요. 당신은 어떻습니까?"

"나도 정말 헷갈려요. 내가 뭐라고 말하겠습니까? 내가 꼬마였을 때 우리 할머니가 내게 민담을 들려주면 난 그걸 하나도 믿지 않았어요. 그렇지만 흥분되어 몸을 떨었지요. 마치 내가 그 얘기를 믿는 것처럼 울고 웃었어요. 그러나 턱수염을 기른 이후 그 민담들을 다 버리고 또 비웃었어요. 그런데 이제 늙어서 난 좀 돌았나 봐요. 그 민담을 다시 믿게 되었으니 말이에요. 사람들은 하나의 신비예요!"

우리는 마담 오르탕스의 집으로 가는 길로 들어서서 두 마리의 배고픈 말처럼 달려가고 있었다.

"거룩한 신부들은 정말 똑똑한 사람들이에요." 조르바가 말했다. "그들은 먼저 당신의 배를 움켜잡아요. 어떻게 피해갈 수 있겠어요? 40일 동안 고기를 먹지 말라는 거 아닙니까. 단식 말이에요. 왜? 당신이 고기를 동경하기 때문이지요. 아, 저 배불뚝이 신부들, 저들은 그런 요령을 참 잘 알고 있어요!"

그는 발걸음을 더욱 빨리했다.

"보스, 더 빨리 걸어요." 그가 말했다. "터키(칠면조) 요리가 다 되었을 거예요. 터키식으로 즐겨 보십시다!"

우리가 킹사이즈 침대가 놓여 있는 마담의 작은 방에 들어섰을 때 식탁에는 하얀 식탁보가 깔려 있었고, 향기 나는 터키는 양다리를 쩍 벌린 채 누워 있었고, 불을 지핀 화로에서는 기분 좋은 온기가 올라오고 있었다.

마담 오르탕스는 머리카락을 곱슬머리로 말아 올렸다. 소매가 넓고 레이스가 닳은, 좀 낡아버린 장미색 긴 가운을 입고 있었다. 손가락 두 개 너비의 노란 리본이 그녀의 주름진 목을 단단히 감고 있었다. 그녀는 겨드랑이에다 장미 향수를 뿌렸다.

'지상의 모든 것이 잘 조화를 이루고 있구나.' 하고 나는 생각했다. '사람들의 마음과 대지가 완벽한 조화를 이루었다. 이 나이 든 여가수를 보라. 그녀는 과거에 수많은 부끄러운 모험을 감행했으나 지금은 퇴기가 되어 이 비참한 해변에 내던져졌다. 그렇지만 그녀는 이 비참한 방 안에다 거룩한 배려, 온기, 여성다운 깔끔한 음식 준비를 해놓았구나.'

조심스럽게 준비된 풍성한 저녁 식사, 불을 지핀 화로, 짙은 화장을 하고 깃발 같은 리본으로 장식한 육체, 장미 향수 냄새, 이 모든 사소하지만 인간의 육체를 즐겁게 하는 것들이 아주 간단히 또 급속하게 거대한 정신적 즐거움으로 전환된 것이다. 잠시 동안 내 눈에는 눈물이 고였다. 이 특별한 밤, 나는 바닷가의 그곳에 전적으로 나 혼자만 있는 것은 아니라는 느낌이 들었다. 이러한 정성, 배려, 인내로 나에게 보살핌을 내려 주는 이 여성은 내게 어머니, 누나, 아내를 동시에 상징하는 것이었다. 아무것도 필요로 하지 않는다고 생각하던 나는 갑자기 모든 것이 필요하다고 느꼈다.

조르바 또한 그와 비슷한 달콤한 혼란을 느끼는 것 같았다. 왜냐하면 우리가 그 방 안에 들어서는 순간 그는 앞으로 달려 나가 목에 리본을 두르고 사랑에 굶주린 여주인을 꼭 껴안았기 때문이다.

"그리스도가 탄생했어요!" 그가 소리쳤다. "여성에 대하여 경례!"

그가 웃으며 내게 고개를 돌렸다.

"보스, 여자가 얼마나 교활한 존재인지 잘 알지요? 그들은 심지어 신을 상대로도 사기를 칠 거예요."

우리는 식탁에 앉아서 식사를 하고 와인을 마시고 우리의 위장을 즐겁게 하면서 우리의 가슴을 감동시켰다. 조르바는 다시 한 번 온몸에 불이 붙었다. "먹고 마셔요." 그는 가끔씩 나에게 소리쳤다. "보스, 먹고 마셔요. 왕창 먹고 노래 부르고, 젊은 양반, 목동들처럼 소리쳐요. '하늘 높은 곳에는…… 영광!' 그리스도가 탄생하셨도다. 그건 웃어버리고 말 문제가 아니에요. 당신의 아멘 노래를 좀 더 길게 불러서 하느님이 당신의 목소리를 듣고 좀 즐거움을 느끼게 해드려요. 불쌍한 분. 우리는 그분에게 엄청난 독을 끼얹었었어요."

그는 이제 아주 쾌활한 기분이 되어 달변을 멈추지 않았다.

"이봐요, 나의 현명한 솔로몬, 잉크통 아저씨, 그리스도가 탄생하셨어요! 모든 것을 아주 가는 체[篩]에다 넣고 흔들지 말아요. 간단히 말해서 그분이 태어났어요, 태어나지 않았어요? 바보 같은 생각하지 말아요. 그분은 태어났어요. 과거에 어떤 기술자가 내게 이런 말을 해주었어요. 우리가 마시는 물을 확대경으로 자세히 살펴보면 그 물에 육안으로 보이지 않는 세균이 우글거린다는 거예요. 그 세균을 보며 도저히 그 물을 마시지 못한대요. 물을 안 마시면 사람은 목이 말라서 죽어버리지요. 그러니 보스, 확대경 따위는 내던져 버리고, 그 빌어먹을 렌즈는 깨트려서 세균들을 재빨리 사라지게 해요. 그래야 물을 마시고 기운을 차릴 거 아닙니까."

그는 얼룩덜룩 화장을 한 마담에게 고개를 돌리더니 와인이 가득 찬 술을 치켜들었다. "나의 사랑하는 성처녀 마담, 나의 친애하는 전우." 그가 말했다. "난 당신의 건강을 위해 이 술을 단숨에 마실 생각입니다! 나는 한평생 동안에 많은 선수상[船首像: 배의 앞머리인 이물 끝에 장식으로 붙이는 사람이나 동물의 상(像).—옮긴이]들을 보아 왔어요. 뱃머리에 못으로 박아놓은 그 여성상은 두 손으로 자신의 유방을 감싸 쥐고 있고 양 뺨과 입술은 붉게 화장을 했지요. 선수상은 온 바다를 여행하고 온 항구에 기항하지만 배가 낡으면 그 선수상만 따로 떼어내어 육지로 올라오지요. 그 선수상은 선장들이 술 마시러 오는 어부 카페의 벽에 기대어 선 채 한평생을 마감해요. 대장 마담, 오늘 밤 푸지게 먹고 마신 터에 이 한적한 해변에서 당신을 쳐다보노라니 내 두 눈은 번쩍 열리면서 당신이 거함의 선수상을 닮았다는 것을 알겠소이다. 내가 제일 사랑하는 부불리나, 내 기꺼이 당신의 마지막 항구이며 선장들이 술 마시러 가는 카페가 되리다. 어서 와요, 내게 기대요, 돛을 내려라. 나의 사랑하는 인어여, 나는 당신의 건강을 위하여 이 잔을 비우겠소이다."

마담 오르탕스는 감동하여 눈물을 흘리면서 조르바의 어깨에 머리를 기댔다.

"잠깐만. 나는 이 멋진 연설 때문에 오늘 밤 골칫거리를 떠안아야 할 것 같습니다." 그가 내 귀에다 속삭였다. "오늘 밤 이 여자가 나를 놓아주지 않을 겁니다. 그러니 낸들 어떻게 하겠습니까? 난 이 불쌍한 것들 모두에 대하여 측은함을 느낍니다."

"그리스도가 탄생하셨도다!" 그는 인어에게 목청껏 외쳤다. "우리의 건강을 위하여!"

그는 마담의 팔을 자신의 팔로 감았다. 두 사람은 팔짱을 낀 채 와인을 밑바닥까지 주욱 마셨고 깊은 정서적 공감을 느끼며 서로 은근하게 쳐다보았다.

내가 그 따뜻한 방에서 혼자 나서서 되돌아오는 길로 들어선 것은 거의 새벽이 다 되어서였다. 마을은 잘 먹고 잘 마시고 닫힌 셔터와 문 뒤에서, 그리고 커다란 겨울의 별들 아래에서 잠들어 있었다.

밤은 추웠고 바다는 물결이 일어서며 노호했다. 금성은 동쪽에 희롱하듯이 매달려서 장난스럽게 춤을 추었다. 해변을 따라 걸으면서 나는 파도와 함께 장난질을 쳤다. 그들은 나를 적시려고 달려들었지만 나는 재빨리 피했다. 나는 행복했다. 나는 계속 중얼거렸다. '이것이 진정한 행복이야. 아무런 야망도 없지만 마치 모든 야망을 다 이룰 것처럼 아주 끈덕지게 일하는 것. 다른 사람들로부터 멀리 떨어져 살지만 그들을 사랑하고 또 그들을 필요로 하지 않는 것. 이제 크리스마스이니 잘 먹고 마시는 것. 그런 다음에, 혼자서, 모든 유혹에서 도망치면서도 머리 위의 별들을 다 소유하는 것. 왼쪽에는 땅, 오른쪽에는 바다, 그리고 마음속에서 인생의 최종적 성취를 달성했으므로, 인생이 하나의 아름다운 이야기로 마무리된다는 것을 갑자기 깨닫는 것.'

날들이 오고 갔다. 나는 계속하여 용감해지려고 노력했다. 소리를 지르며 나 자신을 위로하려 했다. 그러나 모든 것을 까놓고 말해 본다면 마음속 깊은 곳에서는 낙담하고 있었다. 성주간[聖週間: 성칠일(聖七日). 예수 그리스도의 수난과 부활을 기념하는 부활절 전의 일주일.―옮긴이] 내내 기억들이 자꾸 솟아나서 나의 내면을 음악과 내가 사랑하는 사람들로 채웠다. 다시 한 번 나는 원초적 동화가 정말로 맞는 얘기라고 느꼈다. 동화는 말한다. 인간의 마음은 피로 충만한 구덩이이다. 그 구덩이의 가장자리에서 우리가 사랑했던 자들의 망령이 얼굴을 아래로 처박으며 우리의 피를 마시려 하는데, 까닭은 단 하나, 그렇게 해야 되살아날 수 있기 때문이다. 그들은 생전에 우리의 사랑을 많이 받았던 사람일수록 우리의 피를 더 많이 빨아 마신다.

그믐날. 한 무리의 소란스러운 마을 아이들이 커다란 종이 보트를 손에 들고서 우리의 오두막까지 찾아와서 쾌활하고 새된 목소리로 성가를 부르기 시작했다. 일찍이 카이사레아[Caesarea: 현재의 카이세리(Kayseri)의 옛 지명.―옮긴이]에서 출발하여 이곳 남빛 바다를 자랑하는 크레타로 건너온 성(聖) 바실. 그 또한 종이와 잉크통을 가진, 기록하기 좋아하는 학자였는데 아이들의 종이 보트는 그의 도착을 상징하는 것이었다. 이제 아이들이 부르는 성 바실 성가는 새해를 맞이하여 아들 딸 낳고 잘 살라는 내용인데, 마치 조르바, 나 자신, 그리고 우리의 존재하지 않는 "고상한 부인"도 그렇게 해야 한다고 재촉하는 것 같았다.

나는 아무 말도 하지 않고 그 성가를 열심히 들었다. 나는 한 해가, 내 마음의 한 조각이 뜯겨져 나가는 느낌이 들었다. 나는 검은 구덩이를 향해 한 걸음 더 나아가고 있었다.

"보스, 어떻게 된 겁니까?" 아이들을 따라 노래를 부르며 작은 북을 두드리던 조르바가 물었다. "내 친구여, 무슨 일입니까? 보스, 당신은 얼굴이 창백하고 갑자기 나이 들어 보여요. 나는 새해와 마찬가지로 다시 자그마한 아이가 되었어요. 그리스도처럼 다시 태어났어요. 그분이 해마다 태어나는 것처럼 나도 그러해요."

나는 침대에 드러누워 눈을 감았다. 오늘 밤 내 가슴은 심란했고 대화를 나눌 기분이 아니었다.

나는 잠을 잘 수가 없었다. 오늘 밤은 내 행동을 해명해야 할 때인 것처럼 느껴졌다. 내 인생이 두서없는 꿈처럼 갑자기 솟구쳐 일어났다. 나는 절망에 빠져서 그것을 쳐다보았다.

하늬바람에 의해 높이 솟아오른 새털구름처럼, 내 인생은 계속 모습을 바꾸면서 함께 모여들었다가 다시 흩어지고 또 함께 모여들면서 개, 백조, 악마, 전갈, 황금 공작, 원숭이 등으로 변신했다. 그러는 동안 바람과 무지개로 가득한 구름은 계속하여 그 형체를 바꾸더니 결국에는 사라졌다. 내 인생에서 내가 제기했던 모든 질문들은 미해결의 상태로 남았을 뿐만 아니라 점점 더 복잡해지고 위협적이 되었다. 나의 가장 황당한 희망들도 시들해지면서 그 신빙성을 잃어버렸다. 새벽녘에 나는 눈을 뜨지 않았다. 나는 뭔가를 동경하는 마음을 계속 집중시키면서 제거할 수 없는 마음의 겉껍질을 뚫고서 그 밑의 검고 위험한 수로로 들어가려 했다. 그 수로를 타고 가야만 모든 인간은 가없이 넓은 바다와 하나가 될 수 있는 것이다. 나는 새해가 무엇을 가지고 올지 알아내기 위하여 그 베일을 황급히 뜯어내려 했다.

"보스, 근하신년입니다. 앞으로 많은 새해를 맞이하시기를!" 조르바의 목소리가 갑자기 나를 하늘에서 땅 위로 내려놓았다. 나는 눈을 뜨면서 그가 커다란 석류를 오두막의 문지방 위로 밀어 넣는 것을 보았다. 그 신선한 루비는 내 침대까지 밀려 들어왔다. 나는 몇 알을 집어 들고 먹으면서 내 목구멍을 축였다.

218

"보스, 이 석류는 많은 이익, 유익한 건강, 함께 달아날 아름다운 여자들을 기원하기 위한 것입니다." 조르바가 아주 좋은 기분으로 소리쳤다. 그는 세수를 하고 면도를 하고 가장 좋은 옷—녹색 펠트 천 바지, 회색 가죽 상의, 모피로 안감을 댄 염소가죽 외투—을 떨쳐입었다. 그는 러시아산 아스트라한 양털 모자도 썼고 점잖게 콧수염을 비틀어대고 있었다.

"보스." 그가 말했다. "나는 우리 회사를 대표하여 성당에 잠깐 갔다오려고 해요. 우리가 자유사상가로 비춰지는 것은 갈탄광 사업에도 별 도움이 되지 않아요. 게다가 손해 볼 게 뭐가 있습니까, 시간도 보낼 수 있는데." 그는 고개를 까닥 숙이며 윙크를 했다. '거기서 그 과부를 만날지도 몰라요.' 그가 중얼거렸다.

하느님, 갈탄광 사업의 이해관계, 그 과부 등이 조르바의 마음에서 긴밀하게 연결되어 있었다. 그의 가벼운 발걸음이 멀어져 가는 소리를 들으면서 나는 침대에서 내려왔다. 마법은 사라졌다. 내 영혼은 다시 육체의 감옥에 갇혔다.

나는 옷을 입고서 해변 가를 빠르게 걸어갔다. 나는 위험과 죄악을 벗어난 듯하여 행복했다. 갑자기 나는 오늘 아침에 아직 오지 않은 미래를 엿보면서 알아내려고 한 나의 태도가 신성을 모독한 것이라는 느낌이 들었다.

나는 과거의 어느 새벽에 우연히 소나무에 걸린 나비의 고치를 본 게 기억났다. 그것은 번데기의 껍질이 터져서 안쪽의 영혼이 막 밖으로 나오려는 순간이었다. 나는 어서 나오기를 기다리고 또 기다렸다. 그것은 느렸고 나는 바빴다. 그 껍질을 내려다보며 내 숨결로 그것을 덥히기 시작했다. 나는 초조해하며 계속 숨결을 불어넣었고 마침내 기적이 내 눈앞에서 부자연스러운 속도로 펼쳐지기 시작했다. 그 껍질은 완전히 열렸고 나비는 밖으로 나왔다. 그러나 나는 그 공포를 결코 잊지 못할 것이다. 그 날개는 밖으로 펼치지 못한 채 안으로 말려 있었다. 그 나비의 자그마한 몸뚱어리는 날개를 밖으로 펴려고 안간힘을 다하면서 떨고 있었다. 그러나 펼 수가 없었다. 나는 내 숨결로 그것을 도와주려 했으나 허사였다. 그것은 햇빛을 받아가며 천천히 성숙하여 날개를 펼쳐야 하는 것이었다. 그러나 이제 너무 늦었다. 내 숨결은 그 나비가 구겨지고 미숙한 상태로 예정 시간보다 빨리 나오게 만든 것이었다. 그것은 미숙아로 태어났고, 필사적으로 몸을 흔들어대다가 곧 내 손바닥에서 죽고 말았다.

그 나비의 솜털로 뒤덮인 사체(死體)는 지금껏 내 양심을 가장 무겁게 짓누르는 부담이 되어 왔다. 내가 그날 깊이 깨달은 것은 이러하다. 영원한 법칙을 촉진시키려는 것은 죽어 마땅한 죄이다. 인간의 의무는 자연의 영원한 리듬을 충실히 따르는 것이다.

나는 해변의 바위 위에 걸터앉아서 이러한 새해 아침의 생각을 나의 내면에 평화롭게 흡수했다. '아.' 나는 혼자 중얼거렸다. '이 새해에 내가 신경질적인 초조함을 부리지 않고 그런 자연스러운 방식으로 내 인생을 조절할 수 있게 해주소서. 내가 탄생을 촉진하려고 서두른 나머지 죽여 버린 나비가 언제나 내 앞에 날아다니면서 내게 길을 가르쳐주게 하소서! 마찬가지로, 일찍 죽어버린 나비가 그 자매인 인간의 영혼(플라톤에 의하면 인간의 영혼은 죽어서 나비가 된다고 한다.─옮긴이)을 도와 서두르지 않게 돕도록 하소서. 그리하여 인간의 영혼이 완만한 속도를 유지하며 그 날개를 펼칠 수 있게 하소서.'

11

새해 선물을 받아들고 나는 기뻐서 펄쩍 뛰었다. 날씨는 차가웠고 하늘은 청명했으며 바다는 빛났다.

나는 마을로 가는 길로 들어섰다. 성당의 예배는 끝난 것 같았다. 이 새해 아침에 내가 제일 먼저 만나게 될 사람이 누구일지 이상하게도 두근거리는 마음으로 계속 걸어갔다. 그는 내 영혼에 행운을 가져오는 사람일까, 아니면 불운을 가져오는 사람일까. 그가 새해 장난감을 손에 든 어린 소년이었으면. 혹은 지상에서의 의무를 충실히 이행한 소매 넓은 셔츠를 입은 쾌활한 노인이었으면. 마을 쪽으로 다가갈수록 내 가슴은 더욱 동요되었다.

갑자기 내 무릎의 힘이 빠졌다. 마을에서 나오는 길 옆 올리브 나무 밑에서 그 과부가 나타나 엉덩이를 흔들며 걸어왔다. 얼굴을 붉히고 있었고 검은 머리 수건을 둘렀으며 촛대처럼 허리가 꼿꼿했다. 그 매혹적인 걸음걸이를 보니 천생 그녀는 검은 표범이었다. 그녀는 공기 중에 얼

얼한 사향 향기를 내뿜는 듯했다. '저 여자로부터 도망칠 수 있을까?' 나
는 생각했다. 나는 이 성난 짐승이 무자비하다는 것을 잘 알았다. 승리할
수 있는 길은 도망치는 것뿐이었다. 하지만 어떻게 도망칠 것인가? 과부
는 가까이 다가왔고 조약돌을 밟는 소리가 마치 군대의 전차가 지나가
는 것 같았다. 그녀는 머리를 흔들어 수건을 약간 흘러내리게 함으로써
반짝거리는 까마귀 같은 검은 머리카락을 드러냈다. 그녀는 미소를 지으
며 나를 건듯 쳐다보았다. 그녀의 두 눈에는 야성적인 감미로움이 깃들
어 있었다. 그녀는 재빨리 머리 수건을 바로 잡았다. 여자의 가장 깊은 신
비—머리카락—를 드러낸 것이 부끄러운 듯했다.

나는 그녀에게 인사를 하면서 "앞으로도 많은 새해를 맞이하기를!"
하고 복을 빌어주고 싶었다. 그러나 갱도가 무너져서 내 목숨이 위협받
았을 때처럼 내 목구멍은 꽉 막혔다. 그녀의 과수원을 울타리처럼 두른
갈대들이 흔들거렸다. 겨울 햇빛이 황금빛 레몬 나무와 오렌지 나무, 그
리고 그 어두운 잎사귀들 위에 떨어졌다. 과수원 전체가 마치 천국처럼
환히 빛났다. 과부는 이제 걸음을 멈추고 양팔을 뻗어 과수원 문을 밀었
고, 그 순간 나는 그녀 앞을 지나갔다. 그녀는 고개를 돌리며 나를 다시
쳐다보았고 눈썹이 살짝 흔들렸다. 그녀는 과수원 문을 열어둔 채 안으
로 들어갔다. 나는 그녀가 엉덩이를 가볍게 흔들면서 오렌지 나무들 뒤
로 사라지는 것을 보았다.

문턱을 넘어가 문을 걸어 잠그고 그녀를 쫓아가 그녀의 허리를 부여
잡으며, 아무 말도 하지 않고 담요 깔린 침대 위에 그녀와 함께 쓰러지는
것—이것이 진짜 남자가 해야 할 일이고, 내 할아버지라면 거침없이 해
치웠을 일이다. 또 앞으로 나의 손자도 그렇게 하기를 바란다. 그러나 나
는 결정을 내리지 못하고 우물쭈물하며 생각에 잠겼다.

'나는 다음 생에서는 더 잘 행동할 거야.' 나는 씁쓸한 미소를 지으며 중얼거렸다. '나는 앞으로 계속 걸어가겠어.'

나는 큰 죄를 지은 사람처럼 마음에 심한 부담감을 느끼며 녹색의 계곡 쪽으로 걸어갔다. 나는 걷고 또 걸었다. 추위로 몸이 떨렸다. 나는 과수원 앞에서 그 과부와 마주친 일을 내 마음에서 털어냈으나, 그녀의 미소, 두 눈, 팽팽한 유방은 계속 내 눈 앞에서 어른거렸다. 나는 쫓기는 사람처럼 앞으로 달려갔다.

나무들은 아직 꽃피지 않았으나, 꽃봉오리는 이미 활기차게 솟아오르고 있었다. 그 꽃봉오리 안에는 싹, 꽃, 달콤한 과일이 마치 피타 파이처럼 응축되어 있어서 빛 속으로 터져 나올 준비를 하고 있었다. 봄철의 놀라운 기적이 저 건조한 목피 뒤에서 겨울의 낮과 밤 동안 은밀하면서도 소리 없이 준비되고 있었다.

갑자기 나는 기뻐서 소리쳤다. 내 앞에 있는 저 분지에 씩씩한 개척자 아몬드가 꽃을 피운 것이었다. 그것은 다른 모든 나무들에 앞서서 봄철을 선언하고 있었다. 나는 위안을 느꼈다. 그것은 내가 원하는 것이었다. 그 은밀하면서도 얼얼한 향기를 깊숙이 들이마시면서 나는 길에서 벗어나 꽃피는 나뭇가지 아래에 앉았다. 아무것도 생각나지 않았고 단 하나의 근심도 없이 행복한 상태로 그곳에 오래 머물렀다. 나는 영원의 나무 아래에서 천국 속에 들어간 느낌이었다.

그때 성난 커다란 목소리가 갑자기 나를 천국에서 쫓아냈다.

"보스, 그 계곡에 왜 그리 죽치고 앉아 있는 거요? 당신을 찾으려고 동네방네 다 돌아다녔잖아요. 거의 정오가 다 되었어요. 자, 갑시다!"

"어디로?"

"어디로? 아니, 몰라서 물어요? 물론 새끼 돼지를 잡아놓고 기다리는 마담 집이요. 배고프지 않아요? 잘 구운 새끼 돼지가 오븐에서 나와서 그 좋은 냄새가 코를 찔러요. 자 갑시다, 그렇게 뭉그적거리지 말고!"

나는 일어서서 이처럼 꽃피는 기적을 보여주는 아몬드 나무의 거칠고 신비스러운 몸통을 쓰다듬었다. 배가 고픈 조르바는 내 앞에서 기분 좋은 자세로 씩씩하게 걸어갔다. 인간의 기본적 욕구─음식, 술, 여자, 춤─가 포크댄스를 추는 듯한 그의 신체 안에서 여전히 위력을 발휘하고 있었다. 그는 손에 코바늘로 뜬 황금색 레이스로 묶은 분홍색 종이를 들고 있었다.

"새해 선물?" 내가 그에게 물었다.

조르바는 자신의 감정을 조절하려는 듯 웃음을 터트렸다.

"저 불쌍한 것은 이걸 주면 징징거리지 않을 겁니다." 그는 고개를 돌리지 않고 말했다. "그러면 그녀는 과거의 영광을 생각하겠지요. 마담도 어차피 여자니까. 언제나 징징거리는."

"그건 사진이요? 당신 사진? 이 악당, 어서 말해 봐요."

"곧 알게 될 겁니다. 너무 서두르지 마세요. 저절로 알게 될 테니. 내가 직접 만들었어요. 자, 빨리 갑시다."

정오 직후의 햇빛은 사람의 뼈를 따뜻하게 했다. 바다 또한 즐겁게 일광욕을 했다. 옅은 안개로 둘러싸여 마치 화장을 한 듯한 저기 저 척박한 작은 섬은 바다에서 솟아올라 항해하고 있는 듯했다.

우리는 마을에 도착했다. 조르바가 내 옆에 바싹 붙더니 속삭이는 목소리로 말했다. "보스, 나는 앞쪽 성가대 지휘자 옆에 서 있었는데 그 문제의 여인이 성당으로 들어오더라고요. 갑자기 성상을 가린 스크린이 환히 밝아지는 느낌이었어요. 그리스도, 성모, 12사도들이 모두 환히 웃고 있는 것 같고요. '이거 도대체 어떻게 된 일이지?' 나는 성호를 그으면서 물었어요. '해가 나서 그런 건가?' 아니었어요. 고개를 돌려보니 그 과부가 들어선 거예요."

"조르바, 헛소리 그만!" 나는 더 빨리 걸으면서 말했다.

그러나 조르바가 곧바로 쫓아왔다. "보스, 그 여자를 아주 가까이서 보았어요. 한쪽 뺨에 남자를 미쳐버리게 만드는 검은 점이 있더군요. 여자 뺨의 검은 점은 정말로 신비한 거예요!"

또다시 그는 놀라면서 눈이 앞으로 툭 튀어나왔다.

"보스, 그런 점을 본 적이 있나요? 그 주변의 살은 아주 부드럽고 팽팽한데 갑자기 검은 점이 나타나는 겁니다. 그건 정말 남자를 환장하게 만들지요. 보스, 뭔가 좀 생각나는 게 없습니까? 당신의 책들은 뭐라고 말하고 있습니까?"

"책들은 다 지옥에나 가라고 해!"

조르바가 즐거워하며 웃음을 터트렸다. "아하!" 그가 말했다. "당신도 이제 뭔가 좀 알기 시작했군요."

우리는 카페 옆을 멈추지 않고 재빨리 지나갔다.

우리의 "고상한 부인"은 오븐에다 새끼 돼지를 요리해 놓은 다음 문턱에 서서 우리를 기다리고 있었다. 그녀는 또다시 밝은 노란색 리본을 목에 두르고 있었다. 그녀가 얼굴에 두껍게 분을 바르고 입술에 새빨간 연지를 칠한 모습은 좀 스산해 보였다. 약간 풀어진 그녀의 음탕한 눈빛은 춤을 추었고 곧 조르바의 왁스 먹인 콧수염에 집중되었다. 그는 바깥 문을 걸어 잠그자마자 그녀의 허리를 휘어잡았다.

"나의 사랑스런 부불리나, 앞으로도 많은 새해를 맞이하기를!" 그가 그녀에게 말했다. "내가 가져온 선물 좀 봐."

그는 그녀의 통통하고 주름진 목덜미에 키스했다.

나이 든 세이렌은 간질간질한 기분이었으나 침착한 태도를 유지했다. 그녀는 툭 튀어나온 눈으로 선물을 쳐다보았다. 그녀는 재빨리 선물을 낚아채더니 황금 리본을 풀고서 내려다보더니 놀라는 비명 소리를 내질렀다.

나도 허리를 숙여서 그것을 보았다. 거친 판지 위에다 저 악당 조르바가 네 척의 커다란 전함을 그려놓은 것이었다. 노랑, 갈색, 회색, 검정의 네 가지 색깔로 그려진 배들은 저마다 깃발을 흔들고 있었다. 바다는 분홍빛이었다. 전함들 앞의 파도 위에는 우유처럼 하얀 알몸의 인어가 비스듬히 누운 자세를 취하고 있었다. 그녀의 머리카락은 해풍에 휘날렸고, 유방은 오뚝했으며, 꼬리는 부드럽게 물결쳤다. 그 인어는 목에 노란 리본을 두르고 있었다. 마담 오르탕스였다. 그녀는 네 개의 케이블로 영국, 러시아, 프랑스, 이탈리아의 깃발을 올린 전함들을 끌어당겼다. 그림의 네 구석에는 블론드, 갈색, 회색, 검은색의 턱수염이 그려져 있었다.

나이 든 세이렌은 그림의 의미를 재빨리 알아차렸다. "이건 나예요!" 그녀가 인어를 자랑스럽게 가리키며 말했다. 그녀는 한숨을 내쉬었다. "그래요. 내가 맞아요. 한때 나는 엄청난 힘을 가지고 있었지요."

그녀는 침대 바로 위, 앵무새 조롱 곁에 걸어놓았던 자그마한 둥근 거울을 내리고, 그 자리에 조르바의 그림을 걸었다. 그녀의 얼굴은 그 짙은 루주 아래에서 우윳빛으로 변했으리라.

조르바는 곧 주방으로 들어갔다. 배가 고픈 그는 새끼 돼지 고기가 든 프라이팬을 들고 나왔다. 그는 와인 한 병을 자기 앞에 내오더니 석 잔을 가득 따랐다. "자, 와서 앉아요!" 그가 손뼉을 치며 소리쳤다. "우선 만사의 밑바탕인 배부터 채우고 봅시다. 그 다음에, 사랑하는 부불리나, 우리는 진도를 나아갈 수 있어요."

그러나 식사 분위기가 백발의 인어가 내쉬는 많은 한숨 때문에 시들해졌다. 그녀 또한 새해 아침이 되면 나름대로 재림을 생각하며 그녀의 인생을 저울에 달아볼 터인데 뭔가 부족하다고 느끼고 있는 것이리라. 이런 명절이면 도시들, 남자들, 실크 야회복, 샴페인, 향수 냄새 풍기는 기다란 턱수염 등이 절반쯤 벗겨진 저 여자의 머릿속 무덤에서 되살아나 소리치고 있는 것이리라.

"식욕이 없어요." 그녀가 애교 떠는 목소리로 징징거렸다. "식욕이 없어요."

그녀가 화로 앞에 무릎을 꿇으며 불타는 석탄을 쑤석거리자 축 늘어진 양 뺨에 불빛이 어른거렸다. 한 줄기 머리카락이 그녀 이마로부터 흘러내려 화로 불에 닿았다. 방 안에는 불탄 머리카락의 노린내가 퍼졌다.

"식욕이 없어요." 그녀는 우리가 별로 신경 쓰지 않는 것을 보고서 다시 징징거렸다.

조르바는 화를 내며 주먹을 꼭 쥐었다. 잠시 그는 어떻게 해야 할지 몰라서 망설였다. 우리가 먹고 마시는 동안 그녀가 마음껏 징징거리도록 내버려둘 수도 있었다. 반대로 그는 그녀 앞에 무릎을 꿇고서 양팔로 그녀를 끌어안고서 다정한 말 한두 마디로 그녀의 심기를 되돌려 놓을 수도 있었다. 그런 두 가지 선택 사항이 갈등을 일으키며 그의 가죽 같은 얼굴 위에 유동적인 물결을 만들고 있었다. 나는 그것을 유심히 지켜보았다.

갑자기 조르바 얼굴의 물결은 멈추었다. 그는 결정을 내린 것이었다. 그는 무릎을 꿇고서 세이렌의 무릎을 움켜잡았다.

"부불리나." 그가 괴로운 듯한 목소리로 말했다. "당신이 먹지 않으면 온 세상이 망해버리고 말 거예요. 나의 사랑하는 부인이여, 이 세상을 좀 불쌍하게 여기세요. 그리고 이 새끼 돼지의 다리 하나를 뜯으세요.”

그는 버터가 스며들어 바삭바삭한 다리를 그녀의 입에 틀어넣었다. 양팔로 그녀를 안아서 달랑 들더니 우리 두 사람 사이의 의자에 가뿐히 앉혀 놓았다.

“먹어요.” 그가 말했다. “먹어야 산타클로스가 우리 마을로 오는 거예요. 이걸 알아야 해요. 만약 당신이 먹지 않으면 산타클로스는 오지 않을 거예요. 그는 종이와 잉크통, 새해의 파이 빵, 새해 선물, 아이들의 장난감, 이 새끼 돼지 고기 등을 챙겨서 고향 카이사레아로 돌아가 버릴 거예요. 그러니 나의 어여쁜 부불리나키, 당신의 작은 입을 열고 어서 먹어요!”

그는 손가락 두 개를 내뻗어서 그녀의 겨드랑이를 간질였다. 나이 든 세이렌은 히-히 하고 웃더니 충혈된 두 눈을 닦아내고서 너무 익힌 돼지 다리를 우적우적 씹기 시작했다.

바로 그 순간 두 마리의 흥분된 들고양이가 우리 머리 바로 위의 흙 지붕에서 소리를 지르기 시작했다. 그놈들은 분노와 증오가 가득한 목소리로 울어댔다. 위협적인 목소리가 오르락내리락하더니 갑자기 그 두 마리는 지붕 위에서 서로에게 달려들며 죽기 살기 식으로 상대방을 찢어 죽이려 했다.

“야옹, 야옹.” 조르바는 나이 든 세이렌에게 윙크하며 고양이 소리를 냈다.

그녀는 미소를 지으며 식탁 밑에서 은밀하게 그의 손을 꼬집었고, 이제 목구멍을 벌린 그녀는 왕성하게 먹기 시작했다.

석양의 햇빛이 자그마한 창문을 통해 들어와 부불리나의 발밑에 앉았다. 와인 병은 비었다. 조르바는 수고양이 같은 콧수염 끝을 바짝 세우면서 '암컷'의 옆에 더욱 바싹 당겨 앉았다. 마담 오르탕스는 양어깨 사이에 고개를 처박은 채, 와인 냄새를 풍기는 그의 숨결을 목덜미에 느끼면서 온몸에 소름이 돋았다.

조르바는 내게 고개를 돌리며 말했다. "이 신비는 무엇입니까, 보스? 나는 만사가 영 엉뚱한 방향으로만 흘러가고 있어요. 갓난아이였을 때는 회색 수염을 닮았다는 말을 들었어요. 통통하고, 말이 없고, 우리 할아버지 같은 늙은 허스키 목소리를 가지고 있다고 했지요. 그런데 나이를 먹어갈수록 나는 몸이 더 가벼워졌어요. 스무 살에 나는 미친 짓을 하기 시작했지만 남들 다 하는 그런 짓이었어요. 마흔 살에 나는 정말로 젊어진 느낌이었고 마침내 진짜로 미친 짓을 하는 데 골몰했어요. 그리고 이제 예순이 되어(보스, 우리끼리 하는 얘기지만 실은 예순다섯이에요), 하느님에게 맹세하지만, 보스 이걸 어떻게 설명해야 할까요, 세상이 내게는 너무 비좁게 보여요."

그는 술잔을 높이 쳐들면서 그의 숙녀 쪽으로 고개를 돌리고서 술기운이 가득한 엄숙한 어조로 말했다. "고상한 마담, 당신의 건강을 위하여. 새해에는 하느님이 당신에게 이빨을 다시 내려 주시고, 칼 같은 일자 눈썹도 주시고, 다시 한 번 대리석 같은 하얀 피부를 주셔서 당신 이 마침내 당신 목을 두른 저 지겨운 리본을 벗겨낼 수 있도록 해주시기를! 오 나의 부불리나, 크레타가 또다시 혁명을 일으켜서 4대 열강이 또다시 함대를 보내오기를! 그 각각의 함대는 향수 냄새 풍기는 곱슬곱슬한 턱수염을 가진 나브라코스(제독)가 지휘하기를! 그러면 나의 인어여, 당신은 파도를 뚫고 일어서서 아름다운 노래를 부를 것이고—아아, 이 얼마나 아름다운 그림인가!—그러면 그 함대들은 이 팽팽하고 둥그런 두 덩어리 바위에 부딪쳐 올 테지!"

조르바는 그렇게 말하면서 커다란 손으로 마담의 주름지고 늘어진 유방을 움켜쥐었다.

욕정에 목소리가 쉬어버린 조르바는 온몸이 불타올랐다. 나는 과거에 한 터키의 파샤가 파리의 나이트클럽에서 흥겨운 한때를 보내는 영화를 본 적이 있었다. 그는 블론드 머리의 어떤 여점원을 무릎 위에 올려놓고서 점점 흥분하여 온몸에 불이 붙었다. 그리하여 그가 쓴 페즈 모자의 술이 점점 올라와 처음에는 수평을 유지하다가 갑자기 위로 솟구쳐서 공중에 빳빳이 서는 것이었다.

"보스, 왜 웃습니까?" 조르바가 물었다.

그러나 마담은 조르바의 말에 온 정신이 팔려 있었다.

"아, 사랑하는 조르바, 정말로 그런 일이 벌어질까요? 젊음은 이미 가버렸는데!"

조르바는 좀 더 가까이 다가가면서 그의 의자를 그녀의 의자에 딱 달라붙게 했다. "사랑하는 부불리나, 내가 진정으로 말해 줄게요." 그는 그렇게 하면서 그녀 블라우스의 결정적 단추인 세 번째 것을 풀려고 했다. "내가 당신에게 가져다줄 아주 멋진 선물에 대해서 말씀드리지요. 기적을 부리는 어떤 새로운 의사가 등장했어요. 그는 당신에게 물약이든 가루약이든 어떤 약을 줄 거예요. 그런 일이 어떻게 벌어질 수 있는지 그 이유는 잘 모르지만 그 약을 먹으면 적으면 20년, 많으면 25년이 젊어져요. 그러니 사랑하는 부불리나, 한숨지을 필요 없어요. 내가 당신을 위해 그 약을 유럽에다 주문해 줄게요."

늙은 세이렌의 붉은 두피가 얼마 남지 않은 듬성한 머리카락 사이로 반짝거렸다. 그녀는 깜짝 놀라며 소리쳤다. "그게 정말이에요? 정말?" 그녀는 축 처진 살찐 양팔로 조르바의 목을 감았다. "사랑하는 조르바,

그게 사실이라면." 그녀는 그에게 몸을 비벼대며 콧소리로 말했다. "물약이면 한 버킷, 가루약이면……"

"한 자루." 조르바가 마침내 세 번째 단추를 완전 끌러버리며 말했다.

한동안 잠잠하던 들고양이들이 다시 소리치기 시작했다. 한 놈은 처량하게 애원하는 목소리였고 다른 한 놈은 거부하면서 위협하는 목소리였다.

우리의 마담은 하품을 했다. 그녀의 두 눈에는 졸음이 가득했다.

"저 고양이 소리 좀 들어봐요." 그녀가 창피하다는 듯이 말했다. "도대체 부끄러움을 몰라요." 그녀는 조르바의 무릎에 앉아서 그의 목에 기대면서 한숨을 쉬었다. 그녀는 와인을 너무 많이 마셨다. 그녀의 두 눈에는 눈물이 고였다.

"사랑하는 부불리나, 무엇을 생각했는데 눈에 눈물이 맺혔지요?" 조르바가 손으로 그녀의 유방을 주무르며 물었다.

"알렉산드리아." 여행을 많이 한 인어가 코를 훌쩍거리며 대답했다. "알렉산드리아, 베이루트, 콘스탄티노플, 터키인, 아랍인, 셔벗(sorbet: 과즙에 물, 우유, 설탕 따위를 섞어 얼려서 만든 과일향이 나는 빙과.—옮긴이), 황금 슬리퍼, 페즈 모자." 그녀는 다시 한숨을 쉬었다. "알리 베이가 나와 함께 밤을 보낼 때—아아, 그 콧수염! 눈썹! 그 억센 팔!—그는 클라리넷과 탬버린을 우리 집 안뜰에서 연주했어요. 새벽녘이 될 때까지. 이웃들은 모두 벌컥 화를 내면서 말했지요. '저거 또 알리 베이와 마담이 함께 있군.' 그 다음에 콘스탄티노플에 있을 때 일인데, 술레이만 파샤는 나를 금요일 산책에 데리고 나가지 않았어요. 술탄이 모스크에 갈 때 나를 보면 내 아름다움에 홀딱 반해서 하렘(harem: 본디 정확한 표기는 "harem". 영역자 피터 빈은 마담 오르탕스가 프랑스어식으로 그리스어를 말하면

231

서 "r" 자를 계속 굴려서 말한다는 것을 보여주기 위해 일부러 "harrem"으로 표기했다. "harem"은 "이슬람 세계에서 가까운 친척 이외의 일반 남자들의 출입이 금지된 장소로 보통 궁궐 내의 후궁이나 가정의 내실을 가리킨다. 술탄은 왕비를 비롯해 많은 후궁을 두었는데 그들이 생활한 규방을 하렘이라 불렀다. ―옮긴이)에 데리고 갈까 봐요. 그는 아침에 내 집에서 나설 때는 세 명의 흑인을 내 집 문 앞에 보초로 세웠어요. 내게 남자들이 다가와 귀찮게 치근덕거릴까 봐. 아아, 술레이만, 내 사랑!" 그녀는 손수건을 꽉 움켜잡고 그것을 물어뜯으며 수생 거북처럼 식식거렸다.

조르바는 그녀를 옆의 의자에 내려놓고 화를 내며 일어섰다. 그는 심호흡을 하면서 방 안을 몇 번 왔다 갔다 했다. 방이 너무 답답했던 것이다. 그는 단장을 집어 들고 마당으로 나가 나무 사다리를 벽에 기대 세우고서 올라갔다. 나는 그가 한 번에 두 칸씩 올라가는 것을 보고서 소리쳤다. "조르바, 누굴 치려고 그러는 거요? 술레이만 파샤?"

"저 빌어먹을 고양이 새끼들. 도대체 사람을 조용히 내버려두지 않아."

그는 단숨에 지붕 위에 올라섰다.

술에 취하고 머리카락이 부스스한 마담 오르탕스는 키스 세례를 받은 두 눈을 내리감았다. 졸음이 그녀를 높이 들어올려, 동방의 커다란 도시들, 대문이 달린 정원들, 어둑한 하렘(harem), 욕정에 불타는 파샤들에게로 데려갔다. 그녀는 낚시하는 꿈을 꾸었고, 네 개의 낚싯줄을 던져서 네 척의 거대한 전함을 낚아 올리고 있었다.

꿈속의 바다에서 소금기 어린 포말로 온몸을 적신 채 평화로움을 느끼는 나이 든 세이렌은 이제 미소를 짓고 있었다.

조르바가 단장을 휘두르며 다시 방 안으로 들어왔다.

"잠들었나요?" 그가 마담을 쳐다보며 말했다. "잠들었어요, 저 지저분한 잡것이?"

"그래요." 내가 대답했다. "늙은 사람도 다시 젊게 만든다는 잠의 전령 세르게이 보로노프에게 잡혀갔어요. 조르바 파샤, 그녀는 이제 다시 스무 살이 되어 알렉산드리아와 베이루트를 산책하고 있어요."

"에이, 잡것, 지옥에나 가라!" 조르바가 방바닥에 침을 뱉으며 중얼거렸다. "저 꼬락서니를 좀 보세요. 미소를 짓고 있잖아요. 보스, 여기서 나갑시다." 그는 모자를 쓰고 문을 열었다.

"저 여자를 혼자 내버려두고 사라지는 건 좀 부끄러운 일 아닌가요?"

"저년은 혼자 있지 않아요." 조르바가 으르렁거렸다. "저년은 술레이만 파샤와 함께 있어요. 안 보이세요? 저 지저분한 잡것이 제7천국에 있는 게. 자 어서 가요!"

우리는 차가운 밤공기 속으로 나섰다. 달은 아주 평화로운 하늘을 가로질러 천천히 움직이고 있었다.

"여자들!" 조르바가 역겹다는 듯이 말했다. "젠장! 하지만 그건 그들의 잘못이 아니에요. 우리 잘못이지요. 대가리가 없거나 물대가리인 술레이만과 조르바 같은 남자들의 잘못이지요." 그러다가 조르바는 계속 말했다. "아니 그건 우리의 잘못도 아닙니다. 딱 한 사람만 책임이 있어요. 위대한 돌대가리, 위대한 물대가리, 위대한 술레이만, 위대한 조르바, 이 모든 걸 합친 자. 당신은 그게 누군지 아시지요?"

"만약 그가 존재한다면 그렇겠지요." 내가 말했다. "하지만 존재하지 않는다면?"

"그렇다면 지랄 같은 일이지요." 그가 외설스러운 동작을 하면서 말했다.

우리는 한동안 아무 말도 하지 않고 바삐 걸어갔다. 조르바는 불같은 생각에 빠져서 흥분하고 있었다. 그는 가끔씩 단장으로 조약돌을 내리치며 침을 뱉었다.

갑자기 그가 고개를 돌렸다. "하느님께서 우리 할아버지의 유해를 축복해 주시기를." 그가 말했다. "할아버지는 여자에 대해서 많이 알았어요. 여자를 좋아했고 또 여자 때문에 엄청난 고통을 겪었기 때문이죠. '얘야, 알렉시스, 네가 나의 축복을 바란다면.' 할아버지는 내게 말하곤 했죠. '여자들을 조심해야 한다. 하느님이 아담의 갈비뼈를 빼내 여자를 만들려고 할 때에, 악마가 뱀으로 변신하여 ─ 아, 저주받을 순간이여! ─ 쉭! 하고 그 갈비뼈를 낚아채서 내뺐단다. 하느님은 쫓아가서 그 뱀을 붙잡았으나 그놈은 미끄덩하며 사라졌고 하느님의 손에 남은 것은 악마의 뿔뿐이었어. 하느님은 말했어. '훌륭한 주부는 숟가락으로도 실을 자아내지. 나는 이 악마의 뿔을 이용하여 여자를 만들어야겠다.' 하느님은 그런 식으로 여자를 만드셨고 그리하여 알렉시스, 악마가 우리를 사로잡게 된 거야. 어디서든 여자에게 손을 대면 그건 악마의 뿔인 거야. 그러니 얘야, 조심해야 돼. 여자는 또 천국의 사과를 훔쳐다가 유방 사이에다 감추어 두었어. 그러면서 여자는 그 사과를 자랑이라도 하듯이 여기저기 오가고 산책하고 또 삐져대고 있어. 만약 네가 그 사과를 먹는다면 너는 끝장인 거야. 네가 먹지 않는다고 해도 마찬가지로 끝장나는 거야. 그러니, 얘야, 내가 너에게 어떤 조언을 해줄 수 있겠니? 네가 하고 싶은 대로 하려무나!' 돌아가신 할아버지는 내게 이런 말씀을 들려주셨지요. 그러니 내가 어떻게 뭔가 배울 수 있었겠어요? 나는 나 자신의 길을 걸어가서 지옥으로 갔지요."

우리는 혼란을 안겨주는 밤하늘의 달에 혼란을 느끼며 황급히 마을을 통과했다. 술 취해 산책을 나갔을 때 그런 것처럼 세상은 모습이 바뀌어져 있었다. 거리는 우유의 강이 되었고 거리의 구덩이들은 회반죽으로 흘러넘쳤다. 산들은 눈으로 뒤덮였다. 사람의 양팔, 얼굴, 목은 개똥벌레의 배처럼 인광을 뿜었다. 밤하늘의 달은 사람의 가슴에 이국적인 둥근 부적처럼 매달렸다.

우리는 말들처럼 아주 빠르게 걸어갔다. 술기운이 얼근하여 우리의 몸은 무게가 없는 듯이 느껴졌다. 우리는 날아가는 것 같았다. 우리가 빠져나온 잠든 마을의 개들은 평평한 지붕 위로 기어 올라가 달에 시선을 고정시키면서 구슬프게 짖어댔다. 그러면 우리도 까닭 없이 개들처럼 목을 길게 빼고 구슬픈 외침을 외치고 싶어졌다.

이제 우리는 과부의 과수원을 지나갔다. 조르바가 걸음을 멈추었다. 그는 술, 음식, 달 때문에 현기증을 느꼈다. 그는 목을 길게 빼고서 당나귀 울음 같은 힘찬 목소리로 외설적인 크레타 소야곡을 부르기 시작했다. 그는 술에 취하여 그 가사를 즉석에서 멋대로 지어내는 듯했다.

> 허리 아래의 당신 몸을 사랑하라.
>
> 그놈은 들어갈 땐 뻣뻣하지만
>
> 나올 때는 흐물흐물해.

"이 과부도 또 다른 악마의 뿔이에요." 그가 말했다. "보스, 자 어서 갑시다."

우리가 오두막에 도착한 것은 거의 새벽녘이었다. 나는 피곤하여 곧바로 침대에 들었다. 조르바는 손발을 씻고 프리무스 난로(Primus stove: 휴대용 석유난로.—옮긴이)에 불을 붙이고 커피를 끓였다. 그는 출입구 앞의 땅바닥에 책상다리하고 앉아서 담배에 불을 붙이고 평화롭게 담배를 피웠다. 바다를 내다보는 그의 상체는 칼처럼 일직선이었고 아무런 미동도 없었다. 그는 진지하면서도 집중하는 표정이었다. 그는 내가 사랑하는 일본 그림과 닮았다. 한 고행자가 오렌지 색깔 법의를 걸치고서 책상다리로 앉아 있는데 그의 환한 얼굴은 아주 견고해 보인다. 마치 빗물에 검게 된 나무를 아름답게 조각해 놓은 것 같다. 그는 목을 빳빳하게 세우고 아무런 두려움도 없다는 듯이 웃으며 그 앞의 석탄같이 검은 밤을 응시하고 있다.

나는 달빛 속에 앉아 있는 조르바를 쳐다보면서 그와 온 세상이 하나로 엮어지는 멋진 단순함, 영혼과 육체가 그의 내부에서 하나로 연결되는 상태, 이 세상 모든 것―여자, 빵, 지성, 잠―이 그의 살 속에서 행복하게 포용되어 조르바로 바뀌는 변신 등을 참으로 멋지다고 생각했다. 인간과 우주가 그토록 다정하게 연결된 상태를 나는 일찍이 본 적이 없었다.

달은 마침내 지기 시작했다. 아주 둥글고 희미한 녹색인 달은 바다 위로 형언할 수 없는 부드러움을 퍼트렸다.

조르바는 담배꽁초를 내던지고 바구니 안을 뒤지더니 약간의 줄, 도르래, 조그마한 나뭇가지 등을 꺼냈다. 그는 기름 램프에 불을 붙이고 공중 삭도의 모형을 테스트하기 시작했다. 그는 그 원시적인 자그마한 장난감에 고개를 숙이면서 아주 어려운 계산이 잘 풀리지 않는 듯 난감해하고 있었다. 그가 흥분하는 자세로 욕을 하면서 자주 머리를 긁적여서 그것을 알 수 있었다.

그는 갑자기 그 모든 게 지겨워졌는지 공중 삭도 모형을 발바닥으로 걷어차서 쓰러트렸다.

12

나는 잠이 들었다. 내가 깨어보니 조르바는 출근하고 없었다. 바깥은 추워서 침대에서 일어날 기분이 나지 않았다. 머리 위의 자그마한 선반으로 손을 뻗어서 내가 사랑하여 가지고 온, 말라르메 시집을 꺼냈다. 나는 아무 페이지나 펴서 천천히 읽다가 접었고 다시 펴서 읽다가 내던졌다. 오늘 이 시들은 내게 피가 없고 향기가 없고 인간적 냄새가 없는 시시한 것으로 여겨졌다. 그 시들은 공허했다. 공중에다 쓴 희미한 푸른색 글씨이고, 미생물이 전혀 없어 아주 깨끗하지만 영양분 없는 증류수였다. 한마디로 생명이 없었다.

쇠퇴하는 종교들의 경우, 신들은 그 지위가 격하되어 시(詩)의 주제가 되고, 사람들의 고독이나 거실 벽을 아름답게 꾸미는 장식물이 되어 버린다. 이 시들에서도 똑같은 현상이 벌어진다. 흙과 씨앗이 가득한 마음속의 몽롱한 동경은 무미건조한 지적 게임, 혹은 공허한 바람[風]으로 세워진 건축물로 격하되었다.

나는 그 시집을 다시 펴고서 한 번 더 읽었다. 나는 왜 지난 여러 해 동안 이 시들에 매혹되었는가? 순수시! 인생이 단 한 방울의 피도 섞이지 않은 투명하고 가벼운 게임이 되게 하라. 인간의 요소—섹스, 육체, 즉각적인 열정의 외침—는 조잡하고, 투박하고, 불결하기 때문에 그것을 추상적인 관념으로 만들어라. 그 육체가 물질의 본성을 버리고 정신의 용광로 속에서 화학적 변화를 통하여 사라지게 하라.

　나를 그처럼 강력하게 매혹시켰던 모든 것이 오늘 아침에는 사기꾼의 외줄타기 춤 같았다. 모든 문명의 말기에 사람들의 고뇌는 언제나 비슷하게 끝이 났다. 기술적으로 능숙한 술수 부리기, 순수시, 순수음악, 순수사상, '마지막 사람'의 술수 등이었다. 마지막 사람은 모든 신앙과 망상으로부터 벗어난 사람, 아무것도 더 이상 기대하지 않는 사람, 아무것도 더 이상 두려워하지 않는 사람, 그의 토양이 정신으로 쇠퇴해 버린 사람을 말한다. 그리하여 그는 더 이상 땅에 뿌리를 내려 자양분을 얻지 못하고 자신도 땅에 더 이상 자양분을 주지 못한다. 인간성은 철저히 배제된다. 더 이상 정액도, 배설물도, 피도 만들어내지 않는다. 모든 물질적인 것은 말씀으로 쇠락해 버리고, 그 말씀은 다시 음악적 오락으로 추락해 버린다. 그리고 이제 '마지막 사람'은 그의 사막의 가장자리에 앉아서 이 음악을 소리 없는 수학 공식으로 환원시킨다.

　나는 벌떡 일어났다. "그 '마지막 사람'은 붓다이다!" 나는 소리쳤다. 그것이 그의 무서우면서도 신비한 의미이다. 모든 것을 비워내어 그 어떤 것도 포용하지 않는 '순수한' 영혼이 붓다이다. 붓다는 무(無)이다. 그는 소리친다. "너의 내장을 비워내고, 너의 머리를 비워내고, 너의 마음을 비워내라!" 그가 어디에다 발을 내딛든 간에 물은 더 이상 흐르지 않고 풀은 더 이상 자라지 않고 아이들은 더 이상 태어나지 않는다. '나는 그를 포위해야만 해.' 나는 생각했다. '그를 비유와 마법적 소리로써 유혹하여 나의 내장을 붙잡고 있는 그의 손길을 물리쳐야 해. 그의 주위로 말씀의 그물을 던져서 그를 잡아서 나를 구제해야 해.'

희곡 『붓다』를 쓰는 것은 이제 더 이상 문학적 게임이 아니었다. 그것은 나의 내부에서 움직이는 대격변의 힘, 내 가슴을 불태우는 엄청난 부정(否定) 등을 상대로 싸우는 투쟁이 되었다. 이 투쟁의 결과 여부에 내 목숨이 달려 있는 것이었다.

나는 행복한 마음으로 원고를 집어 들었다. 나는 마침내 그 핵심을 알아보았고 어디를 공격해야 하는지 알았다. 붓다는 '마지막 사람'이었다. 우리에 대해서 말해 보자면 우리는 아직도 시작 단계에 있는 것이다. 우리는 충분히 먹고 마시지도 못했고 충분히 키스하지도 못했고 충분히 인생을 살아보지도 못한 것이다. 이제 붓다를 곧장 내빼게 하여 사라지게 하자.

이런 식으로 혼자 소리치면서 나는 글을 쓰기 시작했다. 그것은 이제 더 이상 단순한 글쓰기 연습이 아니었다. 전쟁이었고, 무자비한 사냥이었으며, 소굴 속에 있는 짐승을 포위하여 밖으로 나오게 하는 포위 작전이었다. 예술은 진정으로 하나의 마법적 의식(儀式)이다. 어둡고 살인적인 힘들―죽이고, 파괴하고, 증오하고, 망신을 주려는 포악한 충동들―이 우리의 내면 깊숙한 곳에 자리 잡고 있는데 예술은 그 감미로운 플루트 소리로써 우리를 구제하는 것이다.

나는 힘겹게 하루 종일 글을 써내려갔다. 저녁이 되자 탈진하여 피로감이 몰려왔다. 그러나 어느 정도 진전을 보았고 상당히 많은 고지를 점령했다고 확신했다. 나는 조르바가 어서 와서 먹고, 자고, 새로운 힘을 얻어서 내일 새벽부터 다시 싸움을 시작했으면 좋겠다고 생각했다.

그는 어두워진 후에야 퇴근해 돌아왔는데 얼굴이 환했다. '그 또한 뭔가 발견했구나.' 하고 나는 생각하면서 기다렸다. 며칠 전 나는 일의 진척이 부진한 데 대하여 그에게 화를 낸 바 있었다. "조르바, 우리의 돈이 떨어져 가고 있어요. 무슨 일을 벌이기로 했다면 그 일을 빨리 실행해야 돼요. 그 공중 삭도를 빨리 설치합시다. 석탄이 부진하다면 목재로 승부를 봅시다. 안 그러면 우린 끝장이에요."

조르바는 머리를 긁적였다. "보스, 돈이 다 떨어져 간다고요? 그것 참 안 좋은 소식이네."

"거의 다 썼어요. 우린 모든 것을 다 소진시켰어요. 당신도 직접 그 비용을 한번 계산해 보세요. 공중 삭도는 어떻게 되어 갑니까? 아직도 아무런 진전이 없나요?"

조르바는 고개를 푹 숙이고 아무 대답도 하지 못했다. 그는 부끄러웠던 것이다. 그래서 삭도 사업을 반드시 성공시켜야겠다고 결심했을 것이다. 그런데 놀랍게도 그는 이 저녁에 환한 얼굴을 하고 퇴근해 온 것이었다.

"유레카, 보스!" 그가 마치 멀리 떨어져 있는 양 소리쳤다. "나는 발견했어요. 정확한 기울기를. 저 빌어먹을 것이 자꾸만 미끈거리며 내 손에서 빠져나가려고 하는데, 내가 마침내 꼭 붙잡았어요."

"그래요? 그럼 조르바, 빨리 움직여요. 전 속력으로! 그렇게 하는데 뭐가 필요해요?"

"먼저 내일 아침 이라클리온으로 출장을 가서 무거운 금속 케이블, 도르래, 볼 베어링, 못, 쇠갈고리 등 필요한 물건들을 사와야겠어요. 나는 언제 출발했냐는 듯이 재빨리 돌아올게요."

그는 신속하게 화로에 불을 붙이고 식사 준비를 했다. 우리는 엄청난 식욕을 발동하며 먹고 마셨다. 우리 두 사람은 하루 종일 열심히 일했다.

다음 날 아침 나는 조르바를 따라 마을로 갔다. 우리는 갈탄광 사업에 대하여 실용적이고 합리적인 방식으로 얘기를 나누었다. 언덕 아래로 내려가던 중 조르바는 돌에 걸려 넘어질 뻔했는데 그 돌은 힘을 받아 언덕 아래로 굴러가기 시작했다. 그는 놀라서 걸음을 멈추더니 마치 난생처음 그런 광경을 보는 사람처럼 응시했다.

그는 고개를 돌려 나를 쳐다보았는데 나는 그의 눈빛에 공포가 살짝 어려 있는 것을 보았다. "돌들은 언덕 아래로 굴러 내려갈 때 살아나는군요."

나는 아무 말도 하지 않았으나 엄청난 기쁨을 느꼈다. 위대한 비전을 보는 사람들과 시인들은 모든 것을 똑같은 방식으로 바라본다. 모든 사물을 매번 처음 보는 것처럼 바라보는 것이다. 그들은 매일 아침 그들 앞에 새로운 세계가 펼쳐지는 것을 본다. 아니, 그들은 이 새로운 세계를 보기만 하는 것이 아니라 창조한다.

조르바 혹은 최초의 사람에게 세상은 구체적 물질성을 획득한 비전(vision)이다. 별들이 다가와 그의 어깨에 손을 얹고 바다의 파도가 그의 관자놀이에 와서 부딪친다. 그는 이성의 간교한 개입을 배제하고서 흙, 물, 동물, 하느님을 직접 체험한다.

마담 오르탕스는 조르바의 출장 소식을 듣고서 문턱에 서서 불안한 표정으로 우리를 기다리고 있었다. 화장 분을 얼굴에 덕지덕지 바른 그녀는 토요일 밤에 일 나가는 카페의 여가수 같은 모습이었다. 노새가 그녀의 집 문 앞에 준비되어 있었다. 조르바는 노새에 올라타서 고삐를 잡았다. 사랑에 빠진 우리의 세이렌은 수줍게 다가와서 통통한 손을 노새의 가슴에다 얹었다. 마치 그의 애인이 떠나가는 것을 만류하기라도 하듯이.

"조르~바." 그녀가 발끝으로 서면서 코 먹은 소리로 말했다. "조르~
바……"

조르바는 외면했다. 그는 길 한가운데에서 그런 식으로 코 먹은 소리
로 애교 떠는 것을 좋아하지 않았다. 불쌍한 마담은 그의 눈빛을 보고서
놀랐으나, 계속 노새의 가슴에 손을 얹고 있었다. 애원이 가득한 자세로.

"용건이 뭐요?" 그가 짜증을 내며 물었다.

"조르~바, 몸조심해요." 그녀가 애원하듯 중얼거렸다. "나를 잊지 말
고. 몸조심해요."

조르바는 대답도 하지 않고 고삐를 잡아당겼다. 노새는 앞으로 나아
갔다.

"잘 갔다 오시오, 조르바." 내가 소리쳤다. "딱 사흘이요. 알았지요? 사
흘 이상은 안 돼요."

그는 고개를 돌리면서 커다란 손을 흔들었다. 늙은 퇴기는 눈물을 흘
렸고 그녀의 눈물은 두터운 화장을 타고 흘러내리며 물고랑을 만들어냈
다.

"약속합니다, 보스! 그럼 다시 만날 때까지."

그는 올리브 숲 속으로 사라졌다. 불쌍한 마담 오르탕스는 애인이 편
안하게 앉을 수 있도록 노새 등에 그녀가 깔아놓은 붉은 담요를 쳐다보
며 계속 울었다. 그 담요는 가끔씩 반짝거렸다. 은빛 잎사귀들 뒤로 사라
졌다가 다시 나타나 행복한 듯 반짝거렸다. 그러나 그것도 곧 사라졌다.
마담 오르탕스는 그녀 주위를 돌아다보았다. 그녀에게 온 세상이 공허했
다.

나는 해변 쪽으로 내려가지 않고 반대로 산을 향해 언덕 위쪽으로 향했다. 오르막길에 들어서기 전에 나는 트럼펫 소리를 들었다. 시골 우체부가 마을에 도착했다는 소리였다.

"보스." 그가 팔을 흔들며 소리쳤다. 그는 내게 다가오며 신문, 잡지, 두 통의 편지가 든 꾸러미를 내밀었다. 그중 한 편지는 재빨리 내 호주머니 속에 집어넣었다. 하루 일을 끝내고 마음이 편안한 저녁에 읽을 생각이었다. 누가 그 편지를 썼는지 알고 있으므로 가능하면 개봉을 미루어 기다리는 즐거움을 조금 더 연장하려는 속셈도 있었다.

나는 다른 편지도 그 긴장되고 경련하는 듯한 필체와 외국의 우표 등으로 누가 보낸 것인지 알았다. 그것은 탕가니카의 어느 산중에서 보낸 편지였다. 나는 그 편지를 보내온 기인(奇人) 카라얀니스와 동급생이었다. 그는 성질이 급하고, 피부가 검으며, 눈처럼 하얀 날카로운 이빨을 가진 남자였다. 그의 송곳니 하나는 야생 수퇘지의 그것처럼 툭 튀어나와 있었다. 그는 조용조용 말하는 게 아니라 소리를 쳤다. 그는 토론을 하는 것이 아니라 논쟁을 했다. 그는 아주 어려서 고향인 크레타를 떠났고 성직자 겸 신학 교수였다. 그는 여(女)제자와 교제하던 중 어느 날 들판에서 키스를 하다가 들켜서 조롱의 야유 소리를 들었다. 바로 그날로 교수는 성의(聖衣)를 벗어버리고 배에 올라 아프리카의 친척에게로 여행을 갔다. 그는 일에 뛰어들어 밧줄 만드는 공장을 시작하여 부자가 되었다. 그는 가끔씩 내게 편지를 보내어 그에게 한 6개월 놀러 오라고 초청했다. 그의 편지를 받고 뜯어보기도 전에 나는 줄로 묶은 여러 장의 종이에서 거센 바람이 불어오는 것을 느꼈다. 그것은 내 머리카락을 거꾸로 서게 했다. 나는 그를 만나러 아프리카로 가야겠다고 생각만 가득할 뿐 실제로 가는 것은 계속 미루게 되었다.

자네 그리스를 고집하는 자여, 언제 내게 한번 찾아올 건가? 나는 나리가 카페에서 빈둥거리는 시시한 '헬레네인'으로 전락했을 거라고 짐작하네. 그러나 카페만 카페라고 생각하지 말기 바라네. 책, 습관, 유명한 이데올로기, 이런 것들도 따지고 보면 다 카페야. 오늘은 일요일이어서 나는 일을 하지 않아. 나는 농장의 내 집에 앉아서 자네를 생각하네. 태양은 아주 뜨겁게 타오르고 있어. 비는 한 방울도 내리지 않아. 비—장마—는 여기선 4월, 5월, 6월에 와.

나는 완전 혼자일세. 그게 내가 바라는 바이기도 하고. 여기에도 상당히 많은 '헬레네인'들이 있지만 그들을 만나지 않기로 했다네. 저 빌어먹을 그리스인들은 심지어 여기에도 저 지랄 같은 문둥병을 수입해 왔네. 그리스인을 산 채로 잡아먹는 저 한심한 파당 정치, 도박, 문맹, 육신, 이런 게 문둥병이 아니고 뭔가. 나는 유럽인들을 증오해. 그 때문에 나는 여기 우삼바라 산맥에서 방랑하고 있는 거라네. 그래, 나는 유럽인을 증오하지만 그중에서도 특히 '헬레네인들'과 헬레네적인 모든 것을 증오해. 나는 그리스에는 다시 발을 들여놓지 않을 걸세. 나는 여기서 버킷을 걷어찰 거야. 이미 우리 집 바깥의 저기 한적한 산등성이에다 내 묏자리를 봐두었네. 나는 심지어 묘비도 준비하여 그 위에다 나 자신이 직접 다음과 같이 대문자로 비문을 새겨놓았네.

여기 헬레네인들을 증오하는
한 헬레네인이 잠들다.

나는 그리스를 생각하면 침을 뱉고, 눈물이 나오고, 허리가 끊어질 정도로 웃음이 나와. 나는 고향 마을을 버리고 여기 오면서 내 운명도 함께 데리고 왔어. 왜? 그래야 헬레네인을 다시는 안 보고 또 헬레네적인 것과는 완전 이별을 하지 않겠어? 나를 여기 데려온 것은 나의 운명이 아니야(사람은 자기가 원하는 것은 뭐든지 할 수 있어). 내가 운명을 여기 데려왔고 그래서 개처럼 일하고 현재도 일하고 있는 건 바로 나 자신이야. 나는 강물처럼 땀을 흘리고 있고 현재도 계속 흘려. 나는 흙, 바람, 비, 흑인과 홍인 인부들을 상대로 전투를 벌이고 있어.

그 어떤 것도 나를 기쁘게 하지 못하지만 일 하나는 예외야. 신체적인 것과 정신적인 것 다 좋아하지만 그중에서도 신체적인 일이 더 좋아. 나는 피곤해질 때까지 일을 하고, 땀을 흘리고, 내 뼈가 우두둑하고 힘쓰는 소리를 듣기 좋아해. 나는 돈을 경멸하여 생각내키는 대로 어디에서나 아무렇게나 마구 낭비해 버려. 나는 황금의 노예가 아니야. 오히려 황금이 나의 노예지. 그렇지만 내 명예를 걸고 말하지만, 난 일의 노예야. 나는 목재를 수집하고 있고 영국인들과 납품 계약을 맺었어. 난 밧줄도 만들어. 현재는 면화도 심고 있어. 나는 흑인, 홍인, 흑인과 홍인 혼혈아, 등 많은 인부들을 데리고 있어. 그들은 잡종이고, 운명주의자고, 잘 씻지도 않고 거짓말을 하는 호색한 방탕꾼들이지. 지난밤에는 내가 데리고 있는 흑인들 중 두 부족인 야오 족과 은고니 족이 한 여자를 두고서 주먹다짐을 벌였어. 그 여자는 창녀인데 자존심 때문에 싸움을 벌인 거야. 자네들, 저 헬레네인들처럼 말이야! 서로 욕설을 퍼부으면서 몽둥이질을 하더니 몇 놈의 대가리가 깨졌나 봐. 밤중에 여러 명의 여자들이 달려와서 나를 깨웠어. 제발 중재를 좀 해달라고 말이야. 나는 화를 내며 그들에게 악마한테나 가라고 했다가 다시 영국 경찰한테 가보라고 했지. 하지만 여자들은 내 문 밖에서 죽치면서 계속 비명을 질러댔어. 새벽이 되어서야 나는 아래로 내려가서 그들을 위해 중재를 해주었지.

내일 월요일에는 아침 일찍 우삼바라 산으로 들어가려고 해. 시원한 물과 사철 녹색 식물들이 가득한 빽빽한 숲을 뚫고 말이야. 오 헬레네인, 당신은 언제 유럽에서 벗어나려 하는가? 유럽이야말로 바빌론이고 창녀들의 어머니이며 이 지상의 치욕이 아닌가? 언제 자네가 이곳으로 나를 찾아와 함께 오염되지 않은 청정한 산을 올라가 보겠는가?

나는 흑인 여자에게서 아이를 하나 얻었네. 딸애야. 그 여자와는 헤어졌지. 그녀는 백주 대낮에 사철 녹색인 나무 아래에서 노골적으로 서방질을 했지. 난 그게 너무 혐오스러워서 그 여자를 내보냈어. 그래도 애는 내가 키우기로 했어. 현재 두 살인데 걷기도 하고 말도 하기 시작했어. 나는 딸애에게 그리스어를 가르치고 있어. 내가 딸애에게 가르친 첫 번째 문장은 이래. "헬레네인들이여, 나는 너희들에게 침을 뱉는다! 나는 너희, 헬레네인들에게 침을 뱉는다!"

딸애는 나를 닮았어. 넓고 납작한 코만 지 에미를 닮았지. 나는 딸애를 사랑해. 사람이 개나 고양이 혹은 자그마한 동물을 사랑하는 것과 똑같은 방식으로. 자네는 여기 와서 우삼바라 여자에게서 아들을 하나 보게. 그러면 두 애를 서로 결혼시킬 수 있잖아.

나는 그 편지를 내 무릎 위에 편 채로 놔두었다. 다시 한 번 나는 떠나고 싶다는 강력한 충동이 나의 내부에서 번갯불처럼 일어나는 것을 느꼈다. 그건 어떤 필요에 의한 충동이 아니었다. 나는 이 해안에서 편안하게 적응하고 있고 부족한 것도 없기 때문에 잘 지내고 있다. 그러나 죽기 전에 가능한 한 많은 바다와 땅을 보고 느끼고 싶다는 나의 강력한 욕망 때문에 그랬다.

나는 일어서면서 마음을 바꾸어 산에 올라가지 않기로 했다. 그 대신에 해변으로 가고 싶었다. 나는 상의 윗주머니에 들어 있는 또 다른 편지를 생각하고서 더 이상 기다릴 수가 없었다. 기다리면서 느끼는 달콤하면서도 고통스러운 기대감은 이제 더 미룰 수가 없었다.

나는 오두막에 도착하여 화로에 불을 피우고서 차를 끓인 다음 꿀, 오렌지, 버터 바른 빵을 약간 먹고서 옷을 벗고 침대에 드러누워 그 편지를 개봉했다.

나의 스승이며 나의 신참 제자에게 인사를 보내네!

여기는 까다로운 일들이 많아, '하느님' 덕분에. 내가 저 위험스러운 단어에 인용 부호를 친 것은(마치 우리 속의 야생 동물에게 그러듯이) 자네가 이 편지를 개봉하는 순간 화를 내지 않게 하려는 뜻이었다네. 그래 다시 한 번. 여기는 까다로운 일들이 많아, '하느님' 덕분에! 50만 명의 그리스인들이 카프카스 남쪽의 남부 러시아에서 위험에 처해 있어. 많은 동포가 터키 말이나 러시아 말밖에는 하지 못하지만 그들은 가슴속에서는 열렬한 그리스어 사용자야. 자네는 그들을 한번 관찰해 볼 필요가 있어. 두 눈에는 소유욕이 번쩍거리고, 입술에는 영리하면서 관능적인 미소가 번지지. 그들이 고용한 무지크(muzhik: 1917년 러시아 혁명 전의 제정 러시아 시대의 농민.—옮긴이)들을 상대로 어떻게 보스 노릇을 하는지도 살펴볼 필요가 있지. 그래, 자네가 그들을 본다면 천생 자네가 좋아하는 오디세이아의 후예라는 걸 알 수 있지. 그래서 그들을 사랑하게 되어 그들을 죽도록 내버려둘 수가 없는 거야.

왜냐고? 그들은 정말로 죽을 수도 있는 위험에 처해 있기 때문이지. 그들은 소유한 것을 다 빼앗겨서 집도 절도 없어. 그들은 배가 고파. 한편으로는 볼셰비키에게 박해를 당하고 다른 한편으로는 쿠르드 족에게 핍박을 당하고 있지. 러시아 내 어디 출신이든 간에, 그들은 난민이 되어 그루지야(Gruziya: 조지아(Georgia)의 옛 이름.—옮긴이)와 아르메니아의 여러 도시들에 몰려들고 있어. 음식도 옷도 의약품도 없어. 그들은 항구에 모여서 고뇌에 찬 표정으로 바다를 내다보며 그들을 조국 그리스로 데려가줄 그리스 증기선이 도착하지 않았나, 하고 열심히 살펴. 나의 사랑하는 교사여, 우리 민족의 일부가—달리 말하면 우리 영혼의 일부가—공포에 질려 숨도 제대로 쉬지 못하고 있는 거야.

만약 우리가 이들을 운명의 손길에 내맡긴다면 다 죽고 말 거야. 우리가 그들을 구제하여 우리의 자유로운 땅으로 수송하려면 많은 사랑, 많은 보살핌, 많은 열광과 조직력(자네는 이 두 가지가 서로 합쳐질 때 큰 힘을 낸다고 했지)이 필요해. 그 땅은 헬레니즘에 큰 혜택을 준 지역을 말하는데 마케도니아의 북단이나 트라케의 극동 경계 지역을 말하는 거지. 이 일은 반드시 해내야 돼. 오로지 이런 방식을 통해서만 수십만 명의 그리스인이 구제될 수 있고 또 우리도 그들과 함께 구제될 수 있는 거야. 나는 여기 도착한 바로 그 순간에 동그라미를 그리고서, 자네의 가르침에 따라 그걸 '나의 의무'라고 명명했어. 만약 내가 이 동그라미를 온전히 구제한다면 나 자신도 구제하는 거야. 만약 구제하지 못한다면 나는 죽는 거야. 이 동그라미 안에 50만 명의 그리스인들이 우글거리고 있는 거야.

나는 도시들과 마을들로 달려가서 그리스인들을 집결시키고, 메모를 쓰고, 전보를 보내고, 고위직 인사들을 접촉하여 배, 음식, 옷, 의약품 등을 보내고 이 모든 동포들을 그리스로 데려가게 해달라고 설득했어. 이런 고집 세고 우둔한 자들과 힘들게 협상하는 것이 행복이라면 난 행복한 사람이야. 하지만 자네가 말하기 좋아하듯이, 행복의 키를 줄여서 내 높이에 맞추어야 하는 것인지는 잘 모르겠어. 아무튼 그때 이후 내 키가 좀 더 자랐기를 희망해. 하지만 나는 내 키를 좀 더 늘여서 그게 내가 소망하는 행복과 같은 높이가 되기를 바라. 달리 말해서 그리스의 가장 먼 경계 지역까지도 뻗칠 수 있는 정도의 키가 되기를 바라는 거지. 하지만 이제 이런 이론적인 얘기는 그만하기로 하지. 자네는 그곳 크레타 해변에 누워 몸을 쭉 펴고서 바다와 산투르 소리를 듣고 있겠지. 자네는 시간이 있지만 나는 시간이 없어. 나는 대외 활동에 눈코 뜰 새가 없고 그건 나를 기쁘게 해. 행동, 행동! 이것 이외에 다른 구원이 있을 수 없어. 태초에 행동이 있었고 막판에도 행동이 있는 거야.

내 생각들은 이제 아주 간단해. 그것들은 잘 통합되어 있어. 내가 말하고자 하는 건 이거야. 이 폰투스 사람들과 카프카스 사람들—카르스의 농민들, 티플리스, 바투미, 노보로시스크, 로스토프, 오데사, 크리미아의 크고 작은 자영업자들—은 우리의 동포이며 혈육이야. 우리와 마찬가지로 그들은 콘스탄티노플을 그들의 마음속 수도로 생각하고 있어. 우리는 모두 동일한 지도자를 모시고 있어. 자네는 그를 오디세이아라고 불러. 다른 사람들은 그를 콘스탄틴 팔라이올로고스라고 불러. 투르크와의 전투에서 죽은 그 마지막 황제 말고, 동화 속에서 대리석으로 새겨진 그 인물 말이야. 나는 자네가 허락해 준다면 우리 민족의 지도자로 아크리타스를 꼽고 싶어. 나는 이 사람의 이름을 좋아해. 그 이름을 듣는 순간, 머릿속에 극단적인 상황에서도, 경계 지역에서도, 또 그 어느 곳에서 도 국민적, 정신적, 영적 싸움을 멈추지 않았던 영원한 그리스의 이미지가 떠오르기 때 문이지. 게다가 자네가 그 이름에다 '디게니스(Digenis)'를 추가한다면 그건 동양과 서양 의 놀라운 종합인 우리의 국민성을 더 잘 묘사하는 거지.(디게니스는 무슬림 아버지와 기독 교 어머니 사이에서 태어난 사람을 말하는데 여기서 동양과 서양의 종합이라는 아이디어가 생 겨났다.—옮긴이)

나는 현재 카르스에 있어. 여기서 인근 마을들에 퍼져 있는 그리스인들을 집결시키 려고 해. 내가 여기 도착하던 날, 쿠르드 족은 카르스 외곽에 있는 우리의 사제 한 명과 우리의 교사 한 명을 붙잡아서, 노새의 발에다 편자를 박는 것과 똑같은 방식으로 그 두 사람에게 편자를 박았어. 동포들은 놀라서 모두들 내가 대피소로 설정한 집에 몰려들었 어. 우리는 점점 가까이 다가오는 쿠르드 족의 대포 소리를 듣고 있어. 이 그리스 동포들 은 내가 그들을 구제해 줄 힘이라도 갖고 있는 것처럼 나에게 시선을 고정시키고 있어.

나는 내일 티플리스로 떠날 계획이야. 그러나 이런 위험을 목전에 두고서 떠나야 한 다는 게 너무 부끄러워. 그래서 계속 머무르고 있는 거야. 물론 두렵지 않다는 얘기는 아 니야. 나는 두려워. 그리고 부끄러워. 렘브란트의 「황금 투구를 쓴 남자」도 이렇게 하려 고 하지 않았을까? 그도 이 자리에 그냥 머무르려고 했을 거야. 그래서 나도 머무르고 있는 거야. 만약 쿠르드 족이 여기에 온다면 당연히 내가 제일 먼저 그들에 의해 편자 박히기를 당하는 자가 되어야 할 테지. 그렇지만 오 스승이여, 자네는 제자가 이런 노새 의 종말을 맞이하기를 바라지는 않겠지?

헬레네식의 지루한 입씨름을 벌인 끝에, 모든 그리스인들이 노새, 말, 황소, 양, 처자 식을 데리고 오늘 밤 집결하라고 결정을 보았네. 그리고 새벽에 모두 함께 북쪽으로 향 해 출발하는 거야. 내가 제일 앞에서 가는 선두 숫양이 되기로 했네.

이것은 전설적 이름을 가진 들판과 산맥을 가로질러 떠나는 부족의 대이동이야. 나는 선택된 사람들을 약속의 땅(자네가 그리스를 가리켜 하는 말)으로 인도하는 일종의 모세 같은 사람이 되는 거지. 물론 나의 모세를 닮은 사명을 아주 그럴듯하게 수행하고 또 자네를 당황하게 만들지 않기 위하여, 자네가 그토록 우스꽝스럽다고 생각하는 최신식 각반은 내다버리고 그 대신에 염소 가죽으로 만든 정강이받이로 내 정강이를 보호해야 되겠지. 그리고 길고 제멋대로인 턱수염은 동물 기름을 발라 가다듬고 더욱 중요하게는, 머리에 두 개의 뿔이 나 있는 것처럼 꾸며야 하겠지. 그러나 안됐지만 자네 비위를 맞추기 위해 이렇게 할 수는 없네. 자네는 내 용모를 바꾸려 하기보다는 차라리 내 영혼을 바꾸려 하는 게 더 쉬울 거야. 나는 각반을 차고 있고, 깨끗이 면도하여 턱수염이 없고 또 미혼이라네.

존경하는 스승이여, 어쩌면 마지막이 될지도 모르는 이 편지를 자네가 받아볼 수 있기를 바라네. 앞날은 누구도 모르는 거지. 나는 우리 인간을 보호해 준다고 하는 신비한 힘들은 믿지 않아. 나는 아무런 악의나 의도도 없이 왼쪽도 치고 오른쪽도 치는 맹목적인 힘을 믿어. 그 힘의 근처에 있는 사람은 그가 누구든 죽게 되어 있지. 만약 내가 이 세상을 떠난다면(자네를 겁나게 하고 나도 겁나게 하는 그 사실적인 단어를 피하기 위하여 이 '떠나다'를 썼네). 사랑하는 스승이여, 이걸로 영결일세. 나는 이렇게 말하기가 부끄럽지만 그래도 말해야겠네. 나를 용서하게. 나 또한 자네를 아주 사랑해 왔다네.

그리고 편지 밑 부분에 서둘러 쓴 연필 글씨가 있었다.

추신: 나는 우리가 피레에프스 항구의 선상에서 헤어질 때 했던 약속을 잊지 않고 있네. 만약 내가 '떠나게' 된다면, 자네가 어디에 있든 간에 그걸 알 수 있도록 연락할게. 그래야 자네가 놀라지 않을 테니.

250

13

사흘이 지나갔다. 나흘. 닷새. 그래도 조르바는 돌아오지 않았다.

엿새째 되는 날 나는 이라클리온에서 온 여러 장으로 된 두툼한 편지를 받았다. 장미 색깔의 향수 종이에다 쓴 정말로 냄새 나는 편지였다. 한쪽 구석에는 화살이 완전 관통된 심장이 그려져 있었다.

나는 그 편지를 지금껏 조심스럽게 보관해 왔다. 나는 여기저기에 과장된 그리스식 표현이 들어가 있는 이 편지를 그대로 소개한다. 단지 그 매혹적인 잘못된 글자들만 고쳐놓았을 뿐이다. 조르바는 벌목꾼의 손도끼처럼 펜을 들고서 아주 힘차게 그것을 휘둘렀다. 그 때문에 여러 곳에서 종이가 찢어졌고 또 잉크로 얼룩져 있었다.

존경하는 보스, 자본가님이여!

첫째 나는 당신의 건강이 좋은지 묻겠습니다. 둘째 나도 건강이 아주 좋습니다. 그러니 하느님 찬미 받으소서.

251

오래전에 나는 말이나 소로 이 세상에 태어난 게 아님을 깨달았습니다. 오로지 동물만이 먹기 위해 삽니다. 이런 부류에서 벗어나기 위하여 나는 밤낮으로 일들을 만들어냈고 어떤 엉뚱한 생각 때문에 내 빵(생계)을 위태롭게 했으며 속담의 순서를 뒤바꾸어서 이렇게 말했습니다. 숲 속의 새 두 마리가 손 안의 새 한 마리보다 낫다.

많은 사람들이 제 호주머니를 채우기에 바쁘면서 입으로는 애국자입니다. 설사 돈한 푼 건지지 못한다고 하더라도 나는 애국자가 아닙니다. 많은 사람들이 천국을 믿으면서 그들의 당나귀를 집 안에 꼭 묶어두고서 조용히 앉아 있습니다. 나는 당나귀를 가지고 있지 않습니다. 나는 자유롭고 그래서 지옥을 두려워하지 않습니다. 내 당나귀는 아마도 그곳에서 버킷을 걷어차게 되겠지요. 당나귀가 클로버를 먹게 된다는 천국의 희망도 갖고 있지 않아요. 나는 무식해서 말을 어떻게 해야 하는지 몰라요. 그렇지만 나리는 나를 이해해 줍니다. 그렇지 않습니까, 보스?

많은 사람들이 인생의 허무함을 두려워해요. 나는 그 허무함을 걷어차 버렸습니다. 많은 사람들이 엄청 대가리를 굴려가며 온갖 생각을 다 하지만 나는 생각을 하지 않아요. 나는 좋은 것에서 즐거움을 발견하지 못하고 나쁜 것에서도 슬픔을 발견하지 못해요. 설사 그리스인들이 콘스탄티노플을 점령했다고 하더라도 그건 투르크인이 아테네를 함락시킨 거나 마찬가지로 나로는 무관한 일이에요.

만약 내가 당신에게 쓴 글을 보고서 나이 많아 치매 걸린 거 아니야, 하는 생각이 든다면 즉시 편지해 주세요. 나는 이라클리온의 가게들을 돌아다니면서 공중 삭도에 필요한 케이블을 사들이면서 웃음을 터트립니다. "친구, 당신은 왜 웃습니까?" 하고 그들은 물어요. 내가 어떻게 그들에게 대답할 수 있겠습니까? 내가 웃음을 터트린 이유는 이래요. 케이블이 좋은 놈인지 알아보기 위해 손을 내뻗는 순간, 인간이란 무엇인가, 그들은 왜 지상에 왔나, 그들은 어떻게 해야 유익한 존재가 될까, 하는 생각이 뜬금없이 골통에 떠오르는 거예요. 밑도 끝도 없이, 현재 하는 일과는 생판 다른 얘기가 말이에요. 매사 그런 식이에요. 내게 아내가 있든 없든, 내가 정직하든 부정직하든, 또는 내가 고관대작이든 짐꾼이든 이거나 저거나 별 차이가 없는 거예요. 정말로 차이가 나는 건 죽었나, 살았나, 이거 하나 뿐이에요. 하느님이 나를 데려가든, 악마가 나를 데려가든(보스, 나는 어느 쪽이든 상관없다고 봅니다), 죽어버리면 영혼을 내던지고 냄새나는 시체로 변하여 모든 사람에게 고약한 냄새를 풍길 테죠. 그 다음에 사람들은 냄새로 숨이 막히는 것을 피하기 위해 나를 땅속 깊숙이 묻겠지요.

보스, 이 얘기가 나왔으니 하는 말인데 당신에게 나를 아주 겁나게 하는 것에 대하여 물어보려고 해요. 그 밖의 것은 전혀 나를 겁나게 하지 못해요. 그것 때문에 밤낮으로 진정이 안 됩니다. 보스, 늙은 나이, 그게 나를 두렵게 합니다. 하느님, 우리를 그것으로부터 구제하소서! 죽음은 아무것도 아니에요. 한번 휙 소리를 내며 촛불이 꺼지는 것과 같아요. 하지만 늙은 나이는 엄청난 수치입니다.

내가 늙었다고 인정하는 걸 커다란 수치로 여기기 때문에 나이 들었다는 사실을 숨기기 위해 온갖 짓을 다 합니다. 나는 공중으로 도약을 하고 춤을 춰요. 설사 그렇게 하다가 속이 아파와도 계속 춤을 춥니다. 나는 술을 마시면 현기증을 느끼고 모든 게 팽팽 돌아요. 그래도 술 취하지 않은 것처럼 우뚝 섭니다. 나는 땀을 흘리고, 바다 속으로 뛰어들어 감기에 걸리고 콜록콜록 기침을 하면서 위안을 얻고 싶습니다. 그러나 보스, 나는 부끄러움을 느껴서 기침을 억지로 억눌러 버립니다. 그래서 당신은 내가 기침하는 걸 한 번도 보지 못했을 거예요. 절대 기침을 하지 않죠! 사람들이 주위에 있을 때는 물론이고 나 혼자 있을 때에도 절대 기침은 사절이에요. 보스, 나는 조르바 앞에서도 부끄러움을 느낍니다. 아시겠어요? 나는 조르바 앞에서도 부끄러움을 느낍니다!

나는 한 번은 아토스 성산(聖山)에 대해서 알게 되었어요. 나는 거기 가서(먼저 내 다리몽둥이를 부러트리지 못한 게 유감입니다), 한 수도사를 만났는데 키오스 출신의 라우렌티우스 신부였어요. 이 괴짜는 자기 내부에 악마가 살고 있다고 생각했어요. 그래서 그 악마에게 호자라는 이름까지 붙여 주었답니다. "호자가 성 금요일에 고기를 먹고 싶어한다." 그 불쌍한 악마는 성당 문턱에다 머리를 찧어대며 신음 소리를 내질렀어요. "호자가 여자와 자고 싶어 한다. 호자가 수도원장을 죽이고 싶어 한다. 호자, 호자, 호자의 소행이지, 나의 뜻은 아니야!" 그러면서 그는 자갈밭에다 자기 이마를 찧어댔어요.

마찬가지로, 보스, 나는 내부에 조르바라는 악마를 가지고 있어요. 이놈은 늙는 것을 원하지 않아요. 정말 그건 싫은 거예요. 그래서 늙지 않았어요. 그는 정력이 센 남자이고, 갈까마귀 같은 검은 머리를 갖고 있고 서른두 개(숫자 표기로는 32)의 이빨을 자랑하고 귀 뒤에다 카네이션을 꽂고 다니지요. 그러나 외면의 조르바는 겁이 많은 불쌍한 친구예요. 그는 회색 머리카락이 회색이고, 몸집이 줄어든 데다, 피부가 쭈글쭈글하고, 이빨은 빠지는 데다 커다란 귀는 쇠락을 알리는 회색 당나귀 털로 덮여 있어요.

보스, 나는 무엇을 할 수 있습니까? 이 두 조르바는 언제까지나 이렇게 싸우고 있어야 합니까? 결국에는 누가 이기는 겁니까? 내가 갑자기 죽어버린다면 그건 아주 좋은 일이지요. 하지만 질질 끌면서 오래 산다면 나는 끝장이에요. 끝장이라고요, 보스! 내가 굴욕을 당할 날이 올 겁니다. 자유를 잃게 될 거라고요. 내 딸과 며느리가 그들의 괴물 같은 아이들을 내게 맡기면 좀 보아달라고 명령할 것이고, 그 애가 물에 데지 않고, 높은 데서 떨어지지 않고, 몸에다 똥을 싸지 않는지 살피라고 할 겁니다. 만약 애가 똥을 싼다면 내가 쭈그리고 앉아—아아, 한심하게도!—그 똥을 치워야 하겠지요.

보스, 당신도 같은 운명을 겪을 겁니다. 당신은 젊지만 그래도 조심해야 돼요. 그러니 내가 지금 하는 말을 잘 들으세요. 내가 가고 있는 길을 따라 오세요. 그게 유일한 구원입니다. 우리는 이 산속을 샅샅이 뒤져서 석탄, 구리, 쇠, 마그네슘 등을 캐내야 해요. 그래서 큰 이익을 올리면 친척들은 우리를 두려워할 것이고, 친구들은 우리의 구두를 핥을 것이고, 중산층 신사들은 우리에게 모자를 벗으며 인사할 겁니다. 보스, 만약 우리가 이 사업에서 성공하지 못한다면, 차라리 우리 앞에 떡 나타난 늑대, 곰, 야수에게 잡아먹히는 게 더 나아요. 그게 한결 더 간편한 길이지요! 그 때문에 하느님이 이 세상에 들짐승을 내려 보내신 거예요. 그놈들이 우리 같은 사람들을 먹어치워서 우리를 굴욕으로부터 면제시켜 주려고 말이에요.

여기서 조르바는 다른 색연필들을 사용하여, 녹색 나무들 밑에서 일곱 마리의 붉은 늑대로부터 피해 달아나는 키 크고 깡마른 남자를 그려놓았다. 그리고 그 남자 밑에는 굵은 글자로 "조르바와 일곱 가지 치명적인 죄"라고 썼다.

이어 그는 계속했다.

당신은 이 편지에서 내가 참으로 불행한 사람이라는 것을 짐작했으리라 봅니다. 나의 건강염려증에서 회복될 희망을 다소라도 갖게 되는 것은 당신과 함께 있고 당신과 얘기를 나눌 때뿐입니다. 나리는 나와 똑같은 사람인데 단지 그걸 모를 뿐입니다. 당신도 또한 내부에 악마를 가지고 있으나 그의 이름을 알지 못합니다. 그 이름을 알지 못하기 때문에 당신은 숨이 막히는 겁니다. 보스, 그에게 세례를 주세요, 그러면 위안을 얻을 겁니다.

이미 내가 불행하다는 것을 말했습니다. 나는 내 똑똑함이 실은 어리석음에 지나지 않는다는 것을 잘 압니다. 그러나 어떤 순간들이 있어요. 나는 위대한 사람의 생각을 가지고 어떤 날들을 보냅니다. 내가 내면의 조르바가 명령하는 것을 수행할 수 있다면 온 세상은 놀라서 경탄할 겁니다.

나는 시한이 정해진 인생 계약을 맺은 게 아니기 때문에 가장 위험한 고비에 이르면 나의 제동 장치를 풀어버립니다. 각자의 인생은 오르막과 내리막이 있는 철로예요. 똑똑한 사람들은 제동기를 이용하여 신중하게 여행합니다. 그러나 나는—보스, 이것이 내가 뛰어난 점이에요—오래전에 제동기를 내다버렸습니다. 왜냐하면 충돌을 두려워하지 않기 때문이지요. 우리 노동자들은 이 충돌을 간단히 탈선이라고 부릅니다. 내가 불러일으킨 충돌에 대하여 내가 신경을 쓴다면 난 끝장난 겁니다. 나는 밤이나 낮이나 두 배의 속도로 달리며 나 좋을 대로 해버립니다. 설사 내가 충돌하여 산산조각의 쓰레기더미가 된다고 해도 누가 신경이나 쓰겠습니까? 그렇다고 내가 뭘 잃어버리겠습니까? 아무것도 잃을 게 없어요. 내가 조심스럽고 똑똑하게 앞으로 나아간다면? 그러면 충돌이 없을까요? 그래도 충돌이 있을 겁니다. 그럴 바에야 차라리 전속력으로 나아가자는 거지요.

보스, 당신은 지금 내 말에 웃고 있겠지요. 하지만 나는 이 헛소리, 그러니까 내 생각 혹은 내 약점을 있는 그대로 말씀드리고 있어요. 사실 나는 헛소리, 생각, 약점이라는 세 가지 사이에 무슨 차이점이 있는지 모르겠어요. 아무튼 지금 편지를 쓰고 있으니까 이게 지루하지 않다면 계속 읽으면서 웃어주세요. 당신이 웃기 때문에 나도 웃습니다. 그 때문에 이 지상에는 웃음의 끝이 없는 거예요. 모든 사람이 저마다 어리석음을 가지고 있어요. 하지만 나는 가장 큰 어리석음은 아예 어리석음이 없는 것이라고 생각합니다.

그래서 나는 이곳 이라클리온에서 내 어리석음을 연구하고 있으며 그 모든 세부사항들을 당신에게 말하여 조언을 구하고 싶습니다. 보스, 당신은 아직도 젊은 사람입니다. 그러나 오래된 지혜에 관하여 책을 많이 읽는 바람에, 이렇게 말하기는 좀 그렇습니다만, 나름대로 약간 늙은 사람이 되어 있어요. 그래서 당신의 조언을 구하는 겁니다.

나는 사람은 각자 독특한 냄새를 풍긴다고 생각해요. 그렇지만 그 냄새가 서로 뒤섞여서 어느 것이 내 것인지 어느 것이 네 것인지 잘 모르기 때문에 그 냄새를 의식하지 못하는 거죠. 우리가 아는 것이라곤 이 공기가 '인간의 것'이라 불리는 냄새를 전달한다는 겁니다. 어떤 사람은 그 냄새를 라벤더처럼 맡아버리지요. 나에 대해서 말해 보자면 나는 그 냄새를 맡으면 욕지기가 올라와요. 이건 아무래도 좋아요. 전혀 다른 주제니까.

내가 말하고 싶은 것은—나는 제동 장치를 놓아버리려는 것을 간신히 모면했어요—저 후안무치한 존재인 여자들은 개 코와 비슷한 축축한 코를 갖고 있다는 겁니다. 그래서 그들을 욕망하는 남자의 냄새와, 그들을 싫어하는 남자의 냄새를 귀신같이 구분해 냅니다. 내가 지금처럼 어느 도시에 가든 늙은 얼굴에 추레한 옷을 입은 노인이어도 한두 명의 여자가 나한테 달라붙는 겁니다. 그러니까, 이 사냥개들이 나의 냄새를 맡고서 쫓아오는 거예요.

256

첫날 나는 이라클리온에 잘 도착했는데 저녁이었고 날이 어두워지고 있었어요. 황급히 여러 가게들을 둘러보았으나 다 문을 닫았더라고요. 나는 여관에 들었고 노새와 나 자신에게 여물을 먹이고 몸을 씻고 담배를 한 대 피운 후에 산책을 나갔어요. 이 도시에 아는 사람이 하나도 없고 또 그 어떤 사람도 나를 알지 못했습니다. 나는 자유였습니다. 길에서 휘파람을 불 수도 있고 웃을 수도 있고 나 혼자 중얼거릴 수도 있었습니다. 나는 구운 호박씨를 사서 먹고 침을 뱉으며 어슬렁거리며 걸어갔습니다. 가로등은 불이 켜져 있었고 남자들은 우조 술(Ouzo: 향미료인 아니스의 열매로 담근 그리스 술.―옮긴이)을 마셨고 여염집 처녀들은 집으로 돌아갔고 공기 중에는 분, 향수 비누, 케밥 냄새가 가득했습니다. '헤이, 조르바.' 나는 계속 중얼거렸어요. '그렇게 콧구멍을 벌름거리며 살아있을 시간이 얼마나 많이 남아 있을 것 같아? 앞으로 잠시 더 그 냄새를 맡을 수 있을 뿐이야. 그러니 깊숙이 들이마시라고.'

그래서 나는 숨을 깊숙이 들이마시고 널찍한 광장을 위아래로 활보하고 있었는데 문득 춤추고 노래하고 탬버린을 두드리는 소리가 들려왔어요. 그건 터키식 노래였지요. 나는 귀를 쫑긋 세우고 그 소리 나는 쪽으로 달려갔어요. 그건 노래하는 카페였고 내가 간절히 바라던 바였지요. 앞뒤 잴 것 없이 그 안으로 들어가서 앞쪽의 자그마한 테이블에 앉았어요. 뭐, 수줍어할 필요 없잖아. 이미 말했듯이 나를 아는 사람은 하나도 없었어요. 나는 자유!

한 늙은 여자가 무대에서 춤을 추고 있었고 진짜 큰 북같이 생긴 년이었어요! 그 여자는 치마를 올렸다 내렸다 하면서 중앙청을 보여주었지만 나는 신경도 쓰지 않았어요. 내가 맥주 한 병을 시켜놓고 앉아 있는데, 어럽쇼, 이게 뭡니까? 한 젊은 년이 떠억 하니 내 옆에 와서 앉는 거예요. 살결이 잘 튀겨진 치킨처럼 갈색으로 노릇노릇한 년이었는데 화장을 엄청 하고 있었지요. "앉아도 되죠, 할배?" 그녀가 씩 웃으며 물어보았어요. 나는 화가 팍 났어요. 그 잘 튀겨진 치킨의 목 부분을 잡고 확 뜯어버리고 싶었어요. 하지만 참았지요. 암컷에 대하여 연민을 느끼면서 웨이터를 불렀어요. "샴페인 두 잔." 나는 주문했어요. 보스, 당신의 돈을 이렇게 날린 걸 용서해 주세요. 하지만 그 모욕은 엄청난 것이었어요. 감히 나를 할배라고 부르다니! 나는 모욕당한 걸 설욕해야 되었고 또 보스, 당신이 함께 모욕되는 것도 복수해 주어야 했어요. 저 빌어먹을 귀 뒤에 피도 안 마른 년을 내 앞에서 굴복시켜야 했어요. 꼭 그렇게 해야 되었다고요! 또 당신이 이런 수치스러운 역경에서 내가 흐물흐물하게 행동하는 것을 용서해 주리라고 생각하지도 않았어요. 그래서 웨이터를 불러 호기롭게 "샴페인 두 잔!" 하고 소리친 겁니다. 샴페인이 왔어요. 나는 과자도 주문하고 샴페인을 더 시켰어요. 누가 재스민 꽃을 팔러 왔어요. 한 바구니를 사서 그 여자 무릎에 쏟았어요.

우리는 마시고 또 마셨어요. 하지만 보스, 당신에게 맹세하지만 그 여자를 만지지는 않았어요. 난 어떻게 해야 하는지 잘 알아요. 젊은 때 내가 제일 먼저 한 건 여자를 주물럭거리는 거였어요. 하지만 이제 늙고 보니 제일 먼저 하는 것은 돈을 쓰는 거였어요. 쩨쩨하지 않게 확확 뿌리는 거지요. 여자들은 이런 걸 보면 깜빡 넘어가요. 저 빌어먹을 년들. 설사 당신이 꼽추거나, 배가 툭 튀어나온 대머리거나, 침을 질질 흘리는 바보라고 할지라도 저년들은 다 잊어버려요. 돈을 내지르는 그 손 이외에는.

그래서 나는 당신의 돈을 썼습니다(보스, 축복을 받으시길. 그리고 하느님이 그 돈을 몇 배로 더 늘려주시기를). 그런 식으로 돈을 호기롭게 쓰니까 내 곁에 착 달라붙은 년은 떨어지려고 하지 않았어요. 점점 더 밀착하더니 그 간지러운 자그마한 무릎을 내 딱딱한 뼈에다 자꾸 들이대는 거였어요. 하지만 겉으론 얼어붙은 척했지요. 속은 팥빙수처럼 허물어져 내리면서도. 이런 게 여자들을 뿔따구 나게 하는 거예요. 혹시 보스도 언제 써먹을 때가 있을지 모르니 잘 알아두세요. 남자가 속에 불이 붙고 있는데도 겉으로는 태연한 척하는 게 가장 여자들을 열 받게 하지요.

아무튼 이런 장광설로 당신을 따분하게 만들 생각은 없고, 시간은 자정을 넘어갔어요. 실내의 불들이 서서히 꺼졌고 노래하는 카페는 문을 닫아야 할 시간이었어요. 나는 1천 드라크마 지폐 뭉치를 꺼내서 술값을 지불했고 웨이터에게 두둑한 팁을 주었습니다.

이제 그 어린년은 나한테 딱 달라붙었어요. "이름이 뭐예요?" 그년은 나지막한 목소리로 음란하게 물었어요. "할배!" 내가 화를 버럭 내며 대답했어요. 저 빌어먹을 논다니는 나를 아주 세게 꼬집었어요. "흐응……" 그년은 윙크를 하면서 색을 쓰는 거였어요. 나도 그년의 작은 손을 잡고서 은근하게 꼬집어 주었지요. "자 가자, 이 어린것." 나는 아주 쉬어버린 목소리로 말했어요.

그 다음은 당신도 잘 알 겁니다. 나는 그년을 아주 세게 눌러주었지요. 이어 우리는 잠이 들었어요. 내가 잠에서 깨어났을 때는 해가 중천을 지나 오후로 가고 있는 때였습니다. 나는 주위를 한번 둘러보았습니다. 나름대로 깨끗한 작은 방, 안락의자, 세면대, 비누, 커다란 술병들, 작은 술병들, 커다란 거울들, 작은 거울들, 벽에 걸린 알록달록한 드레스와 많은 사진들이 보였어요. 사진은 선원들, 장교들, 대위들, 경찰관, 춤추는 여자들, 샌들만 신은 여자들 등이었어요. 그리고 내 옆의 침대에는 따뜻하고, 향수 냄새를 풍기고, 머리카락은 산발한 암컷이 누워 있었어요. "아, 조르바." 나는 눈을 감으면서 나지막이 중얼거렸어요. "너는 살아서 천국에 들어왔구나. 여긴 정말 좋은데. 꼼짝도 하지 마."

보스, 나는 전에 이 얘기를 당신한테 한 적이 있습니다. 누구나 그 자신의 천국을 가지고 있어요. 당신의 천국에는 책들과 커다란 잉크통이 가득하겠지요. 어떤 사람의 천국엔 와인, 우조 술, 코냑의 통들이 가득할 테고, 어떤 친구의 천국에는 영국 파운드화가 가득할 것입니다. 나의 천국은 이거예요. 알록달록한 드레스, 향수 비누, 속에 스프링이 든 더블베드, 그리고 내 옆에 암컷이 누워 있는 자그마한 향수 냄새 나는 방.

솔직히 고백한 잘못은 더 이상 잘못으로 간주되지 않아요. 하루 종일 나는 밖에다가 코빼기도 내비치지 않았어요. 내가 어디로 가야 하지? 무엇을 해야 하지? 그러나 걱정할 필요가 없었어요. 여기 방 안에서 다 해낼 수 있습니다. 가장 좋은 식당에다 주문을 하면 힘내게 하는 건강식을 바로 배달해 줍니다. 검은 캐비어, 스테이크, 생선, 풍성한 과일, 그리고 바클라바(baklava: 얇게 늘린 페이스트리 반죽 사이에 버터를 발라 겹겹이 쌓고, 잘게 다진 견과류와 달콤한 시럽을 넣어 만든 터키의 전통 파이.—옮긴이) 따위를. 그런 다음에 나는 저년을 다시 한 번 세게 눌러주었습니다. 우리는 다시 잠이 들었고, 저녁에 일어나서 옷을 입고서 다정하게 팔짱을 낀 채 그녀의 일터인 노래하는 카페로 출근했습니다.

보스, 장광설로 당신을 어지럽게 만들 생각은 아니니 짧게 말하면 이런 일과표는 지금도 계속되고 있습니다. 그렇지만 당황하지는 마세요. 그런 와중에도 우리의 사업은 착실히 챙기고 있습니다. 나는 가끔씩 가게 있는 곳으로 산책을 나가서 유심히 살펴봅니다. 그러니 두고 보세요. 케이블과 필요한 물품들을 잘 챙겨서 사가지고 돌아갈 겁니다. 하루 일찍 돌아가나, 하루나 일주일 뒤에 돌아간들 무슨 차이가 있겠습니까? 사람들 말도 있잖아요. 어미 고양이가 너무 서두르면 새끼 고양이는 엉뚱한 게 나온다고. 내 눈의 잡티가 사라지고 내 마음이 안정될 때까지 기다리는 것은 모두 보스의 득이 될 겁니다. 그렇게 해야 우리는 사기를 당하지 않아요. 케이블은 튼튼한 것으로 제일 좋은 놈이어야 합니다. 안 그러면 우린 끝장이에요. 그러니 침착하세요. 그리고 나를 믿어주세요.

나 같은 놈들 때문에 열 받지 마세요. 나는 모험에서 자양분을 얻어요. 앞으로 며칠만 더 있으면 나는 다시 스무 살이 될 겁니다. 너무 힘이 좋아져서 앞으로 새로운 영구치가 돋아날 것 같아요. 당신도 알겠지만 내 허리는 계속 나를 괴롭혔는데 지금은 고래 심줄처럼 단단해졌습니다. 매일 아침 거울을 들여다보면서 내 머리카락이 다시 칠흑처럼 검어지지 않은 것을 의아하게 여기고 있어요.

그렇지만 당신은 왜 이런 편지를 쓰고 있는지 묻고 싶을 겁니다. 당신을 나의 사제로 여기고 그래서 나의 모든 죄를 당신한테 부끄러움 없이 고백하는 것을 헤아려 주시기 바랍니다. 왜 그런지 아세요? 당신은 내가 옳든 그르든 눈곱만치도 신경 쓰지 않을 것처럼 보이기 때문입니다. 당신은 젖은 스펀지를 든 하느님 같아서 모든 것을 쓱싹쓱싹 닦아내 버립니다. 옳은 것이든 그른 것이든 가리지 않고 말입니다. 그 때문에 나는 당신에게 모든 것을 말할 힘을 얻게 되었어요. 그러니 잘 들어주세요.

내 세계는 뒤죽박죽이 되었어요. 거의 제정신이 아니에요. 이 편지를 받는 즉시 펜을 들고 대답해 주세요. 당신의 편지를 받기 전까지 나는 뜨거운 석탄 위에 알궁둥이로 앉아 있는 꼴일 거예요. 벌써 여러 해 동안 나는 하느님의 장부에나, 악마의 장부에나 더 이상 기록이 되지 않는다고 생각해요. 내가 기록하는 장부는 당신의 장부뿐이에요. 그러니 당신의 고상한 인격 이외에는 아무 데에도 보고할 의무가 없다고 생각해요. 당신의 의견을 들을 수 있는 기회를 주세요. 그러면 지금 현재 제가 어떻게 지내고 있는지 말씀 드릴게요.

어제 이라클리온 근처에서 성인의 축제가 있었어요. 악마 때문에 그 성인의 이름은 잊어버렸어요. 롤라가 내게 말했어요. 아참 그녀 소개가 늦었군요. 그녀의 이름은 롤라 예요.

"할배."(그녀는 아직도 나를 할배라고 부르지만 아주 애교스럽게 불러요.) "나, 축제에 가고 싶어요." "그럼 가, 할매." 내가 그녀에게 말했어요. "가라고." "하지만 당신과 함께 가고 싶어요." "난 안 가. 그런데 신경 안 써. 너 혼자 가." "아이 싫어. 그럼 나도 안 갈래."

나는 툭 튀어나온 눈으로 그녀를 쳐다보았어요. "안 간다고? 가기 싫어?" "당신이 안 가면 나도 안 가요. 할배가 안 가면 나도 가기 싫어." "하지만 왜? 넌 자유로운 영혼 이잖아?" "아니, 아니에요." "넌 자유롭고 싶지 않니?" "아니."

보스, 내가 무슨 말을 할 수 있겠습니까? 거의 기절할 것 같은 기분이었어요. "넌 자유로워지고 싶지 않다고?" 내가 소리쳤어요. "아니, 아니, 아니!"

보스, 나는 롤라의 방에서 그녀의 편지지로 편지를 씁니다. 제발 신경 써서 읽어 주세요. 나는 인간이 무엇보다도 자유를 원하는 존재라고 알고 있어요. 그런데 여자는 자유를 원하지 않아요? 그럼 여자는 인간입니까?

즉시 답장을 주세요. 포옹과 키스를 보냅니다.

나, 알렉시스 조르바.

나는 조르바의 편지를 다 읽고 나서 한동안 어떻게 반응을 해야 할지 막연했다. 나는 웃어야 할지, 화를 내야 하지, 이 원시적 인간을 존경해야 할지 난감했다. 그는 지구의 표면—논리, 도덕, 정직—을 뚫고 들어가 그 본질에 도달한 자였다. 그는 일상생활에 도움이 되는 모든 사소한 미덕들은 결핍되어 있지만 단 하나의 어색하고, 불편하고, 위험한 미덕을 갖추고 있었다. 그 미덕은 궁극적 경계, 존재의 심연으로 거칠고 강하게 뛰어드는 용기였다.

글을 쓸 때 자신의 거친 충동을 이기지 못해 펜을 부러트릴 정도로 세게 부여잡는 이 막 무식한 노동자는 원숭이를 모면하고 사람으로 진화한 당시에 존재했던 최초의 인간이었다. 아니면 그는 위대한 철학자 같았다. 인생의 근본적인 문제에 압도당해 그것을 긴급하면서도 직접적인 욕구로 체험하는 철학자. 그는 어린아이처럼 모든 것을 처음 보듯 했고, 끊임없이 놀라며 끊임없이 질문을 던졌다. 모든 사물이 그에게는 기적으로 보였다. 매일 아침 눈을 떠서 나무, 바다, 돌, 새를 관찰하면 그는 입을 크게 벌리고 소리쳤다. "이 무슨 기적인가? 나무, 바다, 새, 돌의 의미는 무엇인가?"

나는 어느 날 아침 마을로 걸어가던 때를 기억한다. 우리는 노새를 타고 가는 키 작은 노인을 만났다. 조르바가 그 작은 눈을 크게 뜨고 그 노새를 너무나 맹렬하고 열성적인 눈빛으로 쳐다보는 바람에, 마을 노인은 공포를 느끼고 성호를 그으며 말했다. "형제여, 하느님의 사랑을 보아서라도, 그런 저주의 눈빛을 내 노새에게 던지지 마세요!"

나는 조르바에게 고개를 돌렸다.

"당신이 저 노인에게 무슨 짓을 했기에 저렇게 소리를 칩니까?"

"나요? 내가 무엇을 했느냐고요? 나는 노새를 쳐다보았어요. 보스, 저건 정말 놀랍지 않습니까?"

"뭐가?"

"이 세상에 노새가 존재한다는 것이."

또 어느 날 내가 해변에 비스듬히 누워서 책을 읽고 있는데 조르바가 도착했다. 그는 내 맞은편에 책상다리를 하고 앉아서 산투르를 무릎에 올려놓고 연주하기 시작했다. 나는 눈을 처들어 그를 바라보았다. 그의 얼굴은 조금씩 조금씩 바뀌고 있었다. 그는 야성적인 즐거움과 기이한 흥분에 사로잡혀 있었다. 주름진 기다란 목을 날카롭게 위로 흔들어대면서 마케도니아의 노래를 불렀다. 애국적인 범법자들이 부르는 노래였으나, 야성적인 외침이었고 인간 이전의 시대로 되돌아간 듯한 인간의 목소리였다. 그 시대에 그런 외침은 우리가 오늘날 말하는 음악, 노래, 열정을 모두 뭉뚱그리는 하나의 고양된 종합이었을 것이다. "아크흐흐 바크흐흐." 조르바의 내면 깊숙한 곳에서 솟구치는 소리였는데 우리는 문명이라고 부르는 그 얄팍한 껍질을 부서트리는 소리였다. 그리고 저 죽지 않는 짐승—털 많은 신, 무서운 고릴라—이 저 밑바닥으로부터 튀어 올라오는 소리였다. 갈탄광, 이익과 손실, 부불리나, 이런 모든 것들은 가뭇없이 사라져 버렸는데 그 외침이 모두 휩쓸어가 버린 까닭이었다. 우리는 더 이상 그 어떤 것도 필요하지 않았다. 우리 두 사람은 그 한적한 크레타 해변에서 미동도 하지 않은 채 인생의 모든 슬픔과 달콤함을 우리 가슴에 부여잡고 있었다. 그러나 슬픔과 달콤함은 존재하지 않았다. 태양은 계속 움직여서 밤이 왔고, 북극성은 하늘의 고정된 축을 따라서 춤추었고 떠오르는 달은 모래사장에 있는 이 두 마리의 미소한 벌레를 공포 속에서 내려다보았다. 그들은 그 누구도 두려워하지 않고 노래를 부르고 있었다.

"젠장, 사람들은 들짐승이에요." 조르바가 그 노래에 상기되어 갑자기 말했다. "보스, 당신의 책들을 내던져 버려요! 당신은 부끄럽지도 않습니까? 사람은 들짐승이에요. 들짐승은 책 따위는 읽지 않아요."

우리는 잠시 말이 없다가 다시 웃음을 터트렸다.

"신이 인간을 어떻게 창조했는지 아세요?" 그가 물었다. "이 인간 짐승이 하느님에게 한 첫 마디가 뭔지 아세요?"

"몰라요. 내가 그걸 어떻게 알 수 있습니까? 나는 현장에 있지 않았어요."

"나는 있었어요." 조르바가 두 눈을 반짝거리며 말했다.

"좋아요. 그럼 어디 말해 보아요."

조르바는 절반은 멍한 표정으로 절반은 조롱하듯이 인류의 탄생 신화를 창조하기 시작했다.

"보스, 잘 들어 보세요. 어느 날 하느님은 화를 내며 잠에서 깨어났어요. '도대체 나는 어떤 신인가?' 그는 자문했어요. '나한테 아첨을 하고 향료를 불태워 주고 또 나를 모독할 인간들이 없어서 시간을 잘 보낼 수가 없는데 이래도 내가 신이라 할 수 있을까? 나는 바보처럼 혼자 사는 게 너무 지겨워. 쳇!' 그래서 그는 손바닥에 침을 뱉고, 소매를 걷어붙이고, 안경을 꺼내 썼어요. 그는 흙 한 덩어리를 집어 들고 거기다 침을 뱉어 진흙을 만들더니 잘 반죽을 해서 자그마한 인간을 만들어 햇빛 속에 놓아두었어요. 이레 뒤에 그는 그것을 꺼내보았어요. 잘 구워져 있었어요. 그래서 그걸 쳐다보며 하느님은 웃음을 터트렸어요. '악마가 씌웠나.' 그가 말했어요. '이건 똑바로 선 돼지네. 뭔가 다른 걸 원했는데 이런 엉뚱한 게 나왔어. 하지만 이미 만들어졌잖아! 이걸로 끝난 거야!' 그래서 그는 인간의 목덜미를 잡으면서 발로 한번 콱 찼어요. '자, 가. 가서 다른 새끼 돼지들을 만들어. 지구는 너의 것이야. 어서 가라고! 하나, 둘, 약진 앞으로!' 그런데 그놈은 전혀 돼지가 아니었어요. 그는 챙이 좁은 펠

264

트 페도라를 머리에 쓰고 어깨에는 두 줄로 단추가 달린 상의에다 주름 진 바지를 입었고, 방울 술이 달린 농민 신발을 신었어요. 그의 허리띠에 는 악마가 준 게 틀림없는 날카로운 단도가 매달려 있었어요. 그 칼에는 '난 너를 죽일 거야!' 라는 글씨가 새겨져 있었어요. 이게 인간이에요. 하 느님은 키스하라고 손을 내밀었는데, 인간은 콧수염을 배배 꼬며 선언했 어요. '쳇, 저리 꺼져, 이 늙은이야. 내가 지나가게 비키라니까!'"

조르바는 말을 멈추고 허리를 부여잡고 웃고 있는 나를 쳐다보았다. 그는 얼굴을 찌푸렸다.

"웃지 마세요." 그가 내게 말했다. "그게 실제 상황이었어요."

"하지만 그걸 어떻게 압니까?"

"이미 말했지만 그게 실제 상황이라니까요. 만약 내가 아담이었다면 그런 식으로 반응했을 거예요. 이 말에 내 목을 걸겠어요. 아담은 틀림없 이 그렇게 행동했을 겁니다. 책들이 하는 말을 믿지 마세요. 내 말을 들으 세요!"

그는 나의 대답을 기다리지 않고 다시 커다란 손을 내뻗어 산투르를 연주하기 시작했다.

나는 화살이 심장을 꿰뚫은 채색 그림이 그려진 조르바의 향수 뿌린 편지를 여전히 손에 들고 있었다. 그리고 내가 그와 함께 보냈던 인간의 본질로 가득 찼던 나날들을 기억했다. 시간은 조르바라는 존재 앞에서 새로운 풍미를 획득했다. 그것은 더 이상 사건들이 순서적으로 벌어지는 현상이 아니었다. 그것은 나의 내부에 깃든 미해결의 문제도 아니었다. 그것은 내 손가락 사이로 부드럽게 빠져나가면서 내 손가락을 간질이는, 보드랍게 체를 친 따뜻한 모래알이었다.

'하느님 조르바를 축복하소서.' 나는 중얼거렸다. 그는 나의 내부에서 전율하는 추상적 관심사에 대하여 따뜻하고 사랑스러운 육체를 부여했다. 나는 그가 없으면 다시 추위를 느낄 것이었다.

나는 종이를 꺼내들었고 일꾼을 불러서 긴급 전보를 보내게 했다.

〈여기로 즉각 돌아올 것!〉

14

3월 1일은 토요일이었고 늦은 오후였다. 나는 바다 옆의 바위에 기대어 글을 쓰고 있었다. 그날 아침 첫 제비를 보았으므로 행복했다. 붓다의 구마 의식은 종이 위에서 아무런 방해를 받지 않고 진행되었다. 그와의 싸움은 쉬워졌다. 그로부터 벗어나는 것을 확신했으므로 더 이상 서두를 필요가 없었다.

갑자기 나는 조약돌을 밟고 오는 사람의 발자국 소리를 들었다. 고개를 쳐들어 보니 해변을 걸어오는 우리의 사랑스러운 세이렌이었다. 성장을 하고, 얼굴을 붉히고, 숨을 헐떡이는 우리의 순양함. 그녀는 걱정스러운 표정이었다.

"편지가 오지 않았나요?" 그녀는 애타는 목소리로 소리쳤다.

"예, 편지가 왔어요." 나는 웃으며 대답했고 그녀를 맞이하기 위해 일어섰다. "그는 다정한 안부 인사를 보내왔고 당신을 밤낮없이 생각하고 있으며 그래서 밥도 못 먹고 잠도 못 자고 당신과 헤어져 있는 것을 정말로 견디지 못하겠다고 말했습니다."

"그 외에 다른 말은 없나요?"

나는 그녀를 불쌍하게 생각했다. 나는 호주머니에서 편지를 꺼내어 읽어주는 척했다. 그녀는 이빨 빠진 입을 떡 벌리고 조심스럽게 들었다. 작은 눈을 절반쯤 감은 채 조르바를 그리워했다. 나는 편지를 읽어내려 가면서 없는 얘기를 꾸며냈고 그 필체를 잘 알아보지 못해 애를 먹는 척 했다.

"보스, 어제 식사를 하기 위해 식당에 갔습니다. 나는 배가 고팠어요. 그곳에서 아름다운 젊은 여자를 보았는데 정말 요정 같았어요. 그녀는 나의 부불리나를 그대로 빼닮았어요! 곧 내 눈에서는 눈물이 흘렀고 내 목구멍은 뜨듯해졌고 음식을 삼킬 수가 없었어요. 나는 일어나서 돈을 내고 그곳을 나왔습니다. 사랑의 감정에 압도되었던 것입니다. 보스, 나는 성인들을 별로 생각하지 않지만 그 길로 성 미나스 대성당으로 달려 가서 성인을 위해 양초를 한 자루 바쳤어요. 사랑하는 성 미나스여, 비노 니 내가 사랑하는 천사로부터 좋은 소식을 받을 수 있기를. 우리의 날개 가 곧 서로 연결될 수 있기를."

"호 호 호." 마담 오르탕스가 얼굴을 붉히면서 웃었다.

"착하신 분, 왜 웃나요?" 나는 숨을 멈추고 머릿속에서 좀 더 많은 거 짓말을 꾸며내려고 읽기를 잠시 멈추었다. "왜 웃어요? 나는 울고 싶은 심정입니다."

"아이, 잘 알면서 그러세요…… 잘 알잖아요." 그녀가 콧소리를 냈다. "호 호 호."

"내가 뭘 안다고요?"

"날개 말이에요, 호 호 호. 저 악당은 발을 가리켜 날개라고 해요. 단

둘이 있을 때 '우리의 날개를 맞대자.'라고 해요. 호 호 호."

"마담 오르탕스, 다음에 오는 내용을 잘 들어보세요. 깜짝 놀랄 겁니다."

나는 페이지를 넘기면서 다시 그것을 읽는 척했다.

"오늘 나는 이발소 옆을 지나가고 있었는데 그 순간 이발사가 비누거품이 가득한 세면대를 문밖으로 비워내고 있었어요. 온 거리가 향기로 가득했어요. 그 순간 부불리나 생각이 나서 울기 시작했어요. 나는 더 이상 그녀로부터 멀리 떨어져서는 살 수가 없어요. 보스, 미칠 것 같아요. 나는 심지어 연애시를 짓는 사람이 되기까지 했어요. 저번에는 도통 잠이 오지 않아서 자리에서 일어나 앉아 짧은 시를 써보았어요. 그녀에게 이걸 읽어주세요. 그러면 내가 얼마나 고통 받는지 그녀가 잘 알게 될 겁니다."

> 우리가 골목길에서 서로 만났으면 좋겠네.
> 이별의 고통을 모두 떠안을 수 있는 넓은 골목길.
> 설사 그들이 나의 살을 저며 라구(ragout) 요리를 만든다 해도
> 내 뼈들은 여전히 그대 위에 닻처럼 떨어지리.

마담 오르탕스는 절반쯤 눈을 감고서 계속 들었다. 더욱 그리워하고 더욱 허기진 표정으로. 그녀는 심지어 목을 누르고 있던 리본도 떼어내어 목 주름살을 자유롭게 풀어놓았다. 그녀는 아무 말 없이 미소를 짓고 있었지만, 오래전에 잃어버린 저 먼 바다를 향해 순양함처럼 항해를 떠나는 듯했다.

신선한 풀이 돋아나는 3월이었고 자그마한 꽃망울은 붉고, 노랗고, 엷

은 보라색이었다. 잔잔한 물 위에는 하얀 백조와 검은 백조 떼가 짝을 지어 노닐었고 붉고-푸른 주둥이를 열고서 지저귀었다. 암놈은 하얀색, 수놈은 검은색. 물속에서는 반짝거리는 초록색 물뱀장어가 나와서 연푸른 커다란 뱀들과 어울렸다. 마담 오르탕스는 다시 열네 살이 되었다. 그녀는 알렉산드리아, 베이루트, 스미르나[Smyrna: 에게 해에 면해 있는 터키 서부의 항구 도시 이즈미르(Izmir)의 옛 이름.—옮긴이], 콘스탄티노플의 동양풍 카펫 위에서 춤을 추었고 이어 크레타 해안 가까운 곳에 정박한 기함의 반들거리는 나무 조각 바닥에서도 춤을 추었다…… 그녀는 혼란에 빠졌고 제대로 기억하지 못했다. 모든 것이 함께 뒤섞이는 듯했고, 그녀의 유방은 다시 오뚝하게 솟아올랐고, 해안선들은 가깝게 다가왔다. 갑자기 그녀가 춤을 추는 동안에 해안선은 황금 선수의 전함들로 가득했다. 전함의 선미에는 다채색의 차양과 비단 깃발이 펄럭거렸다. 그 전함들로부터 파샤들이 걸어 나왔다. 그들은 황금술이 빳빳하게 치켜 올라간 붉은 페즈 모자를 썼는데, 순례 길에 올라선 나이 든 고관으로서 아직 콧수염이 나지 않은 심술 맞은 아이들을 데리고 있었다. 또 그들의 손에는 값비싼 선물이 들려 있었다. 그 배로부터 빛나는 삼각모를 쓴 제독들에 이어서 젊은 수병들도 걸어 나왔다. 수병들의 하얀 상의와 바지는 바람에 나풀거렸다. 또 젊은 크레타 남자들도 걸어 나왔다. 그들은 연푸른 통넓은 펠트 천 바지를 입었고 목이 긴 노란 장화를 신고 검은 머리 수건을 둘렀다. 마지막으로 엄청 키가 크고 과도한 섹스로 수척해진 조르바가, 손가락에는 약혼반지를 끼고 반백 머리에는 레몬 꽃 화관을 두른 채 걸어 나왔다.

그녀가 파란만장한 한평생 동안 알아 왔던 모든 남자들이 그 배로부터 걸어 나왔다. 단 한 사람도 빠지지 않고 다 등장했다. 심지어 나이 들고 이빨이 빠지고 곱사등이인 뱃사공도 거기에 있었다. 그는 과거 한때 밤이 되어 아무도 그들을 볼 수 없을 때 그녀를 콘스탄티노플의 바닷가로 데려나가 '산책'을 함께했던 남자였다. 그들이 모두 걸어 나왔고 그들 뒤에서는 물뱀장어, 뱀, 백조 등이 짝짓기를 하고 있었다. 여기에는 언제나 짝짓기가 부족한 적이 없었다.

남자들은 그렇게 걸어 나와 모두 한 덩어리가 되어 그녀와 짝짓기를 했다. 봄철의 호색한 뱀들이 바위 위에 우글거리며 몸을 꼿꼿이 세우고 식식거리는 형상이었다. 그리고 그 무리들의 한가운데에 마담 오르탕스가 누워 있었다. 우유처럼 희고, 온통 알몸에다, 아무런 미동도 없이, 땀으로 온몸이 축축하고, 입술을 절반쯤 벌릴 때마다 자그마하고 날카로운 이빨이 흘낏 보이는 마담 오르탕스. 그녀는 열네 살, 서른 살, 마흔 살, 예순 살이 되어도 만족할 줄을 모른다.

그 어떤 것도 사라지지 않았고 단 한 명의 애인도 죽지 않았다. 그들은 완전 무장을 한 채 그녀의 시든 유방 위에서 부활했다. 마담 오르탕스는 세 돛대에 깊은 용골을 가진 순양함. 그녀의 모든 애인들(그녀는 현재 45년 동안 현역으로 뛰고 있다!)은 그 배 위로 오른다. 그 배의 선창, 현측, 삭구 등 가리지 않고 올라탄다. 수천 군데의 균열과 수천 군데의 봉합을 지닌 순양함은 오래 동경하던 항구인 결혼을 향해 나아간다. 조르바는 터키인, 유럽인, 아르메니아인, 아랍인, 그리스인 등 1천의 얼굴을 가지고 있다. 마담 오르탕스는 그를 안으면서 동시에 그녀를 숭배하는 저 무수하고 끝없는 성스러운 행렬을 그녀의 가슴에 안는 것이다.

나이 든 세이렌은 갑자기 내가 읽기를 멈추었다는 것을 깨달았다. 그녀의 환상은 갑자기 끝났고 무거운 눈까풀을 힘들게 치켜 올렸다. "그 외에 다른 말은 없나요?" 그녀는 탐욕스럽게 입술을 핥으며 불만 가득한 목소리로 물었다.

"마담 오르탕스, 더 무엇을 기대하십니까? 그대는 보지 못했습니까? 편지가 온통 당신 얘기뿐입니다. 이걸 좀 보세요. 네 페이지나 됩니다. 여기 심장이 그려져 있어요. 이 구석을 좀 보세요. 그가 자기 손으로 직접 그렸다고 해요. 여기 가장자리에서 가장자리까지 화살로 관통되어 있어요. 사랑의 표시지요. 그리고 여기 이 밑부분을 보세요. 두 마리의 비둘기가 다정하게 포옹하고 있어요. 그들의 날개에는 잘 읽을 수 없는 작은 글씨의 붉은 잉크로 오르탕스-조르바라고 씌어 있어요."

거기에는 비둘기도 글씨도 없었다. 그렇지만 시력이 감퇴된 세이렌의 작은 눈은 졸린 듯 감겨져 있었고 그 눈은 자기가 열렬히 보고 싶은 것만 보았다.

"그 외에 다른 말은 없어요? 더 없어요?" 그녀가 여전히 불만인 목소리로 물었다.

이 모든 것—날개, 이발소 비누거품, 작은 비둘기—은 멋지고 거룩하고 아름답고 상쾌한 말들이었다. 그러나 실용적인 여자의 마음은 그 외의 것, 그보다 더 구체적이고 단단한 어떤 것을 원했다. 그녀는 이미 그런 멋진 말이라면 한평생 동안 물릴 정도로 많이 들었다. 그녀가 현재 절절하게 느끼는 것은 그토록 오랜 세월 많은 일을 해 왔건만 현재는 완전히 내버려진 채 혼자라는 것이었다.

"그 외에 다른 말은 없어요?" 그녀가 다시 불평했다. "더 없어요?"

그녀는 쫓기는 암사슴처럼 내 눈을 들여다보았다. 나는 그녀가 불쌍했다. "그가 뭔가 말하기는 했어요. 아주 중요한 것이에요, 마담 오르탕스." 내가 말했다. "그래서 그걸 맨 나중으로 미루었어요."

"듣고 싶어요." 그녀가 희미한 목소리로 말했다.

"그는 돌아오는 즉시 당신 발밑에 쓰러져 눈에 눈물이 가득한 채로 당신에게 결혼을 신청하겠다고 하는군요. 더 이상 기다릴 수가 없대요. 당신을 그의 아내 마담 오르탕스 조르바로 만들고 싶답니다. 그래서 앞으로 영원히 헤어지지 않겠대요."

마침내 화가 나 있던 그녀의 작은 눈에서 눈물이 흐르기 시작했다. 저 지극한 기쁨을 보라! 저 천국을 보라! 저 평생의 동경을 보라! 마침내 안식을 얻어 정직한 침대에서 잠들게 되었구나! 이제 이것이면 충분해!

그녀는 눈물을 훔쳤다.

"좋아요. 나는 청혼을 받아들이겠어요." 그녀가 귀족같이 겸손한 자세로 다짐했다. "그에게 편지로 알려 주세요. 이 마을에서는 결혼 화관(花冠)을 구할 수가 없다는 걸. 그러니 이라클리온에서 가져와야 한다고 말해 주세요. 분홍색 리본이 달린 두 개의 하얀 양초도 가지고 와야 해요. 그리고 설탕 바른 아몬드도 필요하고. 가장 좋은 놈으로. 그리고 결혼식 드레스, 비단 스타킹, 비단 단화도 필요해요. 침대 시트는 있으니까 가져올 필요 없다고 말해 주세요. 단 침대는 이미 마련되어 있어요."

그녀는 필요한 물품들을 모두 주문했고 마치 조르바가 이미 그녀의 남편이 된 것처럼 반드시 가져오라고 명령했다. 그녀는 일어섰다. 그리고 갑자기 정식 결혼한 부인의 근엄한 태도를 취했다.

"당신에게 진정으로 제안할 것이 하나 있어요." 그녀는 걸음을 멈추고 감정이 북받친 어조로 말했다.

"말해 보세요, 마담 조르바. 나는 언제나 당신에게 봉사할 준비가 되어 있습니다."

"조르바와 나는 당신을 좋아해요. 당신은 돈 문제도 아주 관대해요. 또 우리를 당황하게 만들지도 않고. 그러니 우리의 쿰바로스(koumbaros:

그리스의 전통혼례에서 신랑의 들러리를 지칭.—옮긴이)가 되어줄 수 있나
요?"

나는 움찔했다. 나의 고향 집에는 한때 디아만도라는 나이 든 여자 하
인이 있었다. 노처녀로 늙어서 신경질이 많은 데다 변덕이 심하고, 피부
가 쭈글쭈글하고, 콧수염은 났지만 가슴은 밋밋한 여자였다. 그녀는 유
들유들하고 통통한 마을 청년 미트소스를 사랑하게 되었다. 그는 아직
콧수염이 나지 않은 애송이였는데 마을의 야채 가게에서 점원으로 일했
다.

"언제 나를 데려갈 거야?" 그녀는 일요일마다 그에게 물었다. "나를
데려가! 어떻게 너는 기다릴 수가 있지? 난 못 기다려."

"못 기다리기는 나도 마찬가지예요." 영악한 야채가게 점원이 대꾸했
다. 그녀가 계속 그 가게를 애호해 주기를 바라기 때문에 그런 마음에도
없는 입 발린 소리를 하는 것이었다. "친애하는 디아만도, 기다리지 못하
기는 나도 마찬가지예요. 그렇지만 좀 참아주세요. 내가 콧수염을 기를
때까지만."

그래서 디아만도가 참을성 있게 기다리는 동안 세월만 흘러갔다. 세
월 덕분인지 그녀는 차분해졌고 두통도 덜 났다. 키스를 받지 못해 씁쓸
함을 느끼는 그녀의 입술에서는 웃음소리도 흘러나왔다. 그녀는 옷을 잘
다리고, 그릇도 덜 깨먹고, 음식도 태우지 않는 등 하인 일을 더 잘 하게
되었다.

"우리의 들러리가 되어 주시겠어요, 젊은 주인님?" 디아만도가 어느
날 저녁 은근하게 물었다.

"그러지요." 대답은 했지만 그 말은 내 목구멍에 가시처럼 남게 되었
다.

이 들러리/쿰바로스 관계는 내게 상당한 독을 끼얹은 꼴이 되었다. 그래서 마담 오르탕스의 요청을 듣고서 잠시 움찔했던 것이다.

"좋아요, 그러지요. 마담 오르탕스. 저로서는 영광입니다." 내가 그녀에게 대답했다.

"우리가 단 둘이 있을 때에는 나를 쿰바라(koumbara: 쿰바로스의 여성형.—옮긴이)라고 불러도 좋아요." 그녀가 자랑스럽게 미소 지으며 말했다.

그녀는 일어서서 챙이 넓은 모자에서 앞으로 튀어나온 앞머리를 매만지면서 입술을 핥았다.

"안녕히 계세요, 쿰바로스!" 그녀가 말했다. "안녕히 계세요. 우리는 그 사람을 아주 우아하게 맞이해야 돼요."

나는 사라져 가는 그녀의 종종 걸음을 쳐다보았다. 그녀는 여학생 같은 애교를 부리면서 허물어진 허리 라인을 최대한 흔들어 보려고 애를 썼다. 그녀는 좋아서 깡충깡충 뛸 지경이었다. 그녀의 오래되고 낡은 단화는 모래사장에 자그마한 발자국을 남겼다.

그녀가 막 곶을 돌아갔을 때 해변에서 날카로운 비명과 오열 소리가 들려왔다.

나는 자리에서 펄떡 일어나 달려갔다. 저기 먼 곳, 곶 반대편에서 여자들이 망자를 애도하듯이 비명을 내지르고 있었다. 나는 재빨리 바위 위로 올라가 그들을 내려다보았다. 남녀들이 마을 쪽에서 달려왔고 개들이 짖어대며 뒤쫓아 왔다. 말을 탄 두세 명이 앞서서 달려오면서 그들 뒤에 구름 같은 먼지를 일으켰다.

'사고야.' 하고 생각하면서 나는 곶 쪽으로 재빨리 달려갔다.

비명 소리는 점점 더 커졌다. 해는 졌고 두세 조각의 장밋빛 작은 구름들만이 하늘에 머무르고 있었다. '유지 딸의 무화과나무'는 녹색 잎사귀를 새롭게 선보였다.

갑자기 마담 오르탕스가 내 앞쪽으로 달려왔다. 그녀는 머리를 산발한 채 숨을 헐떡이면서 돌아오고 있었는데 벗겨진 단화 한쪽을 손에 쥔 채 울면서 달려왔다.

"쿰바로스, 쿰바로스." 그녀가 내게로 쓰러지며 소리쳤다. 나는 그녀를 다시 밀어 올렸다.

"왜 울고 있습니까, 쿰바라?"

나는 그녀가 밑창이 닳아빠진 단화 한쪽을 다시 신는 것을 도와주었다.

"나는 두려워요."

"무엇이요?"

"죽음이요. 저기에 있는."

그녀는 공중에서 죽음의 냄새를 맡고서 두려워진 것이었다. 나는 그녀의 축 늘어진 팔을 잡았다. 그러나 그녀는 허약한 몸을 부르르 떨면서 저항했다.

"싫어요. 싫어요." 그녀는 비명을 내질렀다.

그 불쌍한 여자는 죽음이 발을 내디딘 곳에 다가가기가 두려웠던 것이다. 저승의 뱃사공 카론은 그녀를 보거나 기억해서는 안 되는 것이었다. 모든 노인이 그러하듯이 우리의 불운한 세이렌은 땅 위의 풀 사이에 숨어 녹색이 되거나 땅속에 숨어 갈색이 되려 했다. 그러면 카론은 그녀를 찾아내지 못할 것이었다. 그녀의 고개는 살찌고 굽어진 어깨 위로 푹 수그러졌고 온몸은 떨고 있었다.

그녀는 올리브 나무까지 간신히 걸어가더니 짧고 덧댄 외투를 열었다.

"쿰바로스, 이걸로 나를 덮어줘요. 나를 덮어주고 그만 가보세요."

"춥습니까?"

"아, 아, 추워요. 좀 덮어주세요."

나는 최대한 기술을 발휘하여 그녀를 잘 덮어주었고(그녀가 땅과 구분이 되지 않게) 그 자리를 떴다.

나는 마침내 곶에 접근하면서 그 비명 소리를 더 잘 이해하게 되었다. 미미토스가 내 앞에서 달려갔다.

"미미토스, 무슨 일이지?" 내가 소리쳤다.

"물에 빠져 죽었대요!" 그가 멈추지 않고 대답했다. "물에 빠져 죽었대요!"

"누가?"

"마브란도니스의 아들 파블리스."

"왜?"

"과부 때문에."

서로 울부짖는 비탄 소리가 그의 목소리를 삼켜버렸다. 그의 대답은 내 머리 위에 떠돌면서 그 음울한 공기를 과부의 고혹적인 육체로 가득 채웠다. 나는 온 마을 사람들이 모여 있는 바위 근처에 도착했다. 남자들은 모자를 쓰지 않은 채 아무 말 없이 서 있었다. 여자들은 머리 수건을 어깨까지 내린 채 머리카락을 잡아당기며 비명을 내질렀다. 조약돌들 위에는 물에 불은 푸르뎅뎅한 시체가 뉘여 있었다. 마브란도니스 노인은 미동도 하지 않고 그 옆에 서서 시체를 내려다보았다. 그는 오른손으로 지팡이를 짚고 거기에 의지하면서 고개를 숙이고 있었다. 그의 왼손은 턱수염의 꼬불꼬불한 회색 털을 잡고 있었다.

"하늘이 저년을 벌줄 거야! 오 하느님, 저년을 징벌하소서!" 갑자기 날카로운 목소리가 터져 나왔다.

한 여인이 펄펄 뛰면서 남자들에게 돌아섰다. "쳇, 이 마을에는 그래 남자도 없어요? 저년을 무릎 위에 올려놓고 양처럼 잡아버릴 남자가? 난 당신들 모두에게 침을 뱉어요!" 실제로 그녀는 아무 말 없이 그녀를 쳐다보는 남자들에게 침을 뱉었다.

카페 주인인 콘도마놀리스가 그녀를 비난했다. "억센 카테리나, 우리를 부끄럽게 만들지 말아요." 그가 소리쳤다. "우리 마을에는 남자들이 많아요. 당신은 곧 보게 될 겁니다."

나는 참고 있을 수 없었다. "당신들 모두, 부끄러운지 아세요." 내가 소리쳤다. "그 여자가 뭘 잘못했습니까? 이건 그의 운명이었어요. 당신들은 하느님을 두려워해야 돼요!"

하지만 아무도 내게 대답하지 않았다.

익사한 청년의 사촌인 마놀라카스는 그 거대한 몸집을 숙이면서 시체를 들어 올려 꽉 껴안으면서 마을 쪽으로 출발했다. 손가락으로 머리카락을 잡아당기던 여자들은 시체가 운반되는 것을 보자마자 앞으로 달려 나와 거기에 달라붙으려 했으나, 노(老) 마브란도니스는 지팡이로 그들을 제지하면서 앞장서서 걸어갔다. 통곡하는 여자들은 그의 뒤를 따라갔고 남자들은 아무 말도 하지 않고 다시 그 뒤를 따라갔다. 그들은 황혼 속으로 사라졌다. 바다의 부드러운 숨결 소리가 다시 들려왔다. 나는 주위를 둘러보았다. 나는 혼자였다.

'나도 돌아가는 게 좋겠구나.' 나는 혼잣말을 했다. '오늘도 그 나름의 충분한 독을 품고 있구나. 하느님, 당신의 뜻이 이루어지소서!' 나는 생각에 잠긴 채 돌아오는 길에 올랐다. 황혼녘의 어둑한 빛 속에서 나는 아직도 바위 위에 서 있는 아나그노스티스 아저씨를 발견했다. 그는 턱을 기다란 지팡이 위에 괸 채 바다를 내다보고 있었다. 내가 그에게 소리쳤으나 듣지 못했다. 나는 그에게 다가갔다. 그는 나를 보더니 고개를 흔들었다.

"참 빌어먹을 세상이야!" 그가 중얼거렸다. "젊은이들이 정말 안됐어! 깊은 우울증에 빠진 이 친구는 슬픔을 견디지 못한 거야. 바다에 뛰어들어 익사함으로써 도망을 친 거지."

"도망쳤다고요?"

"그래, 젊은이, 도망친 거지. 나는 그가 인생을 어떻게 감당했을지 의아하네. 설사 그가 저 과부와 결혼했다고 하더라도 곧 불평불만이 시작되고 치욕이 닥쳐왔을지도 몰라. 저 여자는 씨받이 암말 같아서 몸이 아주 뜨겁지. 남자를 보는 순간에 그냥 울어대는 암말. 반대로 결혼하지 않았다고 하더라도 그는 평생 동안 가슴 아파하며 살아가야 했을 거야. 자신이 신(神)의 선물을 잃어버렸다고 생각했을 테니까. 그러니 앞에는 심연이요 뒤에는 홍수인 거라."

"아나그노스티스 아저씨, 그런 말씀 마세요. 너무 겁나는 말인데요."

"쳇, 겁먹을 필요 없어. 누가 내 말을 들어주기나 하나? 설사 몇 명이 들어준다고 해도 믿지도 않아. 자 보게, 나보다 더 운이 좋은 남자가 있을까? 나는 밭, 포도원, 올리브 숲, 그리고 2층 집을 가지고 있어. 게다가 존경받는 자산가야. 내 아내는 아주 훌륭하지. 온순하고, 아들만 낳고, 고개를 쳐들어 내 얼굴을 정면으로 바라본 적이 없어. 그리고 내 아이들도 다 잘되었어. 나는 불평이 없어. 손자들도 있어. 내가 뭘 더 바라겠나? 나는 뿌리를 아주 깊숙이 내렸지. 그렇지만 만약 내가 다시 태어나야 한다면 나도 파블리스처럼 목에다 커다란 돌을 매달고 바다에 뛰어들 거야. 인생은 정말 가혹한 거야. 심지어 가장 운 좋은 인생도 가혹하다고. 젠장!"

"하지만 아나그노스티스 아저씨, 당신은 부족한 게 없잖아요? 왜 괴롭다고 신음 소리를 내는 거지요?"

"이미 말했지만, 난 부족한 게 없어. 하지만 나리, 여기 앉아서 한번 가만히 들여다보라고. 인간의 마음이 어떻게 생겼는지 물어보라고!"

그는 잠시 말이 없더니 다시 바다를 응시했다. 바다는 검은색으로 변하고 있었다. "이봐, 파블리스, 자네는 잘한 거야." 그는 그렇게 소리치더니 지팡이를 짚고 일어섰다. "여자들은 그냥 비명을 내지르게 내버려둬. 그들은 여자니까 머리가 없어. 자네는 잘 도망친 거야. 자네 아버지도 그걸 알아. 그래서 자네 아버지는 아무 말도 하지 않은 거야." 아나그노스티스는 하늘을 쳐다보고 이어 산들을 보았는데 산들은 어둠 속에 사라지고 있었다. "밤이 되었군. 나는 그만 가봐야겠네." 그가 말했다.

그는 잠시 망설였다. 지금까지 한 말들을 후회하는 것처럼. 혹은 엄청난 비밀을 밝혀놓고서 그걸 회수해야겠다고 생각하는 것처럼. 그는 바싹 마른 손을 내 어깨 위에 얹었다. "자네는 젊어." 그가 미소 지으며 말했다. "늙은 사람들 얘기를 믿지 말게. 다들 늙은이 얘기를 귀담아 듣는다면 그들은 곧 망해버릴 거야. 과부가 자네의 길을 스쳐 지나간다면 그 여자에게 달려들어! 결혼을 하고, 아이를 낳고, 망설이지 마. 인생의 골칫거리는 특히 훌륭하고 단단한 젊은이들을 위해 생겨난 거지."

나는 해변의 오두막에 도착하여 불을 피우고 저녁차를 준비했다. 나는 피곤하고 시장했다. 일단 식사를 하고 느긋하게 휴식을 취하자 영원한 즐거움이 몰려왔다. 그것은 동물적 즐거움으로 인간적인 즐거움보다 한결 깊은 것이었다.

갑자기 작은 창문 사이로 마을의 바보 미미토스가 수척한 머리를 들이밀고서, 불 앞에 앉아 있는 나를 보더니 장난스럽게 미소 지었다.

"미미토스, 무슨 일이야?"

"보스, 과부로부터 문안 인사를 가져왔습니다. 자그마한 오렌지 바구니인데, 그녀의 과수원에서 최근에 딴 거라고 합니다."

"과부에게서?" 나는 동요하며 물었다. "무슨 일로 그걸 보냈지?"

"오늘 저녁 마을 사람들에게 그녀를 위해 좋은 말을 해주신 데 대한 인사랍니다."

"무슨 좋은 말?"

"낸들 어떻게 알아요? 그녀가 내게 그렇게 말했고 그래서 그대로 전하는 거예요."

그는 오렌지들을 침대에 쏟아놓았다. 그 향기가 오두막 전체에 진동했다.

"그녀에게 선물 고맙다고 하고 당분간 조심해야 한다고 전해. 그녀는 마을에 코빼기도 비춰서는 안 돼. 알아들었지? 이 불길한 일이 지나갈 때까지 그녀는 집 안에 계속 머물러 있어야 해. 알아들었지, 미미토스?"

"보스, 그 외에 다른 말씀은?"

"없어. 가!"

미미토스가 내게 윙크를 했다. "그 외에 다른 말씀은?"

"어서 가!"

그는 떠났다. 나는 오렌지 껍질을 깠다. 즙액이 많았고 꿀처럼 달콤했다. 나는 침대에 누워 잠이 들었다. 밤새 나는 오렌지 나무들 밑을 산책했다. 따뜻한 미풍이 불어왔고 내 셔츠는 열려서 털 많은 가슴을 노출시켰다. 나는 귀 뒤에 나륵풀을 한 가닥 꽂고 있었다. 나는 그 오렌지 숲을 오르락내리락하며 휘파람을 불고 기다리는 스무 살의 마을 청년이었다. 내가 알지 못하는 어떤 사람을 기다리고 있었다. 내 가슴은 마구 내달렸고 곧 기쁨으로 터질 것 같았다. 나는 콧수염의 양쪽 끝을 비틀어대면서 밤새 오렌지 숲 뒤에서 여자처럼 한숨을 내쉬는 바닷소리를 들었다.

15

오늘 우리 맞은편에 있는 아프리카의 모래 많은 해변에서 강렬하고 뜨거운 남풍이 불어왔다. 공중에 떠다니며 빙빙 도는 가느다란 모래가 사람들의 목구멍과 내장 속으로 들어갔다. 이빨이 덜거덕거리고 두 눈이 불탔다. 모래가 묻지 않은 빵 한 조각을 먹으려면 창문과 대문을 단단히 닫아야 했다.

황사가 불어오는 이 우울하고 무덥고 꽃봉오리 피는 나날들―괴로운 봄철의 한때―은 남들도 마찬가지지만 나를 울적하게 했다. 나는 나른함을 느꼈고, 내 가슴은 동요했고, 내 온몸에는 따끔따끔한 느낌이 있었다. 나는 지금과는 다른 어떤 단순하면서도 멋진 행복을 동경했다(아니면 그것은 그런 행복에 대한 회상인가?) 이런 꽃망울 터지는 시기에, 이와 똑같은 즐거움과 슬픔의 착잡한 느낌을 번데기 안의 애벌레도 느낄 것이었다. 두 날개가 애벌레의 양쪽 옆구리에서 마치 두 개의 상처처럼 벌어지는 것을 의식하면서.

나는 산속의 자갈 많은 1인용 소로를 세 시간쯤 걸어서, 3~4천 년 동안 땅속에 파묻혀 있다가 갑자기 땅 밖으로 나온 자그마한 미노아 도시를 찾아갔다. 그 도시는 멋진 크레타 햇빛 속에 그 자신을 드러내며 해바라기를 하고 있었다. 어쩌면 이 피곤한 산책이 나의 봄철 슬픔을 달래줄지 모른다고 생각했다.

　회색 돌, 편암, 낭만적인 식물은 전혀 없이 빛이 고루 퍼져 있는 그 황량함 등은 내가 바라는 산의 모습 그대로였다. 바위 위에 한 올빼미가 진지하고 우아하고 신비에 가득한 자세로 내려앉아 있었다. 그 동그란 노란 눈은 강력한 햇빛 때문에 장님이 되어 있었다. 나는 올빼미가 들을까 봐 조심스럽게 걸어갔으나 그놈의 귀는 아주 예민했다. 그놈은 아무 소리도 내지 않고 날아가더니 다시 바위들 사이에 몸을 감추었다. 공기 중에는 백리향 냄새가 났다. 예루살렘 세이지는 이미 그 가시들 사이에서 최초의 부드러운 노란 꽃을 피워 올리고 있었다.

　나는 그 소도시의 폐허에 도착하여 깜짝 놀랐다. 햇빛이 직선으로 떨어지면서 그 폐허를 감싸 안는 것으로 보아 자정인 듯했다. 하루의 이 무렵이 폐허가 된 고대 도시들로서는 위험한 때이다. 공기 중에는 목소리와 정령들이 가득했다. 만약 나뭇가지가 삐걱거리거나 도마뱀이 스쳐 지나가거나 지나가는 구름이 그림자를 던진다면 당신은 겁에 질리게 된다. 당신이 밟고 있는 모든 땅이 무덤이고 또 망자들이 당신을 부르고 있으니까.

　나의 눈은 차츰차츰 그 강렬한 햇빛에 적응이 되었다. 이제 그 돌들 사이에서 인간의 손길을 알아볼 수 있었다. 석고로 포장된 두 개의 넓은 거리, 좌우로 굽어지는 비좁은 통행로, 원형의 시장, 그리고 그 맞은편에는 민중에 대한 겸손을 표시하는 왕궁이 있었는데, 두 개의 기둥, 넓은 석조 계단, 장방형의 보관실 등을 갖추고 있었다. 판석이 인간들의 발길에 의해 부식된 도시의 중앙에는, 위대한 여신의 지성소가 서 있었다. 여신은 풍만한 맨살 유방을 드러내 놓았고 양손에 신성한 뱀들을 쥐고 있다. 아주 작은 가게와 작업장들—올리브기름을 짜는 압착장, 공장, 목공과 도공의 작업장—이 어디에나 있었다. 그것은 정교하고, 안전하고, 질서정연한 개미탑이었는데 단지 개미들은 수천 년 전에 그곳을 떠나버리고 없었다. 한 작업실에서는 어떤 장인(匠人)이 다채색의 돌을 깎아 주전자를 조각하고 있었는데 아주 멋진 예술 작품이었다. 하지만 그는 그것을 완성하지 못했다. 끌이 장인의 손에서 떨어졌고 수천 년 뒤에 절반쯤 완성된 작품 옆에서 발견된 것이다.

또다시 솟아올라 사람의 마음에 독을 뿌리는 것은 저 영원하면서도 불필요하고 어리석은 질문들 즉 '왜'와 '무엇 때문에'이다. 절반쯤 완성된 주전자를 바라보고 있노라면 사람의 마음에 쓸쓸함이 깃드는 것이다. 장인의 행복하고도 확신에 찬 충동이 중간에서 그만 산산조각이 나버렸기 때문에.

갑자기 한 목동이 파괴된 왕궁 바로 옆의 돌무더기에서 나타났다. 그는 햇볕에 그을린 얼굴이었고 양 무릎은 아주 까맣게 되어 있었고 그의 곱슬머리는 술 달린 검은 크레타 수건이 가리고 있었다.

"이봐요, 친구." 그가 소리쳤다.

나는 혼자 있고 싶었으므로 그의 말을 못 들은 척했다.

그러나 목동은 크게 비웃었다. "못들은 척하시는군, 에! 혹시 담배 있어요? 여기 외로운 곳에 나와 있어서 비참한 내게 담배 한 개비 적선하시오."

그는 '비참'이라는 말을 너무나 강렬하게 내뱉었고 나는 그 목동의 적적한 처지에 가슴이 아파왔다. 나는 담배가 없었다. 대신 돈을 좀 꺼내 주려고 하니까 그가 화를 냈다.

"돈은 필요 없어요." 그가 소리쳤다. "그 돈 갖고 뭐하게요? 이미 말한 것처럼 나는 여기서 비참합니다. 내게 담배를 주세요!"

"난 담배가 없네." 내가 아쉬워하는 목소리로 말했다.

"없다고요!" 목동이 열을 내며 소리쳤다. 그는 목동 지팡이로 주위의 자갈들을 세게 내리쳤다. "없다고요! 그런데 주머니에 뭐가 들어 그리 불룩합니까?"

"책, 손수건, 약간의 종이, 연필, 연필칼 등이오." 내가 주머니에서 그 물건들을 하나하나 꺼내 보여주며 말했다. "연필 칼 필요하오?"

"그건 있어요. 난 모든 걸 갖춰 놓고 있어요. 빵, 치즈, 올리브, 칼, 내 신발을 기울 송곳과 가죽, 물병 등. 모든 게 있다고요! 하지만 담배는 없어요. 그것이 내게 없는 거예요. 그런데 나리는 도대체 이 폐허에서 뭘 하고 있는 겁니까?"

"고대 시대를 살펴보고 있다오."

"그럼 고대에 대해서 뭘 알고 있나요?"

"아무것도 모른다오."

"나도 그래요. 아무것도 몰라요. 그 사람들은 죽었고 우리는 살아있어요. 자, 여기서 나가요!"

나를 내쫓는 그가 그곳의 망령처럼 느껴졌다.

"그럼 떠나리다." 나는 온순하게 대답했다.

나는 재빨리 산간 소로로 돌아왔다. 잠시 뒤 고개를 돌려서 나는 그 비참한 목동을 쳐다보았다. 그는 여전히 아까 그 바위 위에 서 있었고 검은 수건 밑에 비죽 튀어나온 곱슬머리는 강한 남풍에 휘날리고 있었다.

햇빛은 그의 이마에서 발끝으로 흘러내렸는데 마치 청년을 묘사한 청동 조각상 위로 퍼지는 햇살 같았다. 그는 어깨에 목동 지팡이를 올려놓았고 이제 휘파람을 불었다.

나는 다른 길을 따라서 해변 쪽으로 내려가기 시작했다. 내 머리 위에서는 인근 과수원의 향기와 아프리카 해안에서 오는 따뜻한 미풍이 흘러갔다. 땅은 향기로웠고, 바다는 웃고 있었고, 푸른 하늘은 강철처럼 빛났다.

겨울은 사람의 심신을 위축시킨다. 이제 따뜻함이 도착하여 사람의 가슴을 넓힌다. 나는 산길을 걸어가면서 하늘에서 들려오는 목쉰 소리에 귀를 기울였다. 고개를 쳐들면서 어린 시절부터 내 가슴을 뛰놀게 했던 멋진 광경을 다시 한 번 보았다. 그것은 병사들처럼 줄 지어 따뜻한 곳으로부터 날아오는 학들이었는데, 우리는 이런 상상을 하는 것이다. 아, 학들이 저들의 날개와 신체의 깊숙한 곳에다 제비들을 담아서 날아오고 있구나.

내 가슴은 다시 한 번 시간의 리드미컬한 순환 때문에 동요되었다. 지구는 회전하는 바퀴, 세상의 네 얼굴은 태양에 의해서 차례로 빛을 받고, 인생은 그런 시간의 순환 속에서 흘러가고 있다. 내 안에서 다시 한 번 울리는 저 학들의 목소리는 이런 무서운 경고였다. 이 인생은 각 개인에게 독특한 것이고, 이것 이외에 다른 생은 존재하지 않는다. 그러니 우리는 그것을 지금 여기에서 즐겨야 한다. 그리고 그 인생은 빨리 지나가므로 더욱 집중해서 살아야 한다. 영원한 시간 속에서 우리에게 주어진 기회는 이번 한 번뿐이다.

무자비한가 하면 동시에 자비로운 그런 경고의 메시지를 들으면 우리는 자기 마음의 나약함과 타락을 정복해야겠다고 맹세하게 된다. 한심한 게으름과 엄청난 헛된 희망을 극복함으로써 지금 이 순간에도 쉴 새 없이 흘러가는 일초 일초의 광음을 꽉 붙잡으며 즐겨야겠다고 다짐하게 된다. 그것을 실천한 훌륭한 인물들이 마음속에 떠오른다. 그러면 우리는 자기 자신이 아무것도 아니고 우리의 삶이 사소한 즐거움, 사소한 슬픔, 가치 없는 대화 등으로 낭비되고 있다는 것을 분명하게 깨닫는다. 그리하여 우리는 피가 나올 정도로 입술을 깨물면서 "부끄러워라, 부끄러워라!" 하고 소리친다.

학들은 하늘을 가로질러 북쪽으로 날아갔다. 그러나 그 새들은 여전히 내 머릿속에서 목쉰 소리로 울면서 쉼 없이 날아가고 있다.

해변에 도착하여 나는 바닷가를 따라서 빠르게 걸어갔다. 바닷가에서 혼자 걸어가기는 쉽지가 않다. 파도와 하늘의 새가 계속 부르면서 나의 의무를 상기시키기 때문이다. 우리는 남들과 함께 갈 때에는 웃고, 대화하고, 의논한다. 그것은 소란스럽고 그래서 파도와 새들이 건네는 말을 들을 수가 없다. 어쩌면 그들은 아무 말도 안 하는 것인지도 모른다. 당신이 비참한 목소리와 수다스러운 소란 속에서 걸어가는 것을 보고서 그들은 정적에 잠긴다.

나는 자갈밭에 누워서 두 눈을 감았다. '그렇다면 영혼이란 무엇인가?' 나는 생각했다. '영혼과 바다, 구름, 냄새 사이의 은밀한 조응(照應)이란 무엇인가? 어쩌면 영혼 그 자체가 바다, 구름, 냄새라고 말할 수 있으리라.'

나는 일어나서 다시 출발했다. 비록 결심을 했지만 그것이 어떤 결심인지는 알지 못했다.

갑자기 내 뒤에서 나는 목소리를 나는 들었다. "보스, 실례지만 어디로 가십니까? 수녀원?"

나는 고개를 돌렸다. 그는 지팡이를 들지 않은 건장하고 땅딸막한 노인이었다. 비틀어서 꼰 술이 달린 검은 수건을 머리에 쓰고 있었다. 그는 웃으면서 내게 손을 흔들었다. 그의 뒤에는 역시 연로한 그의 아내가 따라왔고 그 뒤에는 시무룩한 표정에 검은 피부, 그리고 하얀 수건을 쓴 부부의 딸이 따라왔다.

"수녀원에 가십니까?" 노인이 다시 물었다.

갑자기 나는 내가 그쪽으로 가기로 결정했다는 것을 깨달았다. 지난 몇 달 동안 바다 곁에 있는 그 자그마한 수녀원에 가보고 싶어 했으나 정작 결심을 하지는 못했다. 그런데 이제 갑자기 내 몸이 대신 결정을 내려 준 것이었다.

"그래요, 수도원에 갑니다. 성모 마리아 축일에 바치는 찬송의 노래를 들으려고요." 내가 대답했다.

"성모의 은총이 당신을 도와주시길!"

그는 발걸음을 빨리하여 바로 내 곁까지 왔다.

"나리는 사람들이 말하는 석탄 회사의 사장입니까?"

"예."

"성모님께서 당신에게 좋은 이익을 내려 주시기를! 당신은 가난한 가정들에 일용할 빵을 나눠줌으로써 이곳을 돕고 있습니다. 하느님이 당신을 축복하시기를!"

그러나 우리의 사업이 망해 가고 있다는 소문을 틀림없이 들었을 것으로 짐작되는 그 세련된 노인은 곧 위로하는 어조로 이렇게 덧붙였다. "젊은 분, 당신이 설사 아무것도 벌지 못한다 하더라도 걱정하지 마세요. 당신은 결국 이익인 상태로 끝날 겁니다. 당신의 영혼은 천국에 갈 테니까."

"할아버지, 그건 제가 원하는 것이기도 합니다."

"나는 별로 교육을 받지 못했어요. 그렇지만 한번은 성당에서 그리스도가 하신 말씀을 들었는데 그게 내 뇌리에 찍혀져서 사라지지 않습니다. '네가 가진 것을 모두 팔아서.'라고 그분은 말씀했습니다. '커다란 진주를 사라.' 커다란 진주란 무엇이겠습니까? 젊은 양반, 그건 당신의 영혼을 가리키는 것이지요. 나리는 커다란 진주를 얻는 길로 가고 있는 겁니다."

커다란 진주! 그것이 어둠에 휩싸인 내 마음속에서 커다란 눈물방울처럼 빛났던 것이 그 얼마이든가?

우리 두 남자는 앞에서 걸어가고 여자 둘은 뒤에서 따라 왔는데 모두 손을 잡고 있었다. 가끔 우리는 대화를 나누었다. 올리브 나무들이 꽃을 피울 것인지, 비가 와서 보리를 불려줄 것인지 등이었다. 우리 두 사람은 갑자기 시장기를 느끼며 대화를 음식 쪽으로 돌려서 그 얘기를 계속했다.

"할아버지, 당신이 좋아하는 음식은 무엇입니까?"

"젊은 양반, 모든 걸 다 좋아합니다. 이 음식은 좋고, 저 음식은 나쁘다, 라고 말하는 것은 큰 죄악입니다."

"왜요? 우리는 선택할 수 없나요?"

"없습니다. 선택해서는 안 됩니다."

"왜요?"

"굶는 사람들이 있기 때문입니다."

나는 부끄러워서 잠시 아무 말도 하지 못했다. 내 가슴은 지금까지 그런 고상함과 동정심의 높이를 획득하지 못하고 있었다.

수녀원의 공 소리가 여자의 웃음소리처럼 행복하고도 장난스럽게 울렸다.

노인은 성호를 그었다. "은총이 가득한 순교하신 성모님, 우리를 도와주소서!" 그가 중얼거렸다. "성모는 목에 칼에 찔려 피가 난 흔적이 있어요…… 무슬림 해적선이 출몰하던 시절에……" 노인은 성모의 불행이 마치 실제 존재한 여자의 그것인 양 장식하면서 말했다. 성모는 동방에서 아이를 데리고 울면서 온, 박해받는 젊은 피난민이었는데 하가르의 이교도 무슬림 아들들의 칼에 찔렸다는 것이다.

"1년에 한 번씩 그녀의 상처에서는 진짜 피가 흘러나옵니다. 내가 아직 콧수염이 나지 않은 소년 시절의 성모 축일 때였어요. 인근 마을 사람들까지 해서 모두들 성모님을 경배하러 왔어요. 8월 15일이었지요. 우리 남자들은 안뜰에서 잤고 여자들은 성당 안에서 잤어요. 나는 잠결에 ─ 오 주님, 당신은 위대하십니다! ─ 성모가 외치는 소리를 들었어요. 나는 펄쩍 일어나 성모 성상에 달려가 성모의 목에 손을 대어 보았습니다. 그런데 이게 웬일입니까? 내 손가락에는 피가 가득했습니다."

노인은 성호를 그었다. 그는 고개를 돌려 여자들을 쳐다보더니 안됐다는 생각을 했다. "이봐, 여자들." 그가 소리쳤다. "힘을 내라고. 이제 거의 다 왔어."

그는 목소리를 낮추어서 말했다. "나는 당시 미혼이었어요. 나는 앞으로 고꾸라져서 성모를 경배했습니다. 그리고 이 헛된 세상을 버리고 수도사가 되기로 결심했어요."

그는 웃음을 터트렸다.

"왜 웃습니까, 할아버지?"

"젊은 양반, 내가 어찌 웃지 않을 수 있겠소? 그런데 바로 그날 사탄이 여자 옷을 입고서 내 앞에 떡 나타난 것이었소. 그게 바로 저 여자요!" 그는 고개도 돌리지 않고 엄지손가락을 뒤로 젖히면서 아무 말 없이 우리를 따라오는 늙은 여자를 가리켰다. "지금은 잘 쳐다보지 않아요. 만지는 것도 혐오스러워요. 하지만 옛날에는 정말로 사람의 가슴을 깨트리는 여자였고 살아서 펄떡이는 신선한 생선이었지요. 그녀를 가리켜 사람들은 '초승달 같은 눈썹의 미녀'라고 했습니다. 오, 신도 버린 이 빌어먹을 세상! 그런데 그 눈썹은 지금 어디에 있습니까? 악마한테로 갔지요. 털갈이를 한 채!"

바로 그 순간 우리 뒤에서 늙은 여자는 목에 줄이 달린 채 사료를 우적우적 씹어 먹는 개처럼 웅얼거렸으나 아무런 말도 하지 않았다.

"보세요, 수녀원입니다!" 노인이 손가락으로 가리키며 소리쳤다.

자그마한 백색의 수녀원은 바닷가의 커다란 두 바위 사이에 자리 잡고 있었는데 반짝반짝 빛나고 있었다. 가운데 있는 완벽하게 원형인 성당의 돔은 회반죽을 새로 발랐는데 여자의 유방을 닮았다. 성당 주위에는 대여섯 개의 푸른 칠을 한 문을 매단 암자들이 있었다. 안뜰에는 세 그루의 직립한 사이프러스 나무들이 서 있었다. 그리고 묵직하고 가시투성이 선인장들이 울타리 주위를 둘러쌌다.

우리는 발걸음을 빨리했다. 감미로운 성가가 지성소의 자그마한 열린 문에서 흘러나왔다. 아치형 출입문은 활짝 열려 있었다. 건물 주위의 울타리 쳐진 마당은 아주 정결했고 바닷가에서 가져온 하얗고 검은 조약돌들이 바닥에 깔려 있었다. 벽들을 마주 보는 좌우 양쪽에는 박하, 마요라나, 나릏풀 등의 화분들이 일렬로 놓여 있었다.

정적, 감미로움, 회반죽 벽들을 분홍색으로 만드는 지는 해.

따뜻하고 절반쯤 불 밝혀진 성당은 양초 왁스의 냄새가 났다. 남자와 여자들이 향의 연기 속에서 움직이고 있었다. 꽉 끼는 검은 수녀복을 입은 대여섯 명의 수녀들이 높고 달콤한 목소리로 〈오 주님, 권능의 하느님〉을 부르고 있었다. 그들이 계속 무릎을 꿇으면서 수녀복에서 나는 살랑거리는 소리가 날개들이 살랑거리는 소리처럼 들렸다.

내가 성모 축일 성가를 들은 것은 여러 해 전의 일이었다. 청소년 시절의 반항심 때문에 성당 앞을 지나갈 때마다 경멸과 분노를 느꼈다. 그러나 시간이 흘러가면서 그런 태도는 누그러졌다. 나는 가끔씩 기본 축일―크리스마스, 부활절 주간, 부활―에는 성당에 가서 나의 내부에 남겨져 있던 어린아이의 부활에 기쁨을 느꼈다. 야만적 부족들은 이렇게 믿었다. 악기가 종교적 임무를 수행하지 못하고 그 활력을 잃어버리면 그때는 감미로운 소리를 내뱉는다는 것이다. 내 안의 종교도 그런 식으로 타락하여 미학적 즐거움으로 대치된 것이었다.

나는 성전의 한구석에 서서, 신자들의 과도한 손길로 양팔이 파란 조개처럼 반들거리는 높은 성직자 석에 기대어, 시간의 깊은 내부에서 흘러나오는 비잔티움 성가를 들었다. 〈오, 찬송하라, 인간의 생각이 미치지 못하는 저 아득한 꼭대기를!〉〈오, 찬송하라, 천사들의 시야조차도 넘어서는 죽음을!〉〈오, 찬송하라, 결혼하지 않은 신부를! 오, 찬송하라 결혼하지 않은 신부를!〉.

수녀들은 오체투지하며 기도했고 그들의 옷은 날개처럼 살랑거렸다.

시간이 지나가면서 수녀들은 유향 날개가 달리고, 손에 백합을 든 채 마리아의 아름다움을 찬송하는 천사들 같아 보였다. 지는 해는 희미한 푸른색 석양을 가져왔다. 나는 어떻게 하여 성당에서 다시 안뜰로 나왔는지, 또 어떻게 하여 가장 키 큰 사이프러스 나무 아래에서 수녀원장과 두 명의 수녀와 함께 있게 되었는지 잘 기억이 나지 않는다. 전통적으로 손님을 접대하는 숟갈에 담은 잼과 차가운 물이 나왔고, 이어 평화로운 대화를 나누었다.

우리는 성모의 기적, 갈탄광 사업, 봄철이라서 달걀을 낳기 시작하는 암탉, 간질로 고생하는 에우도키아 수녀 등에 대해서 이야기했다. 에우도키아는 성당 바닥에 쓰러져서 물고기처럼 몸을 비틀며 입에 거품을 물고, 저주를 하며, 옷을 마구 찢는다는 것이었다. "그녀는 서른다섯이에요." 수녀원장이 한숨을 내쉬며 말했다. "저주받은 나이이고 어려운 때이지요. 은총이 내려와 그녀를 도와줄 겁니다. 그녀는 치료가 될 거예요. 10년이나 15년 뒤에는 말이에요."

'10년이나 15년.' 내가 한숨을 쉬며 중얼거렸다.

"10년이나 15년은 아무것도 아니에요." 수녀원장이 엄숙한 목소리로 주장했다. "영원에 비해 보면."

나는 아무 말도 하지 않았다. 나는 영원은 곧 지금 지나가고 있는 이 순간이라는 것을 알았다. 향료 냄새가 나는 수녀원장의 통통하고 하얀 손에 키스한 후 나는 자리를 떴다.

밤이 되었다. 두세 마리의 까마귀가 황급히 그들의 보금자리로 돌아가고 있었다. 올빼미들이 먹잇감을 찾으려고 나무의 우묵한 곳에서 나왔고, 달팽이, 애벌레, 생쥐 등은 그들의 먹잇감이 되려고 땅으로부터 나왔다. 자기 자신의 꼬리를 무는 신비한 뱀이 나를 둘러쌌다. 대지는 아이들을 낳고 그들을 먹으며, 다시 새롭게 아이들을 낳아서 그들을 먹는다. 이것은 완벽한 원형이다. 나는 주위를 둘러보았다. 어둠이 내렸고 그곳에는 아무도 없었다. 마지막까지 남아 있던 마을 사람들도 떠나갔다. 아무도 나를 볼 수가 없었다. 나는 신발과 양말을 벗고서 내 발을 바다에 담갔다가 다시 모래밭에 드러누웠다. 나는 알몸을 바다에 담그고 돌, 물, 공기와 동시에 접촉하고 싶었다. 수녀원장의 '영원'이라는 말이 나를 화나게 했고, 아직 길들이지 못한 말을 유혹하는 올가미 밧줄처럼 나를 포위했다. 나는 그 밧줄로부터 벗어나 대지와 바다와 접촉하기 위해 펄쩍 뛰어올랐다. 옷도 다 벗어버리고 가슴 대(對) 가슴으로 만나기 위하여. 이 사랑스러운 순간적 현상이 실제로 존재한다는 것을 확실히 느끼기 위하여.

'오, 돌, 흙, 물, 공기, 오로지 너희들만이 존재한다.' 나는 나 자신에게 소리쳤다. '오 대지여, 나는 당신의 맨 마지막 태어난 아들. 나는 당신의 젖꼭지를 움켜잡고 젖을 빨며 절대로 놓치지 않겠다. 당신은 나를 한순간만 존재하게 하지만 그 순간은 젖꼭지가 되고 나는 그것을 빤다.'

우리 인간을 괴롭히는 '영원'이라는 단어의 위험에 빠진 것처럼, 나는 그 단어에 몰두했던 지난날을 기억했다.(언제? 바로 작년에!) 나는 영원 속으로 빠져들기 위해 양팔을 벌리고 두 눈을 꼭 감은 채 그 위로 허리를 깊숙이 숙였던 것이다.

내가 초등학교 1학년이었을 때, 습자책(習字冊) 후반부에는 읽을거리로 동화가 하나 들어 있었다. 한 아이가 우물 속에 빠졌는데 거기서 놀랍도록 아름다운 나라를 발견했다는 것이었다. 나는 나무가 빽빽한 과수원, 꿀, 쌀 푸딩, 장난감 등을 기억한다. 그 동화를 떠듬떠듬 읽으면서 나는 그 동화에 깊숙이 빠져들었다. 어느 오후, 방과 후에 나는 학교에서 집으로 달려와 안뜰 포도 덩굴 밑에 있는 우리 집 우물의 가장자리에 허리를 깊숙이 수그렸다. 그리고 압도당한 상태에서 우물물의 빛나는 검은 얼굴을 계속 응시했다. 나는 거기서 아주 아름다운 나라, 그 집들, 거리들, 아이들, 그리고 포도가 달린 포도나무 등을 본 듯하다. 나 자신을 더 이상 억제하지 못해 나는 머리를 낮추고 양팔을 벌리면서 땅을 박차기 시작했다. 추진력을 얻어 우물 속으로 쉽게 빠지기 위해서였다. 바로 그 순간 어머니가 나를 발견하고서 비명을 내지르며 달려와 적시에 내 허리를 부여잡았다.

조그마한 아이였던 시절 나는 우물 속에 빠질 위험에 놓였었다. 나는 나이가 들면서 '영원'이라는 단어에 빠져들 위험이 있었다. 그 외에 '사랑', '희망', '조국', '하느님' 같은 것도 그런 위험한 단어들이었다. 그러나 나는 해마다 진전하면서 그런 단어들로부터 피해 나가는 듯했다. 그러나 실제로는 진전한 게 아니었다. 나는 한 단어를 다른 단어로 바꾸어 놓으면서 그것을 해방이라고 불렀다. 최근인 지난 2년 동안 나는 '붓다'라는 단어에 매달려 왔다.

그러나 조르바 덕분에 그건 마지막 우물, 마지막 단어가 되었다. 마침내 나는 영원히 도망칠 것이었다. 영원히? 그건 우리가 늘 하는 말이다.

나는 펄쩍 뛰어올랐다. 머리끝에서 발끝까지 내 온몸이 행복했다. 나는 옷을 벗고 바다로 뛰어들었다. 파도는 웃고 있었고 나 또한 파도를 따라 웃었으며 우리는 함께 장난질을 쳤다. 마침내 나는 피곤해져 밖으로 나와 밤공기로 몸을 말린 다음, 무게 없는 가뿐한 발걸음으로 걷기 시작했다. 커다란 위험에서 도망쳤으므로, 나는 다시 한 번 어머니 대지의 젖꼭지를 부여잡고 젖을 빠는 느낌이 들었다.

16

나는 갈탄광 해변을 보는 순간 갑자기 발걸음을 멈추었다. 오두막에 불이 켜져 있는 것을 보고서 나는 기쁜 마음이 앞섰다. '조르바가 돌아온 게 틀림없어!'

나는 달려가고 싶었으나 나 자신을 억제했다. '내 기쁨을 감추어야 해.' 나는 생각했다. '화가 난 척하면서 그를 나무라야 해. 업무상 긴급한 출장을 보냈는데 내 돈을 낭비하고 나이트클럽 여가수와 놀아나고, 열이틀이나 늦게 돌아왔잖아. 화난 척해야 돼, 반드시!'

화를 내자면 사전 준비가 필요했으므로 일부러 천천히 걸었다. 나는 화나는 생각을 하고, 눈썹을 찌푸리고, 주먹을 꼭 쥐면서 화난 사람의 동작을 연습해 보았다. 하지만 좀처럼 화가 올라오지 않았다. 오두막에 가까이 갈수록 점점 더 마음이 기뻐졌다.

나는 발끝으로 살금살금 다가가면서 불 켜진 작은 창문 안으로 들여다보았다. 조르바는 꿇어앉은 채 프리무스 난로를 켜고서 커피를 끓이고 있었다. 내 가슴은 녹아내렸다.

"조르바!" 내가 소리쳤다.

문은 즉시 열렸다. 맨발에 셔츠를 입지 않은 조르바가 어두운 바깥으로 목을 쭉 내밀더니 나를 보고서는 마치 포옹을 할 듯이 양손을 활짝 벌렸다. 그러나 그는 즉시 두 팔을 거두어들이며 밑으로 축 내렸다.

"보스, 다시 뵙게 되어 반갑습니다." 그는 우울한 얼굴로 내 앞에 서서 망설이는 어조로 말했다.

나는 짐짓 근엄한 목소리를 내려고 애썼다.

"다시 집으로 돌아온 걸 보니 반갑소." 내가 비난하는 어조로 말했다. "가까이 다가오지 말아요. 당신에게 향수 비누 냄새가 너무 나요."

"내가 얼마나 몸을 싹싹 씻었는지 모르실 겁니다." 그가 중얼거렸다. 당신 앞에 나타나기 전에 이 빌어먹을 피부를 닦고 씻고 별짓을 다 했습니다. 보세요! 한 시간이나 닦았다니까요. 하지만 이 빌어먹을 냄새…… 하지만 어쩌겠어요? 이게 첫 번째는 아닙니다. 싫든 좋든 곧 사라질 거예요."

"안으로 들어갑시다." 이 대화를 너무 끌다 보면 웃음이 터져 나올 것 같아 내가 말했다.

우리는 오두막 안으로 들어갔다. 오두막에서는 향수, 파우더, 비누 등 여자들이 쓰는 용품 냄새가 풍겼다.

"이 냄새나는 물건들이 뭔지 좀 말해 주겠소?" 내가 소리쳤다. 핸드백, 향수 비누, 여자 스타킹, 자그마한 붉은 파라솔, 그리고 두 통의 향수병 등이 상자 위에 나란히 정렬되어 있었다.

"선물입니다." 조르바가 고개를 숙이며 중얼거렸다.

"선물!" 내가 화난 목소리를 내려고 애쓰면서 말했다. "선물!"

"보스, 선물입니다. 화내지 마세요. 불쌍한 부불리나에게 줄 거예요. 곧 부활절 주간이 다가오잖아요. 그녀 또한 인간입니다."

나는 간신히 웃음을 참았다.

"당신은 가장 중요한 물품을 가지고 오지 않았어요." 내가 말했다.

"그게 뭔데요?"

"결혼식 화관."

나는 상사병에 걸린 인어에게 내가 꾸며내서 해준 말을 조르바에게 들려주었다.

조르바는 잠시 생각하더니 머리를 긁적였다. "보스, 그건 잘한 일이 아닌 것 같은데요." 그가 마침내 말했다. "실례입니다만, 잘하신 게 아니에요. 보스, 그런 종류의 농담은…… 얼마나 여러 번 당신에게 말해야 합니까. 여자들은 허약하고 잘 삐치는 아주 섬세한 존재예요. 잘 깨어지기가 마치 질그릇 같아요. 보스, 여자들을 대할 때는 조심해야 합니다."

나는 부끄러움을 느꼈다. 내가 한 짓에 대하여 후회를 느꼈으나 이미 엎질러진 물이었다. 나는 화제를 바꾸며 물었다. "케이블은 사왔어요? 도구들은?"

"걱정하지 마세요. 모든 걸 다 가지고 왔습니다. 꿩 먹고 알 먹기였어요. 공중 삭도, 롤라, 부불리나. 보스, 모든 걸 다 갖추었습니다."

그는 화로에서 커피포트를 들어 올려 내 컵을 채운 뒤 그가 가져온 참깨 씨앗 롤빵을 내놓았다. 또 내가 좋아하는 줄 알고 있는 달콤한 할바(halvah: 참깨 가루와 꿀에 버무린 터키 과자. ─옮긴이)도 꺼내놓았다.

"당신에게 줄 선물로는 할바 큰 통을 하나 가지고 왔습니다." 그가 부드럽게 말했다. "나는 당신을 잊지 않았어요. 또 앵무새에게 줄 아라비아 땅콩이 든 주머니도 가지고 왔어요. 정말 난 그 누구도 잊어버리지 않았다니까요. 내 머리는 잘 돌아가고 있어요. 그것도 빠르게!"

"늙은 무뢰한이여, 당신을 괴롭히던 그 커다란 문제는 마침내 해결했습니까?" 내가 목소리를 부드럽게 하며 물었다.

"어떤 문제, 보스?"

"여자가 인간인가 하는 문제."

"아, 아." 조르바가 커다란 손을 흔들면서 대답했다. "끝났어요. 그들은 우리와 마찬가지로 인간입니다. 그런데 좀 더 나쁜 인간이지요! 당신의 쇼핑백을 보는 순간 그들은 눈이 아찔해지면서 당신에게 달라붙어서 자발적으로 자유를 잃어버립니다. 당신의 쇼핑백이 당신 뒤에서 반짝거리고 있기 때문에 그들은 자유를 내려놓고도 행복한 겁니다. 아무튼 지금 현재로는 그런 문제는 다 악마에게 돌립시다, 보스."

그는 일어서면서 담배꽁초를 창문 밖으로 내던졌다.

"이제 남자다운 얘기를 좀 해봅시다." 그가 말했다. "부활절 주간이 다가오고 있어요. 나는 케이블을 가져왔습니다. 수도원을 찾아가서 배불뚝이 신부들을 만나 숲 이용권 서류에 서명을 받아야 할 때예요. 그들이 공중 삭도를 실제로 보면 생각이 달라질 테니까. 알았죠? 시간이 흘러가고 있어요, 보스. 빈둥거리며 노는 것은 할 일이 못됩니다. 우리는 뭔가 해내야 되고, 배들을 불러서 물건을 선적해야 하고 그동안 들어간 비용을 회수해야 됩니다. 이라클리온 출장은 돈이 많이 들었어요. 그 악마가—"

그는 갑자기 말을 끊었다. 나는 그가 불쌍해졌다. 그는 잘못을 저질러 놓고 뒷감당이 안 되어서 어쩔 줄 몰라 하는 아이 같았다.

'부끄러운 줄 알아야지.' 나는 나 자신을 비난했다. '저런 영혼을 떨도록 내버려두어서 되겠어? 일어나! 어디서 또 다른 조르바를 발견할 거야? 일어나. 스펀지를 들고서 모든 걸 깨끗하게 닦아내!'

"조르바." 내가 갑자기 말했다. "악마는 잠자도록 내버려둬요! 우리는 그자가 필요하지 않아요. 지나간 일은 지나간 일로 돌립시다. 당신의 산투르를 꺼내 와요!"

그는 나를 포용할 것처럼 양팔을 다시 벌리더니 곧 내리고서 한달음에 벽으로 가서 발돋움을 하며 산투르를 내려왔다. 그가 등유 램프의 불빛에 가까이 다가오는 순간 나는 그의 머리카락이 칠흑처럼 검은 것을 발견했다.

"여봐요, 이 악당." 내가 소리쳤다. "머리카락 색깔이 왜 그래요? 어디서 그렇게 한 거예요?"

조르바가 웃음을 터트렸다. "보스, 염색을 했습니다. 하얀 머리카락 때문에 재수가 없어서 염색했어요."

"왜?"

"자만심 때문이죠. 어느 날 롤라의 손을 잡고 걸어가고 있었어요. 뭐, 잡은 것도 아니에요…… 이런 식으로 닿을락 말락 했지요. 그런데 우리 뒤에 코흘리개에 지나지 않는 꼬마 같은 놈이 나타나더니 이러는 거예요. '할아버지.' 그 빌어먹을 좀팽이가 계속 그런 식으로 불러대는 거예요. '이봐요, 할아버지. 손녀 딸 데리고 어디로 가는 거예요?' 불쌍한 롤라는 부끄러움을 느꼈어요. 나도 그랬으니까. 그래서 그녀의 부끄러움을 덜어주기 위해 그날 저녁으로 이발소에 가서 염색을 했어요."

나는 웃었다. 조르바는 진지한 눈으로 나를 쳐다보았다.

"보스, 그게 웃깁니까? 내 말을 잘 들어보세요. 그러면 인간이 얼마나 신비한 존재인지 이해하게 될 겁니다. 염색한 날 이후 나는 딴사람이 되었어요. 당신은 의아하게 생각하겠지만, 나는 검은 머리카락을 가지고 있다고 스스로 믿게 되었어요. 사람들은 자신에게 불리한 것은 쉽게 잊어버려요. 그리고 정말이지 체력이 놀랍게 좋아졌어요. 롤라 또한 그것을 이해했지요. 옆구리 통증—여기 말이에요, 기억하시죠?—도 싹 사라졌어요. 놀랍더라고요! 당신의 종이 쪼가리들은 이런 것에 대해서 아무런 얘기가 없죠?"

그는 냉소적으로 웃다가 즉각 후회했다. "죄송합니다." 그가 말했다. "내가 한평생 읽은 책은 『호자(*Hodja*)』뿐인데 그것도 그리 유익한 것은 아니었어요."(『호자』는 제8장 끝부분에서 나오는 호자를 가리키고, 그의 조언을 따르지 못했으니 유익하지 않았다는 뜻.—옮긴이)

그는 산투르를 내려서 조심스럽게 천천히 포장을 풀었다.

"밖으로 나갑시다." 그가 말했다. "산투르는 비좁은 네 벽 안에는 어울리지 않아요. 이건 들짐승이고 그래서 넓은 공간이 필요해요."

우리는 밖으로 나갔다. 별들이 하늘에서 빛나고 있었다. 요르단 강은 하늘의 한쪽 가장자리에서 다른 가장자리로 흘러가고 있었다. 바다는 거품을 일으키며 부글부글 끓었다.

우리는 조약돌밭 위에 책상다리로 앉았고 파도가 우리의 발바닥을 핥았다.

"가난하면 안락한 생활을 소망하게 되지요." 조르바가 말했다. "가난한 놈이 안락하게 살려고 하면 결국 망해버리고요. 자, 이리 나오너라, 산투르!"

"조르바, 당신 고향인 마케도니아 곡조를 부탁해요." 내가 말했다.

"아니, 당신의 고향인 크레타 곡조를 연주할게요." 조르바가 대답했다. "내가 이라클리온에서 사람들에게 배운 2연구(聯句)를 노래 부르지요. 내 인생은 이 노래를 부른 이후에 많이 바뀌었어요."

그는 잠시 생각에 잠겼다. "아니, 바뀐 게 아니고요, 내가 옳았다는 것을 깨닫게 되었어요."

그는 커다란 손을 산투르에 올려놓고 목을 앞으로 쭉 내밀었다. 거칠고, 허스키하고, 심금을 울리는 그의 목소리가 공중으로 퍼져 나갔다.

당신 앞에 문제가 있으면 맞장뜨면서 겁먹지 마라.
눈물 따위는 흘리지 말고 그 일에 네 청춘을 바쳐라.

우리의 걱정거리들은 사라졌다. 우리의 보기 흉한 고민거리들은 등을 돌리고 내뺐다. 영혼은 그 꼭대기로 올라갔다. 롤라, 갈탄광, 공중 삭도, '영원' 따위의 크고 작은 걱정거리들이 사라졌다. 그 모든 것이 푸른 연기가 되어 흩어졌고 그 뒤에 강철로 만들어진 새, 지저귀듯 노래하는 인간의 영혼을 남겨놓았다.

"아주 좋아요, 조르바!" 그가 멋진 2연구를 끝냈을 때 내가 소리쳤다. "당신이 한 것 모두가 멋져요. 노래하는 여가수, 염색한 머리카락, 낭비해 버린 돈. 그 모든 게 멋져요. 좀 더 노래 불러요!"

키를 꽉 움켜잡고 당신의 믿음을 포옹하라. 무슨 일이 벌어지든.
그 사업이 흥하든 혹은 망하든 누가 신경이나 쓸 것인가!

갈탄광 밖에서 잠을 자던 여남은 명의 인부들이 이 노랫소리를 듣고 깨어나 살금살금 내려와 우리 옆에 앉았다. 그들은 평소 좋아하는 노래를 들었으므로 다리가 근질거려 견딜 수가 없었다. 갑자기 그들은 더 이상 자기 자신을 통제하지 못했다. 절반쯤 벗은 몸에, 머리카락은 부스스하고, 펑퍼짐한 바지를 입었지만 그들은 어둠 속에서 뛰어올라 조르바와 산투르를 한가운데 두고서 거친 자갈밭에서 야성적인 춤을 추었다.

나는 아무 말 없이 그들을 바라보면서 감동을 받았다. '이것이 내가 찾고 있던 진정한 갈탄광의 광맥이야.' 하고 생각했다. '나는 다른 건 필요 없어.'

그 다음 날 해뜨기 전에 갱도는 곡괭이 소리와 조르바의 고함 소리로 쩡쩡 울렸다. 인부들은 미친 듯이 일했는데 그런 열광적 태도는 오로지 조르바만이 불러일으킬 수 있는 것이었다. 그가 보는 데서 하는 일은 와인, 노래, 섹스, 도취가 되었다. 그의 손에서 세상은 아연 살아났다. 돌, 석탄, 나무, 인부들은 그의 작업 속도를 따라갔다. 아세틸렌 램프의 하얀 조명을 받는 갱도에서는 전쟁이 터졌다. 조르바는 맨 앞에 서서 가슴과 가슴을 맞대고 싸웠다. 그는 각 갱도와 광맥에 이름을 붙여주어 몰개성적 힘에 개성을 부여했고, 그리하여 그 힘들이 그로부터 도망치지 못하게 했다. "만약 내가 이놈의 이름이 '카나바로 갱도'(그는 첫 번째 갱도에 그런 이름을 붙였다)라는 걸 알면, 이놈이 어떻게 내게서 도망칠 수 있겠습니까? 내가 그 이름을 알기 때문에 내게 지저분한 술수를 부릴 수 없는 겁니다. 또 '수녀원장' 갱도, '안짱다리 마담' 갱도, '야뇨증 마담' 갱도 등도 마찬가지입니다. 나는 이런 갱도들의 이름을 다 알고 있기 때문에 그것들은 내게서 도망치지 못합니다."

나는 오늘 그에게 들키지 않은 채 그 갱도들 중 하나에 살짝 들어갔다.

"빨리해! 빨리해!" 그가 인부들에게 소리쳤다. "이봐, 앞으로 전진. 산을 먹어치워야 해! 우리는 진짜 사나이들이고 거대한 들짐승들이야. 하느님은 우리를 보고 계시고 우리한테 바짝 겁먹고 있다고. 너희는 크레타인이고 나는 마케도니아인이야. 우리 함께 저 산을 먹어치우자고. 저 산은 우리를 먹어치우지 못해. 이봐, 우리는 터키를 먹어치웠다고. 그러니 우리가 이런 시시한 산 하나를 두려워해서 되겠어? 빨리 움직여!"

누군가가 조르바에게 달려왔다. 나는 아세틸렌 불빛으로 미미토스의 깡마른 얼굴을 알아볼 수 있었다.

"조르바." 그는 더듬거리는 목소리로 말했다. "조르바……"

조르바는 고개를 돌리면서 그게 미미토스라는 걸 알아보고 금방 용건을 이해했다. 그는 커다란 손을 흔들면서 소리쳤다. "꺼져! 빨리 사라져!"

"나는 마담의 심부름을……" 마을의 백치가 말했다.

"말했잖아, 꺼지라고! 우린 지금 일을 해야 돼!"

미미토스는 허둥대며 사라졌고 조르바는 짜증이 난다는 듯이 침을 뱉었다. "낮 동안에는 일을 해야 돼." 그가 말했다. "낮 동안은 남자의 시간이야. 밤은 재미를 보는 시간이고. 그래서 밤은 여자의 시간이야. 그 둘을 뒤섞으면 안 돼!"

바로 그때 내가 그 앞에 모습을 드러냈다. "여보게들, 정오야. 일을 중지하고 밥 먹을 시간이야." 내가 말했다.

조르바는 고개를 돌려 나를 보더니 눈썹을 찌푸렸다. "보스, 실례입니다만, 우리는 그냥 좀 내버려두십시오. 가서 먼저 식사를 하세요. 우리로 말하자면 벌써 열이틀이나 까먹었어요. 우리는 피해 복구를 해야 돼요. 자 가서 식사 잘 하시기를!"

나는 갱도에서 나와 해변으로 내려갔다. 나는 갖고 있던 책을 펴들었다. 나는 배고팠으나 그 허기를 잊어버렸다. '생각하는 것 또한 탄광의 구덩이야.' 나는 생각했다. '자, 빨리 서둘러!' 나는 정신의 광활한 갱도들 속으로 파고들었다.

그 책은 심란한 내용이었다. 그것은 티베트의 설산에 관한 것이었다.

신비스러운 수도원들, 노란 법의를 입은 말없는 수도사들. 그들은 자신의 의지를 집중시켜서 허공의 공기가 그들이 원하는 형체를 취하도록 만든다. 높은 산봉우리들. 정령들이 가득 살고 있는 공기. 속세의 무의미한 소란은 이 높은 산중까지는 도달하지 못한다. 위대한 고행자는 16세에서 18세인 어린 제자들을 데리고 한밤중에 산속의 얼어붙은 호수로 간다. 그들은 옷을 벗고 얼음을 깨고 그 옷을 얼어붙은 물속에 집어넣었다가 꺼내서 다시 입고서 그들의 체온으로 그 옷을 말린다. 옷이 다 마르면 다시 벗어서 물속에 집어넣고 꺼내어 방금 전에 한 행동을 반복한다. 일곱 번이나. 그런 다음 그들은 아침 기도를 위해 수도원으로 돌아온다.

그들은 1만 6천 피트(4천9백 미터)에서 1만 9천 피트(5천8백 미터)에 이르는 높은 산봉우리에 오른다. 그들은 평화롭게 앉아서 깊숙이 그리고 리드미컬하게 숨을 들이쉬고 내쉰다. 그들의 웃통은 알몸이나 그래도 추위를 느끼지 못한다. 손바닥에 얼음물 한잔을 들고서 그것을 응시하면서 그 수정 같은 물에 그들의 힘을 불어넣고 마침내 물은 끓는다. 그들은 차를 만든다. 위대한 고행자는 제자들을 주위에 불러 모아 놓고 외친다. "자신의 내부에 행복의 원천을 가지고 있지 못한 자는 비참한 자이다! 남의 비위를 맞추려고 하는 자는 비참한 자이다! 이승과 저승이 같다는 것을 알지 못하는 자는 비참한 자이다!"

이제 밤이 되었고 나는 더 이상 글을 읽을 수가 없었다. 나는 책을 덮으며 바다를 쳐다보았다. '나는 달아나야 해.' 나는 생각했다. '붓다, 신들, 고국들, 사상들. 이 모든 악몽으로부터 달아나야 해. 붓다, 신들, 고국들, 사상들로부터 달아나지 못한 자는 비참한 자이다!'

갑자기 바다가 검게 변했다. 덜 자란 달-아이가 그 저무는 곳으로 떨어지고 있었다. 저 먼 과수원들의 개들은 구슬프게 짖어댔다. 온 계곡이 계속하여 짖어댔다.

조르바는 검댕과 흙투성이로 퇴근해 왔고 그의 셔츠는 너덜너덜하게 찢어져 있었다. 그는 내 옆에 앉았다. "오늘 하루는 잘 나갔습니다." 그가 만족스럽다는 듯이 말했다. "우리는 열심히 일했어요."

나는 조르바의 말을 들었으나 이해하지는 못했다. 내 마음은 아직도 저 먼 곳의 신비한 바위들 틈에 가 있었다.

"보스, 뭘 생각하고 있습니까? 정신이 아주 먼 곳에 팔려 있는 것 같네요."

나는 생각을 수습하고 정신적 방황으로부터 돌아와 내 친구를 쳐다보면서 머리를 흔들었다. "조르바." 내가 말했다. "당신은 자신이 온 세상 모든 곳을 돌아다닌 멋진 뱃사람 신드바드라고 생각하면서 그걸 빼기고 있어요. 불쌍한 친구, 당신은 아무것도 본 게 없어요! 그건 나도 마찬가지예요. 세상은 우리가 생각한 것보다 훨씬 커요. 우리는 여행하고 또 여행을 해도 우리 집의 문턱 너머로 코빼기도 내밀지 못한 거예요."

조르바는 입술을 오므렸다. 그는 아무 말도 하지 않았다. 단지 주인에게 걸어차인 애완견처럼 으르렁거렸다.

"저 먼 곳에 산들이 있어요." 내가 계속했다. "신이 사는 거대한 산인데 수도원들이 많고 노란 법의를 입은 수도사들이 한 달, 두 달, 여섯 달 오로지 한 가지, 두 가지도 아닌 한 가지만 생각하면서 책상다리로 앉아 수도를 하고 있어요. 조르바, 그들은 우리처럼 여자, 책, 갈탄광을 생각하는 게 아니라 오로지 그들의 마음을 단 한 가지에 집중시키면서 기적을 일으켜요. 그게 기적을 만들어내는 방법이에요. 조르바, 그대는 보지 못했나요? 확대경에다 햇빛을 집중시켜 단 한 곳만 비추면 어떤 일이 벌어지는지. 그와 똑같은 일이 인간의 마음에도 벌어져요. 당신의 마음을 오로지 한 가지에만 집중시키면 기적을 만들어낼 수 있어요. 알아들어요, 조르바?"

조르바는 숨을 멈추더니 달아나려는 듯이 갑자기 일어서려다가 자기 자신을 제어했다. "계속 말해요!" 그는 숨 막히는 목소리로 으르렁거렸다. 그러나 곧 벌떡 키 높이로 일어서더니 소리쳤다. "아니, 말하지 말아요! 말하지 말아요! 보스, 왜 그걸 나한테 말하는 겁니까? 왜 내 마음에 독을 집어넣습니까? 나는 여기서 잘 해 나가고 있어요. 당신은 왜 나를 밀어붙입니까? 나는 배가 고팠고 신과 악마(나는 이 둘을 정말로 구분하지 못하겠어요)가 내게 뜯어먹을 뼈다귀를 던져주었습니다. 나는 꼬리를 흔들면서 소리쳤어요. '감사합니다! 감사합니다!' 그리고 지금……?" 그는 조약돌밭에서 발을 막 구르더니 내게 등을 돌리고 오두막으로 걸어가려 했다. 하지만 여전히 속이 끓어오르는지 걸음을 멈추었다. "쳇, 신-악마가 내게 던져준 뼈다귀가 고맙지 뭡니까?" 그가 소리쳤다. "빌어먹을 여가수! 개 같은 년! 저 빌어먹을 칠칠치 못한 쓰레기!" 그는 조약돌을 한 주먹 집어 들더니 바다에다 내던졌다. "누굽니까?" 그가 소리쳤다. "우리에게 뼈다귀를 던져준 자가?" 그는 잠시 기다렸다. 그러나 아무런 대답을 듣지 못하자 그는 더욱 화를 냈다. "보스, 아무 말도 안 하겠다고요? 알고 있으면 그 이름을 말해 줘 봐요. 나도 혹시 그 이름을 아는지 확인하게. 그러나 걱정하지 말아요. 내가 이 어려운 문제를 당신을 위해 해결할 테니까. 하지만 그게 어둠 속에다 돌 던지기 같은 거라면, 나는 어디를 겨냥해야 하겠습니까? 나는 완전히 실패하고 말 거예요."

"나는 배가 고파요." 내가 말했다. "식사를 좀 준비해요. 먼저 밥을 먹읍시다."

"보스, 우리는 먹지 않고서도 저녁 한때를 버틸 수 없습니까? 내게는 수도사였던 아저씨가 있었어요. 그는 일주일 내내 물과 소금만 먹었어요. 일요일과 주요 축일에만 밀기울을 조금씩 먹고요. 그는 120살까지 살았어요."

"조르바, 그는 신앙이 있었기 때문에 120살까지 산 겁니다. 그는 신을 발견했고 조용히 앉아서 도를 닦았고 아무런 걱정이 없었어요. 그러나 조르바, 우리는 우리를 먹여줄 신이 없습니다. 그러니 어서 화로에 불을 붙여요. 물고기가 좀 남은 게 있어요. 그걸로 양파와 후추를 넣고 걸쭉하고 따뜻한 생선 수프를 만들어요. 우리가 좋아하는 식으로. 그런 다음에 살펴봅시다."

"뭘 살펴보죠?" 조르바가 격렬한 어조로 물었다. "우리는 배불리 먹고 나면 다 잊어버릴 겁니다."

"그건 내가 바라는 바요! 그래서 음식이 소중한 거요. 조르바, 가서 생선 수프를 만들어요. 우리의 두뇌가 버킷을 걷어차기 전에."

그러나 조르바는 움직이지 않았다. 거기 미동도 하지 않고 서서 나를 노려보았다. "보스, 내가 당신에게 하는 말을 잘 들어요. 나는 당신의 의도를 압니다. 방금 당신이 내게 말했을 때, 내 마음은 그 의도를 순간적으로 알아챘어요."

"조르바, 나의 의도가 뭔데요?" 내가 웃으며 물었다.

"나리는 수도원을 하나 짓고서 거기다 수도사들 대신에 고상한 당신처럼 펜대 굴리는 자들을 집어넣고 밤낮없이 읽고 쓰기를 바라요. 그들의 입에서 인쇄된 리본들이 계속 흘러나오기를 원해요. 우리가 그림에서 보는 여러 수도사들이 그렇게 하는 것처럼. 내가 제대로 보았지요?"

나는 약간 슬퍼지면서 고개를 숙였다. 그것은 과거의 꿈, 뽑혀진 커다란 날개, 순진하고 고상하고 치열한 동경이었다. 나는 지적 공동체를 세울 수 있기를 바랐다. 그곳에서 여남은 명의 동료들—음악가, 화가, 시인들—이 모여 살면서 낮 동안에는 각자 작업을 하고, 저녁에는 만나서 대화를 나누는 곳. 나는 이미 그 공동체의 협약을 작성해 놓았고 또 건물도 물색해 놓았다. 히메투스 산맥을 넘어가는 고갯길에 있는 사냥꾼 성 요한의 성당이었다.

"그래요, 내가 제대로 보았군요!" 조르바는 내가 얼굴을 붉히며 침묵하는 것을 보면서 만족스럽다는 듯이 말했다. "좋아요. 그러면 거룩한 수도원장님, 당신에게 청이 하나 있습니다. 나를 그 수도원의 수위로 삼아주세요. 그러면 내가 암시장에 나가서 물건도 사들이고, 가끔 이상한 물건들—여자, 만돌린, 우조 술병, 새끼 돼지 구운 것—도 조달하면서 그 수도원 생활이 완전히 한담으로 낭비가 되지는 않게 해드릴 테니까."

그는 웃으면서 황급히 오두막 쪽으로 걸어갔다. 나는 그의 뒤를 따라갔다. 그는 아무 말도 하지 않고 생선을 다듬었다. 나는 장작을 가져와서 불을 피웠다. 수프가 준비되자 우리는 숟가락을 들고서 냄비에서 그냥 퍼먹었다.

둘 다 아무 말도 하지 않았다. 우리는 둘 다 하루 종일 식사를 하지 못해서 아주 게걸스럽게 먹어댔다. 와인을 좀 마셔서 우리는 약간 취했다. 조르바는 입을 열었다.

"보스, 멍청한 생각이지만, 부불리나가 지금 여기에 나타나면 좀 재미있겠는데요. 그녀가 잘되기를 빌어요. 여기에서 아쉬운 건 딱 그녀 하나뿐이군요. 우리 둘 사이에 털어놓고 하는 말인데, 난 그녀가 보고 싶어요. 악마가 그녀를 데려와 주었으면!"

"이제 누가 그 뼈다귀를 던지는지 물어보지 않을 건가요?"

"보스, 그게 우리한테 무슨 상관입니까? 건초더미에서 바늘 찾기예요. 중요한 건 뼈다귀를 잘 관찰하는 거예요. 그걸 던지는 손이 누구의 것인지 알게 뭡니까? 뼈다귀는 맛있을까? 거기에 살이 좀 붙어 있을까? 이게 중요해요. 그 나머지 것은—"

"우리의 식사가 기적을 일으켰군요." 내가 조르바의 어깨를 두드리며 말했다. "나의 배고픈 육체는 만족을 느낍니다. 나의 탐구하는 정신도 그래요. 그러니 산투르를 가져와요!"

그러나 조르바가 몸을 일으키려는데 자갈밭 위로 황급히 걸어오는 발걸음 소리가 들려왔다. 조르바의 털 많은 콧구멍은 벌름거렸다.

"악마 말을 했더니!" 그가 손으로 자신의 허벅지를 치면서 부드럽게 말했다. "그녀가 와요. 저년이 조르바 냄새를 맡고 발자국을 쫓아서 여기까지 왔군요."

"나는 자리를 피해 주겠소." 내가 일어서며 말했다. "난 괜찮아요. 난 산책을 나갈 거요. 둘이서 잘 해보세요!"

"굿나잇, 보스."

"조르바, 잊지 말아요. 당신이 그녀와 결혼하기로 약속한 걸. 나를 거짓말쟁이로 만들어서는 안 돼요."

조르바는 한숨을 쉬었다. "보스, 나를 또다시 결혼시키려 합니까? 결혼이라면 이제 신물이 납니다!"

향수 비누의 냄새가 가까이 다가왔다.

"조르바, 힘을 내요!"

나는 황급히 자리를 떴다. 나는 밖에서도 나이 든 세이렌의 두근거리는 숨소리를 들을 수 있었다.

17

그 다음 날 새벽에 조르바의 목소리가 나를 잠에서 흔들어 깨웠다. "이렇게 일찍 웬일이오?" 내가 그에게 물었다. "왜 소리치는 거요?"

"보스, 갈탄광 일 때문에 그런 건 아니에요." 그가 가방에 음식을 채우며 말했다. "노새 두 마리를 대령했어요. 일어나서 수도원으로 가서 서류에 서명을 받읍시다. 그래야 공중 삭도 일을 할 수가 있으니까. 사자는 오로지 한 가지, 이[蝨]만을 두려워해요. 보스, 이가 우리를 잡아먹고 말 거예요!"

"왜 당신은 '불쌍한 부불리나를' 이라고 부르는 거요?" 내가 웃으며 물었다.

그러나 조르바는 귀 먹은 척했다. "자 어서 갑시다." 그가 말했다. "해가 뜨기 전에."

나는 산으로 올라가서 소나무 냄새를 맡고 싶었다. 우리는 노새에 올라타고 산행을 시작했다. 그는 갈탄광 앞에서 잠시 멈춰 섰다. 조르바는 인부들에게 지시를 내렸다. '수녀원장'을 공격하고, 물기를 제거하기 위해 '야뇨증 마담'에게 배수로를 만들라는 것이었다.

그날은 가공하지 않은 다이아몬드처럼 반짝거렸다. 산에 오르기 시작하자 우리의 영혼도 따라서 올라갔고 또 정화되었다. 나는 다시 한 번 깨끗한 공기, 손쉬운 호흡, 탁 트인 지평선의 가치를 맛보았다. 그래서 영혼이 엄청난 산소를 필요로 하는 폐와 콧구멍을 가진 들짐승이라고 생각하게 된다. 지금 그 짐승은 먼지와 가쁜 호흡으로 질식할 지경인 것이다.

우리가 소나무 숲에 들어섰을 때 태양은 이미 높이 떠올랐다. 꿀의 냄새, 머리 위를 지나가는 부드러운 바람, 바다처럼 속삭이는 소리. 조르바는 그 길을 올라가면서 산의 기울기를 계속 살폈다. 먼저 그는 지상에다 몇 야드 단위로 기둥을 박는 것을 상상했다. 이어 눈을 쳐들면서 햇빛에 반짝이는 삭도(케이블)를 보았다. 그 삭도의 기울기를 따라서 케이블에 매달린 나무가 산꼭대기에서 해안까지 윙윙거리며 직선으로 내려오는데 그 기세가 총알처럼 빠른 것이다. 그는 양손을 비벼댔다. "삭도는 완벽하게 작동될 겁니다." 그는 계속 말했다. "순수한 황금! 우리는 들어오는 돈다발을 주체할 수 없을 것이고 우리가 하기로 했던 것을 마음껏 할 수 있을 겁니다."

나는 놀라서 그를 쳐다보았다.

"보스, 당신은 잊어버린 척하는군요." 그가 말했다. "우리는 수도원을 건설하기 전에 먼저 높은 산으로 올라가야 합니다. 그 산 이름이 뭐라고 했죠? 테바이?"

"조르바, 티베트요 티베트. 그러나 우리끼리 하는 말인데 그곳은 여자를 허용하지 않아요."

"누가 여자 얘기를 했습니까? 그 불쌍한 것들은 아무 문제가 없어요.

석탄 사업을 운영하기, 요새를 점령하기, 신에게 말을 걸기 같은 남성적인 일을 하지 않는다면, 여자를 홀대할 이유가 없는 거지요. 그런 일이 없는 남자는 터져버리지 않으려면 어떻게 해야겠습니까? 그는 술을 마시고, 주사위 놀음을 하고, 여자를 껴안는 거지요…… 그리고 기다리는 거지요. 그의 때가 오기를. 정말 그런 때가 온다면 말입니다."

그는 몇 분 동안 말이 없었다. "정말 그런 때가 온다면 말입니다!" 그가 화난 목소리로 반복했다. "그런 때가 오지 않을 것이기 때문에." 잠시 뒤 그가 말했다. "보스, 난 이제 지겹습니다. 지겹다고요! 이 지구는 점점 더 커지고 있는데 나는 점점 더 작아지고 있습니다. 안 그러면 나는 끝난 겁니다."

그때 한 수도사가 소나무 숲에서 나왔다. 누런 피부에 붉은 머리였고 카속(cassock: 성직자의 검정색 긴 겉옷.—옮긴이)은 말려 올라가 있었고 검은 돔형의 모자를 쓰고 있었다. 그는 황급히 걸어오면서 손에 쥔 쇠지팡이로 땅을 짚었다. 그는 우리를 보자마자 걸음을 멈추고 쇠지팡이를 쳐들었다. "친구들, 어디로 가십니까?" 그가 물었다.

"예배하러 수도원에 갑니다." 조르바가 대답했다.

"기독교인들이여, 돌아서시오!" 푸석한 푸른 눈이 붉게 변하면서 그 수도사가 소리쳤다. "이대로 돌아서서 가버리는 게 당신들을 위해서도 좋을 거요! 저긴 사탄의 정원이지 신을 낳은 분의 수도원이 아닙니다. 청빈, 순종, 정결이 수도사의 삼보(三寶)라고 말들 합니다. 말짱 거짓말이에요! 정말이지 지금 이 순간이라도 돌아서서 가버리세요. 황금, 젊은 남자(남색.—옮긴이), 권력이 그들의 삼보일 뿐입니다!"

"보스, 저 친구 웃기는데요." 조르바가 내게 고개를 돌리며 아주 즐겁다는 듯이 휘파람을 불며 말했다. 그는 그 수도사 쪽으로 상체를 기울였다. "신부님, 당신 이름은 어떻게 됩니까?" 그가 물었다. "실례입니다만 지금 어디로 가는 길입니까?"

"내 이름은 자카리아스. 보따리를 들고 수도원을 떠나는 중이라오. 아예 떠난다고요! 난 지겨워졌습니다. 그런데 동포여, 당신 이름은 무엇입니까?"

"카나바로."

"난 그 수도원을 더 이상 참아줄 수가 없습니다, 카나바로 형제. 그리스도가 밤새 신음을 하면서 나를 잠 못 들게 했어요. 나도 그분을 따라 신음을 했는데 저 수도원장―이자에게 영원한 지옥의 불길을!―이 그 다음 날 아침에 나를 불렀어요. '이봐, 자카리아스.' 그가 내게 말했어요. '자네는 형제들을 도통 잠 못 자게 만들어. 난 자네를 쫓아낼 거야!' 그래서 내가 대답했어요. '내가 형제들의 잠을 방해하는 자입니까? 혹은 그리스도가 그렇게 하는 겁니까? 그분은 밤새 신음을 했습니다.' 그러자 저 적(敵)그리스도인 수도원장이 지팡이로 나를―자, 좀 보세요!"

그는 모자를 벗고서 머리카락 사이에 엉켜 있는 핏덩어리를 보여주었다.

"그래서 내 발의 먼지를 털어내고 이렇게 내려오는 길입니다."

"우리와 함께 수도원으로 가십시오." 조르바가 말했다. "당신과 수도원장 사이에서 화해를 중재하겠습니다. 우리와 함께 가면서 길을 좀 안내하십시오. 당신은 하느님 그분이 보내신 사람입니다."

수도사는 눈을 반짝이며 잠시 생각했다. "그럼 내게 무엇을 줄 겁니까?" 그가 마침내 물었다.

"무엇을 원하는데요?"

"1킬로의 소금 친 대구와 한 병의 코냑."

조르바가 허리를 숙이면서 그를 쳐다보았다.

"자카리아스, 당신의 내부에는 일종의 악마가 들어 있는 것 같은데요."

"어떻게 알았습니까?" 그가 놀라면서 물었다.

"나는 아토스 성산 출신입니다." 조르바가 대답했다. "그래서 그런 면으로 한두 가지 알고 있습니다."

수도사는 고개를 숙였다. 그의 목소리는 거의 들리지 않았다. "그렇습니다." 그가 중얼거렸다. "나의 내면에는 악마가 있습니다."

"그리고 그 악마가 대구와 코냑을 원한다는 말씀?"

"그래요. 그게 악마가 원하는 겁니다."

"좋아요. 대구와 코냑을 드리지요. 그 악마는 그것 이외에 담배도 핍니까?"

조르바가 그에게 담배를 한 개비 건넸고 그는 기다렸다는 듯이 받아들었다. "그래요, 담배도 피우지요. 빌어먹을, 담배도 피운다고요." 그는 겉옷 윗부분에서 부싯돌과 심지를 꺼내어 불을 붙이고서 허파 깊숙이 담배 연기를 들이마셨다.

"그리스도의 이름으로!" 그는 쇠지팡이를 들어 올리며 말했고 몸을 돌리고서 앞장서서 걸었다.

"당신의 몸 안에 있다는 그 악마는 이름이 무엇이오?" 조르바가 내게 윙크하며 물었다.

"요셉." 수도사는 고개도 돌리지 않고 대답했다.

나는 그 절반쯤 미쳐버린 수도사를 길 안내로 삼는 것이 마뜩치 않았다. 병든 신체와 마찬가지로 병든 마음은 나에게 증오, 동정, 혐오의 뒤범벅된 감정을 불러일으켰다. 그러나 나는 아무 말도 하지 않았다. 그냥 조르바가 하고 싶은 대로 하게 내버려두었다.

맑은 공기는 식욕을 자극했다. 우리는 배가 고팠다. 커다란 소나무 밑에다 보자기를 펴서 우리는 가지고 간 보따리를 펼쳤다. 수도사는 게걸스럽게 고개를 숙이면서 그 안에 무엇이 있는지 알아내려 했다.

"이봐, 이봐요." 조르바가 소리쳤다. "자카리아스 신부, 입맛 다시지 말아요. 오늘은 성(聖) 월요일이에요. 우리는 자유사상가이니 ─ 하느님, 우리를 용서하소서! ─ 그와 상관없이 닭고기를 먹으려 해요. 하지만 당신을 위해서는 할바와 올리브를 좀 드리지요. 자, 여기!"

수도사는 기름투성이 턱수염을 쓰다듬었다.

"나." 그가 아쉽다는 듯이 말했다. "나, 자카리아스는 단식 중이에요. 그래서 올리브와 빵만 먹겠습니다. 하지만 요셉은 악마인지라 단식을 안 해요. 형제들, 그러니 그 또한 고기를 먹고, 당신들의 술병으로부터 와인을 마실 겁니다. 그는 이왕 버린 몸이니까요."

그는 성호를 긋고서 황급히 빵, 올리브, 할바를 먹고서 손등으로 입술을 닦아내고서 물을 좀 마셨고, 이어 식사를 마쳤다는 듯이 성호를 그었다.

"이제." 그가 말했다. "저 세 번 저주받아 마땅한 요셉 차례입니다." 그는 곧바로 닭고기에 달려들었다. "이 빌어먹을 놈, 먹어라!" 그는 닭고기를 크게 한 입 뜯으며 화난 목소리로 중얼거렸다. "먹어라! 먹어라!"

"브라보, 수도사 형제!" 조르바가 기분 좋다는 듯이 소리쳤다. "당신은 양쪽으로 탁 트인 사람이라는 걸 알겠소." 그는 내게 고개를 돌렸다. "보스, 저 사람에 대해서 어떻게 생각하십니까?"

"그는 당신을 닮은 것 같소." 내가 웃으며 대답했다.

조르바는 술병을 수도사에게 건넸다.

"요셉, 시원하게 들이켜게!"

"오 저주받을 놈, 들이켜라!" 수도사는 술병을 받아들고 입에 가져가면서 말했다.

해는 쨍쨍 빛나고 있었고 우리는 그늘 깊숙한 곳으로 들어갔다. 뜨거운 햇볕에 녹아내리던 수도사는 시금털털한 땀과 향이 뒤섞인 고약한 냄새를 풍겼다. 조르바는 그 냄새가 덜 나게 수도사를 그늘 속으로 잡아당겼다.

조르바는 식사를 잘 하고 나자 얘기를 하고 싶어 했다. "당신은 어떻게 수도사가 되었나요?" 그가 자카리아스에게 물었다.

수도사는 너털웃음을 터트렸다. "그게 거룩한 심성 때문에 그랬을 것 같습니까? 전혀 그렇지 않습니다. 형제여, 나는 가난한 집안 출신입니다. 먹을 게 없어서 이런 생각을 했습니다. 수도원에 들어가면 굶어 죽지는 않겠지."

"그래 만족스럽습디까?"

"하느님 찬미 받으소서! 나는 자주 한숨을 쉬었습니다. 그렇지만 귀기울여 듣지는 않았어요. 나는 이 지구 때문에 한숨을 쉰 건 아닙니다. 나는 그 지구에 똥을 쌉니다(이런 상말을 용서하십시오). 아니, 지금도 매일 싸고 있어요. 나는 하늘에 대해서도 한숨을 쉽니다. 나는 농담을 하고 공중제비를 넘습니다. 수도사들은 나를 쳐다보면서 웃어요. 그들은 모두 내게 일곱 마귀가 들었다고 말하고 그러면서 나를 모욕합니다. 그렇지만 나는 말합니다. '신경 쓰지 마! 하느님은 웃음을 사랑해. 그분은 나중에 내게 이렇게 말하실 거야.「어서 들어와, 펀치 씨. 어서 들어와 나를 좀 웃겨줘.」' 나는 말이요, 천국에도 그런 식으로 들어갈 겁니다. 카라기오지스 인형극처럼."

"이봐요, 당신 머리는 제대로 잘 돌아가고 있다는 생각이 듭니다." 조르바가 자리에서 일어서며 말했다. "자, 어서 갑시다. 그래야 밤이 되기 전에 목적지에 도착할 수 있어요."

수도사는 다시 앞장서면서 우리의 길 안내를 했다. 우리가 산을 올라가는 동안 나는 나 자신의 내적, 정신적 영토를 등산하는 느낌이 들었다. 낮은 관심사에서 높은 관심사로, 평지의 편안한 교리에서 고지의 거친 이론으로 이동하는 느낌이었다.

수도사가 갑자기 걸음을 멈추었다. "복수하시는 성모님이죠!" 그가 말했다. 그는 우리에게 우아한 둥근 돔을 가진 성전을 가리켰다. 그는 땅에 엎드려 몸으로 십자가 표시를 만들었다.

나는 노새에서 내려 그 시원한 캐노피[canopy: 천개(天蓋). 제단 따위의 위에 기둥으로 받치거나 매달아 놓은 덮개. —옮긴이] 안으로 들어갔다. 벽의 한쪽 구석에는 은제 봉헌물로 장식된, 연기에 그을려 검게 된 성상이 있었다. 그 앞에는 은으로 만든 영원한 램프가 빛나고 있었다.

나는 그 성상을 주의 깊게 살펴보았다. 단단한 목에 근엄하면서 맹렬한 눈빛을 가진, 사납고 호전적인 마리아 상이었다. 성모는 손에 거룩한 어린아이뿐만 아니라 똑바로 세운 장창을 들고 있었다.

"수도원을 침범하는 자에게는 슬픔이 있을지어다." 수도사가 뉘우치는 듯한 어조로 말했다. "성모는 그런 자에게 달려들어 저 장창으로 그자의 몸을 꿰뚫습니다. 오래전에 알제리인이 이곳에 와서 수도원 전역을 불태웠습니다. 그런데 저 저주받을 이교도들에게 놀라운 일이 벌어졌습니다. 그자들이 마침내 떠나려고 떼 지어 이 성전 앞을 지나가는데 성모께서 몸을 부르르 떨더니 저 성상에서 나오셔서 바로 그 자리에서 장창을 내밀어 그자들을 모두 죽이셨습니다. 우리 할아버지는 이 숲 속을 가득 채운 그자들의 유해를 기억했어요. 그때 이후 저분께서는 복수의 성모라고 불리지요. 그 전에는 자비의 성모였습니다."

"자카리아스 신부님, 왜 성모는 그자들이 수도원을 모두 불태우기 전에 그런 기적을 일으키지 않았을까요?" 조르바가 말했다.

"그건 전능하신 분의 뜻입니다!" 수도사가 성호를 세 번 그으며 대답했다.

"모든 게 전능하신 분의 뜻이군요!" 조르바가 다시 노새에 오르며 중얼거렸다. "자, 어서 갑시다!"

잠시 뒤 우리 앞 숲 속에서, 신을 낳은 성모 수도원의 웅장한 모습이 드러났다. 수도원 주위는 산간의 커다란 암석들에 의해 둘러싸여 있었다. 평온하고 쾌활하고 속세로부터 벗어나 있었다. 녹색의 분지에 자리 잡은 수도원은 고지의 고상함과 평지의 달콤함을 잘 조화시키고 있었다. 내가 보기에 명상하기에 아주 좋은 잘 선택된 피난처였다. 이곳에서 쾌활하고 명석한 정신은 인간의 지위를 종교적 고양으로 들어 올릴 수가 있을 것이었다. 거기에는 갑작스러운 초인간적 산정(山頂)도 없고 감각적이고 게으른 평야도 없었다. 영혼이 그 인간적 부드러움을 잃지도 않고 충분히 고양될 수 있는 그런 알맞은 높이였다. '이런 땅은.' 나는 혼자 중얼거렸다. '영웅이나 돼지를 만들어내지 않아. 단지 온전하고 결핍 없는 사람을 만들어낼 뿐이지.' 우아한 고대의 신전이나 미소 짓는 무슬림의 모스크를 짓기에 알맞은 장소였다. 만약 하느님이 이곳에 내려온다면 수수한 인간의 옷을 입고서 봄철의 풀을 맨발로 밟으며 아주 느긋한 자세로 선남선녀들과 대화를 나누리라.

'이 엄청난 기적! 이 고독! 이 축복!' 나는 중얼거렸다.

우리는 노새에서 내려 아치형 출입문을 통과하여 방문자 숙소로 올라갔다. 라키 술, 말린 과일, 커피가 담긴 쟁반이 나왔다. 그리고 방문객 담당 수도사와 수도사들이 밖으로 나와 우리를 둘러쌌다. 대화가 시작되었다. 교활한 눈빛, 만족할 줄 모르는 입술. 턱수염, 콧수염, 교미기 숫염소의 고약한 냄새를 풍기는 겨드랑이.

"신문을 안 가져왔습니까?" 방문객 담당이 물었다.

"신문이요?" 내가 놀라며 물었다. "그게 여기서 무슨 필요가 있습니까?"

"형제여, 신문이 있어야 세상 돌아가는 이야기를 알 거 아닙니까." 두세 명의 수도사들이 화난 목소리로 말했다.

그들은 발코니의 나무 난간에 기대어 까마귀처럼 캑캑거리며 영국, 러시아, 베니젤로스, 국왕 등에 대하여 열정적으로 말했다. 세상은 그들을 추방시켰지만 그들은 세상을 추방시키지 않았다. 그들의 눈은 도시, 가게, 여자, 신문 등으로 가득했다.

어떤 뚱뚱하고 털투성이 수도사가 숨을 씩씩거리며 일어섰다. 그는 내게 말했다. "나는 당신에게 보여줄 것이 있습니다. 보고 나서 당신의 의견을 말해 주세요. 내가 가서 그걸 가져오리다." 그는 짧고 털 많은 손가락을 툭 튀어나온 배 위에서 깍지 끼고서 나무 슬리퍼를 신은 발을 종종거리며 문 뒤로 사라졌다.

수도사들은 히히거리며 악의적으로 조롱하는 표정을 지었다.

"도메티오스 신부가 자신이 만들어놓은 진흙 수녀상을 가지고 나오려는 건가 봐." 방문객 담당이 말했다. "사탄이 땅속에다 파묻어 놓았는데, 도메티오스가 정원에서 호미질을 하다가 그것을 발견했지요. 그는 그 조각상을 자기 방에다 모셔놓았고 그것 때문에 밤중에 잠을 잘 자지 못하고, 또 정신을 거의 잃어버릴 지경이에요."

조르바가 짜증을 내며 일어섰다. "우리는 수도원장을 만나서 서류에 서명을 받으러 왔습니다."

"수도원장님은 출타 중입니다." 방문객 담당이 말했다. "오늘 아침에 수도원 농장에 갔습니다. 그러니 좀 기다려야 합니다."

도메티오스 신부는 마치 성배를 들고 오는 것처럼 앞으로 내민 두 손 바닥을 꼭 맞대고 있었다.

"자, 여기 있습니다." 그가 손바닥을 펴면서 말했다.

나는 앞으로 나섰다. 그것은 자그마한 반라의 타나그라 소입상(小立像)이었는데 수도사의 살찐 손바닥 안에서 애교스럽게 미소를 짓고 있었다. 남아 있는 한 손으로 그녀는 머리를 부여잡고 있었다.

"그녀가 머리를 부여잡고 있다는 건." 도메티오스가 말했다. "그 안에 다이아몬드나 진주 같은 보석이 들어 있다는 뜻이겠지요. 나리는 어떻게 생각하십니까?"

"나는 그녀가 두통이 있다고 생각합니다." 혓바닥이 날카로운 한 수도사가 말했다.

그러나 뚱뚱한 도메티오스는 떨리는 염소 같은 입술을 통해 숨을 헐떡이고 나를 쳐다보면서 기다렸다. "나는 이걸 부숴버릴 생각을 하고 있습니다." 그가 말했다. 부숴서 그 안에 뭐가 있는지 보고 싶습니다. 나는 더 이상 잠을 잘 수가 없어요. 혹시 다이아몬드가 있을지도 모르잖아요?"

나는 그 작고 단단한 유방을 가진 우아한 젊은 여자를 쳐다보았다. 그녀는 향연(香煙)을 가지고 여기에 유배를 왔고 또 살, 즐거움, 키스 등을 저주하는 처형당한 신들 사이에 유배를 온 것이었다. 아, 내가 그녀를 구해 줄 수만 있다면!

조르바는 그 테라코타 조각상을 받아들고 그 날씬하고 보기 좋은 여체를 그윽하게 애무하다가 그 단단한 유방에서 손가락을 멈추었다. "신부님, 당신은 이게 사탄이라는 걸 알지 못하십니까? 지금 악마를 보고 있는 겁니다. 정확하게! 그대로 빼다 박은 이미지예요! 하지만 걱정하지 마세요. 도메티오스 신부님, 저 악마의 유방을 좀 보세요. 둥글고, 단단하고, 싱싱해요. 악마의 유방은 바로 저렇게 생겼어요."

그때 아름답고 젊은 수도사가 문턱에 나타났다. 햇빛이 그의 황금 머리카락을 비추었고 그의 둥글고 솜털 많은 얼굴에서 반짝거렸다.

혀가 날카롭고 누런 피부를 가진 수도사가 방문객 담당에게 윙크를 했다. 두 사람은 음흉한 미소를 지었다.

"도메티오스 신부." 그들이 말했다. "여기 신참 수도사인 가브리엘이 왔군요."

그 수도사는 테라코타 여인을 낚아채더니 비만한 몸을 이끌고 문 쪽으로 걸어갔다. 어린 신참 수도사가 아무 말도 하지 않고 여자 같은 종종걸음으로 앞장서서 걸어갔고, 두 남자는 길쭉한, 허물어질 것 같은 지붕 달린 베란다 쪽으로 사라졌다.

나는 조르바에게 고갯짓을 했다. 우리는 안뜰로 나왔다. 부드럽게 온기가 느껴졌다. 안뜰 가운데 있는 오렌지 나무는 꽃이 피어서 공중에 향기를 뿜어냈다. 그 옆에 있는 오래된 숫양 조각상의 머리에서는 물이 졸졸 흘러나왔다. 나는 신선한 기운을 느끼기 위해 그 밑에다 내 머리를 집어넣었다.

"제기랄, 이거 도대체 어떻게 된 사람들입니까?" 조르바가 토할 것 같은 표정으로 말했다. "남자도 아니고 여자도 아닌 노새예요! 저주받아 지옥에 가야 마땅합니다!" 그도 차가운 물 아래에다 머리를 집어넣었다.

"저주받아 지옥에 가야 마땅합니다!" 그가 웃으면서 다시 말했다. "각자 저마다 내부에 악마를 가지고 있어요. 이자는 여자를 원하고 저자는 소금 친 대구를 원하고, 또 다른 자는 돈을 원하고 어떤 자는 신문을 원해요. 아, 이 멍청이 같은 자들! 저들은 속세로 내려와서 자기가 원하는 것을 마음껏 취하면서 그 바보 같은 대가리를 정화해야 할 필요가 있어요." 그는 담배에 불을 붙이고 꽃피는 오렌지 나무 주위의 낮은 돌담에 앉았다. "내가 뭘 원하면 내가 어떻게 하는지 아세요? 나는 물릴 때까지 그것을 먹고 또 먹습니다. 그게 내가 자유를 얻는 방법이에요. 그렇게 하다 보면 그것을 더 이상 생각하지 않게 되고 그것만 생각하면 구역질이 나게 돼요. 어린 시절에―이걸 들으면 더 잘 이해가 되실 겁니다―나는 버찌를 아주 좋아했어요. 나는 돈이 별로 없어서 한 번에 조금만 사서 먹었는데 더 많은 것을 원하게 되었어요. 나는 밤낮없이 버찌만 생각했고 그러면 내 입에서는 군침이 돌았어요. 그건 고문이었지요! 그러던 어느 날 나는 화가 나고 또 부끄러웠어요(그중 어떤 것이 더 강한 감정이었는지 잘 모르겠어요). 버찌가 자기 마음대로 내게 해대면서 나를 바보로 만들고 있는 거였어요. 그래서 내가 어떻게 했는지 아세요? 나는 밤중에 몰래 일어나서 아버지 주머니를 뒤져서 은화 한 닢을 훔쳤어요. 다음 날 아침 나는 일찍 일어났어요. 그리고 과수원에 가서 한 바구니의 버찌를 샀지요. 나는 도랑에 앉아서 먹기 시작했어요. 나는 먹고 또 먹었고 마침내 너무 배가 불러서 위통이 났고 구토가 나오려 했어요. 보스, 그래서 실제로 게우기도 했습니다. 그런데 그때 이후 버찌로부터 구제가 된 거예요. 그게 쳐다보기도 싫더라고요. 나는 자유인이 되었어요. 그때부터 버찌를 볼 때마다 이렇게 말했어요. '난 네가 필요 없어!' 여자도 담배도 다 그런 식으로 상대했습니다. 나는 아직도 술을 마시고 담배를 피우지만 필요한 순간이 오면 그것들을 칼같이 싹둑 끊어버릴 수 있습니다. 나는 열정에 지배되지 않아요. 애국심도 마찬가지입니다. 그걸 동경하다가, 마음껏 먹고, 게운 다음에 그로부터 달아났습니다."

"그럼 여자는?" 내가 웃으며 물었다.

"그 빌어먹을 여자도 이제 차례가 오겠지요! 하지만 내가 일흔이 될 때까지 기다려야 해요." 그는 잠시 생각하며 그게 불충분하다고 판단했다. "아니, 여든 살." 그가 스스로 정정했다. "보스, 당신은 웃고 있군요. 원한다면 계속 웃어도 좋아요. 하지만 그게 사람들이 그들 자신을 해방시키는 방식입니다. 내 말을 잘 들어보세요. 사람들은 난봉꾼이 되어야 비로소 해방이 될 수 있지 수도사가 되어서는 절대 길이 없습니다. 그리고 보스, 당신한테 하는 말인데, 악마를 대적하려면 악마보다 더 센 악마가 되어야 하지 않겠어요?"

도메티오스가 숨을 헐떡이며 안뜰에 나타났고 젊은 블론드 머리 신참이 그의 뒤를 따라왔다.

"기분이 나쁜 천사 같군." 조르바가 블론드 청년의 야성미와 우아함을 찬탄하면서 중얼거렸다.

그들은 2층 독방으로 올라가는 돌계단을 걸어갔다. 도메티오스는 고개를 멈추고 신참 수도사를 바라보며 뭔가 말을 했다. 블론드 청년은 머리를 흔들며 거부했으나 이어 고개를 숙이며 순종했다. 그는 늙은 수도사의 허리에 팔을 두르고서 계단을 함께 올라갔다.

"알겠어요?" 조르바가 내게 물었다. "알겠어요? 소돔과 고모라!"(소돔과 고모라는 『구약성경』 13장 10절에 나오는데, "소돔 사람들은 악인들이었고 주님께 큰 죄인들이었다." 그들의 죄는 주로 성적 문란함, 즉 남색이었다. ─옮긴이)

두 수도사가 나타났다. 그들은 서로 윙크를 하면서 뭔가 속삭이더니 웃음을 터트렸다.

"구역질나는 죄악!" 조르바가 으르렁거렸다. "도둑놈들 사이에도 명예라는 것이 있어요. 하지만 수도사들 사이에서는? 이 도둑놈들 사이에서는 명예라는 게 없어요. 저자들을 한번 보세요. 한 여자-수도사가 다른 여자 수도사의 눈을 할퀴고 있어요!"

"저들은 남자-수도사야." 내가 미소 지으며 그의 말을 정정했다.

"들어보세요, 여기서 바로 그 똑같은 거 때문에 일이 벌어지는 거예요. 그것 때문에 잠을 못 잔다니까요. 보스, 아까 말했지만 다들 노새 같은 자라고요. 기분 내키는 대로 가브리엘이 가브리엘라도 되고, 도메티오스가 도메티아가 된다니까요.(가브리엘은 남성형, 가브리엘라는 여성형, 도메토이스는 남성형, 도메티아는 여성형으로 남색을 완곡하게 지칭한 것임.—옮긴이) 보스, 어서 여기서 빠져나갑시다. 서류에 빨리 서명을 받고 떠나야 해요. 여기서는 남자고 여자고 막 뒤죽박죽이 되어 다들 경멸스럽다니까요."

그는 목소리를 낮추었다. "그리고 내게 한 가지 속셈이 있어요." 그가 말했다.

"조르바, 또 바보 같은 짓 하려는 거 아니야? 아무튼 말해 봐요."

조르바는 어깨를 한번 들썩했다. "보스, 당신에게 이런 속셈을 어떻게 말씀드릴 수 있겠습니까? 내가 보기에 나리는 이해심이 넓은 분이에요. 안된 사람을 보면 두 손 두 발을 다 내밀어서 도와주려고 하지요. 그래서 겨울에 이불 위에서 벼룩 한 마리를 발견하면 그놈이 추울지 모른다고 이불 밑에다 감추어 줄 분이지요. 그러니 당신 같은 분이 어떻게 여자 궁둥이 쫓아다니는 나 같은 놈을 이해하겠습니까! 나는 벼룩을 발견하면 그 자리에서 으드득 으깨버려요. 양을 발견하며 목을 쑥 찔러서 먹을 따버리고 그놈 몸에다 꼬챙이를 꿰어버려서 친구들이랑 그 살을 나누어 먹지요. 그러면 당신은 내게 그 양은 내 것이 아니라고 지적질 하겠지요. 난 당신이 그럴 분이라는 걸 잘 알아요. 하지만 나는 그 양을 먼저 먹어 치우고 그 다음에 시간 있을 때 네 것, 내 것을 천천히 얘기하는 겁니다. 나리는 계속 말하고, 말하고, 말하지만 나는 다 먹고 나서 이쑤시개로 내 이빨을 쑤시는 겁니다."

안뜰에 그의 웃음소리가 메아리쳤다. 자카리아스는 심란한 표정을 지으며 나타났다. 그는 검지로 입술을 누르면서 발끝으로 살금살금 다가왔다. "쉬잇." 그가 말했다. "웃지 말아요! 저기 위를 보아요. 주교님인데 열려진 작은 문 뒤에서 일을 하고 있어요. 저건 도서관이고 그분은 글을 쓰고 있어요. 하루 종일 쓰지요."

"자카리아스 신부, 당신은 내가 원하는 바로 그 사람입니다." 조르바가 수도사의 팔뚝을 잡으며 말했다. "당신 방으로 가서 얘기를 좀 합시다."

조르바는 내게 고개를 돌렸다. "보스, 당신은 성당 주위를 산책하면서 오래된 성상들이나 관람하십시오. 내가 수도원장을 기다릴게요. 그가 어디에 있든지 결국 돌아올 겁니다. 사업 일에 끼어들어 뒤죽박죽을 만들지 마세요. 모든 걸 내게 맡겨요. 내게 속셈이 있으니까." 그는 내 귀에다 작은 소리로 말했다. "우리는 숲을 절반 값에 얻을 수 있습니다. 쉬잇, 단한마디도 하면 안 돼요!"

그는 정신이 절반쯤 나간 수도사를 겨드랑이에다 끼고서 황급히 자리를 떴다.

18

성당의 문턱을 넘어가면서 나는 그 반광(半光)의 시원한 향기로움 속으로 빠져들었다. 거기에는 아무도 없었다. 은제 기름 램프들만이 은은하게 빛났다. 조각된 성상은 포도들이 새겨진 황금 나무였는데 성당의 저쪽 끝을 차지했다. 벽들은 성당의 아버지들, 치열한 고행자들, 그리스도의 수난, 곱슬머리에 넓고 빛바랜 리본을 두른 천사들을 묘사한 절반쯤 바랜 프레스코 벽화들로 장식되었다.

넓은 홀의 위쪽에는, 성모가 양팔을 내뻗으며 간절한 기도를 올리고 있었고, 성모 앞에 있는 무거운 은제 기름 램프가 타오르고 있었으며, 그 파들거리는 불길이 엄청 고통 받은 성모의 기다란 모습을 비추며 부드럽게 핥고 또 포옹하고 있었다. 나는 성모의 꼭 다문 입술, 비통에 잠긴 눈, 단단하고 완강한 턱을 결코 잊지 못할 것이다. '성모는 완전히 만족하고 계시구나.' 하고 나는 혼잣말을 중얼거렸다. '그 극심한 고통 속에서도 온전하게 만족을 느끼서. 왜냐하면 불멸의 존재가 성모의 허약한

살로부터 탄생했기 때문이지.'

내가 성당에서 나왔을 때 해가 지고 있었다. 나는 행복감에 젖어서 오렌지 나무를 둘러싼 낮은 돌담장 위에 앉았다. 성당의 돔은 새벽 때처럼 장밋빛으로 바뀌었다. 수도사들은 각자 독방으로 돌아가서 쉬고 있었다. 그들은 밤을 새울 것이기 때문에 힘을 비축할 필요가 있었다. 오늘 밤 그리스도는 골고다 언덕을 올라갈 것이고 수도사들은 그분을 따라 함께 올라가려면 체력을 비축해야 되었다. 여러 개의 빨간 젖꼭지를 가진 두 마리 검은 암퇘지가 이미 구주콩나무 밑에서 잠들어 있었다. 수도사들의 숙소 위에서 비둘기들이 짝짓기를 했다.

'내가 얼마나 오래 살 수 있을까?' 나는 생각했다. '이 부드러운 대지, 공기, 정적, 그리고 꽃피는 오렌지 나무의 향기를 즐기면서.' 내가 성당 안에서 보았던 바쿠스 성인의 성상이 내 가슴을 즐거움으로 가득 채웠다. 나를 가장 크게 감동시키는 요소들―환경과 조화된 통합의 행동, 지속적인 노력, 일관성 있는 동경―이 다시 한 번 내 앞에서 모습을 드러냈다. 곱슬머리가 포도송이처럼 이마 앞으로 흘러내리는 이 기독교 성인의 우아한 성상에 축복이 있기를! 헬레네의 디오니소스와 기독교의 성인 바쿠스가 통합되었다. 그들은 동일한 얼굴을 가지고 있다. 포도 잎사귀와 카속 아래에서, 햇볕에 그을린 동일한 유혹적 신체―그리스!―가 거센 흥분을 느끼며 일어서고 있었다.

조르바가 안뜰에 다시 나타났다. "수도원장이 돌아왔어요." 그가 내게 재빨리 말했다. "그 사람과 간단히 얘기를 나누었어요. 그는 처음에 반발했어요. 숲을 그런 헐값에 내줄 수 없다면서. 돈을 더 내라고 했어요. 하지만 내가 그 문제를 해결했어요."

"반발했다고? 이미 합의된 거 아닌가요?"

"보스, 제발 이 문제에는 끼어들지 마세요." 조르바가 애원했다. "그러면 우리의 계획을 망쳐놓을 거예요. 봐요. 당장 지금도 예전의 합의 사항을 말하고 있잖아요. 그건 이미 사라졌어요! 얼굴을 찌푸리지 마세요. 그건 사라졌다고요. 우린 절반 값에 숲을 얻을 거예요."

"조르바, 무슨 꿍꿍이 속셈이오?"

"신경 쓰지 마세요. 그건 내가 알아서 할 문제예요. 나는 바퀴에 기름칠을 해서 잘 굴러가게 할 거예요. 아시겠죠?"

"하지만 왜? 난 잘 이해가 안 되는데."

"왜냐하면 내가 이라클리온에서 돈을 너무 많이 썼기 때문이에요. 롤라 년이 내 돈—아니, 당신 돈—을 몇 천 드라크마 해먹었어요. 내가 그걸 잊어버렸다고 생각하십니까? 내가 자존심도 없는 놈이라고 생각하십니까? 나를 화나게 만들지 마세요. 나는 내 칼 위에 파리 한 마리 내려앉는 것도 싫어하는 놈입니다. 내가 쓴 만큼 지불하겠다, 이겁니다. 그 액수를 계산해 봤어요. 롤라는 7천이 들어갔어요. 그래서 그 액수만큼을 숲에서 벌충하려는 겁니다. 수도원장, 수도원, 성모님이 롤라 비용을 댈 거예요. 그게 나의 속셈입니다. 마음에 드십니까?"

"전혀. 왜 성모님이 당신의 방탕에 대해서 책임을 져야 합니까?"

"그건 성모님의 잘못, 아주 큰 잘못이지요. 성모님은 아들 즉 하느님을 탄생시켰습니다. 하느님은 나를 만드셨고 보스가 알고 있는 그 연장을 내게 주셨습니다. 이런데 이 빌어먹을 연장은 어디서든 암컷을 볼 때마다 내 눈을 현혹시켜 지갑을 열게 만듭니다. 아시겠어요? 성모님의 잘못, 아주 큰 잘못이지요. 그러니 성모님이 지불을 좀 하셔야 해요!"

"조르바, 난 그 속셈이 별로 마음에 들지 않아요."

"보스, 그건 다른 문제입니다. 먼저 7천을 절약한 다음에 그 얘기는 나

330

중에 합시다. '아들아, 네 일을 먼저 하여라. 그러고 나서도 즐겁게 놀 수가 있단다.' 뭐 이런 가사의 노래를 아시지요?"

살찐 엉덩이를 가진 방문객 담당자가 나타났다. "저녁 식사를 배식할 겁니다." 그가 기름진 사제다운 목소리로 말했다. "어서 오세요."

우리는 장방형의 커다란 식당으로 들어갔다. 그곳에는 긴 의자, 좁고 긴 식탁들이 있었고 쉬어버린 올리브기름과 후텁지근한 냄새가 났다. 저쪽 끝 벽에는 절반쯤 빛바랜 「최후의 만찬」 프레스코가 그려져 있었다. 열한 명의 신실한 제자들이 양 떼처럼 그리스도 주위에 몰려 있고, 그 반대편에는 관람자에게 등을 돌린 유다가 혼자 서 있다. 붉은 수염의 유다는 주름살 진 이마가 초라해 보였고 또 매부리코는 아주 컸다. 그리스도는 오로지 유다만을 쳐다보았다.

방문객 담당의 오른쪽에 내가 앉았고 조르바는 그의 왼쪽에 앉았다.

"사순절입니다." 그가 말했다. "그래서 올리브기름이나 와인은 없습니다. 심지어 여행자들에게도. 환영합니다!"

우리는 성호를 긋고서 조용히 손을 내밀어 올리브, 녹색 양파, 타라모살라타(taramosalata: 숭어나 잉어, 대구 등의 생선 알과 마늘을 빵이나 감자와 함께 으깨서 만든 그리스의 전통 샐러드. —옮긴이), 절인 콩이 든 쟁반을 받아들었다. 우리 세 사람은 별 식욕도 없이 음식을 천천히 씹었다.

"지상의 생활이라는 게 이렇지요." 방문객 담당자가 말했다. "사순절이에요. 그러니 인내심을 발휘해야 합니다. 어린 양과 함께 부활이 다가오고 있어요. 천국이 가까이 다가오고 있습니다."

나는 기침을 했다. 조르바는 발을 내밀어 내 발을 살짝 건드렸다. 조용히 하라는 신호였다.

"나는 자카리아스 신부를 보았습니다." 그가 화제를 바꾸면서 말했다.

방문객 담당자는 놀라는 듯했다. "그 악마가 당신에게 뭔가 말했습니까?" 그가 애타는 목소리로 물었다. "그는 몸에 일곱 악마가 들어간 사람이에요. 그의 말을 듣지 마십시오! 그의 영혼은 지저분하고 그래서 그는 지저분한 것만 봅니다."

철야 기도를 알리는 종소리가 슬프게 울렸다. 방문객 담당자는 성호를 긋고서 자리에서 일어섰다.

"저는 이만 가보겠습니다." 그가 말했다. "그리스도의 수난이 시작되었습니다. 우리는 그분의 십자가형에 동참해야 합니다. 하지만 당신들은 여행자이니까 오늘 밤 여기서 쉬셔도 좋습니다. 그러나 내일 아침 기도에는……"

'한심한 자들!' 수도사가 사라지자마자 조르바가 이빨 사이로 중얼거렸다. '한심한 자들! 거짓말쟁이들! 인간 암노새! 암노새 같은 인간!'

"조르바, 왜 그래요? 자카리아스가 당신에게 뭐라고 말했나요?"

"신경 쓸 거 없어요, 보스. 설사 그들이 계약서에 서명을 안 한다 해도 나는 저자들을 찜 쪄 먹을 거예요!"

우리는 수도사들이 우리에게 마련해 준 방으로 갔다. 방의 구석에는 오래된 성모의 성상이 있었다. 성모는 양 뺨을 어린 아들의 뺨에다 대었고 그녀의 커다란 두 눈에는 눈물이 가득했다.

조르바는 고개를 흔들었다. "보스, 왜 성모가 우는지 아십니까?"

"몰라요."

"왜냐하면 성모는 많은 못 볼 꼴들을 보고 있기 때문입니다. 만약 내가 성상 제작 화가라면 눈 없고, 귀 없고, 코 없는 성모를 그리겠어요. 성모가 너무 안됐다는 느낌이 들어서 말이에요."

우리는 자그마한 침대 위에 누웠다. 천장 들보에서는 사이프러스 나무 냄새가 났다. 향기로운 봄철의 미풍이 열어놓은 자그마한 문 사이로 흘러들었다. 구슬픈 가락들이 가끔 안뜰로부터 계속 이어지는 호흡처럼 들려왔다. 창밖에서 나이팅게일이 울기 시작했고 더 먼 곳에서 또 다른 나이팅게일이 울었다. 밤은 짝짓기의 부름 소리가 가득했다.

나는 잠을 잘 수가 없었다. 나이팅게일들의 울음소리가 그리스도의 탄식과 뒤섞였다. 나는 골고다 언덕을 힘들게 걸어 올라가고 있었다. 꽃 피는 오렌지 나무들 사이로 떨어지는 커다란 핏방울 자국을 따라서. 푸른 봄철의 밤 속에서, 나는 차가운 땀방울들이 그리스도의 몸을 계속 뒤덮는 광경을 계속 눈앞에서 보았다. 그분의 두 손은 애절한 기도를 올리듯, 자선을 구하듯 계속 떨고 있다. 그의 뒤에서 달리는 갈릴리 사람들은 "호산나! 호산나!" 하고 외친다. 그들은 종려나무 가지를 손에 들고 있고 그들의 옷을 벗어 땅에 깔면서 그가 밟고 지나가게 한다. 그는 그가 사랑하는 사람들을 계속 응시한다. 그들 중 단 한 명의 사람도 사태를 짐작하지 못한다. 그 혼자만이 이제 그가 죽음의 길에 오르고 있다는 것을 안다. 별들 아래에서 그는 울고 침묵하면서 그의 떨리는 가슴을 위로한다. '오 나의 가슴이여, 한 톨의 밀알처럼 너는 땅에 떨어져 죽어야 한다. 떨지 마라. 오 나의 가슴이여, 그 외에 어떤 방법으로 더 많은 곡식을 생산하여 배고픔으로 죽어가는 사람들에게 자양분을 제공하겠느냐?' 하지만 그의 내면에 있는 인간의 가슴은 계속 떨고 있다. 그 가슴은 죽기를 원하지 않는 것이다.

조금씩 조금씩 수도원 주위의 숲은 축축한 잎사귀들로부터 피어오르는 사랑과 열정으로 가득 찬 나이팅게일의 노래로 흘러넘쳤다. 무서움에 떠는 인류의 울면서 고통 받는 가슴 또한 이 노래로 흘러넘쳤다.

이런 식으로 그 경위를 이해하지도 못한 채, 나는 그리스도의 수난과 나이팅게일의 울음소리와 함께 잠 속으로 들어갔다. 마치 영혼이 천국에 들어가는 것처럼.

나는 한 시간도 채 자지 못했을 때 공포에 떨면서 갑자기 깨어났다. "조르바." 내가 소리쳤다. "저 소리 들었어요? 권총 소리!"

그러나 조르바는 이미 매트리스에 앉아서 담배를 피우고 있었다. "보스, 당황하지 마세요." 그가 분노를 억제하려고 애쓰면서 말했다. "저자들이 스스로 문제를 해결하도록 내버려둡시다."

비명 소리가 복도에서 터져 나왔고 무거운 슬리퍼를 끄는 소리가 들려왔으며 문들이 열렸다가 닫혔으며 저 먼 곳에 있는 누군가가 부상을 당한 듯 신음을 했다.

나는 매트리스에서 재빨리 내려와 문을 열었다 한 호리호리한 노인이 내 앞에서 달려왔다. 그는 뾰족한 하얀 수면용 모자와 무릎까지 내려오는 잠옷을 입고 있었다.

"당신은 누구입니까?"

"주교요." 그가 떨리는 목소리로 대답했다.

나는 너무 우스워서 옆구리가 거의 터져 나갈 지경이었다. 황금 법의, 주교관, 주교 지팡이, 다채색의 인공 보석들을 전혀 걸치고 있지 않다니. 내가 잠옷을 입은 주교를 본 건 그때가 처음이었다.

"아까 터져 나온 권총 소리는 어떻게 된 것입니까?"

'모르겠어요, 모르겠어요.' 그가 나를 뒤로 밀며 중얼거렸다.

침대에 앉아 있던 조르바가 웃었다. "이봐요, 영감님, 사시나무처럼 떨고 있군요. 불쌍한 영감, 어서 안으로 들어와요. 우린 수도사들이 아닙니다. 우릴 두려워할 필요는 없어요."

"조르바." 내가 부드럽게 말했다. "그렇게 불손하게 말하지 말아요. 저분은 주교님이에요."

"들어 보세요. 잠옷 상태에서는 그 누구도 주교가 아닙니다. 어서 들어오라니까요!"

그는 침대에서 내려와 주교의 팔을 잡아서 안으로 끌어당기고 문을 닫았다. 그는 여행 가방에서 라키 술병을 꺼내어 자그마한 잔에 가득 채웠다.

노인은 라키 술을 마시더니 어느 정도 충격에서 회복되었다. 그는 나의 매트리스 위에 걸터앉더니 벽에 기대었다.

"영감, 어서 한잔 드시오. 이게 심장에 힘을 좀 넣어줄 거요."

"주교님." 내가 말했다. "저 총소리는 어떻게 된 것입니까?"

"모르겠소, 젊은이. 나는 한밤중까지 일을 하다가 침대에 들었는데 그 순간 내 바로 옆방, 도메티오스 신부의 방에서 ―"

"아-하! 당신 말이 맞았군, 자카리아스!" 조르바가 말했다.

주교는 고개를 숙이고서 중얼거렸다. '아마 강도가 들었을 겁니다.' 복도의 소란은 중단되었다. 수도원은 다시 정적 속으로 빠져들었다. 주교는 다정하지만 겁먹은 눈빛으로 마치 호소하듯이 나를 쳐다보았다. "졸리나요, 젊은이?" 그가 내게 물었다.

"아니요. 졸리지 않습니다. 여기 계십시오." 내가 대답했다.

우리는 대화를 시작했다. 조르바는 베개에 기대어 담배를 피우면서 가쁜 숨을 내쉬었다.

"젊은이, 다행히도 당신은 교육을 받은 사람 같소." 나이 든 주교가 말했다. "여기서는 얘기를 나눌 사람이 마땅치 않아요. 나는 인생을 즐겁게 만드는 것에 대하여 세 가지 이론을 갖고 있소. 그걸 당신에게 말해 주고 싶소." 그는 내 대답을 기다리지 않고 이어서 말했다. "나의 첫 번째 이론은 꽃의 형체가 그 색깔에 영향을 준다는 것이요. 색깔은 이어 꽃의 성질에도 영향을 주지요. 따라서 각각의 꽃은 신체와 영혼에 다른 영향을 줍니다. 이 때문에 우리는 꽃이 만개한 들판을 걸어갈 때는 조심해야 합니다." 그는 내 반응을 살피려는 듯이 잠시 말을 멈추었다. 나는 노인이 꽃이 만개한 들판을 걸어가는 모습을 상상할 수 있었다. 그는 몰래 소름이 돋는 것을 느끼면서 꽃들의 형체와 색깔을 내려다보았고 또 몸을 떨었으리라. 왜냐하면 그 해 봄은 온 들판에 정령들이 가득했기 때문이다.

"내 두 번째 이론은 모든 생각은 실제적인 영향력을 행사하고 또 실체를 가지고 있다는 겁니다. 생각(관념)은 존재합니다. 그건 공중을 떠돌아다니는 육체 없는 허깨비가 아닙니다. 그것은 눈, 입, 발, 배 등을 가진 진정한 육체입니다. 그것은 남자 혹은 여자로서 다른 여자들 혹은 남자들을 쫓아다닙니다. 그래서 복음에서는 '말씀이 사람이 되었다.'라고 하는 겁니다." 그는 불안한 눈빛으로 나를 쳐다보았다.

"세 번째 이론은." 그는 내 침묵을 견디지 못하면서 재빨리 말했다. "인간의 하루살이 같은 인생 속에서도 영원은 존재한다는 겁니다. 하지만 우리 혼자의 힘으로 그 영원을 발견하는 건 대단히 어렵습니다. 오로지 소수의 사람들만이, 그것도 최고로 뽑힌 사람들만이 이 덧없는 인생 속에서 간신히 영원을 체험합니다. 다른 사람들은 특별한 조치가 없었다면 다 하루살이로 끝나고 말았을 겁니다. 하지만 하느님께서 이와 관련하여 그들을 불쌍하게 여기셔서 그들에게 종교를 보내주셨습니다. 일반 대중들도 그 덕에 영원을 체험할 수 있게 말입니다."

주교는 말을 끝마치고 스스로 안도가 되는 모양이었다. 속눈썹 없는 작은 눈을 쳐들면서 그는 미소를 짓고 나를 응시했다. 그 눈빛은 이렇게 말하고 있었다. "보아라! 내가 소유한 것을 네게 물려주노라." 나는 그가 평생 동안 사색해서 얻은 열매를 나에게 전해 주고자 하는 그 열성에 감동했다. 그것도 방금 만난 사람에게.

그의 눈에는 눈물이 흘러넘쳤다. "내 이론을 어떻게 생각하십니까?" 그는 양손으로 내 손을 잡으며 물었다. 그는 자신의 인생이 낭비되지나 않았는지, 내 대답으로부터 뭔가 기미를 알아내려는 사람처럼 나를 응시했다.

그는 떨고 있었다. 그러나 나는 진리 위에는 그보다 훨씬 중요한 인간적 의무사항이 있다는 것을 알았다.

"주교님, 그 이론들은." 내가 대답했다. "많은 영혼을 구제할 겁니다."

주교의 얼굴이 밝아졌다. 그의 온 생애가 의롭게 된 것이었다. "고맙소, 젊은이." 그가 내 손을 살짝 꼬집으며 부드럽게 말했다.

그 순간 조르바가 구석에서 앞으로 뛰어나왔다.

"실례합니다만." 그가 말했다. "나는 네 번째 이론을 가지고 있습니다."

나는 조금 걱정하는 표정을 지으며 그를 쳐다보았다. 주교는 고개를 돌렸다.

"말해 보시오. 그것이 멋지고 축복받은 것이기를. 그래 어떤 이론이오?"

"둘 더하기 둘은 넷이라는 겁니다." 조르바가 진지하게 말했다.

주교는 당황하며 그를 쳐다보았다.

"주교님, 다섯 번째 이론도 있습니다." 조르바가 계속했다. "둘 더하기 둘은 넷이 아니라는 겁니다. 이 중에서 신중하게 골라보세요!"

'이해를 못하겠소.' 주교가 도움을 청하듯이 나를 쳐다보며 중얼거렸다.

"모르기는 나도 마찬가지입니다." 조르바가 웃음을 터트리며 말했다.

나는 당황하는 노인에게 고개를 돌리며 화제를 바꾸었다. "수도원에서는 어떤 분야의 연구를 하고 계십니까?"

"젊은이, 나는 수도원의 필사본들을 베껴 쓰고 있어요. 요사이는 우리 성당이 성모를 묘사하는 형용사들을 수집하여 기록하고 있습니다." 그는 한숨을 쉬었다. "나는 늙어서 그것 이외에 다른 일은 하지 못해요. 성모를 묘사한 이런 말들을 기록함으로써 나는 위안을 얻고 또 세상의 치욕스러운 일들을 잊어버립니다."

그는 베개에 기대면서 정신착란에 들어간 것처럼 성모의 여러 이름들을 중얼대기 시작했다. '이울지 않는 장미, 훌륭한 대지(大地), 포도, 원천, 강, 기적이 생겨나는 샘물, 천국으로 가는 사다리, 다리, 순양함, 항구, 천국의 열쇠, 빛, 양초, 번개, 불기둥, 방어하는 장군, 흔들리지 않는 탑, 난공불락의 성벽, 묵어가는 곳, 대피소, 위안, 즐거움, 눈먼 자들을 위한 지팡이, 고아들의 어머니, 성단, 자양분, 평화, 평온, 연고, 잔치, 젖과 꿀.'

"저 불쌍한 친구는 제정신이 아니야." 조르바가 말했다. "저 사람이 감기 들지 않도록 담요를 덮어줍시다." 그는 허리를 숙여서 담요를 집어 들어 주교에게 덮어주었고 또 베개도 바로잡아 주었다. "세상에 일흔일곱 가지 광기가 있다고 들었는데." 그가 말했다. "여기 이 광기를 보니 하나 더 추가하여 일흔여덟 가지가 되어야겠는데요."

마침내 불이 켜졌다. 나무 공(gong) '시만트로(simantro)'가 울리는 소리가 안뜰에서 들려왔다. 내가 작은 창문으로 고개를 내밀어 바라보니 머리에 길고 검은 두건을 쓴 어떤 날씬한 수도사가 안뜰을 천천히 돌면서 자그마한 망치로 아주 좋은 소리를 내는 나무 공을 쳐대고 있었다. 조화를 이루어 부드럽고 매력적인 공 소리가 아침 공기 속으로 흩어졌다.

나이팅게일들은 입을 다물었고 아침 일찍 일어나는 새들이 숲 속에서 수줍게 울기 시작했다.

창문 밖으로 고개를 내밀었던 나는 귀를 기울이며 시만트로의 매혹적인 멜로디를 들었다. 나는 이런 생각을 계속했다. 삶의 숭고한 의식은 한때 그 당당한 외적 형태를 갖추고 고상함을 마음껏 구가하다가 이제는 하나의 공허한 의식으로 전락했구나. 영혼은 떠나가 버렸고, 그것이 구축한 겉껍데기만 이제 남아 있구나. 영혼이 그 속에 들어가기 위해 만들어놓은 거북의 등처럼 복잡하고 넓은 저 껍데기. 오늘날 소음이 가득하고 신앙이 없는 도시들에서 우리가 만나는 멋진 대성당들은 그런 빈껍데기가 아닌가. 해와 비가 파먹어서 해골만 남은 선사시대의 괴물들처럼.

우리 방문을 두드리는 소리가 났다. 방문객 담당자가 유들유들한 목소리가 들려왔다. "형제들, 아침 기도를 위해 일어나세요."

조르바는 화난 목소리로 소리쳤다. "지난밤의 총소리는 뭐요?" 그는 잠시 기다렸다. 정적. 수도사는 문밖에 그대로 서 있는 게 틀림없었다. 우리가 사라져 가는 발소리를 듣지 못했으니까.

"지난밤 총소리는 뭐냐니까, 이 지저분한 수도사야?" 그가 다시 소리쳤다.

우리는 황급히 멀어져 가는 발걸음 소리를 들었다. 조르바는 재빨리 문 쪽으로 달려가서 문을 열었다.

"쳇! 이 사기꾼들아!" 그가 달아나는 수도사를 향해 침을 뱉으며 고함을 쳤다. "신부들, 수도사들, 수녀들, 성당 집사들, 성당 직원들—다 엿이나 먹어라!"

"여길 어서 벗어납시다." 내가 말했다. "피 냄새가 나요."

"피뿐이라면 얼마나 좋겠습니까!" 조르바가 으르렁거렸다. "당신은 가고 싶으면 아침 기도에 가세요. 나는 여길 좀 돌아다니면서 뭔가 알아내야겠어요."

"아니오. 여길 어서 벗어납시다." 내가 거듭해서 말했다. "당신은 남의 일에 끼어들지 말아요. 나를 봐서라도 그렇게 해주었으면 좋겠소."

"하지만, 보스, 그거야말로 내가 끼어들어야 할 부분이에요." 그는 잠시 생각에 잠기더니 악당처럼 미소를 지었다. "사탄을 찬미하라, 은총이 가득하신 분이니!" 그가 말했다. "악마가 일을 제대로 잘 꾸며놓고 있다는 생각이 드는군요. 보스, 이걸 알아야 해요. 저 총소리 때문에 수도원이 얼마나 내놓아야 할 것 같습니까? 자그마치 7천 드라크마는 내놓아야 해요!"

우리는 안뜰로 내려갔다. 그곳은 꽃피는 나무들이 향기를 내뿜어 부드러움과 즐거움이 가득했다. 자카리아스는 우리를 기다리며 누워 있었다. 그는 우리를 보더니 벌떡 일어나 재빨리 달려와 조르바의 팔을 잡았다.

"카나바로 형제." 그가 몸을 떨며 중얼거렸다. "자, 어서 여길 뜹시다."

"지난밤 총소리는 뭐지? 누가 살해되었나요? 빌어먹을, 이 수도사 놈. 어서 말해. 안 그러면 목 졸라 죽여 버릴 테니까!"

수도사의 아래턱이 덜덜 떨었다. 그는 주위를 한번 둘러보았다. 안뜰에는 아무도 없었고 독방들은 닫혀 있었다. 열려진 성당 문으로부터 아름다운 멜로디의 물결이 계속 흘러나왔다.

"두 분은 나를 따라 오세요." 자카리아스가 속삭였다. "소돔과 고모라!"

우리는 벽을 따라 걸으면서 안뜰을 지나가서 과수원을 통과하여 밖으로 나갔다.

성당의 공동묘지는 수도원에서 돌 하나 던지면 나오는 거리였다. 우리는 그 묘지로 들어섰다.

우리는 눕혀놓은 비석들을 밟고 지나갔다. 자카리아스는 자그마한 성전의 작은 문을 열고서 그 안으로 들어갔다. 우리도 따라서 들어갔다. 성전 한가운데에 수도사의 겉옷에 싸인 시체가 밀짚 매트 위에 뉘여 있었다. 한 양초가 그의 머리를 비추었고 다른 양초는 발을 비추었다.

나는 시체 위로 허리를 숙여서 겉옷을 들춰서 그 얼굴을 보았다.

"젊은 수도사!" 나는 몸을 떨며 중얼거렸다. "도메티오스의 블론드 머리 청년."

붉은 샌들을 신고 두 날개를 쳐들고 칼을 꺼낸 대천사 미카엘이 지성소 문 바로 옆에 밝은 모습으로 묘사되어 있었다.

"미카엘 대천사여." 수도사가 소리쳤다. "유황불을 내려 저들을 모두 불태워 버리소서! 미카엘 대천사여, 그 성상을 걷어차고 밖으로 나오소서. 당신은 총소리를 듣지 못했습니까?"

"누가 그를 죽였어? 누구야? 도메티오스? 어서 말해, 이 빌어먹을 염소수염아."

수도사는 조르바의 손길을 뿌리치고 대천사의 발밑에 온몸으로 쓰러졌다. 그는 고개를 뒤로 젖히고 입을 벌린 채 뭔가 열심히 듣는 자세로 한동안 그렇게 쓰러져 있었다. 이어 그는 기뻐하며 벌떡 일어섰다. "그는 저들을 다 불태워 버릴 겁니다!" 그가 단호하게 말했다. "대천사가 움직였고 내게 신호를 주었습니다." 그는 성호를 그었다. "하느님, 찬미 받으소서! 나는 안도감을 느낍니다." 수도사가 말했다.

조르바는 그의 팔뚝을 다시 한 번 거세게 잡으면서 말했다. "자, 가자고, 요셉. 내가 시키는 대로 해."

그들 둘은 은밀히 수도원 쪽으로 접근해 갔다. 나는 정반대 소나무 숲 쪽으로 걸어갔다.

해는 이미 떠올랐다. 땅과 하늘은 찬란했고 이슬 묻은 잎사귀들은 반짝거렸다. 검은 새가 내 앞에서 날아가더니 야생 배나무 가지에 내려앉았다. 그놈은 긴 꼬리를 움직거리고, 그 부리를 열면서 나를 쳐다보더니 조롱하듯이 두세 번 울어댔다. 나는 소나무들 사이로 고개를 숙이고 검은 두건이 어깨로 내려온 채, 안뜰로 들어서는 한 줄의 수도사들을 볼 수 있었다. 아침 기도가 끝난 것이었다. 그들은 이제 식당을 향해 걸어가고 있었다. '얼마나 안된 일인가.' 하고 나는 생각했다. '저런 근엄함과 고상함에 아무런 영혼도 깃들어 있지 않다니.'

밤새 잠을 설쳤더니 나는 피곤했다. 나는 풀밭에 드러누웠다. 회향풀, 금작화, 유향, 세이지 등이 아름다운 향기를 풍겼다. 배고파서 잉잉거리는 벌레들은 야생화에 침을 쏘면서 그 꿀을 빨아먹었다. 저 먼 산들은 투명한 푸른색으로 가물거렸는데, 뜨거운 햇볕 아래서 소용돌이치는 아지랑이 같은 모습이었다. 나는 편안하고 느긋해져서 두 눈을 감았다. 천상의 즐거움이 나를 압도해 왔다. 내 주위의 모든 것이 천국의 꽃밭처럼 느껴졌다. 이 시원함, 가벼움, 진지한 도취 등이 신의 모습인 것 같았다. 하느님은 수시로 그 얼굴을 바꾼다. 그 바뀌는 가면 뒤에서 그분을 알아보는 사람은 행복하여라. 때로 그분은 한 잔의 시원한 물인가 하면, 때로는 우리의 무릎 위에서 춤추는 어린 아들이고, 때로는 장난기 많은 여자인가 하면, 때로는 신선한 아침의 간단한 산책이다. 조금씩 조금씩 내 주위의 모든 것이 그 모습을 바꾸지도 않으면서 투명하고 가벼워지더니 하나의 꿈이 되었다. 수면과 각성이 동일한 외형을 취했다. 나는 잠자면서 행복하게 현실을 꿈꾸었다. 땅과 하늘은 똑같은 것이었다. 생명은 내게 그 핵심에 커다란 한 방울의 꿀이 있는 야생화 같았고, 내 영혼은 그 꿀을 빨려고 시끄럽게 덤비는 벌꿀 같았다.

갑자기 나는 이 즐거움으로부터 깨어났다. 발걸음 소리, 숨죽인 대화, 기뻐하는 목소리가 내 등 뒤에서 들려온 때문이었다.

"보스, 이제 갑시다!" 조르바가 내 앞에 서 있었고 그의 두 눈은 악마처럼 빛났다.

"이제 떠나는 거요?" 내가 안도감을 느끼며 물었다. "모든 게 끝났나?"

"모든 게 끝났습니다!" 조르바가 상의 윗주머니를 두드리며 말했다. "내가 이걸로 숲을 접수했습니다. 우리의 새 사업에 축복이 내리기를! 그리고 롤라가 말아먹은 7천 드라크마 여기 있습니다!"

그는 안쪽 호주머니에서 지폐 다발을 꺼냈다. "이걸 받으십시오. 나는 이제 지불해야 될 돈을 지불했습니다. 그래서 더 이상 당신 보기가 부끄럽지 않아요. 그 돈에는 마담 부불리나의 스타킹, 핸드백, 향수, 양산, 앵무새용 땅콩, 심지어 내가 당신에게 선물한 할바 값이 모두 포함되어 있습니다."

"조르바, 그건 내가 당신에게 선물로 준 돈이오." 내가 말했다. "그러니 당신이 잘못 봉사한 성모님을 위해서 당신 키 높이의 양초를 바치는 것이 어떻겠소?"

조르바는 그의 뒤를 돌아다보았다. 자카리아스 신부가 땟국이 흐르는 초록색 겉옷을 입고서 다가왔는데 그의 끈 달린 신발의 밑바닥에는 구멍이 숭숭 나 있었다. 그는 고삐를 잡고서 두 마리의 노새를 잡아당기고 있었다. 조르바는 그에게 1백 드라크마 지폐 다발을 보여주었다.

"자카리아스 신부, 이 돈을 절반씩 나눕시다." 그가 말했다. "그러면 당신은 소금 친 대구 150킬로를 살 수 있을 거고, 그걸 먹고 또 먹다 보면 마침내 배가 터질 지경이 되어 구토를 하고 그러고 나면 구원을 얻을 수 있을 거요. 자 여기 와서, 두 손을 벌려요!"

수도사는 그 때 묻은 지폐 다발을 냉큼 낚아채어서 가슴 가까운 곳에다 감추었다.

"나는 등유를 살 거요." 그가 말했다.

조르바는 목소리를 낮추면서 수도사의 귀에다 입을 갖다 댔다. "밤이 되어." 그가 말했다. "다들 잠이 들고 거센 바람이 불 때, 벽들과 사방 구석에다 그 등유를 부어요. 그런 다음, 헝겊, 걸레 쪼가리, 기타 목면 못쓰는 것 등을 발견하는 대로 등유에다 적셔서 모든 것을 불 질러 버려요. 알았지요?"

수도사는 몸을 떨고 있었다.

"떨지 마, 이 한심한 수도사야! 대천사가 명령을 내렸다면서? 하느님과 등유는 신성한 거야! 행운을 빌어!"

우리는 노새에 올라탔다. 나는 마지막으로 수도원을 한번 쳐다보았다.

"조르바, 혹시 뭐 알아낸 것이……?" 내가 물었다.

"총소리 말입니까? 보스, 말씀드릴 테니 당황하지 말아요. 자카리아스 말이 맞았어요. 소돔과 고모라예요! 도메티오스가 그 잘생긴 청년 수도사를 죽인 자예요."

"도메티오스가? 왜?"

"내가 지금 말한 자세한 이야기는 잊어버리세요. 온통 구리고 냄새나는 얘기입니다."

그는 수도원 쪽으로 고개를 돌렸다. 수도사들은 이제 식당에서 나와 각자 독방으로 돌아갔다.

"엿 먹어라, 이 거룩한 신부들아!" 그가 그들에게 소리쳤다.

19

우리가 그날 밤 해변의 오두막에 돌아와 노새에서 내리면서 제일 먼저 만난 사람은 부불리나였다. 그녀는 오두막 앞쪽에 쭈그려 앉아 기다리고 있었다. 우리는 등유 램프에 불을 붙이고 그녀의 얼굴을 보는 순간 겁이 더럭 났다.

"마담 오르탕스, 어떻게 된 일입니까? 혹시 아픕니까?"

결혼이라는 커다란 희망이 마음속에 어른거리기 시작한 그 순간부터, 우리의 나이 든 세이렌은 그 수상하고 거시기한 매력을 모두 잃어버렸다. 그녀는 과거의 모든 것을 지워버리려 했다. 파샤, 베이, '제독들'에게서 뽑아낸 지저분한 장식 깃털을 모두 내버렸다. 그녀는 진지하고 얌전한 숙녀, '정직한 여자'가 되고 싶어 했다. 그녀는 더 이상 화장품, 보석, 비누를 사용하지 않았다. 그녀에게서 고약한 냄새가 났다.

조르바는 아무 말도 하지 않았다. 그는 새로 염색한 콧수염을 신경질적으로 비틀어댔다. 그는 허리를 숙이면서 프리무스 난로에 불을 붙였고 커피를 끓일 냄비를 가져왔다.

갑자기 우리는 나이 든 여가수의 목쉰 소리를 들었다. "연민도 없고, 자비도 없군요!"

조르바는 고개를 쳐들고 그녀를 쳐다보았는데 눈빛이 좀 부드러워져 있었다. 그는 여자가 애원하는 목소리로 말해 오면 언제나 그의 세계가 거꾸로 뒤집히는 느낌이 들었다. 그는 여자가 흘리는 단 한 방울의 눈물에도 익사할 수 있는 사람이었다. 그는 아무 말도 하지 않고 냄비에다 커피와 설탕을 집어넣고 저었다.

"왜 이처럼 오랫동안 나와 결혼하지 않는 거예요?" 늙은 세이렌이 구슬픈 소리로 말했다. "마을에서 내 체면이 뭐가 돼요? 나의 명예가 땅바닥에 떨어졌어요. 명예가 완전 실추되었다고요. 차라리 나를 죽여주세요!"

피곤하여 매트리스에 올라 베개에 몸을 기대고 있던 나는 그 웃기면서도 슬픈 장면을 열심히 관찰했다.

마담 오르탕스는 이제 조르바 가까이 다가와서 그의 무릎을 만지고 있었다. "왜 결혼식 화관을 가져오지 않는 거예요?" 그녀가 날카로운 목소리로 물었다.

조르바는 부불리나의 두툼한 손이 떨면서 그의 무릎을 만지는 것을 느꼈다. 그 무릎은 바다에서 1천 번이나 난파를 겪은 세이렌이 마침내 구원을 얻을 수 있는, 지상의 마지막 확실한 땅이었다.

조르바는 그것을 완벽하게 이해했다. 그의 마음은 부드러워졌으나 그는 또다시 말을 하지 않았다. 그는 커피를 석 잔에 고루 따랐다.

"왜 결혼식 화관을 가져오지 않는 거예요?" 날카로운 목소리가 다시 물었다.

"이라클리온에는 좋은 놈이 없었어요." 조르바가 대답했다. 그는 커피 잔을 나눠 주고서 한쪽 구석에 쭈그려 앉았다. "나는 아테네에 편지를 써서 아주 좋은 놈으로 보내달라고 주문해 놨어요." 그가 계속 말했다. "나는 또 하얀 양초와, 초콜릿을 담뿍 칠한 구운 아몬드 캔디도 주문했어요." 그가 말을 하면서 상상력이 불붙었다. 그의 두 눈은 불꽃을 내뿜었다. 불같은 창작의 순간에 사로잡힌 시인처럼, 조르바는 진실과 거짓이 서로 뒤섞이는 숭고한 분위기 속에서 움직였다. 그는 몸을 수그리고 있었으나 이제 편안함을 느꼈다. 그는 커피를 요란스럽게 홀짝거리며 마시더니 담배에 불을 붙였다. 그날은 재수 좋은 하루였다. 숲은 이제 그의 호주머니 속에 들어와 있는 것이다. 그는 즐거웠고 상상력은 더욱 추진력을 얻었다. "사랑하는 부불리나, 우리의 결혼은 커다란 화제를 불러 일으킬 겁니다! 내가 당신을 위해 주문한 결혼 드레스가 도착할 때까지만 좀 참고 기다려요. 내가 그것 때문에 이라클리온에 그처럼 오래 머문 거예요. 나는 아테네에서 훌륭한 드레스 제작자 두 명을 불러다 놓고 말했어요. '내가 선택한 여인은 동양이나 서양에서 견줄 만한 사람이 없다. 그녀는 일찍이 4대 열강을 호령한 여왕이다. 이제 4대 열강이 죽어버렸으므로 과부가 되었는데 황송하게도 몸을 낮추어 나와 결혼하는 데 동의했다. 그래서 나는 모든 비단과 진주를 동원하여 도저히 비교가 되지 않는 그런 멋진 결혼 드레스를 그녀에게 만들어주고 싶다. 당신들은 치맛단에 이르기까지 장식용 황금 금속판을 매달고, 그녀의 오른쪽 가슴에는 태양을 그리고 왼쪽 가슴에는 달을 장식하도록 하라.' 그러니까 드레스 제작자들이 이렇게 비명을 질러댔어요. '그렇게 하면 사람들이 눈부셔서 그녀를 제대로 쳐다보지 못할 텐데요. 눈을 다칠 수도 있어요.' '그런 건 내가 신경 쓸 바가 아니야.' 내가 대답했어요. '나의 사랑하는 여인에게 모든 축복을 내려 주고 싶어!'"

마담 오르탕스는 벽에 기대어 그 말을 열심히 들었다. 축 늘어진 주름 살투성이 얼굴 위로 접혀진 살처럼 보이는 미소가 스쳐 지나갔다. 그녀가 목에 두른 장밋빛 리본은 너무 늘어져서 막 터져나갈 지경이었다. "난 당신의 귀에다 대고 뭔가 말하고 싶어요." 그녀가 나른한 눈빛으로 조르바를 쳐다보면서 중얼거렸다.

조르바가 내게 윙크하면서 몸을 앞으로 내밀었다.

"오늘 밤 당신을 위해 뭔가 가져왔어요." 미래의 신부는 자그마한 혀를 털이 숭숭 난 커다란 귀에다 내밀며 속삭였다. 그녀는 가슴에서 한쪽 구석이 접힌 자그마한 손수건을 꺼내어 조르바에게 내밀었다.

조르바는 두 손가락으로 그 자그마한 손수건을 집어서 오른쪽 무릎위에다 올려놓았다. 그는 집 밖의 해변 쪽으로 고개를 돌리더니 바다를 계속 응시했다.

"조르바, 그거 안 끌러 봐요?" 마담이 물었다. "조금도 서두르는 기색이 없네요."

"우선 커피를 먼저 마셔야지." 그가 대답했다. "그런 다음에는 담배를 피우고. 난 문제를 이미 풀었어. 이 안에 뭐가 들어 있는지 안다고."

"그 매듭을 풀어 봐요. 어서." 세이렌이 호소했다.

"담배를 먼저 피우겠다고 했잖아!" 그는 나를 비난하듯이 쳐다보았는데 이 모든 사태가 나 때문이라고 말하는 듯했다. 그는 천천히 담배를 피웠다. 콧구멍으로 연기를 뿜아내면서 계속하여 바다를 쳐다보았다. "내일은 뜨거운 남풍이 불어올 것 같은데요." 그가 말했다. "날씨가 변하고 있어요. 나무들은 굵어지고 여자애들은 유방이 봉긋하게 솟아오르겠지요. 전에 입던 블라우스는 더 이상 맞지 않을 거예요. 그것은 봄철에 벌어지는 장난질인데 다 악마가 만들어낸 것이지요." 그는 잠시 말이 없다가 다시 이어갔다. "이 세상의 좋은 것은 모두 악마가 만들어낸 것이에요. 봄철, 아름다운 여자, 와인. 이게 모두 사탄의 작품이라고요. 수도사, 단식, 세이지 차, 못생긴 여자, 이런 것들은 모두 신이 만들어낸 건데 지옥에나 가야 마땅해요!" 그는 이렇게 말하면서 불쌍한 마담 오르탕스에게 분노의 시선을 던졌다. 마담은 한쪽 구석에 쪼그리고 앉아 그의 말을 듣고 있었다.

"조르바, 조르바." 그녀는 계속 그에게 애원했다.

하지만 그는 또 다른 담배를 피워 물고 바다를 계속 응시했다. "봄철에는." 그는 말했다. "사탄이 왕이지요. 허리띠는 풀어지고, 여자들의 꽉 끼는 상의의 단추가 끌러지고, 늙은 여자들은 한숨을 쉬지요. 이봐 거기, 마담 부불리나, 당신 손 좀 치워!"

"조르바, 조르바." 마담은 계속 애원했다. 그녀는 허리를 숙여 그 자그마한 손수건을 집어 들더니 조르바의 손바닥에다 밀어 넣었다.

그는 담배를 내던지고 그 매듭진 손수건을 잡고서 매듭을 풀어서 그의 손바닥을 펴면서 내려다보았다.

"마담 부불리나, 이건 뭡니까?" 그가 혐오스럽다는 듯이 물었다.

"사랑하는 이여, 반지, 반지예요. 약혼반지." 나이 든 세이렌이 몸을 떨며 중얼거렸다. "여기에 쿰바로스가 있어요. 하느님 그를 축복하소서. 정말 좋은 밤이에요. 따뜻한 남풍이 불어오고. 하느님이 우리를 지켜보는가 봐요. 나의 조르바, 어서 약혼식을 올려요, 네?"

조르바는 나, 마담 오르탕스, 반지를 차례로 쳐다보았다. 그의 내부에서 많은 악마들이 꿈틀거렸고 현재까지 그 어떤 악마도 승리를 거두지 못했다. 그 불행한 여인은 겁먹은 표정으로 그를 계속 쳐다보았다.

"오 나의 조르바, 오 나의 조르바." 그녀가 계속 읊조렸다.

나는 이제 침대에서 우뚝 일어나 앉아 조르바가 여러 선택 가능한 노선들 중에서 어떤 것을 선택할지 지켜보았다.

갑자기 그는 머리를 흔들어댔다. 결정을 내린 것이었다. 그의 얼굴은 환해졌고 그는 양손을 잡으면서 펄쩍 일어섰다. "우리 저 별빛 아래로 나갑시다. 그래야 하느님이 우리를 볼 수 있을 거 아닙니까." 그가 소리쳤다. "들러리 양반, 반지를 챙겨요. 우리에게 종교적 찬가를 불러줄 수 있죠?"

"아니." 나는 말은 그렇게 했지만 이미 침대에서 내려와 마담이 일어서는 것을 도와주고 있었다.

"물론 불러줄 수 있어요. 내가 한때 신부 보좌를 했다는 걸 당신한테 깜빡 잊고 말해 주지 못했군요. 나는 신부를 따라 결혼식, 세례식, 장례식 등을 다녀봐서 각종 의식의 성가는 속속들이 알고 있어요. 자, 어서 와요, 나의 부불리나. 나의 오리. 어서 와요, 서유럽 전역을 누빈 순양함. 어서 움직여요. 나의 오른쪽에 서요." 조르바의 모든 악마들 중에서, 오늘 밤에는 장난스럽고 자상한 악마가 승리를 거두어 제일 먼저 나왔다. 조르바는 심란해하는 여가수를 불쌍하게 여겼다. 그녀의 흐리고 멍한 눈빛이 아주 고통스럽게 그에게 고정되는 것을 보고서 그의 가슴은 약해졌다. '빌어먹을.' 그가 결정을 내리면서 중얼거렸다. '나는 아직도 암컷에게 약간의 즐거움을 안겨줄 수 있어. 어서 해치우자고!' 그는 해변으로 달려가서 마담과 팔짱을 끼더니 내게 반지를 건네주고 바다를 쳐다보며 성가를 부르기 시작했다. "하느님, 이제 그리고 영원히, 언제나 찬미를 받으소서. 아멘!"

그는 내게 고개를 돌리고 말했다. "보스, 정신 똑바로 차리고 있어야 합니다."

"오늘 밤, 보스는 없어요." 내가 말했다. "나를 쿰바로스라고 불러줘
요."

"좋아요, 그럼 쿰바로스, 정신 똑바로 차리고 있어요. 내가 '빨리' 하
고 소리치면 당신은 우리에게 반지를 끼워주는 겁니다." 이렇게 말하고
서 그는 당나귀 울음같이 커다란 목소리로 성가를 계속 불렀다. "하느님
의 종 알렉시스와 하느님의 종 호르텐시아는 이제 서로 약혼을 했고 우
리의 구원을 위하여 우리는 주님에게 기도를 올리나이다!"

"주여 자비를 베푸소서! 주여 자비를 베푸소서!" 나는 웃음과 울음을
아주 힘들게 참으면서 중얼거렸다.

"다른 성가들도 있어요." 조르바가 말했다. "하지만 내가 가사를 다 기
억하는 성가만 하느님이 인정해 줘요. 자, 이제 본론으로 들어갑시다."
그 순간 조르바가 살짝 뛰면서 소리를 질러댔다. "빨리!" 그러면서 그의
커다란 손을 내밀었다. "사랑스러운 사람, 당신도 그 우아한 손을 내밀어
요." 그가 약혼녀에게 말했다.

그녀는 매주 빨래를 해서 망가진 두툼한 손을 떨면서 앞으로 내밀었
다. 나는 남녀의 손가락에 각각 반지를 끼워주었고 조르바는 수도사처럼
열정적인 목소리로 소리쳤다. "하느님의 종 알렉시스는 하느님의 종 호
르텐시아에게 약혼했습니다. 성부와 성자와 성령의 이름으로 아멘! 하
느님의 종 알렉시스는 하느님의 종 호르텐시아에게······"

"그걸로 식은 끝났어요! 그렇게 한없이 외울 필요 없어요. 자, 이리 와
요, 마담 조르바. 내가 당신에게 평생 첫 번째로 정직한 키스를 해드릴 테
니."

그러나 마담 오르탕스는 땅바닥에 쓰러졌다. 그녀는 조르바의 다리를

부여잡고 울었다. 조르바는 얼굴을 붉히면서 머리를 흔들어댔는데 동정심 가득한 자세였다.

'여자들! 불쌍하고, 불행한 영혼들!' 그가 중얼거렸다.

마담 오르탕스는 일어서서 치마를 털어내고 양팔을 활짝 벌렸다.

"이봐요!" 조르바가 소리쳤다. "오늘은 부활절 주간이고, 사순절에다, 대(大) 화요일이에요. 포옹은 안 돼요!"

"조르바, 내 사랑." 그녀가 희미한 목소리로 칭얼거렸다.

"부활절이 올 때까지 좀 기다려요. 그때 함께 고기를 먹고 부활절 달걀을 만듭시다. 지금은 당신이 집에 돌아갈 시간이에요. 우리가 이렇게 밖에서 늦게까지 있는 걸 보면 사람들이 뭐라고 하겠습니까?"

부불리나는 그를 애원하듯이 쳐다보았다.

"안 돼, 안 돼!" 조르바가 말했다. "부활절. 우리와 함께 와요, 쿰바로스."

그는 고개를 숙여 내 귀에다 대고 말했다.

"제발 우리 둘만 남겨두고 가지 말아요. 오늘 밤 나는 도무지 흥이 나질 않아요."

우리는 마을로 가는 길로 들어섰다. 하늘은 반짝거렸고, 바다는 향기로웠으며 밤새들은 한숨을 내쉬었다. 늙은 세이렌은 조르바의 팔에 매달려 황홀과 우울을 동시에 느끼며 거의 끌려가고 있었다. 오늘 밤 그녀는 평생 동경해 오던 항구에 도달했다. 그 불쌍한 영혼은 순수한 여성들을 조롱하면서 노래 부르고, 파티하고, 남자들과 어울리면서 평생을 보내왔다. 그러나 그녀의 가슴은 불타고 있었다. 짙은 화장을 하고 화려한 가운을 입고 알렉산드리아, 베이루트, 이스탄불의 거리를 지나갈 때 아이에게 젖을 물리고 있는 가난한 여자들을 보면, 불쌍하고 불행한 마담 오르탕스의 유방은 따끔거렸다. 유방이 부풀어 올랐고 젖꼭지는 발딱 일어서면서 나름대로 유아의 입술을 찾았다. 그녀는 한숨을 내쉬면서 그녀의 마음과 양심에서 울려오는 평생의 메시지를 들었다. '남편을 찾아서 아이를 낳도록 하라.' 그러나 그녀는 그 고통을 그 어떤 사람에게도 털어놓지 않았다. 이제 하느님 덕분에, 다소 늦기는 했고(그렇지만 여전히 받아들일 수 있는) 또 바다에서 여러 번 난파하여 낡고 지친 배가 되어 있기는 했지만, 그녀는 오랫동안 소망한 항구로 들어서고 있는 것이다.

그녀는 가끔 눈을 쳐들어 그녀 옆에 우뚝 서 있는 저 볼품없는 껑충한 남자를 은밀히 쳐다보았다. '그는 황금 술 달린 페즈 모자를 쓴 부유한 파샤는 아니야.' 그녀는 생각했다. '그는 잘생긴 베이의 아들도 아니야. 그래도 괜찮아. 하느님 찬미 받으소서! 그는 합법적인 정식 결혼에 의해 내 남편이 되었어. 내 남편! 하느님 찬미 받으소서!'

조르바가 그녀가 자신을 짓누르고 있는 것을 느꼈다. 그는 빨리 마을에 도착하여 그녀로부터 벗어나기 위해 빠르게 걸어갔다. 그 불쌍한 것은 조약돌 위를 비틀거리며 걸어갔다. 발톱이 거의 빠질 지경이었고 티눈이 아파왔지만 그녀는 아무 말도 하지 않았다. 무슨 말을 할 것이며 무슨 불평을 할 것인가? 모든 것이 평화로우니, 하느님 찬미 받으소서!

우리는 유지 딸의 무화과나무와 과부의 과수원을 지나갔다. 마을 초입의 집들이 눈에 들어왔다. 우리는 걸음을 멈추었다.

"잘 가요, 내 사랑." 행복한 여가수가 약혼남의 입술에 도달하기 위해 발끝으로 일어섰다.

그러나 조르바는 허리를 숙이지 않았다.

"내 사랑, 내가 무릎을 꿇고 당신의 발에 키스할까요?" 여자가 땅에 쓰러질 태세를 취하며 말했다.

"아니, 아니!" 조르바가 격정적으로 말했다. 그는 그녀를 가슴에 끌어안았다. "내 사랑, 당신 발에 쓰러져야 할 사람은 나요. 하지만 지금은 안 돼요. 잘 가요."

우리는 헤어졌다. 조르바와 나는 향기로운 밤공기를 들이마시며 아무 말 없이 해변의 오두막으로 돌아왔다. 갑자기 조르바가 고개를 돌리며 나를 쳐다보았다.

"보스, 우리는 어떻게 해야 합니까?" 그가 물었다. "웃어야 합니까, 울어야 합니까? 말 좀 해보소."

나는 대답하지 않았다. 나 또한 목에 뜨뜻한 것이 걸렸는데 그게 흐느낌 때문인지 과도한 즐거움 때문인지 알 수가 없었다.

갑자기 조르바가 내게 물었다. "지상의 여자는 단 한 명도 불만인 채로 내버려두지 않았다고 하는 고대의 저 바람둥이 신 있죠? 그의 이름이 무엇입니까? 나는 그 신에 대해서 좀 들은 게 있어요. 그도 머리카락을 염색하고, 양팔에 심장과 인어를 문신하고, 각 여자의 식욕(이렇게 말하는 것을 양해해 주세요)에 따라 황소, 백조, 숫양, 당나귀 등으로 변신하고서 나타난 그 신 말입니다. 제발 내게 그 신의 이름을 말해 주세요."

"당신은 제우스를 말하는 것 같군요. 어떻게 그를 기억하게 되었습니까?"

"하느님 그의 영혼을 축복하소서!" 조르바가 양팔을 하늘로 쳐들면서 말했다. "보스, 내 말을 들어보세요. 난 그에 대해서 뭔가를 압니다. 그는 고통을 많이 받았고 온갖 종류의 고민을 했고 그리고 아주 위대한 순교자였습니다. 당신은 책이 말해 주는 것에 귀 기울입니다. 하지만 누가 그 책을 썼는지 명심해야 합니다. 그건 교사들이었어요. 쳇, 교사들 따위는 지옥에나 가라죠. 교사들이 도대체 바람둥이나 여자들에 대해서 뭘 압니까?"

"조르바, 당신이 이 세상의 모든 신비를 우리에게 설명해 주는 책을 한번 쓰면 어때요?"

"지금까지 왜 안 썼냐고요? 당신이 말한 그 신비를 온몸으로 살아내다 보니 책 같은 건 쓸 시간이 없었어요. 어떤 때는 그 신비가 일반적인 사람들이고, 어떤 때는 여자들, 어떤 때는 와인, 어떤 때는 산투르, 뭐 이런 식으로 해서 저 헛소리하는 숙녀인 펜대를 잡을 시간이 없었어요. 그래서 세상은 펜대 굴리는 자들의 손에 떨어졌지요. 신비를 살아내는 사람은 시간이 없고, 시간이 충분한 사람은 신비를 살아내지 못해요. 이해하시겠습니까?"

"제우스는 어떻게 되었지요? 화제를 바꾸지 말아요."

"아, 그 불쌍한 친구!" 조르바가 한숨을 내쉬며 말했다. "그가 얼마나 고통을 받는지 아는 사람은 나뿐이에요. 그가 여자들을 사랑한 건 사실이에요. 하지만 당신네 펜대 굴리는 자들이 생각하는 그런 방식으로 사랑한 건 아니에요. 그건 전혀 아니라고요! 그는 여자들을 불쌍하게 생각하고 그 여자들 하나하나의 동경을 잘 이해하고 그래서 그들을 위해 희생을 한 겁니다. 그는 지방 오지의 근심하는 노처녀나 남편이 출타 중이어서 잠들지 못하는 구미가 당기는 귀여운 아내—설사 그녀가 구미가 당기는 여자가 아니라 빌어먹을 귀신같이 생겼더라도 상관없어요—가 있으면 그는 너무 안타까워 성호를 그을 겁니다. 그는 그 여자들을 너무 배려하는 나머지 옷을 갈아입고 여자들이 머릿속에서 그리는 남자의 모습을 하고서 그 여자의 방에 들어갑니다. 정말이지, 그는 사랑 놀음을 별로 즐기지 않아요. 그는 종종 아주 피곤해하는데 다 이유가 있어요. 어떻게 그 불쌍한 친구 혼자서 그 많은 여자들을 다 감당할 수 있겠습니까! 그는 종종 내키지 않고 따분하고 몸 상태가 안 좋습니다. 보스, 혹시 여러 마리의 암염소를 상대하고 난 후의 숫염소를 본 적이 있습니까? 그놈은 침을 질질 흘리고, 눈빛은 흐려져서 눈에서 진물이 나오고 기침을 하면서 찢어지는 소리를 내고 네 발로 서 있을 만한 힘도 없습니다. 불쌍한 제우스가 때때로 그런 상태라니까요. 그는 새벽녘에 집에 돌아와 이렇게 불평합니다. '젠장, 언제 편안히 침대에 누워서 잠을 좀 자볼 수 있을까? 이거 두 발로 서 있을 힘조차 없는걸.' 그는 입가에 흐르는 침을 닦아내기 바빠요. 그러다가 느닷없이 그는 여자의 한숨 소리를 듣습니다. 저기 지상에서 어떤 여자들이 이불을 박차고 일어나 베란다로 나와서 신음을 하고 있는 겁니다. 갑자기 제우스의 가슴은 부드럽게 녹아내립니다. '좋아, 다시 지상에 내려갔다 오자.' 그는 혼자 중얼거립니다. '힘들지만 지상에 다시 한 번 다녀오자. 여자가 한숨을 쉬고 있네. 내려가서 위로해 주어야지.' 그래서 그런 여자들 때문에 그는 녹초가 되어버립니다. 허리는 아프고 완전 죽을 지경인 거예요. 그는 거듭하여 구토를 하고, 전신 마비가 되더니 버킷을 걷어차 버렸어요. 이어 그의 후계자인 그리스도가 등장했습니다. 전임자 신의 곤경을 너무나 잘 알기 때문에 그는 선언했습니다. '여자들과는 거래를 하지 말자.'"(『요한복음』 20장 17절에서 그리스도는 막달라 마리아에게 "나를 만지지 말라."고 말했다.—옮긴이)

나는 조르바의 말을 들으면서 그 신선한 상상력에 감탄하면서 커다란 웃음을 터뜨렸다.

"웃어요? 보스. 좋아요. 웃으세요. 하지만 신-악마가 우리의 사업이 성공하도록 허락한다면(그럴 가능성은 별로 없지만 아무튼……), 내가 어떤 가게를 차리리라고 생각하세요? 나는 결혼 중매소를 차릴 겁니다! 가게 이름도 생각해 두었어요. 제우스 결혼 중매소. 남편을 만나지 못한 불쌍하고 불행한 여자들이 찾아오겠지요. 또 못생긴 얼굴, 안짱다리, 사팔눈,

절름발이, 꼽추 등 노처녀들도 찾아올 거예요. 나는 그런 여자들을 응접실에서 맞이합니다. 그 방의 사방 벽에는 잘생긴 젊은 남자들의 사진이 아주 많이 걸려 있어요. 나는 여자들에게 말합니다. '사랑스러운 숙녀여, 이 중에서 마음에 드는 남자를 고르세요. 그를 당신의 남편으로 맞이할 수 있게 조치해 드리겠습니다.' 그런 다음 나는 그 사진 속 남자와 비슷하게 생긴 남자를 찾아내어 그와 비슷한 옷을 입히고서 돈을 주면서 부탁하는 겁니다. '이런이런 거리의, 이런이런 집주소로 가서 이런이런 여자를 찾아내어 그녀에게 구혼을 하라. 이걸 싫다고 하지 마라. 보수는 충분히 주겠다. 그 여자와 동침하고 남자가 여자에게 하는 온갖 아름다운 말들을 다 해주라. 그 불쌍한 여자가 평생 들어보지 못한 그런 말들을. 그녀를 자네의 아내로 삼겠다고 맹세하라. 그 불행한 여자에게 약간의 행복을 선사하라. 그건 암염소, 거북, 지네 따위도 맛보는 행복 아닌가.' 그런데 내가 아무리 돈을 많이 주겠다고 해도 여기 이곳의 마담 부불리나처럼 뚱뚱한 늙은 말에게 위로를 주려고 나서는 남자가 없는 경우가 발생합니다. 그러면 나는 성호를 긋고서 중매소 소장 자격으로 내가 직접 그 여자를 맡아 줍니다. 그러면 온갖 멍청이들은 이렇게 말할 겁니다. '이봐요, 영감, 당신은 척 보면 아는 눈도 없고, 냄새 맡는 코도 없소?' 나는 이렇게 대답합니다. '이 멍청이들아, 머리에 바람만 들어 있는 자들아. 내가 왜 눈이 없고 코가 없어? 나는 그것 이외에도 가슴을 갖고 있어서 남들을 신경 쓴단 말이야. 사람의 가슴이 따뜻하게 돌아가면 코와 눈은 별로 중요하지 않아. 그런 것들은 산책이나 가라고 해.' 나 또한 과도한 선행으로 전신마비가 되어 버킷을 걷어차게 되면, 문지기 베드로가 천국의 문을 내게 열어주며 말할 겁니다. '어서 들어와, 사랑을 베푸는 조르바, 어서 들어오라고, 위대한 순교자. 자네의 동료 제우스 옆에 가서

358

누워 휴식을 좀 취하라고. 이 축복받은 사람. 자네는 평생 동안 많은 고통을 당했네.'"

조르바는 말을 하는 동안 그의 분방한 상상력은 함정을 만들어내고 마침내 그는 그 함정 속으로 빠져버렸다. 그는 차츰차츰 자신이 지어낸 동화를 믿게 되었다. 그날 밤 유지 딸의 무화과나무를 지나가던 순간에, 조르바는 한숨을 내쉬면서 마치 맹세를 하듯이 양팔을 하늘로 쳐들었다. '사랑하는 부불리나, 걱정하지 마. 늙고 병든 오래된 폐선(廢船)이여! 걱정하지 말라고. 내 당신을 충분히 위로해 줄 터이니. 절대 그냥 내버려두지 않을 거야. 4대 열강도 떠나가고 젊음도 떠나갔지만 나 조르바는 당신 곁을 떠나지 않을 거야!'

우리는 자정이 지나서 해변의 오두막으로 돌아왔다. 미풍이 불어왔다. 나무를 자라게 하고, 포도원을 가멸게 하고, 크레타 처녀들의 가슴을 부풀리는, 아프리카 해안에서 불어오는 따뜻한 남풍이었다. 바다 위에 편히 잠자듯 떠 있는 온 섬은 꽃망울을 부풀리는 미풍의 숨결을 환영하면서 소름이 돋아났다. 그날 밤 제우스, 조르바, 관능적인 남풍이 내 안에서 하나로 합쳐져서 검은 턱수염을 기른 덩치 큰 남자의 모습으로 변신했다. 반들거리는 검은 머리카락과 피처럼 붉고 정열적인 입술을 가진 그 남자는 허리를 숙이면서 대지(大地)인 마담 오르탕스에게 입을 맞추었다.

20

우리는 침대에 누웠다. 조르바는 만족스러운 듯이 양손을 비벼댔다. "보스, 오늘 하루는 아주 좋은 날이었습니다." 그가 말했다. "당신은 '좋은'이 무슨 뜻이냐고 하겠지요. 그건 '가득 찬'의 뜻입니다. 생각해 보세요. 오늘 오전에는 수도원의 외딴 곳에 있었고 수도원장을 상대로 요구 조건을 관철시켰고 지금쯤 그자가 당했다고 우리를 욕한들 뭐 끝난 얘기고요. 그리고 여기 우리의 아지트로 돌아와서는 부불리나 숙녀를 만나서 약혼을 했고요. 여기 일급의 황금으로 만든 약혼반지가 있습니다. 그 여자는 지난 세기말에 영국 제독으로부터 받은 잉글리시 파운드 금화 두 닢을 간직하고 있었던 것 같아요. 장례식 비용으로 쓰려고. 그런데 그걸 보석상에게 주어서 반지 두 개로 둔갑시켰어요. 참으로 사람들은 신비하다니까요!"

"조르바, 어서 자요." 내가 말했다. "그 정도면 잘 알아들었어요. 진정해요. 내일은 공식 행사가 있잖아요. 공중 삭도의 첫 번째 기둥을 박아 넣을 예정이고. 나는 스테파노스 신부에게 전갈을 보내 좀 와달라고 했어요."

"보스, 잘 하셨습니다. 아주 좋아요! 거룩한 체하는 염소수염 신부 스테프도 오고, 마을 유지들도 오고 또 우리도 가서 그들을 위해 양초를 봉헌할 테니까. 그게 큰 화제를 불러일으키고 그래서 우리의 사업을 단단한 반석 위에 올려놓겠지요. 나를 쳐다보지 마세요. 나는 나만의 신과 나만의 악마를 가지고 있어요. 반면에 보통 사람은—"

그는 웃음을 터트렸다. 그는 잠잘 수가 없었다. 그의 마음은 활활 타오르는 높은 불길이었다. "할아버지, 안녕하슈." 그는 잠시 뒤 그의 할아버지를 생각하며 말했다. "하느님께서 할아버지의 유해를 성스럽게 해주시기를! 그는 바람둥이였고 그 스스로 법이었지요. 꼭 나처럼. 그런데 이 위선적인 악당이 그리스도의 성묘(聖墓, Holy Sepulcher)를 다녀와서 소위 성지 순례자가 되었어요. 거긴 왜 갔는지 아무도 모르지요. 그가 마을로 돌아오자, 염소를 훔치는 사기꾼이자 하릴없이 빈둥거리며 노는 친구 한 사람이 그에게 말했어요. '이봐, 형제, 자네는 성묘를 여행했다는데 내게 성(聖)십자가[True Cross: 성가(聖架). 그리스도의 십자가. 예수 그리스도가 못 박혀 죽은 십자가를 지칭.—옮긴이] 한 조각을 왜 가지고 오지 않았나?' '형제, 내가 안 가져왔다고?' 아주 영악한 나의 할아버지가 말했어요. '내가 어떻게 자네를 잊어버릴 수 있겠나? 오늘 밤 우리 집으로 오게. 올 때 성수식(聖水式)을 거행할 사제도 함께 데리고 오게. 그러면 그 나무 조각을 자네에게 건네주겠네. 그리고 이 성스러운 행사를 위해 구운 새끼 돼지 고기와 와인도 좀 가져오게.' 할아버지는 그날 밤 집으로 돌아가서 벌레 먹은 문짝에서 쌀 한 톨 크기의 자그마한 나무 조각을 베어내어 솜으로 잘 싸서 그 위에다 올리브기름을 한 방울 떨어트리고는 기다렸어요.

잠시 뒤, 저길 보라! 그 친구가 사제를 모시고 새끼 돼지를 가지고 나타났어요. 사제복을 차려입은 사제는 성수식을 거행했어요. 성십자가 나무 조각은 정히 친구에게 건네졌어요. 이어 세 사람은 돼지고기에 달려들었어요. 보스, 그런데 이 얘기를 믿으시겠어요? 그 친구는 성십자가에게 절을 올렸고 그 조각을 목에 매달더니 그때 이후 사람이 달라졌어요. 아니, 확 변했어요! 그는 산속으로 들어가 오토만 제국에 저항하는 크리스천 반도(叛徒) 겸 산적이 되었어요. 터키의 마을들을 불 지르고 총알이 비 오듯 쏟아지는 곳을 아무 겁도 없이 마구 돌아다녔어요. 그는 도무지 겁이 없었어요. 왜 안 그렇겠어요? 그는 목에 성십자가를 걸고 있었으니까. 총알이 감히 그를 건드리지 못한다고 생각한 거지요."

조르바는 껄껄 너털웃음을 터트렸다. "생각이 모든 것입니다."라고 그는 말했다. "일단 그렇게 생각하면, 낡은 문에서 나온 나무 조각이 곧 성십자가의 한 조각이 되는 겁니다. 그렇지 않다고 생각하면 온전한 성십자가도 낡은 문틀이 되고 맙니다."

조르바의 영혼은 그 어디를 건드려도 불꽃들이 터져 나왔다.

"조르바, 전쟁에 참가한 적이 있습니까?"

"뭐라고요?" 그가 얼굴을 찌푸리며 말했다. "기억이 나지 않아요. 어떤 전쟁 말입니까?"

"내가 말하고 싶은 건, 조국을 위해 싸워 본 적이 있냐는 겁니다."

"내가 말하고 싶은 건, 화제를 바꾸는 게 어떻겠냐는 겁니다. 그런 건 오래전에 잊어버린 바보 같은 짓들입니다."

"조르바, 그게 바보 같은 짓들이라고요? 부끄럽지도 않아요? 그게 당신의 조국에 대해서 할 말입니까?"

조르바는 목을 쭉 내밀고 나를 응시했다. 나도 그와 마찬가지로 침대에 누워 있었고 등유 램프는 내 위에서 빛나고 있었다. 그는 나를 오랫동안 노려보았다. 이어 콧수염을 잡아당기더니 선언하듯 말했다. "그건 요리되지 않은 날것에 불과해요. 그런 날고기는 학교 선생한테나 어울리지요. 그런 마음을 가진 자에게만 통하는 고기예요. 보스, 나를 양해해 주세요. 내가 당신에게 무슨 말을 해도 그건 알아듣지 못하는 헛소리가 될 겁니다."

"왜요?" 내가 반발했다. "조르바, 나는 알아들을 수 있어요. 맹세하지만 내가 당신 말을 이해할 능력이 있다고 생각합니다."

"그래요. 당신은 이해하지요. 오로지 당신의 머리만으로. 당신은 진짜와 가짜, 이 방식과 저 방식, 옳음과 그름, 이렇게 구분을 합니다. 그런데 그 결과가 무엇입니까? 나는 당신이 말을 하는 동안 당신의 팔, 발, 가슴을 봅니다. 그런 것들은 피가 통하지 않는 기관처럼 가만히 있으면서 아무런 발언도 하지 않아요. 그래요, 당신은 이해를 하지요, 하지만 뭘 가지고? 오로지 머리만 가지고 하는 겁니다. 쳇!"

"이봐요, 조르바, 그런 식으로 문제를 비켜 가려고 하지 말아요. 나는 당신에게 도전하기 위해 그런 질문을 했어요. 물론 당신 같은 악당이 조국에 대해서 깊이 생각하리라 보지는 않았지만."

조르바는 화를 내며 주먹으로 벽을 쳤고 그러자 등유 깡통이 덜거덕거렸다. "감히 그런 말을 내게 하지 마십시오!" 그가 소리쳤다. "당신 앞에 있는 이 사람은 한때 내 머리카락으로 하기아 소피아(Hagia Sophia: 지혜의 대성당. 본래는 세계 최대의 기독교 교회였으나 15세기 중반 모스크로, 1935년 다시 박물관으로 탈바꿈한 건물로 오늘날에도 기독교와 이슬람교 모두 성소로 받들어지고 있다.─옮긴이) 형상을 만들어서 그것을 내 목에 부적처럼 걸고 다녔습니다. 그래요, 그 형상을 내 두 손으로 내 머리카락을 엮어서 만들었습니다. 내 머리카락은 당시 칠흑처럼 검었지요. 당신 앞에 있는 이 사람은 유격대장 파블로스 멜라스를 따라서 마케도니아의 험준한 암석 지대를 돌아다녔습니다. 나는 튼튼했고 머리끝에서 발끝까지 들짐승이 었으며 애국심을 표방하는 은 목걸이를 가슴에 매달고, 휘어진 단도, 정 강이받이, 부적, 체인, 탄약 혁대, 권총 등을 휴대하고 돌아다녔습니다. 나는 온몸이 쇳덩어리, 은, 구두 징 등으로 덮여 있어서 내가 걸을 때마다 나는 요란한 덜거덕 소리는 마치 기병 연대가 지나가는 것 같았습니다. 여기, 여기, 여길 좀 보세요!" 그는 셔츠를 풀고 바지를 내렸다. "여기에 등유 램프를 좀 가져와요." 그가 명령했다.

나는 램프를 들고 가까이 다가가서 수척하고 위축된 그의 몸을 비추었다. 깊은 상처들과 총알구멍이 많았다. 그의 온몸은 체처럼 숭숭 뚫려 있었다.

"자, 여기를 보세요!" 그는 침대 위에서 허리를 숙이면서 내게 등을 보여주었다. "등에는 상처가 하나도 없지요?(싸움터에서 결코 도망치지 않았 다는 뜻.—옮긴이) 이해하시겠어요? 자 이제 램프를 내려놓으세요." 그는 바지와 셔츠를 입고서 매트리스에 앉았다. "바보 같은 짓이었어요!" 그 가 화를 내며 소리쳤다. "수치스러운 일이에요! 젠장, 우리 인간은 언제 인간이 될 겁니까? 우리는 바지에 와이셔츠를 입고 모자를 쓰고 있지만 여전히 노새, 늑대, 여우, 돼지에 지나지 않아요. 우리는 신의 얼굴을 가 진 것으로 되어 있어요. 누가, 우리가? 나는 우리의 지저분한 상통에 침 을 뱉습니다!"

끔찍한 기억들이 조르바의 머릿속에 떠오르기 시작했다. 그는 점점 더 흥분했고 알아들을 수 없는 말들이 흔들거리고 충치 먹은 그의 이빨 들 사이로 흘러나왔다. 이어 그는 침대에서 일어서더니 물 주전자를 집어 들고 벌컥벌컥 물을 마시더니 좀 진정이 되어 제정신을 차렸다.

"누군가가 내 몸 어딘가를 건드리면." 그가 말했다. "나는 신음 소리를 내지릅니다. 내 몸은 상처로 가득해요. 왜 당신은 거기 앉아서 내게 여자들 얘기만 계속하는 겁니까? 내가 진짜 사나이라는 것을 발견했을 때 나는 여자들 따위는 쳐다볼 생각조차 하지 않았어요. 설사 고개를 돌렸다 해도 잠시 건드렸다가 수탉처럼 펄쩍 일어나 다른 곳으로 가버렸어요. '이 지저분한 족제비들.' 나는 혼자 중얼거렸어요. '이 지저분한 사제의 마누라들은 내 힘을 다 빨아버리고 말아. 쳇! 저런 년들은 다 지옥에나 가야 돼!' 그래서 나는 소총을 집어 들고 마케도니아 혁명 조직의 파르티잔 부대에 합류했어요. 어느 날 해거름에 나는 불가리아의 한 마을에 잠입하여 축사에 숨어 있었어요. 그 집은 사납고 피에 굶주린 파르티잔인 불가리아 신부의 집이었어요. 밤이 되면 그는 카속을 벗어버리고 목동의 옷을 입고 무장을 한 채 그리스인 마을들로 갔어요. 그는 다음 날 새벽에 온몸에 진흙과 피투성이인 채로 돌아와 미사를 집전하러 갔지요. 그는 최근에는 침대에서 잠이 든 그리스인 교사를 살해했어요. 그래서 나는 그 신부의 마구간에 잠입하여 두 마리 황소 뒤의 똥 더미에 얼굴을 대고 엎드려 있었어요. 그리고 밤이 되자 그 신부는 소들에게 사료를 주기 위해 축사로 왔어요. 나는 그에게 달려들어 양을 해치우듯 그를 죽이고 두 귀를 잘라서 그곳에서 나왔어요. 당시 나는 불가리아인들의 귀를 수집하고 있었어요. 그 신부의 두 귀를 호주머니에 집어넣고 내뺀 거지요. 며칠 뒤 나는 장돌뱅이 행색을 하고서 정오 무렵에 같은 마을에 다시 들어갔어요. 내 총들은 산속에다 놔두고 빵, 소금, 용감한 파르티잔 소년들을 위한 장식 술 달린 신발 등을 사기 위해 마을에 들어간 거예요. 그런데 어떤 집의 바깥에서 맨발의 다섯 어린아이들이 구걸을 하고 있었어요. 모두 검은 옷을 입고 나란히 손을 잡고서. 어린 딸애 셋과 남자애 둘이었는데 가장 나이 든 애가 열 살 정도이고 맨 밑에는 아직 유아여서 맏딸이 양팔에 안고 어르면서 키스하고 주물러 주고 있었어요. 애가 울지 말라고 말이에요. 나는 왜 그랬는지 모르지만—아마도 신의 인도였을 거예요—그애들에게 다가가게 되었어요. '얘들아, 너희는 누구 애들이니?' 내가 불가리아어로 그들에게 물었어요. 가장 나이 든 남자애가 자그마한 머리를 쳐들었어요. '신부의 아이들이에요.' 그가 대답했어요. '아버지는 며칠 전 축사에서 살해되었어요.' 내 눈은 흐릿해져서 앞이 잘 안 보였고 땅이 맷돌처럼 빙빙 돌아가는 듯했어요. 내가 간신히 벽에 기대서자 땅이 뱅뱅 도는 것을 멈췄어요. '얘들아, 가까이 오너라.' 내가 말했어요. '가까이 와.' 나는 허리띠에서 지갑을 꺼냈어요. 거기엔 터키 파운드화와 은화가 가득 들어 있었어요. 나는 무릎을 꿇으면서 지갑 안에 있는 것을 모두 땅에다 털어놓았어요. '이걸 가져가라.' 나는 소리쳤어. '이걸 가져. 모두 가지라고.' 아이들은 거기에 달려들어 그 작은 손으로 동전과 파운드화를 움켜쥐었어요. '그건 전부 너희들 거야!' 내가 소리쳤어요. '가져.' 나는 사들인 물건들로 가득한 바구니도 그 아이들에게 주었어요. '이 모든 게 너희들 거야. 자, 다 가져!' 나는 그 직후 그곳에서 달려 나와 마을을 떠났고 셔츠를 열어서 목에 달고 다니던 하기아 소피아 부적을 둘로 베어서 내던져 버렸어요. 그리고 달리고 또 달렸어요…… 그리고 나는 지금도 달리고 있어요!"

조르바는 벽에 기댄 채 고개를 돌려 나를 쳐다보았다.

"나는 그런 식으로 구제가 되었어요." 그가 말했다.

"당신의 조국으로부터 구제되었다는 건가요?"

"그래요. 나의 조국으로부터." 조르바가 차분하면서도 단호한 목소리로 말했다. 잠시 뒤 그가 부연했다. "나의 조국으로부터 구제되고, 사제들로부터 구제되고, 돈으로부터 구제되었어요. 이제 더 이상 구분하지 않기로 했어요. 사물을 이렇게 저렇게 구분하는 것은 끝장났어요. 나는 단순화하기 시작했어요. 그것을 당신에게 어떻게 설명할 수 있을까요? 나는 나 자신을 해방시켜 비로소 인간이 되었어요."

조르바의 두 눈은 반짝거렸다. 그의 널따란 입은 즐거워하며 벌어지더니 웃음을 토해 냈다. 잠시 넘쳐흐르는 감정을 주체하지 못하던 그는 다시 힘을 내어 말했다. "과거에 나는 이렇게 구분하여 말했어요. '저건 터키인 혹은 불가리아인이야. 이건 그리스인이야.' 보스, 나는 조국을 위해서 많은 일들을 했는데 그것들은 당신의 머리카락을 주뼛 서게 할 겁니다. 나는 사람을 죽였고, 강탈을 했고, 마을을 불 질렀고, 여자들을 강간했고, 남의 집을 박살냈습니다. 왜? 그들을 불가리아인 혹은 터키인으로 구분했기 때문입니다. '이 돼지 같은 놈, 넌 지옥에나 가야 해!' 나는 종종 나 자신에게 말했습니다. 그리고 나 자신을 향해 '엿 먹어라.'면서 손 감자를 먹었습니다. 그러다가 나는 정말 중요한 것을 깨달은 겁니다. 그래서 사람들을 보면 이렇게 말했습니다. '이 사람은 좋은 사람, 저 사람은 나쁜 사람. 그가 불가리아인인지 그리스인인지는 중요하지 않아. 내가 보기에 그들은 똑같아. 이제 내가 물어보는 유일한 건 그가 좋은지 혹은 나쁜지 하는 것뿐이야. 그런데 나이가 더 들어가면서 먹은 짬밥이 있어서 그런지 그것조차도 물어보지 않게 되었어요. 그들이 좋든 나쁘든 무슨 상관이야? 나는 그들 모두를 연민하게 되었습니다. 그래서 내가 어떤 사람을 보면 설사 겉으로는 신경 안 쓰는 척해도 내 오장육부는 마구 갈라져요. 나는 이렇게 말하는 겁니다. 이 불쌍한 친구는 먹고, 마시고, 사랑하고, 두려워하고 그 나름의 신과 악마를 가지고 있지. 그렇지만 이 친구 또한 버킷을 걷어차고 완전히 뻗어서 땅속에 묻혀 벌레의 밥이 되겠지. 불쌍하고 비참한 친구! 우리 모두는 한 형제야. 벌레의 밥이라고! 그리고 상대가 여자라면 정말이지 눈물이 납니다. 나리는 내가 여자를 너무 좋아한다고 가끔 놀리지요. 근데 말이에요, 내가 어떻게 그들을 사랑하지 않을 수 있겠습니까? 그들은 아주 허약한 존재예요. 그들 자신에게 무슨 일이 벌어지고 있는지 전혀 알지 못해요. 만약 여자들의 유방을 가만히 움켜쥐면 그들은 즉시 집 안의 문을 열고서 그들의 몸을 바쳐 버려요. 한번은 내가 불가리아 마을에 들어갔을 때 일이에요. 그 마을의 유지란 자는 한심한 그리스 놈이었는데 나를 밀고해 버렸어요. 그래서 그들은 내가 묵고 있던 숙소를 완전 포위했어요. 나는 발코니로 재빨리 달려 나가서 타일 지붕으로 올라가 이 집 지붕에서 저 집 지붕으로 뛰어넘으며 도망쳤어요. 밤중이었고 달이 떠 있었어요. 이어 나는 평평한 지붕들을 계속 건너뛰면서 고양이처럼 달아났어요. 하지만 그들이 내 그림자를 발견했고 지붕으로 기어 올라와 나에게 총을 쏘아대기 시작했어요. 그러니 내가 어떻게 해야 되겠어요? 나는 어느 집 마당으로 살며시 기어 내려왔어요. 때는 여름이어서 그 마당에서 한 불가리아 여자가 잠자고 있었어요. 그녀는 잠옷을 입고 있었는데 나를 보더니 펄쩍 놀라면서 입을 벌리고 비명을 내지르려 했어요. 하지만 내가 손을 내뻗어 '쉿, 조용히 해!' 하면서 그 여자의 유방을 움켜쥐었어요. 그 여자는 얼굴이 창백해지더니 허리를 숙이며 내게 속삭였어요. '사람들이 보지 못하게 안으로 들어가요.' 나는 안으로 들어갔어요. '당신은 그리스인인가요?' 그녀가 물었어요. '그래요, 그리스인이오. 나를 고발하지 마시오.' 나는 그녀의 허리를 부여잡았어요. 그녀는 아무 말도 하지 않았어요. 나는 그녀와 동침했고 내 가슴은 기쁨으로 펄떡펄떡 뛰었어요. '이봐, 조르바, 이

걸 한번 보라고.' 내가 자신에게 중얼거렸어요. '이게 여자의 의미이고, 인간의 의미야! 그 여자가 불가리아어를 말해, 그리스어를 말해, 무슨 언어를 말해? 이 바보야, 무슨 언어를 말하든 다 마찬가지야. 그 여자는 인간이야. 하나의 인간일 뿐이라고. 사람을 죽이다니, 넌 부끄럽지도 않아? 난 네놈의 상판에 침을 뱉겠어!' 나는 그녀와 함께 있는 동안 계속 그런 말을 했습니다. 그녀의 따뜻한 체온 속에서 말입니다. 하지만 우리의 조국, 저 지랄 같은 암캐가 나를 조용히 놔두겠어요? 그 다음 날 아침에 나는 불가리아 남자의 복장을 하고서 그 집에서 빠져나왔습니다. 그 불가리아 과부는 옷장에서 죽은 남편의 옷을 꺼내 내게 주었던 겁니다. 그녀는 내 무릎에 키스를 하면서 다시 돌아와 달라고 애원했습니다. 그래요, 나는 그 다음 날 밤에 그 마을로 돌아갔지요. 애국자가 되어서 말입니다. 등유 깡통을 든 사나운 짐승이 되어서 돌아갔고 그 마을을 불태워버렸습니다. 그 불쌍한 여자도 아마 타죽었을 겁니다. 그 여자의 이름은 루드밀라였어요."

조르바는 한숨을 쉬더니 담배 불을 붙이고서 두 번 빨아들인 후 담배를 내던졌다. "당신은 '나의 조국' 하면서 계속 내게 말합니다. 당신은 내 말을 들어야지, 그 종이 쪼가리가 지껄여대는 헛소리는 들을 필요가 없어요. 국가들이 존재하는 한, 인간은 짐승, 그것도 아주 사나운 짐승이 되어버릴 거예요. 하지만 하느님 찬미 받으소서, 나는 도망쳤습니다. 그 모든 것으로부터 도망쳤다고요. 당신은 어떻습니까?"

나는 대답하지 않았다. 내가 고독 속에서 책상에 들러붙어 한 땀 한 땀 해결하려고 애쓰던 문제들을 이 사람은 산속, 시원한 공기 속에서 다 해결했다. 그 문제들을 일도양단해 버린 것이었다. 나는 낙담하여 두 눈을 감았다.

"보스, 잡니까?" 조르바가 화를 내며 물었다. "그런데 이 바보는 여기 앉아 당신에게 계속 말을 하고 있군요." 그는 매트리스 위에 누웠고 나는 곧 그가 코 고는 소리를 들었다.

그날 밤 내내 나는 잠들 수가 없었다. 그날 밤 고독 속에서 처음 들은 나이팅게일의 울음소리는 이 세상에 견디기 어려운 슬픔을 안겨주어 나는 갑자기 내 두 눈에 눈물이 흐르는 것을 느꼈다.

나는 새벽에 침대에서 일어나 문 옆에 서서 바다와 땅을 응시했다. 세상이 단 하룻밤 사이에 바뀐 것 같다고, 나는 느꼈다. 건너편 모래밭에는 어제까지만 해도 앙상했던 가시나무가 자그마한 하얀 꽃을 피워 올렸다. 새로 꽃핀 레몬 나무와 오렌지 나무가 그들의 멀리 퍼지는 복욱(馥郁)한 향기를 공기 중에 내뿜었다. 나는 그 새로 단장한 땅을 향해 몇 걸음 앞으로 나아갔다. 나는 이 영원히 새로워지는 기적을 아무리 보고 있어도 질리지가 않았다.

갑자기 나는 등 뒤에 울려오는 행복한 외침 소리를 들었다. 나는 고개를 돌렸다. 조르바가 웃통을 벗은 채로 문 옆에서 껑충껑충 뛰어오르고 있었다. 그도 또한 놀라면서 봄철의 광경을 응시했다.

"보스, 이건 무엇입니까!" 그가 신비스럽다는 표정을 지으며 외쳤다. "정말이지, 이 세상을 난생처음 보는 듯한 느낌이 들어요. 저 움직이고 있는 푸른 것, 저건 도대체 어떤 기적입니까? 저걸 뭐라고 합니까? 바다, 바다? 그리고 저 꽃들로 된 녹색 앞치마를 두른 것은? 땅? 어떤 열성 신자들이 저런 것을 만들어냈습니까? 보스, 맹세하지만, 나는 저것들을 난생처음 보고 있습니다." 그의 두 눈에는 눈물이 고였다.

"이봐요, 조르바," 내가 소리쳤다. "당신, 갑자기 치매가 온 겁니까?"

"보스, 웃지 마세요. 당신은 보지 못합니까? 저것들이 여기서 우리를 위하여 마법을 부리고 있는 것을!" 그는 밖으로 달려 나가 춤추기 시작했고 봄철의 새끼 말처럼 풀밭 위에서 마구 뒹굴었다.

해가 나타났다. 나는 양 손바닥을 내밀어 햇빛을 받았다. 나무들이 꽃피고, 여자들의 가슴이 봉긋 부어오르고, 영혼이 꽃피는 나무처럼 만개하고, 그리하여 육체와 영혼이 같은 본질에서 나온 것임을 느낄 수 있었다.

조르바가 이제 풀밭에서 일어섰다. 그의 머리에는 이슬과 흙이 가득했다. "빨리 움직여야 해요, 보스." 그가 내게 소리쳤다. "빨리 옷을 입고 멋지게 치장해야 돼요. 오늘 성수식이 있어요. 사제와 유지들이 곧 나타날 거예요. 그들이 풀밭에서 뒹구는 우리의 모습을 발견한다면 얼마나 창피입니까! 그러니 빨리 와이셔츠와 넥타이를 챙겨야 해요. 즉시 근엄한 얼굴을 해야 돼요. 머릿속은 텅 비어 있어도 모자만 멋지게 쓰고 있으면 돼요. 누가 머릿속은 신경이나 쓰나요. 사제와 유지들, 난 당신들에게 침을 뱉는다!"

우리는 옷을 입고 준비를 완료했다. 인부들이 도착했고 유지들도 나타났다.

"보스, 침착해야 돼요. 즐거운 기분은 잠시 억누르고요. 우리는 웃음거리가 되어서는 안 돼요."

맨 앞에 깊은 호주머니들이 달린 때 묻은 카속을 입은 스테파노스 사제가 걸어왔다. 그는 축성식, 장례식, 혼인식, 세례식 등에서 선물을 받으면 모조리 그 깊은 구덩이 같은 호주머니에 집어넣었다. 건포도, 롤빵, 미지트라 치즈 파이, 오이, 고기 단자, 설탕 친 아몬드, 특별히 삶은 장례식용 밀 등이었다. 저녁이면 그의 나이 든 아내는 안경을 쓰고서 뭔가 우적

우적 씹으면서 그 물건들을 분류했다. 스테파노스 신부 뒤에는 마을 유지들이 따라왔다. 하니아까지 다녀왔고 조지 왕자를 직접 보아서 세상 물정을 어느 정도 아는 카페 주인 콘도마놀리오스, 넓은 소매가 달린 빛나는 하얀 상의를 입고 온화하게 미소 짓는 아나그노스티스 아저씨, 무거운 지팡이를 들고 진지하면서도 근엄한 표정을 짓고 있는 교사, 검은 머리 수건, 검은 셔츠, 검은 부츠를 착용하고 천천히 걸어오는 마브란도니스 등이었다. 분노와 비통함을 느끼는 마브란도니스는 마지못해 우리에게 인사하더니 저 먼 구석으로 가서 등을 바다 쪽에다 대고 서 있었다.

"자 하느님의 이름으로!" 조르바가 공식적인 어조로 말했다. 그가 의식의 진행을 이끌었고 다른 사람들은 경건한 종교적 헌신의 마음으로 따랐다.

이 농부들의 가슴속에 저 오래된 신비한 의식의 기억이 떠올랐다. 모두 사제에게 시선을 고정시켰다. 마치 그가 보이지 않는 힘들과 씨름을 벌여서 그 힘들을 축출하는 광경을 보려는 듯이. 지난 수천 년 동안 마술사들은 양팔을 쳐들고 성수(聖水) 살포기로 공중에 성수를 뿌리면서 신비하고 강력한 주문을 외워댔고, 그러면 사악한 정령들은 달아나고, 정직한 혼령들만 물, 땅, 공중에서 솟아나와 우리를 도와주는 것이다.

우리는 해안가에 깊게 파놓은 구덩이 쪽으로 갔다. 그건 공중 삭도의 첫 번째 기둥을 박아 넣을 장소였다. 인부들은 커다란 소나무를 들어 올려 그 구덩이에다 수직으로 박아 넣었다. 사제복을 입은 스테파노스 신부는 성수 살포기를 잡고서 그 기둥을 바라보며 근엄하고 꾸짖는 듯한 어조로 악마를 쫓는 기도문을 외웠다. "그것이 단단한 바위 위에 성취되어서 바람도 물도 감히 그것을 훼손하지 못할지어다. 아멘!"

"아멘!" 조르바가 성호를 그으며 우렁찬 목소리로 말했다.

"아멘!" 유지들도 소리쳤다.

"하느님이 당신들의 사업을 축복하셔서 당신들에게 아브라함과 이사악의 세속적 재화를 내려 주시기를!" 하고 스테파노스 신부가 빌었다. 조르바는 그의 손에 지폐를 쥐어 주었다.

"내 축복을 받으시오!" 흡족해하는 신부가 중얼거렸다.

우리는 오두막으로 돌아왔고 조르바는 모든 사람에게 와인과 사순절 특식을 내놓았다. 낙지, 오징어, 끓인 콩, 올리브 등이었다. 그 후에 의식 참석자들은 해변을 걸어가면서 사라졌다. 마법의 의식은 끝이 난 것이었다.

"우리는 일을 잘 치렀습니다." 조르바가 커다란 손을 비벼대며 말했다.

그는 옷을 벗고 작업복으로 갈아입더니 곡괭이를 잡았다.

"이봐, 자네들." 그가 인부들에게 소리쳤다. "하느님의 이름으로, 어서 가자고!"

조르바는 하루 종일 일에 매달려서 열심히 일했다. 인부들은 150피트마다 구덩이를 하나씩 파면서 산꼭대기까지 일렬로 나무 기둥을 박아 넣었다. 조르바는 하루 종일 먹지도 않고 담배도 피지 않고 숨도 제대로 쉬지 못하면서 측정하고, 계산하고, 지시하면서 온전히 일에만 매달렸다.

그는 언젠가 내게 이런 말을 했다. "절반쯤 끝낸 일, 대화, 죄악, 미덕 등이 오늘날 세상을 이처럼 혼란에 빠트렸습니다. 모두들 끝까지 나아가야 합니다. 공격하여 싸움에서 이겨야 합니다. 하느님은 악마 우두머리보다는 절반만 하다 마는 악마를 더 싫어합니다."

그날 밤 일을 마쳤을 때 그는 피곤하여 모래밭에 드러누웠다. "나는 여기서 자고 날이 새길 기다렸다가 다시 일할 겁니다." 그는 말했다. "그리고 야간작업 조를 붙일 생각이에요."

"조르바, 왜 이토록 서두르는 거지요?"

그는 잠시 망설였다. "왜냐고요? 내가 각도를 제대로 잡았는지 보고 싶어서 그래요. 만약 잘못 잡았다면, 보스 우리는 지옥으로 떨어지는 겁니다. 우리가 지옥행이라는 것을 더 빨리 알수록 더 좋은 거예요."

그는 식사 그릇을 잡아채더니 황급히 먹었다. 곧 해변에는 그의 코 고는 소리가 울려 퍼졌다. 나는 한동안 깨어 있었다. 연푸른 하늘의 별들을 쳐다보면서 나는 온 하늘이 서서히 그 성좌들을 바꾸는 것을 관찰했다. 천문관측소의 돔처럼 생긴 내 머리는 별들의 움직임을 따라가면서 그 나름대로 회전했다. "별들을 관찰하면서 그것들과 함께 달리는 네 자신을 살펴보라." 마르쿠스 아우렐리우스의 이 문장이 내 마음에 평화와 조화를 가져다주었다.(아우렐리우스의 『명상록』 11권 27장에는 별을 쳐다보며 늘 일정한 제도를 따라 운행하는 그 질서정연함과 공명정대함을 명상하라는 구절이 나온다.―옮긴이)

374

21

그날은 부활절 일요일이었다. 조르바는 옷을 입고 몸단장을 했다. 그는 모직 양말을 신었는데 두꺼운 암자색 마케도니아 양말로, 아마도 친한 여자 친구가 짜준 것이었으리라. 그는 해변 근처의 언덕 쪽으로 계속 왔다 갔다 하면서 좌불안석이었다. 그는 걱정스러운 표정을 지으며 오른손으로 짙은 눈썹 위에다 지붕 타일을 만들면서 멀리 마을 쪽을 살펴보았다.

'이 잡것이 늦는데요. 늦네, 이 웃기는 년이. 저 닳고 닳은 버커리(늙고 병들거나 고생살이로 쭈그러진 여자를 속되게 이르는 말. ―옮긴이).'

새로 변신한 나비가 날아올라 조르바의 콧수염에 내려앉으려고 하면서 그를 간질였다. 그는 콧구멍으로 바람을 불러 그 나비를 날려 보냈다. 나비는 사뿐히 날아가서 빛 속으로 사라졌다.

우리는 오늘 마담 오르탕스를 기다리고 있었다. 그녀와 함께 부활을 축하하기 위해서였다. 우리는 양고기를 꼬챙이에 꿰어 구웠고 양의 내장을 애피타이저로 준비했으며 모래에 하얀 천을 펴고서 부활절 달걀 몇 알도 염색을 해놓았다. 조르바와 나는 절반은 농담으로 절반은 진심으로 그녀에게 멋진 환영 파티를 베풀어 줄 생각이었다. 한적한 우리의 해변에 그녀가 나타나면 저 통통하고 향수 냄새를 풍기며 다소 부패한 세이렌은 부지불식간에 우리에게 기이한 매혹을 풍겼다. 그녀가 없으면 뭔가가 부족했다. 오드콜로뉴 같은 향기, 붉은 색깔, 오리를 닮은 어기적거리는 걸음걸이, 다소 허스키한 목소리, 흐리고 변색한 두 눈 등이.

그래서 우리는 도금양과 월계수 가지를 꺾어 그녀가 지나갈 개선문을 만들었다. 우리는 이 아치 높은 곳에다 영국, 프랑스, 이탈리아, 러시아의 깃발을 매달았고 또 깃발들의 한가운데 좀 더 높은 곳에다 푸른 빗금이 쳐진 길고 하얀 천을 매달았다. 비록 우리에게 대포는 없었지만 두 개의 소총을 빌려와서 언덕에 올라가 대기하고 있다가 비만한 그녀가 고개를 숙이고 해변을 따라 어기적거리며 걸어올 때 발사할 계획이었다. 이 특별한 날, 여기 이 한적한 해변에서 우리는 그녀의 옛적 장엄함을 부활시키고 싶었다. 그러면 그 불쌍한 여자는 잠시만이라도 장미처럼 붉은 안색, 위로 치켜 올라간 팽팽한 유방, 특급 가죽으로 만든 단화, 그리고 비단 스타킹 등을 갖춘 젊은 여자로 다시 되돌아간 환상을 품을 수 있을 것이었다. 그리스도의 부활이 우리의 내부에 즐거움, 기적에 대한 믿음, 나이 든 세이렌이 스무 살로 되돌아가기 등 젊음을 부활시키는 신호가 아니라면 무슨 가치가 있을 것인가?

'이 잡것이 늦는데요. 늦네, 이 웃기는 년이. 저 닳고 닳은 버커리.' 조르바가 자꾸 흘러내리는 암자색 모직 양말을 위로 당겨 올리며 중얼거렸다.

"조르바, 여기 구주콩나무의 그늘에 와서 앉아 쉬어요." 내가 말했다.

"담배를 피워요. 그녀는 곧 나타날 겁니다."

그는 마을로 들어가는 길을 다시 한 번 길게 쳐다보더니 구주콩나무 아래에 앉았다. 거의 정오였고 무더웠다. 빠르게 타종하는, 행복한 부활절 종소리가 저 멀리까지 울려 퍼졌다. 가끔 미풍이 크레타의 리라 소리를 우리에게 전달해 왔다. 온 마을이 봄철의 벌통처럼 웅얼거리고 있었다.

조르바가 머리를 흔들었다. "여러 해 전에." 그가 말했다. "내 영혼은 매해 부활절마다 그리스도와 함께 부활했습니다. 여러 해 전에! 그런데 이제는 내 육체만 부활을 합니다. 왜? 어떤 사람이 내게 음식을 많이 먹으라고 권합니다. 그리고 다른 사람이 또다시 권합니다. '이 애피타이저를 많이 드세요. 이 주 요리를 많이 드세요.' 나는 그런 식으로 맛있는 음식을 많이 먹습니다. 그러면 그 음식이 다 똥이 되는 건 아니에요. 어떤 것은 남아서 즐거움, 춤, 노래, 그리고 약간의 주장(主張)이 됩니다. 나는 그 어떤 것을 부활이라고 부릅니다."

그는 다시 일어서서 길 쪽을 쳐다보며 화가 나는 듯이 얼굴을 찌푸렸다. "여기로 웬 아이가 달려오네요." 그가 그 전령을 맞이하기 위해 자리에서 내려오면서 말했다. 소년은 까치발로 걸어와 조르바의 귀에다 뭔가를 속삭였다. 조르바는 화를 내며 몸을 흔들었다. "아프다고?" 그가 말했다. "아파? 네놈을 떡으로 만들어버리기 전에 여기서 꺼져!"

그는 내게 고개를 돌렸다. "보스, 내가 마을에 금방 다녀오겠습니다. 그 잡것에게 무슨 일이 벌어졌는지 직접 알아봐야겠어요. 천천히 기다리세요. 내게 붉은 부활절 달걀 두 개만 주세요. 그걸 저 여자와 함께 까먹게요. 빨리 주세요! 나는 바쁩니다!" 그는 부활절 달걀을 호주머니에 집어넣고 흘러내린 모직 양말을 치켜 올리고서 출발했다.

나는 언덕으로 올라가서 해변의 시원한 자갈밭 쪽으로 몸을 쭉 뻗고 누웠다. 약한 바다의 미풍이 불어오고 있었다. 바닷물은 일렁이고 있었다. 두 마리의 갈매기가 작은 파도에 가슴을 내려놓고 바다의 리듬을 따라서 즐겁게 먹이를 쫓고 있었다. 나는 그 새들이 가슴에 느끼고 있을 기쁨과 시원함을 부러워하며 짐작해 보았다. 바다 갈매기를 쳐다보면서 나는 이런 생각을 했다. '이것이 길이야. 최초의 리듬을 발견하고 그것을 충실히 따르는 것.'

조르바는 한 시간 뒤에 만족스럽게 콧수염을 쓰다듬으며 나타났다. "그 불쌍한 것이 감기에 걸렸어요. 심각한 건 아니에요. 부활절 주간 내내 자정 기도에 참석했다고 해요. 로마 가톨릭 신자이면서도.(그리스는 기독교의 주요 지파인 동방교회 즉 정교회를 믿는다.―옮긴이) 이건 그녀가 한 말이에요. 그런 식으로 무리를 해서 감기가 걸린 거예요. 그래서 부항을 떠주고 램프 기름으로 전신 마사지를 해주고 럼주를 한잔 주었어요. 내일이면 언제 그랬냐는 듯이 거뜬해질 겁니다. 아, 그 뻔뻔한 여자! 그 여자는 인생의 재미를 아는 여자더라고요. 내가 마사지를 해주면서 간질이니까 비둘기처럼 구구거리더라고요."

우리는 앉아서 식사를 했다. 조르바는 술잔을 가득 채웠다. "그녀의 건강을 위하여! 악마가 그녀를 천천히 데려가도록!" 그는 부드럽게 말했다. 우리는 아무 말도 하지 않고 한동안 먹고 마셨다. 미풍이 벌들의 웅얼거림을 닮은 크레타 리라의 열렬한 소리를 계속 전해 왔다. 그리스도는 마을 가옥들의 평평한 지붕에서 계속 부활하는 중이었다. 부활절 양고기와 부활절 롤빵이 에로틱한 열정을 노래하는 시적 2연구(聯句)로 계속 성변화(聖變化)하는 중이었다.

조르바는 잘 먹고 마신 다음 털투성이 커다란 귀를 쫑긋하며 귀 기울였다. "저 리라 소리." 그가 중얼거렸다. "사람들이 마을에서 춤을 추고 있는데요." 그는 배부른 상태로 자리에서 펄떡 일어섰다. 조르바는 술기운이 가득했다. "이봐요, 여기 이렇게 뻐꾸기처럼 앉아 있으면 뭘 해요?" 그가 소리쳤다. "가서 춤을 춥시다! 지금 먹은 양고기가 아깝지 않습니까? 당신은 그 고기가 제값도 못하고 그냥 몸 밖으로 빠져나가기를 바라지는 않지요? 자, 가서 춤을 추고 노래를 부릅시다. 조르바는 부활했어요!"

"이런, 조르바, 잠깐만! 혹시 술기운에 정신이 돌아버린 거 아니오?"

"보스, 말하고 싶은 대로 말하세요. 하지만 양고기, 붉은 달걀, 부활절 케이크, 부드러운 하얀 치즈가 정말 안됐네요. 만약 내가 빵과 올리브만 먹었다면 나는 이렇게 말했을 거예요. '좋아, 드러누워 잠이나 자자. 빵과 올리브만 먹었는데 어떻게 재미나게 놀 수가 있겠나? 이런 식사에서 뭘 기대할 수 있겠어?' 하지만 우리는 막 진수성찬을 먹었는데 그걸 똑같이 똥으로 만들어버린다면 부끄러운 일이에요. 자, 가서 부활 의식을 거행합시다, 보스!"

"오늘은 별로 내키지 않아요. 당신이나 가요. 나를 위해 춤을 추어줘요."

조르바는 내 팔을 움켜쥐고서 나를 일으켜 세웠다. "아니, 왜 이래요? 오늘 그리스도가 부활했다고요! 아, 내가 당신처럼 젊다면 얼마나 좋겠습니까! 여자와 와인이 가득하고, 바다와 일이 가득하겠지요! 무슨 일이든 전속력으로 달렸을 거예요. 일도 전속력, 와인, 섹스도 전속력. 하느님을 두려워하지 않고 악마도 두려워하지 않았을 거예요. 그게 젊음과 힘의 의미예요."

"조르바, 양고기가 내 안에서 말을 거네요." 내가 웃으며 말했다. "그게 야성적으로 되어 늑대로 변했어요."

"아니에요. 양고기가 조르바가 되었어요. 지금 말하고 있는 건 조르바예요. 내 말을 들어요. 그리고 나를 욕해요. 나는 뱃사람 신드바드예요. 내가 세상을 많이 돌아다녔다는 얘기는 아니에요. 하지만 나는 훔치고, 죽이고, 거짓말하고, 많은 여자들과 잤어요. 나는 모든 계명을 박살냈어요. 그 계명이 몇 갭니까? 열 개? 아니 왜 좀 더 있지 못합니까? 스무 개, 쉰 개, 백 개라고 해도 나는 모조리 박살냈을 거예요. 아무튼 신이 존재한다고 해도 나는 사후에 그분 앞으로 가는 걸 조금도 두려워하지 않아요. 이걸 어떻게 말해야 당신을 이해시킬 수 있을지 모르겠어요. 하지만 내 생각에 그건 아무런 의미가 없어요. 과연 신이 지상의 벌레들의 행동을 일일이 관찰할까요? 그걸 다 기록하고, 화를 내고, 저주하고, 또 우리가 이웃의 여자 벌레에 올라탔다고 해서 또는 금요일이나 토요일에 금식을 하지 않고 고기를 좀 먹었다고 해서 화를 벌컥 낼까요? 이 배불뚝이 신부들아, 너희들은 그 헛소리를 가지고 지옥에나 떨어져라!"

"조르바, 그건 알겠어요." 나는 그를 골려 줄 속셈으로 대답했다. "신은 당신이 뭘 먹는지 묻지 않아요. 하지만 당신이 무슨 행동을 했는지는 묻습니다."

"내가 진정으로 말하는데 그분은 그것조차도 묻지 않습니다. 당신은 이렇게 말하겠지요. '이봐, 무식한 조르바, 그걸 어떻게 알아?' 난 그걸 감으로 알아요. 만약 내게 두 아들이 있는데 한 아들은 합리적이고, 점잖고, 절약하고, 신을 두려워하는 놈이라고 합시다. 그리고 다른 아들은 난봉꾼이고 타락한 자이고 대식가에다 바람둥이이고 법을 피해 달아나는 도망자라고 해봅시다. 그런데 그 두 놈을 내 식탁에 함께 앉혀 놓으면 내 마음은 그 난봉꾼 아들에게 더 쏠릴 겁니다. 왜냐하면 그놈이 나를 더 닮

380

왔기 때문이지요. 그런데 내가 저 인색한 스테파노스 신부보다 하느님을 덜 닮았다고 할 수 있을까요? 신부는 밤이나 낮이나 경배를 바치고, 소액의 동전을 수집하고, 돈에 아주 인색하면서 그의 수호천사에게 물 한 잔 안 주잖아요? 하느님은 축복을 내리고, 죽이고, 불공정하고, 사랑하고, 노동하고, 잡을 수 없는 새들을 사냥해요. 나와 똑같아요. 그는 자기가 좋아하는 것을 먹고 자기가 탐하는 여자를 취해요. 시원한 물같이 아름다운 여자가 땅 위에서 걸어갑니다. 그러면 우리의 가슴은 즐거워지는데 갑자기 땅이 벌어지면서 그 여자가 사라져요. 어디로 간 걸까요? 누가 데려간 걸까요? 그 여자가 덕성스러운 여자라면 하느님이 데려간 겁니다. 반대로 논다니라면 악마가 데려간 거지요. 보스, 전에도 말했지만 이번에 또다시 말하는데 하느님과 악마는 똑같다고요!"

나는 대답하지 않았다. 조르바는 산책용 지팡이를 집어 들었고 약간 삐딱한 각도로 모자를 조정했고 동정 가득한 관용(내 생각에)의 눈빛으로 나를 쳐다보았고. 뭔가 더 말하려는 듯이 입술을 달막거리다가 그만두었다. 그는 계속 침묵을 지켰다. 그는 콧수염을 배배 꼬면서 마을로 출발했다. 황혼녘이어서 나는 단장을 흔들며 멀어져 가는 그의 커다란 그림자가 자갈밭에 떨어지는 것을 보았다. 그가 지나가는 순간 해변이 아연 살아나는 것 같았다. 나는 귀를 기울였고 점점 희미해져 가는 조르바의 발걸음 소리에 집중했다. 내가 혼자 남았다는 것을 확인하자 나는 갑자기 뛰어올랐다. 왜? 어디로 가려고? 나는 알지 못했다. 나는 내면적으로 아무런 결정도 내리지 않았다. 내 몸은 내게 물어보지도 않고 저 스스로 결론을 내리고서 펄쩍 뛰어올랐던 것이다.

'앞으로.' 그것은 명령을 발하는 것처럼 크게 선언했다.

나는 마을을 향해 직선거리로 걸어갔다. 단호하고 재빠르게 걸어갔지만 봄철의 공기를 흡입하기 위해 여기저기서 걸음을 멈추기도 했다. 땅에서는 카밀러 냄새가 났다. 과수원들에 다가가자 레몬 나무와 오렌지 나무의 향기가 연속적인 호흡처럼 내게 다가왔고 꽃피는 계수나무의 냄새 또한 그러했다. 서쪽 하늘에서는 금성이 그 행복한 춤을 시작했다.

'여자와 와인이 가득하고, 바다와 일이 가득하겠지요!' 나는 앞으로 걸어가면서 조르바의 그 말을 무의식적으로 중얼거렸다. '여자와 와인이 가득하고, 바다와 일이 가득하겠지요! 무슨 일이든 전속력으로 달렸을 거예요. 일도 전속력, 와인, 섹스도 전속력. 하느님을 두려워하지 않고 악마도 두려워하지 않았을 거예요. 그게 젊음과 힘의 의미예요.' 나는 걸어가면서 마치 용기를 얻으려는 듯이 이 말을 나 자신에게 되풀이하여 말했다.

갑자기 나는 걸음을 멈추었다. 내가 가려고 했던 곳에 도착한 것 같았다. 어디? 나는 주위를 둘러보았다. 그것은 과부의 과수원이었다. 갈대 울타리와 선인장 뒤에서는 부드러운 여인의 목소리가 나지막하게 노래를 부르고 있었다. 나는 내 앞과 뒤를 쳐다보았다. 아무도 없었다. 나는 앞으로 나가면서 그 갈대 울타리를 밀었다. 가슴이 깊게 파인 검은 드레스를 입은 여자가 오렌지 나무 아래 서 있었다. 그녀는 꽃피는 가지들을 전지하면서 노래를 불렀다. 해거름이어서 나는 절반쯤 드러난 그녀의 유방이 반짝거리는 걸 볼 수 있었다.

나는 숨을 멈추면서 생각했다. '저들은 들짐승이다. 그들도 그걸 알고 있다. 그들과 비교해 보면 남자는 허약하고, 덧없고, 바보 같고, 참을성이라고는 없는 멍청한 자이다. 이 들짐승은 사마귀, 메뚜기, 지네 등의 암컷을 닮았다. 이 곤충들은 새벽녘이면 식욕이 왕성해져서 수컷을 잡아먹고 산다.'

갑자기 나의 시선을 의식한 과부는 나지막이 부르던 노래를 급히 중단했다. 그녀는 고개를 돌렸다. 우리의 시선은 번개의 섬광처럼 마주쳤다. 나는 갈대 울타리 뒤에서 암호랑이를 만난 듯 무릎에 힘이 쪽 빠졌다.

"누구세요?" 그녀가 숨죽인 목소리로 물었다.

그녀는 상의의 단추를 잠그면서 유방을 가렸다. 그녀의 얼굴은 어두워졌다.

그러나 그 자리를 뜨려 했다. 그러나 조르바의 말이 갑자기 내 가슴을 찔러왔고 나는 용기를 얻었다. '여자, 바다, 와인.'

"접니다." 내가 대답했다. "접니다. 좀 들어가게 해주세요."

나는 그 말을 한 순간 겁을 집어먹고 다시 그 자리를 뜨려 했다. 그러나 조르바 앞에 서면 부끄러움을 느낄 것 같아 나 자신을 억제했다.

"저라니요?"

그녀는 부드럽고 조심스럽게 소리도 내지 않고 앞으로 걸어 나왔다. 그녀는 목을 내밀며 나를 알아보기 위해 두 눈을 절반쯤 감고 쳐다보았다. 이어 한 걸음 더 앞으로 나서면서 허리를 약간 숙이고 은밀하게 관찰했다. 갑자기 그녀의 얼굴이 밝아졌다. 그녀는 혀끝을 내밀어 입술을 핥았다. "보스?" 그녀가 아주 달콤한 목소리로 물었다. 그녀는 한 걸음 더 앞으로 나서면서 허리를 숙이고 몸을 움츠리며 앞으로 달려들 기세였다. "보스?" 그녀가 숨죽인 목소리로 다시 물었다.

"예."

"들어오세요."

해가 떠올라 날이 밝고 있었다. 마을에서 돌아온 조르바는 오두막 밖에 앉아 있었다. 그는 담배를 피우고 바다를 쳐다보며 나를 기다렸다. 내가 나타나자 그는 고개를 쳐들고 나를 쳐다보았으며 콧구멍은 그레이하운드처럼 벌름거렸다. 그는 목에 힘을 주면서 심호흡하여 바다 공기 냄새를 맡았다. 그는 천천히 일어서서 머리끝에서 발끝까지 미소 지으며 양팔을 내밀었다. "축하합니다!" 그가 말했다.

나는 침대에 드러누워 두 눈을 감고서 바다의 평온하고 자장가 같은 숨결을 들었다. 나 자신이 바다 갈매기처럼 그 바다의 파도 위에서 승강부침(昇降浮沈)을 계속하는 느낌이 들었다. 이런 부드러운 자장가를 들으며 나는 잠에 빠져들었고 꿈을 꾸었다. 한 거대한 검은 여인이 땅에 앉아 있는데 그녀는 내게 검은 화강암으로 만들어진 고대의 키클롭스 사원처럼 보였다. 나는 입구를 찾으려고 애쓰고 또 고뇌하면서 그녀는 주위를 계속하여 빙빙 돌았다. 내 키는 그녀의 새끼발가락 높이 정도밖에 되지 않았다. 나는 그녀의 발꿈치 주위를 돌다가 갑자기 동굴같이 생긴 불 켜지지 않은 입구를 엿보았고 '들어오라!'라고 하는 깊은 목소리를 들었다. 나는 들어갔다.

나는 정오쯤에 잠에서 깨어났다. 햇살이 작은 창문으로 흘러들어와 이불 위에 퍼졌고, 벽에 걸려 있는 작은 거울을 아주 강력한 힘으로 후려쳐서 그것이 1천 개의 조각으로 파열되는 것 같았다.

거대한 검은 여자에 대한 꿈이 생각났다. 바다는 계속하여 유혹적으로 속삭였다. 나는 다시 눈을 감고서 행복감을 느꼈다. 내 몸은 가벼웠다. 사냥을 나가서 사냥감을 잡아서 그것을 먹고 난 후 이제 햇빛 속에 느긋이 누워서 이빨 사이에 낀 고기 조각을 핥고 있는 동물처럼 만족감을 느꼈다. 만족을 느끼는 마음(이것 또한 신체의 일부인데)은 그 자신을 괴롭혀 오던 난처한 문제들에 대하여 아주 간단한 해답을 발견하고서 느긋이

쉬고 있는 중이었다. 지난밤의 모든 즐거움이 나의 내장에서 밖으로 흘러나와 가지를 쳤고, 나를 만들어낸 흙에 수로(水路)를 내면서 그것을 적시고 있었다. 이처럼 두 눈을 꼭 감고 침대에 누워 있으면서 나는 나의 내장이 팽창하면서 내는 삐걱거리는 소리를 들었다. 지난밤 나는 아주 구체적으로 영혼 또한 육체라는 것을 확인했다. 살보다 더 빠르게 움직이고, 더 투명하고, 더 자유스럽기는 하지만 아무튼 영혼도 살이었다. 그리고 다시 살은 영혼이 되는 것이다. 그 살은 오랜 여행과 무거운 짐으로 인해 다소 졸리고 피곤하지만, 그래도 중요한 순간들에는 잠깨어 그 머리를 쳐들었고 그 오관(五官)을 날개처럼 펼쳤다.

긴 그림자가 내 위로 떨어졌다. 나는 눈을 떴다. 조르바가 문턱에 서서 나를 즐거운 눈빛으로 쳐다보고 있었다. "보스, 깨어나지 마십시오." 그는 내게 어머니처럼 부드러운 어조로 말했다. "오늘은 또 다른 휴일입니다. 주무세요!"

"다 잤어요." 내가 침대에서 일어나며 말했다.

"당신에게 설탕을 많이 친 계란 노른자 날것을 만들어드리지요." 조르바가 미소 지으며 말했다. "그건 원기를 회복시킵니다."

나는 아무 말도 하지 않고 바닷가로 달려가 바다 속으로 뛰어들었고 그 다음엔 햇빛에 몸을 말렸다. 그러나 나는 내 콧구멍, 입술, 손가락에서 크레타 여자들이 머리에 뿌리는 장미수와 월계수 기름 비슷한 달콤하고 끈적거리는 향기를 아직도 느낄 수 있었다.

어제 그녀는 오늘 저녁 성당의 그리스도에게 바칠 레몬 꽃을 한 아름 땄다. 마을 사람들이 광장의 포플러 나무 아래에서 춤을 추어서 성당이 비는 동안에 살짝 다녀갈 계획이었다. 그녀 침대 맡의 성상에는 레몬 꽃들로 장식되었고 그 꽃 장식 사이에서 자상하고 슬픈 커다란 두 눈의 성모가 나타났다.

조르바는 허리를 숙이면서 내 옆에다 설탕 친 노른자가 든 컵과, 두 개의 커다란 오렌지, 그리고 특별한 부활절 빵인 추레키(tsoureki)의 자그마한 조각을 함께 놓았다. 그는 전쟁터에서 방금 돌아온 아들에게 어머니가 하듯이, 소리 없이 행복한 표정으로 나에게 봉사했다. 그는 출근하기 직전에 다정한 눈빛으로 나를 쳐다보았다. "나는 오늘 기둥을 몇 개 더 박을 계획입니다." 그가 말했다.

나는 햇빛 속에서 느긋이 식사를 했고 깊은 신체적 황홀감에 빠져들었다. 마치 시원한 녹색 바다 위에 떠 있는 느낌이었다. 나는 내 마음이 내 온몸으로부터 이 육체적 즐거움을 수집하여 그것을 몇 개의 덩어리로 압축한 다음 다시 정신으로 변화시키는 것을 허용하지 않을 생각이었다. 내 온몸이 마치 동물이 된 것처럼 머리끝에서 발끝까지 즐거움만 느끼도록 허용할 생각이었다. 그러나 나는 가끔 황홀감 속에서 나를 둘러싼 우주의 기적과 나의 내부에서 벌어지는 기적을 관조하면서 이렇게 물었다. '이것은 무엇인가? 어떻게 하여 세상이 이토록 급변하여 우리의 발, 우리의 손, 우리의 배에 이토록 잘 적응하는가?' 이어 나는 두 눈을 감고서 아무 말이 없었다.

갑자기 나는 펄떡 뛰어 일어났다. 오두막으로 들어가서 나는 『붓다』 원고를 집어 들고 펼쳤다. 마침내 나는 결론에 도달했다. 꽃피는 나무 아래 누워 있는 붓다는 손을 쳐들어서 그의 몸을 형성하는 5대 요소―지, 수, 화, 풍, 혼령―에게 다 사라지라고 명령했다. 하지만 나는 더 이상 내 고뇌가 그 5대 요소 때문이라고 설명되는 것을 원하지 않았다. 나는 그것을 초월했고 붓다에게 봉사하던 나의 서비스 기간은 종료되었다 그리하여 나는 손을 들고서 내 안에 있던 붓다에게 사라지라고 명령했다.

나는 저 전능한 구마(驅魔) 기구인 언어를 구사하여 붓다의 몸, 영혼, 정신을 사라지게 했다. 나는 아주 무자비하게 그 작업을 했다. 아주 바빴으므로.

나는 『붓다』 원고의 페이지에다 결론의 말들을 황급히 써 내려갔고, 결론의 외침을 적어 넣은 후, 두꺼운 붉은 연필로 내 이름을 서명했다. 원고가 끝난 것이다! 나는 굵은 끈을 꺼내어 원고를 단단하게 묶었다. 나는 내 철천지원수의 손발을 묶는 것처럼, 혹은 사랑하는 망자의 시체를 단단히 묶음으로써 그 시체가 무덤을 떠나 진흙과 안개가 되는 것을 막으려는 야만인처럼, 기이한 즐거움을 느꼈다.

그때 맨발의 어린 소녀가 달려서 도착했다. 그 아이는 짧은 노란 드레스를 입었고 손에 붉은 달걀을 들고 있었다. 그녀는 걸음을 멈추고 겁먹은 표정으로 나를 쳐다보았다.

"무슨 일이야?" 나는 그 애에게 용기를 심어주기 위해 미소 지으며 물었다. "용건이 뭐니?"

그 아이는 코를 훌쩍이고 또 숨을 껄떡이는 상태였으나 그래도 작은 목소리로 말했다.

"마담이 보내서 왔어요. 좀 와 달래요. 그녀는 침대에 누워 있어요. 몸 상태가 안 좋아요. 당신이 조르바인가요?"

"알았다." 내가 말했다. "내가 가마."

나는 붉은 계란을 그 아이의 다른 손에 쥐어주었다. 아이는 그것을 움켜쥐고서 자리를 떴다.

나는 일어서서 출발했다. 마을의 소리는 계속 가까이 다가왔다. 리라의 줄을 즐겁게 튕기는 소리, 휴일의 외침, 소총의 발사 소리, 가사로 각운 연구(聯句)를 사용한 노래들. 내가 중앙 광장에 도착해 보니 젊은 남녀들이 새로 꽃망울을 피운 포플러 나무 아래에서 춤출 준비를 갖추고 있었다. 낮은 돌담에는 노인들이 열을 지어 앉아서 턱을 지팡이에 올려놓은 채 구경을 하고 있었다. 늙은 여자들은 그들 뒤에 서 있었다. 한가운데에는 저명한 리라 연주자인 파누리오스가 4월의 장미를 귀 뒤에 꽂고 앉아 있었다. 그는 왼손으로 무릎에 올려놓은 리라를 쥐고 있었다. 오른손으로는 요란한 청동 종들이 달린 리라를 활로 시험하고 있었다.

"그리스도가 부활하셨도다!" 내가 지나가면서 소리쳤다.

"참으로 부활하셨도다!" 선남선녀들의 행복한 화답이 들려왔다.

나는 재빨리 쳐다보았다. 폭넓은 바지를 입은 신체 건장한 청년들. 그들의 허리는 잘록했고 머리 수건의 술들은 이마와 관자놀이에 곱슬머리처럼 내려와 있었다. 플로린 은화를 목에 매달고, 하얀 수건으로 머리를 장식한 처녀들은 눈을 내리깔고 깊은 생각에 잠기며 청년을 동경했다.

"보스, 우리들과 함께 어울리지 않으시겠습니까?" 여러 목소리가 소리쳤다.

하지만 나는 이미 그들을 지나치고 있었다.

마담 오르탕스는 그녀에게 충성을 다하는 유일한 가구인 넓은 침대에 누워 있었다. 그녀의 두 뺨은 열이 올라 붉었고 계속 기침을 했다. 그녀는 나를 보자마자 불평하듯 기침을 해댔다. "그런데 조르바, 쿰바로스, 조르바는?"

"그는 아파요. 당신이 아파서 쓰러진 날 그도 쓰러졌어요. 그는 당신 사진을 손에 들고 그걸 쳐다보면서 한숨을 지어요."

"계속 말해 주세요, 계속 말해 주세요." 그 불쌍한 세이렌은 행복한 듯두 눈을 감으면서 중얼거렸다.

"그가 나를 보내서 혹시 뭐 필요한 게 없나 알아보라고 했어요. 그는 두 무릎을 땅에 대고 끌고 오는 한이 있더라도 오늘 밤에는 찾아올 거예요. 그는 당신과 헤어져 있는 것을 도저히 못 참겠다고 말했어요."

"계속 말해 주세요, 계속 말해 주세요."

그러나 마치 잠에 떨어진 듯, 그녀의 숨소리는 확 바뀌었다. 정신착란이 시작되었다. 방에는 오드콜로뉴, 암모니아, 땀 냄새가 났다. 마당의 토끼들과 토끼 똥 냄새가 열린 창문으로 흘러들어왔다.

나는 일어나서 그 방에서 나왔다. 나는 바깥문에서 우연히 미미토스를 만났다. 오늘 그는 부츠를 신고 푸른 색깔의 통 넓은 바지를 입었다. 그는 귀 뒤에 나륵풀 가지를 꽂았다.

"미미토스." 내가 그에게 말했다. "칼로 호리오까지 뛰어가서 의사를 불러 오너라."

미미토스는 부츠가 길에서 상하지 않도록 이미 부츠를 벗어들고 있었다. 그는 부츠를 겨드랑이에 꼈다.

"의사를 찾아내어 그에게 내 안부 인사를 전하고 암말을 타고서 이곳까지 빨리 좀 와달라고 전해라. 마담이 아주 아프다고 말해. 저 불쌍한 여자는 감기에 걸렸어. 이런 얘기를 의사에게 전해. 빨리!"

"나는 길 떠날 준비가 다 되었어요."

그는 손바닥에다 침을 뱉고 즐겁게 박수를 쳤으나 정작 몸을 움직이지는 않았다. 그는 유쾌하다는 듯이 나를 쳐다보았다.

"아, 간다니까요!"

하지만 그는 움직이지 않았다. 그는 내게 윙크를 하고 악당 같은 미소를 지었다. "보스, 나는 선물로 장미수 한 병을 가지고 왔어요."

그는 거기 서서 누가 보냈느냐고 묻기를 기다리고 있었다. 그러나 나는 아무 말도 하지 않았다.

"보스, 누가 보냈느냐고 묻지 않을 거예요?" 그가 헤헤헤 하고 웃으면서 말했다. "그녀가 그러는데 이걸 머리에다 치면 좋은 냄새가 난대요."

"입 닥치고 빨리 출발하지 못해!"

그는 웃으며 다시 손바닥에다 침을 뱉었다. "하나, 둘, 셋, 뛰어라! 그리스도가 부활하셨도다!" 그는 소리치면서 사라졌다.

22

포플러 나무 아래서 벌어지는 부활절의 춤은 점점 격렬해졌다. 춤의 행렬에서 스무 살가량에 올리브 피부를 가진 정열적인 남자가 움직임을 주도했다. 그의 양 뺨은 아직 면도날이 닿지 않은 솜털로 덮여 있었다. 그가 드러내어 보이는 가슴 부분은 꼬불꼬불하고 거친 검은 털로 뒤덮여 있었다. 그는 고개를 뒤로 젖히고 날개 같은 두 발로 땅을 박차고 있었다. 가끔 그는 어떤 여자를 흘깃 쳐다보았는데 그럴 때면 두 눈의 흰자위가 검은 얼굴 안에서 희번덕거렸다.

마담 오르탕스의 집에서 돌아오면서 나는 기쁘면서도 동시에 겁에 질렸다. 나는 한 여자를 불러서 마담을 간호하게 했고 잘 처리했다고 만족감을 느끼면서 크레타 사람들의 춤을 보러 갔다. 나는 아나그노스티스 아저씨 옆에 가서 낮은 돌담장 위에 앉았다.

"춤을 이끌고 있는 저 멋진 청년은 누구입니까?" 내가 그의 귀에다 바싹 입을 갖다 대며 물었다.

아나그노스티스 아저씨는 웃음을 터트렸다. "그는 영혼을 훔쳐간다는 대천사 같은 친구지, 저 악당은." 아저씨가 찬탄의 어조로 말했다. "목동 시파카스야. 그는 1년 내내 산속에서 양 떼를 돌보다가 딱 한 번 부활절에만 내려와서 사람들을 만나고 춤을 춘다네." 그는 한숨을 내쉬었다. "아, 내가 저 친구처럼 젊다면 얼마나 좋겠는가." 그는 중얼거렸다. "정말이지 내가 저렇게 젊다면 콘스탄티노플을 다시 빼앗아 왔을 거야!"

그 젊은이는 머리를 뒤로 젖히면서 발정기의 숫양처럼 괴성을 내질렀다. "계속 연주해, 파누리오스! 죽음이 죽어버릴 때까지 연주하라고!"

죽음은 삶처럼 매 순간 죽었고 그리고 매 순간 다시 태어났다. 지난 수천 년 동안 선남선녀들은 새롭게 꽃핀 나무들 아래에서 춤을 추어왔다. 포플러, 소나무, 참나무, 플라타너스, 날씬한 대추야자 나무. 그들은 앞으로도 수천 년 동안 감각적 욕망에 사로잡힌 얼굴로 계속 춤을 출 것이다. 20년마다 바뀌는 얼굴들은 땅 밑으로 들어갔고 그러면 다른 얼굴들이 등장한다. 그러나 일자(一者)이며 본질은 영원히 그대로이다. 그 일자는 무엇인가. 죽지 않고 사랑에 빠지며 춤추는 영원한 스무 살이다.(일자는 신플라톤주의의 핵심 개념으로서 모든 체험의 배후에서 작용하고 또 생각과 현실의 간극을 극복하게 해주는 힘이다. 인간은 오로지 추상 작용을 통하여 이 일자를 알 수 있는데 그의 경험으로부터 인간적인 모든 것을 서서히 제거해 나가면 마침내 그런 인간적 속성들은 모두 사라지고 신만이 남게 되는데 이 신을 가리켜 일자라 한다. —옮긴이)

그 젊은이는 콧수염을 배배 꼬기 위해 손을 들었으나 그에게는 콧수염이 없었다. "계속 연주해!" 그가 다시 소리쳤다. "이봐, 파누리오스, 계속 연주하라고. 안 그러면 내가 터져버릴 것 같아!"

리라 연주자는 팔을 휘둘렀고, 리라 소리는 더욱 커졌으며, 리라에 매달린 청동 종들은 요란한 소리를 냈다. 청년은 어른 키 높이의 공중으로 뛰어올라 두 발을 세 번 맞부딪치더니 구두 끝으로 옆에 있던 남자의 하얀 머리 수건을 걷어차 벗겨냈다. 그 남자는 향토 경찰관 마놀라카스였다.

목소리들이 소리쳤다. "브라보! 브라보! 시파카스!" 처녀들은 몸에 소름이 돋았고 그가 춤추는 동안 내내 고개를 낮추어 땅만 바라다보았다.

하지만 그 젊은이는 아무 말도 하지 않고 아무도 쳐다보지 않으면서 거칠면서도 절제된 동작으로 계속 춤을 추었다. 그의 왼손은 이제 그의 날씬하고 근육질인 허벅다리 사이에 비스듬히 놓였고, 그의 야생마 같은 두 눈은 존경을 표시하는 듯 땅 위에 고정되어 있었다.

갑자기 그 춤은 중단되었다. 성당의 직원인 안드룰리오스가 나타났던 것이다. 그는 두 팔을 쳐들면서 소리를 내질렀다. "저 과부! 저 과부! 저 과부!" 그는 숨 막힌 어조로 소리쳤다.

향토 경찰관인 마놀라카스가 춤을 멈추고 제일 먼저 달려왔다. 아직도 도금양과 월계수 가지로 장식되어 있는 성당은 마을 광장에서도 보였다. 흥분하여 춤추던 춤꾼들도 동작을 멈추었다. 노인들은 낮은 돌담장에서 일어섰다. 파누리오스는 리라를 무릎 위에 내려놓고 귀 뒤에서 4월의 장미를 떼어내어 그것을 냄새 맡기 시작했다.

"헤이, 안드룰리오스, 어디에?" 모두가 흥분하여 소리쳤다. "어디에?"

"저기 성당에. 저 빌어먹을 여자가 레몬 꽃을 한 다발 안고서 성당 안으로 들어갔다니까."

"여러분, 가봅시다!" 향토 경찰관이 제일 선두에서 나서서 달리면서 소리쳤다.

그 순간 과부는 성당의 바깥문으로 나와서 성호를 긋고 있었다. 그녀는 검은 머리 수건을 쓰고 있었다.

"마을의 치욕! 암내를 풍기는 화냥년! 살인자!" 춤추던 구역에서 다양한 목소리가 터져 나왔다. "무슨 염치로 성당에 나타났어! 저년을 잡아. 온 마을에 수치를 안긴 저년을."

몇몇 청년들은 향토 경찰관과 함께 성당 쪽으로 달려갔다. 다른 사람들은 높은 곳에서 그녀에게 돌을 던졌다. 돌 하나가 그녀의 어깨를 맞혔다. 그녀는 두 손으로 얼굴을 가리며 비명을 내질렀다. 그녀는 허리를 숙이며 도망치기 위해 앞으로 내달렸다. 그러나 젊은이들이 이미 성당의 바깥문에 도착했고 마놀라카스는 칼을 꺼내 들었다.

과부는 허리를 깊숙이 숙이면서 비명을 지르더니 성당 안으로 다시 달려 들어가려 했다. 그러나 거기 성당 문턱에는 노(老) 마브란도니스가 아무 말 없이 양팔을 벌리면서 성당의 두 문고리를 막고 있었다.

과부는 왼쪽으로 뛰어오른 다음 안뜰로 달려가서 거기 서 있는 키 큰 사이프러스 나무에 매달렸다. 그때 돌멩이 하나가 공중에서 날아와 그녀의 머리를 맞혔다. 검은 수건이 머리에서 벗겨졌고 머리카락이 어깨 위로 흘러내렸다.

"그리스도의 이름으로! 그리스도의 이름으로!" 과부가 사이프러스 나무에 꼭 매달리면서 신음 소리를 냈다.

위의 광장에서 일렬을 이루며 늘어선 처녀들은 그들의 하얀 수건을 입으로 씹고 있었다. 늙은 여자들은 울타리에 매달린 채 목청껏 소리쳤다. "야, 저년을 죽여 버려! 저년을 죽여 버려!"

두 청년이 그녀에게 달려들어 꽉 붙잡았다. 그녀의 검은 블라우스가 찢겨져 나갔다. 한쪽 유방이 대리석처럼 반짝거렸다. 이제 그녀의 두피에서 솟구친 피가 이마, 뺨, 목까지 흘러내렸다.

"그리스도의 이름으로! 그리스도의 이름으로!" 과부가 계속 신음 소리를 냈다.

흘러내리는 피와 반짝거리는 유방은 청년들을 더욱 광분하게 만들었다. 그들은 허리띠에서 칼을 꺼냈다.

"잠깐만!" 마놀라카스가 소리쳤다. "그년은 내가 해치운다!"

아직도 성당 문턱에 서 있던 노(老) 마브란도니스가 손을 쳐들었다. 모두들 동작을 중지했다.

"마놀라카스." 그가 묵직한 목소리로 말했다. "자네 사촌의 피가 자네에게 외치고 있어. 그 목소리가 평화롭게 잠들게 하라."

나는 그때 울타리를 뛰어넘어 성당 쪽으로 내달리고 있었다. 그러나 나는 돌부리에 채여서 넘어지면서 땅에 얼굴을 처박으며 쓰러졌다. 그 순간 시파카스가 내 곁을 지나가고 있었다. 그는 허리를 숙이더니 마치 고양이를 잡듯이 내 목덜미를 움켜쥐고서 나를 일으켜 세웠다. "나리가 여기에 무슨 일로 나타났어요, 이 호사가!" 그가 내게 말했다. "여기서 꺼져요!"

"시파카스, 저 여자가 불쌍하지도 않아? 저 여자를 좀 불쌍하게 여기라고!"

산속에서 1년을 지낸다는 목동은 웃음을 터트렸다. "저런 잡것을 동정하다니 내가 여자인가요?" 그가 말했다. "나는 남자예요!" 그는 재빨리 뛰어올라 성당의 마당 안으로 들어섰다.

나는 달음질쳐서 그의 뒤를 따라 도착했다. 이제 모두들 과부를 둘러싸고 있었다. 깊은 정적. 과부의 숨 막힌 흐느낌 소리만 들렸다.

마놀라카스는 성호를 긋고 한 걸음 앞으로 나서면서 칼을 쳐들었다. 울타리 옆의 늙은 여자들은 잘 한다는 듯이 비명을 내질렀다. 젊은 처녀들은 머리 수건을 내려 두 눈을 가렸다.

과부는 고개를 쳐들어 머리 위의 칼을 보더니 암소처럼 소리를 질렀고 사이프러스 나무 밑에 쓰러져서 고개를 어깨 사이에 파묻었다. 그녀의 목덜미가 하얀 백합꽃처럼 반들거렸다.

"하느님의 이름으로!" 노 마브란도니스가 성호를 그으며 소리쳤다.

그러나 바로 그 순간 분노에 찬 고함 소리가 우리 뒤편에서 들려왔다. "그 칼 내려놓지 못해, 이 살인자야!"

모두들 놀라서 고개를 돌렸다. 마놀라카스는 고개를 쳐들었다. 그의 앞에는 조르바가 화를 내며 두 팔을 휘두르며 소리쳤다. "쳇, 너희들은 부끄럽지도 않아? 너희들은 도대체 어떻게 생겨먹은 영웅이야? 온 마을이 여자 하나를 죽이려고 덤벼들다니! 젠장, 너희들은 크레타를 모욕하고 있어!"

"조르바, 당신 일이나 신경 쓰시오. 우리 일에 끼어들지 말아요." 마브란도니스가 으르렁거렸다.

그는 조카에게 고개를 돌렸다. "마놀라카스." 그가 말했다. "그리스도와 파나기아의 이름으로, 쳐라!"

마놀라카스는 펄떡 앞으로 나서면서 그 과부를 낚아채어 쓰러트리고서 무릎으로 그녀의 배를 누르면서 칼을 쳐들었다. 하지만 그는 너무 늦었다. 커다란 머리 수건을 손목에 감아 보호대로 삼은 조르바가 이미 향토 경찰관의 팔을 붙잡으며 마놀라카스의 손에서 칼을 빼앗으려고 힘을 쓰고 있었다.

과부는 무릎을 세워 절반쯤 일어서면서 좌우를 재빨리 두리번거리면서 도망갈 길을 찾았다. 그러나 마을 남자들이 문을 막아섰고, 성당 마당에서 원을 그리며 서 있거나 아니면 낮은 돌담장 위에 서 있었다. 그들은 그녀가 도망치려는 것을 보고서 앞으로 뛰어나와 포위망을 좁혔다.

그러나 조르바는 날렵하고 유연하면서도 아무런 소리도 지르지 않고 씩씩하게 싸우고 있었다. 나는 문턱에 서서 불안한 눈으로 그 싸움을 지켜보았다. 마놀라카스의 얼굴은 분노로 인해 암청색으로 변했다. 시파카스와 다른 덩치 큰 남자가 도우려고 앞으로 나섰으나 마놀라카스는 화난 눈빛으로 그들을 쳐다보았다. "물러서, 물러서라고!" 그가 소리쳤다. "아무도 가까이 오지 마!" 그는 분기탱천하여 조르바에게 달려들며 마치 황소처럼 들이받았다.

조르바는 입술을 꽉 깨물면서 침묵했다. 그는 향토 경찰관의 오른쪽 팔을 집게처럼 꽉 잡으면서 몸을 이리저리 흔들어서 황소의 돌격을 피했다. 마놀라카스는 미친 듯이 달려들어 조르바의 귀를 이빨로 꽉 깨물고서 잡아당겼다. 피가 흘러나왔다.

"조르바!" 내가 겁을 집어먹으며 그를 구하기 위해 앞으로 달려 나왔다.

"저리 비켜요, 보스!" 그가 내게 소리쳤다. "이 일에 끼어들지 말아요!"

그는 주먹을 꽉 쥐면서 마놀라카스의 아랫배 쪽 불알을 세게 가격했다. 사나운 황소는 금방 마비가 되었다. 암청색 얼굴은 창백해졌고 귀를 깨문 이빨의 악력은 느슨해졌으며 그의 입은 절반쯤 찢어진 귀를 풀어주었다. 조르바는 그를 밀어내며 땅에 쓰러트려 그의 손에서 칼을 빼앗아 보도 타일 위에 세게 내팽개쳐 두 동강을 냈다.

그는 머리 수건으로 귀에서 흘러내리는 피를 닦아내고 그 다음에 땀에 젖은 얼굴을 닦았는데 그 결과 온 수건이 피투성이였다. 그는 펄쩍 일어서면서 부어오른 충혈된 눈으로 주위를 둘러보더니 과부를 불렀다.

"일어서요, 나와 함께 갑시다."

그는 떠나기 위해 성당 문 쪽으로 움직였다.

과부는 죽다 살아난 얼굴로 일어서면서 황급히 서두르기 위해 혼신의 힘을 다했다. 그러나 그녀는 너무 늦었다. 노 마브란도니스가 전광석화처럼 그녀에게 달려들어 쓰러트리면서 그녀의 머리카락을 그의 팔에 세 번 감아 돌리더니 단 일격으로 그녀의 머리통을 베어냈다.

"이 죄에 대해서는 내가 책임지겠습니다!" 그가 절단된 머리통을 성당 문지방에다 내던지고 성호를 그으며 소리쳤다.

조르바는 고개를 돌려 그 장면을 쳐다보면서 콧수염을 세게 잡아 뜯으며 신음 소리를 냈다. 나는 그에게 다가가 그의 팔을 잡았다. 그는 내게 기대며 나를 쳐다보았다. 두 개의 굵은 눈물방울이 그의 눈썹에 매달려 있었다.

"보스, 갑시다." 그가 흐느끼는 목소리로 말했다.

그날 저녁 조르바는 단 한 조각의 빵도 입에 넣으려 하지 않았다. "목구멍이 꽉 막혔어요. 삼킬 수가 없어요." 그는 계속 말했다. 그는 차가운 물로 귀를 씻어냈고 솜을 라키 술에다 담가서 일종의 붕대를 만들었다. 그는 두 손으로 머리를 부여잡고 침대에 앉아서 깊은 생각에 잠겼다.

나는 벽에 기대고서 방바닥에서 발을 쭉 폈다. 뜨거운 눈물이 내 뺨을 타고 천천히 흐르는 것을 느꼈다. 내 머리는 전혀 작동하지 않았다. 그 어떤 것도 생각하지 않았다. 나는 마구 울면서 어린애같이 투정하고 싶은 심정이었다.

갑자기 조르바가 고개를 쳐들더니 폭발했다. 그는 고함을 쳤고 커다란 목소리로 내적 독백을 마구 쏟아냈다. "보스, 정말이지, 이 세상에서 벌어지는 모든 일들이 불공정하고, 불공정하고, 또 불공정해요! 내 비록 벌레요 괄태충(括胎蟲)에 지나지 않는 자이지만 동의할 수 없어요! 늙은 노인들은 그대로 남아 있는데 어린 소년 소년들이 죽어야 합니까? 왜 어린아이들이 죽습니까? 내 어린 아들 디미트라키스가 죽었어요. 겨우 세 살이었을 때 내 양팔 안에서 죽었습니다. 나는 결코, 결코 (보스, 듣고 있는 겁니까?) 신을 용서할 수가 없어요. 내가 숨을 거두었는데 신이 내 앞에 나타날 배짱이 있다면 그리고 그가 정말로 신이라면 그는 부끄러움을 느낄 겁니다. 그래요, 나 조르바, 이 괄태충 앞에서 부끄러움을 느낄 거라고요."

그는 얼굴을 찌푸렸다. 그는 고통을 느꼈다. 그의 상처에서 다시 피가 흘러나오기 시작했다. 그는 비명을 지르지 않으려고 입술을 꼭 깨물었다.

"조르바, 잠깐만. 내가 이 붕대를 다시 갈아줄 테니까." 내가 말했다.

나는 라키 술로 그의 귀를 다시 씻어냈다. 과부가 내게 보내준 장미수를 꺼내어—그것은 내 침대 위에 있었다—솜을 적셨다.

"장미수?" 조르바가 그 향기를 흠뻑 들이마시며 물었다. "장미수? 내 머리에도 좀 뿌려줘요. 이렇게요. 고맙습니다! 그리고 내 손바닥에도 좀 뿌려요. 어서!"

나는 아연 되살아났다. 나는 놀라면서 그를 쳐다보았다.

"나는 과부의 과수원에 들어가 있는 느낌이 들어요." 그러자 그는 다시 슬픈 표정을 지었다. "얼마나 많은 세월이 흘러야 할까요? 진흙이 그런 멋진 몸을 만들어내려면! 그 여자를 쳐다보면 이렇게 말하고 싶어져요. '아, 내가 다시 스무 살이라면! 지구상의 인간들은 모두 사라지고 그녀와 나만 구제되었으면. 그래서 그녀에게서 아이들을 얻었으면. 아니,

아이들이 아니라 참으로 진짜 신들이지요. 그런 신들이 지상을 가득 채운다면! 그러나 이제—"

그는 펄쩍 뛰어올랐다. 그의 눈에 눈물이 그렁그렁했다. "보스, 난 방 안에 그대로 있을 수가 없어요." 그가 말했다. "산책을 나가서 오늘 밤 산을 두세 번 오르락내리락해야겠어요. 그렇게 몸을 피곤하게 만들어야 내 정신이 평온해질 것 같아요. 이봐요, 과부, 내가 당신을 위해 진혼가를 부르지 않는다면 난 그만 터져버릴 것 같소!"

그는 밖으로 나가 산 쪽으로 달려가 어둠 속으로 사라졌다.

나는 침대에 누워 램프를 끄고서 나의 혐오스럽고 비인간적인 방식에 의하여 현실의 모습을 바꾸기 시작했다. 먼저 그것의 피, 살, 뼈를 제거하여 추상적인 관념으로 만든 다음에 그 관념을 가장 일반적인 법칙에 연결시켰다. 그리하여 나는 다음과 같은 끔찍한 결론에 도달했다. 벌어진 일은 얼마든지 정당화될 수 있다. 그것은 사물의 보편적 계획안에 들어 있는 일이고 그 계획은 세상의 조화를 더욱 풍성하게 한다. 이렇게 하여 나는 벌어진 일은 정당화될 뿐만 아니라 필요하고 또 적절한 것이라는 난폭한 위안에 도달했다.

과부의 살해는 내 두뇌 속에 아주 야만적이고 또 무서운 도덕적 메시지를 박아 넣었다. 내 머릿속에서는 모든 생각들이 여러 해 동안 깃들여왔으나 엄정한 기율의 단속을 받았다. 그 추상적 메시지는 나의 가슴을 어리둥절하게 만들었다. 그렇지만 사물들을 이미지와 전략으로 요약해버리는 나의 이론들이 그 메시지를 내 머리에 강요했다. 그렇게 해야 그것들을 움직이지 못하는 것으로 고정시킬 수 있었다. 마치 벌들이 꿀을 따먹기 위해 그들의 둥지를 쳐들어온 커다란 야생벌을 왁스 속에다 고정시켜 버리듯이.

이렇게 하여 몇 시간 만에 그 과부는 상징의 부동성을 획득하고서 내 기억 속에서 평화로이 누워 있게 되었다. 얼굴에 가벼운 미소까지 떠올린 채. 그녀는 이미 내 마음속에서 왁스로 고정이 되었다. 그녀는 내 정신에 겁을 줄 수도 없고 또 내 의식을 마비시킬 수도 없었다. 순간적으로 지나간 그 무서운 사건은 공간과 시간 속에서 점점 더 확대되며 넓어지더니 마침내 위대한 문명과 동일한 것이 되었다. 지구는 보편적 운명에 빚을 지고 있는데 그 운명에 따르면 문명은 언젠가는 죽어야 하는 것이다. 이렇게 관념적인 의미로 과부의 죽음을 생각하면서 나는 그녀가 보편적 법칙에 따라 죽음이라는 신성하고 평온한 휴지 상태로 들어가 그녀의 살해자들과 이미 화해를 했다는 걸 발견했다.

시간은 나의 내부에서 그 진정한 본질을 획득했다. 그래서 과부는 마치 수천 년 전에 죽은 사람처럼 느껴졌고, 크노소스의 곱슬머리 처녀들과 에게 문명은 바로 오늘 아침에 죽은 것 같은 느낌이 들었다.

나는 필연적으로 죽음에 굴복해야 할 것이고(죽음처럼 필연적인 것은 없다), 그러면 아무런 소리도 없이 어둠 속으로 미끄러져 들어갈 것이다. 나는 그런 식으로 잠에 굴복했고 그래서 조르바가 돌아왔을 때 그 소리를 듣지 못했다. 다음 날 아침 나는 그가 산으로 출근하여 인부들에게 고함을 치고 꾸중을 주는 소리를 들었다. 그들이 하는 일은 뭐든지 조르바의 마음에 들지 않았다. 그는 대드는 인부 세 명을 해고하고, 곡괭이를 직접 집어 들고서 가시 많은 관목들과 떡갈나무 사이로 그가 기둥 박을 장소로 지정해 놓은 길을 내기 시작했다. 그는 산으로 올라가서 소나무를 베고 있는 석산 노동자들을 발견하여 그들에게 중지하라고 소리쳤고 또 실없는 웃음을 웃으면서 뭔가 중얼거리는 자에게 욕설을 퍼부었다.

그날 저녁 온몸에 긁힌 자국이 난 채로 피곤하여 돌아온 그는 해변에서 내 옆에 앉았다. 그는 거의 입을 열지 않았다. 잠시 뒤 그가 입을 열었을 때에도 목재, 케이블, 갈탄광 등에 대해서만 말했다. 마치 많은 이익을 거두어서 그곳을 곧 뜨려고 하는 탐욕스러운 사업가처럼 그 산을 뿌리까지 파괴해 버리려고 하는 모습이었다.

내가 관념적인 사변을 통해 얻은 다소 안정된 상태 속에서 그 과부에 대해서 말하려고 하자 조르바는 커다란 손으로 내 입을 막았다. "조용히 하세요." 그는 내면 깊숙한 곳에서 올라오는 것 같은 거의 들릴 듯 말 듯 한 목소리로 속삭였다.

나는 부끄러움을 느끼며 입을 다물었다. '저게 진짜 사나이의 의미이겠지.' 나는 조르바의 고통을 부러워하며 혼자 중얼거렸다. 그것은 따뜻한 피와 단단한 뼈를 가진 남자의 고통이었다. 그는 슬플 때는 진정으로 굵은 눈물을 뚝뚝 흘리고 반대로 기쁠 때는 그 기쁨을 가느다란 그물의 형이상학적 체에 집어넣고 흔들어 체질하지 않는 것이다.

이런 식으로 사나흘이 지나갔다. 조르바는 먹지도 마시지도 않고 일에만 몰두했다. 그는 일부러 몸을 혹사하고 있었다. 어느 날 저녁 나는 그에게 마담 부불리나가 아직도 병상에 있다고 말했다. 그녀가 정신착란 상태에서 조르바의 이름을 부른다는 얘기도 했다. 그러나 의사는 오지 않았다고 한다.

그는 주먹을 꼭 쥐었다. "알았어요." 그 다음 날 아침 그는 아주 일찍 마을에 갔다가 재빨리 돌아왔다.

"그녀를 만났나요?" 내가 물었다. "그녀는 용태가 어때요?"

조르바는 얼굴을 찌푸렸다. "그녀는 잘못된 게 없어요. 그냥 죽어가고 있어요."

그는 재빨리 산으로 출근했다. 그날 저녁 그는 식사도 하지 않고 단장을 들고 밖으로 나섰다.

"조르바, 어디로 가는 거요?" 내가 물었다. "마을로?"

"아니요. 산책을 나갑니다. 곧 돌아올게요." 그는 길고 단호한 걸음걸이로 마을 쪽을 향해 걸어갔다.

나는 피곤하여 침대에 들었다. 다시 한 번 내 마음은 이 세상을 면밀히 검토했다. 기억들이 떠올랐고 슬픔이 되살아났다. 내 마음은 아주 막연한 관념들을 향해 달려가다가 곧 다시 돌아와 조르바 위에 멈추었다.

'만약 그가 길에서 마놀라카스를 만난다면.' 나는 생각했다. '그 격노한 크레타 거인이 그에게 달려들어 그를 죽일지도 몰라.' 나는 지난 사흘 동안 그가 집 안에 들어박혀 고함을 지르면서 보냈다는 얘기를 들었다. 마을 사람들 앞에 나타나는 걸 부끄러워하면서 만약 조르바가 눈앞에 나타나면 그자를 "정어리처럼 짝짝 찢어버리겠다."라고 위협한다는 것이다. 지난밤 자정에 그가 무장을 한 채 오두막 주위를 어슬렁거리는 것을 한 인부가 보았다. 만약 두 남자가 오늘 길에서 만난다면 살인이 벌어질 것이었다.

나는 놀라 일어나면서 옷을 입고 재빨리 마을 쪽으로 걸어갔다. 공기가 습한 아름다운 밤이었고 야생 바이올렛 냄새가 났다. 잠시 나는 어둠 속에서 피곤에 지친 듯 천천히 걸어가는 조르바를 발견했다. 그는 때때로 걸음을 멈추면서 별들을 유심히 쳐다보고, 또 주위의 소리를 귀 기울여 듣다가 다시 걸어갔다. 나는 그의 단장이 조약돌을 내리찍는 소리를 들을 수 있었다.

그는 마침내 과부의 과수원 가까이 갔다. 공기 중에서는 레몬 꽃망울과 인동덩굴 냄새가 났다. 갑자기 오렌지 나무숲에서 나이팅게일의 울음소리가 산간의 석간수처럼 쭈, 쭈르르 쭈, 쭈르르 하고 들려왔다. 나이팅게

일은 어둠 속에서 계속 노래를 불러 그 소리를 듣는 사람을 숨 막히게 했다. 조르바도 그런 아름다움에 숨 막혀 하면서 갑자기 걸음을 멈추었다.

그런데 갑자기 갈대 산울타리가 움직이면서 그 날카로운 잎사귀들이 강철판 같은 소리를 냈다. "이봐, 거기!" 노호하는 커다란 목소리가 들려왔다. "이봐, 노망든 늙은이, 잘 만났어!"

나는 그 목소리를 알아듣고서 몸이 얼어붙었다.

조르바는 앞으로 한 걸음 내디디더니 단장을 들어 올리며 멈추어 섰다. 나는 별빛 속에서 그의 동작 하나하나를 뚜렷이 볼 수 있었다.

덩치가 엄청나게 큰 남자가 갈대 울타리에서 나왔다.

"당신, 누구야?" 조르바가 목을 내밀며 물었다.

"빌어먹을, 나야, 마놀라카스."

"계속 가. 여기서 사라져!"

"이 빌어먹을 조르바, 왜 나에게 창피를 준 거야?"

"마놀라카스, 자네에게 창피를 준 건 내가 아니야. 좋은 말 할 때, 여기서 꺼져. 자네는 키가 크고 힘이 센 친구야. 하지만 운명은 언제나 자신의 방식대로 결정해. 자네가 모를까 봐 말해 주는데 운명은 눈이 멀었어."

"운명은 무슨 올빼미 소리고, 눈멀었다는 건 무슨 돼지 소리야." 마놀라카스가 지껄였다. 나는 그가 이빨을 가는 소리를 들었다. "나는 오늘 밤 그 창피를 설욕할 생각이야. 당신 칼 가지고 있어?"

"아니." 조르바가 대답했다. "산책용 단장을 갖고 있지."

"가서 당신 칼을 가지고 와. 내가 기다리고 있을 테니까. 가!"

조르바는 움직이지 않았다.

"겁먹었나?" 마놀라카스가 조롱하는 어조로 식식거렸다.

"이봐, 마놀라카스, 내가 칼을 가지고 뭘 하겠어?" 조르바가 서서히 열을 내면서 말했다. "내가 뭘 하겠냐고? 자네도 기억하겠지만, 성당에서 자넨 칼을 갖고 있었어. 나는 없었고. 그렇지만 나는 해냈어."

마놀라카스가 고함쳤다. "그러니까 나를 비웃는다는 거야? 나는 칼을 들었고 당신은 들지 않았다고 해서 오늘 밤 나를 당신 마음대로 가지고 놀 수 있다고 생각하는 거야? 그래서 나를 비웃는 거야? 가서 칼을 가지고 와, 이 빌어먹을 마케도니아 놈아. 한번 우리의 힘을 겨루어 보자고."

"힘을 겨루어 보겠다면 자네는 칼을 내려놓고 나는 단장을 내려놓기로 하지!" 조르바가 화가 나서 떨리는 목소리로 말했다. "자, 어디 한번 해보자, 이 빌어먹을 크레타 놈아!"

조르바는 팔을 쳐들면서 단장을 내던졌다. 나는 단장이 갈대 울타리 사이로 떨어지는 소리를 들었다.

"칼을 내 던져!" 조르바가 소리쳤다.

나는 발끝으로 서서 그 현장에 서서히 다가갔다. 별빛 속에서 나는 반짝거리는 칼이 갈대 울타리 사이로 떨어지는 것을 보았다.

조르바는 손바닥에 침을 뱉었다.

"자, 어디 해보자고!" 그는 소리치면서 내닫는 힘을 얻기 위해 껑충 뛰어올랐다.

그러나 두 건장한 남자가 격돌하기 직전 내가 그 사이에 끼어들었다. "잠깐만!" 내가 소리쳤다. "마놀라카스, 여기로 와요! 그리고 조르바, 당신도 여기로 와요. 당신들은 부끄러운 줄 알아야 해요!"

두 적수는 천천히 걸으면서 다가왔다. 나는 두 사람의 오른손을 잡았다.

"악수해요! 당신들은 멋지고 용감한 남자요. 어서 화해해요!"

"저자는 나에게 창피를 주었습니다." 마놀라카스가 손을 뒤로 빼려고 하면서 말했다.

"마놀라카스 대장, 당신은 쉽사리 창피를 당할 사람이 아닙니다." 내가 말했다. "온 마을이 당신의 용감함을 잘 알고 있어요. 며칠 전 성당에서 벌어진 일은 괘념하지 말아요. 그건 운이 나쁜 날이었어요. 벌어진 일은 이미 벌어졌어요. 그건 끝났다고요! 조르바가 마케도니아에서 온 타관 사람이라는 걸 잊지 말아요. 우리 크레타인은 우리 땅을 찾아온 타관 사람에게 손대는 것을 커다란 수치로 생각합니다. 그러니 어서 악수를 해요. 그거야말로 진짜 용기예요. 그리고 우리 오두막으로 가서 와인을 좀 마시고 50미터 길이의 소시지를 구워서 애피타이저로 먹읍시다. 당신들의 화해를 굳히기 위해. 어떻소, 마놀라카스 대장?"

나는 마놀라카스의 허리를 부여잡고 약간 길옆 쪽으로 밀어냈다.

"그는 노인이오." 내가 그의 귀에다 대고 속삭였다. "건장하고 용감한 무사인 당신이 노인과 싸운다는 건 어울리지 않아요."

마놀라카스는 태도가 부드러워졌다. "좋아요." 그가 말했다. "당신을 위해서."

그는 조르바 쪽으로 한 걸음 내디디면서 묵직하고 커다란 손을 내밀었다. "자, 조르바 친구." 그가 말했다. "과거의 일은 과거로 돌립시다. 당신의 손을 내밀어요!"

"자네는 내 귀를 씹었지. 내 귀는 언제나 자네를 환영하네." 조르바가 말했다. "자 나도 손을 내밀겠네."

그들은 오랫동안 힘차게 악수를 했다. 서로 분노하는 눈빛으로 오래 쳐다보면서 더욱 세게 손을 잡았다. 나는 그들이 또다시 싸우려 하는 게 아닌가, 두려웠다.

"자네는 악력이 좋군." 조르바가 말했다. "자네는 건장한 남자야, 마놀라카스!"

"당신도 악력이 좋기는 마찬가지에요. 좀 더 세게 눌러 보시오."

"자, 이제 됐어요." 내가 소리쳤다. "가서 술을 마시며 우리의 우정을 축하합시다."

우리는 오두막이 있는 해변으로 돌아갔다. 내가 가운데 서고 조르바가 내 오른쪽, 마놀라카스가 왼쪽에 섰다.

"금년에는 밀 풍년이 들 것 같아." 내가 화제를 바꾸기 위해 말했다. "비가 많이 왔거든."

하지만 두 남자는 신경을 쓰지 않았다. 그들의 가슴은 아직도 터질 것 같았다. 나는 와인이 모든 걸 해결해 주리라 기대하고 있었다. 우리는 드디어 오두막에 도착했다.

"자, 마놀라카스 대장, 우리의 누추한 거처에 오신 것을 환영합니다." 내가 말했다. "조르바, 우리를 위해 소지시를 굽고 또 와인을 좀 따라 주시오."

마놀라카스는 오두막 밖의 바위에 걸터앉았다. 조르바는 화로에 불을 켜고 애피타이저를 구운 다음 와인을 석 잔 가장자리까지 가득 따랐다.

"당신들 두 사람의 건강을 위하여." 내가 술이 가득 찬 잔을 들어 올리며 말했다. "마놀라카스 대장, 당신의 건강을 위하여. 조르바, 당신의 건강을 위하여. 자 서로 잔을 부딪쳐요."

그들은 잔을 부딪쳤다. 마놀라카스는 몇 방울을 땅에 흘렸다. "만약 내가 조르바 당신을 공격한다면 내 피가 이처럼 흐르기를."

"내 피 역시 흐르기를." 조르바가 술을 몇 방울 땅에 흘리며 말했다. "마놀라카스, 당신이 내 귀를 씹어대던 것을 내가 아직도 기억하고 있다면!"

　새벽녘에 조르바가 침대에 일어나 앉아 나를 깨웠다. "보스, 아직도 잡니까?"

　"조르바, 무슨 일이요?"

　"나는 아주 이상한 꿈을 꾸었어요. 우리가 곧 여행을 떠나는 것 같았어요. 내 말을 들으면 당신은 웃을 겁니다. 분명 여기 항구에 도시처럼 큰 배가 들어와 있었어요. 뱃고동을 울리는 것으로 보아 곧 떠날 것 같았어요. 나는 손에 앵무새 조롱을 들고서 시간에 맞추어 마을에서 달려왔어요. 나는 항구에 도착하여 배에 오르려 했어요. 그때 선장이 앞으로 나서더니 소리쳤어요. '배표!' 내가 물었어요. '얼마요?' 내가 주머니에서 지폐를 한 움큼 꺼내었어요. '1천 드라크마.' '저런, 8백 드라크마로는 안 되겠소?' '안 돼요, 1천이에요.' '나는 8백밖에 없소. 이걸 받으시오.' '1천이에요. 그 이하로는 안 돼요. 안 그러면 빨리 배에서 내려요!' 그러자 나는 화가 났어요. '이봐요, 선장, 내가 내놓는 8백을 받는 게 당신을 위해서도 좋을 거요. 안 그러면, 이 불쌍한 친구, 나는 잠에서 깨어날 거고 그러면 당신은 8백도 못 받게 되는 거요!'"

조르바는 웃음을 터트렸다. "참, 우리 인간은 정말 엉뚱한 기계예요! 이 기계에게 빵, 와인, 물고기, 뿌리가 긴 무를 주면 한숨, 웃음, 꿈이 나와요. 완전 공장이라니까요! 우리의 머릿속에는 영화가 돌아가고 있어요. 그것도 말이 나오는." 갑자기 그는 매트리스에서 내려왔다. "하지만 그 앵무새는?" 그가 안타까운 목소리로 물었다. "그건 무슨 의미지요? 앵무새가 나와 함께 떠난다는 것은? 이것 참, 내 생각에 —"

그는 말을 끝맺지 못했다. 머리카락이 사탄처럼 붉은 어떤 땅딸막한 전령이 숨이 턱에 걸린 채 오두막 안으로 달려온 까닭이다.

"불쌍한 마담이 당신에게 의사를 좀 불러달라고 부탁했어요. 그녀가 죽어가고 있기 때문에 만약 죽는다면 당신 책임이라고 했어요. 불쌍한 마담."

나는 부끄러웠다. 과부가 일으킨 혼란 때문에 우리는 나이 든 여자 친구를 완전히 잊고 있었던 것이다.

"그녀의 상황은 그처럼 나쁠 수가 없어요. 정말 너무나 우울해요!" 붉은 머리 소년이 웃으면서 말했다. "그녀는 너무나 아파요. 그녀의 기침은 건물 전체, 아니 마을 전체를 흔들어놓고 있어요. 그건 당나귀 기침이에요. 쿨럭, 쿨럭."

"웃지 마!" 내가 소년에게 소리쳤다. "입 닥쳐!"

나는 종이 한 장을 꺼내어 급히 썼다.

"자, 이 편지를 들고 달려가서 의사에게 보여. 의사가 암말에 올라타는 것을 보기 전에는 돌아오지 마. 내 말 알아들어? 자, 빨리 가!"

그는 편지를 받아들고 허리띠 아래에다 찔러 넣은 후 언덕 위로 올라가기 시작했다.

　잠시 뒤 나는 같은 길로 나섰다. 과부의 과수원은 방치되어 있었다. 미미토스가 과수원 밖에서 비루먹은 강아지처럼 쭈그리고 앉아 있었다. 그는 살이 빠졌다. 두 눈은 퀭 하니 들어갔고 괴기한 빛을 발했다. 그는 고개를 돌려 나를 보더니 조약돌 하나를 집어 들었다.

　"미미토스, 여기서 뭘 하고 있는 거지?" 나는 과수원을 아쉬워하는 눈으로 바라보면서 물었다.

　나는 내 목에 레몬 꽃과 월계수 기름 냄새가 나는 따뜻하고 아늑한 두 팔을 느꼈다. 우리는 말을 하지 않았다. 석양녘에 나는 과부의 까맣게 빛나는 두 눈을 보았다. 또 호두 잎사귀로 닦은 그녀의 날카로운 이빨이 완벽한 백색으로 빛나는 것도 보았다.

　"왜 물어요?" 미미토스가 으르렁거렸다. "당신 일이나 신경 쓰세요!"

　"담배 하나 줄까?"

　"난 담배 끊었어요. 당신들은 모두 개자식이에요. 당신들 모두!" 그는 숨 막혀 하면서 말을 끊었고 생각나지 않는 말을 열심히 찾는 것 같았다. "개자식들! 냄새나는 놈들! 거짓말쟁이! 살인자들!" 그는 자신이 찾던 말을 찾아냈고 그래서 펄쩍 일어서면서 손뼉을 쳤다. "살인자들! 살인자들! 살인자들!" 그는 비명을 지르다가 이어 웃기 시작했다.

　그것이 내 마음을 아프게 했다.

　"미미토스, 네 말이 맞아, 네 말이 맞아!" 나는 재빠른 걸음걸이로 그를 지나치며 중얼거렸다.

　나는 마을 입구에서 노(老) 아나그노스티스를 보았다. 그는 지팡이에 의지하여 허리를 숙이고서 봄철 풀밭 위를 날아가며 서로 쫓고 쫓기는 두 마리의 노란 나비를 유심히 관찰하고 있었다. 이제 그는 늙었고 전답,

410

여자, 아이들 등에 대한 걱정에서 해방되었기에 그는 세상을 관찰할 시간이 있는 것이다. 땅에 드리운 내 그림자를 보고서 그는 고개를 쳐들었다.

"어딜 그렇게 일찍 가시오?" 그러나 그는 나의 근심하는 얼굴을 보고서 금방 짐작했다. "젊은 양반, 빨리 가보시오. 아마도 살아있는 모습은 보지 못할 거요. 불쌍한 것."

마담의 가장 충실한 비품인 크고 넓은 침대는 자그마한 침실의 한가운데로 옮겨져 있었는데 그 침대가 방을 거의 다 채우고 있었다. 근심하며 걱정스럽게 그녀를 내려다보는 최측근은 녹색 겉옷에 노란 보닛을 쓰고, 둥글면서도 날카로운 눈을 가진 앵무새였다. 앵무새의 사람 비슷한 머리는 아래쪽 매트리스에서 여주인이 신음하는 소리를 들으면서 고개를 옆으로 돌렸다. 하지만 그 소리는 앵무새가 잘 아는 소리, 그러니까 섹스의 쾌락을 이기지 못해서 나오는 숨넘어가는 소리가 아니었다. 비둘기의 부드럽게 우는 소리 혹은 겨드랑이를 간질여서 나오는 소리가 아니었다. 여주인이 침상에서 몸을 뒤틀 때마다 얼어붙은 땀이 그녀의 얼굴 위에 나선형을 이루며 흘러내렸다. 감지 못한 아마 빛 머리카락은 빗질도 되지 않은 채 관자놀이에 찰싹 달라붙어 있었다. 이런 모든 것들은 앵무새가 처음 보는 광경이었다. 걱정이 되어 앵무새는 "카나바로! 카나바로!"를 외쳐보려 했지만 그 목소리는 질식된 인후를 뚫고 나오지 못했다.

방치된 채 고통 받고 있는 앵무새의 여주인은 숨이 막힌 채 신음 소리를 내질렀고, 그녀의 쪼그라들고 축 처진 양팔은 이불 위아래로 오르락내리락했다. 그녀는 화장기 하나도 없이 퉁퉁 부어오르는 상태였고, 이제 썩기 시작한 고기의 시큼한 냄새를 풍기고 있었다. 뒤축이 닳고 볼품

없어진 그녀의 멋쟁이 단화가 침대 가장자리 밑에서 비죽 튀어나와 있었다. 단화를 보고 있으려니 가슴이 아팠다. 그 신발은 주인보다 더 황량하게 보였다.

조르바는 환자의 베개 옆에 앉아 있었다. 그는 단화로부터 시선을 뗄 수가 없어서 계속 그것을 쳐다보면서 울지 않으려고 입술을 꽉 깨물었다. 나는 그의 옆에 섰으나 그는 내가 들어오는 소리를 듣지 못했다.

불쌍한 여자는 숨을 제대로 쉬지 못했다. 그녀는 계속 몸을 뒤척이며 숨을 쉬려고 애썼다. 그녀에게 부채질을 해주려고, 조르바는 천으로 만든 장미 조화로 장식된 자그마한 모자를 벽의 못에서 떼어냈다. 그는 커다란 손을 앞뒤로 움직이면서 어색한 자세로 부채질을 했다. 그는 풀무질을 해서 축축하게 젖은 석탄에 불을 붙이려는 사람처럼 보였다.

마담은 겁먹은 채 눈을 뜨면서 주위를 둘러보았다. 모든 것이 침침해졌다. 어둠에 둘러싸인 그녀는 아무도 구분할 수 없었고 심지어 장미 장식의 모자를 들고 있는 조르바도 알아보지 못했다. 땅에서는 푸른 증기가 솟아올랐는데 때때로 너털웃음을 웃는 입으로 변신하는가 하면, 때로는 검은 날개들 혹은 커다란 갈고리 같은 발톱이 달린 발들로 변신했다. 눈물. 침, 땀으로 얼룩진 지저분한 베개를 손톱으로 후벼 파면서 불쌍한 여자는 가녀린 소리를 내질렀다. "죽기 싫어! 죽기 싫어!"

그러나 마을의 전문 호곡꾼들이 그녀의 심상치 않은 용태를 냄새 맡고서 이미 도착해 있었다. 그들은 방 안으로 들어와 벽에 기대며 발을 바닥에 내뻗고 앉았다. 앵무새는 그 둥그런 눈으로 그들을 쳐다보면서 화를 냈다. 새는 그 목을 앞으로 쭉 내밀며 "카나바─" 하고 소리쳤으나 조르바가 신경질적으로 새장을 쳐서 앵무새를 멈추게 했다.

다시 한 번 절망에 빠진 가녀린 외침이 들려왔다. "죽기 싫어! 죽기 싫어!"

얼굴이 햇볕에 검게 타고 아직 콧수염을 기르지 않은 두 젊은 남자가 문 앞에 나타났다. 그들은 환자를 유심히 살피더니 서로에게 좋다는 듯이 고개를 끄덕거리고는 사라졌다. 갑자기 마당 쪽에서 겁먹은 듯 날개 치는 소리가 들려왔다. 누군가가 암탉들을 잡기 위해 쫓아가고 있었다.

첫 번째 호곡꾼인 노(老) 말라마테니아는 보조 호곡꾼인 안티 레니오에게 고개를 돌렸다. "레니오, 저 두 청년을 보았나? 너무 배가 고파서 기다리지 못하고 암탉을 잡아서 뼈까지 깨끗이 먹어치우려 하는군. 마당에 마을의 놈팽이들이 다 모여 있어. 곧 습격이 시작될 거야." 그녀는 환자의 침대 쪽으로 고개를 돌리며 내면 깊숙이 울려나오는 목소리로 중얼거렸다. '제발, 좀 죽어! 빨리! 빨리 죽어줘야 우리도 남들처럼 먹어볼 기회가 있을 거 아니야.'

"존경하는 마담 말라마테니아, 하느님의 진실을 당신께 말해 보자면." 레니오 아주머니가 이빨 없는 작은 입을 오물오물하면서 말했다. "그들은 옳은 짓을 하고 있는 거예요. '먹으려면 잡아라. 소유하려면 훔쳐라.' 돌아가신 나의 어머니는 이렇게 조언하곤 했어요. 그러니 곧 우리의 만가를 불러주고, 우리도 때맞추어 애피타이저를 즐기도록 해요. 또는 옷감 짜는 얼레를 꼬불치자고요. 이게 우리가 마담의 죄악을 용서해 주는 방식이기도 하고요. 알다시피 그녀는 애도 개도 없어요. 누가 그녀의 암탉과 토끼들을 먹어치울 겁니까? 누가 그녀의 와인을 마실 겁니까? 누가 그녀의 얼레, 빗, 기침약을 물려받을 겁니까? 존경하는 마담 말라마테니아, 난들 어떻게 하겠습니까? 하느님 저를 용서해 주소서, 나는 재빨리 달려들어 챙길 수 있는 건 챙겼으면 좋겠습니다."

"잠깐만. 그렇게 서두르지 말아요. 그러다간 지옥에 떨어지게 돼요."

마담 말라마테니아가 동료의 팔뚝을 잡으며 말했다. "나도 당신과 같은 생각을 가지고 있어요. 하지만 그녀의 숨이 떨어질 때까지 기다려야 해요!"

한편 불쌍한 마담 오르탕스는 베개 밑에서 뭔가를 미친 듯이 찾고 있었다. 그녀는 신변에 위험을 느끼자 여행용 가방 밑바닥에서 하얀 뼈로 된 반들거리는 십자가를 꺼내 베개 밑에다 미리 옮겨놓았다. 그녀는 그 십자가를 여행용 가방 밑바닥에 찢어진 블라우스와 벨벳 천 쪼가리 사이에 처박아두고서 잊어버린 지가 여러 해였다. 그녀는 그리스도를 일종의 치료약 취급을 했다. 건강해서 잘 먹고, 마시고, 사랑을 나눌 때에는 십자가가 필요 없다고 생각해 왔으나 심각한 중병에 걸리자 그제서야 생각나서 그것을 꺼내들었다. 그녀는 이제 베개 밑을 더듬어 뼈 십자가를 찾아내 그녀의 축 처진 땀에 젖은 가슴 위에 올려놓았다.

'예수님, 나의 인자하신 예수님.' 그녀는 에로틱한 열정을 내보이며 그녀의 마지막 애인을 꼬집고 키스하면서 중얼거렸다.

그는 절반쯤 그리스어에 절반쯤 프랑스어인 말들은 부드러움과 열정에 파묻혀서 더욱 혼란스러운 것이 되었다. 그 말을 들은 자들 중에는 앵무새도 있었다. 여주인의 어조가 바뀌었다는 것을 느끼고서, 앵무새는 과거 기나긴 밤의 모험들을 회상하면서 바싹 몸을 치켜세우고서 쾌활하고 시끄럽게 "카나바로! 카나바로!" 하고 소리쳤다. 그건 해가 떠오르기를 기다리며 울어 젖히는 수탉의 홰치는 소리 같았다.

조르바는 이번에는 앵무새의 목소리를 억누르려 하지 않았다. 애인의 동정심을 발휘하면서 그는 여자를 계속 내려다보았다. 여자는 울면서 십자가형을 당한 하느님에게 키스를 했고, 금가고 파괴된 그녀의 탈진한 얼굴에 예기치 않은 감미로움이 퍼져 나갔다.

문이 열렸다. 노 아나그노스티스가 모자를 손에 들고서 발끝으로 서서 조심스레 들어왔다. 그는 환자에게 다가가 고개를 수그리고 경배를 했다. "마담, 나를 용서하시오." 그가 그녀에게 말했다 "나를 용서하고 또 하느님께서도 당신을 용서하시기를. 내가 때때로 모진 말을 했다면 나를 용서해 주시오. 우리는 모두 잘못을 저지르는 인간이니까!"

그러나 형언할 수 없는 지복(至福)에 빠져 이제 평화롭게 누워 있는 마담은 그의 말을 듣지 않았다. 그녀의 모든 문제들, 가령 노년의 무거운 짐, 가난, 모욕, 쓸쓸한 집 안에 혼자 앉아 이름 없는 '정직한' 가정주부처럼 거친 목면 양말을 짜던 쓸쓸한 저녁 한때 같은 것들이 이제 모두 소진되었다. 4대 열강의 무릎에서 장난질을 치고 4대 전함들의 예포를 받았던, 악마 같은 눈빛에 애교 덩어리였던 파리 여자의 모든 고민도 따라서 사라졌다.

암청색 바다, 거품 이는 파도, 바다 위에 춤추듯 떠 있는 철갑 전함, 깃대에서 펄럭이는 다양한 색깔의 깃발들. 구운 메추라기, 그릴에 요리한 붉은 숭어, 투명하고 세련된 수정 그릇에 담겨 나온 얼린 과일 등의 냄새. 전함의 쇠 천장까지 튀어나간 샴페인 코르크.

마담 오르탕스는 눈을 감는다. 검은 턱수염, 밤색 턱수염, 회색 턱수염, 그리고 완전무결한 블론드 턱수염. 오드콜로뉴, 바이올렛, 사향, 파촐리 등 네 개의 서로 다른 향수. 쇠로 만든 선실의 문은 단단히 잠겨 있고, 두터운 커튼이 쳐졌으며, 전기불이 환히 켜 있다. 그녀의 사랑에 가득 찬/고통에 가득 찬 인생은 단지 짧은 한순간에 지나지 않는다. 오, 하느님! 그런가? 그렇지 않은가? 그녀는 이 무릎에서 저 무릎으로 옮겨가고, 황금으로 장식된 상의들을 포옹하며, 두텁고 향기 나는 턱수염에 손가락을 집어넣는다. 그녀는 그들의 이름을 기억하지 못한다. 그녀의 앵무새 또한 마찬가지이다. 카나바로 이외에는. 그가 가장 돈을 잘 썼고 또 앵무 새가 발음할 수 있는 이름은 그것뿐이었다. 다른 이름들은 서로 뒤섞이 고 발음하기가 어려워 결국 사라졌다.

깊은 한숨을 내쉬고 십자가형을 당한 그리스도를 열정적으로 꼭 껴안 으며 마담 오르탕스는 정신착란 속에서 중얼거렸다. '카나바로, 내 사랑, 오 나의 달콤한 사랑, 카나바로.' 그녀는 그를 축 늘어지고 땀 찬 가슴에 꼭 껴안았다.

"그녀는 의식을 잃기 시작했어요." 레니오 아주머니가 속삭였다. "그 녀는 소환 천사를 보고서 겁을 집어먹었어요. 자 두건을 벗고서 좀 더 가 까이 다가갑시다."

"당신! 하느님이 무섭지도 않아?" 마담 말라마테니아가 물었다. "그 녀의 숨이 아직 붙어 있는 데도 만가를 부르자는 얘기야?"

"마담 말라마테니아." 레니오 아주머니가 낮은 목소리로 말했다. "당 신! 저 여행용 가방과 그녀의 옷과 그녀가 저기 가게에 두고 있는 물건들 을 보지 못했어요. 또 마당에 있는 암탉과 토끼들을. 그런데도 거기 앉아 서 아직 숨이 떨어지지 않았다는 얘기만 한가하게 하고 있어요?" 그렇게 말하고 나서 그녀는 화난 듯 벌떡 일어섰고 그녀의 동료도 뒤따라갔다. 그들은 머리에 쓰고 있던 검은 수건을 벗고서 얼마 남지 않은 회색 머리 카락을 내리더니 갈고리 같은 손가락으로 침대 가장자리를 꼭 잡았다. 레니오 아주머니가 먼저 소름이 오싹 끼치는 날카로운 호곡소리를 내지 르며 신호를 보냈다.

"어이구, 어이구, 이제 가면 언제 오나!"

그때 조르바가 앞으로 나서며 두 노파의 머리카락을 잡더니 옆으로 밀쳐냈다. "입 닥치지 못해, 이 지저분한 늙은 여편네들아!" 그가 소리쳤

416

다. "그녀는 아직 살아있어. 너희들은 악마한테나 가!"

"저 망령 난 늙은 놈!" 마담 말라마테니아가 두건을 고쳐 쓰며 으르렁거렸다. "저자는 어떻게 여기 나타난 거야, 방문객 주제에!"

엄청 고통을 받던 여자 대장, 마담 오르탕스는 그 호곡 소리를 듣더니 달콤한 환시(幻視)를 잃어버렸다. 제독의 기함은 바다 속으로 가라앉았다. 구운 고기들도 사라졌다. 샴페인과 향수 뿌린 턱수염들도 사라졌다. 그녀는 이 세상의 가장자리에 있는 지저분한 죽음의 침상으로 다시 떨어졌다. 그녀는 그곳에서 떠나려는 듯—도망치려는 듯—용을 썼으나 다시 가라앉았고 이번에는 좀 더 구슬프게 나직이 중얼거렸다. '죽기 싫어. 죽기 싫어.'

조르바는 그녀 위로 허리를 숙이면서 굳은살이 박인 손을 그녀의 불타는 이마 위에 내려놓았고, 얼굴에 달라붙은 머리카락을 떼어주었다. 그의 새 같은 눈에 눈물이 고였다. '내 사랑, 침착해요, 침착하라고.' 그가 중얼거렸다. '내가 여기 있어. 나 조르바야. 겁먹지 마.'

그리고 보라! 환시는 커다란 침대를 다 덮어버리는, 바다 색깔의 푸른 커다란 나비가 되어 다시 나타났다. 죽어가는 여자는 조르바의 손을 잡았고 그의 수그린 목을 껴안으려고 팔을 쳐들었다. 그녀의 입술이 달막거렸다. '사랑하는 카나바로. 오 내 사랑 상냥한 카나바로.' 뼈 십자가가 베개에서 굴러 방바닥에 떨어져 두 동강이 났다.

마당에서 어떤 남자의 목소리가 들려왔다. "모두 끝났어! 암탉을 솥에다 넣어. 물이 끓고 있다고."

조르바는 천천히 마담 오르탕스의 팔을 목에서 떼어냈다. 그는 아주 창백한 얼굴로 일어섰다. 그는 손등으로 흘러내리는 눈물을 닦았다. 환자를 쳐다보았지만 잘 보이지 않는 그는 주변을 제대로 분간하지 못했다. 그러나 눈을 다시 한 번 닦고서 그는 여자가 축 늘어진 부어오른 다리를 흔들면서 얼굴을 찌푸리는 것을 보았다. 그녀는 갑자기 몸을 부르르 떨었고 이어 그 동작을 반복했다. 방바닥으로 이불 시트가 떨어지자 그녀의 절반쯤 벗은 알몸이 드러났다. 어디에서나 땀을 흘렸고, 퉁퉁 부어올랐으며, 황색이 섞인 녹색이었다. 그녀는 멱 딴 암탉처럼 찢어지는 날카로운 소리를 냈다. 이어 미동도 하지 않았고 번들거리는 겁먹은 두 눈을 크게 뜨고 있었다.

앵무새는 우리의 맨 밑 부분으로 팔짝 내려왔다. 그놈은 홰를 잡으며 조르바가 커다란 손을 마담의 얼굴에 내밀어 아주 부드러운 동작으로 두 눈을 감겨주는 것을 보았다.

"자, 다들 힘을 내! 그녀가 버킷을 걷어찼다!" 호곡꾼들이 소리치면서 침대를 향해 달려갔다. 그들은 상체를 앞뒤로 흔들고 두 주먹을 쥐어 가슴을 치면서 비가를 불렀다. 그들은 슬프고 단조로운 장례의 노래를 부르면서 조금씩 조금씩 최면의 상태로 들어갔다. 아주 오래된 슬픔이 그들을 쓸쓸하게 만들었다. 심장의 겉껍질이 파열되면서 만가가 흘러나왔다.

그건 당신에겐 벌어지지 말았어야 할 일.
당신의 침대를 땅속에 만들어야 하다니
이 어인 날벼락 같은 일인가.

조르바는 마당으로 나갔다. 그는 눈물에 압도되었고 여자들 앞에서 그런 모습을 보이는 것이 창피했다. 나는 어느 날 그가 내게 해준 말을 기억한다. "나는 남자들 앞에서 우는 것은 부끄럽지 않습니다. 나는 남자입니다. 우리는 모두 같은 부족이고 우리끼리는 부끄럽지 않습니다. 그러나 여자들 앞에서 우리는 언제나 용감한 자세를 보여야 해요. 왜? 만약 우리가 먼저 울어버리기 시작한다면 저 불쌍한 것들에게는 무슨 일이 벌어지겠습니까? 그것은 세상의 종말이 될 것입니다."

그들은 와인으로 그녀의 몸을 씻었다. 염하는 늙은 여자는 여행용 가방을 열어서 깨끗한 옷을 가져와 망자에게 갈아입혔고 또 거기서 발견한 오드콜로뉴 자그마한 병을 망자의 몸에 뿌렸다.

근처 과수원들에서 파리가 날아와 그녀의 콧구멍, 눈 가장자리, 입가 등에다 쉬를 슬었다.

어두워지기 시작했다. 서쪽 하늘은 아주 포근한 광경이었다. 흩어져 있는 자그마한 구름들 밑으로, 저녁 햇살이 짙은 보라색을 띠면서 구름들의 가장자리에 황금 색깔을 입혀 주었다. 구름은 계속 그 모습을 바꾸었다. 어떤 때는 배, 어떤 때는 백조, 어떤 때는 솜과 낡은 비단으로 만든 환상적인 들짐승으로 변했다. 저 멀리 파도치는 바다는 마당의 갈대 울타리 사이로 언뜻언뜻 보였다. 두 마리의 통통한 까마귀가 무화과나무에서 날아와 마당의 포석 위를 천천히 걸어갔다. 조르바는 화를 내며 돌멩이를 집어 들고 힘차게 던짐으로써 그놈들을 날려 보냈다.

마을의 놈팽이들은 마당의 한쪽 구석에다 3단 잔칫상을 차렸다. 그들은 커다란 주방 테이블을 마당으로 꺼내왔다. 그들은 집 안을 뒤져 빵, 접시, 은제 그릇을 발견했고 지하실에서 커다란 와인 병을 가지고 왔다. 그들은 세 마리의 암탉을 삶았다. 이제 배고파질 대로 배고픈 그들은 먹고 마시고 술잔을 챙그랑 부딪쳤다.

"하느님이 그녀를 용서해 주시기를. 그녀가 무엇을 했든 간에! 다 잊어주시기를!"

"이봐 친구들, 그녀의 모든 애인들을 천사로 변모시켜 그녀의 영혼을 메고 가는 운구자로 만들자고."

"쳇. 하지만 까마귀를 쫓다가 헛물 켠 늙은 조르바를 한번 보라고!" 마놀라카스가 말했다. "저 불쌍한 친구는 홀애비가 되었잖아. 우리 그를 불러서 이 장례식 만찬에서 술이나 한잔하라고 하자고. 이봐요, 거기, 조르바 대장, 우리 동네 사람!"

조르바는 고개를 돌렸다. 식탁은 마련되었고 삶은 암탉에서는 김이 무럭무럭 나고 술잔에는 와인이 가득했다. 햇볕에 탄 키 크고 건장한 청년들은 머리에 수건을 두르고 있었고, 그들은 근심 걱정이라고는 아예 없는 청년다운 자유의 진수를 보여주고 있었다.

"조르바, 조르바." 마놀라카스가 소리쳤다. "힘을 내요! 당신의 기백을 보여줘요!"

조르바는 그들에게 다가가서 첫째 잔, 둘째 잔, 셋째 잔을 모두 단숨에 벌컥벌컥 들이켰고 닭다리를 씹어 먹었다. 사람들이 그에게 말을 걸었으나 그는 대답하지 않았다. 그는 대식가처럼 신속하게 먹고 마셨다. 아무 말 없이 모든 것을 단숨에 혹은 단칼에 먹고 마시면서 늙은 여자 친구가 죽어 누워 있는 방을 쳐다보았다. 그는 열려진 창문으로 들려오는 만가를 들었다. 그 슬픈 노래는 가끔씩 중간에 끊어졌는데 그럴 때면 고함 소리와 시비 소리가 들려왔고 또 찬장을 여닫는 소리와 마치 싸우는 듯한 둔중하고 빠른 발걸음 소리들도 섞여서 전해졌다. 이어 만가의 슬픈 가락이 흘러나왔는데 그것은 벌들의 윙윙거림처럼 달콤한 절망을 노래했다.

두 명의 전문 호곡꾼은 죽음의 방에서 왔다 갔다 노래를 부르면서 동시에 미친 듯이 물건을 뒤졌다. 그들은 찬장을 열어서 대여섯 개의 작은 숟가락, 약간의 설탕, 커피 깡통, 터키 과자통 등을 발견했다. 레니오 아주머니는 그 물건들에 달려들어 커피와 과자를 챙겼다. 노 말라마테니아는 설탕과 숟갈을 챙겼고 또 과자를 두 개 빼앗아서 입에 집어넣고 우적우적 씹었다. 만가는 이제 터키 과자를 씹는 입을 통하여 목메는 듯한 답답한 소리로 흘러나왔다.

> 5월의 꽃들이 당신에게 떨어지고
> 사과들은 당신의 에이프런에……

다른 두 노파는 침실로 잠입하여 여행용 가방에 달려들어 거기다 손을 집어넣고는 갖가지 손수건, 두세 장의 타월, 세 짝의 양말, 하나의 대님 등을 챙겼다. 그 물건들을 가슴에다 쑤셔 넣은 뒤 그들은 망자에게서 고개를 돌리고서 각자 성호를 그었다.

마담 말라마테니아는 두 노파가 여행용 가방을 약탈하는 것을 보고서 화를 벌컥 냈다. "만가를 계속 불러. 내가 곧 돌아올 테니." 그녀는 레니오 아주머니에게 소리치고 나서 곧바로 여행용 가방에 머리부터 먼저 밀어 넣었다. 찢겨진 공단 조각, 빛바랜 암자색 드레싱 가운, 오래된 붉은 슬리퍼, 부서진 부채, 새것인 붉은 파라솔 등이 있었다. 그 맨 밑바닥에는 제독의 삼각모가 있었다. 과거에 제독이 직접 마담 오르탕스에게 준 것이었는데, 그녀는 혼자 있을 때 그 삼각모를 쓰고 짐짓 엄숙한 표정으로 경례를 붙이곤 했다.

누군가가 문으로 다가왔다. 약탈하던 노파들은 물러갔다. 레니오 아주머니는 다시 한 번 망자의 침상에 들러붙어 가슴을 치면서 호곡을 했다.

조르바가 들어왔다. 그는 벨벳 리본을 아직도 목에 두른 채 팔짱을 낀 자세로 누워 있는 망자를 내려다보았다. 고요하고 평온한 모습이었으나 파리들이 달라붙어 있었다. '한 덩어리의 흙.' 그는 생각했다. '배고프고, 웃고, 포옹했던 한 덩어리의 흙. 그리고 울었던 한 덩어리의 진흙. 그런데 지금은? 도대체 누가 우리를 이 세상에 데려왔고 그런 다음 우리를 이 세상에서 데려가는가?' 그는 바닥에 침을 뱉으며 주저앉았다. 그는 먹고 마신 덕분에 이제 힘이 났다.

마당에 모여 있는 젊은 것들은 벌써 춤을 출 준비를 했다. 멋쟁이 리라 연주자인 파누리오스도 왔다. 식탁, 등유 깡통, 세탁통, 세탁물 바구니 등은 공간을 내기 위해 한쪽으로 치워졌고 이어 춤이 시작되었다.

마을 유지들도 도착했다. 아나그노스티스 아저씨는 굽어진 기다란 지팡이를 짚고 통이 큰 하얀 셔츠를 입고 왔다. 살이 통통하고 먼지를 뒤집어쓴 콘도마놀리스도 왔다. 학교 교사는 커다란 청동 잉크통이 달린 허리띠를 찼고 또 귀에다 녹색 펜대를 꽂고 있었다. 노(老) 마브란도니스는 오지 않았다. 그는 법망을 피해 산속으로 달아난 도망자 신세였다.

"여보게, 다들 잘 왔네." 아나그노스티스 아저씨가 손을 쳐들면서 말했다. "마음껏 즐기게! 하느님의 축복 아래 먹고 마시게. 그렇지만 소리를 지르지는 마. 망자는 들을 수가 있어. 이봐, 청년들 망자가 다 듣는다고!"

콘도마놀리스가 부연했다. "우리는 망자의 재물을 기록하기 위해 여기에 왔어. 다들 잘 알겠지만 마을의 가난한 사람들에게 나누어 주기 위해서지. 자네들은 먹을 만큼 먹었고 마실 만큼 마셨어. 그거면 됐어! 검둥이 악당처럼 온 집을 돌아다니며 약탈하려고 하지는 마. 왜? 여길 한번 보라고!" 그가 무거운 지팡이를 그들에게 위협적으로 흔들어대면서 말했다.

그때 맨발에 꾀죄죄하고 아주 남루한 여자들이 세 명의 마을 유지 뒤에 나타났다. 각자 겨드랑에 빈 자루를 들었거나 아니면 등에 바구니를 메고 있었다. 그들은 아무 말 없이 살금살금 다가왔으나 그대로 발걸음 소리는 들렸다.

아나그노스티스 아저씨는 고개를 돌려 그들을 보더니 화를 벌컥 냈다. "이봐, 집시들." 그가 소리쳤다. "여기서 썩 꺼져! 뭐야? 여길 약탈하러 온 거야? 우린 여기 물건들을 다 종이 위에 기록할 거야. 그 다음에 모든 것을 공정한 절차에 입각하여 가난한 사람들에게 나누어 줄 거라고. 여기서 썩 꺼져. 안 그러면 내가 이 지팡이로 내려칠 거야!"

학교 교사는 허리띠에서 장방형 청동 잉크통을 꺼냈고 이어 커다란 전지를 펼쳤다. 그는 앞쪽의 자그마한 가게로 가더니 물품을 종이에다 적기 시작했다. 그러나 바로 그 순간 커다란 소동이 빚어낸 소리가 들려왔다. 깡통 캔이 튀어 오르고, 얼레가 쓰러지고 커피 컵이 떨어져서 박살나고, 주방에서는 스튜 냄비, 접시, 칼 등의 대소동이 벌어졌다. 그러자 노(老) 콘도마놀리오스가 지팡이를 휘두르며 뛰어들었다. 그러나 그가 어디를 먼저 칠 것인가! 할머니들, 남자들, 아이들이 출입문, 창문, 울타리를 통해 도망쳐 나갔는데 그들은 저마다 프라이팬, 스튜 냄비, 매트리스, 토끼 등 챙길 수 있는 것은 다 챙겨서 손에 들고 있었다. 어떤 자는 문짝이나 창틀을 뜯어서 그들의 등에 메고 갔다. 미미토스 또한 망자의 단화를 챙겨서 줄로 묶어서 목에 걸고 있었다. 그래서 마담 오르탕스는 그의 어깨에 걸터앉아 이 세상을 떠나는데 오로지 그녀의 단화만 보이는 상태 같았다.

교사는 얼굴을 찌푸리더니 잉크통을 허리띠에다 다시 찔러 넣고 아무것도 기록하지 못한 전지를 접더니 아무 말도 하지 않고 문턱을 넘어가 아주 체면을 구겼다는 표정을 지으며 떠나갔다.

불쌍한 아나그노스티스 아저씨는 지팡이를 휘두르며 소리치고 애원했다. "이놈들아, 부끄러운 줄 알아. 부끄러운 줄 알라고! 망자가 들을지도 몰라!"

"내가 가서 사제를 불러올까요?" 미미토스가 물었다.

"무슨 사제, 이 빌어먹을 백치야!" 콘도마놀리오스가 화난 목소리로 말했다. "망자는 로만 가톨릭이야. 그녀가 성호를 긋는 걸 못 봤어? 이단처럼 네 손가락으로 한다고! 망자를 모래에 파묻어서 마을에 악취를 풍기지 못할 때까지 기다리자고."

"그런데 보세요! 망자는 벌써 벌레로 가득해요." 미미토스가 성호를 그으며 말했다.

아나그노스티스 아저씨는 그 귀족같이 잘생긴 머리를 흔들어댔다. "이 멍청한 백치야, 그게 뭐가 이상하다는 거야? 우리는, 인간은 태어날 때부터 몸속에 벌레 천지이지만 그걸 보지 못할 뿐이야. 그 벌레란 놈들은 인간이 부패하기 시작하면 곧바로 그 구멍에서 튀어나오는 거야. 치즈 벌레처럼 하얀 놈들이 말이야."

최초의 별들이 하늘에 나타나서, 밤새 딩동 하고 소리를 내는 작은 은종처럼 공중에 매달려 반짝거렸다. 조르바는 망자의 침상 위에 걸려 있는 앵무새 조롱을 떼어냈다. 주인 잃은 새는 겁을 집어먹고 조롱 한쪽에 축 늘어져 있었다. 조르바가 조롱을 내리자 앵무새는 홰에 뛰어올라 뭔

424

가 말하려 했으나 조르바가 손으로 가로막았다. "조용히 해." 그가 새에게 애무하듯 말했다. "조용히 해. 나와 함께 가자."

그는 허리를 숙여서 목이 멘 채 망자를 오래 내려다보았다. 그는 좀 더 깊숙이 허리를 숙여 망자에게 키스하려다가 그만두었다. '하느님의 축복을 받아 좋은 데로 가시오.' 그가 중얼거렸다. 그는 조롱을 들고 마당으로 나와서 나를 보자 내게 다가왔다. "이제 여기서 벗어납시다." 그가 내 팔을 잡으며 말했다. 그는 평온해 보였으나 입술은 떨리고 있었다.

"모두 같은 길로 떠나갑니다." 내가 그를 위로하기 위해 말했다.

"별로 위로가 안 되는군요." 그가 냉소적으로 휘파람을 불었다. "자 여기서 나갑시다."

"잠깐만 조르바. 사람들이 이제 망자를 들어 올려 내오려고 해요. 좀 기다려서 보고 갑시다. 당신은 견딜 수 있겠어요?"

"견딜 수 있습니다." 그가 목멘 어조로 말했다. 그는 조롱을 땅에다 내려놓고 팔짱을 꼈다.

아나그노스티스 아저씨와 콘도마놀리오스가 수건을 벗은 맨머리로 성호를 그으며 죽음의 방에서 나왔다. 그들 뒤에는 네 명의 춤꾼이 따라왔다. 그들은 귀 뒤에 4월의 장미를 꽂았고 절반쯤 취해서 원기왕성한 채로, 망자를 운반하는 문짝의 네 귀퉁이를 각자 잡고 있었다. 리라 연주자는 악기를 연주했고, 이어 원기왕성한 채로 아직도 음식을 우물우물 씹고 있는 열두 명의 남자가 뒤따랐고 이어 스튜 냄비와 의자를 든 대여섯 명의 여자들이 뒤따랐다. 맨 마지막에 닳아빠진 단화를 목에 두른 미미토스가 왔다.

"살인자들! 살인자들! 살인자들!" 그가 웃으며 소리쳤다.

따뜻하고 축축한 미풍이 불어왔다. 바다는 다시 거칠어졌다. 리라 연주자는 활을 쳐들었고 그의 목소리는 따듯한 밤의 행복한 물소리처럼 흘러나왔다.

인자하신 햇님, 왜 그리 빨리 지려고 하십니까?

"자, 갑시다!" 조르바가 말했다. "이제 모든 게 끝났어요."

24

우리는 아무 말도 하지 않고 마을의 비좁은 거리를 걸어갔다. 불을 꺼서 아주 어두워진 집들은 짙은 흑색이었다. 어디선가 개가 짖었고 황소가 울었다. 가끔 리라의 청동 종소리가 시원한 물처럼 유쾌하게 흘러나왔고, 미풍에 실려 우리 있는 데까지 날아왔다.

우리는 마을의 끝에 도착하여 해변의 오두막으로 가는 길로 접어들었다.

"조르바, 이건 무슨 바람이지요?" 내가 부담스러운 침묵을 깨트리기 위해 물었다. "노토스 바람(The Notus: 그리스 신화에 나오는 바람의 신 '아네모이' 중 하나로 습하고 따뜻한 남풍을 의인화.—옮긴이)인가요?"

그러나 조르바는 대답하지 않았다. 그는 앵무새 조롱을 제등처럼 들고서 내 앞에서 걸어갔다. 우리가 해변에 도착했을 때 그는 고개를 돌려서 물었다. "보스, 배고픕니까?"

"아니, 배고프지 않아요, 조르바."

"졸립니까?"

"아니요."

"나도 안 졸립니다. 여기 조약돌밭에 좀 앉읍시다. 난 당신에게 물어 볼 것이 있어요."

우리는 둘 다 피곤했지만 오늘의 쓸쓸함을 넘기려고 애써 잠들어버리고 싶지는 않았다. 우리는 잠드는 것이 부끄러웠다. 잠은 우리에게 위험한 시간으로부터 도망치려는 행위처럼 보였다.

우리는 바닷가 가장자리에 앉았다. 조르바는 무릎 사이에 우리를 내려놓고서 한동안 말이 없었다. 산 위로 무서운 별들이 떠올랐다. 그것은 많은 눈에 꼬부라진 꼬리를 가진 괴물이었다. 때때로 어떤 별이 무리에서 이탈하더니 떨어졌다. 조르바는 마치 별들을 처음 보는 사람처럼 입을 딱 벌리고 쳐다보았다. "저기 저 위에서 벌어지는 일은 참으로 놀라워요!" 그가 감탄했다. 잠시 뒤에 그는 자신의 심정을 털어놓았다. 그의 정력적인 목소리는 그 따뜻한 밤에 엄숙한 기운을 띠고 있었다. "보스, 당신은 이 모든 게 무슨 의미인지 내게 말해 줄 수 있습니까? 누가 이 세상을 만들었습니까? 왜 세상을 이런 식으로 만들었습니까? 그리고 무엇보다도"—그의 어조는 이제 분노와 공포가 어려 있었다—"왜 우리는 죽습니까?"

"조르바, 나는 모릅니다." 가장 간단하고 가장 필수적인 질문을 받았는데도 그것을 설명하지 못할 때처럼 부끄러웠다.

"모른다고요!" 조르바가 눈을 부릅뜨며 말했다. "당신이!" 그의 눈은 앞으로 툭 튀어나왔다. 지난번 밤에 그가 나에게 춤출 줄 아느냐고 물어서 모른다고 했을 때와 똑같은 반응이었다. 그는 잠시 말이 없더니 다시 폭발했다. "그럼 당신이 읽었다는 그 많은 종이 쪼가리들은 어떻게 된 겁니까? 왜 그걸 읽었습니까? 이런 질문에 대답하지 못한다면, 그럼 뭘 당신에게 말해 주었습니까?"

"조르바, 당신이 질문한 것에 대하여 대답 못하는 인간의 고뇌를 말해 주었습니다." 내가 대답했다.

"인간의 고뇌? 난 그 고뇌를 경멸합니다!" 조르바가 화가 난다는 듯이 조약돌을 쾅쾅 밟아대며 말했다.

앵무새가 갑작스러운 고함 소리를 듣고서 소리쳤다. "카나바로! 카나바로!" 새는 마치 도움을 요청하는 듯이 깩깩거렸다.

"너, 닥치지 못해!" 조르바가 새장을 주먹으로 치며 말했다.

그는 다시 내게 고개를 돌렸다. "나는 당신이 우리가 어디에서 와서 어디로 가는지 말해 주었으면 좋겠어요. 당신은 검은 마법을 여러 해 동안 공부하면서 시간을 보냈고 그러니 종이를 1만 파운드 혹은 1만 1천 파운드 씹어 먹으면서 뭔가 핵심을 알아냈을 거예요. 그래, 어떤 핵심을 알아냈습니까?" 조르바의 목소리는 고뇌하는 기색이 역력했고 그래서 목소리가 갈라져 나왔다.

내가 그의 질문에 대답할 수 있다면 얼마나 좋겠는가! 내가 깊이 깨달은 것은 인간이 가장 높이 도달할 수 있는 지점은 지식도 미덕도 선량함도 승리도 아니라는 것이다. 그것은 그보다는 좀 더 높고, 더 영웅적이고, 더 깊은 절망을 안겨주는 것이다. 그것은 외경 혹은 신성한 공포이다. 인간의 정신은 이 신성한 공포 너머로는 나아갈 수 없다.

"당신은 대답하지 않을 건가요?" 조르바가 괴로워하는 목소리로 물었다.

나는 내 동료에게 신성한 공포의 의미를 이해시키기 위해 입을 열었다. "조르바, 우리는 자그마한 벌레, 아주 거대한 나무의 아주 작은 잎사귀에 붙어 있는 벌레에 지나지 않아요. 이 작은 잎사귀가 우리의 지구예요. 다른 잎사귀들은 당신이 오늘 밤 쳐다보고 있는 저 움직이는 별들이에요. 우리는 이 작은 잎사귀 위를 기어가면서 알아낼 수 있는 것은 다 알아내려고 열심히 노력해요. 그것은 냄새 맡아보면 향기가 있고, 그것을 맛보면 먹을 수도 있어요. 우리가 그것을 때리면 마치 살아있는 것처럼 소리치며 반응을 해요. 우리 인간들 중 가장 겁이 없는 사람은 그 잎사귀의 가장자리까지 나아가요. 이 가장자리에 도착하여 눈과 귀를 크게 뜨고 열면서 저 아래의 혼돈을 관찰해요. 그러면 우리는 부르르 몸을 떨어요. 우리는 저 밑에 엄청난 심연이 있을 거라고 짐작하고, 또 가끔 거대한 나무의 다른 잎사귀들에서 나는 소리를 듣기도 해요. 수액이 뿌리에서 올라와 우리의 가슴을 넓혀주는 것을 느끼기도 해요. 이런 식으로 심연을 내려다보면서 우리의 신체와 영혼이 공포에 휩싸이는 것을 느껴요. 바로 그런 순간에 —"

나는 말을 멈추었다. 나는 '바로 그런 순간에 시(詩)가 시작된다.'라고 말하려 했으나 조르바는 알아듣지 못할 것 같아서 입을 다물었다.

"바로 그런 순간에 어떻게 된다는 거죠?" 조르바가 열렬하게 물었다. "왜 말을 멈춥니까?"

"조르바, 바로 그런 순간에 아주 큰 위험이 시작돼요." 내가 대답했다. "어떤 사람은 현혹되어 정신착란에 빠지고, 어떤 사람들은 겁에 질린 채로 그들의 마음을 강화시키는 대답을 발견하기 위해 엄청난 수고를 해요. 그들은 '하느님.' 하고 말해요. 또 어떤 사람들은 잎사귀의 가장자리에서 심연을 내려다보며 '난 저것을 좋아해.' 하고 말하기도 해요."

조르바는 한참 동안 생각하면서 내 말을 이해하려고 애썼다. "나는 죽음을 계속 내려다보아 왔어요." 그가 마침내 말했다. "그것을 바라보지만 두려움을 느끼지는 않아요. 그렇지만 '저것을 좋아해.' 하고 말하지는 않아요. 절대로. 나는 그것을 전혀 좋아하지 않아요. 나는 자유인이 아닙니까? 난 그런 얘기에 찬성할 수 없어요!"

그는 말을 멈추더니 재빨리 다시 소리쳤다. "나는 양처럼 내 목을 쭉 내밀고 '저승사자님, 어서 나를 잡아 잡수. 그래야 내가 성인이 될 테니까.' 하고 말하지는 않아요."

나는 아무 말도 하지 않았다. 조르바는 고개를 돌려서 화난 얼굴로 나를 쳐다보았다. "내가 자유인이 아닙니까?" 그가 다시 소리쳤다.

나는 아무 말도 하지 않았다. 필연을 인정하고 마치 그 필연을 자신의 자유 의지인 것처럼 전환시키는 것이 구원으로 가는 유일한 길이다. 나는 그것을 알았고, 그 때문에 아무 말도 하지 않았다.

조르바는 내가 더 이상 해줄 얘기가 없다는 것을 알았다. 그는 앵무새가 깨지 않게 새장을 천천히 들어서 그의 머리 옆에다 놓고서 자갈밭 위에 온몸을 쭉 뻗고 누웠다.

"보스, 굿나잇." 그가 말했다. "그 얘긴 됐어요!"

이집트에서 불어오는 따뜻한 남풍이 야채, 과일, 크레타 처녀들의 가슴을 부풀리고 있었다. 나는 그 바람을 내 이마, 입술, 목구멍에 받아들였다. 내 머리는 익어가는 과일처럼 쩍쩍 소리를 내며 부풀어 올랐다.

나는 잠을 잘 수 없고 자고 싶지도 않았다. 나는 아무것도 생각하지 않았다. 나는 이 따뜻한 밤에 어떤 것 혹은 어떤 사람이 나의 내부에서 성숙해지는 것을 느꼈다. 나는 이 놀라운 광경을 목격하면서 또 명백하게 체험하고 있었다. 나는 변하고 있었다. 언제나 우리의 가슴 가장 깊숙한 곳에서 발생하는 것이 이제 내 앞에서 가시적이면서도 공개적으로 벌어지고 있었다. 나는 바다의 가장자리에 앉아서 그 기적을 관찰할 수 있었다.

별들이 희미해졌고, 하늘이 밝아졌으며, 가느다란 석필(石筆)이 그 빛 위에 산, 나무, 갈매기들을 새겨놓았다. 아침이 온 것이었다.

여러 날들이 흘러갔다. 밀은 익었다. 곡식이 달린 이삭은 고개를 숙였다. 올리브 나무에서 매미들이 허공을 찢어놓을 듯이 울어 젖혔다. 반짝이는 벌레들은 백열하는 햇빛 속에서 윙윙거렸다. 바다는 증기를 뿜어냈다.

조르바는 아무 말도 하지 않고 새벽이면 산으로 출근했다. 공중 삭도의 건설은 거의 완성되었다. 기둥들은 세워졌고 케이블은 펼쳐졌으며 도르래는 고정되었다. 밤마다 그는 일에 지쳐 피곤한 상태로 돌아왔고 화로에 불을 켜고서 취사를 했다. 우리는 식사를 하면서 우리 내부의 악마, 즉 사랑, 죽음, 공포를 일깨우지 않으려고 애썼다. 또 우리는 대화 중에 과부, 마담 오르탕스, 신 등을 언급하지 않으려 했다. 우리 두 사람은 그저 아무 말 없이 바다를 쳐다보기만 했다.

어느 날 아침 내가 일어나 세수하니, 내 주위의 세상도 완전히 새롭고 빛나는 모습으로 일어나 세수한 느낌이 들었다. 나의 왼쪽에는 남빛 바다가 고요했다. 오른쪽에서는 황금 창을 든 병사들처럼 밀이 똑바른 자세로 서 있었다. 나는 푸른 잎사귀와 자그마한 무화과로 뒤덮인 유지 딸의 무화과나무를 지나갔다. 나는 과부의 과수원은 고개도 돌리지 않고 황급히 지나쳐서 마을로 들어갔다. 마담 오르탕스의 자그마한 여관은 무주공산으로 내버려졌고 문짝과 창문이 사라지고 없었다. 개들이 마당을 어슬렁거렸고 방들은 텅 빈 채로 황폐했다. 죽음의 방에는 커다란 침대 또한 남아 있지 않았고 여행용 가방이나 의자 같은 것도 없었다. 그것들은 모두 약탈되었다. 구석에 유일하게 남아 있는 물건은 붉은 장식 술이 달린 닳아빠진 단화 한 짝이었다. 그것은 여주인의 발바닥 형체를 보존하고 있었다. 이 비참한 신발은 인간의 마음보다 더 부드러운 마음을 갖고 있어서 많은 사랑을 받고 또 많은 고통을 받았던 발을 아직도 잊지 않고 있었다.

나는 마을에서 늦게 돌아왔다. 조르바는 이미 화로에 불을 붙이고 취사를 하고 있었다. 그는 고개를 들어 나를 보더니 내가 어디 갔다 왔는지 금방 짐작했다. 그는 눈썹을 찌푸렸다. 여러 날이 흘러간 그날 저녁 그는 마침내 마음을 열고서 말을 꺼냈다. "보스." 그가 자신을 정당화하려는 어조로 말했다. "모든 슬픔은 내 심장을 두 쪽 내버립니다. 그러나 1천 개의 상처를 가진 신체 기관은 그 즉시 치유가 되어 상처는 보이지 않습니다. 나는 치유된 상처로 가득한 사람입니다. 그래서 나는 견딜 수가 있습니다."

"당신은 불행한 부불리나를 잊어버리는 게 그리 오래 걸리지 않는군요." 나는 그럴 의도도 없었으나 다소 퉁명스러운 어조였다.

조르바는 기분 나빠 했다. 그는 언성을 높이며 소리쳤다. "새로운 길에는 새로운 계획이 필요합니다. 나는 과거를 기억하는 것을 그만두었고 미래의 전망을 찾는 것도 그만두었습니다. 내게 정말로 중요한 것은 바로 지금 이 순간에 벌어지는 일입니다. 나는 나 자신에게 이렇게 묻습니다. '너는 지금 무엇을 하고 있지?' '나는 잠을 자고 있습니다.' '좋아, 그럼 잠 잘 자라고.' '조르바, 너는 지금 무엇을 하고 있지?' '나는 여자를 안고 있습니다.' '좋아, 그럼 그 여자 잘 안아줘.' 그 나머지는 잊어버려. 이 세상에는 나 자신과 그 여자 이외에는 아무것도 존재하지 않습니다. 나는 그런 식으로 밀고 나가는 겁니다!"

잠시 뒤 그는 이어 말했다. "부불리나가 살아있을 때 나처럼 많은 즐거움을 준 카나바로는 없었습니다. 당신이 지금 쳐다보고 있는 이 사람, 늙고 남루한 조르바 말입니다. 당신은 왜냐고 묻겠지요? 왜냐하면 저 많은 카나바로들은 그녀를 껴안고 키스하는 바로 그 순간에도 그들의 함대, 크레타, 그들의 왕과 지위, 아내들을 생각했습니다. 하지만 나는 모든 것을 잊어버렸습니다. 이걸 그 여자, 저 잡것은 알고 있었어요. 학자 양반, 당신이 알아야 할 것은, 이것보다 더 여자를 기쁘게 하는 건 없다는 겁니다. 진정한 여자는 남자에게서 받는 기쁨보다는 자기가 남자에게 주는 기쁨으로부터 더 큰 즐거움을 얻어요."

그는 허리를 숙이면서 화로에 더 많은 장작을 집어넣었다. 그리고 곧바로 그가 말했다. "모레 우리는 공중 삭도 준공식을 거행할 겁니다. 나는 더 이상 땅에서 걷지 않아요. 나는 '공중제비'가 되었어요. 나는 도르래를 내 어깨 위에 느낍니다."

"조르바, 피레에프스의 카페에서 나를 솔깃하게 만들기 위해 당신이 던진 미끼를 기억합니까? 당신은 아주 맛좋은 수프를 만들어서, 만약 어떤 엄마가 그 수프를 맛보면 자기 자식에도 안 줄 정도라고 했지요. 그런데 내가 제일 좋아하는 음식이 수프예요. 당신은 그것을 어떻게 알았지요?"

조르바는 머리를 흔들었다. "보스, 내가 어떻게 알았냐고요? 그냥 짐작했어요. 당신이 카페 한쪽 구석에 꿔다놓은 보리자루처럼 조용히 앉아 있었어요. 황금색 표지의 자그마한 책을 펴들고 그 위에 고개를 숙인 모양이 떨고 있는 것 같더라고요. 그때 갑자기 당신이 수프를 좋아할 것 같다는 생각이 들었어요. 어떻게 그런 생각을 하게 되었는지는 모르지만 그게 내가 짐작해 낸 전후 상황이에요. 이건 정말이에요." 그는 말을 멈추고 손으로 귀 뒤에 컵을 만들었다. "조용히 하세요." 그가 말했다. "누가 오고 있어요."

재빠른 걸음소리가 들렸고 또 달려오는 남자의 숨 가쁜 소리도 들렸
다. 그리고 우리들 앞에, 화로의 어른거리는 불빛을 받으며, 등유 냄새를
풍기는 찢어진 카속을 입은 수도사가 나타났다. 그는 맨머리였고, 턱수
염이 불에 그을렸으며 콧수염은 절반쯤 사라졌다.

"이런, 자카리아스 신부가 아니오! 환영합니다." 조르바가 소리쳤다.
"그리고 요셉 신부 또한 환영해요. 그런데 당신은 무슨 일로 이렇게 혼란
스럽습니까?"

수도사는 화로 옆 바닥에 덜퍼덕 주저앉았다. 그의 턱은 덜덜 떨리고
있었다.

조르바는 상체를 숙이면서 그에게 윙크를 했다.

"그 일 때문입니다." 수도사가 대답했다.

조르바가 기뻐하며 펄쩍 뛰었다.

"수도사 양반, 잘 하셨소이다! 마침내 천국으로 올라가서 구제를 받겠
구려. 등유 깡통을 손에 든 채."

"아멘." 수도사가 성호를 그으며 중얼거렸다.

"어떻게 그 일이 벌어졌습니까? 언제? 어서 말해 봐요!"

"카나바로 형제, 나는 미카엘 대천사를 보았습니다. 나는 명령을 받았
어요. 나는 주방에서 문을 잠그고 혼자서 꼬투리 콩을 다듬고 있었어요.
신부들은 다 저녁 기도에 갔지요. 아주 조용했어요. 나는 새들이 우는 소
리를 귀 기울여 들었어요. 새들은 천사 같았어요. 나는 마음이 평화로웠
어요. 나는 모든 걸 준비해 두고 기다리고 있었어요. 나는 등유를 한 통
사서 그것을 묘지 성전의 성단 밑에다 감추어 두었어요. 미카엘 대천사
의 축복을 받을 생각이었지요. 아무튼 나는 어제 저녁에 천국을 생각하

며 꼬투리 콩을 다듬으며 나 자신에게 중얼거렸어요. '사랑하는 그리스 도님, 내가 천국에 들어갈 만한 사람이기를 바랍니다. 그래서 내가 천국 의 주방에서 영원히 야채를 다듬을 수 있다면 좋을 텐데!' 나는 눈물을 흘리며 그런 생각을 하고 있었어요. 그때 내 머리 위에서 날개 치는 소리 가 들렸어요. 나는 즉각 알아보고 고개를 숙였지요. 그리고 이런 목소리 를 들었어요. '자카리아스, 네 눈을 들어라. 두려워하지 마라.' 그러나 나 는 떨면서 바닥에 쓰러졌어요. '네 눈을 들어라, 자카리아스.' 그 목소리 가 다시 한 번 말했어요. 나는 눈을 쳐들고 보았어요. 문이 열려져 있고 미카엘 대천사가 문턱에 서 있었어요. 지성소의 문에 그려진 대천사 모 습 그대로였어요. 검은 날개, 붉은 정강이받이, 황금의 후광. 단지 그분은 칼을 들고 있지 않고 불타는 횃불을 들고 있었어요. '여봐라, 자카리아 스!' 그분이 내게 말했어요. '저는 하느님의 종이오니 명령만 하십시오!' '이 불타는 횃불을 받아라. 그리고 하느님이 너와 함께할 것이다!' 나는 손을 뻗었고 내 손바닥이 불타는 것을 느꼈어요. 그리고 대천사는 사라 졌어요. 내가 열린 문으로 본 것은 유성처럼 하늘을 날아가는 불의 줄기 뿐이었어요."

수도사는 얼굴에서 땀을 닦아냈다. 그의 얼굴은 죽은 사람처럼 창백 했다. 그의 이빨은 고혈압 환자인 양 탁탁 부딪쳤다.

"그리고?" 조르바가 물었다. "자 힘을 내요, 수도사!"

"그 순간 수도사들은 저녁 기도를 마치고 식당으로 들어가고 있었어 요. 수도원장은 그리로 가는 길에 내가 마치 강아지라도 되는 것처럼 나 를 한 번 걷어찼어요. 대천사의 출현으로 공기 중에는 유황 냄새가 났는 데 아무도 눈치 채지 못했어요. 그들은 식당에 앉았어요. '자카리아스, 아무것도 먹지 않을 생각인가요?' 배식 담당자가 물었어요. 나는 입을 꼭 다물고 있었어요. '그는 천사의 빵으로 배를 불린다네.' 남색꾼 도메티오스가 말했어요. 신부들은 다시 웃음을 터트렸어요. 나는 일어서서 공동묘지로 가서 대천사의 발 앞에 엎드렸어요. 그분의 발이 내 목덜미를 무겁게 누르는 것을 느꼈어요. 시간이 번갯불처럼 지나갔어요. 천국에서도 그런 식으로 시간이 지나가겠지요. 자정이 되자 모든 것이 조용해지고 수도사들은 잠이 들었어요. 나는 일어서서 성호를 그며 대천사의 발에 키스했어요. '당신의 뜻이 이루어지소서!' 나는 등유 통을 집어 들고 뚜껑을 열면서 말했어요. 나는 많은 헝겊 조각을 내 옷 주머니에다 쑤셔 넣었어요. 밖으로 나갔더니 칠흑처럼 어두웠어요. 달은 아직 떠오르지 않았고 수도원은 지옥처럼 검은색이었어요. 나는 안뜰로 들어가서 2층으로 올라가 수도원장 방으로 갔어요. 나는 그 문, 창문, 벽에다 등유를 부었어요. 이어 도메티오스의 방으로 달려가서 거기서부터 긴 복도에다 등유를 뿌렸어요. 당신이 내게 설명해 준 것처럼. 그 다음에는 성당으로 들어가 촛불을 켜고서 그리스도의 오일 램프에서 불을 받아서 불 지르기 시작했어요." 수도사는 입을 다물었다. 그는 가쁘게 숨을 내쉬었다가 다시 들이쉬었다. "하느님에게 영광 있으라! 수도원은 순식간에 화염에 휩싸였어요. '여기 지옥 불이 있다!' 나는 있는 힘껏 소리치고 달려 나왔어요. 그러고는 달리고 또 달렸어요. 새벽이 왔고 나는 숲 속에 몸을 숨겼어요. 나는 떨고 있었어요. 해가 떠올랐어요. 나는 수도사들이 숲으로 달려와 나를 찾는 소리를 들었어요. 하지만 하느님은 내 몸을 안개로 감싸셨고 그래서 그들은 나를 보지 못했어요. 석양 무렵에 나는 또다시 목소리를 들었어요. '해변으로 내려가라! 움직여라!' '오 대천사여, 저를 인도해 주소서!' 나는 그렇게 소리치면서 다시 출발했어요. 나는 어디로 가고 있는지도 몰랐어요. 대천사가 나를 인도했는데 때로는 불빛으로, 때로는 숲 속의 검은 새로, 때로는 내리막길로 현신하셨어요. 나는 그분을 완전히 믿으면서 그분 뒤에서 달리고 또 달렸어요. 그리고 보세요! 그분의 풍성한 은총 덕분에 인자한 카나바로, 당신을 만났고 나는 구제가 된 겁니다!"

조르바는 아무 말도 하지 않았지만, 말없는 악마 같은 웃음이 입 가장자리에서 당나귀 같은 털 많은 귀에 이르기까지 온 얼굴에 퍼져 나갔다.

음식이 다 준비되었다. 그는 음식을 끓이던 냄비를 화로에서 옮겨 놓았다.

"자카리아스." 그가 물었다. "당신이 말한 '천사의 빵'이란 무엇인가요?"

"성령이죠." 수도사가 성호를 그으며 대답했다.

"성령—다른 말로 바람? 나의 좋은 친구, 바람은 배를 채우지 못해. 여기 앉아서 기력을 회복하기 위해 빵, 생선 수프, 농어를 좀 먹어 봐. 아주 멋진 일을 해냈어. 자 먹어!"

"난 배고프지 않아요." 수도사가 말했다.

"자카리아스는 배가 안 고프겠지. 하지만 요셉은 어떨까? 요셉 또한 배가 안 고플까?"

"요셉." 수도사가 어떤 중대한 비밀을 드러내는 것처럼 부드럽게 말했다. "빌어먹을 요셉은 불타버렸어요. 하느님 영광 받으소서!"

"불타버렸다고!" 조르바가 웃으며 말했다. "어떻게? 언제? 당신은 그가 불타는 것을 보았나?"

"카나바로 형제, 그는 내가 그리스도의 오일 램프로부터 양초에 불을 붙이는 그 순간에 타버렸어요. 나는 이 두 눈으로 그가 내 입으로부터 불같은 말씀이 적힌 검은 리본처럼 튀어나오는 것을 보았어요. 촛불은 그

438

의 위로 떨어졌어요. 그는 뱀처럼 똬리를 틀더니 재로 변했어요. 나는 안도감을 느꼈어요. 하느님 영광 받으소서! 나는 내가 이미 천국에 들어갔다고 믿어요."

그는 몸을 웅크리고 있던 화로로부터 일어섰다. "나는 가서 해변에 좀 누워야겠어요." 그가 말했다. "그렇게 하라고 명령을 받았으니까." 그는 해변을 따라 걷다가 어둠 속으로 사라졌다.

"조르바, 당신은 저 사람을 어려운 지경에다 몰아넣었어요." 내가 말했다. "만약 수도사들이 그를 발견하면 그는 끝장이에요."

"보스, 걱정하지 말아요. 그들은 그를 발견하지 못할 거예요. 나는 불법 사업과 그 요령에 대해서 좀 알아요. 나는 내일 아침 일찍 그를 면도해 주고 그럴듯한 민간인 옷을 입혀서 배에 태울 거예요. 보스, 이 문제는 신경 쓰지 말아요. 아주 간단한 일이니까. 수프는 어때요? 맛있게 인간의 빵을 드시고 당신은 이 문제는 잊어버리세요."

조르바는 맛있게 먹었고, 마셨고, 또 콧수염에 묻은 것을 털어냈다. 그는 이제 얘기를 하고 싶어 했다. "보았죠? 그 안의 악마인 요셉은 죽었습니다. 그래서 이제 저 불쌍한 친구는 텅 빈 인간이 되었어요. 끝났다고요! 그 또한 다른 모든 사람들과 마찬가지로 그렇게 끝나는 거예요." 그는 잠시 생각하더니 갑자기 물었다. "보스, 그렇다면 저 친구의 악마는—"

"그래요. 잘 보았어요." 내가 대답했다. "수도원을 불태워야겠다는 욕망이 그 악마인 거지요. 그 생각이 그를 지배했어요. 그는 이제 수도원을 불태웠고 위안을 얻었어요. 그 악마(요셉)의 생각은 고기를 먹고, 와인을 마시고, 성숙해져서 행동으로 옮겨간 거지요. 반면에 자카리아스는 고기와 와인이 필요 없었어요. 그는 단식에 의해 성숙해지는 거지요."

조르바는 내 말을 곰곰이 생각했다. "아, 보스, 당신 말이 맞는다고 생각해요." 그가 말했다. "나 조르바는 내 안에 대여섯 명의 악마가 산다고 생각해요."

"조르바, 우리 모두는 악마들을 갖고 있어요. 그러니 겁먹지 말아요. 악마를 많이 가지고 있을수록 좋아요. 그 악마들이 서로 다른 루트를 통하여 동일한 목표를 지향한다면 충분한 거죠."

이 말은 조르바를 당황하게 만들었다. 그는 머리를 무릎 사이에 처박으며 생각에 잠겼다. "어떤 목표?" 그가 두 눈을 쳐들면서 물었다.

"조르바, 내가 어떻게 알겠어요? 당신은 내게 어려운 것들만 물어요. 그러니 내가 어떻게 대답할 수 있겠어요?"

"간단히 대답해 줘요. 내가 이해할 수 있게. 나는 지금껏 악마들을 자유롭게 풀어놓고 하고 싶은 대로 하라고 했어요. 그들이 가고 싶은 길로 가라고 했지요. 그 때문에 어떤 사람은 나를 부정직하다 하고 어떤 사람은 정직하다 하고 어떤 사람은 바보라고 하고 어떤 사람은 현명한 솔로몬이라고 해요. 나는 이 모든 것이면서 동시에 그 이상이에요. 진짜 러시아 샐러드지요. 자 어서 알려 줘요. 어떤 목표?"

"조르바, 나는 이렇게 생각하는데 혹시 틀릴 수도 있어요. 인간은 세 종류가 있어요. 첫째는 오로지 그들 자신만을 위해 삶을 살아가는 거예요. 잘 먹고, 마시고, 키스하고, 부자가 되고, 유명하게 되는 게 그들의 목표지요. 두 번째는 자신의 사람이 아니라 인류 전체의 삶을 사는 사람이에요. 그들은 모든 인간이 배우고, 사랑하고, 남에게 혜택을 주기 위해 노력한다는 점에서 똑같다고 생각해요. 세 번째는 온 우주의 삶을 사는 사람이지요. 그들은 모든 사람, 동물, 식물, 그리고 별들이 서로 똑같다고 생각해요. 물질을 정신으로 바꾸려는 동일한 투쟁에 종사하는 하나의 본질이라고 보는 거지요."

조르바는 머리를 긁적였다. "나는 머리가 둔해서 그 의미를 쉽게 파악하지 못하겠네요. 이봐요, 보스. 당신이 말한 그것을 춤으로 표현하면 어때요? 내가 금방 이해할 수 있게."

나는 낙담하여 입술을 꽉 깨물었다. 아, 내가 이 비관론적인 생각들을 춤으로 다 표현할 수만 있다면!

"아니면, 보스, 그걸 하나의 이야기로 만들어보면 어떨까요? 과거에 후세인 아가스가 그랬던 것처럼. 그는 우리 동네의 이웃 사람으로 아주 늙은 터키인이었어요. 아주 나이가 많고 아주 가난한데 아내나 아이는 없고 완전 혼자였어요. 그의 옷은 낡았지만 빛이 났어요. 그는 몸소 그 옷을 빨았고, 취사를 했고, 설거지를 했어요. 저녁이면 우리 고향 집을 찾아와서 마당에 앉아 우리 할머니와 다른 이웃 노파들과 양말을 짰어요. 그런데 정말이지 이 후세인 아가스는 성자다운 사람이었어요. 어느 날 그는 나를 그의 무릎 위에 올려놓고 마치 축복을 내리듯이 그의 손을 내 머리에 얹었어요. '알렉시스.' 그가 말했어요. '내가 너에게 중요한 말을 하나 해주마. 너는 어려서 이 말을 알아듣지 못할 거야. 하지만 나중에 크면 이해하게 될 거다. 잘 들어라, 얘야. 7층으로 된 하늘과 땅은 너무 비좁아서 신을 그 안에 들이지 못한단다. 그러나 인간의 마음은 아주 넓어서 그렇게 할 수 있어. 그러니 알렉시스, 네가 나의 축복을 원한다면 사람의 가슴에 상처를 주는 일은 절대로 하지 말도록 주의해야 한다.'"

나는 아무 말도 하지 않고 조르바의 얘기를 들었다. 나 또한 추상적 관념이 최고의 절정에 이를 때, 그러니까 그 관념이 하나의 이야기가 될 때를 제외하고는 입을 열지 말기를 원했다. 그러나 이것은 위대한 시인이나, 수세기 동안 묵언의 노력을 해온 한 나라의 민족만이 해낼 수 있는 것이었다.

조르바가 일어섰다. "그 불 지른 자가 어떻게 하고 있는지 나가서 살펴봐야겠어요. 그 친구에게 담요라도 덮어줘야 감기가 안 걸리겠지요. 그리고 가위도 하나 가지고 가야겠어요. 이게 필요할 거예요." 그는 웃음을 터트렸다. "보스, 인간이 명실공히 진정한 인간이 될 때에, 당신이 곧 보게 될 이 자카리아스는 소방선 선장인 저 유명한 카나리스를 닮은 사람으로 변신해 있을 겁니다." 그는 담요와 가위를 가지고서 해변을 걸어갔다. 빛이 흐릿한 달이 떠올라서 슬프고, 창백하고, 병든 색깔을 지상에 드리우고 있었다.

나는 불 꺼진 화로 옆에 혼자 앉아서 조르바의 말을 음미해 보았다. 그 말은 본질로 가득 차 있었고 따뜻한 흙냄새와 인간의 무게를 느끼게 했다. 그의 말은 그의 허리와 내장에서 나온 것이어서 그 안에 아직도 따뜻한 인간의 온기를 유지했다. 반면에 내 말은 종이로 만들어진 것이었다. 그것은 머리에서 나왔고 약간의 핏방울만 묻어 있었다. 내 창백한 말이 혹시 가치를 갖게 된다면 그건 오로지 그 몇 가닥 핏방울 덕분이리라.

나는 땅에 엎드린 채로 화로의 잉걸불을 쑤석이고 있었다. 그때 갑자기 조르바가 멍한 표정으로 나타나서 양팔을 툭 떨어트렸다. "보스, 놀라지 마세요."

나는 펄쩍 뛰어 일어났다.

"그 수도사가 죽었습니다."

"죽었다고요?"

"나는 그가 달빛이 비치는 큰 바위 위에 누워 있는 것을 발견했습니다. 나는 그의 턱수염과 절반쯤 남아 있는 콧수염을 베기 시작했습니다. 그런데 내가 아무리 베어도 통 움직이지를 않는 거예요. 나는 이왕 깎는

김에 그의 머리카락도 배코를 쳤습니다. 나는 한 파운드 이상의 머리카락을 잘라냈을 거예요. 그 친구를 완전 검둥오리처럼 대머리로 만들었으니까. 그러자 정말 웃음이 막 나오는 거예요. '이봐, 시뇨르 자카리아스.' 내가 그를 흔들면서 소리쳤어요. 아, 그런데 안 움직이는 거예요. 내가 다시 흔들어 봤죠. 역시 무반응이에요. '이 친구 혹시 버킷을 걷어찬 거 아니야?' 나는 그런 생각이 들었어요. 나는 그의 카속을 열어서 가슴을 노출시킨 후 그 가슴에다 손을 대봤어요. 쿵 쿵 쿵 소리가 나는지 알아보려고. 안 났어요. 완전 고요했어요. 그 신체가 더 이상 작동하지 않는 거였어요."

조르바는 그렇게 말을 하면서 원기를 다시 회복했다. 죽음이 잠시 그를 멍하게 만들었으나 그는 곧 죽음의 존재 앞에서도 편안함을 느꼈다.

"보스, 저 친구를 이제 어떻게 하죠? 저자를 화장할까 봐요. 주님께서 등유를 주시고 다시 등유를 가져가신다. 뭔 이런 말이 성경 어딘가에 들어 있지 않아요? 당신도 보았다시피, 그의 카속은 기름과 지방이 묻어 있었고 최근에는 등유 찌꺼기까지 묻어 있어요. 그는 성(聖) 목요일의 유다처럼 불타오를 겁니다."

"당신 좋을 대로 하세요." 내가 심란해하며 말했다.

조르바가 생각에 잠겼다. "혼란이에요." 그가 마침내 말했다. "큰 혼란이라고요. 만약 내가 그를 태운다면 그의 카속은 소나무 불쏘시개처럼 불붙을 거예요. 그러나 저 불쌍한 친구는 뼈와 가죽뿐이라서 재가 되자면 아주 오랜 시간이 걸릴 겁니다. 도대체 몸에 지방이라고는 붙어 있지 않아 불태우는 데 도움을 주지 못해요." 그는 머리를 흔들었다. "만약 신이 존재한다면." 그가 말했다. "이런 사태를 예상하고 저 친구를 지방이 많은 뚱뚱한 놈으로 만들어서 우리를 좀 구제해 주지 않았을까요? 어떻게 생각하십니까?"

"방금 말했지만, 나를 끼워 넣지 말아요. 당신이 원하는 대로 재빨리 처리해 버리세요."

"가장 좋은 건 이 모든 일에서 기적이 발생하는 겁니다. 그래서 수도 사들이 하느님 자신이 이발사로 변신하여 그를 면도해 주고 그 다음에는 수도원에 방화한 죄로 죽여 버렸다고 믿어주면 아주 좋은 거지요." 그가 다시 머리를 긁적이더니 혼자 중얼거렸다. '그런데 어떤 기적? 어떤 기적? 조르바, 수완을 좀 발휘해 봐!'

빛이 약한 달─빨갛게 달군 구리처럼 황금의 주홍색─이 마침내 수평선 위로 떨어져서 막 지려 하고 있었다.

나는 피곤하여 침대에 들었다. 새벽에 잠에서 깨었을 때 나는 조르바가 내 옆에서 커피를 만들고 있는 것을 보았다. 그의 얼굴은 아주 창백했고 두 눈은 수면 부족으로 부어올라 있었다. 그의 염소 같은 두터운 입술에는 장난스러운 미소가 어려 있었다.

"보스, 나는 밤새 한잠도 못 잤습니다. 할 일이 있어서요."

"이 악당, 무슨 일?"

"기적을 수행한 거지요." 그가 웃으며 손가락으로 입술을 가렸다. "지금은 얘기하지 않겠습니다. 내일 우리는 공중 삭도 완공식을 거행해요. 배불뚝이 신부들이 성수식을 집전하기 위해 거기 올 겁니다. 그러면 내가 복수하는 성모 옆에서 어떤 새로운 기적을 수행했는지 알게 될 겁니다. 성모님의 은총은 크시도다!"

그는 커피를 따랐다.

"쳇, 내가 수도원장으로 임명되어야 마땅해요." 그가 말했다. "만약 내가 수도원을 개원한다면, 다른 모든 수도원들은 문 닫게 만들고 그들의 손님을 몽땅 빼앗아 올 거예요. 눈물이 필요하십니까? 그건 자그마한 물 적신 스펀지가 다 해결해 줘요. 모든 성상들이 일제히 눈물을 흘릴 겁니다. 천둥이 필요하십니까. 나는 성단 밑에서 고함치는 기계를 몰래 넣어 둘 거예요. 유령이 필요하십니까? 나의 충실한 부하 수도사 두 명이 하얀 시트를 둘러쓴 채 밤새 수도원 옥상을 돌아다니게 할 겁니다. 그리고 해마다 성모님 축일이면 나는 일부러 절름발이, 봉사, 전신마비 뭐 이런 사람들을 대기시킨 다음 그들이 빛을 보고, 뛰어오르고, 춤추게 할 겁니다. 보스, 웃지 마세요. 나의 아저씨는 과거에 거의 다 죽어가는 늙은 노새를 한 마리 발견했어요. 그놈은 어떤 자가 죽어버리라고 오지에다 내버린 놈이었어요. 나의 아저씨는 그놈을 받아다가 매일 아침 목초지에 데려가서 풀을 뜯게 했고 저녁이면 다시 집으로 데려왔어요. '이봐, 하라람보스.' 마을 사람들이 그에게 계속 물었어요. '그 쇠약한 노새를 가지고 뭘 하겠다는 거야?' '난 이놈을 똥 공장으로 유지하고 있어.' 나의 아저씨가 대답했어요. 보스, 나도 우리 아저씨처럼 그 수도원을 기적을 만들어내는 공장으로 유지할 거예요.'"

25

　나는 살아있는 한 5월 1일 축제일 전야에 벌어진 그 일을 결코 잊지 못할 것이다. 공중 삭도는 완공되었다. 기둥, 케이블, 그리고 도르래가 아침 햇빛을 받아 반짝이고 있었다. 산속에서 베어낸 엄청나게 큰 소나무들이 산 정상에 쌓여 있었고 그곳에서 인부들은 나무를 케이블에 매달아 해변까지 내려가게 하려고 대기하고 있었다.

　산 위, 공중 삭도의 출발점에는 커다란 그리스 깃발이 나부꼈다. 그리고 해변의 삭도 종점에도 역시 또 다른 그리스 국기가 게양되어 있었다. 조르바는 우리의 오두막 밖에다 자그마한 와인 통을 배치했다. 한 인부가 살찐 양을 꼬챙이에 꿰어 빙빙 돌리고 있었다. 우리의 상업적 성공을 빌어주기 위해 초대된 손님들은 축복을 내려 주고 낙성식이 끝난 후에 와인을 한잔 마시고 약간의 애피타이저를 먹을 예정이었다.

　조르바는 오두막의 앵무새 조롱을 꺼내 와서 첫 번째 기둥 근처의 높은 바위 위에다 올려놓았다. "이걸 보고 있으면 그 여주인을 보고 있는 느낌이 들어요." 그는 우리를 부드럽게 바라보면서 중얼거렸다. 그는 축제 때나 입는 좋은 옷, 즉 목 부분이 터진 하얀 셔츠, 회색 신사복 상의, 초록색 바지, 고무 밑창이 달린 최고 좋은 구두를 착용하고 있었다. 이제 염색이 빠지고 있는 그의 콧수염은 특별 왁스를 발라 고정시켰다.

그는 신분 높은 귀족처럼 이곳저곳을 돌아다니면서 다른 귀족들—마을의 유지들—에게 공중 삭도의 제원, 그 삭도가 마을에 가져다줄 부, 은총이 가득하신 성모의 가르침을 그 삭도를 완벽하게 설계된 경위 등을 설명했다. "이건 아주 중요한 작품입니다." 그가 유지들에게 말했다. "아주 정확한 기울기를 찾아내야 하거든요. 완전 과학이에요! 나는 여러 달 동안 그걸 알아내려고 애썼으나 허사였어요. 다 알다시피 이런 멋진 작품을 만들어내려면 인간의 정신만으로는 충분하지 않아요. 신성한 영감이 필요하다고요. 그래서 은총이 가득하신 신의 어머니인 성모께서 내가 괴로워하는 것을 보시고서 연민을 느끼셨어요. '불쌍한 조르바.' 성모님이 말씀하셨어요. '그는 존경받을 만한 사람이고 또 마을의 이익을 위해 일하고 있어. 그러니 그를 도와주어야 해.' 그런 다음에 이런 기적이 벌어진 겁니다!"

조르바는 말을 멈추고 세 번 성호를 그었다.

"오 기적! 어느 날 밤 검은 옷을 입은 여인이 내 꿈속에 나타났어요. 은총이 가득하신 신의 어머니였어요! 손에는 자그마한 공중 삭도 모형을 들고 계셨어요. 이만하게요. 이것보다 더 크지는 않았어요. '조르바.' 성모가 제게 말했어요. '내가 하늘로부터 이 디자인을 가지고 왔어요. 여기 이 각도를 잡고서 최선을 다해 보세요!' 성모는 그렇게 말하고는 사라졌어요. 나는 잠에서 깨어나 내가 여러 가지 실험을 해보던 산중으로 달려갔어요. 그런데 내가 무엇을 보았겠어요? 케이블 줄이 정확한 각도를 잡고서 유향 냄새를 풍기고 있는 거였어요. 성모님의 손길이 그곳에 닿았다는 확실한 증거였어요!"

콘도마놀리오스가 뭔가 물어보려고 입을 벌리는 순간, 노새에 탄 다섯 명의 수도사들이 자갈 많은 길에 나타났다. 그들 중 한 수도사는 맨 앞에 서서 커다란 나무 십자가를 어깨에 메고 있었다. 그는 뭔가 소리치고 있었으나 그가 하는 말은 아직 명확하게 들리지 않았다. 곧 성가 소리가 들려왔다. 수도사들은 성호를 그으면서 팔을 흔들고 있었다. 자갈에서 불꽃이 일어났다. 맨 앞에서 달리던 수도사가 땀을 뻘뻘 흘리며 도착했다. 그는 십자가를 높이 쳐들면서 큰 목소리로 외쳤다. "기독교인들이여, 기적! 기독교인들이여, 기적이 벌어졌습니다! 신부님들이 은총이 가득하신 신의 어머니를 모시고 옵니다. 엎드려 경배하십시오!"

유지든 인부든 가릴 것 없이 모든 마을 사람들이 달려가서 그 수도사를 둘러쌌고 감동하며 성호를 그었다. 나는 한쪽으로 비켜섰다. 조르바는 내게 재빨리 눈빛을 반짝거리는 윙크를 보냈다.

"당신도 가까이 다가오세요." 그가 내게 소리쳤다. "좀 더 가까이 다가와서 은총 가득하신 성모의 기적을 들어보세요."

그 수도사는 황급히 숨도 쉬지 않고 이야기를 시작했다. "기독교인들이여, 들으세요! 하느님의 비전이 나타났고, 거룩한 기적이 발생했습니다! 악마가 저주받아 마땅한 자카리아스의 영혼을 사로잡아서, 지난밤 우리 거룩한 수도원에 등유를 뿌리게 했습니다. 하지만 하느님께서 우리를 깨우셨습니다. 우리는 깨어나 화염을 보았고 재빨리 침대에서 빠져나왔습니다. 수도원장의 방, 복도, 수도사들의 독방 등이 불타오르고 있었습니다. 우리는 종을 치면서 소리쳤습니다. '오 복수하는 성모여, 우리를 도와주소서!' 그러고는 주전자와 양동이를 이용하여 진화 작업에 나섰습니다. 성모님의 은총 덕분에, 새벽녘에 불이 꺼졌습니다! 우리는 성모의 기적을 일으키는 성상단이 안치된 성전으로 갔습니다. 우리는 무릎을 꿇고서 소리쳤습니다. '오 복수하는 성모여, 당신의 창을 들어 죄인을 내리치소서.' 우리가 안뜰에 모여 보니 자카리아스—유다!—가 사라진 것을 발견했습니다. '그가 우리에게 불을 지른 자야. 그가 범인이야.' 우리는 모두 소리쳤고 뿔뿔이 흩어져서 그를 찾으러 갔습니다. 우리는 하루 종일 찾았지만 허사였습니다. 우리는 밤새 찾았지만 허사였습니다. 우리는 오늘 새벽에 성전에 다시 갔는데 거기서 뭘 보았겠습니까? 사랑하는 기독교인들이여. 하느님의 비전이 나타났고, 거룩한 기적이 발생했습니다! 파나기아의 발아래에 자카리아스가 죽어 있었던 것입니다. 그리고 파나기아의 손에 들려 있는 창 끝부분에는 커다란 핏방울이 묻어 있었습니다!"

"주님 자비를 베푸소서! 주님 자비를 베푸소서!" 마을 사람들이 땅에 무릎을 꿇고 경배하면서 소리쳤다. 그들은 같은 동작을 되풀이했다.

"얘기가 더 있습니다." 수도사가 침을 삼키며 말을 계속했다. "이런 놀라운 일이 벌어졌어요. 우리가 그 악령 들린 죄인을 일으켜 세우려다가 그만 입이 딱 벌어졌습니다. 성모님께서 그의 머리카락, 콧수염, 턱수염을 면도해 놓으신 겁니다. 가톨릭 사제처럼!"

나는 웃음을 간신히 참으면서 고개를 돌려 조르바를 쳐다보았다. "이 영악한 악마!" 내가 그에게 부드러운 목소리로 말했다.

그러나 조르바는 놀랍다는 듯이 눈이 툭 튀어나오는 표정으로 그 수도사를 응시하며 몇 번이고 심각하게 성호를 그었다. "주님, 당신은 위대하십니다." 그가 계속 중얼거렸다. "당신은 위대하십니다. 당신의 역사(役事)는 놀라울 뿐입니다."

그러는 동안 다른 수도사들이 도착하여 노새에서 내렸다. 대외 관계 수도사가 기적을 일으킨 성상을 가슴에 꼭 끌어안고 바위 위에 올라가셨다. 모두들 그 성상으로 허겁지겁 달려가 무릎을 꿇고 경배했다. 수도사들 뒤에서는 뚱뚱한 도메티오스가 모금함을 들고서 돈을 낸 둔감한 농부들의 이마에다 장미수를 뿌려주었다. 땀범벅이 된 세 명의 수도사가 털투성이 양손을 배 위에 올려놓은 채 도메티오스 주위에서 성가를 불렀다.

"우리는 크레타 마을들을 순례할 예정입니다." 뚱뚱한 도메티오스가 말했다. "신자들이 성상에 경배를 바치고 성모님의 은총이 일러준 만큼의 액수를 헌금하도록 말입니다. 우리는 거룩한 수도원을 보수하기 위해 모금을 합니다."

'배불뚝이 신부들!' 조르바가 중얼거렸다. '저들은 또다시 건수를 잡아서 수익을 올리려 드는군.' 그는 수도원장에게 다가갔다. "경애하는 수도원장님, 모든 것이 다 축복을 받을 준비가 되어 있습니다. 성모님의 은총이 우리의 사업을 도와주시기를!"

해는 떠올라 왔고 바람은 불지 않았다. 날씨는 아주 무더웠다. 신부들은 그리스 깃발을 매단 첫 번째 기둥 주위에 모여 섰다. 그들은 넓은 소매로 이마의 땀을 닦아내며 가정의 단단한 기반을 축복하는 성가를 불렀다. "주님, 주님, 이 기계 장치가 단단한 반석 위에 놓여져 바람도 물도 쓰러트리지 못하게 하소서." 그들은 구리 양동이에다 성수 살포기를 집어넣어 물을 떠서 기둥, 케이블, 도르래, 조르바, 나 그리고 마을 사람들, 인부들, 마지막으로 바다에 성수를 살포했다. 이어 그들은 마치 성모가 아프기나 한 듯이 성상을 아주 조심스럽게 들어 올려서 앵무새 옆의 커다란 바위 위에다 올려놓고 그 주위에 자리 잡고서 준공식의 진행을 기다렸다. 유지들은 첫 번째 기둥의 반대편에 섰고 조르바는 한가운데에 자리를 잡았다. 나는 해변의 가장자리까지 걸어가 거기에 선 채 기다렸다.

시험 운전은 삼위일체를 의미하는 나무 세 그루만 가지고 하기로 되어 있었다. 그렇지만 우리는 복수하는 성모를 기리기 위해 네 번째 나무를 추가했다.

수도사들, 마을 사람들, 인부들은 성호를 그었다. '하느님과 파나기아의 이름으로.' 하고 그들은 중얼거렸다.

커다란 한 걸음을 내디뎌 첫 번째 기둥에 도착한 조르바는 줄을 잡아당겨 깃발을 아래로 내렸다. 그것은 산꼭대기에서 대기 중인 인부들이 기다리는 신호였다. 해변에 모인 군중은 뒤로 물러서면서 산꼭대기에 시선을 집중했다.

"성부의 이름으로!" 수도원장이 소리쳤다.

그 다음에 벌어진 일은 참으로 형언하기 어렵다. 재앙은 천둥처럼 폭발했고 우리는 그것을 피할 시간조차 충분하지 않았다. 공중 삭도 전체가 흔들거렸다. 인부들이 케이블에 매단 소나무는 악마 같은 가속도를 내면서 해변으로 곤두박질쳤다. 새빨간 불꽃이 피어올랐고 나무의 파편 조각들이 공중에 난무했다. 몇 초 뒤 해변에 도착한 소나무는 절반쯤 불타버리고 남은 가느다란 막대기에 지나지 않았다.

조르바는 배를 걷어차인 강아지 같은 표정으로 나를 쳐다보았다. 수도사들과 마을 사람들은 저 멀리 뒤쪽으로 물러났다. 나무에 매인 노새들을 발길질을 했다. 뚱뚱한 도메티오스는 겁을 집어먹고서 땅에 쓰러져 '오 하느님! 오 하느님!' 하고 중얼거렸다.

조르바는 손을 들었다. "이건 뭐 아무것도 아닙니다." 그가 말했다.

"첫 번째 통나무는 언제나 그래요. 이제 삭도가 안정이 될 겁니다. 자 보세요!" 그는 깃발을 올려 신호를 보냈고 뒤로 달아났다.

"그리고 성자의 이름으로!" 수도원장이 다시 소리쳤고 그의 목소리는 떨리고 있었다.

두 번째 통나무가 케이블에 매달려 내려왔다. 기둥들이 흔들거렸고 나무는 가속도를 얻어 돌고래처럼 춤추더니 우리를 향해 곧장 추락했으나 해변에 도착하지는 못했다. 절반쯤 내려오다가 공중에서 산산조각이 났기 때문이다.

'빌어먹을!' 조르바가 콧수염을 씹으면서 중얼거렸다. '기울기를 잘못 잡았군.' 그는 화를 벌컥 내며 기둥에 다가가서 세 번째 신호를 보냈다. 이제 노새 뒤에 몸을 숨긴 수도사들은 성호를 그었다. 마을 유지들도 발을 절반쯤 든 채 달아날 준비를 하고 있었다.

'그리고 성령의 이름으로!' 수도원장이 카속을 단속하면서 숨죽인 목소리로 중얼거렸다.

세 번째 통나무는 거대했다. 그것을 케이블에 올려놓고 내리는 순간 엄청난 소음이 발생했다.

"엎드려, 불쌍한 친구들아!" 조르바가 뒤로 달아나며 소리쳤다. 수도사들은 바짝 엎드렸고 마을 사람들은 달아났다.

소나무는 튀어 올라 케이블을 탁탁 치더니 맹렬한 불꽃을 발사하면서 우리가 제대로 보기도 전에 산과 해변을 지나가서 바다 깊숙이 처박히더니 거품을 부글부글 끓어 올렸다. 아까부터 비틀거리던 기둥들은 이제 상당히 기울어져 있었다. 노새들은 매어 놓은 줄을 끊고 달아났다.

"이건 아무것도 아니야! 아무것도 아니라고!" 조르바가 미친 듯한 목소리로 고함쳤다. "기계 장치가 이제 안정이 될 거야. 자 계속!" 그는 네 번째로 깃발을 올렸다. 내가 보기에 그는 절망적인 심정에 빠져 어서 빨리 이 실험을 끝내고 싶다는 표정이 역력했다.

'그리고 복수하는 성모의 이름으로!' 수도원장이 바위 뒤에 숨으면서 중얼거렸다.

네 번째 통나무가 내려왔다. 먼저 피를 얼리는 듯한 뿌지직 소리가 났고 이어 두 번째로 뿌지직 소리가 나더니 케이블을 떠받치는 모든 기둥들이 마치 카드 패처럼 하나씩 하나씩 연달아 붕괴되었다.

"주여 자비를 베푸소서! 주여 자비를 베푸소서!" 인부들, 마을 사람들, 수도사들이 도망치면서 소리쳤다.

통나무의 파편 조각이 도메티오스의 허벅지에 부상을 입혔다. 또 다른 조각은 수도원장의 눈을 아슬아슬하게 피해 갔다. 마을 사람들은 사라졌다. 오로지 성모만이 손에 창을 들고 바위 위에 우뚝 서서 꾸짖는 눈빛으로 인간들을 내려다보고 있었다. 성모 옆에는 초록 날개를 파닥거리는 불쌍한 앵무새가 떨고 있었다.

수도사들은 성모 성상을 가슴에 껴안고 고통으로 신음하는 도메티오스를 추스르고 노새들을 데려와 올라타고서 황급히 떠나갔다. 꼬챙이에 꿴 양고기를 돌리던 인부는 무서워서 그것을 내팽개치고 달아났다. 양고기는 타고 있었다.

"저러다가 양고기가 바싹 타버리겠는걸!" 조르바가 그렇게 소리치더니 그곳으로 달려가 양고기를 계속 돌렸다.

나는 그의 옆에 앉았다. 그 무렵 해변에는 우리 둘을 빼고는 아무도 남아 있지 않았다. 그는 고개를 돌려서 불확실하고 자신 없는 눈빛으로 나를 쳐다보았다. 내가 이 재앙을 어떻게 생각할지, 또 이 비극이 어떤 방향으로 전개될지 난감하다는 표정이었다. 그는 다시 양고기에 허리를 숙이고 칼을 꺼내어 한 점 맛보더니 즉시 꼬챙이를 불에서 꺼내 세워놓았다.

"맛이 좋은데요." 그가 말했다. "보스, 맛이 좋습니다. 당신도 한번 맛보는 게 어때요?"

"와인을 가져와요. 그리고 빵도 가져와요. 나는 배가 고픕니다."

조르바는 재빨리 일어나서 와인 통을 양고기 옆으로 굴렸고 아주 큰 통밀 빵 한 덩어리와 두 개의 술잔을 가져왔다. 우리는 각자 칼을 들고서 양고기를 널찍하게 베어냈고 또 빵도 커다란 덩어리를 잘라내어 먹고 또 먹었다. 아무리 먹어도 물리지 않았다.

"보스, 어떤 맛이에요?" 조르바가 물었다. "달기가 꼭 복숭아 같아요. 정말로! 너무 맛있어요! 알다시피 여기 꿀은 풍성하지가 않아요. 동물들은 건조한 풀만 먹기 때문에 고기 맛이 아주 담백해요. 나는 과거에 이처럼 맛있는 고기를 먹은 적이 딱 한 번 있어요. 내가 머리카락을 꼬아 하기아 소피아 부적을 만들어서 내 목에 걸고 다니던 시절인데, 아주 오래 적 얘기지요!"

"계속 말해요!"

"방금 말씀드렸듯이, 아주 오래 적 얘기예요, 보스. 광적이면서도 멍청한 그리스인 얘기지요."

"좋아요, 조르바, 계속 얘기해 봐요! 난 듣고 싶습니다."

"그건 불가리아인들이었어요. 그들이 우리를 포위했고 밤중이었습니다. 그들이 산속에서 우리들 주위에 불을 피워놓고 장방형 북을 치면서 늑대처럼 고함을 지르며 우리를 위협했어요. 그들은 약 3백 명쯤 되었을 겁니다. 우리는 루바스 대장을 포함하여 겨우 스물여덟 명이었습니다. 대장은 아주 멋지고 용감한 남자였지요. 하느님, 만약 그가 죽었다면 그의 죄를 용서하소서. 그가 내게 말했어요. '이봐, 조르바, 양을 꼬챙이에

454

다 꿰어.' '대장님, 구덩이에다 구우면 더 맛있습니다.' '좋아, 자네 좋을 대로 해. 하지만 빨리해야 돼. 우린 배가 고파.' 우리는 구덩이를 파고 양을 그 안에 묻고 그 위에 새빨간 숯불을 가득 얹고서 자루에서 빵을 꺼내어 그 구덩이 주위에 둘러앉았습니다. '이게 우리의 마지막 식사가 될지 모르겠군.' 루바스 대장이 말했습니다. '다들 두렵나?' 우리는 모두 웃었습니다. 아무도 대답을 하려 하지 않았습니다. 우리는 나무 그릇을 잡았습니다. '대장님, 당신의 건강을 위하여. 자 재빠른 총알을 위하여!' 우리는 그렇게 술을 두 순배 한 후에 양을 꺼냈습니다. 보스, 아 정말 맛좋은 양고기였지요. 지금 생각해도 입에 침이 돕니다. 고소했지요! 입에서 살살 녹았습니다! 우리 용감한 청년들은 모두 그 고기에 달려들었습니다. '내 평생 이렇게 맛 좋은 고기는 처음이야. 하느님이 우리와 함께하고 있어.' 하고 대장이 말했습니다. 그는 평소 전혀 술을 마시지 않는 사람이었지만 술도 한 모금 꿀꺽 마셨습니다. '이봐, 노래를 불러. 게릴라의 노래를.' 그가 명령했습니다. '저기 저 친구들은 늑대처럼 고함을 지르지만 우리 그리스인은 사람답게 노래를 부를 거야. 자 〈오 예로-디모스(O yero-Dimos)〉를 부르자고. 우리는 와인을 재빨리 마시고 한잔 더 걸친 다음에 그 노래를 불렀어요. 계곡은 메아리쳤어요. '여보게들, 나는 지난 50년간 게릴라 노릇을 하며 늙었다네.' 우리는 사기가 충천했어요! '좋아, 마음에 들어.' 대장이 말했어요. '좋은 기상이야! 이봐, 알렉시스, 양의 등을 보면서 점을 좀 쳐보는 게 어때? 거기 뭐라고 나와 있어?' 나는 숯불로 다가가서 손칼로 양의 등을 긁어 보았어요. '대장님, 무덤은 안보이는데요. 죽음의 점이 안 나와요. 우리는 이번에도 달아날 수 있을 것 같습니다.' '자네의 말이 하느님의 귀에도 들어가기를.' 신혼이었던 부대장이 말했어요. '내가 먼저 아들을 하나 둘 수 있기를. 그 다음에는 하느님이 명령하시는 건 뭐든지 따를 거야.'"

조르바는 말을 마치고 양의 뒷다리를 크게 베어냈다. "그 양고기 맛은 훌륭했어요." 그가 말했다. "하지만 나는 이놈도 좋아해요. 아주 마음에 들어요!"

"조르바, 우리를 위해 술잔에 술을 따라요. 가장자리까지 가득! 그리고 단숨에 비워요!"

우리는 잔을 부딪치고 단숨에 마셨다. 산토끼의 피처럼 검은 멋진 이 에라페트라 와인이었다. 그걸 마시면 마치 성체성사(聖體聖事) 때 흙처럼 검은 색깔의 피를 마시는 느낌이 들었다. 그러면 그 와인을 마신 자는 힘이 솟구친다. 혈맥에는 힘이 가득 들어가고 심장은 강력하게 고동친다. 평소 비겁한 사람이었다면 용감하게 되고, 이미 용감한 사람이라면 길들이지 않은 야생의 괴물이 된다. 인간의 사소한 번뇌 따위는 깡그리 잊어버린다. 비좁은 경계들은 사라진다. 그는 인간, 동물, 신과 합류하면서 모든 것과 더불어 하나가 된다.

"자 앞으로! 조르바, 양의 등이 이번에는 뭐라고 예언하는지 한번 살펴봅시다. 조르바, 어서 그 예언들을 말해요!"

그는 양의 등을 혀로 깨끗이 핥고 나서 칼로 좀 더 닦아내고서 모닥불에 비춰보면서 조심스럽게 살폈다. "보스, 모든 게 좋군요." 그가 말했다. "우리는 1천 년을 살 거예요. 참나무의 심장을 가지고." 그는 다시 허리를 수그리며 살폈다. "여행이 예언되어 있는데요." 그가 말했다. "오랜 여행이에요. 그 여행의 마지막 끝에 도달하면 많은 문들을 가진 커다란 집이 있어요. 보스, 그건 아마 도시일 거예요. 아니면 내가 문지기 노릇을 하면서 전에 말씀드린 밀수품을 들여오는 수도원이거나."

"조르바, 술을 좀 더 따라서 마십시다. 예언은 그만하고. 내가 문들이 많은 그 집이 무엇인지 말해 줄게요. 그건 무덤들이 가득한 우리 대지입니다. 그게 여행의 마지막 끝이에요. 자 그러니 건강을 위하여, 우리의 밀수업자!"

"보스, 당신의 건강을 빌겠습니다! 사람들은 운이 박쥐처럼 눈이 멀었다고 해요. 그건 자기가 어디로 가는지 모른데요. 그건 계속 비틀거리며 행인에게 부딪치는데 그게 머리 위로 떨어진 사람을 우리는 행운아라고 부르지요. 하지만 그런 운은 지옥에나 가야 해요. 보스, 당신과 나는 그런 운은 원하지 않아요."

"그래요, 조르바, 우린 그런 건 원하지 않아요! 어서 마셔요!"

우리는 술을 마시며 양의 뼈만 남겨놓고 고기를 다 뜯어먹었다. 세상은 한결 가벼워졌다. 바다는 웃고 있었고 대지는 배의 갑판처럼 흔들렸다. 조약돌밭 위를 걷고 있는 두 마리의 바다 갈매기가 인간들처럼 대화를 나누었다.

나는 일어섰다. "조르바." 내가 소리쳤다. "와서, 내게 춤추는 방법을 가르쳐줘요!"

조르바가 얼굴이 환해지면서 벌떡 일어섰다. "춤, 보스?" 그가 물었다. "춤? 어서 와요!"

"자, 갑시다, 조르바. 내 인생은 변했어요. 어서!"

"당신에게 제이베키코(Zeïbekiko) 춤을 먼저 가르쳐드리지요. 이건 거친 춤이어서 용감한 전사들에게 알맞은 거지요. 마케도니아 혁명 전사들은 전투에 돌입하기 전에 이 춤을 춰요." 그는 구두를 벗었고 암자색 양말도 벗었다. 처음에는 셔츠를 입었으나 곧 답답하다면서 그것도 벗었다. 그는 한 발을 먼저 내밀어 대지를 가볍게 차면서 이어 다른 발을 내밀었고, 반응해 오는 대지 위에서 아주 야성적으로 두 발을 교차시키며 즐거워했다.

그는 내 어깨를 잡았다. "자, 젊은 양반, 어서 나와요. 이제 둘이서 함께 춥시다!" 우리는 함께 춤에 돌입했다. 진지하고 인내심 많은 조르바는 자상하게 내 자세를 교정해 주었다. 내 무거운 두 발에서 날개가 생기면서 나는 용기를 얻었다.

"잘한다! 상당히 소질이 있어요!" 조르바가 나를 위해 손뼉을 쳐서 박자를 맞추면서 소리쳤다. "잘한다, 젊은 양반. 종이 쪼가리와 잉크통은 지옥에나 가라고 해요. 손익 따위도 지옥에나 가라고 해요. 이제 나리가 춤을 춥니다. 나의 언어를 배우는 겁니다. 우리는 서로에게 해줄 말이 아주 많아요!"

그는 손뼉을 치면서 맨발로 자갈밭 위를 사뿐히 날아갔다. "보스." 그가 소리쳤다. "나는 당신에게 하고 싶은 말이 아주 많아요. 나는 당신처럼 사랑해 본 사람이 없습니다. 당신에게 해주고 싶은 말이 너무도 많은데 내 혀는 너무나 짧아요. 그래서 나는 그 말을 춤으로 춰 보이겠어요. 거기 그대로 서 계세요. 내가 당신을 밟지 않도록. 자, 자, 이렇게 뛰어오릅니다!"

그가 높이 날아오르면서 그의 두 발과 두 손은 날개로 변했다. 그가 공중 높이 뛰어오르는 것을 보면서 나는 하늘과 바다를 배경으로 공중에서 회전하는 반항적인 늙은 대천사, 혹은 자유의 투사를 보고 있다고 상상했다. 왜냐하면 그의 춤은 도발, 고집, 반항의 춤이었기 때문이다. 그는 마치 이렇게 소리치는 것 같았다. "이봐요, 하느님, 당신이 내게 뭘 할 수 있다는 거죠? 아무것도 없어요. 나를 죽이는 것 이외에는. 그러니 나를 죽이세요. 설사 나를 죽인다고 해도 눈 하나 깜짝하지 않아요. 나는 내 불만을 말했고, 내가 말하고 싶은 것을 말했어요. 나는 언제나 자유의 춤을 추어 왔어요. 나는 당신을 더 이상 필요로 하지 않아요!"

나는 조르바의 춤을 지켜보면서 난생처음으로 인간의 악마적인 반항 정신을 느꼈다. 조상 대대로 인간의 저주로 여겨져 왔던 무게와 물질성을 극복하려는 열망을 보았다. 나는 조르바의 지구력, 민첩성, 자부심을 존경하는 눈빛으로 바라보았다. 그의 요란한 스텝과 그 정교한 디자인은 해변의 모래밭 위에다 인류의 악마적 역사를 새기고 있었다.

그는 춤을 멈추더니 파괴되어 잔해만 남은 공중 삭도를 응시했다. 해는 지고 있었고 그림자는 길어졌다. 그의 두 눈은 앞으로 튀어나왔다. 갑자기 그는 뭔가를 기억해 냈다. 그는 고개를 돌려 나를 쳐다보면서 평소 습관처럼 손바닥으로 입술을 가렸다. "아, 잠깐, 잠깐만, 보스." 그가 말했다. "저 빌어먹을 고물에서 피어오르던 불꽃을 보았나요? 굉장했지요?"

우리 두 사람은 커다랗게 웃음을 터트렸다. 조르바는 내게 달려들어 나를 껴안으며 키스하기 시작했다. "나리, 웃고 있어요? 나리가?" 그는 내게 부드러운 어조로 말했다. "나리, 정말로 웃고 있는 겁니까? 당신은 정말로 멋지고 건장한 젊은 사람입니다!"

우리는 목이 아플 정도로 웃어 젖혔고 한동안 자갈밭 위에서 부둥켜 안고 씨름을 했다. 이어 갑자기 해변의 자갈밭 위로 쓰러져서 서로의 품 안에서 잠이 들었다.

새벽녘에 잠깨어 일어나 나는 해변을 따라서 마을 쪽으로 재빨리 걸어갔다. 내 가슴은 날개를 달았다. 내 평생 그처럼 큰 기쁨을 맛본 적이 없었다. 아니, 그것은 단순한 기쁨이 아니었다. 미친 듯한 기쁨이었다. 숭고하고, 어리석고, 설명할 수 없는 기쁨. 아니 단지 설명이 안 되는 것만이 아니라 모든 설명을 거부하는 기쁨이었다. 나는 돈을 몽땅 날렸다. 인부들, 공중 삭도, 수송 수레들, 우리가 수송 목적으로 해안에 건설했던 작은 항구 등을 모두 잃었다. 이제 우리는 수송할 것이 없었다. 모든 것이 사라져 버렸다. 그렇지만 지금 이 순간 나는 예기치 않은 구원을 느꼈다. 마치 내가 필연의 냉정하고 시무룩한 두개골의 자그마한 한쪽 구석에서 마음껏 뛰노는 자유를 발견한 느낌이었다. 그리고 지금 나는 자유와 함께 뛰놀고 있었다. 우리의 모든 일이 엉망진창이 되었을 때, 우리 영혼의 지구력과 가치를 테스트 받는다는 것은 얼마나 즐거운 일인가. 보이지 않는 전능한 적―누구는 신이라고 부르고, 누구는 악마라고 부르는 존재―이 우리를 쓰러트리기 위해 달려들었다. 그러나 우리는 거기에 맞서며 똑바로 서 있다. 우리가 겉으로는 완전 패배되었더라도 속으로는 승리를 느낀다면, 진정한 인간은 형언할 수 없는 자긍심과 기쁨을 느끼는 것이다. 외부의 불행은 가장 수준 높고 가장 끈질긴 형태의 축복으로 바뀌는 것이다.

어느 날 저녁 조르바가 내게 이런 말을 한 적이 있었다. "어느 눈 덮인 마케도니아 산에서 한밤중에 겁나는 바람이 불어왔어요. 내가 기어들어간 자그마한 오두막을 사정없이 흔들어댔어요. 하지만 나는 그것을 잘 견뎌냈어요. 나는 혼자였는데 불 켜진 난로 앞에 앉아서 그 바람을 비웃고 또 소리치면서 웃어 젖혔어요. '너는 내 오두막 안으로 들어오지 못해. 나는 너에게 문을 열어주지 않을 거야. 넌 이 난로 불을 끄지 못해. 너는 나를 쓰러트리지 못해!'"

조르바의 이런 말은 나의 영혼을 더욱 강인하게 만들어주었다. 나는 인간이 어떻게 행동해야 하고 또 어떻게 필연에 맞서야 하는지 이해했다.

해변을 따라 재빨리 걸으면서 나는 보이지 않는 적에게 말을 걸었다.

'너는 내 영혼 안으로 들어오지 못할 거야!' 나는 소리쳤다. '나는 너에게 문을 열어주지 않을 거야. 넌 이 난로 불을 끄지 못해. 너는 나를 쓰러트리지 못해!'

해는 아직 산꼭대기 위로 나오지 않았다. 수평선에는 청색, 녹색, 적색, 진주색이 어른거렸다. 자그마한 명금(鳴禽: 고운 소리로 우는 새.—옮긴이)들이 잠에서 깨어나 저 너머 올리브 나무숲에서 지저귀었다.

나는 이 한적한 해변에 작별인사를 하고 싶어서 해변을 걷는 것이다. 그 해변을 내 가슴속에 잘 담아두었다가 떠날 때 함께 가지고 갈 생각이었다. 나는 이 해변을 무척 즐겼다. 조르바와 함께 보낸 생활은 내 가슴을 넓혀주었다. 그의 다양한 말씀은 내 마음을 진정시켰고 나의 가장 복잡한 내적 관심사에 아주 명쾌한 해결안을 제시했다. 실수 없는 본능, 원초적이고 예리한 독수리의 눈 등을 가진 이 남자는 노력의 정상—즉 아무 노력도 하지 않음—에 도달하는 믿을 만한 지름길을 걸어가 실제로 커다란 노력을 들이지 않고 그 정상에 도달했다.

한 무리의 친구들이 내 곁을 지나갔다. 애피타이저와 와인 병이 든 바구니를 든 선남선녀들은 5월 1일 축제일을 기념하기 위해 과수원으로 가고 있는 것이었다. 한 처녀의 노랫소리가 산간의 석수처럼 흘러나왔다. 유방이 이미 다 자란 젊은 처녀가 헐떡이며 달려서 내 앞을 지나가 높은 바위 위로 올라갔다. 그녀를 뒤쫓고 있는 창백하고, 분노하고, 검은 턱수염을 기른 남자를 살짝 피하기 위해.

"어서 내려와, 내려오라고." 그 남자가 쉰 목소리로 계속 말했다. 그러나 양 뺨이 붉어진 처녀는 두 팔을 들어 올려 머리 위에 꼬고서, 땀에 젖은 몸을 흔들며 노래를 불렀다.

그걸 농담 삼아 내게 말해 봐요. 그걸 멋지게 장식하며 내게 말해 봐요.

내게 당신이 나를 사랑하지 않는다고 말해요. 하지만 내겐 별로 소용없어요.

"어서 내려와, 내려오라고." 검은 턱수염이 소리 질렀다. 그의 쉰 목소리는 호소하는가 하면 위협했다. 갑자기 그가 뛰어올라 처녀의 발을 단단히 부여잡았다. 그런 반응을 구제의 수단으로 기대한 듯한 처녀는 갑자기 울음을 터트렸다.

나는 그들을 재빨리 지나쳐 갔다. 내 머릿속에 뚱뚱하고, 향수를 뿌리고, 나이 든 세이렌이 떠올랐다. 음식과 키스에 물린 그녀는 어느 저녁 감기에 걸렸고 그러자 대지는 입을 벌려 그녀를 삼켰다. 몸이 퉁퉁 불었던 그녀는 지금쯤 초록색으로 변해서 쩍쩍 갈라지면서 그녀의 체액이 밖으로 나오고 구더기가 안으로 들어갔을 것이다. 나는 끔찍하여 고개를 흔들었다. 대지는 가끔 투명해져서 우리로 하여금 거대한 공장의 주인이 구더기를 보게 해준다. 구더기는 지하의 흙 공장에서 밤낮없이 일한다. 우리는 재빨리 시선을 거두어버린다. 왜냐하면 인간은 그 자그마한 하얀 구더기들(부패의 상징으로 곧 죽음.—옮긴이)을 제외하고는 모든 것을 견딜 수 있기 때문이다.

마을 입구에서 나는 트럼펫을 입술에 갖다 대며 막 불려고 하는 우체부를 만났다. "보스, 편지가 왔습니다." 그가 내게 푸른 봉투를 내밀며 말했다.

나는 그 부드럽고도 가는 필체를 알아보고서 즐거움에 몸을 떨었다. 나는 마을을 재빨리 지나가서 올리브 숲으로 들어가 편지를 얼른 개봉했다. 황급히 쓴 간단한 편지였다. 나는 단숨에 읽었다.

462

우리는 쿠르드 족을 피하여 그루지야 국경에 도착했네. 모든 것이 잘 되어가고 있어. 나는 이제야 겨우 행복의 의미를 알 것 같다고 생각하네. 나는 크레스토마티 [Chrestomathy: 명문집(名文集)] 독본에서 배운 저 오래된 격언을 몸소 체험하기 때문에 그것을 이해하게 되었네. "행복은 자신의 의무를 완수하는 것이다. 그 의무를 완수하는 데 따르는 어려움이 클수록 행복은 그에 비례하여 커진다."

죽음을 각오하고 있던 이 그리스 동포들은 며칠 내 바툼에 도착할 거야. 오늘 나는 전보를 받았네. "첫 번째 증기선이 도착했다."

수천 명에 달하는 똑똑하고 현명하고 열심히 일하는 그리스인들과, 그들의 엉덩이가 큰 아내들과 자식들은 곧바로 마케도니아와 트라케로 수송이 될 걸세. 우리는 그리스의 혈관에 용감한 새로운 피를 수혈하는 거지.

"나는 약간 피곤하네. 하지만 누가 그걸 신경이나 쓰겠는가? 존경하는 스승이여, 우리는 정복했다네. 곧 자네를 만나기를 바라며."

나는 그 편지를 호주머니에 집어넣고 걸음을 더 빨리했다. 나 또한 행복했다. 나는 이제 계속 걸어가면서 오르막 산길에 들어섰다. 내 손가락 사이에는 꽃피는 백리향 가지를 낀 채. 정오 무렵이었다. 나의 검은 그림자가 내 두 발 주위에 모였다. 매가 높이 날아가는데 그 날개는 너무 빨리 날갯짓을 해서 마치 정지한 것 같았다. 내 발걸음 소리를 들은 메추라기가 숲에서 빠져나와 금속성을 내면서 공중으로 날아갔다.

나는 아주 행복했다. 만약 내가 노래를 부를 줄 안다면 그 행복을 좀 덜어내기 위해 노래를 불렀을 것이다. 나는 의미 없는 비명 소리만 내지를 뿐이었다. '너에게 무슨 일이 벌어졌느냐?' 나는 조롱하듯이 나 자신에게 물었다. '그래, 네가 대단한 애국자여서 그걸 몰랐다는 말이냐? 네 친구를 이 정도로 사랑한다는 말이냐? 똑바로 처신해! 부끄럽지 않아?'

그러나 아무런 대답도 들려오지 않았다. 나는 무의미한 비명을 계속 내지르며 오르막길을 올라갔다. 그때 종소리가 울렸다. 검은색, 갈색, 회색 염소들이 돌 더미 위에서 반짝거리고 있었다. 덩치 큰 숫염소가 맨 앞에 있었는데 그의 단단한 목은 움직이지 않았다. 그는 주변 공기를 염소 냄새로 가득 채웠다.

"이봐요, 친구! 어디로 가는 거요? 사냥하러 온 거요?" 염소치기는 큰 바위 위에 훌쩍 올라오더니 손가락을 입에 넣어 휘파람을 불면서 나를 불렀다.

"나는 바빠요." 내가 계속 올라가면서 말했다.

"잠깐만 이 염소젖을 먹고 쉬었다 가요." 염소치기가 내게 가까이 다가오기 위해 바위와 바위들 사이를 뛰어넘으며 말했다.

"나는 바빠요." 내가 반복하여 말했다. 대화로 내 기쁨을 방해하고 싶지 않았다.

"아, 싫다는 거로군요." 염소치기가 짜증을 내며 말했다. "잘 가요!" 그는 입에 손가락을 집어넣고 염소 떼에게 휘파람을 불었고 그러자 그 무리는 바위들 뒤로 사라졌다.

잠시 뒤 나는 산꼭대기에 도착했다. 마치 이 꼭대기에 도착하는 것이 여행의 목적이었던 것처럼 나는 안도감을 느꼈다. 바위 밑의 그늘에 앉아 발을 쭉 뻗으며 세이지와 백리향의 향기가 가득한 공기를 심호흡하면서 나는 저 멀리 들판과 바다를 바라보았다. 나는 일어나서 세이지 잎사귀를 한 아름 모아서 그걸 베개 삼아 다시 누웠다. 피곤하여 나는 눈을 감았다. 잠시 내 마음은 저 높은 눈 덮인 고원으로 날아갔다. 나는 사람들과 황소 떼가 내 친구를 맨 앞에 지도자로 세우고 북쪽으로 행진하는 광경을 상상했다. 그러나 내 마음은 곧 흐릿해졌고 나는 참을 수 없는 졸음이 닥쳐오는 것을 느꼈다.

나는 잠드는 것을 피하고 싶어서 저항했다. 나는 눈을 크게 떴다. 노란 부리 까마귀가 내 맞은편 산꼭대기 바위 위에 내려앉아 있었다. 그 새의 검푸른 깃털이 햇빛 속에 반짝거렸다. 나는 그 커다란 노란 부리를 찬찬히 쳐다보았다. 그게 나쁜 징조라고 생각하여 나는 화를 벌컥 내면서 조약돌을 집어 들어 그 새에게 날렸다. 새는 천천히 평화롭게 날개를 폈다.

더 이상 저항할 수가 없어서 눈을 감으면서 나는 전광석화의 속도로 잠 속으로 빠져들었다. 나는 몇 분 자지 않고서 놀라 소리를 지르며 펄쩍 일어났다. 까마귀는 여전히 내 머리 위를 빙빙 돌면서 날아갈 자세를 취했다. 나는 몸을 떨면서 바위에 기대어 다시 앉았다. 방금 전 그 짧은 시간에 꿈을 꾼 것이었다. 성령이 강림하여 내 마음을 칼처럼 베어놓았다. 꿈속에서 나는 혼자서 아테네의 에르무 거리를 걸어가고 있었다. 햇볕이 따가운데, 거리는 한적했고 가게들은 문을 닫았으며 모든 것이 죽어 있었다. 그 순간, 내가 카프니카레아 성당을 지나가는데 저기 신타그마 광장에서 달려오는 내 친구를 보았다. 그는 얼굴이 창백하고 숨이 찬 모습이었고 그의 앞에서 거인 같은 걸음걸이로 성큼성큼 걸어가는 아주 키 큰 남자를 따라가고 있었다. 내 친구는 외교관 정복을 입고 있었다. 나를 보자, 그는 멀리서 숨찬 목소리로 불렀다. "어이, 스승, 어떻게 지내? 여러 해 동안 자네를 보지 못했네. 오늘 밤에 나를 찾아와서 얘기나 하세." "어디서?" 이번에는 내가 크게 소리쳤다. 마치 그가 아주 멀리 있는 것처럼 나는 있는 힘을 다하여 악을 썼다. "옴니아 광장, 오늘 저녁 6시. 파라다이스 파운틴에서." "좋아." 내가 대답했다. "내가 거기 갈게." "그건 말뿐이지." 불만 섞인 그의 목소리가 들려왔다. "자넨 말만 그렇게 할 뿐 오지 않을 거야." "내가 틀림없이 갈게." 내가 소리쳤다. "손을 내밀게." "난 지금 바빠." "왜 그리 서두르나? 내게 손을 좀 내밀어 봐!" 그는 팔을 내밀었다. 갑자기 그 팔은 어깨에서 분리되어 하늘을 날아와 내 손을 잡았다. 그 차가운 감촉에 겁을 집어먹으며 나는 크게 소리를 질렀고 꿈에서 깨어났다.

나는 아직까지도 내 머리 위에 있던 까마귀가 이제 떠나가는 것을 보았다. 내 입술에서는 독이 뚝뚝 떨어졌다. 나는 고개를 동쪽으로 돌리면서 내 시선을 공중에 고정시켰다. 마치 그 먼 거리를 투과하여 아주 멀리 떨어진 곳을 보려는 것처럼. 나는 내 친구가 위험에 처했다는 것을 확신했다. 나는 그의 이름을 세 번 크게 불렀다. '스타브리다키스! 스타브리다키스! 스타브리다키스!'

나는 그에게 용기를 불어넣어 주려고 그렇게 소리치는 것 같았다. 그러나 내 목소리는 몇 발자국 가지 못하고 바로 앞의 공기 중에 흩어져 버렸다.

나는 산기슭으로 내려가는 길로 접어들어 재빨리 내려가려 했고 그런 신체적 피곤함으로 내 비참한 마음을 달래려 했다. 내 마음은 때때로 사람의 영혼에 도달하는 저 은밀한 메시지를 조롱하려고 애썼으나 허사였다. 내 안에 있는 원초적 확신, 논리보다 훨씬 더 심오한 아주 생생한 확신이 내 머리를 두려움으로 가득 채웠다. 가령 양이나 생쥐 같은 동물들은 지진이 발생하기 전에 그런 확신을 가지고 미리 대피한다. 나의 내부에서 인간 이전의 시대에 존재했던 영혼이 깨어났다. 그 시대에 영혼은 아직 땅과 떨어지지 않은 원지성(原地性)을 갖고 있었고 저 왜곡시키는 이성의 개입이 없어도 즉각적으로 진실을 알아보는 감각을 갖고 있었다. '그가 위험에 빠졌어! 그가 위험에 빠졌어!' 나는 계속 중얼거렸다. '그는 죽을 것 같아. 그는 아직 이걸 모르겠지만, 나는 그걸 확실히 알아.'

달려서 산을 내려오다가 나는 잔돌 더미에 발이 걸려 그 위로 급격히 쓰러졌다. 나는 손발이 긁히고 피가 났다. '그는 죽을 것 같아. 죽을 것 같아.' 나는 목구멍이 꽉 막힌 채 계속 중얼거렸다.

불쌍하고 불운한 존재인 인간은 그 자신의 영혼 주위에 높고 침입 불가능한 방어 시설을 쌓아올린다. 그는 그 자그마한 영역을 요새로 강화해 놓고 그 영역 안에서 그 나름의 일상적인 영육간(靈肉間) 생활에 질서와 안전을 부여한다. 그 영역 안에서 모든 것은 기존의 도로와 정해진 절차를 따라야 하고 간단하면서도 분명한 규칙들을 준수해야 한다. 이렇게 함으로써 우리는 앞으로 벌어지게 되어 있는 일을 다소의 확실성을 가지고 예측할 수 있고 또 우리가 자기 이익을 유지하면서 행동하는 방식을 미리 설정할 수 있다. 인생을 둘러싼 신비의 갑작스런 습격에 단단히 대비하는 이 영역 안에서, 우리가 예측하는 확실성이란 실은 자그마한 지네가 갖고 있는 확실성에 지나지 않는다. 그런데 단 하나의 아주 무섭고 또 아주 많이 미움을 받는 적(敵)이 있다. 그것은 지난 수천 년 동안 지각 있는 피조물이든 지각없는 피조물이든 가리지 않고 체내에 원천적인 저항감을 느끼는 적이다. 그것은 위대한 확실성(죽음.─옮긴이)이다. 이제 이 위대한 확실성이 내 영혼의 1차 방어 시설을 뛰어넘어 나를 공격하고 있었다.

나는 오두막이 있는 해변에 도착하자 약간 숨을 내쉴 수가 있었다. 내 영혼이 마련해 놓은 자그마한 방어 영역의 제2선에 도착하여 이제 반격에 나설 수 있다는 느낌이 들었던 것이다. '이 모든 예감이라는 것은.' 나는 생각했다. '우리의 불안이 만들어낸 거야. 그것은 우리의 잠 속에서 놀라운 상징의 외피를 두르고 있지. 그러나 그 예감이라는 건 우리가 만들어낸 거야. 그 예감이 아주 먼 곳에서 출발하여 마침내 우리에게 도착한 게 아니야. 그것은 어둡고 전능한 지역들에서 우리에게 전해지는 메시지가 아니야. 그것은 우리가 만들어낸 신호이고 우리를 떠나서는 아무런 가치도 없는 거야. 우리의 영혼은 메시지의 전송자이지 수신자가 아니야. 그러니 우리는 두려워할 필요가 없어.'

나는 진정이 되었다. 이성(理性)은 다시 한 번 음울한 메시지를 받고서 놀라 뒤집어진 내 심장에 질서를 부여했다. 이성은 그 음산한 박쥐의 날개들(제멋대로 머릿속에 떠오르는 불행의 예감들. ─옮긴이)을 집게로 고정시켜 그 박쥐로 하여금 시키는 대로 하게 만들었고 그리하여 그놈은 친숙한 생쥐로 변해 버렸다. 나는 안도감을 느꼈다.

마침내 오두막에 도착했을 때, 나는 내 멍청함에 미소를 지었고 내 마음이 그처럼 신속하게 혼란 속으로 빠져든 것에 대하여 부끄러움을 느꼈다. 나는 이미 일상적 절차라는 신성한 길로 돌아와 있었다. 나는 배가 고프고 목이 마르고 피곤했으며, 돌 더미에 긁힌 상처는 나를 따끔따끔 찌르고 있었다. 내 영혼의 1차 방어 시설을 뛰어넘었던 저 무서운 적은 방어 제2선에서 저지당했다.

26

　모든 것이 끝났다. 조르바는 케이블, 도구, 수레, 철물, 목재 등을 해변에 쌓아놓고 그 물건들을 실어갈 작은 돛배를 기다리고 있었다.

　"조르바, 나는 당신에게 모든 것을 기증하겠습니다. 당신이 커다란 이익을 올릴 수 있기를!" 조르바는 울음을 참으려는 듯 목이 메었다. "우리는 헤어지게 되었군요." 그가 중얼거렸다. "보스, 당신은 어디로 갈 겁니까?"

　"해외로. 내 속의 염소는 아직도 많은 종이를 씹어 먹으려 합니다."

　"보스, 아직도 당신의 교훈을 배우지 못했습니까?"

　"조르바, 나는 배웠습니다. 아주 고마워요. 하지만 내 길을 따라야 할 필요가 있어요. 당신이 버찌를 가지고 한 일을 나는 책을 가지고 할 겁니다. 나는 종이를 많이 씹어 먹고 나서 구토를 느끼고 그 다음에 그것을 토해 내야 비로소 구제가 될 겁니다."

　"보스, 당신의 우정이 없으면 나는 어떻게 합니까?"

"조르바, 슬퍼하지 말아요. 우리는 다시 힘을 합치게 될 겁니다. 앞으로 어떻게 될지 누가 압니까? 인간은 엄청난 힘을 가지고 있잖아요. 우리는 멋진 계획을 실행할 겁니다. 신도 악마도 없는, 오로지 자유인으로 구성된, 우리가 원하는 수도원을 세울 겁니다. 그러면 당신 조르바는 열쇠를 쥐고서 문턱을 지키는 성 베드로같이 되겠지요. 수도원의 문을 열고 닫는."

등을 오두막에 기댄 채 아무 말도 없이 땅에 앉아 있던 조르바는 계속 술만 마셨다. 잔을 채우고 또 채웠다.

밤이 되었다. 우리는 식사를 마쳤고 술을 홀짝 거리며 최후의 대화를 나누는 중이었다. 내일이면 나는 이라클리온으로 떠나기 때문에 우리는 이별하게 될 것이었다.

"그래요, 그래요." 조르바가 콧수염을 비벼대고 안주 없이 술을 마시면서 말했다.

우리 머리 위의 여름 하늘은 별들이 총총했고 그 별들은 밤공기 속으로 불꽃을 쏘아대고 있었다. 우리의 가슴은 속으로 신음을 내질렀으나 겉으로는 평온했다.

나는 이런 생각을 했다. '그에게 영원한 작별을 고하자. 그를 잘 보아두자. 앞으로 다시는 조르바를 볼 일이 없을 테니까.' 그의 나이 든 가슴을 껴안고 울기 일보 직전이었으나 나는 그렇게 하는 것이 부끄러웠다. 내 감정을 숨기려고 웃으려 했으나 그것도 잘 되지 않았다. 나는 목이 메어 왔다. 나는 조르바가 앙상한 뼈뿐인 목을 들고서 말없이 술을 마시는 모습을 쳐다보았다. 그를 쳐다보면서 우리의 인생이 참으로 신비하다는 생각이 들었다. 사람들은 비바람에 쫓기는 낙엽처럼 만났다가는 헤어진다. 우리가 사랑하는 사람의 얼굴, 신체, 동작을 잘 기억하려고 온갖 노력을 다하지만 몇 년만 지나가면 그 사람의 눈빛이 푸른색인지 검은색인지 기억하지 못한다. '단단한 놋쇠.' 나는 자신을 향해 소리쳤다. '인간의 영혼은 쇠가 되어야 해. 바람결 같은 게 되어서는 안 돼.'

조르바는 커다란 머리를 곧게 쳐들고 아무런 동작도 없이 계속 술을 마셨다. 그는 그 밤중에 우리에게 다가오는 혹은 멀어져가는 어떤 발걸음 소리를 유심히 듣고 있는 모양이나 그 소리는 오로지 우리의 내면에서만 들리는 것이었다.

"조르바, 뭘 생각하고 있습니까?"

"보스, 뭘 생각하느냐고요? 솔직히 말씀드리면 아무것도 생각하지 않아요." 그는 곧 다시 잔을 채우며 말했다. "당신의 건강을 위하여, 보스!"

우리는 술잔을 맞부딪쳤다. 우리 두 사람은 이처럼 깊은 고뇌는 그리 오래가지 못한다는 것을 알고 있었다. 우리는 울어버리거나 춤을 추거나 대취하거나 해야 되었다.

"연주를 해봐요, 조르바." 내가 말했다.

"산투르는 좋은 분위기를 타야 해요. 보스, 그건 이미 말해 주지 않았나요? 나는 앞으로 한 달 후, 두 달 후, 혹은 두 해 후에 연주를 하게 될지도 모릅니다. 그걸 누가 알겠습니까? 그러면 나는 두 사람이 영원히 헤어진 이야기를 노래 부를 겁니다."

"영원히!" 내가 겁먹으며 소리쳤다. 나는 그 겁나고 무서운 말이 크게 울려 퍼지는 것을 들을 용기가 없어서 나 자신에게만 몰래 중얼거리고 있었다. 그래서 그 공포가 더 컸던 것이다.

"영원히!" 조르바가 어렵사리 마른침을 삼키며 반복했다. "영원히! 당신이 내게 한 말, 서로 힘을 합쳐 수도원을 짓자는 건 죽음의 병상에서 정신 줄을 놓아버리기 직전인 환자에게 해주는 위로의 말에 지나지 않아요. 나는 그런 위로는 거부하겠어요. 원하지도 않고요! 뭡니까? 우리가 여자입니까, 위로를 원하게? 우리 남자는 그런 건 원하지 않아요. 그래요. 이별은 영원한 겁니다!"

"나는 여기 머무를 수도 있어요." 내가 조르바의 잔인하면서도 솔직한 발언에 겁을 집어먹으며 말했다. "나는 당신과 함께 있을 수도 있어요. 나는 자유인이에요."

"아니오. 당신은 자유롭지 않아요." 그가 말했다. "당신이 매여 있는 책가방 끈은 다른 사람의 끈보다 약간 더 길어요. 그것뿐이에요. 나리는 기다란 끈을 갖고 있어서 마음대로 왔다 갔다 하니 자유라고 생각할 뿐이에요. 하지만 그 끈을 끊어버리지는 않아요. 만약 당신이 그것을 끊어버리지 않으면—"

"언젠가는 끊어버릴 거예요." 나는 고집스레 말했다. 조르바의 말이 내 안의 벌어진 상처를 건드려서 아픈 까닭이었다.

"보스, 그건 어려워요. 아주 어려워요. 이 경우에 필요한 것은 어리석은 짓이에요. 내 말 듣고 있어요? 어리석은 짓! 당신은 끝까지 밀고 나가야 해요. 하지만 당신은 이성을 갖고 있어서 그게 당신을 집어삼킬 거예요. 이성은 야채상이에요. 그건 기장(記帳)을 해요. '내가 이만큼 주면 저만큼 얻고, 이만큼은 손해이고 저만큼은 이득이다.'라고 회계 장부에 기재하는 거예요. 이성은 훌륭한 관리자이지요. 모든 것을 위험에 내맡기는 법이 없어요. 언제나 일정 부분을 뒤에 남겨두지요. 그렇게 하면 끈을 끊지 못해요. 결코! 저 빌어먹을 놈은 그 끈을 꽉 붙잡고 있어요. 만약 끈이 끊어지면 이성은 끝장나고 망해버리는 거예요, 저 빌어먹을 놈! 그런데 말이에요, 이성이 그 끈을 끊어버리지 않는다면, 당신의 인생에서 무슨 보람찬 것이 남아 있겠어요? 당신의 인생은 카밀러 차, 뜨뜻미지근한 카밀러 차가 되고 말 거예요. 세상을 확 뒤집어 놓으려면 말이에요, 머리를 확 돌게 하는 럼주가 필요한 거예요!"

그는 잠시 말이 없다가 또 한 잔을 따르면서 생각을 바꾸었다. "보스, 나를 용서해 주세요. 나는 농부일 뿐입니다. 진흙이 내 발에 달라붙는 것처럼 말은 내 입안에서 달라붙어 잘 나오지 않아요. 나는 말을 잘 엮어내어 그럴듯한 것을 만들어내지 못합니다. 나는 그렇게 할 수가 없어요. 하지만 당신은 머리로만 이해를 합니다."

그는 술잔을 비우며 나를 쳐다보았다. "당신은 머리로만 이해할 거라고요!" 그는 갑작스러운 분노에 휩싸여서 소리쳤다. "머리로만 이해하는 것, 이게 당신을 잡아먹고 말 겁니다! 만약 머리로 이해하지 않는다면 당신은 행복해질 겁니다. 당신에게 뭐가 부족합니까? 당신은 젊고 돈이 있고 똑똑하고 건강하고 또 좋은 사람입니다. 당신은 정말 아무것도 부족한 게 없어요. 그런데 한 가지, 방금 말했지만 어리석은 짓, 이게 없어요. 보스, 이게 없으면—"

그는 고개를 흔들더니 다시 침묵에 빠져들었다.

나는 가까스로 울음이 터져나오려는 것을 피할 수 있었다. 조르바가 한 말은 옳은 말이었다. 나는 어린아이 때 엄청난 충동, 인간 이전의 동경을 느꼈다. 나는 혼자 앉아서 한숨을 내쉬었는데 이 세상이 내게는 너무 적게 보인 까닭이었다. 그 후에 시간이 흘러가면서 나는 조금씩 조금씩 내 방식을 수정했다. 나는 경계를 설정하고, 가능과 불가능을 구분하고, 성(聖)과 속(俗)을 분간하고, 내 연에 꼭 매달려 그 연이 너무 멀리 날아가지 못하게 막았다.

커다란 별이 하늘을 가로질러 가더니 사라졌다. 조르바는 펄쩍 뛰어 일어나더니 동그랗게 뜬 겁먹은 눈으로 그 별을 쳐다보았다. 마치 유성을 처음 보는 사람처럼.

"저 별을 보았습니까?" 그가 내게 물었다.

"예."

우리 두 사람은 아무 말이 없었고 그러다가 조르바가 갑자기 앙상하고 뼈뿐인 목을 내밀고, 가슴을 크게 펴고서 야성적이고 절망적인 소리를 내질렀다. 그 끔찍한 외침은 터키어 가사로 된 노래로 바뀌었다. 열정, 슬픔, 절망 등이 가득한 단일 멜로디의 가락이 조르바의 내장에서 터져 나왔다. 대지의 가슴은 두 쪽으로 갈라져서 그 비통한 아나톨리아(Anatolia: 옛날의 소아시아. 흑해와 지중해 사이에 있는 터키의 넓은 고원 지대.—옮긴이)의 원한을 쏟아냈고, 나를 미덕과 희망에 매어두었던 모든 내적인 끈들을 시들어버리게 했다.

> 두 메추라기가 언덕에서 울고 있네.
> 메추라기야, 울지 마라.
> 내 문제만으로도 이미 복잡한데.
> 내 님이여! 내 님이여!

쓸쓸함. 가없는 고운 모래. 푸른색, 장밋빛 분홍색, 노란색으로 흔들리는 공기. 사람의 머리는 혼란에 빠지고 영혼은 즐거워하는데 그 어떤 목소리도 그 광분하는 외침에 반응하지 못하기 때문이다. 쓸쓸함. 갑자기 내 두 눈에 눈물이 고였다.

조르바는 아무 말이 없었다. 그는 손가락을 재빨리 움직여 이마의 땀을 닦아내더니 땅에다 뿌렸다. 그는 상체를 앞으로 수그리며 모래를 응시했다.

"조르바, 그건 무슨 노래지요?" 내가 한참 뒤에 물었다.

"낙타 몰이꾼의 노래입니다. 그들은 사막에서 이 노래를 부르지요. 나는 벌써 여러 해 동안 그 노래를 부르거나 기억한 적이 없습니다. 그런데 지금—" 그의 목소리는 갈라져 나왔는데 목이 멘 까닭이었다. "보스, 이제 당신이 잠들어야 할 시간입니다. 당신은 내일 새벽에 일어나 이라클리온으로 가서 배를 타야 합니다. 자 안녕히 주무세요!"

"난 졸리지 않아요." 내가 대답했다. "나는 밤을 샐 겁니다. 이건 우리가 함께 보내는 마지막 밤이에요."

"하지만 바로 그 이유 때문에 우리는 이 시간을 빨리 끝내야 해요." 조르바가 이제 더 이상 술 마시기를 원하지 않는다는 듯이 빈 잔을 뒤집어 보이며 소리쳤다. "진짜 사나이, 모든 팔리카리(영웅)가 담배, 술, 도박을 단칼에 끊어버리듯이 이 시간을 빨리 끝내야 합니다. 당신에게 말씀드리고 싶은데, 우리 아버지는 팔리카리 이상이었어요. 나를 쳐다보지 마세요. 나는 그분에 비하면 큰 나무 뿌리의 곁가지 정도밖에 안 돼요. 나는 그분의 신발 끈도 매어줄 자격이 안 되는 놈이에요. 그는 당신이 많이 들어온 고대 그리스 영웅 같은 분이었지요. 그분과 악수를 하면 손바닥뼈가 으스러질 지경이에요. 나는 때때로 인간답게 얌전하게 말하지만 우리 아버지는 으르렁거리고, 히힝거리고, 거세게 노래를 불렀어요. 나긋나긋한 인간의 말이 그분의 입에서 나오는 적은 거의 없었어요. 그는 많은 집착을 갖고 있었지만 그 모든 것을 단칼에 끊었어요. 그는 증기선의 굴뚝처럼 담배를 피웠어요. 줄담배였지요. 어느 날 아침, 잠에서 깬 그는 밭을 갈러 들판으로 나갔어요. 골초인 그는 울타리에 기대어 서서 허리 띠에 손을 넣어 담배쌈지를 찾았어요. 일을 시작하기 전에 담배를 한 대 말아 피울 작정이었지요. 그가 쌈지를 꺼내 보니 한 줌도 없는 거예요. 집에 있을 때 주머니 채우는 걸 잊어버린 거예요. 그는 좌절하여 입에 거품을 내뿜었고 으르렁거리며 총알처럼 마을을 향해 달려가기 시작했어요. 그의 강박적 집착이 그를 사로잡은 거였지요. 그러나 달리다가 갑자기(제가 말씀드렸지만 사람은 하나의 신비예요) 걸음을 멈추고서 부끄럽다는 생각이 든 거예요. 그는 빈 담배쌈지를 꺼내어 이빨로 1천 조각으로 물어뜯은 다음 땅바닥에다 버리고 분노에 가득 차서 그 조각들을 마구 짓밟았대요. '빌어먹을 쌈지! 빌어먹을 쌈지!' 그는 으르렁거렸어요. '지저분한 창녀!' 그 순간부터 평생 동안 우리 아버지는 담배를 한 대도 피우지 않았어요. 팔리카리는 그렇게 행동해요. 보스, 안녕히 주무세요!"

그는 일어서서 뒤도 돌아다보지 않고 재빨리 자갈밭으로 갔다. 그가 해변의 파도 가장자리에 도착했을 때 그의 모습은 어둠에 휩싸여 더 이상 보이지 않았다.

나는 더 이상 그를 보지 못했다. 닭이 울기 전에 나를 데려갈 노새 몰이꾼이 왔다. 나는 노새에 올라타고 떠났다. 내가 착각한 것일 수도 있으나, 그날 새벽 조르바는 어딘가에서 숨어서 나를 쳐다보고 있었다. 그렇지만 그는 앞으로 나서지 않았다. 우리가 관습적인 이별의 말을 하고, 눈가가 촉촉하게 젖은 채, 손과 손수건을 흔들고 또 만나자는 의례적인 맹세를 해야 하는 게 싫었을 것이다. 이별은 단칼에 이루어졌다.

이라클리온에서 나는 전보를 받았다. 나는 그것을 받아들고 손을 떨면서 오랫동안 내려다보았다. 나는 그 전보의 내용을 확실하게 알고 있었다. 아주 엄청난 확신과 함께 전보에 단어 수, 나아가 글자 수까지 명확하게 짐작할 수 있었다.

나는 그 전보를 찢어버리고 싶은 충동에 사로잡혔다. 이미 다 알고 있는데 그것을 읽어야 할 필요가 무엇인가? 그렇지만 나는 아직도 우리의 영혼에 대해서 믿음을 가지고 있지 않았다. 두 푼짜리 장사꾼이며 쩨쩨한 잡화상인 인간의 이성은 영혼을 비웃는 것이다. 마치 우리가 나이 든 여자 구마사나 마술사를 비웃듯이. 나는 전보를 펼쳤다. 그것은 티플리스에서 온 것이었다. 글자들이 잠시 내 눈앞에서 춤을 추었고 나는 그 어떤 것도 분간하지 못했다. 그러나 차츰차츰 글자들이 정착했다. 나는 읽었다. 〈어제 오후 급속히 진행된 폐렴으로 스타브리다키스 사망.〉

5년이 흘러갔다. 그 길고 끔찍한 세월 동안에 지리적 경계들이 춤과 합류하고, 시간이 가속화하고, 국가들이 아코디언처럼 퍼졌다가 접혀졌다. 조르바와 나는 폭풍우 같은 한 시기에 휩쓸려 사라졌다. 기근과 공포가 개입했다. 나는 첫 3년 동안 그로부터 간단한 엽서를 가끔씩 받았다. 때로는 성산(聖山)에서 보낸 엽서도 있었다. 커다란 슬픈 눈과 단단한 의지의 턱을 내보이는 파나기아 포르타이티사의 삽화가 든 엽서에서, 그는 종이를 찢어버릴 듯한 두텁고 묵직한 필체로 내게 소식을 전했다. "보스, 여기서는 아무 일도 할 수가 없어요. 여기 수도사들은 너무 똑똑해서 벼룩에게 편자를 박으려 해요! 나는 떠날 예정입니다." 며칠 뒤에 보내온 또 다른 엽서. "앵무새 조롱을 들고서 수도원들을 여행할 수가 없어요. 내가 마치 복권 판매상인 것처럼 보이니까. 그래서 그걸 새 좋아하는 수도사에게 주어버렸어요. 그는 검은 새를 기르고 있었는데 그 새는 성가대원처럼 '주님, 제가 당신에게 울부짖사옵니다!'라고 성가를 부른다고 해요. 저 악당! 저 친구는 내 앵무새한테도 성가를 가르칠 거예요! 저 빌어먹을 앵무새는 한평생 타락한 꼴만 보아 왔는데 말이에요. 그런데 성가라니. 이봐 앵무새, 자네 이제 사제가 되었구먼. 저주를 받으면 그런 결과가 오는 거지요. 우정의 포옹과 키스를 보냅니다. 알렉시스 신부, 저 혼자 단독으로 가는 수도사."

6, 7개월이 흘러갔다. 그리고 나는 루마니아에서 온, 상의를 벗은 뚱 뚱한 여자를 그린 엽서를 받았다. "나는 아직도 살아있습니다. 나는 마말 리가(mamaliga: 물에 옥수수 가루를 넣고 끓인 음식.—옮긴이)를 먹고, 맥주를 마시고, 석유 분야에서 일하는 정규직 석유 쥐가 되었습니다. 하지만 여 기서 가슴이 원하는 것들을 많이 발견할 수 있어요. 여긴 나처럼 나이 든 파문당한 자를 위한 천국입니다. 알아들으시겠어요, 보스? 좋은 음식과 예쁜 여자가 천지라는 얘기입니다. 하느님 찬미 받으소서. 우정의 포옹 과 키스를 보냅니다. 알렉시스 조르베스코, 석유-쥐."

2년이 지나갔고 어느 날 새로운 엽서를 받았는데 이번에는 세르비아 에서 온 것이었다. "나는 아직도 살아있습니다. 여긴 악마처럼 추워요. 그래서 나는 결혼을 했습니다. 엽서를 돌리면 그 여자의 얼굴이 나옵니 다. 어때요, 일급의 깔치지요? 그녀의 배가 약간 불룩한데 이미 나를 위 해 어린 조르바다키를 배 속에 선적하고 있어요. 나는 당신이 준 신사복 을 입고 있고, 내 손에 낀 약혼반지는 불쌍한 부불리나의 것입니다. 하느 님 그녀의 유해를 축복하소서(모든 것이 가능합니다)! 이 여자 이름은 류바 예요. 여우 털 깃이 달린 내 외투는 아내가 지참금 조로 가져온 거예요. 그녀는 또한 내게 새끼 일곱 마리를 낳은 암퇘지를 주었고, 또 전부(前夫) 소생의 두 어린아이가 있습니다. 보다시피 그녀는 과부입니다. 나는 이 곳 근처의 산에서 마그네사이트를 발견하여 어떤 자본가와 연결이 되어 파샤같이 번창하는 삶을 살고 있습니다. 우정의 포옹과 키스를 보냅니 다. 알렉시스 조르비치, 예전의 홀아비."

엽서의 앞면에는 잘 먹고 잘 입은 조르바의 사진이 있었다. 그는 털모 자에 최신 유행의 긴 외투를 착용했고 손에는 멋쟁이 단장을 들었다. 그의 팔에 달랑 매달린 여자는 스물다섯 살가량의 멋쟁이 슬라브 말괄량이인데, 야생마 같은 두 엉덩이에, 높은 부츠와 역시 높고 큰 유방을 자랑했다. 그 밑에는 마치 손도끼로 쓴 듯한 조르바의 필치가 있었다. "나 조르바와 나의 영원한 사업인 여자. 이번에 그녀의 이름은 류바입니다."

나는 그 시기에 유럽을 여행하고 있었다. 나 또한 영원한 사업(정신.—옮긴이)에 종사하고 있었으나, 내 사업은 높고 큰 유방을 자랑하지도 않았고, 내게 털외투를 주지도 않았고, 새끼 돼지들은 물론 주지 않았다. 어느 날 베를린에서 나는 〈프롤로그〉에서 언급한 전보를 받았다. 〈아주 아름다운 녹색 돌을 발견했음. 즉시 오기 바람. 조르바.〉 내가 〈프롤로그〉에서 이미 쓴 것처럼, 나는 모든 것을 내팽개칠 용기가 없었고 또 그가 주장한 대로 내 일생에 단 한 번이라도 어리석은 짓을 저지를 배짱이 없었다. 그 후 나는 그로부터 앞서 말한 간단한 회신 편지를 받았는데, 거기서 그는 나를 잃어버린 영혼, 펜대 굴리는 자라고 생각했다는데 그건 당연한 비난이었다.

그는 그 후에는 내게 편지를 쓰지 않았다. 우리 사이에 엄청난 세계적 사건들이 벌어졌기 때문이다. 세상은 상처를 받은 듯, 술 취한 듯 비틀거리며 나아갔고 개인들의 사랑과 관심사 따위는 아예 다 무시해 버렸다.

그러나 나는 친구들과 이야기하면서 내 안에 누워 있는 위대한 영혼을 가끔 일깨웠다. 우리는 함께 합리성의 경계를 돌파해 버린 이 무식한 남자의 자신감 넘치는 활달한 걸음걸이에 대해서 얘기했다. 몇 가지 쉽게 내뱉은 말들 덕분에 그는 까마득한 지성의 높이를 획득했고 그런 높이는 우리 같은 사람들은 엄청난 시간과 노력을 들여도 도달할까 말까 한 것이었다. 그래서 나와 우리 친구들은 이렇게 선언했다. "조르바는 위대한 영혼이다." 혹은 그가 이런 까마득한 높이를 이미 초월했다고 추정하면서 우리는 "조르바는 광인이다."라고 선언하기도 했다.

시간은 이런 식으로 흘러갔고 여러 가지 기억들은 그 세월을 달콤 쌉쌀쓰레한 것으로 만들었다. 내가 조르바와 함께 크레타 해변에서 보내던 시절에도 종종 나를 찾아왔던 다른 유령이 내 정신을 압박하면서 나를 놓아주려 하지 않았다. 그 까닭은 내가 먼저 그 유령을 놓아주려 하지 않았기 때문이다. 그렇지만 나는 이 다른 유령에 대해서는 그 누구에게도 말하지 않았다. 그것은 하데스(저승)로 건너가는 나의 감추어진 다리였고, 내가 피안(彼岸)과 시작한 은밀한 대화였으며, 나를 죽음과 화해하여 평온하게 만들어주는 조언자이기도 했다. 내 친구의 망령이 그 다리를 건너갔을 때 그 망령은 창백하고 피곤하고 말도 할 수 없었으며 나와 손을 잡을 힘도 없는 것처럼 보였다.

나는 때때로 이런 고통스러운 생각을 했다. 내 친구가 지상에 머문 시간이 너무 짧아서 그의 신체를 영혼으로 성변화(聖變化) 시키지 못했던 것이 아닐까. 만약 영혼이 충분히 성변화의 과정을 거쳤더라면 결정적 순간에 죽음에 관한 공포에 질려 파들파들 떨다가 옅은 공기 중으로 사라져 버리는 일은 없었을 것이다. 어쩌면 그가 죽어야 하는 신체를 죽지 않는 영혼으로 변모시킬 시간을 부여받지 못했기 때문에 죽음의 위험에 처해진 것이 아닐까, 하는 생각도 들었다. 그러나 그는 가끔 난데없이 아주 튼튼해지기도 했다. 그가? 내가 너무나 열렬한 사랑으로 그를 기억하기 때문에 그런 모습으로 나타나는 게 아닐까? 그는 다시 젊고 건강해져서 나타났고 내가 계단에서 그의 걸음을 들을 수 있을 정도로 가까이 다가왔다.

얼마 전 나는 눈 덮인 엥가딘(Engadine) 산맥으로 혼자서 외로운 여행을 떠났다. 그곳은 과거에 내 친구, 나, 우리 둘이 사랑하는 여인이 멋진

480

낮과 밤을 보냈던 곳이었다. 그곳을 찾아간 나는 우리가 과거에 묵었던 그 호텔의 객실에 누워 있었다. 나는 잠이 들었다. 열려진 창문으로 들어온 달빛, 산, 고드름이 매달린 전나무, 암청색 밤공기 등이 내 잠든 정신 속으로 들어왔다. 나는 꿈속에서 형언할 수 없는 행복을 느꼈다. 마치 잠이 깊고 평온하고 투명한 바다인 것처럼 느껴졌다. 나는 행복한 채 바다의 밑바닥에 미동도 하지 않고 누워 있었다. 그 행복은 너무나 엄청난 것이어서 내 위의 수천 척 수면을 지나가는 배가 내 몸에 그림자의 금을 새겨놓을 정도였다.

갑자기 한 그림자가 내 위로 떨어져 내렸다. 나는 그게 누구인지 알았다. 그의 목소리는 불평이 가득했다. '자네 자나?'

나 역시 불만 어린 목소리로 대답했다. '자네는 늦었군. 자네 목소리를 벌써 몇 달이나 듣지 못했네. 자네는 어디를 여행했었나?'

'나는 늘 자네와 함께 있었지만 자네는 나를 잊어버렸지. 자네는 계속 나를 떠나려 했어. 나는 언제나 자네를 부를 수 있을 정도로 강력하지 못하다네. 달은 멋지고, 눈 덮인 나무들도 멋지고, 이승의 삶도 멋지지. 하지만 나를 잊지 말게.'

'자네는 내가 잊지 않는다는 것을 알아. 내가 그리스를 떠나 서유럽으로 온 초창기에 나는 험준한 산을 방황하면서 내 신체를 피곤하게 했으나 밤에는 잠을 못 잤어. 그리고 자네 때문에 울었지. 나는 고뇌가 나를 질식시키지 않게 하기 위해 시도 썼어. 그러나 그 시들은 형편없었어. 그 시들은 내 슬픔을 가져가 내가 숨 쉴 수 있게 해주지 못했어. 그중 한 시는 이렇게 시작해.

자네가 죽음 곁에서 걸어갈 때 나는 가파른 고개를

올라가는 자네의 덩치와 가벼움을 찬양하네.

출발하기 위해 새벽에 깨어나는 쌍둥이 동지처럼.

또 다른 미완의 시에서 나는 자네를 이렇게 불렀네.

다정한 친구여, 제동장치를 꽉 쥐어. 그 장치가 흔들리면 안 되니까!'

그는 내게 얼굴을 수그리며 씁쓸하게 미소 지었다. 그의 창백한 표정은 나를 겁먹게 했다. 그는 아무 말도 하지 않고 나를 오랫동안 쳐다보았다. 그의 안구에는 눈알이 들어 있지 않았고 그냥 진흙으로 만들어진 두 개의 자그마한 흙덩어리였다.

'자네는 무엇을 생각하나?' 내가 물었다. '왜 말을 하지 않나?'

그의 목소리는 다시 묵직해졌고 아득한 한숨 소리가 새어 나왔다. '아, 이승에 맞지 않는 영혼은 이승에 남아 있는 것이 거의 없구나! 누군가가 써낸 몇 줄의 산발적이거나 절반쯤 완성된 시로 남을 뿐, 온전히 시를 이루지도 못하는구나! 나는 이승을 오가고 사랑하는 사람들 주위를 방황하지만 그들의 마음은 닫혀져 있어. 내가 어디서 입구를 찾을 수 있겠나? 내가 왜 이승으로 되돌아왔던가? 나는 닫히고 빗장 질러진 내 주인의 집을 개처럼 빙빙 돈다네. 아, 내가 자네 같은 따뜻하고 살아있는 신체에 익사하는 사람처럼 달라붙는 일 없이 자유롭게 살수 있다면!' 그의 텅 빈 안구에서 눈물이 흘러내려 그 안의 흙을 진흙으로 만들었다.

그러나 그의 목소리는 곧 굳건해졌다. '자네가 내게 준 가장 큰 즐거움은.' 그가 말했다. '딱 한 번 취리히에 있을 때였지. 기억나나? 자네는 내 영명축일(靈名祝日)에 나에 대해서 말했지. 기억나? 거기에는 우리와

함께 또 다른 사람이 있었지.'

'기억하네.' 내가 대답했다. '그 여자는 우리가 「레이디」라고 부르던 여자였지.'

우리는 잠시 말이 없었다. 그때로부터 얼마나 많은 세기가 흘러갔는 가! 우리 세 사람이 그의 영명일 테이블 주위에 앉아 있을 때 나는 친구를 찬양하는 말을 했다. 우리는 따뜻한 방에 앉아 있었고 창밖에서는 눈이 내렸다.

'스승, 뭘 생각하는가?' 유령이 약간 냉소적인 어조로 물었다.

'많은 것을. 모든 것을.'

'나는 자네가 했던 마지막 말을 생각하고 있었어. 자네는 술잔을 들고 이렇게 말했지. 「나의 친애하는 레이디, 스타브리다키스가 어린아이였을 때 그의 할아버지는 그를 한쪽 무릎에 앉히고, 다른 무릎에는 크레타 리라를 올려놓고서 많은 남성적인 곡을 연주했어요. 오늘 밤 그 할아버지의 건강을 위해 건배합시다. 운명이여, 그분이 하느님의 무릎에 영원히 앉아 있을 수 있게 해주소서.」 존경하는 스승이여, 하느님이 자네의 기도를 들어주는 데에는 그리 오랜 시간이 걸리지 않아.'

'그건 중요하지 않아.' 내가 말했다. '사랑은 죽음을 정복해.'

그는 쏩쏩하게 웃었으나 대답하지 않았다. 나는 그의 관절이 허물어지고, 그의 신체가 사라지는 근육 때문에 어둠 속에서 비틀거리는 것을 느꼈고 유령은 곧 흐느낌, 한숨, 조롱으로 바뀌었다.

죽음의 맛은 여러 날 동안 내 입술에 남아 있었다. 그러나 내 심장은 부담을 느끼지 않았다. 죽음은 낯익고 사랑스러운 사람처럼 내 생활 속에 들어왔다. 우리를 데리러 와서 우리가 일을 끝낼 때까지 한쪽 구석에서 침착하게 기다려 주는 사람. 나는 이런 식으로 죽음의 다정한 의미를 이해했으므로 곧 진정이 되었다. 죽음은 때때로 정신을 어찔하게 만드는 향수처럼 우리의 생활 속으로 흘러들어온다. 이런 일은 우리가 혼자 있을 때 벌어진다. 달이 떠오르고 완벽한 정적이 깃들이고, 우리의 신체가 씻은 후에 새로워져서 들뜬 기분이 되고 졸음이 와서 영혼에 별로 저항을 하지 않을 때, 죽음이 찾아드는 것이다. 이런 때 삶과 죽음의 구분선이 잠시 투명해져서, 우리는 벽 너머에, 땅 밑에서 무슨 일이 벌어지는지 볼수 있다.

이처럼 내가 혼자 있으면, 위안을 얻는 순간이면 조르바가 내 잠 속에 나타났다. 나는 그가 어떻게 지내는지, 그가 무엇을 말했는지, 그가 왜 왔는지 기억하지 못한다. 잠에서 깨어났을 때 내 심장은 빠르게 뛰놀면서 터질 것 같았다. 갑자기 그 이유를 알지도 못한 채 내 두 눈에 눈물이 가득 고였다. 동시에 나는 우리 두 사람이 크레타 해변에서 함께 보냈던 생활을 재구성하고, 내 기억에 압박을 가하여 그 흩어진 대화, 외침, 동작, 웃음, 눈물, 조르바의 춤 등을 모두 기억해 내고 싶은 강력한 욕망, 아니 욕구에 사로잡혔다. 그 모든 것을 잘 갈무리하여 온전하게 보관하고 싶었다. 나의 이런 욕망은 너무나 강렬하고 급작스러운 것이어서 나는 이게 혹시 요사이 지구상 어딘가에서 조르바가 죽음의 단말마적 고통을 견디고 있다는 신호가 아닐까, 걱정이 되었다. 만약 내 영혼이 그의 영혼과 연결되어 있다면, 우리 중 어느 하나가 상대방을 전율하게 하고 비명을 내지르게 하는 것 없이 죽는다는 것은 불가능하다고 생각되었다.

나는 기억 속에 남아 있는 조르바의 특징을 모두 종합하여 그것을 글로 형상화하는 일에 착수하는 것을 잠시 망설였다. 나는 유치한 공포에 사로잡히면서 이렇게 중얼거렸다. '만약 내가 이런 글을 쓴다면, 조르바가 정말로 위험에 처해 있다는 의미가 된다. 내 손을 자꾸 잡아끄는 이

손을 거부해야 한다.'

나는 이틀, 사흘, 일주일을 거부했다. 다른 글을 쓰고, 짧은 여행을 떠나고, 책을 읽으면서 이런 술수가 저 보이지 않는 존재를 속여 넘길 수 있으리라 생각했다. 그러나 나의 온 정신이 무서울 정도로 조르바에 집중되었다.

어느 날 나는 아이기나 섬의 해변에 있는 내 집의 평평한 지붕에 올라가 앉았다. 정오였고, 햇볕이 가득했으며, 저 건너 살라미스 섬의 매혹적인 알몸 허리가 보였다. 갑자기 내 마음속에서 아무런 사전 준비도 없이, 나는 전지 한 장을 꺼내어 펴놓고서 지붕의 뜨거운 판석 위에 엎드려서 조르바의 성자다운 삶을 써 내려가기 시작했다.

나는 열심히 초조하게 재빨리 써 내려갔다. 조르바의 총체적 모습을 기억하고 보존하기 위해 과거를 소상히 기억해 내려 애썼다. 만약 그가 사라져 버린다면 그 잘못은 온전히 내 책임이라는 느낌이 들었다. 나는 그의 모습을 핵심까지 잘 형상화하기 위해 밤낮없이 집필했다. 그 핵심이란 나의 '정신적 아버지'의 생생한 모습을 말한다.

나는 아프리카 야만 부족의 주술사처럼 일했다. 그 주술사는 동굴에다 꿈에서 본 조상의 모습을 그림으로 그리는데 그 조상을 가능한 한 정확하게 묘사하면 마침내 조상의 영혼이 자기의 신체를 알아보고 그 안으로 다시 들어온다고 생각한다.

성자의 삶은 몇 주 만에 완성되었다.

그것이 완성되던 날 나는 평평한 옥상에 올라가 바다를 쳐다보았다. 이른 저녁이었다. 나는 완성된 원고를 내 무릎 위에 올려놓고 있었다. 참으로 힘든 작업이었으나 동시에 보람찬 일이었다. 나는 가슴을 짓누르던 커다란 바윗덩어리가 제거된 것처럼, 혹은 심한 진통 끝에 갓 태어난 아이를 양팔에 안아든 산모처럼, 엄청난 안도감을 느꼈다! 이어 해가 뉘엿 뉘엿 지기 시작했는데, 자그마하고 통통한 소녀 술라가 마을에서 온 내 우편물을 가지고 옥상으로 올라왔다. 그 아이는 맨발이었지만 명랑했다. 그녀는 내게 편지를 건네고 달려가면서 사라졌다. 나는 즉각 알았다. 틀림없이 그게 뭔지 알았던 것 같다. 왜냐하면 나는 펄쩍 뛰어 일어나 비명을 내질렀으면서도 놀라지 않았기 때문이다. 나는 확신했다. 내가 그 완성된 원고를 무릎 위에 올려놓고 바다를 쳐다보던 바로 그 순간에 확신했던 것이다. 이 편지를 받으리라는 것을.

나는 평온한 마음으로 그 편지를 읽었고 눈물을 흘리지 않았다. 그것은 세르비아의 스코피아 근처 마을에서 온 것으로, 서투른 독일어 문장으로 씌어 있었다. 여기에 그것을 번역해 본다.

"나는 이 마을의 교사인데 당신에게 알렉시스 조르바의 슬픈 소식을 전하기 위해 이 편지를 씁니다. 그는 여기서 마그네사이트 광산을 운영했는데 지난 일요일 오후 6시에 사망했습니다. 그는 임종 직전에 나를 불렀습니다. '선생님, 여기 와 보세요.' 그가 내게 말했어요. '나는 그리스에 이러이러한 친구가 있습니다. 내가 죽으면 그에게 편지를 써서 사망 소식을 알려 주고 내가 마지막 순간까지 정신이 맑았고, 내 머리는 제대로 박혀 있었으며, 내가 늘 그를 기억해 왔다고 전해 주세요. 또 내가 무엇을 했든 결코 후회하는 일이 없었다고 알려 주세요. 또 내 친구에게 내가 그의 안녕을 빌고 또 이제야말로 내 친구가 머릿속에 제정신을 좀 집어넣을 때가 되었다고 전해 주세요. 사제가 내게 와서 고백을 받고서 병자성사를 주려고 하면 그 사제에게 썩 꺼지라고 말해 주세요. 그의 저주는 내가 달게 받겠다는 말도 해주시고요. 나는 한평생 동안 이것도 하고 저것도 하고 다른 것들도 해보았지만, 아직도 충분하다는 느낌이 들지 않습니다. 나 같은 사람은 1천 년을 살아야 마땅해요. 자, 이만하겠습니다. 잘 가시오!' 이게 그의 마지막 말이었습니다. 그 직후 그는 베개에 걸터앉았더니 시트를 걷어치우고 펄쩍 뛰며 일어서려고 했어요. 우리는 달려가서 그를 붙잡았지요. 그의 아내 류바와 나와 몇몇 건장한 이웃들이 가세하며 말렸습니다. 그러나 그는 우리를 옆으로 밀치고 창문까지 걸어갔습니다. 거기서 창문틀을 꽉 잡고서 툭 튀어나온 눈으로 먼 산들을 바라다보며 웃기 시작하더니 잠시 뒤 말처럼 히힝 하는 소리를 냈습니다. 이렇게 똑바로 서 있는 동안, 그는 손톱을 창문틀 깊숙이 박아 넣었고 바로 그 순간 죽음이 그를 찾아왔습니다. 그의 아내 류바는 당신에게 안부 인사를 전해 달라고 하면서 작고한 남편이 당신의 좋은 성품에 대하여 자주 말했다는 것을 적어달라고 했습니다. 또 고인의 소유물인 산투르에 대하여, 고인이 사후에 그것을 당신에게 넘겨주라고 유언을 했다고 합니다. 그래서 그의 미망인은 당신이 우리 마을을 방문할 일이 있으면 그녀의 집을 찾아와 하룻밤 묵어가고, 그 다음 날 아침 당신이 우리의 다정한 인사를 받으며 떠날 때, 그 산투르를 가지고 가주었으면 좋겠다고 합니다."

진정한 자유인의 눈으로 바라본 세상

이종인

한국 독자는 왜 조르바를 좋아할까?

나는 『그리스인 조르바』(이하 『조르바』)를 읽을 때마다 조르바에 대해서는 카잔차키스의 기행문집 『모레아 기행』 중 "중세의 글라렌자" 장에 나오는 얘기를 생각하게 된다. 크레타 산중 마을에는 페르디 코코스탄디라는 노인이 살고 있었다. 그는 눈이 멀어 더 이상 앞을 볼 수 없었지만 귀는 아주 밝았다. 그래서 자기 집 문 앞의 계단에 앉아 지나가는 사람들의 발소리에 귀 기울이는 게 취미였다. 노인은 샘에 물을 뜨러 가는 젊은 여자의 목소리를 들으면 계단에서 벌떡 일어서서 손을 내밀었다. "아가야, 이리 오렴. 네 얼굴을 한 번만 만져보게 해주렴!" 그는 손으로 휘적휘적 공중을 휘저으며 애원하는 목소리로 말했다. 때때로 마음이 착한 처녀들은 그를 불쌍히 여겨 그 요청을 들어주었다. 그러면 늙은 코코스탄디는 쭈글쭈글한 손바닥을 처녀의 얼굴 앞에 펼쳐들고 손가락 끝으로 천천히, 아주 천천히 처녀의 이마, 눈, 코, 입술, 턱을 쓰다듬었다. 이어 손바닥을 다시 위로 올려 똑같은 동작을 반복했다. 더욱 아쉬워하고 더욱 허기를 느끼면서. 그러고 나면 그의 눈에서는 눈물이 흘러내렸다. "할아버지, 울지 마세요." 처녀들은 웃으면서 노인에게 말하곤 했다. "왜 우세요?" "아가야, 내가 어떻게 울지 않을 수 있겠니? 너처럼 젊은 처녀들이 많은 이 세상을 이제 떠나려고 하는데!" 카잔차키스는 이 얘기를 특히 좋아하여 『조르바』의 제6장에서도 거의 비슷한 내용으로 소개하고 있다.

조르바를 고용한 사장인 보스에 대해서는 칸트의 『순수이성비판』에 나오는 이율배반에 대해서 생각하게 된다. 인간의 이성은 수량, 품질, 관계, 양태 등 네 가지 판단 범주를 만들어내는데, 이것들로부터 우리는 연속성과 인과 관계의 법칙을 이끌어낸다. 이성은 인간이 만들어낸 개념, 판단, 과학적 제안들을 종합하여 물자체(物自體: 사물의 실재), 절대, 보편, 영혼, 신 같은 일반 개념을 만들어낸다. 하지만 이런 일반 개념들은 시간과 공간, 혹은 범주와 마찬가지로 실재가 아니라 우리의 마음이 작동하는 방식일 뿐이다. 달리 말해서 모든 지식은 상대적이며, 우리 마음의 제한을 받는다. 그 결과 일반 개념과 실재가 일치하는지 의문이 생겨나고 그 때문에 이율배반(二律背反)이 생겨난다. 어떤 이론이 서로 모순(배반)되지만 똑같이 증명 가능한 것이다. 가령 우주가 유한한지 무한한지, 신이 있는지 없는지, 자유 의지가 가능한지 혹은 불가능한지, 천국과 지옥이 있는지 없는지 중 그 어떤 것도 증명할 수 있고 그 반대를 증명할 수도 있다. 우리는 오로지 현상만 알 뿐 그 현상에 일치하는 실재(물자체)는 알 수가 없다. 보스는 물질과 정신의 이율배반, 구체적으로 욕망("나는 아무것도 바라지 않는다")과 공포("나는 아무것도 두려워하지 않는다")의 갈등을 극복하고 그 둘을 뛰어넘는 자유를 찾으려고 정신적으로 방황하다가 조르바를 만나 그에게서 육화된 자유를 보고서 그것을 예술(구체적으로『조르바』라는 소설)로 승화시킨다.

그러나 소설은 산발적인 이야기를 묶어놓은 일화집도 아니고 철학적 명제를 풀이하는 대학 강의실도 아니다. 구체적인 행동과 사건이 벌어지는 가운데 리얼리즘과 비전(vision)이 잘 어우러지는 아름답게 빚어진 항아리 같은 구조를 갖추어야 한다. 이 해설은 『조르바』가 '자유', '상상력', '화두', '춤'의 네 가지 명제로 예술적 성취를 거두는 과정을 설명하고 마지막으로 왜 한국 독자들이 조르바를 좋아하는지 그 이유를 밝힌다.

조르바의 자유

『조르바』의 제1장 첫 문장은 이러하다. "나는 피레에프스에서 그를 처음 만났다." 이 '그'는 조르바를 가리키는 것이지만 우리는 곧 이어 나오는 친구와 헤어진 이야기에 어리둥절하게 된다. 이 친구는 조르바인가? 하는 의문을 품으면서 같은 항구에서 보스가 그 친구와 헤어진 이야기를 정독하게 된다. 그리고 이 친구는 조르바가 아니라 스타브리다키스(이하 다키스)라는 것을 알게 된다. 소설의 서두에서 왜 이런 혼란을 일으킬 수 있는 서술을 할까? 이것은 작가의 의도적인 인물 배치이다. 다시 말해 조르바와 다키스를 하나의 패키지로 읽어 달라는 것이다. 이러한 배치의 목적은 뒤에서 설명되므로 여기서는 곧바로 조르바 얘기를 해보자.

제1장에서 조르바는 보스를 만나서 인간의 궁극적 의의는 인간답게 되는 것이고 그렇게 할 수 있는 힘은 자유라고 말한다. 이 자유를 설명하기 위해 옹기장이가 자기 마음대로 질그릇을 빚어내는 자유를 말하기도 하고, 지독한 구두쇠인 게릴라 동료가 그동안 모아두었던 황금 동전을

모두 공중에 던지면서 포기하는 것으로 설명하기도 한다. 보스 자신도 물질과 정신 혹은 욕망과 공포의 갈등에서 늘 자유를 갈구해 왔기에 조르바로부터 어떤 새로운 자유의 의미를 얻게 되지 않을까 기대를 갖는다. 그리하여 이 소설은 자유라는 핵심 주제를 중심으로 전개되어 끝에 가서는 그 자유가 춤이라는 형태로 완결된다.

자유가 구체적인 투쟁 개념으로 제시된 것은 미국 독립 혁명 때인데 그 당시 아메리카 식민지 사람들은 대영제국의 압제에 맞서서 자유를 "인신, 재산, 소유한 것(구체적으로 노예)"을 빼앗기지 않을 권리라고 정의했다. 그 후 노예는 사라졌으므로 소유한 것은 결국 사상 혹은 정신의 자유로 전환되었다. 그런데 이 사상의 자유는 인신 즉 육체의 자유를 크게 억압한다. 우리는 어릴 적부터 정신일도 하사불성이라고 하여 정신이 육체보다 우위이고 마차로 따지면 정신은 마차에 타고 있는 사람이고 육체는 그 마차를 끌고 가는 말과 수레라고 배워 왔다. 그런데 보스는 정신(이성)을 믿지 못할 것이라고 말한다. 이성은 제프리 초서의 『캔터베리 이야기』에 나오는 바람난 물방앗간 마누라의 엉덩이처럼 배신을 잘 하고 좁쌀 같은 잡화상처럼 거짓말을 잘 한다는 것이다. 제26장에서 이성을 가리켜 "두 푼짜리 장사꾼이며 쩨쩨한 잡화상"이라고 말하기도 한다.

이성을 믿지 못하는 사람이 기댈 것은 그렇다면 정반대로 육체밖에 없다. 그리고 조르바는 이 육체적 즐거움의 화신이다. 그는 육체를 악마에 비유하면서 그 악마 짓을 극단까지 계속 밀어붙이다 보면 그것이 결국 성스러움으로 전환한다고 말한다. 성(聖)과 속(俗)이 순환한다는 주장은 신비한 이야기가 아닐 수 없다. 먼저 악마가 구체적으로 무엇인지 알아보자. 자카리아스 신부(제24장)의 경우에는 요셉이라는 이름을 가진 내부의 또 다른 존재이다. 이 경우 악마는 그의 육체적 본능을 가리킨다.

본능을 너무 억제하다가 결국 돌아버린 자카리아스는 악마(육체)에게 먹혀버린 사람이다. 반면에 보스는 제24장에서 인간 내부의 대(大) 악마는 사랑, 죽음, 공포라고 말한다. 이것은 카잔차키스의 묘비명, 즉 "나는 아무것도 바라지 않는다. 나는 아무것도 두려워하지 않는다. 나는 자유다." 와 조응한다. 누구나 사랑을 바라고, 죽음을 두려워하며, 자유를 얻지 못할까 두려워하기(공포) 때문에 그것이 악마가 되는 것이다. 반면에 조르바는 인간이 욕망하는 모든 것이 악마가 될 수 있다고 생각하면서 자기의 내부에는 대여섯 명의 악마들이 산다고 말한다. 이 악마의 소리에 귀기울이고 그 악마를 관용하면서 그것과 더불어 충실히 살다 보면 그것이 성스러움으로 전환한다고 말한다(제17장). 이 신비한 주제는 처음에는 그럴듯하지 않게 들리다가 조르바의 행동과 말을 통하여 그럴듯하게 납득이 되고 마지막에 가서는 조르바의 춤과 노래를 통하여 감동적이면서도 성스러운 울림이 되어 우리의 머릿속에 메아리처럼 울려 퍼진다. 악마와 성스러움을 두 개의 산봉우리로 본다면 조르바의 언행은 그 두 산 사이의 빈 계곡을 힘차게 소용돌이치며 울려오는 메아리인데, 작품의 뒤로 갈수록 그 전해지는 소리의 힘이 더 커진다.

조르바가 말하는 악마적 태도는 "지금 여기"에 주어진 생활에 집중하면서 최대한으로 그것을 즐기려는 태도를 말한다. 악마가 시키는 대로 했는데 그것이 신성으로 이어지고 또 개인의 자유와 직결된다는 얘기는 『조르바』의 독특하면서도 매력적인 주장이다. 그런 관점에서 조르바는 보스에게 과수원 과부 수르멜리나에게 적극 접근하여 사귈 것을 권한다. 삶의 자유를 추구하는 사람이 만날 종이 쪼가리(책)만 씹어 먹고 있으면 종이는 영원히 종이로 남아 있을 뿐 자유가 되지 못한다는 것이다. 이 "먹다"는 작품 속에서 중요한 모티프이다. 제6장에서 조르바는 어떤 사람은 자신이 먹는 음식을 지방이나 똥으로, 어떤 사람은 훌륭한 일이나 정신으로, 또 어떤 사람은 신(神)으로 변화시킨다고 말한다. 또 제21장에서 조르바는 자신이 먹는 음식이 다 똥이 되는 건 아니고, 어떤 것은 남아서 즐거움, 춤, 노래, 그리고 약간의 주장(主張)이 된다, 라고 말한다. 이것은 보스가 씹어 먹는 종이는 똥도 되지 못하는 불완전한 음식이라는 반박인가 하면, 진정한 음식은 육체의 악마를 달래면서 동시에 인간이 육체를 바탕으로 영혼으로 나아가게 해주는 힘이요, 또 영육불이(靈肉不二: 영혼과 육체는 같은 것이다)의 매개라는 것이다.

그런데 악마를 관용하는 조르바의 자유는 작품의 서두에서 하나의 패키지로 제시된 다키스의 그것과는 사뭇 다르다. 다키스는 제1장에서 조르바와 함께 제시되고, 또 조르바가 마담 오르탕스와 하룻밤의 정사를 치른 직후에, 다키스가 보스의 추억 속에 떠오른다. 그리고 다키스는 카프카스에 억류되어 있는 그리스 난민들을 구출하기 위해 죽음을 무릅쓰고 그 험지로 떠나갔다가 실제로 그곳 티플리스에서 죽는다. 이 다키스가 보스에게 보낸 편지는 그리스를 지독히 싫어하는 다른 친구 카라얀니스의 편지와 함께 소개된다. 이 두 통의 편지에 뒤이어서 이라클리온에 출장 갔던 조르바의 편지도 소개된다. 또 제25장에서 보스가 조르바의 춤을 통하여 행복이 무엇인지 알게 되었을 때, 다키스의 행복도 함께 소개된다. 여기서 우리는 조르바와 다키스는 함께 이해해야 되는 대립항목이며 자유의 두 가지 다른 이름이라는 것을 알게 된다. 그리고 책의 끝부분에 가면 다키스가 먼저 죽고 이어 조르바도 죽는다. 이 두 사람의 죽음은 사람은 어차피 죽는데 살아있는 동안에 어떤 선택을 할 것인가, 하는 화두를 던진다.

먼저 다키스와 카라얀니스라는 두 그리스인은 삶에 대한 적극적 참여와 소극적 이탈을 보여준다. 다키스는 삶에 적극적으로 뛰어드는 것이 자유라고 생각하지만 카라얀니스는 그 삶으로부터 벗어나는 것이 곧 자유라고 생각한다. 자유를 어떤 대상(가령 애국심, 종교, 사상)을 향한 자유와, 그 대상으로부터 벗어나려는 자유, 이렇게 두 가지로 구분하고 있는 것이다.

그렇다면 조르바의 자유는 이 둘 중 어느 것인가? 그 둘 다인가 하면 그 둘 중 어느 것도 아니다. 조르바는 애국심, 종교, 사상에 대하여 그것이 인간을 자유롭게 하는 것이 아니라, 인간을 구속하고 짐승처럼 만드는 것이라고 비난하면서 조르바식의 자유를 주장한다. 옹기장이가 자기 마음대로 항아리, 주전자, 쟁반 따위를 만들 수 있는 것처럼 자기 자신의 자유는 지금 이 순간을 충실히 살면서 성취되는 다양한 삶으로 결정되는 것이지, 애국심이 많고 적다거나, 종교에 대한 신앙심이 깊다거나 어떤 고매한 사상을 주장한다고 해서 그게 곧 자유라고 보지 않는다. 지금 이 순간 불쌍한 여자를 만나면 그녀를 위로해 주고, 보스같이 선량한 사람을 만나면 그에게 충실히 복종하고, 갈탄광 사업을 맡았으면 그것이 성공할 수 있도록 열심히 노력하는 것, 이것이 자유라는 것이다.

작가는 조르바의 자유를 중요한 순간마다 다키스의 그것과 대비시키면서 상이한 자유의 실천과 형식을 보여준다. 카잔차키스가 이 소설을 쓸 때에 그리스는 나치 독일군에 점령되어 있었고, 만약 다키스가 살아 있었다면 그는 총을 들고 독일군을 상대로 싸우는 게릴라 활동을 하면서 전사(戰士)의 자유를 추구했을 것이다. 다키스로서는 그렇게 사는 것이 그의 자유이고, 조르바는 지금 이 순간의 삶에 충실한 것이 조르바의 자유이며, 반면에 보스는 조르바라는 인물을 형상화하는 것이 보스의 자유인 것이다. 그런데 지금 이 순간의 삶은 각종 의무와 책임을 회피하려는 자의 게으른 삶을 말하는 것이 아니다. 조르바는 발칸 전쟁과 크레타 농민 혁명에서 게릴라 전사로 뛰면서 조국의 자유를 위해서 목숨을 걸고 싸웠다. 일찍이 세상에 적극적으로 참여하는 삶을 살았으나 어떤 계기를 통하여(아래 "조르바의 화두" 참조) 그게 자신이 원하는 삶이 아니라는 것을 알았고, 카라얀니스와 같이 조국 그리스를 아예 떠나버릴 수도 없었다. 그리하여 참여도 이탈도 아닌 "지금 이 순간"의 삶을 선택했고 그것을 자신의 필연으로 받아들인 것이다. 제24장에서 "필연을 인정하고 마치 그 필연을 자신의 자유 의지인 것처럼 전환시키는 것이 구원[자유]으로 가는 유일한 길이다."라고 했는데, 이것은 조르바의 자유를 설명한 말에 다름 아니다. 그렇다면 조르바가 생각하는 삶의 필연은 어떤 것일까? 이 질문에 답하기 위해 우리는 조르바의 상상력, 화두, 춤을 차례로 살펴볼 필요가 있다.

조르바의 상상력

제20장에서 조르바는 "생각이 모든 것입니다."라고 말한다. 여기서 생각의 원어는 아이디어(idea)인데, 가짜 나무 조각을 예수가 제헌 당한 성(聖)십자가(True Cross)의 조각으로 믿고서 그 힘으로 용감한 게릴라가 된 친구의 이야기에서 거론된다. 이 '생각'은 제2장에서 제일 먼저 나온다. 인생을 즐겁게 하는 것들이 많이 있으나 그중 세 가지(여자, 과일, 생각)가 대표적인데 그중 하나가 '생각'이다. '아이디어(idea)'는 하퍼콜린스 출판사에서 나온 『콜린스 코빌드 영영사전(Collins Cobuild Learner's Dictionary)』에서 찾아보면 열 가지 뜻이 나와 있고, 두 번째 뜻이 조르바가 말하는 것에 가장 가깝다. 두 번째 뜻은 '아이디어'란 어떤 것이 이러이러하다, 혹은 이러이러해야 한다고 보는 각 개인의 의견이나 믿음을

가리킨다. 이 아이디어는 작품 중에서 주로 상상력(imagination)의 대용어로 쓰이는데, 조르바의 경우, 신성과 악마를 종합하는 힘, 육체와 정신을 합일시키는 힘으로 작용한다. 제19장에서 보스는 조르바의 상상력에 대하여 이렇게 말한다. "그가 말을 하면서 상상력이 불붙었다. 그의 두 눈은 불꽃을 내뿜었다. 불같은 창작의 순간에 사로잡힌 시인처럼, 조르바는 진실과 거짓이 서로 뒤섞이는 숭고한 분위기 속에서 움직였다."

작품 중에서 상상력의 대변자로 앵무새가 등장한다. 이 앵무새는 제3장에서 마담 오르탕스와 식사하는 장면에서 등장하고 제6장에서 보스와 조르바의 대화 중에도 나온다. 작품은 앵무새를 가리켜 "언제나 당신의 것이 아닌 이름을 주절거리는 자"라고 정의한다. 상상이란 무엇인가? 그것은 지금 여기에 없는 것을 마치 있는 것처럼 느끼는 것을 말한다. 즉 남의 이름(허구)을 부르면서 그것을 자기 이름(현실)이라고 생각하는 능력이다. 60대의 늙은 마담 오르탕스도 밤중에 불을 끄고 20대라고 상상하면 젊은 여자가 되는 것이고, 앵무새 소리에 조르바가 그 자신을 카나바로(이것도 허구이지만)라고 상상하면 그가 제독이 되는 것이다. 그래서 상상력은 없는 것을 있는 것으로 만들면서 동시에 정반대로 있는 것(현실)을 없는 것(연극)으로 만들기도 한다. 이 앵무새는 제23장에서 조르바의 꿈속에서 조르바와 함께 크레타의 항구를 떠나는 것으로 되어 있다. 이 꿈에 대하여 조르바는 이렇게 말한다. "참, 우리 인간은 정말 엉뚱한 기계예요! 이 기계에게 빵, 와인, 물고기, 뿌리가 긴 무를 주면 한숨, 웃음, 꿈이 나와요. 완전 공장이라니까요! 우리의 머릿속에는 영화가 돌아가고 있어요. 그것도 말이 나오는. …… 하지만 그 앵무새는? …… 그건 무슨 의미지요? 앵무새가 나와 함께 떠난다는 것은?" 우리는 조르바의 질문에 대답할 수 있다. 그것은 이제 우리가 상상의 세계에서 깨어났기 때문에 머릿속에서 돌아가는 영화가 끝났다는 뜻이다.

『조르바』에서, 상상은 현재 발생하는 행동과, 과거에 있었던 사건의 기억이라는 두 차원에서 벌어진다. 현재의 행동은 갈탄광 사업, 조르바와 마담 오르탕스와의 관계, 보스와 과수원 과부 수르멜리나와의 관계 등에서 벌어지는데, 이 중 가장 중요한 것은 조르바와 마담과의 관계이다. 마담 오르탕스를 두고서 벌이는 조르바와 보스의 행동은 허구적인 연극이다. 그 픽션(마음에도 없는 약혼식과 결혼식)을 놀아주는 두 사람은 일종의 돈키호테와 산초 판사이다. 실제로 작가는 제4장에서 "돈키호테 같은 모험"이라는 표현을 쓰고 있고 제6장에서 조르바를 가리켜 "펜대 굴리는 자의 광대"가 되었다고 말하고, 제10장에서 "[이 크레타 해안의] 조르바, 나 자신[보스], 우리의 존재하지 않는 고상한 부인"이라고 하여 돈키호테의 가상적 애인 둘시네아(Dulcinea) 주제를 차용해 온다.

현재 벌어지는 사건과 병행하여, 과거의 기억과 관련된 조르바의 상상력은 여성 편력에서 가장 활발하게 발휘된다. 제20장에서 불가리아 과부 루드밀라 덕분에 목숨을 건진 조르바는 여성에 대하여 한없는 연민을 느끼고 이것을 바탕으로 인간 전체에 대한 연민을 갖게 된다. 그리하여 자기 자신의 마음을, 여자를 사랑하고 나아가 인간 전체를 사랑하는 제우스의 마음과 동일시한다. 그러면서 조르바는 자기 나름으로 신이 어떤 존재일지 상상해 본다. 제9장에서 조르바는 신이 자신과 똑같이 행동하는 존재인데 좀 더 키가 크고, 힘이 세고, 괴상하고, 또 불멸일뿐이라고 말한다. 제13장에서는 신이 인간을 만들어낸 창조 신화를 말하면서 신에게 반항하는 인간의 모습을 상상한다. 이러한 인간과 신의 동일시는 제19장에서 조르바＝제우스의 동일시로 다시 한 번 상상된다. 지금 여기에서 자기 하고 싶은 대로 하되, 모든 사물과 사람을 용서하고 사랑하는 존재가 바로 신인데, 조르바는 자기 자신도 그런 사람이라고 상상하며(생각하며) 살아왔다는 것이다.

조르바가 사랑한 여자들은 모두 피와 살을 가진 현실적 여자들이지만 보스가 기술하는 여자는 물질 혹은 대지의 상징이다. 이렇게 볼 때 조르바와 보스는 물질과 정신, 악마와 신성, 현실과 책, 땅과 하늘 등의 대립 사항을 각자 대표하는 인물이다. 이것은 분명 니체의 『비극의 탄생』 중에 나오는 디오니소스와 아폴론의 개념에 빚지고 있는 것이다. 우선 보스의 입장에서 살펴보면 제19장의 끝에서 여자(마담 오르탕스) 즉 대지라는 설명이 나오고, 제21장에서 여자, 바다, 와인을 같은 것으로 제시하고 있다. 또 같은 제21장에서 조르바는 "여자와 와인이 가득하고, 바다와 일이 가득하겠지요!"라고 말하여, 그 세 가지에다 네 번째로 일을 추가한다. 따라서 이 여자는 그냥 여자만 가리키는 것이 아니라 인생의 모든 좋은 것들, 가령 여행과 모험, 독서, 음악, 미술, 자연 감상, 스포츠, 아름다운 옷, 작위, 훈장, 명예직, 사교 모임, 사회적 허영, 감각 충족 등을 통틀어서 가리키는 것이다. 실제로 제9장에서도 조르바가 돈을 많이 벌면 "여행, 여자, 새로운 모험"을 실컷 하자고 말하는 대목도 있다.

조르바는 제8장에서 호자의 말을 인용하면서 여자가 동침하자고 하는데 그걸 거부하는 남자는 지옥에 떨어져야 마땅하다고 말한다. 조르바 자신은 그 초대를 한때 거부했으므로 지옥에 떨어져도 할 말 없다는 얘기도 한다. 이 부분은 장 자크 루소의 『고백록』 제2권 제7장에서 영향을 받지 않았을까 짐작된다. 루소는 어떤 여자가 침대로 오라고 하는 데도 가지 않았다. 그 이유는 그녀의 한쪽 젖꼭지가 없었기 때문인데(아마도 함몰 유두였으리라) 그는 왜 유방 한쪽에 결함이 있는지 그걸 곰곰이 생각하다 보니 동침하고 싶은 생각이 없어졌다. 그러자 여자는 화를 버럭 내며 "어이, 촌뜨기, 여자는 그만두고 가서 수학 공부나 해." 하고 말하면서 방에서 나가 버렸다. 여기서 수학 공부는 『조르바』 제1장에서 방앗간 집 마누라의 엉덩이 혹은 간사한 잡상인이라고 폄하한 이성(理性)의 상징이다. 젊은 날의 조르바 또한 터키 여자의 침실에 들어가면 언제 목이 달아날지 모른다는 이성이 먼저 작용하여 육체의 즐거움을 거부했던 것이다. 이것을 뒤집어 말해 보자면, 육체의 즐거움을 마음껏 누리자면 육체의 지시에 충실해야 하고 그러자면 이성보다는 감성 혹은 상상력이 더 활발해야 하는 것이다.

여자, 바다, 와인, 일 이렇게 네 가지는 이 세상의 물질성을 보여주는 대표적 상징물이다. 바로 이 때문에 『조르바』에서는 여자들에 대한 얘기가 많이 나오고 또 "바다를 쳐다본다." "바다가 보인다." "바다를 향해 한다." "바다가 부글부글 끓어오른다."라는 문장이 수십 군데에서 반복되고 있다. 바다 혹은 세상을 쳐다보아야만 뭔가 깨달음의 단서가 생기는 것이고 그러자면 활발한 상상력이 있어야 한다. 따라서 독자는 이 바다를 지칭하는 문장들이 나올 때마다 앞뒤 상황을 유념하며 읽어 주시기를 바란다. 조르바와 보스의 거처인 해변 오두막의 위치상 바다가 자연스럽게 보이는 탓도 있겠지만(이것은 아이기나 섬에서 『조르바』를 집필한 카잔차키스의 상황과 비슷하다), 바다를 쳐다보면서 이 세상의 신비를 어떻게 이해할 것인가, 하고 상상하는 측면이 더 강하다. 제19장에서 조르바는 세상의 신비를 이렇게 말한다. "어떤 때는 그 신비가 일반적인 사람들이고, 어떤 때는 여자들, 어떤 때는 와인, 어떤 때는 산투르[가 되어]……" 상상에 의해 순간적으로 파악한 이 세상의 신비한 모습에 조르바는 강렬한 도취를 느끼게 되는데 그것을 와인에 빗대어 설명한 것이다. 산투르의 신비는 제25장과 제26장에서 나오는 조르바의 춤과 노래로 절정을 이루는데 이 점은 아래 "조르바의 춤"을 참고하기 바란다. 일은 우리가 날마다 8시간씩 해야 하는 것이니, 이것 또한 세상의 필수적인 조건이다. 따라서 여자, 바다, 와인, 일은 물질을 통하여 정신으로 나아가는 구체적 바탕이 된다.

조르바는 제17장에서 버찌(인생을 즐겁게 하는 세 가지 중 하나인 과일)를 아주 많이 먹어서 버찌를 극복한 얘기를 하면서, 악마를 이기려면 악마보다 더 강한 1.5배 악마가 되어야 한다고 말한다. 버찌는 여성의 은유이기도 하니 조르바의 다양한 여성 편력을 연상시킨다. 그러면서 조르바는 제21장에서 신과 악마는 같은 본질로 만들어진 동전의 양면 같은 존재라는 말을 한다. 그래서 인간은 조르바식으로 표현하면 "신이면서 악마인 존재"가 된다. 인간 내부의 악마는 위의 "조르바의 자유"에서 이미 언급했지만 그것을 어떻게 정의하든 결국 상상(생각)이 만들어낸 결과물이다.

보스는 제10장에서 "상상력 곧 우리의 영혼"이라고 말한다. 상상력이 영혼이라는 말은 의미심장한 언명이 아닐 수 없다. 이것을 좀 더 분명하게 영어식으로 표현해 본다면 You are what you imagine으로서, 당신이라는 존재는 당신이 상상하는 것의 총합이라는 뜻이다. 이런 관점에서 본다면 자신이 깨달음을 얻었다고 상상하는 사람은 실제로 그 깨달음을 얻었다고 주장할 수도 있는 것이다. 미당 서정주가 생애 말년에 병상에 있을 때 어떤 지인이 문병을 갔다가 온몸에 살이 내리고 머리가 더 하얘지고 얼굴이 수척해진 시인을 보고서 이렇게 말했다. "선생님, 꼭 신선 같으십니다." 그러자 시인이 눈알을 부라리며 대답했다. "이 사람아, 신선 같다니 그 무슨 말인가? 바로 신선이지." 미당이 자신을 신선이라 생각하고 조르바가 자신을 제우스라고 생각하는 것은 따지고 보면 모두 상상의 힘인 것이다.

조르바의 화두

제2장에서 배를 타고 크레타로 건너오던 중에 보스는 조르바의 왼손 검지가 중간쯤이 잘린 것을 보고서 그 이유를 묻는다. 질그릇 만드는 작업에 방해가 되어서 잘랐다는 대답이 돌아온다. 이 단지(斷指)는 여자의 유혹을 물리치기 위해 도끼로 왼손 검지를 절반쯤 잘랐다는 내용의 톨스토이 단편소설「세르게이 신부」(1898)에게서 영향을 받은 것으로 보인다. 또한 크레타 현지의 수도원장이나 주교 등 기존 성직자에 대한 불신과, 가난한 농민의 성자다운 생활에 대한 존경심도 톨스토이 소설에서 암시를 받은 듯하다. 카잔차키스는 1915년에 한동안 톨스토이 문학에 심취한 적이 있었는데 그 무렵 이 유명한 단편소설을 읽었을 것으로 짐작된다. 조르바의 단지에 대하여 보스는 종교적 수도에 방해가 되어 자신의 성기를 잘라버린 수도자를 연상시킨다고 말한다. 이때 조르바는 성기는 방해물이 아니라 천국으로 들어가는 열쇠라고 대답한다. 그리고 곧이어서 유(有)와 무(無)의 차이를 말하는『붓다와 목동의 대화』가 소개된다. 우리는 이 두 에피소드의 병치에서 이것이 선불교의 화두를 말하는 것이 아닐까, 하는 생각을 갖게 된다.

제6장에서 조르바에 대하여 이런 서술이 나온다. "매일 조르바는 모든 사물을 마치 지금 처음 보는 것처럼 쳐다보았다." 제8장에서 수선화 한 가지를 꺾어들고 그 꽃을 난생처음 보는 것처럼 쳐다본다. 제12장에서 굴러가는 돌을 보고서도 처음 보는 것처럼 응시하고, 또 제13장에서 이런 묘사가 나온다. "모든 사물이 그에게는 기적으로 보였다. 매일 아침 눈을 떠서 나무, 바다, 돌, 새를 관찰하면 그는 입을 크게 벌리고 소리쳤

다. '이 무슨 기적인가? 나무, 바다, 새, 돌의 의미는 무엇인가?'" 제20장에서도 바다와 땅을 난생처음 보는 것 같다는 말이 나온다. 우리는 이런 여러 단서들로부터 이것이 선의 화두에서 영향을 받았다고 확신하게 된다. 일찍이 방온(龐蘊) 거사는 세상의 모든 사물이 기쁨의 대상이라고 말하면서 "오, 놀랍구나, 내가 장작을 패네, 내가 샘물을 긷네."라고 노래한 바 있는데, 사물을 마치 처음 보는 듯한 태도는 곧 불가(佛家)의 초발심(初發心)을 말하는 것이다. 초발심은 어린애 같은 마음으로 일을 관찰하고 두려움 없는 정신으로 일을 해 나가는 것을 말하는데, 영어로 말한다면 비기너스 이노센스(beginner's innocence)이다. 이 이노센스를 가진 사람은 아무리 역경을 당해도 그것을 기억하지 않는다. 또다시 그런 경우를 만나도 마치 그런 일을 겪지 않은 사람처럼 거기에 대응한다.

제10장에서 조르바는 이런 말을 한다. "내가 꼬마였을 때 우리 할머니가 내게 민담을 들려주면…… 마치 내가 그 얘기를 믿는 것처럼 울고 웃었어요. 그러나 턱수염을 기른 이후 그 민담들을 다 버리고 또 비웃었어요. 그런데 이제 늙어서 난 좀 돌았나 봐요. 그 민담을 다시 믿게 되었으니 말이에요. 사람들은 하나의 신비예요!" 이것은 유신(惟信) 선사의 다음과 같은 화두를 연상시킨다. "노승이 30년 전 참선하기 이전에 산을 보면 청산이요 강을 보면 녹수였다. 그러다가 선사를 만나 깨우침을 얻고 보니 산은 산이 아니고 강은 강이 아니었다. 그런데 이제 진실로 깨우침을 얻고 보니 옛날과 똑같이 산은 그 산이요, 강은 그 강이로구나."

제24장에서 조르바는 이렇게 말한다. "내게 정말로 중요한 것은 바로 지금 이 순간에 벌어지는 일입니다. 나는 나 자신에게 이렇게 묻습니다. '조르바, 너는 지금 무엇을 하고 있지?' '나는 잠을 자고 있습니다.' '좋아, 그럼 잠 잘 자라고.' '조르바, 너는 지금 무엇을 하고 있지?' '나는 여

자를 안고 있습니다.' '좋아, 그럼 그 여자 잘 안아줘.' 그 나머지는 [모두] 잊어버[립니다.]" 이것은 선불교의 아시방뇨(屙屎放尿) 화두와 정확하게 일치한다. 아시방뇨는 똥 마려울 때 똥을 누고 오줌 마려울 때 오줌을 누면서 그것만 생각하고 또 그것처럼 하루도 빼놓을 수 없는 것이 도(道)라는 것이다. 다시 말해 지금 이 순간의 일상생활을 열심히 살아가는 것이 곧 도를 얻는 방편이며 도를 깨우친 표현이라는 것이다. 사실 이 도는 진정한 자유의 또 다른 이름이다. 위에서 이미 말했듯이, 자유는 자신의 운명(필연)을 자기가 선택한 것처럼 받아들이는 것인 까닭이다. 그래서 조주의 스승 남전 화상은 "도(道)는 사물 밖에 있는 것이 아니며, 사물을 떠나서는 도가 없다."라고 했다. 『조르바』 제2장에서는 "바다 이외의 곳에서는 평온함과 걱정 없음에 힘입어 현실을 몽상으로 바꾸어 놓는 그런 황홀감을 느껴볼 수가 없다."라고 말한다. 이 바다는 위에서 이미 말한 것처럼 이 세상의 상징이다. 제21장에서는 도를 가리켜 "이것이 길이야. 최초의 리듬을 발견하고 그것을 충실히 따르는 것."이라고 설명한다. 그리고 제22장에서 그 길이 영원한 스무 살이라고 설명한다. 이런 여러 단서들은 종합해 볼 때, 조르바의 언행은 화두의 실천임에 틀림없다.

그렇다면 조르바는 언제 화두를 깨우쳤을까? 다시 말해 어떤 사건 혹은 기억이 그의 상상력을 촉진하여 자신이 진정한 자유를 얻었다고 생각하게 되었을까?

제20장에서 조르바는 불가리아 신부를 죽이고서 그 다음 날 그 신부의 다섯 아이에게 자신의 가진 돈과 물품을 모두 건네주고 문득 깨닫는다. 삶과 죽음의 구분이, 그리스인과 불가리아인의 구분이 아무런 의미가 없다는 것을. 그리고 그 후에는 세상에는 많은 국적의 사람들이 살고 있지만 오로지 착한 사람과 선한 사람만 있는데 그런 구분 또한 무의미

하다고 말한다. 그러면서 지금 이 순간의 삶이 가장 중요하다는 것을 깨닫는다. 이런 깨달음을 아주 멋지게 노래한 불가의 화두는 이러하다. 복주(福州)의 영운(靈雲) 지근(志勤) 선사가 어느 해 봄 위산(潙山)에서 복숭아꽃이 핀 것을 보고서 도를 깨달아 게송을 읊었다. "30년 동안 검(劍)을 찾아 떠돌던 나그네/몇 차례나 잎이 지고 가지가 돋았던가?/어느 해 봄 복사꽃을 한 차례 본 뒤로는/오늘까지 다시는 내 깨달음을 의심하지 않았네." 인생의 길흉화복을 30년 동안 보아왔던 영운 선사는 어느 순간 꽃의 피고 짐에서 유와 무의 2분법으로는 절대 자유로워질 수 없다는 것을 깨닫는다. 조르바 또한 제20장에서 보스를 향하여 "당신은 이해하지요. 오로지 당신의 머리만으로. 당신은 진짜와 가짜, 이 방식과 저 방식, 옳음과 그름, 이렇게 구분을 합니다."라고 말하면서 그런 구분을 깨트려야 진정한 이해에 도달할 수 있다고 말한다. 또 제26장에서는 보스에게 기다란 책가방 끈을 단칼에 끊어버리라고 타이르기도 한다.

우리는 이러한 화두의 관점에서 조르바의 단지 행위를 해석해 볼 수 있다. 『조르바』의 영역자 피터 빈은 이것을 조르바의 어리석은 짓(folly)이라고 해석한다. 빈이 제시하는 근거는 제26장에서 조르바가 보스에게 길게 늘어진 책가방 끈(지성)을 끊어내지 못한다면서 "이 경우에 [정말로] 필요한 것은 어리석은 짓"이라고 말한 부분이다. 그러나 손가락은 성기와 대비시키기 위한 소도구에 지나지 않으며, 톨스토이의 세르게이 신부가 손가락을 잘라도 여전히 정신적 방황을 벗어나지 못했던 것처럼, 손가락 자르기나 성기 자르기 자체가 영혼의 자유를 가져다주는 것은 아니다. 왜냐하면 유혹이 있으니 그것을 없애야 한다는 태도는 아직도 있음과 없음을 서로 구분하는 것이기 때문이다. 일찍이 조주 선사는 개에게는 없는 불성(佛性)이 뜰 앞의 잣나무에는 있다, 라는 앞뒤가 모순되는 화두를 말했다. 조주는 '있다'와 '없다'를 구분하려 들 것이 아니라 그런 2분법을 초월하라고 주문한 것이다. 그렇게 초월한 사람을 가리켜 20세기 한국 최고의 사상가 다석(多夕) 유영모(柳永模)는 "있으면서 없는 사람"이라고 풀이했다. 제18장에서 조르바는 주교의 '세 가지 이론'에 반박하며 네 번째, 다섯 번째 이론을 말하는데―카잔차키스는 이와 관련하여 도스토예프스키의 『지하생활자의 수기』 중 "둘 더하기 둘은 반드시 넷이 되는 것이 아니다."라는 명제로부터 영향을 받은 듯하다―이는 곧 "있다"와 "없다"의 구분을 걷어치우라는 주장이다.

있으면서 없는 사람, 혹은 조르바식으로 말해서 "신이면서 악마인 사람"은 구체적으로 어떤 사람인가? 제19장에서 조르바가 말한 "신비를 살아내는 사람"이 바로 그런 사람이다. 또 제11장 끝부분에서 나오는 우주와 하나가 된 조르바의 모습, 제24장의 세 종류 인간 중 온 우주를 위해 사는 사람, 또 제25장의 인간, 동물, 신이 하나가 되는 상태 등도 모두 그런 사람을 지칭한다. 특히 제11장의 묘사는 주목할 만한데 이러하다. "나는 달빛 속에 앉아 있는 조르바를 쳐다보면서 그와 온 세상이 하나로 엮어지는 멋진 단순함, 영혼과 육체가 그의 내부에서 하나로 연결되는 상태, 이 세상 모든 것―여자, 빵, 지성, 잠―이 그의 살 속에서 행복하게 포용되어 조르바로 바뀌는 변신 등을 참으로 멋지다고 생각했다. 인간과 우주가 그토록 다정하게 연결된 상태를 나는 일찍이 본 적이 없었다." 이런 상태를 『화엄경』에서는 '사사무애(事事無碍)'라고 설명한다.

이런 초월의 경지에 비추어 보면 손가락을 자르든 성기를 자르든 그것은 2분법 안에 갇혀 있는 행위이다. 만약 두 가지 원칙(가령 현실 참여와 현실로부터의 이탈) 중 뒤의 것을 고집한다면 손가락보다는 성기를 더 빨리 잘라야 했을 것이다. 앞의 것을 고집한다면 손가락은 잘라서 안 되는 것이다. 따라서 손가락을 자른 행위는 조르바가 아직 삶의 지혜를 온전하게 깨닫기 전의 일이었을 것으로 짐작된다. 즉 어느 한 원칙을 고집하지 말아야 있음과 없음을 초월할 수 있는데 조르바가 이미 그 경지에 올랐다면 손가락은 자르지 않았을 것이기 때문이다. "비좁은 경계를 허물어야 한다."(제25장)라고 말하는 사람은 어느 한쪽에 치우친 행동은 하지 않는 것이다. 이런 초월한 사람은 다르게 말하면 현실에 참여하는 사람이면서 동시에 이탈하는 사람이다. 가령 제13장에서 이라클리온으로 출장을 나간 조르바는 롤라라는 여자에 빠져서 열이틀이나 꾸물대다가 아주 늦게 갈탄광으로 돌아온다. 나는 이것이 참여와 이탈의 구분을 거침없이 걷어차 버리는 사람의 모습이라고 생각한다.

카잔차키스는 1930년대에 일본과 중국을 여행하고 그 경험을 바탕으로 『돌의 정원』이라는 소설을 썼는데, 이때 선불교를 깊이 알았을 것으로 짐작된다. 그 이전에도 『붓다』라는 희곡을 쓰는 등 불교에 대하여 심취하여 있었으므로 중국과 일본 여행은 더욱 자세히 선불교를 이해하는 계기가 되었을 것이다. 『조르바』 제1장에서도 부동심(不動心)이라는 선불교의 용어가 나오는데, 카잔차키스는 『돌의 정원』에서 부동심을 '돌의 정원'에 비유하여 설명한다. 화산(재앙의 상징) 앞에 지어진 돌의 정원(평온의 상징)에서도 사람들은 재앙과 평온의 2분법을 극복해 가면서 즐거운 마음으로 생활을 영위해 나가는데 그게 곧 부동심이라는 것이다.

이런 불교적 인식은 보스의 경우에는 전혀 다르게 나타난다. 제12장에서 보스는 붓다를 말라르메의 순수시에 비견하면서 붓다는 마지막 사람 혹은 순수 영혼으로서, 반드시 극복해야 할 허무라는 듯이 말한다. 제14장에서는 붓다가 마지막 우물, 마지막 단어라고 말한다. 그리고 제21장에서 보스는 자신이 더 이상 붓다의 가르침을 원하지 않으며 이제 그것을 초월했고 그리하여 자신이 붓다에게 봉사하던 서비스 기간은 종료되었다고 말한다. 피터 빈은 이를 바탕으로 불교를 체념의 종교라고 해석한다.

그러나 이러한 해석을 반박하는 단서가 작품 속에 들어 있다. 가령 제3장에서 보스는 이렇게 기술한다. "그 두 길은 똑같이 고상하면서도 힘든 길이다. 둘 다 정상으로 인도한다. 죽음이 존재하지 않는 것처럼 행동하는 것과, 아무 때나 죽을 수 있다고 생각하며 행동하는 것. 어쩌면 이 두 길은 같은 길일 것이다. 그러나 조르바가 그렇게 물었을 때 나는 이것을 깨닫지 못하고 있었다." 순간과 영원의 2분법을 초월하여 둘을 동일한 것으로 보는 태도는 위에서 말한 "있으면서 없는 사람"의 아주 정확한 설명이다. 이렇게 볼 때, 1920년대의 보스(작가의 분신)와 1940년대의 작가(『조르바』를 현재 집필하는 카잔차키스) 사이에는 불교에 대한 인식의 차이가 있는 것이다. 만약 이 20년 사이에 아무런 인식의 변화가 없었다면 작가는 화두를 실천하는 조르바의 모습을 이렇게 멋지게 형상화하지 못했을 것이다.

영국 소설가 D. H. 로렌스는 『미국 고전 문학의 연구』라는 책에서 소설 작품을 읽을 때 "작가를 믿지 말고 작품 속의 이야기를 믿어라."라고 말했다. 『조르바』에서 보스는 조르바의 언행을 묘사하고 해석하고 또 구상화하는 인물로 등장하지만, 보스가 과수원 과부 수르멜리나와 하룻밤을 보내고 온 직후의 과정을 묘사한 부분들을 읽어 보면 그의 깨달음과 행동은 서로 일치하지 않는다는 느낌을 준다. 가령 제21장에서 수르멜리나가 마을의 백치를 통하여 장미수를 보내오는데 보스의 태도는 미지근하기 짝이 없다. 또 제22장에서 과수원 과부가 살해당할 위험에 놓였는데 보스가 취한 미온적인 행동이나 수르멜리나의 살해 이후에 그 죽음

을 추상적으로 변명하는 등, 입으로는 그 과부 덕분에 자신이 영육의 일
치를 느꼈다고 하면서 실제로 보여주는 행동은 그렇지 못한 것이다. 반
면에 조르바는 영운 선사처럼 모든 행동이 당당하고 거침없어서 자신의
깨달음을 의심하지 않는 사람처럼 보인다. 설사 우리가 화두를 알지 못
한다고 해도 조르바의 언행에 여전히 감동받을 것이다. 또 보스의 형이
상학적 설명이 없더라도 우리는 조르바의 행동과 사건(즉, 이야기)만으로
도 충분히 설득되었을 것이다. 이 때문에 독자는 작가를 믿지 말고 이야
기를 믿어야 하는 것이다.

조르바의 춤

　조르바의 자유는 상상력과 화두를 거쳐 마침내 영혼의 자유를 상징하
는 춤으로 완결된다. 이 춤이 제일 먼저 등장하는 부분은 제6장인데 이
렇게 묘사되어 있다. "이 벌레 먹은 가죽(신체) 안에 있는 영혼이 살을 옆
으로 밀어내고 그 살에서 빠져나와 어둠 속의 별빛이 되려고 몸부림치
는 것 같았다." 또 춤이 숨 막혀 죽을 것 같은 증세를 치료해 준다면서 어
린 아들이 죽었을 때에도 춤을 추면서 다스렸고, 대화가 끊기는 곳에서
춤이 그 대화를 이어가며 신들과 악마들도 이런 식(춤)으로 대화한다고
말한다. 제20장, 제21장, 제22장, 제24장, 제25장 등에서 중요한 순간이
올 때마다 춤이 등장하고 상황에 따라 조르바가 춤을 춘다. 제21장의 부
활절 장면에서 "나는 …… 맛있는 음식을 많이 먹습니다. …… 어떤 것
은 남아서 즐거움, 춤, 노래[가] …… 됩니다. 나는 그 어떤 것을 부활이라
고 부릅니다."라고 하면서 춤은 곧 부활이라고 설명한다. 제22장에서도
"죽음은 삶처럼 매 순간 죽었고 그리고 매 순간 다시 태어났다. 지난 수
천 년 동안 선남선녀들은 새롭게 꽃핀 나무들 아래에서 춤을 추어왔다.

포플러, 소나무, 참나무, 플라타너스, 날씬한 대추야자 나무. 그들은 앞으로도 수천 년 동안 감각적 욕망에 사로잡힌 얼굴로 계속 춤을 출 것이다. 20년마다 바뀌는 얼굴들은 땅 밑으로 들어갔고 그러면 다른 얼굴들이 등장한다. 그러나 일자(一者)이며 본질은 영원히 그대로이다. 그 일자는 무엇인가. 죽지 않고 사랑에 빠지며 춤추는 영원한 스무 살이다."라고 하여 춤이 곧 부활임을 암시하고 있다. 또한 제24장에서 보스가 세 종류의 인간을 말할 때, 조르바는 우주와 하나 되는 인간이라는 개념을 잘 이해할 수 있도록 그것을 춤으로 표현해 달라는 말을 한다. 여기서 우리는 춤이 몸으로 이해하는 깨달음 혹은 자유라는 것을 알 수 있다.

따라서 이 춤은 파괴의 현장에서 회복의 희망을 말하고, 지극한 고통에서 위안을 주는 지혜를 상징한다. 실제로 제6장에서 조르바는 이렇게 말한다. "한번은 내 아들 디미트라키스(Dimitrakis)가 할키디키에서 죽었을 때, 나는 지금처럼 일어서서 춤을 추었어요. 내 친척과 친구들은 아들 시체 앞에서 춤추는 나를 보고서 달려와 나를 붙잡았어요. '조르바는 미쳤다!' 그들은 소리쳤어요. 하지만 그 순간 춤을 추지 않았다면 나는 고통 때문에 정말 미쳐버렸을 거예요. 그 애는 내 첫 아들인 데다 세 살밖에 안 되어서 그 죽음을 정말 견디기 어려웠거든요." 또한 춤은 조르바가 살아내고 있는 신비(제19장), 즉 "지금 여기"의 자유를 다르게 표현한 것이기도 하다. 제25장에서 조르바가 공중 삭도의 대실패를 맛보고 보스와 함께 해변의 춤을 추는 장면은 이 작품의 클라이맥스이다. 제25장에서 보스는 그 춤이 가져다주는 자유를 이렇게 말한다. "우리가 겉으로는 완전 패배되었더라도 속으로는 승리를 느낀다면, 진정한 인간은 형언할 수 없는 자긍심과 기쁨을 느끼는 것이다. 외부의 불행은 가장 수준 높고 가장 끈질긴 형태의 축복으로 바뀌는 것이다."

이 조르바의 춤은 분명 그 안에 중요한 메시지를 갖고 있고, 우리 한국 독자라면 금방 알아볼 어떤 사람을 연상시킨다. 그는 누구인가? 우리가 고등학교 고문(古文) 시간에 배워서 잘 아는 신라인 처용이 그 사람이다.

신라 헌강왕(憲康王, 재위 875~886) 당시 동해의 용이 아들 일곱을 거느리고 대왕 앞에 나타나 춤을 추고 음악을 연주한 후, 그중 한 아들을 왕을 따라 보냈는데 그가 처용(處容)이다. 왕은 아름다운 여자를 처용의 아내로 주고 벼슬까지 내려 주었다. 그런데 처용의 아내가 무척 아름다웠기 때문에 역신(疫神)이 흠모해서 사람으로 둔갑하여 밤에 그 집에 가서 남몰래 동침했다. 외출에서 돌아온 처용이 그 현장을 목격하고 노래를 부르고 춤을 추면서 물러 나왔다. 그 노래는 이러하다. "동경 밝은 달에 밤늦게 노닐다가 집에 들어와 자리를 보니 다리가 넷이로구나. 둘은 내 것이지만 둘은 누구의 것인가. 본디 내 것이지만 빼앗겼으니 어찌 할꼬." 그러나 역신이 본래의 모습으로 돌아가서 처용의 앞에 무릎을 꿇고서 말했다. "내가 공의 아내를 사모하여 이제 잘못을 저질렀으나 공은 노여워하지 않으니 감동하고 아름답게 여기는 바입니다. 맹세코 이제부터는 공의 모습을 그린 그림만 보아도 그 집 문 안에는 들어가지 않겠습니다." 그리하여 사람들이 처용의 모습을 문에 그려 붙여서 마귀를 물리치고 경사스러운 일을 맞이했다. 이로 인하여 고려 시대에 와서는 궁중에서 마귀를 쫓는 의례에 처용의 춤과 노래를 넣었고, 조선시대에 와서는 12월 그믐 전야에 악귀를 쫓는 의례를 거행하면서 역시 그 춤과 노래를 추고 불렀다.

「처용가」는 표층 구조만 볼 때에는 이해하기 어려우나("어떻게 아내를 남에게 빼앗긴 사람이 춤을 추며 노래를 부를 수 있을까?"), 심층 구조(상징을 통한 내면적 의미)는 참으로 심오한 내용을 담고 있다. 처용은 용왕의 아들이라는 점에서, 그의 아내는 유혹 당하기 쉬운 육체를 가졌다는 점에서, 역신은 사악하고 엉뚱한 생각으로 사람을 괴롭힌다는 점에서, 그리고 다리가 넷이라는 것은 변덕스러운 육체와 부정한 생각의 결합이라는 점에서, 저마다 하나의 상징으로 작용하고 있다. 이 중에서도 아내의 상징을 이해하는 것이 가장 중요하다. 그것을 가장 멋지게 설명한 문장은 『구약성경』 「창세기」 제39장의 요셉 이야기이다. 그는 포티파르라는 파라오의 최측근 환관 겸 근위대장의 집에서 노예로 일하다가, 타고난 재능과 준수한 용모 덕분에 그 집에서 집사장 자리에 오른다. 요셉의 남성적 아름다움은, 그와 같이 식사하던 이집트 귀족 여자들이 그의 용모에 넋이 나가서 숟가락을 떨어뜨릴 정도였다. 포티파르는 환관이므로 그 아내 역시 남자를 알지 못하는 몸이었으나 처음 눈뜨게 된 육체의 열망을 억누르지 못하고 요셉에게 "도르미 메쿰(dormi mecum: '나와 함께 자자.'라는 뜻의 라틴어.─옮긴이)"이라고 말했다. 이 "도르미 메쿰"은 영혼의 자유를 빼앗으려는 물질의 유혹을 말하는 것이다. 요셉은 주인님께서 드시는 파니스(panis: 양식)를 빼놓고는 모든 일을 믿고 맡기셨는데 어떻게 그분의 욱소르(uxor: 아내)인 당신과 그런 죄를 짓겠느냐며 절대 받아들일 수 없다고 말한다.

여기서 우리는 아내가 곧 정신의 양식, 다시 말해서 어떤 사람에게서 절대로 빼앗아서는 안 되는 영혼의 자유임을 알 수 있다. 그런데 역신이 그것을 빼앗으려 하자 처용은 춤과 노래로써 역신의 유혹을 단칼에 거절한다. 원래 귀신(역신)은 그 이름(정체)을 밝히면 저절로 물러가게 되어 있는 것이다. 다시 말해 악마의 유혹을 명명백백하게 꿰뚫어 보는 사람은 그런 꾀임에 넘어가지 않는다. 그래서 처용은 역신의 유혹을 물리치고 새로운 출발을 할 수 있는 것이다. 이것은 『조르바』 제1장에서 나오는

"내 불운의 이름을 마침내 알게 되었으므로 나는 좀 더 쉽게 정복할 수 있을 것이었다."라는 말과 일맥상통한다.

인간 세상에는 물질("부귀영화")의 유혹이나 사회의 탐욕 혹은 국가의 이데올로기 등으로 영혼의 자유를 빼앗는 많은 부정한 교합이 벌어지고 있는데, 조르바는 애국심, 민족주의, 그 밖의 정치적 이데올로기로 심신의 고통을 받다가 다음과 같은 사건을 계기로 홀연 깨달음을 얻고 조르바식 자유인이 된다. 제20장에서 파르티잔 조르바는 불가리아 마을에 들어갔다가 그리스인 동포의 밀고로 붙잡힐 뻔했으나, 그 마을의 불가리아 과부 덕분에 목숨을 건진다. 그때 그는 자신을 향하여 이렇게 말한다. "'이게 여자의 의미이고, 인간의 의미야! 그 여자가 불가리아어를 말해, 그리스어를 말해, 무슨 언어를 말해? 이 바보야, 무슨 언어를 말하든 다 마찬가지야. 그 여자는 인간이야. 하나의 인간일 뿐이라고. 사람을 죽이다니, 넌 부끄럽지도 않아? 난 네놈의 상판에 침을 뱉겠어!' …… 하지만 우리의 조국, 저 지랄 같은 암캐가 나를 조용히 놔두겠어요?" 이데올로기에 사로잡혀 세상에 진정한 사람은 간 곳이 없고, 서로 죽고 죽이는 난장판이 되어버린 것이 저 조국이라는 암캐 때문이 아니냐고 반문하는 것이다. 이것은 조르바가 도르미 메쿰과 결별해야겠다고 마음먹는 결정적 계기가 된다.

이렇게 볼 때 처용의 춤과 조르바의 춤은 동일한 사람의 춤이다. 예로부터 인생은 여행에, 도(道)는 여행길에, 인생과 도의 합일은 춤과 노래에 비유되어 왔다. 그리하여 여행자가 길에 나설 때 그 길이 춤추자고 하면 (불행을 만나 그 불행을 춤으로 풀어내자고 하면) 같이 노래 부르면서 춤추는 것이 가장 지혜로운 삶의 자세였다. 그래서 조르바는 제20장에서 자유인의 눈으로 바라본 세상이 너무나 아름다워 덩실덩실 춤을 춘다. 또 그런 이유 때문에 제25장에서 벌어지는 조르바의 춤은 우리에게 깊은 감동을 준다. 자유인은 인생에서 아무리 어려운 역경을 당하더라도 곧 그것을 잊어버리고 마치 그런 일이 없었던 것처럼 새롭게 인생에 도전한다. 자유인은 좋은 것이든 나쁜 것이든 "필연을 자기 자신이 선택한 것처럼 받아들인다." 제26장에서 조르바는 슬픈 노래를 부른다. 비록 글로 묘사된 노래이지만, 조르바가 겪어온 인생 역정을 다 알게 된 우리 독자는 그 노래가 슬프지만 감상적이지 않고, 비장하지만 결의에 가득 찬 노래임을 안다. 이 춤과 노래는 『조르바』 전편에서 산투르로 예고되거나 상징되어 있어서 그런 의미작용에 자연스럽게 젖어들던 우리는 마침내 제25장과 제26장에 이르러 그 절정을 맞이하게 된다.

조르바의 춤이 감동적인 것은 대재앙 앞에서도 회복을 바라며 앞으로 나아가려는 삶에 대한 불굴의 의지를 표현했기 때문이고, 또 우리가 이미 어린 시절부터 배워서 알고 있는 처용의 춤이 무의식적 수준에서 작용한 측면도 있다. 이처럼 삶의 깊은 깨달음을 춤과 노래로 표현한 조르바는 짚신을 머리에 얹고 춤을 추었다는 조주 선사나 성모 앞에서 거지 춤을 추었다는 병든 곡예사 못지않게 성자의 반열에 오를 만한 인물이다. 그러므로 『조르바』의 부제인 "알렉시스 조르바의 성자다운 생애"는 조금도 과장된 표현이 아니다.

이상에서 살펴본 바와 같이 조르바라는 문학적 캐릭터는 자유—상상력—화두—춤의 네 개 프레임을 성공적으로 통과하여 잘 빚어진 항아리 같은 문학적 캐릭터의 모습으로 우리 앞에 우뚝 섰다. 그렇다면 조르바의 영향을 많이 받은 보스는 이제 소설의 끝부분에 이르러 조르바 같은 사람이 되었을까? 아니다. 그것은 죽은 조르바가 보스에게 춤과 노래의 상징인 산투르를 물려주는 데서 알 수 있다. 보스는 결코 조르바가 되지는 못한다. 대신 그는 조르바라는 사람을 창조함으로써 욕망과 공포의 이율배반을 극복하고 마침내 작가의 자유를 획득한다. 카잔차키스는 사망하기 몇 달 전에 여행지인 중국에서 불교 승려들을 만나서 이런 말을 했다. "탁월한 지혜에 도달하는 세 가지 길은 명상, 선행, 아름다움이라고 생각합니다. 이 세 가지 지혜로 가는 길 중에서 나는 아름다움의 길을 따라갔습니다." 아름다움을 통한 지혜는 곧 작가의 자유를 가리키는 말에 다름 아니다.

이것은 작가의 예술적 성취를 말해 주는 부분이기도 한데 레오나르도 다빈치의 「모나리자」를 생각해 보면 자명해진다. 만약 「모나리자」의 모델로 추정되는 여자를 직접 찾아가서 만나볼 수 있다면, 그 실물이 그림과 똑같을까? 일반적으로 그렇지 않으리라고 생각된다. 왜 그런가 하면 미메시스[模寫]의 과정에서 예술가는 그 자신의 감정을 표현할 뿐만 아니라 대상을 자신과 동일시하고 거기에 자신의 일부를 투입하여 그 대상을 자신 속으로 동화하기 때문이다. 다시 말해 모나리자는 실물 바로 그 여자가 아니라 다빈치의 예술적 해석이 들어간 여자다. 이처럼 예술가의 솜씨가 실물과 미메시스의 차이를 만들어낸다. 따라서 우리가 작품 속에서 만나는 조르바는 카잔차키스의 솜씨에 의해 구상화된 인물이므로 실제 모델과는 완전 일치하지는 않으리라 본다. 마찬가지 이유로 우리가 현실 속에서 만나는 어떤 인물도 조르바와 완전 똑같지는 않더라도 우리의 해석이 작용하여 조르바라고 생각하게 된다.

한국 독자는 왜 조르바를 좋아할까?

이제 이 해설은 끝마무리에 도달했다. 지금까지는 주로 문학 속의 사람이나 사건들을 가지고 조르바를 설명해 왔으나 이제 옮긴이가 실제로 만나고 있는 어떤 구체적인 사람을 가지고 조르바 얘기를 해보고자 한다. 그 사람은 나의 고향 친구인데, 나는 이 책을 번역하는 내내 그 친구를 많이 생각했다. 평소 그를 만나면 즐겁고 유쾌하여 시간 가는 줄 모르는데, 서로 업무도 바쁘고 사는 곳도 멀리 떨어져 있어서 계절이 바뀔 때나 한 번씩 만나는 정도이다. 우선 그는 보스에게 맛좋은 수프를 해다 바치는 조르바처럼 요리를 잘한다. 친구들과 함께 산속이나 해변으로 캠핑을 가면 그가 요리를 도맡아 한다. 식재료나 음식을 만드는 요령에 대해서 그렇게 잘 알 수가 없다. 특히 그가 끓여주는 추어탕은 친구들이 먹어보고 맛이 없다고 한 사람은 단 한 명도 없다. 그는 또 일상생활 중에 벌어지는 자잘한 고민거리의 해결사이다. 조르바는 보스의 돈을 낭비하여 그 돈을 수도원의 숲 이용권을 싸게 사들여서 보충을 해주는데, 이와 마찬가지로 내 친구는 남에게 빌려주고 못 받은 친구들의 돈을 어떤 수단을 발휘하는지 모르지만 잘 받아다 준다. 물론 매번 성공하는 것은 아니다. 친구들이 고마움의 표시로 사례금을 내놓으면 몇 번 거절하다가 마지못해 받는다. 요즘 청년 실업이 아주 심각한 문제인데 내가 알기로 그는 친구들의 미취업 아들들을 몇 명이나 취직시켜 주었다. 그러나 취직을 시켜주려 했으나 성공하지 못한 친구의 아들에게는 직접 만나 이렇게 말하는 것을 내가 옆에서 듣기도 했다. "이보게, 아무개. 세상일은 저 혼자 힘으로 헤쳐 나가야만 사람이 그만큼 단단해지고 성장한다네. 제 힘으로 껍질을 깨고 나오면 달걀은 병아리가 되지만, 남의 힘으로 깨게 되면 계란 프라이가 된다는 걸 잊지 말게." 나는 『조르바』 제10장의 마지막 부분에 나오는 나비의 비유를 번역하면서 내 친구의 이 말을 생각했다.

그뿐만이 아니다. 이제 고향 친구들이 연만하여 병사하는 경우가 종종 있는데 그는 특히 아내와 사별했거나 이혼한 친구가 중병에 걸려 외롭게 죽어갈 때면 어김없이 그 병원에 나타나 병 수발을 지극 정성으로 해준다. 아내와 사별한 어떤 친구가 2년 전에 췌장암으로 죽게 되었을 때, 그를 찾아간 친구가 무엇을 먹고 싶으냐고 물었더니 물만두를 먹고 싶다고 해서 만들어주었다고 한다. 그 환자는 친구의 정성에 감동하여 "아무개야, 내가 저승에 가서도 이 은혜는 잊지 않을게."라고 말하고 죽었다. 나는 그 얘기를 전해 듣는 순간 이승과 저승이 아주 가까이 있구나 하는 생각이 들었다.

몇 달 전 또 다른 고향 친구가 전립선암에 걸렸다가 그것이 온몸에 퍼져서 죽게 되었는데, 그때 환자가 전복죽이 먹고 싶다고 하니 친구가 그것을 집에서 준비해 가지고 그 요리 냄비를 손에 든 채 지하철 두 번 바꿔 타고 버스 한 번 갈아타고 해서 경기도 외곽에 있는 요양병원을 찾아갔다. 병실로 찾아가 잘 먹지도 못하는 환자에게 숟갈로 떠서 한 입 한 입 마치 까치 새끼처럼 벌린 입에다 넣어주었다고 하는데, 마침 동석했던 다른 고향 친구는 그 광경을 보고 감동하여 눈물을 흘렸다고 한다.

그는 〈불교사상실천연구회〉의 회원이기도 한데, 까다로운 불교의 이론보다는 남에게 아낌없이 베푸는 보시가 더 중요하다면서 늘 말보다 행동을 강조한다. 가령 사사무애(事事無碍) 같은 어려운 이론을 말로 설명할 줄은 몰라도, 자연과 사람을 사랑하고 그들과 조화를 이루며 함께 살아가면 그게 곧 사사무애이니 말뜻보다 실천이 더 중요하다는 것이다.

나는 이 고향 친구를 만나면 데자뷔[déjà vu: 어디서 전에 본 듯한 느낌. 기시감(旣視感).─옮긴이]를 느끼곤 했는데 이번에 『조르바』를 번역하면서 그 데자뷔의 원천이 어디인지 명확히 알게 되었다. 그리고 그가 내게 해준 말들을 생각하면서 그런 생각을 더욱 굳히게 되었다. 그는 비록 미혼이지만 여자들을 좋아하고 숭배하며 그 덕분인지 여자들도 그에게 친근감을 느낀다. 한번은 그를 따라 단란주점에 갔는데 그의 훌륭한 지르박 춤 솜씨에 중년여성들이 황홀하게 반응하는 것을 직접 목격한 적도 있다. 그는 내가 번역을 해서 먹고 사는 것을 알기에 나를 높여서 번역 작가라고 불러 준다. 그가 여성과 관련하여 내게 해준 말은 이러하다.

"이 작가, 여자 애인이 셋 있는 남자를 뭐라고 부르는 줄 아는가? 세심한 양반이라고 한다네. 그럼 둘이 있으면 무엇이라고 부르겠는가? 양심적인 친구이지. 그럼 한 명밖에 없으면 뭐라고 할까? 그건 한심한 놈이야."

그는 자신이 애인을 네 명 사귀게 된 이후에는 사심 없는 사람이 되어 더 이상 숫자를 헤아리지 않았고 그 덕분에 더욱 열심히 사는 남자가 되었다고 말했다. 나는 제7장에서 거웃을 수집하는 『조르바』 부분을 번역하면서 다시 한 번 이 친구 생각을 했다. 그는 또 젊은 여자보다는 나이든 여자가 더 좋다고 했다. 상대할 만한 여자의 나이 기준은 남자의 현재 나이를 둘로 나눈 뒤 거기에다 열을 더 하면 아주 이상적인 나이가 된다면서 이런 말을 해주기도 했다.

"이 작가, 내가 좋아하는 자작시 한 수 암송해 볼까?"

"어디 해보게."

"피는 꽃 꺾지 말고 지는 꽃 보살피자."

독자들 주위에는 분명 이런 친구가 있을 것이다. 단지 김춘수 시인이 노래한 것처럼 누군가 다가와 그 이름을 불러주지 않았을 뿐이다. 이것은 그리스인 조르바의 인생철학이 그리스에만 국한된 것이 아니라 전 세계 어디에서나 통하는 보편적인 것임을 말해 준다. 우리가 생활 중에서 늘 만나는 사람, 그렇지만 아직 그 이름을 명확하게 불러주지 못한 사람, 이런 사람을 우리는 『조르바』에서 만날 수 있다. 그리고 이 책을 읽은 여택(餘澤)으로 우리도 그런 사람처럼 열심히 인생을 살아가려는 의욕과 희망을 얻게 된다. 나는 이것이 『조르바』가 한국 독자들에게 꾸준히 사랑받는 가장 큰 이유라고 생각한다.

니코스 카잔차키스 연보

1883(탄생)　2월 18일 크레타 섬의 이라클리온(Iraklion)에서 출생. 이 당시 크레타 섬은 아직도 오토만 제국(터키)의 일부였다. 오토만 제국은 1669년에 이 섬을 정복하여 그 후 2백 년 넘게 통치해 왔으나 1908년의 터키의 영 투르크(young Turk) 혁명으로 크레타는 그리스와 통일이 되었다. 카잔차키스의 아버지 미할리스는 크레타 섬의 바르바리 출신으로 농산물과 와인을 판매하는 상인이었는데 현재 바르바리에는 카잔차키스 박물관이 들어서 있다.

1902(19세)　이라클리온에서 고등학교를 마치고 법률을 공부하기 위해 아테네로 유학을 떠났다. 이 무렵 카잔차키스는 다윈의 진화론과 지질학 등 과학의 영향으로 그리스정교회 신앙을 멀리하게 되었다.

1906(23세)　대학을 졸업하기 전에 『뱀과 백합』이라는 소설과 『동틀 무렵』이라는 희곡을 집필.

1908(25세)　파리로 유학을 떠나 앙리 베르그송의 철학 강의를 듣다. 이 무렵 니체의 『비극의 탄생』을 위시하여 『차라투스트라는 이렇게 말했다』 등을 읽었다.

1909(26세)　니체를 주제로 논문을 쓰고 이탈리아를 경유하여 크레타로 돌아온 후에 이 논문을 『프리드리히 니체의 법률과 국가에 대한 철학』이라는 제목으로 발간. 이 논문은 아테네 대학의 법과 대학에 제출하여 강사 자리를 얻을 목적으로 출판되었다.

1911(28세)   아테네에서 만나 1년간 동거 중이던 갈라테아 알렉시우와 결혼.

1914(31세)   카잔차키스, 시인 앙겔로스 시켈리아노스와 함께 아토스 성산(聖山)
으로 여행. 카잔차키스는 그리스정교를 떠나기 전에는 기독교에 심
취하여 아토스 산으로 가서 성자가 될 꿈을 꾸기도 했다. 비록 이제는
기독교와 거리를 두는 형편이었지만 성산 여행에서 거룩함의 분위기
를 느꼈다.

1915(32세)   아토스 산의 벌목 계약을 위해 테살로니카로 여행. 톨스토이를 읽고
심취하여 종교적 명상을 즐겨 하는 경향이 더욱 심화되었음.

1917(34세)   제1차 세계대전 중이라 저급 석탄의 수요가 증가하여 요르기스 조르
바라는 작업반장을 고용하여 펠레폰네소스 반도에서 갈탄광 사업을
함. 이 사업을 벌이게 된 것은 창백한 지성인의 백면서생 같은 생활을
청산하기 위한 시도였다는 얘기도 있고, 제1차 세계대전 중의 현역
복무를 피하기 위한 것이었다고 비방하는 얘기도 있음. 그 당시 갈탄
같은 필수 물자의 생산업자는 군대 복무로부터 면제되었기 때문임.
이 사업과 아토스 산의 벌목 계약이 후일 『그리스인 조르바』의 크레
타 갈탄광 사업과 공중 삭도 사업의 배경이 되었음. 이때 만난 요르기
스 조르바가 소설 속 알렉시스 조르바의 모델이 되었음.

1919(36세)   베니젤로스 총리에 의해 복지부 장관으로 임명되어 카프카스 지역에
살고 있던 15만 명의 그리스인 동포를 본국으로 송환하는 업무를 맡
음. 당시 러시아에서는 정변이 발생하여 레닌이 소비에트 정부를 내
세우며 독재 정권을 굳혀가던 시대로서 자본가, 부유한 농민, 재산 소
유자 등 반혁명 세력을 무자비하게 박해했는데 그리스계 동포들도
그런 박해의 대상이 되었음. 이때 외교관이던 스타브리다키스와 작
업반장 조르바를 함께 데려가서 송환 업무를 성공리에 수행했음. 이
임무는 『그리스인 조르바』에서 현실 참여의 대표적 사건으로 제시되
어 있음.

1920(37세) 그리스 민족주의 운동의 지도자인 드라구미스가 7월 31일 암살되면서, 카잔차키스는 그리스 정치에 대해서 혐오감을 느끼게 됨.

1922(39세) 소련에 정착하기를 꿈꾸면서 러시아어를 열심히 공부함. 카잔차키스는 실제 생활에서 벗어나려는 자신의 신비주의적 성향에 대하여 회의를 느끼고 좀 더 현실과 사회에 적극적으로 참여할 목적으로 러시아의 공산주의에 몰두함. 공산주의가 영국과 프랑스의 부패한 부르주아 사회를 타파할 수 있는 사상이라고 생각하게 됨. 또 레닌을 새로운 "사람의 아들"이라고 생각하게 되었음. 그러나 공산주의자들이 권력을 잡은 이후에 보수주의로 기울어지고 다시 반동주의로 기울어지는 것을 보면서 공산주의에 환멸을 느끼게 됨. 1920년대 후반에는 공산주의로부터 완전히 멀어지면서 예술가의 행동은 곧 작품에 의한 예술적 성취가 실제 사회에의 정치적 참여보다 더 중요하다는 것을 깨닫게 됨.

1923~24(40~41세) 빈과 베를린 그리고 이탈이아 등을 여행함. 그리스로 귀국하여 아테네에서 엘레니 사미우를 만남.

1925(42세) 문학적 동반자 역할을 하던 엘레니 사미우를 깊이 사랑하게 됨.

1926(43세) 아내 갈라테아와 이혼함. 팔레스타인, 키프로스, 스페인, 로마 등을 여행함.

1927(44세) 장편 서사시 『오디세이아』의 원고를 마무리하기 위하여 5월에 아테네 근처 사로니코스 만에 떠 있는 아이기나 섬으로 감. 이 섬의 맞은편에, 고대 그리스 해군이 페르시아 전쟁에서 대승을 거둔 살라미스 전투의 살라미스 섬이 있음.

1929(46세) 혼자서 러시아 전역을 여행함. 체코슬로바키아의 한 농가에 틀어박혀 프랑스어로 『모스크바는 외친다』라는 소설을 쓰고 후에 제목을 『토다 라바』로 바꿈.

1931(48세) 그리스로 돌아와 다시 아이기나 섬에 틀어박힘.

1933(50세) 스페인으로 건너갔으나 그곳에서 문필로 생계를 유지할 수가 없어서 다시 아이기나로 돌아옴.

1935(52세) 『오디세이아』의 다섯 번째 원고를 완성한 후에 일본과 중국을 여행함. 아이기나에 집을 지을 땅을 구입함.

1936(53세) 최근에 동양을 다녀온 경험을 바탕으로 장편소설 『돌의 정원』을 프랑스어로 집필함. 아이기나에 석조 가옥을 지었고 이것이 그의 최초 거주지가 되었음.

1937(54세) 펠레폰네소스 반도를 여행하고 그 여행기를 신문에 연재 기사로 실음. 후일 이 여행기가 『모레아 기행』으로 출간됨.

1938(55세) 12월 말, 장편 서사시 『오디세이아』 발간.

1940(57세) 여행기 『영국 기행』을 씀. 이 당시 히틀러의 전쟁 도발 위험이 고조되고 있었는데도 히틀러를 비난하는 글을 쓰지 않아 그리스 지식인들로부터 파시즘에 동조적이라는 비난을 받음. 이때 카잔차키스는 문명이 발전하기 위해서는 투쟁과 죽음이 필연적이라고 생각을 갖고 있었음. 이러한 사상은 『그리스인 조르바』의 제22장에서 과수원 과부 수르멜리나의 피살을 명상하는 장면에서 잘 드러나 있음.

1941(58세) 아이기나 섬에 틀어박혀 『그리스인 조르바』의 초고를 씀. 이 때문에 이 작품에는 바다의 풍경 및 상태가 작가의 심경과 생활상을 대변하는 정경합일(情景合一)의 묘사가 많음. 나치 점령군의 압제와, 정치를 도외시하는 비정치적인 지식인이라는 그리스 지식인들의 비난이 겹쳐져서 카잔차키스는 심한 생활고를 겪음. 이 시기에 희곡 『붓다』도 함께 집필.

1943(60세) 『그리스인 조르바』의 원고를 확정함.

1944(61세) 9월, 나치 군대가 철수를 시작했고 영국 군대가 그리스 본토에 진주하면서 11월에 이르러 나치 군대가 모두 격퇴되었음.

1945(62세) 해방과 함께 그리스 정무 장관에 취임. 분열된 각 정당의 반목을 해소하기 위해 노력했으나 여의치 않음을 발견하고서 곧 사임함. 오랫동안 동거해 온 사실상의 아내 엘레니 사미우와 재혼.

1946(63세) 아테네의 출판사, 디미트리오스 디미트라코스에서 『그리스인 조르바』 발간.

1947(64세) 『그리스인 조르바』의 프랑스어 번역본 출간. 곧장 국제적 명성을 얻게됨. 이후 영국, 미국, 스웨덴, 체코슬로바키아 등지에서 번역 출간됨.

1948(65세) 『수난』 발간. 프랑스의 앙티브로 거주지를 옮겨서 이곳에서 살기 시작.

1950(67세) 『미할리스 대장』 발간. 평론가 피터 빈은 이 작품에 대하여 "카잔차키스는 미할리스 대장을 크레타의 애국지사로 내세우고 또 '나는 크레타이다.'라고 말하게 하여 그를 크레타 항전의 영웅으로 만들려 하지만, 작품 속에 서술되어 있는 미할리스는 그런 기대의 무게에 비하여 충분한 행동 공간을 보장받지 못했다."라고 하여 실패작이라고 평가함.

1951(68세) 『최후의 유혹』 발간. 이 소설에 대하여 카잔차키스는 언론인 르노 드 주베날에게 이런 말을 했다. "나의 한평생 동안 그리스도는 아무리 제거하려고 해도 언젠가는 다시 살아나는 피부의 혹 같은 존재였습니다." 이 소설은 그 문제적 내용 때문에 『그리스인 조르바』 다음으로 해외에서 가장 많이 알려진 소설로 미국에서만 20만 부가 팔려 나갔다.

1952(69세)　그의 소설들이 노르웨이, 스웨덴, 네덜란드, 핀란드, 독일 등에서 속속 출간되었으나 정작 그리스에서는 출간되지 못함.

1953(70세)　안질로 파리의 병원에 입원함. 그는 결국 이 안질 때문에 오른쪽 눈을 실명함.
　　　　　　　『성자 프란체스코』 발간.

1954(71세)　로마 교황청이 『최후의 유혹』을 금서 처분하고 그리스정교회가 소설의 이단적 내용(예수가 성적 환상을 품고, 성모 마리아가 자신의 아들 예수가 메시아보다는 평범한 목수로 살기를 바랐다고 기술하고, 이스카리옷 유다를 악당이 아니라 영웅으로 묘사한 것 등)을 문제 삼아 카잔차키스를 파문.

1955(72세)　8월에 카잔차키스 부부는 스위스의 귄스바흐에 있는 알베르트 슈바이처를 방문. 마지막 작품이 되는 자서전 『영혼의 자서전』의 집필에 착수. 그리스의 왕실이 카잔차키스를 위해 개입함으로써 『최후의 유혹』이 마침내 그리스에서 출판됨.

1957(74세)　카잔차키스 부부는 중국 정부의 초청으로 중국을 방문. 중국에서 만난 불교 승려에게 이런 말을 함. "뛰어난 지혜에 도착하기 위해서는 명상, 선행, 아름다움의 세 가지 길이 있습니다. 이 셋 중에서 나는 아름다움의 길을 선택했습니다." 귀로에 와병하여 독일의 프라이부르크 병원에 입원. 10월 26일, 74세로 영면.